呼噜唐 著

时代出版传媒股份有限公司
安徽文艺出版社

图书在版编目（CIP）数据

黑猫五魁/呼噜唐著.—合肥：安徽文艺出版社，2021.2
ISBN 978-7-5396-7073-7

Ⅰ．①黑… Ⅱ．①呼… Ⅲ．①长篇小说－中国－当代
Ⅳ．①I247.5

中国版本图书馆 CIP 数据核字(2020)第 206922 号

出 版 人：段晓静
责任编辑：张 磊　秦知逸　　　　装帧设计：LE.W

出版发行：时代出版传媒股份有限公司　www.press-mart.com
　　　　　安徽文艺出版社　　www.awpub.com
地　　址：合肥市翡翠路 1118 号　　邮政编码：230071
营 销 部：(0551)63533889
印　　制：杭州日报报业集团盛元印务有限公司　(0571)86909347

开本：880×1230　1/32　印张：11　字数：400 千字
版次：2021 年 2 月第 1 版
印次：2021 年 2 月第 1 次印刷
定价：48.00 元

（如发现印装质量问题，影响阅读，请与出版社联系调换）

版权所有，侵权必究

引子	001
01 五魁	003
02 龚乙	017
03 橘鹤暖	032
04 陆凡开	052
05 青尸素练	071
06 龚家血阵	090
07 魔祖兽	113

08	五行阵	131
09	小河神	164
10	乾坤镜	188
11	五尊者	219
12	陆辰	247
13	狐母	267
14	移魂锥	289
15	秘籍	317

引子

  故事要从我大学毕业那年讲起。

  我当时因为才找到工作,还没有过试用期,只好借宿在发小租住的房子里。那是个很老旧的小区,在一个类似国企家属院的院子里。老楼是没有电梯的,六层高,我们住在第一层,下面还有一层是地下室。不过这里的地下室是不住人的,大家把它当成公共仓库,存着家里没地方放、用不着,却又舍不得扔的东西。

  小区里有很多流浪猫,随处可以看到爱心猫食盆,那是住在小区里的人给流浪猫投喂粮食用的。我和发小都是喜欢猫的人,随身带着火腿肠,偶尔遇到的时候,喂给它们。

  七月的北方城市,雷阵雨下起来还是很让人震撼的。那天,我匆匆忙忙回到家,临近楼门的时候,突然听到猫叫,但仔细辨别,又似乎听不到。一阵雷声过后,我肯定自己是耳鸣了。等到了房间擦干身上的雨水,关窗户的时候,我又听到了猫叫。

  我跟窝在沙发上的发小说:"好像听到'喵星人'的求救了。"

  她坐起来问:"你也听到了?我以为我幻听了。"

  我摇摇头,仔细辨别着声音,然后肯定地说:"在地下室。"

  我俩换了鞋,出门下楼,才发现由于暴雨,地下室已经积水了。此时,猫叫声又隐约传了过来。我俩走过去,发现地下室的门被一把锁锁住了。按理来说,这个地下室是不上锁的,锁很新,可能是谁家寄放了什么重要的东西。我担心晚上雨大了猫咪在里面有危险,可是我们也不知道门上的锁是谁加上的,一时间不知道如何是好,在门外踌躇。

  我提议,反正大概也是这个单元的人锁的,我们去挨家问问。于是我和发小爬上了六楼,分头敲门。一圈问下来,除了没人在的两家人,其他人都表示不知道。我让发小去地下室门前等我,我冲进屋里找了块砖头。再次站在地下室门口时,我决定效仿电视里演的那样,趁着打雷有闪电把锁砸开。

  因为地下室没有窗,看不到闪电,所以为了准确地判断什么时候打雷,我让发小站在第一层楼道,看到闪电就大声喊"闪电",我就砸锁。后来事实证明,这是一个很愚蠢的决定。发小喊了几声就被隔壁大爷开门数落了,还说闪电怎么了,没见过是吗?

砸开锁的那一刻,我的心情还是很激动的,打开地下室的门,里面锁着一只三花猫。我小心地让它离开,它看了看我,跑走了。

很多人都知道猫是会报恩的,比如给你叼只半死不活的老鼠或小鸟什么的。那只三花猫的报恩方式很特别,它叼来了它的孩子,一只全身黝黑的小家伙。虽然当时我的心都化了,可是我还是小心翼翼地问三花猫:"这是你的宝宝?你要把它给我?"三花猫放下小黑猫,冲我叫了两声,头也不回地跑了。我看着地上那个一脸茫然的小家伙,心里一片柔软。它大概刚刚满月,身体只有我手掌长。我小心翼翼地捏着它的后脖子,把它抱在怀里,小家伙马上停止了瑟瑟发抖。我在心里默默地决定,留下它。

我在网上买了小奶瓶和羊奶粉,开始和发小一起喂养这个小家伙。我给它起了个名字,叫五魁。为什么叫五魁呢?是因为它是我的第五个宠物(前面分别还有仓鼠、金鱼和两只小乌龟),"魁"则是因为它一身黝黑,眼神充满灵性。我觉得它能辟邪,可以"斗鬼",才叫五魁。令我没有想到的是,"五魁"这随性偶得的名字,竟然带着某种预言的味道。

01 五魁

五魁半岁的时候，我的工作已经基本稳定，我带着它搬到了离公司稍微近一点的地方住。五魁有着同龄"喵星人"少见的老成。它对逗猫棒总是兴趣索然，偶尔玩一两下，也是在敷衍我，照顾我作为"铲屎官"的情绪。它不喜欢和我靠得很近，但是又不让我离开它的视线。我也习惯了和它的相处模式，我们很有默契地保持着这种距离。

我新租的房子也是一处老房子，却是翻新的装修，虽然面积很小，但对于一人一猫，足够了。

转眼五魁已经两岁多了，不知从什么时候开始，一向"惜字如金"的五魁开始叫了。房子里隔开卫生间和客厅的墙在靠近屋顶的地方有一块被潮气洇出的水印，五魁总是冲着那里大声叫。我不知那里是不是有什么小虫子，可是查看了几次，却什么也没有。

直到有天晚上我做了一个奇怪的梦，我梦到我走过那个墙角，抬头看，一只有我小臂粗的粉色肉虫趴在那里。它的头部有一个洞，像是一张嘴，里面布满尖利的牙齿，没有眼睛，大张着嘴冲着我。我惊叫一声醒了过来，发现五魁正趴在我面前看着我。看到我醒来，它伸出爪子摸了一下我的鼻头，一如我常常摸它的鼻头一样。我还是困得不行，迷迷糊糊之间，感觉五魁走到了我的手边，整个身体压住我的手。我恍恍惚惚地又开始做梦。

还是那个可怕的墙角，还是那只恶心的虫子。只是，这次我的手被一个小男孩牵住了。他比我矮，十一二岁的模样，瘦弱苍白却很俊美，眼睛炯炯有神。他看着我说："那个是腐尤，一种因潮气而生的妖怪。"

"妖怪？"我张大嘴巴望着他，觉得自己要崩溃了。

他白了我一眼："你现在知道害怕了吗？前两天你搬着凳子爬上去看的时候，你的手都快伸进它嘴里了。"

他的话让我双腿一软，险些摔倒。我回过神看着他："你……你怎么知道？"

他不屑地哼了一声："看了那么多电影，一点想象力都没有吗？按照套路，你也应该知道我是五魁啊。"

我缩回我的手："你是五魁？你是不是当我傻？五魁是猫啊！你是个两脚兽啊！你怎么可能是猫变的？你还成精了！你忽悠人能不能有点技术含量？你……"

他拉过我的手，按住他的头："前两天，我为了救你把你扯离那个墙角，你打了我脑门一下。你摸摸有没有肿？你还怪我每天叫，你个笨女人。"

我彻底傻了，心里觉得一万个不可能，但是又无法解释从哪里冒出来这么个小孩子。我安抚自己，先假装相信，细细观察："五魁，你……你是不是成精了？你知不知道，新时代的动物不能成精。"

他没好气地白了我一眼："这个叫腐尤的家伙，会吃气运和烟火，会靠着墙角的潮气一直长大。如果它不成气候，我是不会理会的。谁知道这家伙的胃口越来越大了。再这样下去，你会有危险的。"

我看着那个看似没有脑子的肉虫子，头皮发麻，艰难地咽了口吐沫："什么……什么危险？我……会不会死？"

五魁甩开我的手，走到墙角往上看："死倒不会，但是你会开始走霉运，身体也会受影响。关键是你走起霉运来，再招来什么就不好说了，你得把它尽快解决掉。"

我感觉我在强撑着我的身体，使其不倒下去。我自认不是个胆小的人，可是现在我的头皮都麻了。那只粉色的、长得很丑的大虫的嘴巴一张一合，而我养的猫竟然变成了一个男孩，我接受不了这种事实。我承认我害怕了，我服软地问他："五魁，现在怎么办？"

他转过身看着我："你周末去小脏猫（我发小）那住两天，给我准备三根针和一瓶酒精，我来解决。"我点点头。

再醒来的时候，太阳已经晒屁股了。因为睡过头了，所以我临时请了一天病假。而且我确实病了，我被昨天的梦境吓得不轻。我爬起来就去问五魁："你快说，你……是不是成精了？"这厮只是扭过头舔着爪子开始洗脸，根本不理我。我对自己都产生了怀疑，只是在经过卫生间那个墙角的时候，整个人都是僵直的。

不管我信不信，我还是准备了三根针和酒精，然后给五魁准备了充足的粮食和水。周末，我躲去了小脏猫家。

周日晚上我回来的时候，五魁这厮还在睡觉。我有种被糊弄了的感觉，觉得自己这样去相信一个梦简直是个傻子。直到我在桌上看到了三根黑色的针和只剩下半瓶的酒精……

我有预感，我将开始一段完全不同的人生。

从小脏猫家回来，我就觉得小腿有点不舒服。一早起来，我发现整个腿都肿了起来，而且很痒。我估计是被什么东西蜇了，没有太在意，只抹了点治疗蚊虫叮咬的消炎药膏。可到了晚上，腿开始发紫。我本来想去医院看看，但因为犯懒，又因为天气闷热，不想独自去医院，于是，我决定给自己一天的时间再观察一下。

我躺在床上昏昏沉沉地睡了，迷迷糊糊看到那个自称是五魁的小男孩蹲在脚边。

"二然，你的腿怎么了？"

我伸出手捏住他的耳朵："什么？你管我叫什么？二然？你怎么进来的？谁让你这么叫的？"

他"哎哟"一声，挣脱了我的手："看来我说的话你是没当真，无所谓，以后你会知道的。至于二然，你的朋友不是都这么叫你吗？"

我气不打一处来："反正你个小屁孩就是不能喊我二然！"

他嘴角扬起："喊你怎么了？你别答应啊！"

我赌气别过头不理他。他清了清嗓子："你这腿，可不是蚊虫蜇的，你用药是治不好的。而且我不是吓唬你，看样子它还在恶化。这样下去，你要变成'独脚兽'了！"

我将被单拉过头顶，不打算理他。他趴在我小腿旁边，我似乎能通过小腿感受到他湿润冰凉的鼻尖。我猛地坐了起来，没想到吓了他一跳："你别突然坐起来，你要诈尸吗，两脚兽？"

我又揪起他的耳朵："你管谁叫两脚兽呢？谁让你这么叫的？"

他一脸鄙视地看着我："不让叫二然，不让叫两脚兽，你想叫什么？宇宙无敌超级美少女啊？"

我下意识地撇撇嘴，被他瞄到。他说："怎么样，是不是想想就把自己恶心坏了？你就接受这个'二'字吧。"

我没再吱声，算是默认，心里想着如果这真是五魁，以后还是有报仇雪恨的机会的。

他将三根针拿过来，放在嘴里含住，再拿出来，针已经褪去黑色，变回银色。他捏着其中一根，想把它刺进我的小腿。我尖叫着制止了他："你……你……你不是要扎我吧？"

他抬头看我："怎么，我的动作还不够明显吗？"

我吓得话都说不清楚了："不不不……不不不……不行，你不能……你不能扎我，我怕怕怕……怕疼。而且这个……这个针，是不是……是不是扎过那个满脑袋长牙的大肉虫子？！"

我感觉我都快哭出来了。他竟然哈哈大笑："二然，原来你这么胆小，要不然我叫你胆小鬼吧。这针是扎过腐尤，但是我已经把毒气化解了，你怕什么？我下手会有分寸的。"

不等我反应，他迅速地把针刺进我小腿。虽然我不疼，但想起那个大肉虫我的眼泪还是一下子流了出来，手也不自觉地揪住他的手。他"哎哟"一声，一揪之下，他被手上另外两根针刺伤了。

他没理会自己的手，迅速将针拔出来放在鼻子上闻了闻，然后说："喂，二然，你在小脏猫家遇到什么东西没？"

我擦了擦眼角的泪水，说："遇见了啊，小脏猫在家啊！"

他叹了一口气："好好说话！"

"哦。"我想了想，"没有吧，有……没有……对了，你还记得你小时候经常钻进去的那个沙发后面的角落吗？"如果他是五魁，半岁之前他也生活在小脏猫家里。

他摆着一张不要提老子小时候的臭脸，"嗯"了一声。

"嗯……是的，"我回忆着，"周日我经过那里，看到地上有个什么东西露出来。我用脚尖踩着往外扒拉了一下，觉得腿上疼了一下。"

他露出一张嘲笑的脸："呵呵，谁让你乱踩东西，那可能是钦原①。"

"什么？钦原，听着应该挺帅的吧？"我觉得这个名字听起来不错。

他坐起来用舌头舔了舔被针扎伤的地方："帅什么帅啊，你个没文化的笨女人！《山海经》有记载，那是一种神兽，它蜇过的动物会死，蜇过的植物也会枯死。"

我瞪大眼睛："啊？那是说，我会死吗？我是不是就要死了？"

他按住我："你冷静点！这家伙应该不大，而且没有伤你的意思。它只是下意识地蜇了你，毒性没有多少，我等会帮你把毒解了。这个周末你抱我去一趟小脏猫家。"

我委屈地点着头："嗯嗯，怎么解毒啊？"

他晃了一下手中的针。我见他在我的小腿上按了几下，又在几个地方刺了下去。约莫过了二十分钟，我的小腿上出现了一个水泡。他俯身从伤口里吸出了什么东西，我的腿瞬间褪去了紫色，只留下一个圆形的伤口。他弄完后，我就昏昏沉沉地又"睡"了过去。

天亮以后，我回想着昨天做的梦，掀开被单看看腿，紫色褪去，留下一个圆形小伤口，再看五魁，在脚边睡得正酣。我喊它："五魁，五魁，昨天是不是你？"它猛地被我喊醒，不太开心，用嘴舔着左前爪。我捉住它的小爪子，发现上面有两个小针眼。

周六，我找了个由头带着五魁到小脏猫家做客。故地重游，故人相见，小脏猫一边说着五魁真丑，一边抱起它又亲又蹭。五魁却一脸心不在焉的样子，充分表达

---

①钦原：神话传说中上古时代的神兽之一，形状像蜜蜂，大小像鸳鸯。蜇中鸟兽，鸟兽会死；蜇中树木，树木会枯掉。

了它的不喜欢。我借故让小脏猫拉我去她家附近的甜品店买零食，让五魁自己留在房间里。我故意拖延了时间，等回来的时候，这厮已经趴在床上四仰八叉地睡着了。

那天晚上，五魁在梦里跟我说，小脏猫家有一只很小的钦原。钦原是一种神兽，长得像蜜蜂，但有鸳鸯那么大。这一只好似还不成熟，只有巴掌大。它似乎是受了伤，所以躲在了她家沙发的角落里。它不会伤害小脏猫，伤好了就离开，但为了疗伤，小脏猫家的植物是保不住了。

之后的一个月，小脏猫一直跟我抱怨家里养的几盆绿萝相继死了。我敲着五魁的头，开玩笑似的跟她说她到了千年老妖的级别，把植物的精气吸光了。她听后把我一顿臭骂。

自从发现五魁有异能，我开始问他一些七七八八的奇怪的问题，比如除了这种怪物，他能不能看见鬼，比如小脏猫把私房钱藏在哪，比如隔壁为什么老是有奇怪的声音。

它的态度基本上就是：不理我！不理我！不理我！它有时候会挠耳朵，有时候自顾自地洗脸，有时候干脆翻身睡了。在这样的时间里，我也从来不会做关于那个自称是五魁的小男孩的梦。我尝试过不给它清猫砂，不给它喂粮食，不给它倒水。它就会撕烂我的拖鞋来泄愤，然后冲着某一处怪叫逼我就犯。反正这个祖宗就是油盐不进，我在它面前似乎只能服软。

我说的发出奇怪声音的那家人是我的邻居，只有老两口。老爷子七十多岁，看着还硬朗，老奶奶看上去却是孱弱多病，身体不大好。我从来没见他家来过客人，一直是这老两口。有时候逢年过节，老爷子会敲门送来点吃的，顺便逗逗五魁。他挺喜欢小动物，说自己家里养了一只小乌龟。老奶奶很少出门，偶尔碰到我会笑着打招呼，但是老奶奶每次都笑得有点吃力。

最近奇怪的声音响得有点频繁，听着是桌子在晃动的声音。可是大半夜的，人都应该睡了，特别是老爷子和老奶奶，怎么也不会在半夜两三点钟挪桌子。我被吵醒了两次，很郁闷，每次都想过去敲门看看，但还是克制住了。

这天睡着睡着，我被一只猫爪子拍醒了。五魁把我引到门前，示意我让我放它出去。我担心它，怎么也不肯。它后来干脆对着门一通乱抓乱挠，显示了要出门的决心。我只好把门偷偷打开一条缝，把它放了出去，并叮嘱它小心。

没有五魁的陪伴，我竟然睡得非常不踏实。好在早上六点我开门的时候，它已经在门外蹲着了。

一连三天，在五魁的要求下，我都会把五魁放出去，早上再开门把它迎回家。我总觉得它可能有什么话要和我说，我应该就快做梦了。

果不其然，夜里我睡眼蒙眬的时候，那个熟悉的小身影出现在了床头。我问："你肯说话了吗？"

五魁懒懒地看着我："你的问题我都不想回答。"

我一下子孬毛了："哎，现在还是我养你好吗？我给你吃的，供你喝的，给你收拾便便……"

他不耐烦地打断我："所以呢？所以你就要求我回报你吗？"

我让他噎得一句话也说不出来，半天回不过神。过了好一会儿，他凑到我床头："二然，有些事情你得慢慢了解，有些事情，我不告诉你是为了保证你的安全。'好奇害死猫'你听说过没有？你的好奇会把咱俩都害死。"

我缓和了一下口气："那你今天出现一定是有什么情况了吧？说吧，是不是跟隔壁的怪声音有关？"

五魁嘴角上扬："正是，聪明的二然。那两个老人家有危险。"

"啊？"我有点着急，"那两个老人家都很好，也没什么可以被惦记的啊！怎么回事？什么危险？"

五魁长长地吸了口气，悠悠地吐出来："你这急脾气，这么毛躁，你早晚要吃亏。他们家里有一股越来越强的怨气。"

"怨气？"我越来越蒙。

五魁伸了个懒腰，示意我往里面挪点。我给他腾出地方，他躺了下来，说："二然，为了确保你，或者说是咱俩的安全，我不说的，你别问。我知道你好奇心重，能说的我自然都会告诉你。"我看他说得凝重，居然不自觉地点了点头。

"隔壁那股怨气似乎很早以前就存在，但是那个时候还很弱，最近这段时间越来越强了。起初我以为是路过的怨灵作祟，后来发现不是的。这个感觉，就像……就像养小鬼。"

"啊？养小鬼？你说那老两口养小鬼？"我完全控制不了激动的情绪。五魁只好将我的胳膊抱住，说："我这几天观察了一下，这个怨灵最近动得很频繁。可是我得进到那个房间才能知道发生了什么、怎么解决。这个得靠你！"

"我？那老两口平时很少和谁来往，我跟他们接触得也不多，总不能就这么敲门进去做客吧？！"我突然有点不知所措。

"我也考虑了这个问题。但这几天我找到了他家的备用钥匙，就在楼道间他家电表箱旁边的砖缝里。"他抬头看着我，眼神中透出些许戏谑。

"什么？你让我偷偷带你进屋？这可是……这可是私闯民宅，被发现我要坐牢的，根本说不清楚的。"我急得直摆手。我活了二十多年，一直是个遵纪守法的良民啊，我怎么可能偷摸去别人家里呢？

五魁瞪了我一眼："谁说让你进去了？你只需要开一道门缝把我放进去就行了。"

我进入了思考模式:"可是五魁,你这么厉害,难道不会穿墙术什么的?"

五魁并不回答我的问题:"咱们的时间可不多了,这个怨灵要是得逞了会祸害一方,搞不好老两口性命不保,你可想好了!"

我让他彻底唬住了,这还是第一次有人把一份沉甸甸的关乎生命的责任交在我的手里。我一咬牙:"行,我帮你。你说怎么帮?"

五魁把手放在嘴边舔了舔,这是他惯用的思考动作:"他们每天晚上六点半到七点钟都会下楼遛弯儿。你明天趁这个时间把我放进去,然后在门口等我。二十分钟后,你就把我放出来。放进去后你就先回家,这样万一被发现,也能找理由搪塞过去。"

我吸了吸鼻子:"五魁,我就问你一个问题。"

他看着我,语气平和:"你说!"

我看着他:"如果你不在我身边,我可以梦到你吗?"

五魁笑了:"这个没试过,可以试试。"

我突然想起,是啊,五魁还从来没有离开过我的身边。我伸出手,轻轻地抱了抱他。今天这个气氛,和以往不太一样,我的心跟着揪了起来。

整整一天,我都心不在焉。晚上六点多开始,我就趴在门上听着。直到听到隔壁的锁门声,看到楼门口的两个身影,我才飞速地打开门,按照五魁说的,找到钥匙。我把门打开,把五魁放进去,再把门关好,把钥匙放好,然后回家。这一系列动作做完,我感觉心都要跳出来了,靠在门上大口地喘着粗气。我盯着墙上的钟表,感觉这二十分钟就像十年一样漫长。

好不容易过了二十分钟,我冲出家门,又将刚才的动作做了一遍。可是在我打开老两口家门的时候,五魁没有出现在门口。我呆住了,担心出了什么状况。我把门推开得大了一点,屋子里没有开灯,黑漆漆的,我看不清楚里面的状况,只能小声地喊道:"五魁?五魁?"没有回应。我战战兢兢地往里走了一步:"五魁?五魁?"依然没有回应。我的心提到了嗓子眼,多希望此刻五魁蹿出来出现在我的面前。我转头一看,电梯显示下行到了一层,我只好关上门,把钥匙藏好,返回房间。然后,我听到隔壁开门的声音,他们回来了。

一整晚,我都在担心。我希望听到敲门声,老爷子拎着五魁说,你家猫怎么蹿到我家去了?我又不想听到敲门声,这样就说明五魁没有被发现。

翻来覆去到一点多,我还没有睡着。我着急到梦里去见五魁,可焦虑让我完全无法入睡。不知过了多久,迷迷糊糊中,我听到五魁喊我:"二然。"

我冲上去抱着他:"你没事吧?你是不是遇到什么危险了?我没有等到你出来。"

他看起来有些虚弱,我急得眼泪都掉下来了。他伸出手抚摸了我的脸:"你做得对,不然你怎么跟人家解释?难不成说,你是听了一只猫的话去别人家捉妖?"

我一句话也说不出来,只是着急地看着他。他又笑了笑:"你看,至少证明我不在身边,还是可以随时找到你。但目前这个距离,好像确实比平时辛苦些。"我还是没有说话,他继续说,"二然,隔壁有个怨灵,柜子里还有个困它的结界。我猜测应该是他们有所察觉,所以找懂的人来克制了它一下。可是它现在已经挣脱结界跑出去了,我找了一圈,没有找到。"

我让他说得有点害怕:"那它还在那个房间里吗?"

他点点头:"在的,它的能力还不够强,还没有脱离本体。可惜我不知道它的本体是什么,但我能感觉得到,它还在那里。"

我点点头:"那你现在在哪里?有没有被发现?会不会有危险?"

五魁自信地挑了一下眉毛:"这点事情暂时还难不倒我,我藏得很好。我想今晚我就能找到它。这样的话,你明早七点钟可以来接我。"

我忙跟他保证会按时接他。他说要睡一会儿,然后就消失了。

六点四十分,我被闹钟吵醒。我听到隔壁锁门的声音,赶紧冲出去,找钥匙,开门。看到五魁出现在门口的那一刻,我整个人都松了口气。回到家,这厮已经累得不行,吃饭喝水上厕所,然后就趴回窝里睡觉。我要上班,正好让他补觉。

晚上我回家的时候,正好碰上老两口出门,老爷子和老奶奶显得有些憔悴。我笑着和他们打招呼,他们点头回应。走出十米远,老爷子又追回来:"小然,你最近晚上没听到什么声音吧?"

我假装一脸茫然:"没有啊!怎么啦?"

老爷子尴尬地笑了笑:"没什么,没什么。我家最近晚上总有点奇怪的动静,可能是我年纪大了,幻听了。没事,没事啊。"

回到家,我跟五魁念叨了碰到老爷子的事情。五魁呼噜呼噜吃着猫粮,没空理我,估计是昨晚饿坏了。可能因为昨天没睡好,可能因为急切地想知道结果,九点多我就上床睡觉了。睡了一会儿,五魁来了。

"那个怨灵在桌子下面。"

我突然觉得有点冷,拉了拉被子:"是个什么样的东西?"

他摇了摇头:"不知道,它应该不大,在桌子下面的地板里。"

既然找到了在哪里,是不是就好办了?我是外行,只能问他:"那我们能怎么做?总不能冲进去挖开地板吧。"

他眼珠转了转:"有个人可以帮忙。"

我有个不好的预感:"谁?"

他瞥了我一眼:"林克。"

我完全蒙了:"林克?林克是谁啊?"

他换了个舒服的姿势:"林克,是把那个家伙困在柜子里的人。据我推断,应该是老两口认识的人吧。我在结界那里看到了他的术符。懂得术的人会用自己的名字做符咒,把怨灵困住。"

"可是我上哪里去找这个林克啊?"五魁一副"这就靠你了"的表情,让我觉得有些抓狂。

早上醒来,我趁着隔壁老两口还没出门,先敲了他们的家门。开门的瞬间,我"戏精"上身:"大爷,不好意思,能不能借你的手机用一下,我给自己打个电话?我昨天把手机放茶几上,早上找不到了,估计是让这个家伙玩丢了。"我一边说一边打了一下五魁的头,得意扬扬。老爷子爽快地把手机递过来,我一边拨号一边回到房间,假装仔细听,然后迅速地打开了电话本,查找到林克的电话,并记了下来。几分钟以后,我把手机交还给了老爷子,连声道谢。

下午,我给林克打了电话,我们约了晚上见面。原来这个林克也不是专业人士,他三十多岁,是个设计师。我编了个故事,说我自小有一些这方面的能力,但又不想给自己惹麻烦。我看出那个怨灵最近威胁到了两个老人家,所以找到他,既然他曾经做术符封住过怨灵,不如好人做到底。设计师林克还是很单纯的,没有任何怀疑地全盘接受了我的话。我跟他说请他周末来一趟,我之后会指导他怎么做。

当晚,五魁跟我说了应该怎么做。我努力地背下来,生怕被看出破绽。

周末,林克先到了我家。我跟他把做法说清楚,他表示还是希望我同去。正在我考虑的时候,这家伙看到了五魁,将五魁一把抱在怀里:"这是只纯黑的猫啊,可以护法啊,正好你带着他一起吧。"我看了看五魁的神色,点头应允。

林克来之前已经给老爷子打过电话了,进门没有废话,就按照我说的,将地板撬开。水泥里有一块铁牌子,看样子就是怨灵的本体了。林克啧啧称奇,然后用术符困住铁牌,又用红绳捆好,念了一串咒语。那铁牌子竟然冒出丝丝青烟,红绳也吱吱作响。只有我知道,那红绳是五魁动过手脚的。但他具体做了什么,我也不知道。

做完这一切,我们坐下来把这件事情捋清楚。原来,老爷爷姓韩,老奶奶姓李,两人有个独子。这个儿子从小在老奶奶的要求下,努力学习,考上了重点大学,毕业后就出国了。本以为一家三口接下来的日子一定是红红火火,谁知道儿子出国以后就很少和老两口联系了。他不是说工作忙,就是说很累在休息,一年打不了几个电话,几年见不上一面。老奶奶思念成疾,渐渐有些恍恍惚惚,拿着当初儿子参加奥数比赛得的一块奖牌絮絮叨叨。久而久之,那块铁牌就聚集了怨气,成了怨灵。它俨然已经变成了老奶奶眼里的儿子。随着老奶奶的情况越来越严重,老爷子意识到有问题,就变着法地把奖牌藏起来。可是无论怎么藏,老奶奶都能找到。直到有天他意识到,不是老奶奶找到了奖牌,而是奖牌找到了老奶奶。于是,老爷子找到了朋友林克。林克年轻时候有个师父,跟着师父学过,于是他用术符将奖牌困在了柜子里。没想到奖牌的念力居然这么强,冲破了术符,还打算挖地去找老奶奶。我听得啧啧称奇,难怪那个铁块已经完全看不出是个奖牌了。它在挖的过程中,已经磨成了一个铁块。

我叹了口气,要是那个远在国外的孩子有这个奖牌一半的心思也好。那人不仅不如一只动物,甚至连个铁块都不如。

从那天以后,我时常做些吃的拿给老爷子老奶奶,老奶奶的气色也日渐好转。有天,老爷子过来给我他家的钥匙,告诉我帮他照应一下,他要带老奶奶去旅行了。我欣慰地笑了,这也许就是最好的结果吧。

"人家好好一个铁块儿子,你干吗要说他祸害一方啊?"

"总和怨灵接触,身体元气会受损。况且,你们两脚兽总是喜欢自欺欺人,总要面对现实的啊!"

"嘿,你个小屁孩总说什么大人话,你懂什么面对现实!"

"我可比你老多了,笨女人!"

"你说什么?"

"呼噜……呼噜……"

"周末你带我去小脏猫家好不好?"

我正睡得迷迷糊糊,听见五魁在跟我说话。我睁开眼:"你最近是不是出现得有点频繁?我好久都没有好好休息过了!"在我大声抗议之后,五魁居然鲜有地沉默了。这可让我心里顿时没了底气,我问:"你去小脏猫家干什么呀?"

他伸出食指放在嘴里吮吸,我猜他正在想要不要告诉我真相,便说:"你考虑吧,没有理由我肯定是不会折腾的。你看我要买猫粮,要铲屎,还要带你到处走,都要打车的,而且……"

这种念叨对他极其有效,他果然受不了了:"钦原出现在那里绝对不是巧合,三花猫被困在地下室也是有原因的。"

我突然就来了精神:"啊?三花猫,你是说你的猫妈妈吗?不是巧合,难道是有人要捉你?捉五魁?哈哈哈。"

他没好气地瞪着我:"有时候,我真想把真相告诉你,吓死你这个没心没肺的傻子！"听他这么说，我扭曲着一张脸，接不下去话。

他舔的食指突然长出了长长的像猫爪一样尖而弯的指甲，他欣喜地看着自己的指甲："太好了，比我想象的快。"我看着他，不知道他在说什么，只好使出激将法："喂，你自言自语都这么开心，就不要烦我了。我要睡觉了，你自己想办法去小脏猫家，我给你准备盒饭！"

我作势躺下。他果然上当了："你别睡，起来，我跟你说一些吧……"

我佯装睡眼蒙眬地睁开一只眼睛，他开始说："我的每一世转世都是黑猫，这已经是第四十九世了。有一个人一直追着我，我每一次转世，他都想在我四岁之前捉住我，但一直没有得逞。因为四岁之后，我的力量就会全部苏醒，我就不会再受这个身体的限制了。"

他看着食指的指甲，狡黠地笑了："他这次追踪我的速度比我想象得快，但我的能力恢复好像也加快了。你一定想问我这个人是谁，这个人为什么要追我，我又是谁吧？"

他食指上的尖指甲不见了："这个我现在还不能跟你说。那个人用卦推导出我的位置、我的托生时间和我猫妈妈的样子。可是他没能及时动手，一定是被什么绊住了。更有意思的是，他应该对我的行踪了如指掌，却一直没有找上门来。"

我听得有点蒙，但最后这几句听懂了："你说啥？有人会找上门来？啊？那是不是很危险？我……我们搬家吧，对方是不是个千年老妖啊？好可怕啊！"

五魁一脸鄙视地看着我："两脚兽，你能不能淡定点？难道除了找上门，别的话我都白说了吗？"

他气愤地蹙起了小眉毛："他不是被绊住了吗？绊住了啊！而且，已经第四十九世了，他一直都没有抓住我，是因为我有本事对付他啊！"

我马上乖巧起来："你最棒！你能搞定你早说就好了。我给你买的罐头明天就到了，上次你说喜欢鸡肉的，是不？"

他开始玩自己的尖指甲，长出来，变回去，然后是轮流长出来。我心里默默地喊道："我以后叫你大人吧。要不你不高兴了，想把我弄死，真是很简单的事情！"

我表现出的乖巧深得他意："据我推断，小脏猫家附近布了网界。那是一种捕捉能力很强的结界，所以会误伤到路过的各路妖兽。他想把我困在网界里，可是他没算到，结界的中心居然有一股力量把这个结界冲破了，而且还助我加快了能力恢复的速度。"

我努力地眨着眼睛："五魁大人，你看看，这股力量是不是就是我？我一直觉得我挺与众不同的，受过很多磨难，一定是天将降大任于我也的前奏啊。"

他嘲笑我："那些磨难只能说明你欠揍吧？还前奏呢！这股力量是冥相的。"

我眼珠一转："冥想？冥想我知道，就是坐在那想，我也经常冥想。你看是不是我冥想的时候散发出了力量？"

五魁伸出手抵住我的额头："你没发烧吧？你那个不叫冥想，叫意淫还差不多。我说的是冥相，这力量的源头应该是一个墓穴，来自一具尸体的力量。"我一下就严肃了："那个什么，小脏猫家会不会有危险啊？闹鬼什么的？"

他笑了："这个倒是极有可能。那么强大的力量形成的磁场一定会吸引很多魑魅魍魉，我要去看看。"

太阳晒屁股的时候，我睁开了眼。五魁正趴在我胸口，手里拿了张纸条，上面写着"罐头什么时候到"。他居然还学会写字了！真是能力见长。

自从答应了五魁周末去见小脏猫，我就开始提心吊胆。办公室里一有个风吹草动，我就怕得不行，生怕那个觊觎五魁的人找到我，把我害了。万一我是那个绊住他的绊脚石怎么办？我还没活够呢！我私下跟五魁商量能不能带他上班，谁知道这厮根本不理我，一副"你自己疯就好，别拉上我"的样子。我有今天都是因为谁？我想起来就气愤。

屋漏偏逢连阴雨。中午，一个女同事的尖叫声从洗手池方向传来，然后她手足无措地跑进来："洗手池……洗手池那里有……有……"几十双眼睛齐刷刷地看着她，她反而不着急说话了，竟先整理了一下妆容。我远远地看着她，心想，不知道她遇到什么，居然吓成这样，真是可怜，还被围观，更是可怜。我不能围观，不能和大家一样，万一给她造成不好的影响就不好了。

我没有走过去，只是默默地拿出了手机，打开摄像模式。

她的声音里还带着哭腔："有鬼呀！"我身后办公室的门也在这一刻打开了，估计好奇的老板在里面窥视很久了。他一个箭步冲到同事面前："你说什么？你看见什么了？"同事立马从声色俱厉的"社区大妈"变成嗲声嗲气的"办公室玛丽苏"："老板，那个洗手池，好可怕，那里居然……居然……"

我的心跟着她磕磕巴巴的语言起伏不定，生怕她玩套路没说到重点就晕过去。还好，老板也和我一个心情，他大力摇了摇她的肩膀："什么？你看见什么了？"

同事喘了口气："有张很可怕的符。"

我好像听到了大家心底的嘘声。老板放开手："什么福？蝙蝠？福字？"

同事的头摇得像拨浪鼓，她说："是符，符咒。"

她一说完，大家就都跑到洗手池，找到了洗手盆下面贴着的黄色符咒，然后对着它一通拍照。我默默地坐了下来，打开朋友圈，等待他们晒照片，然后我只要复制一张就可以了，何必非要跑过去？我真是机智。

拍是拍了，但是因为各种原因，没人把它揭下来。大家盯着老板，等着他发话，解释或者是解决。

老板等他们都退出来之后，亲自走到洗手盆那里，蹲在地上看着那张符咒。然后他站起身掸了掸衣服上的灰尘："我没拿手机，谁给我传个照片？"同事们马上纷纷表示"我""我来传"。老板又环视了一周："这个事情大家先别声张！"嗯，我猜此刻大家在朋友圈都默默地屏蔽了老板。老板向办公室走去，经过我身边的时候轻声说："把你那个视频也传给我。"

老板一回办公室，大家就默默地回到了座位上。我知道，微信上那个没有老板的同事群要炸窝了。果然，大家开始七嘴八舌地议论起来。"我看这个符有古怪，是不是镇压着什么邪物？""也没准是那种推运的，那估计是老板干的了！"反正大家说了一堆有的没的。我看着照片里的符咒，也看不出个所以然，恨不得现在就飞回家，让五魁给我解释解释。

我正琢磨着，就瞥见了林克的微信，于是发了条消息过去："你在吗？"林克很快回复："在。怎么了，会作法的小姑娘？"我赶紧回："别，我就是个半吊子，就是敏感一些，要论学术，我可比不上你。这不，我正好有个事情要请教你呢。"他很痛快地答应下来，我赶忙把照片传了过去。等了很长一段时间，林克回信息说："这个我不能确定，也难怪你没见过，确实非常少见。如果我没有记错的话，这应该是煞符，是非常少见的一种符咒。"

我赶紧上网查了一下，发现有镇煞符、化煞符，就是没有煞符。于是我问林克："镇煞的、化煞的我倒是见过不少，可是这个是干吗的？"林克回了我三个字，我的包子差点掉地上，他说这是"造煞的"。我这边惊魂未定，他又发来一条信息："办公室是非多，我猜是有心术不正的人在利用这个造煞！"他一说我马上明白了，赶紧接着问："那会对在这里办公的人有什么不好的影响吗？"林克回复说："这个还真的不知道了。不过，我想收集煞气就像吹气球，如果气球不小心炸了，一定会有不好的影响。"我心想是这么个道理，不过关于煞符，我还想问问五魁。

下午，老板让行政发了通知，说明天断网，在家办公。大家心照不宣，这是老板要找人来处理那个东西了。不过白白捞到一天假期，大家也乐得惬意。我收拾东西迫不及待地回到家，把照片摆在五魁面前："五魁，今天我们办公室出现了这个。"

五魁正在洗脸，并没有理会我的意思。"我问林克,林克说这是煞符，还说是有人在造煞。"

五魁听到这里，突然停止动作，看了一眼手机上的照片。他递给我一张手卡，上面写了三个字："去睡觉。"

不知道他从哪里翻出了我做手工的白纸卡，我正要发作，他又递过来一张："赶紧去睡觉。"我只好换了衣服爬上床，好在我是个沾枕头就着的人，不一会儿，他就坐在我床头了。

"二然,你给我说说这个符是怎么出现的。"

我把抱枕搂在怀里坐了起来:"这是一个同事发现的,在洗手盆底下!你想,那个地方一般的人怎么会发现呢?她估计是掉了东西趴着捡东西的时候看到了。后来我问了林克,他说这是煞符,很少见,是拿来造煞的,对不对啊?"

"嗯。"五魁点点头,"这是煞符,但是功能他只说对了一半。它可以用来造煞,但它还有个鲜为人知的用途——监视磁场。"

我一下子就想到了那个到处找五魁的家伙:"啊,那你说它是看着我的对吧?看着我就是为了找到你吧?"

五魁白了我一眼:"你'玛丽苏'附身了吧,全世界都是以你为中心啊?虽然不排除这个可能性,但是我总觉得还有别的原因。一个地方的磁场是相对稳定的,只有很大的变化才会让它产生波动。一旦有波动,收集煞气的煞符就会有所反应。"

我想了想,基本明白:"那它对在这里工作的人会有什么危害吗?"

五魁点点头:"且不说这个煞会不会造出来,周围的煞气都往这里集中,对你们肯定是不好的。你们打算怎么办?"

"我能怎么办,徒手摘符吗?我可不敢。老板应该是请了高人明天去公司,都给我们放假了!"

我想着明天可以睡懒觉,直接笑出了声。五魁正襟危坐地命令我:"明天你要一趟去公司!"

我从床上弹了起来:"为什么?为什么要去公司?我不要,好不容易白得一天假期。"

五魁很严厉:"你要去公司,然后把那边发生的情况告诉我,这些事情之间可能有关联。"

我又被吓到了:"告诉你,你还不跟我去?那多吓人啊,我很危险的啊!我不去!"

五魁露出没有商量余地的表情:"你是那个公司的人,你去了磁场不会有任何变化。一旦我出现,磁场一定会发生变化,那就打草惊蛇了,说不好还会招惹麻烦。"

我哭诉起来:"我为什么这么命苦啊?别人都休假,我还要涉险回公司!大家都养猫,凭什么我这么倒霉?"

五魁突然伸出双手,捧住了我的脸问我:"感受到了吗?"

我心怀疑惑地问:"什么?"

他笑了一下:"肉垫,我这柔软的肉垫可是很少有人可以这么感受到的哟!"我顿时感到一丝安慰,但一想到这个肉垫平时在猫砂盆里踩屎,我就抓狂了:"你给我滚开,不要再摸我的脸!啊!"

 02 龚乙

别人休息你上班,这是世界上最痛苦的事,特别是背后还有一双主子监视的眼睛。十点我准时来到办公室,悄悄地走进去,摸到了自己的座位上,把脸埋在一堆资料里。其实我也很好奇,老板到底会请什么样的高人来。但是加班还这么鬼鬼祟祟的,我还是第一次。

我不停地想,等会儿我要怎么死皮赖脸地留在公司拖延时间呢?要是老板轰我走,我该怎么解释呢?还没想好呢,门外就传来声音,我紧张得心都提了起来。进来的却是龚乙。龚乙是我隔壁组的同事,一个二十多岁的姑娘,模样倒也算俊俏,只可惜是个大大咧咧的男人婆。很多男同事一开始都追求她,后来不知道她用了什么方法跟他们混成了哥们儿。龚乙为什么也会来公司?难道她跟我一样对这件事有着很重的好奇心?

龚乙似乎和我有一样的想法,我俩四目相对的那一刻还略微有些尴尬。事已至此,我只好坦白交代,我是很好奇,所以过来看看。她尴尬地笑笑,说她也差不多。两个心怀鬼胎的人就这样默默地坐在座位上假装在工作。十点半刚过没多久,老板来了。

老板看到我们两个在办公室"加班"的人,先是乐了一下,然后就说:"你俩也别装了,跟我进办公室。"一眼就被识破,我的"戏精"属性都没有得到发挥。我一脸窘态,抬头看龚乙,她却显得很自然。

进了办公室,老板重重地叹了口气:"说吧,是你俩谁干的?"

"啊?"我瞪大眼睛,这才明白这是老板的计策。今天偷偷跑来的人,一定和贴煞符这件事情有关系。我心想这回完了,百口莫辩啊。五魁,你就是活了千年也是根棒槌啊,这就被发现了啊,人间套路深啊!

龚乙慢条斯理地开口了:"老板,不是我。"

没想到龚乙居然是这种人,她抢了我的台词。我看向她,她也看了我一眼,说:"但我觉得卓然也不像是能干出这种事情的人。如果我们两个心里有鬼,也不会明目张胆地来公司。安个简易摄像头,在家躺着就可以对所有的一切了如指掌,干吗非要到现场来?不是很容易被发现?"

我赶紧跟着说:"是啊,真相不可能这么明显啊!"

老板伸出左手的食指和拇指揉搓着眉心，像是被我们说服了："也罢，既然你们来了，就留下来看看能不能帮上忙吧！"他抬起眼睛看了一下手表，"大师应该一会儿就到了。"

又过了十分钟，老板接了个电话就兴高采烈地跑去了门口。我们亦步亦趋地跟在他身后，只见他迎进来一个矮矮的长得很敦实的男人。这人皮肤黝黑，一双眼睛小而聚光，留着一头毛寸，头发倔强地根根直立着，穿着看起来非常轻薄的灰布褂子，脚上蹬着懒汉鞋，背着手，步速很快。他一进来，眼神就瞄过我和龚乙，然后回头跟老板说："今天咱不看了吧。"

老板让他突如其来的一句话搞愣了："怎么……怎么就不看了呢？"

男人嘿嘿一笑："居然还另有高人在，胡老板，你不会是消遣我吧？"老板说："不敢不敢，哪里有什么高人？她们都是我们公司的职员。"老板边说边打量我和龚乙。我心说不好，就这样被看出来了？额头开始冒出细密的汗珠。

男人看着老板，问道："是吗？普通员工？"然后他走到我们面前，依旧背着手，笑道，"龚大小姐，别来无恙啊！"龚乙低着头笑了一下，抬头迎向男人的眼睛："冯大师，好久不见。"我和老板都傻眼了，完全搞不清楚状况地看着这两个人明里招呼暗里较劲。

男人看着龚乙："既然龚大小姐在此，我想我就不用再班门弄斧了吧？"

龚乙笑了笑："冯大师既然都来了，不如一起看看啊。"男人点点头："也好。"然后他看向我，"这位是？"

我吞了口唾沫："我是来看热闹的，真的是来看热闹的！"一着急，我把实话都说了。男人没再说话，老板引着他往洗手盆方向走去，龚乙跟在他身后，我走在最后。

到了洗手盆跟前，老板蹲下身跟男人说："冯大师，那个符就在这里。"

他指了指符的方向。冯大师蹲下去看了看，眼睛斜向老板："没了！"

闻言，我们都是一愣。龚乙叹了口气："果然还是让对方抢先了一步。"

男人笑笑："早就料到了。走吧，我们去看看监控。"

公司的监控是独立的，就在老板的办公室里。老板开门的时候，我轻声说："你们猜这个监控还在不在？"男人和龚乙都没说话。

进了房间，老板并没有直接在电脑上调取监控，而是打开了墙角的柜子。柜门一开，我们几个都傻了，原来这里还有一套监控设备。我望着老板的侧后脑勺直撇嘴，老谋深算啊，你说你另装一套这么隐蔽的监控设备到底是什么目的？

我们按照时间调取了监控。四个人盯着监控器，一点都没有走神。大约凌晨一点钟，一个身影出现在公司门口。这个身影走到洗手盆的位置，踌躇了一会儿，做了几个动作就揭下了煞符。我们将视频画面拉近放大，一张陌生男人的脸出现在屏幕上。龚乙轻声说:"动作娴熟,是个老手。"

冯大师在一边补充道:"手上拿了个血咒乾坤袋,那个符是个硬货。"

我一直没吭声,默默地录音,我怕我晚上回家跟五魁说不明白这些专业名词。龚乙和冯大师异口同声地问老板:"这个人你认识吗?"

老板说:"不认识啊,我哪认识啊?"我望着他的后脑勺,感觉到了他的一丝迟疑。

晚上回到家,我非常自觉地铲屎、喂食,再把录音、录像都给主子看,然后洗洗上床,准备迎接主子真身的到来。我发现我越来越像个奴才了。

五魁拿着我的手机坐在床边,一副似笑非笑的奇怪神情。我问五魁:"孩子,你在怀春吗?"

他瞥了我一眼,这是他表示不屑的惯用动作。不过,我已经习惯了。我问:"这个贴符的人,是追踪你的那个家伙吗?"

五魁摇摇头:"不知道!"

我扔掉手里的抱枕:"什么?不知道?"

他含着自己的手指头:"首先,贴符的人未必是揭符的这个人;其次,他戴了一个人皮面具,你以为我是X光啊?"

我恍然大悟:"对啊,不一定是同一个人啊,说不定是群体作案。哎呀,我应该让老板把之前的监控也调出来看看,看看是谁贴的。"

五魁还是摇头:"没用的,你们老板明显是一副不想让你们知道是谁的样子!"

我诧异道:"你也感觉到啦?我总觉得他好像和那个人是认识的。可是那个人戴了人皮面具,他是怎么认出来的?"

五魁斜着眼睛看着我:"你就不能自己动脑子吗?你会退化的,二然!他要么认出了身形,要么就是认识那张面具上的脸。"

我的下巴差点掉在床上:"什么?你说面具上的脸?你说那是真的人皮?天啊!"

他还是面无表情的样子:"是啊,不然呢?人皮面具不拿人皮做,难道拿马头做?"

我感到了深深的恐惧:"那……那个人,那个人被切了脸,不就……不就死了吗?"我抑制不住自己的情绪,只想找个东西护住自己。

五魁依然面无表情:"自然是死了啊!不然呢?"

我彻底抓狂了:"他们杀人!我……我要报警!给我手机,我受不了了!我要报警,我要找警察叔叔!"

五魁按住我的肩膀:"你报警吧,我支持你。你去告诉警察叔叔,你家的猫告诉你,有个潜入你们公司在洗手盆上贴条的人戴了个人皮面具,所以,你怀疑这个人是杀人犯。我保证警察叔叔不会理你。"

被他这么一说，我恢复了理智。是啊，我最近遇到的这些事说出来会有人信吗？还是不给自己找事了，眼下还是先把煞符的事情弄清楚。我想了想，说："嗯，那之后呢？这件事是不是到此就断了线索了？"

五魁点点头："基本上可以说没有线索了。人皮面具的事情不能作为线索，制作人皮面具的方式有很多种，杀人的确是一种。但为了不引起别人注意，更多人会选择盗尸，只不过需要刚死的人的尸体，尸体超过二十四小时就不能用来做面具了。所以想借助警方查到这张脸是不太现实了。我们自己查死人，数据量太大，也是大海捞针。不过，你这一天加班也没有白加。这个龚乙，你知道是谁吗？"

我摇摇头："我怎么知道？今天之前，我还以为她只是个普通的同事。"

五魁把玩着我的手机："龚家是从千年之前就开始研习符咒和术的术师族。历朝，龚家都有为皇家办事的人，我就遇到过两个。龚乙，她叫龚乙，那就没错了。她就是龚家术的新传人。龚家的传人六十年出一个，每一甲子，他们就会选出一个龚家的精英，授以秘术和龚家传人特有的名字。他们的传人是以天干命名的。龚乙，应该已经是第十七代传人了。"

我掰着手指头算了算："为什么是十七代？第十七代不是应该叫龚庚吗？"

五魁瞥了我一眼："谁告诉你他们第一代传人叫龚甲啊？"

我放下手："所以呢？"

他看着我："所以龚家的第一代传人叫龚己。"

他说完这句话，好像想起了什么。我看着他一脸沉思的样子，问："喂，你和龚家之前的传人是不是有过什么故事啊？"

五魁并不理会我好奇的心情，说："我觉得龚乙出现在你们公司这件事，倒是可以好好查查。堂堂一个龚家传人跑去你们公司，一定是有什么原因的，你好好查查吧。"

我抱怨道："查什么查？你又让我加班又让我查同事。其实我最大的梦想就是混吃等死好吗？我等着你带我挖块大金子，然后我就天天在家数钱了，我才不想去上班！"

五魁伸出食指戳了一下我的脑门："二然，你能不能有点追求？混吃等死有什么好？这一世不就白活了吗？"

看着一个十二三岁、长得很嫩的小男孩教训我，我的心里十分不爽。可是，我又不得不承认他说得对，只能打岔："那个冯大师又是什么人？他好像认识龚乙，话里话外还一副交过手的样子。"

五魁仔细端详了我偷拍的冯大师的照片："不认识，冯这个姓氏，我也不熟悉。总之，这件事情现在头绪断了。但是没准儿能从别的地方查到，你要看好这个龚乙。"

周五，我带给五魁的第一个消息就是——龚乙没有辞职。

我本来想着晚点给小脏猫打电话，没想到她的电话却先打了过来："二然，你这两天有什么安排吗？"

我还在想怎么开口说要去她家留宿，她就先开口了："你能来我家陪我两天吗？"小脏猫的个性我很了解，这么多年的朋友，她一直高傲冷漠的，一副生人勿近的样子。跟我相处，她也是一言不合就奓毛，特别凶猛和独立的那种。她这么说话，肯定是遇到了什么麻烦，我第一个想到的就是闹鬼，但是我没有直说，正好借机让她体会一把我的重要性："啊？这周末呀，我本来约了同事，什么情况呀？"

"嗯……"她犹豫了一下，"我觉得我家里有点不对劲，总是……总是有些异响，吃的东西也总是莫名其妙地消失了。"

"啊？你确定不是你自己吃掉然后忘了，或者你半夜梦游吃掉了？"

"你才梦游吃掉了！你赶紧过来，别废话！"

"哦，好吧！"别人都是吃软不吃硬，我这个人是都吃。

没等到周六，我就简单收拾了一下，带着五魁出门了。

小脏猫家看不出有什么不同，东西一如既往地乱丢乱放。我把五魁从猫咪包里放出来，这家伙开始东闻闻西闻闻。小脏猫看着他的样子问我："你家五魁怎么了？怎么变成狗了？"

我露出一副"你懂什么"的表情说："我家五魁现在可是神兽！他帮你找找消失的食物都去哪了！"她白了我一眼，我发现她的表情有时候和五魁是一样的。

晚上趁小脏猫没注意，我在上卫生间的时候把五魁悄悄地放了出去。因为关着灯，她也没有察觉到，我们聊到一点多才睡。我躺下没一会儿，五魁就出现了："二然，我有新发现！"

我好奇地看着他："快说，发现什么了？"

他沉吟了一下："我发现了很多困咒！你先别提问，你见过蜘蛛网吗？"

我点点头，他继续解释："这个网界就是那张大网，上面的小的黏点，就是困咒了。它可以困住那些能力比较弱的妖物和灵气，就是可以捕捉到流动的磁场。网界因为被冲撞了，所以破了个洞，于是有人就在网界上放了困咒。"

我瞪大眼睛："你是说，这些困咒是用来捉你的？"

他白了我一眼："我是能力比较弱的吗？这些困咒是为了困住那些小东西，然后吸取它们的能量。他想重新把网界结起来，我们不能让他得逞，也不能让那些无辜的小东西受害。"

我想象了一下他说的那些无辜的小东西，他们可能都长得跟那个脑袋顶上长牙的大肉虫一样。想到这，我就头皮发麻："你确定他们是无辜的……小东西？"

他点点头，笑了一下："回头我捉一个给你看看。"

我赶紧摆手:"不要了,你不要捉些奇形怪状的东西来吓唬我行不行?"

他叹口气:"没见识的两脚兽!说到捉,你能不能帮我准备点东西?我要红色的小布袋,手掌一半大小就可以!"

我哼了一下,心想,我有反抗的权利吗?你说需求就好了……想了一会儿,我问:"你打算什么时候要?"

他想了想:"你笨手笨脚的,让你现在缝一个,你估计也要很久才能弄出来吧?下周怎么样?"

"居然说我笨手笨脚!"我气不打一处来。

他恢复了面瘫脸:"给我把门打开!"

我帮五魁打开了门,他径直走进房间,趴在地上开始呼呼大睡。我看着他,也不知道这一晚上他跑去了哪里,一副很累的样子。突然,一种母性油然而生,我轻轻地抚摸着他的背。他的耳朵轻微动了动,但是他并没有睁开眼。

我借着引蛇出洞的名头,翻出了小脏猫的所有零食,挨个打开,每样尝几个,然后随意摆放在房间里。她对我的行为敢怒不敢言,让我有一种报复的快感。

然而一直到傍晚,一种食物都没见少,更没有消失。我看着小脏猫,她赶紧说:"你别看我,可能你阳气盛,它们怕你。前几天真的会消失啊。"

我看了一眼五魁,他一副"你们两脚兽都是傻子"的样子。下午不出门,小脏猫提议一起收拾屋子。恰巧收拾屋子的时候,我看到她有两个红色的布袋子,就问她:"你这些小红布袋子是从哪里来的?"

她拿过来看了一眼:"求护身符或者买手串的时候送的!"

我翻来覆去地看了看,发现还不错。我拎起来冲着五魁晃了晃手里的布袋子,五魁舔着爪子点了点头,我这算又给主子干成了一件事。于是我问小脏猫:"这红布袋子你还要不要?不要我就拿走了,装点东西!"

她一副"你还喜欢这个"的表情:"拿走吧,还有两个,等会儿要是看到了也给你!"我赶忙点点头,多了些许帮她收拾房间的动力。

我们一直收拾到晚饭时间,吃过饭,我就提出了遛弯儿的要求。希望五魁能趁这个机会看看小脏猫家里到底进了什么东西。我们在外一边溜达一边聊天,回到家洗了澡,两个人都已经困得不行了,倒头就睡。

睡得正沉,脚被五魁弹了一下,我睡眼惺忪地看着他:"怎么样?找到什么了?"

他晃了晃手中的袋子:"抓到了,原来是他!"

我顿时清醒了一半:"什么?你抓了什么啊?等等,是不是很可怕?"

他把红布袋放在茶几上:"不吓人,还很可爱呢,是一只小狗。"

我一下子兴奋起来:"小狗?毛茸茸那种,是咱们正常理解的那个小狗?"

他点点头:"不过有一点不一样,他是狗头人身!"

我就知道不是那么简单:"狗头人身?"

他看了我一眼:"瞧把你吓得!其实还是很可爱的,他是盘瓠的后代。"

我没听清他说什么,大概也是因为没有文化吧:"你说什么胡?"

他重复了一遍:"盘瓠!二然,你能不能看点书?远古时期,一位老婆婆患耳疾,找大夫来看,从耳朵里取出一只茧子,后来这只茧子长大了,成了一只五彩斑斓的狗,叫盘瓠。后来遇到战争,敌国来犯。皇帝说,谁要是能退敌军,就把他的三公主嫁给谁。于是盘瓠趁敌军将领醉酒,就把他咬死了。皇帝一看盘瓠是一只狗,就想反悔。这个时候,盘瓠让皇帝把他扣在金钟里七日,说七日后他能变成人。于是,盘瓠就被扣在了钟里。可是到了第六天,公主怕盘瓠饿死,就把金钟掀开了,发现他全身都变成了人形,但是头没有变,不过公主还是嫁给了他,生了很多后代。后来有个犬封国,他们的后代就住在那里。这只是传说,虽然不知道这家伙是不是真的这么来的,但他确实存在。"

我恍然大悟:"这样啊!我能看看吗?"

他拿过袋子问我:"你确定吗?"

我吞了口唾沫问他:"有多大?"

他想了想回答:"跟我现在这样差不多!"

我打量了他一下,又想象了一下,胆小地摇摇头:"那个……还是算了吧!他今天白天也在这里吗?"

五魁又把袋子小心地放回去:"在啊,白天都在。这个房间被困咒困住,他还在幼年,力量太小,出不去。"

我想了想:"可是我打开那么多吃的,什么都没见少啊,他没吃东西吗?"

五魁白了我一眼:"吃了啊!你只顾看着你的吃的,你看了我的吃的吗?我的猫粮都快被他吃光了!"

我一时哑口无言。

从小脏猫家回来,我收到了五魁的一张清单,上面写的是他让我准备的法器:红色的小袋子若干,黄色的符咒纸若干,记事本一个,红色的手绳两根,一个可以让他背东西的小背包。

于是,在万能的购物网上,我找齐了所有东西,包括一个粉红色的给宠物的小背包。可当我把这个背包给五魁的时候,我看到了他鄙视我的眼神!于是,我又给他准备了同款式的荧光绿的背包。

当晚,他就跑到我梦里对我进行了控诉:"二然,那个粉红色的背包是什么意思?"

我一脸乖巧:"我觉得很好啊,很配你的毛色!"

他马上奓毛:"作为一个男孩子,我怎么可以背粉红色的背包?"

我早就料到他会对那个背包产生这样的态度:"后来我不是给你买了个新的吗?荧光绿,时髦炫酷啊!"

他伸手扶住了额头:"我说你是不是傻?我是出去执行隐蔽任务的,你让我背个荧光绿的包!你怎么不让我装个喇叭,时时刻刻播报我的位置啊?你见过哪个夜行人出去,自带闪光和惹人注目的东西啊?"

这个我确实没想到,但还是不肯示弱:"我是担心你被车撞了啊!"他懒得理我。我只好讪讪地说:"哎呀,我再给你买个黑色的就是了,你早说嘛!"

他扭过脸不再看我:"等你把这些东西备齐了,我就要开始在附近寻找被困咒困住的东西了。到时候你记得每天晚上把我放出去,早上你上班之前,我会回来的。"

我赶紧应声,顺便问问他那些法器的用途:"红色的小布袋是用来收他们的吧?符纸肯定是拿来画符的,记事本是拿来记录的,这两根绳子是干吗用的?"

他将绳子拿在手里:"是用来通信的。"

我好奇地问:"通信,你是说,你拿着绳子就能打电话?"

他白了我一眼:"我是只猫,我给谁打电话?我认识几个人?你见过别的猫打电话?这只是咱俩的通信设备,可以感应的。"

我从他手里拿过红绳:"就这玩意儿,能起到定位导航的作用?"

他一脸嫌弃:"没见过世面的两脚兽!当然,只要施了术,它就可以直接让我俩有心灵感应。我的处境和地点,甚至状态、语言你都能感应到,比定位导航厉害多了!"

"那就是说,你不用通过我的梦境也可以和我说话?那你以前怎么不用?害我白睡了那么多觉!"

他哼了一声:"睡觉不好吗?缺觉会变成老太婆的。"

我懒得理他,翻身打算再睡一会儿。

一大早,我就被五魁的猫爪子拍醒,一看表还没到点,这厮一定是找我有什么事情。我刷牙、洗脸、梳头,他都跟着我,他水和食物都不缺,我不明白他想干什么。直到我准备出门,他也跟着我时,我才知道他是要出门。

真是儿大不中留,我开了门,他一溜烟地消失在我视线里。说实话,我真有点不放心。我不安了一整天,直到晚上,我走进楼道时发现他在门口等我,我的一颗心才放下。我冲上去抱住他,亲了亲,他难得地没有拒绝。

晚上洗完澡,我发现五魁蹲在桌子上等我。我平时是不准他上桌子的,我走过去，发现他脚边放着两根红绳。我取了一根系在手腕上，不大不小刚好。另一根，他示意我系在他的脖子上。我拿着红绳先在他脖子上比了比，生怕太紧勒到他，调整好后才给他系上。在系上那一刻，两根红绳同时消失了。

"二然！"

我听到他叫我，知道这不是梦。

"五魁？"我也试着叫他。

"二然，你不用喊出声音，用念力再试试看！"

念力？啥玩意儿？超能力吗？我在心里想着"五魁"，他却没有反应，我继续想"五魁"，他还是没有接收到。

"好吧，这个需要一定的时间适应，暂时恐怕是我能隔空和你对话，你只能当面跟我说话！"

我只好大声地"哦"了一下。

突然想到了什么，我看着五魁说："你不会窥探到我的想法吧？"

他舔舔爪子："你现在喊我我都听不到，别说你想的那些乱七八糟的了！"

我瞪着他："那你怎么知道我想了乱七八糟的？"

他突然眯起了眼睛："哈哈，你说你想了什么乱七八糟的？居然自己还承认了，你一定想了不可告人的事情！"

我第一次见他这么笑，不对，是听他这么笑，还真是吓了一跳，但心里有些气愤，懒得再和他说话了！

不到一个星期，五魁的小黑背包就到了。看着他上蹿下跳的样子，我就知道这次他很满意。"二然，把我施了术的布袋和符纸放进去吧，在茶几下。"

于是，我撩开桌布，拿出茶几下的布袋和符纸，仔细看了看，突然笑了出来。每个布袋上都隐约有个猫爪印，符纸也印了猫爪印。这个印着猫爪印的布袋，实在不像什么法器，倒像是那种可爱的零钱包，真是太可爱了。"这就是你用来收他们的法器？你不觉得他们有点可爱吗？"

五魁龇龇牙："你懂什么，两脚兽！那是我族特有的封印，比起龚家的龚家术都不差！"我越看越觉得可爱，于是让他留下了一个给我。

晚上，我帮他收拾好背包，还问了一句："确定今天就要去吗？"

他"喵"了一声。我心想，这厮都懒得回答我了。"要不要给你带点吃的？"他转过身，侧过头。我明白了，那意思就是赶紧给他装上。我给他放了一袋零食，又帮他打开门，还不忘叮嘱"要小心点啊！"，活像是目送儿子上学的妈妈。他回头看了我一眼，消失在楼道里。

其实这一宿我是没怎么睡踏实的。我不知道那个追踪五魁的家伙到底是谁，但是我预感到那个家伙一定不好对付。五魁现在还没有完全恢复能力，要是和他正面交锋会不会吃亏？如果碰到别的什么东西呢？如果被坏人捉了去怎么办？我就这样翻来覆去想了一宿，半梦半醒的，直到天亮。

天一亮我就赶紧去打开房门，还好五魁如约回来了。他像一个加了一夜班的人，看起来风尘仆仆的。

"二然，把我的背包摘下来，里面有个东西，你可能会喜欢。"

我摘下他的背包，按照他的意思拿出一个鼓鼓的布袋，我知道这是他昨晚的"战利品"。

"这里面装了一只流冥，你打开来看看！"

我捏着布袋，有点担心地看着他："你不会坑我吧？不会打开后看到一个奇形怪状的东西吧？比如脑袋上长牙，或者有好多腿的虫子。"

他没好气地说："才不是呢，很漂亮的。这东西不太常见，我好心捉回来给你，你不看算了。"我赶紧嬉皮笑脸地表示我要看。

我打开布袋，从里面飞出一道光。光停在半空，慢慢晕开。那是一只散发着光的蝴蝶，翅膀很大，有巴掌那么大，几乎没有身躯。它扇动翅膀，就会发出阵阵声音。我仔细分辨，好像一个女人在说话，"曲宁，记得打开盒子""曲宁，记得打开盒子"。我好奇地看着五魁："你听到了吗？"他"喵"了一声当作回答。"它在说什么？它为什么会说话？它有人的意识？"

"并不是！"五魁跳上沙发，近距离看着这只流冥，"流冥是一种没有意识的灵，也就是一个无意识的磁场。它们就像大海中的浮游生物，只是存在，不会思考。但是它们有很强的复制能力，在遇到大的磁场的时候，就会复制下这个磁场的信息。这一只，好像是遭遇到了一个很强的磁场。这个说话的女人的念力被它复制了。人突然有这么强大的念力，很可能是遗愿。"

"啊？"我吃了一惊，"你说我们听到的是一个人死前最后的声音？"

五魁想了想："也不一定是声音，可能是想法。总之，这很有可能是一个女人死之前最想说的。"

我反复听着流冥发出的声音，突然感觉这声音里带着期盼和辛酸，不由得有点想哭。我不知道这个声音背后有一个什么样的故事，但是，如果这是一个人最后的愿望，又恰巧被我听到了，那么我想帮她实现。我看着五魁："我想去找找这个叫曲宁的人！"五魁蹦下沙发："你这个女人，我就知道你爱管闲事！"

要在茫茫人海中找到一个人，实在是太困难了。我连续想了两天，都没想好应该怎么办。每天上班下班，我都对着电脑或者手机出神，到底去哪找这个叫曲宁的人呢？

　　我问了一下五魁，流冥的活动范围有多大。在得到确定的答案之后，我在地图上画了一个圈，缩小范围，这是第一步。

　　在这个圈里，一共有六条路，大概涵盖了三个小区、一所学校和几排商品房。晚上，我和五魁说了我打算排查这一带的想法。他被我整得很无奈："你知道这个圈里住了多少人吗？你要怎么排查？"

　　我拿着笔记本，一边想一边随手写写画画："我们在这调查附近发生的事故、自杀事件、命案。这附近又没有危险的场所，应该不会有别的突发事件吧？"

　　五魁不置可否："但我只说遗愿是一个可能性，不一定就是遗愿啊。而且，我们也不知道事情具体发生的时间。"

　　我点头赞同："是的，所以半年以上的，咱们不排查，因为过去了半年，人的心态和处境都会有所变化，那这份遗愿可能也不会再有实现的价值。如果不是遗愿，那么这个人一定已经自己完成了愿望，也不用查。所以，我们只需要查找半年之内这个地方发生过的意外事故、自杀和谋杀事件就好。"

　　五魁仰着头："太难了，这个上哪里去查啊？"

　　我想了想："你说这种事情平时谁知道得最多？"

　　五魁看了看："当然是警察呀！"

　　我摆摆手："别说官方途径，非官方的呢？"

　　五魁看着我："那就是……大爷大妈们？"

　　我拍了拍他的头："对咯，就是他们。另外，这一带应该也有不少流浪的小猫小狗，你也贡献一份力量嘛。"

　　他摆出一副不耐烦的模样："拜托！你知道我是一只家猫，我从没在外面和那些流浪小动物有过什么交流啊！"

　　我蹲下来看着他："那就去交流啊！你没有同类的朋友，以后可怎么混呀？你的这些同类数量众多，它们身形矫捷，简直是打听消息的高手啊！"

　　五魁眯起眼睛想了想："好吧！"

　　我依然每天晚上送他出门，叮嘱他注意安全。他会在侦查的过程中抽空帮我打听这件事情。我将附近五个广场舞大妈的活动场地圈出来，打算晚上挨个走走看。

　　我连续出去三天，搜罗了一堆乱七八糟的消息。有男孩上学骑车被撞的，有妇女跳楼自杀的，有公司职员出车祸的，每个名字后面都有一个生命消逝的故事。不想再坚持的时候，我就放出流冥，听着那一声声"曲宁，记得打开盒子"，我就觉得还是不要放弃。

　　还有两个场地没看。这天，我照例在广场上找个地方看大家跳广场舞。等到散场了，我跟领队大妈借了个扩音器，说："各位大爷大妈，我想向你们问点事情。我有个朋友的爱人在咱们这一片工作，可是有一天来上班之后就失踪了，也没回去，我们猜想，她可能遇到了事故。我想问问大家，咱们这边近半年发生过什么……什么事情吗？"我不想提"命案"这两个触目惊心的字，我担心这些大爷大妈会很讨厌这个词。他们交头接耳了一番，纷纷说没有。

看来今天我要无功而返了。正沮丧时，我抬头看到一个戴着黑框眼镜的大爷站在我面前，心里马上燃起希望，问："大爷，您是有消息吗？"大爷摇摇头："没有，没有。但是我是这附近街道办事处的，我可以找人帮你查查我们这边的资料。我给个地址，你可以明天来找我！"我如获至宝，我之前怎么就没想到向组织求助呢？

一早，我就来到那个街道办事处。原来昨天那个大爷是这里的负责人，他喊了一个小姑娘帮我查这些事情。其实这些事也不是他们负责的，但是他们把这些事都一一记录了下来，也是怕将来有人来找。

在资料里，我看到了两个女人在这段时间发生事故的资料。一个叫洛司莹，是一个28岁的老师，两个月以前骑车上班，在附近发生了车祸，在送往医院的途中抢救无效身亡。另一个叫何心蓓，是一个29岁的公司职员，一个月以前，她到工地送图纸，失足坠楼，当场死亡。

失足，当场死亡，她应该来不及思考。于是，我记下了那个叫洛司莹的女人。下午我就去了当地派出所，以洛司莹远房表妹的身份，知道了事情的经过。然后，我拿到了那个来领走她遗物的男人的电话号码，他叫曲宁。

我和五魁，一人一猫坐在桌前，盯着电话号码整整两个小时，还是没想好怎么和曲宁说这件事。毕竟，时间才过去两个月，这对他来说还是太短了。

我看着五魁："要不你来打？"

五魁看都没看我一眼："对着话筒喵喵喵吗？"

我握紧了手，手心有一层汗："可是我不知道怎么说。"

五魁斜着眼："你这么胆小，怎么管闲事啊？"

我被他一激，拿起电话拨了出去。

"嘟……嘟……嘟……嘟……嘟……"

在我几乎要挂断电话的时候，对面传来一个男人的声音："喂？"

我忙整理情绪，紧张地说："您……您好……请问是曲宁吗？"

男人的声音中透着疲惫："对，我是。你是谁？"

我深吸了一口气："我叫卓然，是洛司莹的朋友。"

空气凝固了几秒，我听见对方沉重的呼吸声："嗯，你有什么事情吗？"

我脑子急速地转,可是嘴巴却不听使唤:"那个……莹莹走那天,其实有话想跟你说……"

对方粗暴地打断了我:"首先,我从来没听说过你的名字,如果是莹莹留下了什么话,我想至少传话的那个人我应该听她提起过。其次,她走得很突然,什么也没有留下,请你不要拿这件事情开玩笑。"

电话被挂断了。我像一个泄气的皮球一样瘫在沙发上,一身的汗。我有点怀疑自己这么做到底对不对。

十分钟以后,我又拨通了他的电话。看得出对方的教养很好,他还是接了:"你到底想怎么样?"

我急忙解释:"我知道这听起来很荒谬,但是她托梦给我,告诉我你的名字,告诉我她有话想告诉你。"

对方已经不耐烦:"托梦给你?那她为什么不直接托梦给我呢?"

电话又被挂断了。

我思考着到底怎样才能让他至少听我把话说完。我看着五魁:"流冥的声音能通过电话让他听到吗?"

五魁看着我:"喵!"

我打开布袋,放出流冥,听着一声声的"曲宁,记得打开盒子",又一次拨通了电话,心里默念着"一定要接,一定要接啊"。

过了好一会儿,对方还是接通了电话:"你到底想干吗?你再这样我要报警了。"

我急忙说:"你听!"

隔着听筒,流冥的声音传到了他那里:"曲宁,记得打开盒子!"

对方大喊:"莹莹,莹莹是你吗?莹莹……你在哪啊?"

我在电话里听着他嘶吼了一分钟。当他发现这是始终重复的一句话时,他才回过神问我:"你是谁?这是怎么回事?"

我想了想回答:"这样,我觉得我们还是当面聊比较好。"

他答应跟我见面聊,我们约了周六上午在他家附近的咖啡厅见。我才发现,我们离得并不远。

周六那天我带着五魁先来到了咖啡厅,不久后他如约而至。曲宁给我的第一印象挺好的,他个子挺高,脸色苍白,下巴上满是胡须,但是收拾得干净利索。一落座,他就问我整件事情的来龙去脉。我跟他说我是个会通灵的人,无意间遇到了一种不属于这个世界的生物。那种生物叫流冥,上面有洛司莹残留的一段信息。曲宁说想看看流冥,我扯了个谎,我说流冥只有我能看到。他问我那他为什么能听到,我说我用了某种秘术。他叹了口气,最后问我,我找他是为了什么。我告诉他,我只想了却一段遗愿。

他给我讲了他和洛司莹的故事。他们是夫妻，结婚三年，最近准备要宝宝。出事之前他和洛司莹吵了一架，洛司莹闹脾气，说要离婚，然后他就拎着东西去出差了。在那之后，他赌气地挂断了洛司莹打给他的几个电话。他希望她能因此而冷静几天，将近一周，他们都没有再联系。等出差回来，他已经不再有脾气了。他回到家没有看到洛司莹，以为她没下班，可是他再也没能等到她下班，只等到了警察打来的电话。她出了车祸，就在他回来的那一天，还没送到医院，人就没了。

他后悔地咬住嘴唇："我不会同意离婚，我以为我们还有很长很长的时间可以慢慢把矛盾化解，所以我没有接电话。可是我再也没有机会见到她了。她走得那么突然，连一句留言、一条信息都没有留下，我真的接受不了。"

我深深吸了口气："她说，让你记得打开一个盒子，那个盒子在哪？"

曲宁茫然地摇摇头："没有，我这段时间一直在翻看她的遗物和她留下的东西，没有，没有什么盒子！"

我不甘心："那会不会是快递？再不然是礼物？"

曲宁还是摇摇头："我办手续的时候，去过她的单位，什么也没有，没有快递。"

这些天我反复听着流冥留下来的信息，我的直觉告诉我，洛司莹一定给曲宁留下了什么。我小心翼翼地问："我可以去你家看看吗？"

他抬起头看着我，迟疑了一下，点了点头。

曲宁的家被他收拾得非常干净，他苦笑着告诉我们，以前都是洛司莹收拾，她走了以后，他像被她影响了，不自觉地开始收拾屋子。他拿出她为数不多的遗物：一身衣服、一块手表、一部手机、一把钥匙、一台笔记本电脑、一包纸巾、一个钱包和一个小背包。的确没有盒子。我打开猫咪包，放出五魁，希望他能帮我找到点线索。

"她走了之后，无论是你的公司、她的工作单位还是这里，或者是你们父母家，都没有收到过快递吗？"我不甘心地询问。

他点点头。

"那天是什么特别的日子？她知道你要回来，会不会给你准备什么礼物？"我一边问，一边扫视整个房间。

曲宁摇摇头："我平时没有什么爱好，不抽烟不喝酒，顶多吃点零食。"

我长长地呼出一口气，洛司莹给我们留下一个大难题，我真的不知道如何解开。

我们陷入了沉默，曲宁蜷缩在客厅的一角，用手撑着头。看样子，他还是很痛苦。

我反复想着洛司莹的话和曲宁的话，突然想起什么："零食？你有多久没有打开冰箱了？"

他被我吓了一跳："冰箱？冰箱……哦，冰箱，她走了之后，我就没怎么正经吃过东西了。"他看向冰箱的位置。

我冲过去打开冰箱，在里面寻找。在水果后面，有一个巴掌大的盒子，里面放的应该是点心一类的东西。我把它拿给曲宁，问他是不是这个。

曲宁接过盒子，颤颤巍巍地打开，五魁也在一边"喵喵"叫着，我们的心都提了起来。

盒子里安安静静地躺着一块苹果派，那可能是曲宁最喜欢的甜食。苹果派旁边有一张手写的纸条，上面写着"我想我们以后的日子依然会很甜蜜！老公，对不起！"。曲宁终于忍不住失声痛哭，他将纸条握在手掌中，紧紧地按在心口上，大口地呼吸。我没办法不动容，也不忍心打搅他，带着五魁默默地退出了房间。

有些时候，我们觉得离别很短，它却被拉得那么长；有些时候，我们觉得一生很长，可是转眼就消逝了。

到家以后，我收到了曲宁的短信，他说"谢谢你"。

03 橘鹤暖

一直忙了半个月，我感觉特别累，好不容易到了周末休息一下，一早却被电话吵醒。我迷迷糊糊的，也没看来电显示就接起了电话。电话那头传来一个不太熟悉的男声："你好，请问是卓然吗？"

我还没有完全清醒："嗯，是我。你是哪位？"

对方赶紧说："我是林克啊！"我不知道林克找我有什么事情，但以我们的关系，如果没有事情，他应该不会找我。我回应他："哦，林克，好久不见。不好意思，我没听出来。"

他笑着："没事没事。今天有空吗？有件事情想跟你聊聊，方便的话，咱们面谈呗，我请你吃个饭，约在你家附近就可以。"

在他一连串的安排下，我已经感觉到他非见我不可的决心。我估计如果我说今天没空他就会约明天，明天没空他估计就会去我公司堵我了。这种情况，如果不是他想追我，就是真的有很重要的事情。我赶紧说："嗯，那个，下午可以，正好下午没事。"

对方明显松了一口气："好好，那你想吃什么？"我想了想："吃饭就算了，咱们找个咖啡厅坐下来喝点东西慢慢聊，就下午两点吧。"他爽快地答应。

挂了电话，我一看表，才八点，正好起来把门打开，把五魁放进来，顺便去了一趟洗手间，然后睡个回笼觉。

十点钟，我睡醒的时候五魁还在睡觉。我不厚道地拍醒了他："我下午要去见林克，你要不要一起？"

他打了个哈欠："你去见林克，喊我干吗？我不要去当电灯泡！"

我急了："什么电灯泡？我俩又不是谈恋爱。他估计是有事情找我帮忙，他能找我帮什么忙呀？"

五魁翻了个身："你俩每次联系不是作法就是看符，不用说，他找你肯定还是这点事情，你也确实没有什么好追求的！"

我揪住他的耳朵："你说什么，四脚兽？"

他白了我一眼："看上去是问我去不去，实际上就是通知我要我去！"

我看着他:"那你去还是不去?"

他四脚着地,身体使劲向后面弓着,伸了个懒腰,然后抖了抖一身黑毛:"我不去你也不会放过我,对吧?五包小鱼干!"

我瞪着他:"你居然学会跟我讲条件了?小鱼干?你的罐头不够吃吗?要小鱼干干吗?"

他走到水盆旁边喝了口水:"还不是你让我出去社交的?难道交朋友不用请吃饭吗?"

我看着他,心想不能让他这么顺利就得逞:"两包!"

他转身看看我:"四包,不能再少了!"

我把他抱起来,瞪着他:"三包!不然明天带你去洗澡!"

他似乎有点生气,从鼻子里哼了一声:"好吧,成交!"

我带着五魁到了咖啡厅,林克已经坐在那里等了。他看了看五魁,笑了:"你这猫够黏人的,到哪里都带着。"

我看到五魁转了个身,赶紧说:"不不不,是我黏他。"

落座以后我随便点了点儿东西。林克是个理工男,废话也不多,直入主题:"我这个人也不太会绕弯子,就直接说了吧。今天找你,是想跟你请教点事。我有一个老领导,家里有个小孙子,因为是三代单传,家里宝贝得不行。前几天,这孩子突然在他家院子里自己跟自己玩了起来。按理说两三岁的小孩,自己玩不算什么,可是这孩子除了大声自言自语、追跑,还常常将零食扔在地上,那感觉仿佛有个看不见的小孩在和他一起玩耍,把家里人吓坏了。老领导的家在单位的大院子里,毕竟……没办法公开找个师父给看看,听说我稍微懂一点,就找我去看了。一开始我也没太在意,觉得他家里人说得有点邪乎了。后来我看了那孩子才觉得不对劲,越看越觉得不对劲。可我随身带的法器一点反应都没有。"

他一边说一边从背包里拿出一个东西,这东西外形看着像一柄短刀,准确地说,更像一个降魔杵。但与降魔杵不同的是,它的中间部位有一截是可以转动的,上面刻着一些我看不懂的纹路。"这是……我家祖上传下的,这东西很厉害,有妖魔鬼怪出没就会有反应,屡试不爽。可是这次居然一点动静都没有。我也没有别的办法了,就来问问你。"

我对那个降魔杵一样的东西很感兴趣,问道:"你这个能给我看看吗?"

他递给我,我拿在手上仔细瞧,但更主要的是给五魁看看。这些我不懂,看看五魁能不能说出个所以然。

我看见五魁饶有兴趣地盯着那东西看,于是我翻来覆去地把玩,想让五魁看仔细。

林克眼巴巴地看着我,好像在等我回复。我这才想起我们正在谈的事情:"这样吧,你看他们什么时候有空,约个时间,我过去看看。"

林克笑道:"现在就有!"

我心想,又不是你家,你怎么知道人家有时间?他似乎看出了我的不解,赶紧解释:"孩子都这样了,一家人慌得跟热锅上的蚂蚁似的。我跟他们说过你了,他们随时恭候着呢!"

听得我额头上的汗都出来了:"天啊,这么大阵仗,你说得我都有点心虚了。"

他只是笑着摸了摸后脑勺,他确实不太会说话。

我们打了一辆车直奔那家去了。大约半个小时,车子停下登记,然后开进一个门口有警卫的院子,里面有很多房子,看样子都是家属楼。在一栋三层楼的老房子前面,车停了,我和林克下车。我看了看周围,这栋老楼的第一层就是院子,这大概就是那个孩子玩耍的地方。相比外面的老旧,领导家里倒是装修得挺精致,一进门有种别有洞天的感觉。我看到一对年轻夫妇迎了出来,他们应该就是孩子的父母了。女子非常客气地说:"林老师,您来啦。"林克笑着介绍我:"这是我跟你们提起过的卓然。"夫妻二人看到我时愣了一下,然后伸手过来与我握手。他们回头跟林克说:"您说是个年轻女孩,但真没想到这么年轻。"我明白他们的言外之意是,这么年轻的小姑娘行吗?

他们把我引进房间。沙发上坐着一个头发有点花白的老者,见林克进屋,他就招手:"小林,动作挺快,还是这种作风啊。"

林克又把我介绍一遍,老爷子赶紧握住我的手:"还麻烦卓老师帮我们看看。"

然后他扭身向屋里喊:"豆丁,来!"

屋里应声跑出来一个小男孩,两三岁的样子,手里拿着飞机,口中模仿着飞机飞行的声音。他张着胳膊跑了出来:"爷爷,爷爷,这个飞机好玩,我等会儿要拿给小哥哥。"

老爷子明显叹了口气,但依旧摸着孩子的头:"好好好!"然后一脸无奈地看着我。豆丁似乎注意到了我提着的猫咪包,跑过来问我:"大姐姐,这是什么啊?"

真有眼力见儿,居然喊我姐姐。我心里十分舒爽,脸上也露出了和蔼的笑容:"这是姐姐的猫,叫五魁,你愿意跟他玩吗?"

见豆丁看了看他的爸爸妈妈和爷爷,我赶紧说:"五魁非常乖,不会有任何危险。"

他们点了点头。得到首肯的豆丁赶紧帮我一起放出五魁。五魁被放出来,很快和豆丁玩到了一起。

我坐下来看着老爷子:"林克已经跟我说了情况,我能问您几个问题吗?"

老爷子很和蔼,笑着说:"可以可以,只要能帮到豆丁,问什么都行。"

我想了想:"这个房子你们住了多久了?"

老爷子想了想："有四十年了。这房子按照现在的说法来说算是个期房，没盖好的时候指标就已经分到我们手里了，小鹏也是在这里长大的。"

他指了指年轻男子，我点点头。年轻女子给我倒了杯水，而后和她老公一起坐在沙发上。"那豆丁这样有多久了？"我接着问。

老爷子没回答，女子开口了："从我们发现不对劲到现在大概有半个月了吧，但这孩子之前就喜欢在院子里到处跑着玩。"

我看了看院子，有个百十来平方米："豆丁平时不上幼儿园吗？"

女子忙说："上的，只是前一阵子生病，就一直没有送去。"

我看着她："生病？你是说豆丁生了一场大病？"

我猜测这孩子是生病时撞见脏东西了。女子点头："嗯，发烧了，烧了一个多星期才好的。"

我赶紧问："医生怎么说？"

男子这时候接过话："医生说，看化验单就知道是有炎症。可是输液打针也不见好，就让豆丁住院。我们都打算办手续了，可到了住院处一量，温度已经降下来了。"

我想了想："能不能让我单独和豆丁聊聊呢？"三个人互相看了看，表示可以。

我不想把气氛搞得太紧张，所以我就以一起玩的名义去了豆丁的房间。豆丁抱着五魁蹭啊蹭，蹭得五魁一脸生无可恋的样子，看得出豆丁非常喜欢五魁。虽然我不会哄孩子，但是我决定循循善诱："小豆丁，你喜欢五魁吗？"

豆丁眨巴着一双大眼睛："喜欢。"

我拍拍他："那以后经常让你和五魁玩好不好？"

他重重地点了点头。我笑得很虚伪："豆丁，那你除了五魁还喜欢谁呀？"

豆丁看着我："爸爸、妈妈、爷爷、哥哥。"

我语气很夸张："哦，豆丁喜欢这么多人啊！那哪个是爸爸呀？"

豆丁拉我到门口，开了条缝，指着年轻男子："那！"

"那妈妈呢？"我问。

豆丁又指了指女子。

我点点头："那哥哥呢？"

豆丁回头看着我，直直地望向我身后，吓得我脊背的汗毛都根根竖了起来。然后豆丁走过来，在我身后的小桌子上拿起刚才的飞机："哥哥喜欢。"

我舒了一口气，刚刚差点被这熊孩子吓到了，继续问："那哥哥在哪呀？"

他像是想起了什么，拿着飞机奔向院子。他在院子里蹲下，自己玩着飞机。五魁也跟着跑了出去，蹲在豆丁面前。突然，我听见五魁跟我说："他来了！"

我紧张得手心都是汗。豆丁果然开始在院子里追跑了,五魁有时候跟着他一起跑一跑,有时候停下不动,就那么看着他。

玩了将近一个小时,豆丁又恢复了一个人玩飞机的状态。五魁看了看我:"把孩子抱回去吧。"

整个过程,豆丁的爸爸、妈妈和爷爷都不知道我在干吗,也没有打搅我,始终在那里默默地关注着院子里的豆丁。我则聚精会神地看着豆丁和五魁。直到五魁说话,我才跟他们说:"把豆丁抱回来吧,他走了。"

豆丁玩得有点累,有些犯困,女子把他抱进房间,准备哄他睡觉。老爷子紧张地看着我,半天才问我:"你,看到了吗?"

我摇摇头:"没有,但我感觉到了,他在那!"

老爷子艰难地问了一句:"那是什么?"

我尽量沉住气,让自己的声音听起来更沉稳:"给我一间空房子,我需要时间。"

我把五魁带进书房,压低声音:"怎么回事?你能看见?"

五魁舔着爪子:"那是一个全身雪白的小男孩,他跑过来和豆丁玩,玩了一会儿就走了。"

我心里有点怕:"小男孩?全身雪白?是鬼吗?"

五魁摇摇头:"不是,应该是宝气。"

我没听明白:"宝气?"

五魁点点头:"据说宝物埋在地下久了,就会形成一缕精魂,就是宝气。小孩子眼睛干净,再加上他身体弱,就能看到。"

我的心稍稍放下了一点:"那让他生病的不是那个……那个宝气?"

五魁摇头:"不是,生病的原因我也不知道,可能是另一个故事了。不过宝气不会伤害人,一来它没有怨气,威力小;二来,它本来就很弱,能被看到已经不错了。"

"那我们现在怎么办呢?就任由他们这样下去?"

五魁跳上凳子:"要么等孩子再大点,那时自然而然就看不到了;要么,就稍微处理一下。"

我赶紧说:"处理一下吧,怎么处理呢?"

五魁看着我:"五包小鱼干!"

我皱起眉毛:"你这家伙,是不是在外面有猫了?!好吧,成交。"

五魁跳到门口:"你跟他们说,明天你来做法事,今天还要回去准备一下,但需要他们准备一块红布和一把铁锹!"红布我猜想是做法事用的,可是……铁锹?好吧,到时候再说吧。

临走前,我把五魁教我的一五一十和这一家人说了。他们千恩万谢,老爷子拿出一个红包非要给我,我拒绝了。事情还没成,我怎么能收钱?再说即使成了我也不想收钱。收了钱,以后这种事情就会越来越多,我可不想做专职捉鬼的。

好好的一个周末就这样没有了。第二天下午,我们如约来到豆丁家,豆丁已经在院子里跑着玩了。我和五魁走到院子里,依照五魁说的方法,我把提前准备好的土灰绕着院子撒了一圈。随着豆丁的跑动玩耍,我用土灰撒出一个又一个圈子,并把圈子逐渐缩小。最终,我把豆丁围在一个十平方米左右的圈子里。五魁说这土灰植入了术,宝气是越不过去的。

又过了一会儿,五魁突然跳起来按住一个什么东西,然后跟我说:"拿铁锹过来,挖。"

于是,我招呼林克和男子过来,两个人在那个位置挖了一会儿,大概挖了三四十厘米的样子,出现了一个木头盒子。他们停止动作,小心翼翼地扒拉开盒子周围的土。我拿着红布把盒子蒙上,然后轻轻地取出来。我按照五魁说的,把准备好的符用一根红绳捆在红布上。过了一会儿,我听见五魁说:"可以打开了。"

我揭开红布,木盒子款式典雅,还很新,结合这个房子的年纪,盒子埋下去的时间应该不长。打开盒子的时候,我们都有点紧张,我甚至偷偷地闭上了眼睛,直到听到男子喊:"这不是我妈的镯子吗?"

我睁开眼,果然看到一个温润的、成色很好的羊脂玉镯子躺在盒子里。我点点头:"那个和豆丁玩的小男孩就是这个镯子的宝气了。如今它重见天日,宝气自然不在了,以后豆丁就不会有事了。"

我看到老爷子颤颤巍巍地接过镯子,突然不再说话,默默地回了房间。男子忙说:"不好意思,想必我父亲是睹物思人。我母亲没了二十年了,他还是放不下。"

镯子究竟是谁埋的,那就是他们家里的事情了,我和林克没再追究。我再一次拒绝了他们塞过来的红包,收拾收拾就打车回家了。林克把我送到我家附近,又感谢了我一番,最后无论如何要我答应让他请我吃饭。我推辞不过,只好同意。其实,我心里有一个大大的疑问,等着回家请教五魁。

进了门,我赶紧捉住五魁:"那个镯子最多埋了二十年,为什么这么快就成了宝气?"

五魁舔了一下爪子:"年轻人,悟性很高啊!这大概就是网界和困咒的力量了。"

我惊讶:"啊?那里也有网界?"

五魁点点头:"这个阵布得很大,我这些日子都还没有查出它的中心位置,也就是埋术符的位置。"

我若有所思:"看来这个阵法相当厉害啊!"

五魁笑了:"是啊,下次你和林克吃饭的时候可以问问他!"

我瞪大眼睛:"问他?他能知道?"

五魁点头:"应该知道吧,这个术法是龚家术,而林克是龚家人!"

五魁这一句话确实让我惊得下巴都快掉地上了:"可是林克姓林啊!那你的意思是,一直追踪你的是龚家人?"

五魁打了个哈欠,一副"我累了我不想说话"的样子:"林克是龚家人,但不代表他就要姓龚,只要他的妈妈姓龚就可以了。你昨天拿的那个降魔杵一样的东西,是龚家改良过的法器,叫龚隼。这个东西只有龚家人才有。至于追我的人,他已经追了我好几世了,虽然他会龚家术,但他不一定是龚家人。"

得到主子的指点,我本应该千恩万谢地退下,可我就是还有疑问:"那龚家术难道不是只传给龚家人吗?"

五魁无精打采地翻了个白眼给我:"这世界上有一个词叫'偷师',除了偷师,还有各种不择手段的方法。我要睡了,今天不出去了,你记得,我的八包小鱼干。"

我再想啰唆的时候,他已经开始打呼噜了。

我躺在床上翻来覆去睡不着。我挺心疼豆丁的,现在的孩子连个伙伴都没有,不像我们儿时,小伙伴们都是一起玩的。我想着想着,就迷迷糊糊地睡着了。梦里,我梦到一只口吐人言的老虎,吓得我一个激灵醒了过来。

公司又迎来了招聘季,人事忙得不亦乐乎。初秋的天气很好,中午午休时,我和同事出去遛弯,看到附近的小学在举行开学典礼,感慨日月如梭。

下午,老板兴高采烈地告诉我们,公司马上会来一个帅气逼人的"小鲜肉",让我们把擦口水的纸巾准备好。大家没当回事,因为老板个人的审美在我们看来不是很大众,且和我们的审美出入比较大。直到人事小姑娘也一脸花痴地告诉我们要来个"小鲜肉"时,办公室里的气氛才被炒起来。

下班的时候,我路过学校,学校门口有一片草地,将学校的围墙和人行道分割开。草地上种着月季,那是附近最好的一片绿化带,也是我们最喜欢溜达的地方。路过草地的时候,我远远地看到学校围墙的草丛里有动静,晃动得很厉害。我以为有贼人在做什么事情,于是蹑手蹑脚地走过去,想看看到底是谁在学校门口伺机为非作歹。走近的时候,草丛里突然蹦出一只老虎,它背对着我,体型不算太大,大概有一米多长。我觉得自己今天恐怕要葬身虎口了,都没来得及想它为什么会出现在这里。可是,更可怕的事情出现了,它突然回头,我看到的不是一张老虎脸,而是一张人脸,我吓得三魂七魄都要出窍了。它看着我的眼睛,嘴里念念有词:"老师,是我救了孙笑齐。"然后它就蹦跳着迅速不见了。我吓得待在原地动弹不得,直到同事路过拍了拍我的肩,我才回过魂。我赶忙往家跑,我此刻就想见到五魁。

我一路跑回了家,五魁正在门口蹲着等我。看我一脸的失魂落魄,它冷着脸问我:"你怎么了?是不是让什么东西吓到了?"

我知道我的脸色很难看,苦着脸点点头。五魁跳起来够了一下我的手,当是安慰,然后吩咐我:"开门,进屋说。"

打开门我就直奔沙发,靠在沙发上时,我的心还在怦怦怦地跳。虽然我想象过无数次亲眼见鬼这种事情,可等真的见到了我才发现自己其实还是挺胆小的。我把遇到的事情一五一十地告诉了五魁。他歪着脑袋饶有兴致地看着我:"害怕了?"

我撇着嘴点点头:"你不知道,那个样子实在是太难以描述了,吓死我了!我还是第一次见鬼!"

五魁轻描淡写地说:"那不是鬼。"

我听他一说反而愣住了:"一个老虎身体,然后长了张这么大的人脸!"我一边说一边比画,"你不会告诉我这是科学实验吧?"

五魁白了我一眼:"那是讹兽!传说中的神兽,会说人话,但说的都是谎话。它的味道非常鲜美,但吃了的人也会满嘴谎言。所以,你见到的不是鬼,那只是神兽!"

我呆呆地看着五魁:"长成那样,多吓人,和撞鬼有什么分别?"

五魁不再理我,我也噘着嘴不理他,心想那东西嘟囔的那句话到底是什么意思。

过了好一会儿,五魁转过头看着我:"你胆小成这样,我还是给你张护身符护你周全。等过一阵子,你跟我学点皮毛的术。"

我瞪了他一眼:"怎么?除了嘲笑,你还知道关心你的衣食父母兼铲屎官吗?"

他舔了舔爪子:"我只是不想让你拖我后腿。"

经历过讹兽的事情,我每天走过学校门口那片草地时都担惊受怕,连同事都看出我的不对劲了。看着我的样子,同事摸了摸我的头:"你没事吧?卓然,你这是怎么了?吃坏东西了啊?我看你心神不定的。"

我想了想,我总不能跟她说我遇到了一只长着人脸的大老虎吧。于是,我只好回:"那个,我总觉得这里这两天阴森森的。"

同事点点头:"可能你比较敏感,听说这学校这两天出事了!"

我"啊"地叫了一声,该不是那讹兽害人了吧?看到同事被我吓到了,我赶紧压低声音佯装没事:"那个……那……出了什么事啊?"

同事拉着我快走了几步,走过了校门口:"有个小孩坠楼了,虽然被另一个小孩拉了一下,但还是摔成了植物人。"

我点点头:"这样啊,后来呢?"

同事摇摇头:"后来就不知道了。那个被摔成植物人的小孩就住在我们小区,平时很有礼貌,又是好学生。真可惜,家长都崩溃了。"

我情绪不高地附和着,现在家里都是一个孩子,一旦出事,对家长而言就是致命的打击。同事接着说:"那个男孩的爸爸人很好,大家都喊他孙哥,这两天因为这事都瘦得脱相了!"

我的脑袋好像被什么击中了,我忙问:"那个小孩叫什么?"

同事一脸错愕:"孙笑齐。"

我又"啊"了一声。

她问:"怎么?你认识?"

我脑子飞快地转动,要给自己的失态找个好理由:"嗯,那个……以前有个同事的儿子也叫孙笑齐,也不知道是不是,但愿不是吧!"

同事看着我,叹了口气。

不知道是中了什么邪,回到办公室以后我始终在想着这件事,心里更是慌得不行。龚乙看我一副魂不附体的样子,走过来问:"卓然,你没事吧?"

我抬头强作镇定:"没……没事!"

龚乙点点头:"有事可以叫我,能帮的我尽量帮你!"

我也点点头,笑了一下,我知道龚乙多半是猜到我遇到了邪门的事情。

下班后,我打了辆车直奔家里。然后,我把听说的事情都给五魁说了一遍,顺便说了我的猜想:"这个孙笑齐摔下楼和救人的事情绝对有蹊跷!"

五魁看了看我:"是有蹊跷,但是你这么胆小,就不要多管闲事了吧!"

我想了想,没搭话。

老板全力推荐的新人就要来公司报到了,他兴奋地一早就到了公司,这让我们不得不怀疑了一下他的性取向。十点钟,随着前台妹子露出一张花痴脸,我们见到了这位传说中的"小鲜肉"。"小鲜肉"身高目测一米八以上,皮肤偏白,剑眉星目,鼻梁高且挺拔,嘴角带着刚好的弧度。他果然长得十分俊朗,俊朗的程度,就是全公司小姑娘一起发花痴的程度。我本能地看向了龚乙,看到她皱了一下眉毛。然后,她猛然看向我,我冲她笑了笑。

新人自我介绍环节,我觉得大部分女同事的口水都要流出来了。"我叫橘鹤暖,是新来的同事,负责商务部,希望以后能和大家多交流。"我心里重复着"橘鹤暖"这个名字,真的很好听。抬头的时候,我发现橘鹤暖正目光炯炯地看着我,登时红了脸。我心想不好,连我也要发花痴了吗?新人介绍完毕就被老板喊进了办公室。他出来的时候,老板喊我:"卓然,你带新人参观一下公司,然后带他去人事那边办手续,这几天他跟着你熟悉一下公司。"他说完就笑着看向橘鹤暖,知道的明白他是老板,不知道的还以为他是一个花痴粉丝。

在众目睽睽之下,橘鹤暖走到我的座位前,伸出一只手,说:"你好,卓然。"我笑着轻轻地握了一下他的手,感觉自己要被众人火辣的目光刺穿了。谁知道这个外表有些冷淡的橘鹤暖其实是个碎嘴子,一路唠唠叨叨地说着一些自己的个人信息,比如他住在哪个小区,从事过什么样的工作,甚至说到了星座血型和喜欢的颜色。最后,他问我:"你呢?"他的热情真的让我很尴尬,毕竟我们还不是很熟。有那么一刻我甚至想,我是不是带了女主角的光环?这个万众瞩目的"小鲜肉"居然会对我这么热情,难道是看上我了?

在幽怨的目光中挨到下班,橘鹤暖居然微笑着问我:"顺路的话我送你回家吧?"

我摇摇头:"谢谢你,不过我们并不顺路!"

他笑了:"麻烦了你一天,即使不顺路,我也该送你回家!"

我把脸略微沉了沉:"不用了,毕竟咱们还不是很熟悉。"

然后我匆匆收拾了一下,飞也似的离开了。

当然,即便我看起来很无所谓,但被关注这个事情我还是很受用。晚上,我就把白天的经历添油加醋地和五魁说了一遍。五魁嗤之以鼻:"二然,你别是被人利用了吧?我可提醒你,很有可能是仇家找上门,你要长点心。"我没有理会他。

夜里,我做了个噩梦,依然是那只口吐人言的老虎。我被吓得猛然惊醒,发现自己发烧了。

我一大早请了假,打算去附近的医院开药。临走的时候,五魁问我:"二然,你要不要我陪你?"

我摆摆手:"小病而已,发烧嘛……我开点药吃了就好,我能管好我自己!再说了,谁会带一只猫去医院?那儿又不是宠物医院。"

他一脸"铲屎的你个不识好歹的家伙"的表情。叫的车来了,我迅速地下了楼。

挂号、看医生、开药,都异常顺利。我昏昏沉沉地拿着药准备回家蒙上被子呼呼大睡。走到医院门口,我突然看到树丛里一动,一只长着人脸的老虎突然蹿出来往医院里面跑去。我"啊"了一声,险些摔倒,但不知道哪里来的勇气,居然跟着它跑进了医院。这次我一定要看看究竟是怎么回事。

旁边的人似乎根本看不到它,走廊里也许只有我能看到,我疯了一样地跑过去。它跑进了住院部,在一个房间前面消失了。我猛地推开门,看到床上躺着一个紧闭双眼的小男孩。旁边站着一个已经瘦得不像样的男子,正呆呆地望着男孩子。床的这边站着另一个小男孩,听到我推门的声音,回过头来。我惊得如同五雷轰顶,他的表情居然和那个讹兽的神态一模一样。

我惊愕之下踉踉跄跄地往后退了两步,被一只手轻轻地托了一下。我吓了一跳,回头一看,居然是橘鹤暖。我吃惊地问他:"你来干吗?"

他笑了笑:"老板刚才在办公室摔了一下,胳膊骨折了,我送他来医院。你又来干吗?"

我指了指房间:"我……我来看个朋友!"

他别有深意地看着我的眼睛:"不是朋友吧……是不是有什么情况?"

我忙摇摇头:"没事没事!"

他把嘴巴凑近我的耳朵,小声说:"你是不是看到了……看到了什么本来不该看到的?"

我身体微微一动,怔住了。他拍了一下我的肩:"我先去安排老板的事情,你等我一下。"

回过神时,房间里的大人和孩子还望着我,我尴尬地笑笑:"对不起,走错了!"我退了出来,退回了楼道里。

很显然,这个叫橘鹤暖的人并不简单。他到底是谁,又为什么来这个公司?为什么对我有种特殊的热情?医院的楼道灯火通明,我却感觉阴森森的,也许是发烧的缘故,我竟开始瑟瑟发抖。

我在楼道里等得浑身发冷的时候,橘鹤暖回来了。他看我一脑门的汗水,问:"还在发烧?"我也没心思想他怎么知道我在发烧的,就点点头。他拽过我的手,强硬地拉着我往外走:"你身体弱,先离开这里。"我实在是浑身无力,只好任他拉着我往医院门口走去。我回头望着那个病房,心里还惦记着讹兽会不会伤人。他似乎看出了我的心思,低声说:"它伤不了人,你不必担心,你还是先担心你自己吧。"

到了医院门口,他把我塞进一辆车里。恍惚中,我有种霸道总裁爱上我的感觉。我扭头看向他,笑容依稀挂在他的脸上。我还迷糊着,车已经到了小区里。这下我是真的慌了,他什么时候打听到我住在哪里的?看着他把车直接停在我家楼下,我一下子就清醒了。难道被五魁说中了,他真的是那个歹人?他拉开车门,我却犹豫着不敢下车。他看我这样子就直接把我拖出来:"是我扶你上楼,还是我把你扛上去?"

我知道这时候问他怎么知道我的住址的也没什么意义,只能尽量不让他再跟着我。我说:"孤男寡女,太不方便,谢谢你送我回来,我自己能上去。"

他看着我,脸色略沉:"今天我必须跟你上楼,还是那句话,要么我扶你上去,要么我扛你上去。"

说着,他撸了撸袖子。我一看他这是要玩真的,马上服软:"我们走上去,可是,你到底想干吗？"

他笑了："说来话长，你这个情况，不是要虚弱地陪我站在这里聊上一个小时吧？"

我确实也没什么力气了，刚才那一跑再加上之后受惊，我觉得我硬撑着不倒下已经很了不起了。我也顾不上什么了，只好一步步往家里挪，他从后面伸过手扶着我。我心里默默地喊着："五魁，快来救我，我被挟持了！"

到了门口，他在我背后拍了一下，我问他干吗，他也没有说什么，我心里更是没有底气了。我默默地开了门。他把我扶到沙发上坐下，然后拿起桌上的热水壶开始帮我烧水。我虚弱地问他："说吧，你要干吗？"

他拿起保温杯递给我："先把药吃了，咱们等他回来一起说！"

我提高警觉地问他："等谁？"

他坐在我旁边，轻轻地跷起二郎腿："等五魁！"

我的冷汗一下子就出来了。

大概过了十分钟，门口传来一声猫叫，橘鹤暖起身去开了门。五魁对于橘鹤暖的到来似乎并不感到意外，他径直走了进来，看着我："二然，你没事吧？这家伙吓到你没有？"

我突然有一种想哭的冲动，可能这段时间遇到的奇怪的事太多，我习惯了五魁能帮我解决我解决不了的事情，习惯了他作为一个强大的后盾和主心骨。我一直以为是我在照顾他，其实是他在默默地照顾我。我整理了一下情绪，问他："你和这家伙认识？他是谁？"

五魁看了看橘鹤暖："橘鹤暖，你要不要自己说？你看你把她吓的，你为什么不早说清楚？"

橘鹤暖一脸玩味的笑："我怕吓到她啊。刚刚我进门的时候，还发现她身后跟着这个！"

橘鹤暖一抬手，把一块小木牌扔在了五魁面前的桌子上："她已经被盯上了，有多危险，她自己还不知道。"

我吞了一口唾沫："你俩在说什么？"

橘鹤暖把我放在桌上的水递过来："你多喝点水吧，多喝水才能退烧！"

不得不说，他还是非常温柔和有魅力的。

他正了正身姿："我是橘鹤暖，是这家伙的师弟！"

我险些喷出一口水来："你？你是五魁的师弟？你是他师弟？"

我心里犯嘀咕，你俩还有个师父？你们师父怎么想的，收了一人一猫，真奇怪。五魁瞪了我一眼。橘鹤暖继续说："其实，我也是一只猫！"

又差点喷出一口水来，我现在都怀疑橘鹤暖给我递水的目的了："你……你是一个大活人啊！"

橘鹤暖给了我一个微笑："他的真名叫玄天爻，我叫橘鹤暖。我们两个一只是黑猫，一只是橘猫！"

我看了看五魁："原来你叫玄天爻！"

五魁瞥了我一眼，并不理我。我下意识上去捏了捏橘鹤暖的脸："你变身以后可爱吗？是不是个肥猫？橘猫都肥！"

他也没有躲开，呵呵笑着："等会儿我露肚皮给你看。"

我问："那你为什么是个人样，他却是个猫样呢？"

橘鹤暖看了看五魁，饶有兴致地开始讲："我们的肉身是猫，我们的修为决定我们要在五岁以后才能化身为人。在这之前，我们只能通过梦或者心灵感应和人沟通。师父错开了我们转世的时间，是为了让我们一直有一方是成年的状态，在另一方很弱的时候可以保护对方。"

我看着五魁："哦，所以你还只是个小孩子！"

五魁又瞪了我一眼，蹦到了橘鹤暖身边："橘鹤暖，你怎么去了她公司？你不是应该在南方查那件事情吗？"

橘鹤暖看了看我："我就是顺着那件事情查到她公司的。"

五魁冷笑："果然有蹊跷。那你应该见过龚家的传人了吧？"

我感觉到橘鹤暖的身子一震，他点了点头。

"那现在是什么情况？"五魁问橘鹤暖。

橘鹤暖皱起了眉毛："现在还不知道，但感觉情况越来越复杂了。"

我看了他们两个一眼，实在是忍无可忍了，说："你俩能不能不要当我不存在？你们在说什么？"

橘鹤暖赶紧冲着我笑："你发烧了，不要发脾气。你要不要吃点什么水果呀？我去买！"

我瞪着他，说："对了，说说那个讹兽的事情吧！"我这才想起刚才那惊人的一幕。

他赶忙点点头，说："那头讹兽是幼子，它的爸爸应该是被那一家人吃了！"

我呆呆地看着他没反应过来，他继续解释："站在病床旁的是那个救人的男孩，其实他不一定是救人，因为他只会说谎了。他和他的家人应该是吃了讹兽的肉，那肉可能是你看到的那头讹兽的爸爸的。"

我不解："他们只是寻常人家，怎么会捕到讹兽？讹兽也不可能自己跑去给他们吃啊？"

橘鹤暖笑了笑："正是这个问题，这几天我要再去查一下，总觉得这里有蹊跷。你这段时间也要注意，一定要警惕陌生人，我也会暗中保护你！"

我忙摆手："算了吧！你这个玩法，我还没被歹人害死，就先被你那些粉丝弄死了！"

他哈哈笑了起来："那我以后低调点，低调点。"

然后，他一脸无辜地看着我："我不帅吗？为什么你都不喜欢我？"

是啊，橘鹤暖又帅又体贴。可是见到他，我就没有一点动心的感觉。难道……难道我不喜欢男的？

我独自在那想，橘鹤暖突然问我："你中午要吃点什么？我给你熬点粥吧！"

五魁凶巴巴地跳到他身上："橘鹤暖，你对她献什么殷勤？你什么意思？你还不赶紧滚回去上班吗？"

橘鹤暖拎住五魁的后脖子："想打架？你要再熬几年哟！我这不是替你照顾她吗？毕竟她是你的主子！"

五魁发狠道："你放我下来！不然有你哭的时候！不需要你熬粥，她会叫外卖。你一个大男人，待在人家房间里算怎么回事？你给我出去，不然我把你的事情讲出来！"

橘鹤暖忙放下五魁："哎呀，惹不起！"

而后他转头看看我，说："讹兽的事情我会去查，你就别担心了。你尝不到我的手艺了，你点个粥吧，照顾好自己，我明天在公司等你！"

五魁凶巴巴地道："废话那么多？你还不快走？"

橘鹤暖悻悻地推开门，还不忘嘱咐我多喝水。关上门，我问五魁："他有什么小辫子在你手里？"

五魁好像很不爽："他的小辫子可多了，你可别被他的花言巧语蒙住！你这么笨，以后要多长心！"

我点了粥，想到医院里的一幕还是瑟瑟发抖。那个小孩子，那么小的年纪就不能讲真话吗？到底是什么样的谎言？

第二天一大早我就接到老板的电话，让我赶快去公司。我摸了摸头，烧也退了，确实没有再赖在家的理由。可是回想起老板那火急火燎的语气，我怀疑他是不是打错了，我什么时候变得这么重要了？

还不到十点钟，我风卷残云般地吃掉手里的包子，打算踩着点到公司。我远远地看见公司门口有个身影在踱步，看身形好像是老板。我看了一眼手机，九点五十八分，这才底气十足地走过去，顺便向老板问好。老板抬头看到我，一脸激动，顾不上左手还打着石膏，冲过来跟我说："你可算来了！"

我一脸茫然地看着他。他略微收敛了热情，尴尬地笑了笑，跟我说："那个……那个，你先来我办公室！"

我连包都没来得及放下,悄悄地跟在老板身后进了他的办公室。这一路十几米的距离,走得我甚是忐忑。这不是打算对我施用潜规则吧?我抹了抹嘴边残留的包子油,仔细掂量了一下可能性,觉得还不如打发我走来得靠谱。这么一想,我就放心了。老板坐在他的老板椅上,整了整衣服,示意我坐在他对面。我战战兢兢地坐下,却如坐针毡。好在老板看起来也不是很自在,我心里平衡了点。

老板抬头看了看我:"卓然,听说你昨天发烧了,有没有好点?"

他突如其来的关心让我更加紧张:"哦,好多了,好多了。"

他笑了笑,低头轻声说:"那就好,那就好。"

然后他就看着我,好像不是他找我来,而是我来找他。我实在是受不了这个诡异的气氛了,索性一咬牙:"老板,你找我到底有什么事?你直说吧!你弄得这样神秘,我心理承受能力有限啊!"

老板突然拍了拍桌子叫好,吓得我差点蹦起来:"好,女中豪杰,直爽痛快。"

我等着他说下文,他又沉默了。我觉得我的心脏都快跳出来了,这谁受得了啊?我来公司三年多了,老板一直是个"高冷腹黑"的精致男子。没想到他其实是个"高冷腹黑"的神经病,我有种想拔腿就跑的冲动。他吸了一口气,终于打算进入正题:"昨天你去医院了?"

我小心翼翼地点了点头。

"我昨天也在医院,我摔伤了胳膊,橘鹤暖送我去医院的。"

我又点了点头:"嗯,我知道,我碰到橘鹤暖了。"

他也点了点头:"后来,橘鹤暖送你回家了?"

我本能地"啊"了一声,心想老板你不是看上橘鹤暖了吧,这是吃醋吗?公报私仇吗?我又艰难地点了点头:"嗯,他看我有点严重,就送我回家了。"

老板长长地"哦"了一声,然后整个身体微微前倾:"你俩以前认识?"

我忙摆手:"不认识,不认识!前天第一次见面。"

老板又点了点头:"那你觉得,橘鹤暖怎么样?"

可能是我的错觉,我总觉得老板在提到"橘鹤暖"三个字的时候眼睛里都是星星和爱心。我在心底盘算应该怎么说:"哦,橘鹤暖人不错,谦虚谨慎也很上进。但是我对他的了解仅限于初次见面的表面印象,还都是跟工作有关的,其他的我实在不了解也不好评价!毕竟,我对这一款的'小奶狗'不是很感兴趣。"

老板又点了点头:"可是我看橘鹤暖好像对你还挺不错的!"

我心里已经把橘鹤暖吊打了一百遍:"那个,他大概是拿我当师傅了吧。毕竟,是您让我负责带他的。而且,我这种比较有亲和力又豪爽的个性,比较适合做兄弟。对了,我可以和他称兄道弟。"

我终于绕到重点了，只要撇清和橘鹤暖的关系，我今天似乎就安全了。老板果然对我说的话很是受用："这样啊，我今天喊你来，就是嘱咐你帮我好好带带新人。毕竟我们公司有良好的企业文化，要让新人多了解我是个怎样的老板！"

我点着头："是，我明白！"

老板看起来心满意足，摆了摆手："快去吧。"

出了老板办公室，我长长地舒了一口气。我走到办公桌前打开电脑，开机的工夫我瞄了一眼手机，有人发来微信："好点了吗？"

我一看头像，这不是橘鹤暖吗？这厮什么时候加的我微信？心下一想，估计是昨天。我没好气地回他："都是你，你能不能低调点，别给我找麻烦？老板找我谈话，张嘴闭嘴打听咱俩是什么关系。"

橘鹤暖回道："我很低调啦，都没敢打招呼，改发微信了。老板还管这些啊？"

我幸灾乐祸地跟他说，老板八成是看上他了。他愁眉苦脸地告诉我，他只喜欢妹子。我突然心情大好，决定喊上同事下楼去买奶茶，顺便打听孙笑齐的事情。同事正好也是好奇心旺盛，她不知从哪个小群体得来了小道消息，见到我就迫不及待地开始说："我听说，那个救了孙笑齐的小孩叫彭米，学习不怎么好，人也特别淘气。他爸爸是个程序员，估计爷俩平时也不怎么沟通。他妈妈前几年跟他爸离婚了，孩子是奶奶和爷爷带着。最近他家好像也不太平，一家子都有点魔怔了。"

我仔细琢磨着同事的话，一家子魔怔，难道那一家人真的都吃了讹兽的肉？可是，他家这肉是哪里弄到的？讹兽我是见过的，这一家人应该没有什么渠道能弄到讹兽，这里面难道有什么阴谋吗？

和同事买完奶茶回到办公室，看到前台妹子和行政妹子正围着橘鹤暖聊得热乎。我看了看这两个妹子的背影，又想了想老板办公室里的监控，心底只能笑了笑。橘鹤暖见我回来了，回到他工位上给我发微信："讹兽的事情有新进展，晚上去你家说。"我心想，你再送我回家，我就离彻底回家不远了。我只能回道："分头走，别声张。"

晚上到家的时候，我发现五魁蹲坐在橘鹤暖的腿上，一脸不爽。后者正挠着他的下巴，嬉皮笑脸的，极尽谄媚。见我进来，五魁从橘鹤暖腿上一下子蹦下来，一脸高傲地走向我："二然，我要吃罐头！"

我一脸错愕，到底谁是主人，谁是宠物？！我一个人类，活生生沦为了四脚兽的保姆，出钱出力还没地位！我心下不爽他的口气，气鼓鼓地问他："为什么一定要给你吃罐头？凭什么你说吃就吃！"

五魁斜了我一眼，索性在我脚前一趴，一副很放松的样子："随便你！今天我们有个秘密事件要商议，让不让你知道都无所谓。不过你向来好奇心重，我是好心打算满足你的好奇心。当然,你要是不听就算了,我们也可以去外面说!"

我长长地吸了一口气,这明显是在威胁我啊!从小到大,没有人胆敢威胁我。试问这种事我能忍吗?答案是:当然能!于是我连忙去给五魁打开了罐头,一脸可爱地坐在沙发上,等着主子吃完罐头给我讲故事。

五魁满意地闻着食盆里罐头的香气,然后看着橘鹤暖:"橘鹤暖,你说吧!"

橘鹤暖清了清嗓子:"那就先从讹兽的事情说起吧。"

听他提起讹兽,我心里一哆嗦。讹兽几乎成了我的梦魇,每次有人提及,我都会起一身鸡皮疙瘩。这会儿听到这里,我更是大气也不敢喘。橘鹤暖似乎看出了我的胆怯,于是将语气放缓:"我已经去过彭米家了,他家人确实都很古怪。应该是吃了讹兽的肉的缘故。他们一家人都吃了讹兽的肉。"

虽然我早就料到是这样,但还是很诧异。橘鹤暖继续道:"孙笑齐应该不是彭米救的,但真相是什么,只有当事人才知道。如果孙笑齐不醒过来,就没人知道真正发生了什么。"

我吸了一口冷气:"你是说,是彭米害了孙笑齐?"

橘鹤暖摇摇头:"也不一定,只是他救人这个说辞实在不可信。但彭米毕竟还是个小孩子,害人的事情应该做不出来。"

我点了点头。

五魁在一边努力地吃着罐头,耳朵偶尔动一下,表示在听我们说话。橘鹤暖故意压低了声音:"讹兽的事情,我去查了一下。最近确实有人杀了一头成年讹兽,并将它的肉故意放在了不老河要出现的地方。"

橘鹤暖顿了顿,看向五魁:"你有没有想到什么?"

五魁像被他的话电到了一样,停止了嘴上的动作,直坐起来,将爪子放在嘴边舔了舔:"你是说,有人想把那个家伙引来?"

橘鹤暖缓缓地点了点头:"这么看来,对方也是煞费苦心了。"

一开始我还听得懂,后来就完全听不明白了。我看着他俩,皱着眉头问道:"喂,你俩在说什么?说好的八卦消息呢?不能吃了罐头就说话不算数了。"

橘鹤暖哭笑不得:"好,我来解释吧。不老河不是一条真正的河,它是一种灵气形成的气流,根据潮汐变化和磁场的运动会出现在不同的地方,一般人是看不到的,只有学术的人才能看到。当然,所有灵兽和靠灵气生存的妖兽也是能看到的。不老河的强大灵力,也吸引着他们前来采集灵气,所以不老河出现的地方,也会出现很多妖兽和灵兽。但不老河数年才会出现一次,所以采集灵气的机会相对也是很难得的。"

我点了点头:"不老河这段我是听懂了,但是和讹兽有什么关系啊?"

五魁一个跳跃，跳上了沙发，蹲在我腿边："吃了讹兽的肉，会变得不能说真话。但是，讹兽的肉是非常美味的，可以说是难得的食材了。杀讹兽的人的目的，并不是让吃到它的人说谎，而是用美味的讹兽肉作为诱饵，吸引一种力量非常强大的妖兽。他吸引妖兽的目的，很有可能就是为了对付我们！"

五魁抬头看了一眼橘鹤暖，橘鹤暖点了点头，说："我也是这么认为的。不老河经过的地方应该就在彭米家附近，因此他家里的人误食了讹兽。但具体怎么误食的，我们就不知道了。那一家人已经不会说实话了。"

"他们招来了厉害的妖兽吗？"我很是担心五魁和橘鹤暖的安危。

橘鹤暖摇摇头："不老河还没出现，我算了算，应该是在这个月的最后两天。不过你放心，在都市里出现不老河，妖兽还是会有些忌惮的，不会出现对我们有太大威胁的妖兽。更何况，五魁的能力已经开始觉醒了，这家伙的实力可不容小觑啊！"

"咦？"我望向五魁，一直以来我还是无法将自己的宠物猫和实力强大挂上钩，总觉得五魁是个弱弱的，顶多算是有灵性的存在。因此，橘鹤暖的话让我有些吃惊。

"那彭家人是不是永远都这样了？一辈子不能说实话了？"我问。

橘鹤暖想了想："也不是，不过就是要费点周折。他们跟你非亲非故，你完全不用管的！"

橘鹤暖说完这话就似笑非笑地看向我。我一直在琢磨这件事情，如果不能说实话，那他们的生活一定会受影响。五魁坐在我腿边，抬头看了看我，又看向橘鹤暖："这个爱管闲事的家伙，一定无法坐视不理的，我来处理吧。"

橘鹤暖哈哈笑道："这么久居然都没有变，和她真像！"

我发现这话里有隐情，忙问："说我吗？和谁像？"

五魁大声"喵"了一下，橘鹤暖马上噤若寒蝉。这个话题到底触及了什么？这两个家伙神神秘秘的。

眼看就要到睡觉的时间了，可是橘鹤暖却丝毫没有离开的意思。五魁打了个哈欠："橘鹤暖，你该回家了吧？"

橘鹤暖似乎一直在等五魁这句话，这会儿听他这么问，就不徐不疾地说："不老河就要出现了，还要解决讹兽遗留下来的问题。最近事情多，会面临不小的危机。我想我还是应该尽到保护你们的义务，我打算搬到这里来！"

我和五魁同时问道："什么，你要搬来？"

第一个提出反对的是我："不行，不行！你一个白花花的大活人，还是个爷们，你让我把你往哪儿放啊？我一个大姑娘家的，年纪也有一把了，家里有个爷们像什么话？"

话音刚落，眼前的橘鹤暖不见了，取而代之的是一只肥肥的橘猫，大大的眼睛忽闪忽闪，灵气满满，一身光亮的橘色长毛。我瞬间就被征服了，蹲下来打算抚摸他的头，他却一骨碌翻过身露出肚子，讨好似的打起了呼噜。我挠着他的肚皮，心里一片舒爽。

五魁从后面走过来，一掌拍在橘猫的大脸上："别装可爱了，你给我起来，收拾东西，赶紧回家，不要找借口赖在这里！"

橘猫跳起来，躲在了我身后："师兄，这么久不见，咱俩也要好好叙叙旧，今天正好是个机会。"

五魁坐下，冷脸道："谁要跟你叙旧？我晚上要出去查网界，你要么收拾东西回家睡觉，要么和我一起去！"他舔着爪子，不允许橘鹤暖有任何反驳的机会。

橘鹤暖叹了口气，变回两脚兽，整理好衣服，向门口走去，临走还不甘心地要赖："真的不让我留下来啊？"

五魁喝道："快滚！"

橘鹤暖走后，我看着五魁："你就这么看不上你师弟啊？还是你俩有什么过节？"

五魁摇摇头："过节没有，看不上嘛……也谈不上。他确实做过一些事情，让我很是不屑！"

我的八卦小宇宙熊熊燃烧起来："什么事情啊？你俩之间肯定有什么隐情，说嘛说嘛！"

五魁白了我一眼："好奇害死猫！你能不能克制一点？不要连你的宠物都不放过好吗？！"

我下定决心一定要打听出内幕，开始耍赖："哎呀，我不管，你不说我今天铁定睡不着了！你就告诉我吧，透露一点点也行！"

五魁舔着爪子，根本不搭理我。

"好五魁！你就讲来给我听听嘛！我又不是外人，我是你的亲人啊，是我把你从小养大的啊，我可以说是你半个妈妈啊！"

五魁低吼："闭嘴，我的妈妈是三花！"

看到他这么严肃，我心痒难耐，但也不知道怎么追问了。我只能哭丧着一张脸，满脸就写着"我不高兴"。

我一直耷拉着脸，洗漱完，上床睡觉。五魁跳到床上："你这样气呼呼地睡觉，可是会变老的！"

他似乎想缓和一下气氛。我气呼呼地道："不，我就是生气！老了才好呢，你就自己铲屎吧！"

说完，我就扭过头，不打算再理他。他又跳到我面前："我们总不能在背后议论人家的私事吧?"

我心里想想他说得也对,但是嘴上依旧不肯松口:"他是外人吗?他也是咱们的亲人,亲人之间难道不应该坦诚相待吗?"

五魁耸耸肩:"可以坦诚相待啊,但是就算是坦诚相待,他的故事也不应该由我讲给你听,要他自己讲给你听才对啊!"

我赌气道:"行了行了,要你何用?我明天自己去问他!"

五魁看着我:"以橘鹤暖的个性,你问了他会告诉你的!"

我坐起来:"那我要怎么问啊?他也活了那么多年,故事肯定不少,从哪问起呢?你俩在那打哑谜,说的是哪一段啊?"

五魁彻底无语了:"姑奶奶,我真是服了你了!好了好了,如果你真想知道,就让橘鹤暖给你讲讲他和龚家的渊源好了!"

"龚家?你是说龚乙他们那个龚家?"看到我两眼放出异样的八卦之光,五魁点点头:"对,就是那个龚家!"

我心满意足地点了点头,带着笑容进入了梦乡。我突然有点期待明天上班见到橘鹤暖了。

 04 陆凡开

事情往往都是理想很丰满,现实很骨感。满怀八卦之心的我,一整天连橘鹤暖的边都没有沾到。老板和公司的小姑娘,甚至包括隔壁公司的小姑娘,都像蜜蜂见到花一样,全天无缝隙地轮流黏着他,你方唱罢我登场。

如果是我们公司的姑娘,老板跺跺脚,找找事还能镇压一下。可是非公司内部的姑娘,他就无能为力了。他又舍不得直接找橘鹤暖的麻烦,只能一遍遍喊橘鹤暖去他办公室。这个橘鹤暖,真是个大情圣。他除了拥有姣好的皮囊、温顺体贴的性格,还有一张巧舌如簧的嘴,简直是情场极品。难怪连身负绝技的龚家人都上了他的当。想到龚家,我悄悄回头看龚乙。此时她双眉微蹙,表情冷漠地盯着橘鹤暖,连几米开外的我都感觉到了一丝寒意。我更加好奇了,到底是什么样的恩怨,让龚家人对橘鹤暖如此介意。

快下班了,看到橘鹤暖稍微清闲了些,我忙给他发微信:"喂!老板来来回回喊你去他办公室,是不是看上你了?"

橘鹤暖马上发来一个无辜的小眼神:"不知道啊!"

我心里哼哼冷笑:"你少扮猪吃老虎,你的事情我都知道了!"

他又发来一个惊讶的表情:"啊?你都知道?你知道什么了?我可没有什么秘密啊!"

我朝他的方向看了一眼,这厮一脸茫然地看着我。我心想,这可真是个高段位的"戏精"。

"你下班干吗去?来我家和你师兄叙叙旧啊?"

我看他蹙眉想了想:"刚刚有个美女约了我晚上吃饭看电影!"

我没好气地道:"不许去!你今天不来,明天也得来。所谓躲得过初一,躲不过初二、初三、初四、初五……组织让你交代问题,你敢跑?你还打不打算加入核心团队了?"

隔着桌子,我都听到橘鹤暖叹气了:"什么?就三个人的组织还有核心团队?核心团队是谁啊?"

我嘻嘻一笑:"当然是我和五魁啊!"

橘鹤暖小脸一黑："你们不要妄图把我边缘化！晚上分头走，去你家集合！"

我到家的时候，橘鹤暖已经和五魁正襟危坐地等着我了。是的，正襟危坐，因为五魁并不是一只猫的样子，而是变成了那个十二三岁的小男孩！我指着他半天说不出话，他冷漠地白了我一眼："还不恭喜我？我已经可以化人形了，可以在人与猫之间自由转换了。"

我心里咯噔一下，马上上前捏住他羸弱的肩膀："答应我，你平时还是'猫'着吧，我可不想让邻居以为我从哪弄来个孩子。这可不是闹着玩的，往小了说这是我的作风问题；往大了说，这可是拐卖儿童，万一被举报了，你的后半生谁来照顾你？"

五魁不屑地看了我一眼："放心吧，两脚兽，我有分寸。"

听他这么说，我安下心来，不怀好意地看着橘鹤暖："来吧，情圣，坦白从宽、抗拒从严啊！"

橘鹤暖一脸单纯地看着我："来什么啊？"他一边说一边看向五魁。

五魁白了他一眼："别看我，我不知道二然想问什么！"

我给橘鹤暖递了一杯水，只要有八卦消息听，我还是非常体贴的："说说你和龚家的渊源吧！我看龚乙看你的眼神总是不对劲。"

橘鹤暖假装惊叹道："啊？是吗？真的啊？你注意到了啊？"

我学着五魁撇了撇嘴。橘鹤暖叹了口气："好吧，我就简单地说说龚家的事情。但是，多知道一分，就多危险一分，你确定想知道吗？"

我愣了一下，仔细想了想："我们现在也算一条绳上的蚂蚱了。我也不是完全出于好奇才问的。"我有点心虚地说，"毕竟将来如果有点什么情况，我们还可以里应外合。如果我完全不知道情况，万一说漏了嘴，走漏了风声，又或者没能做好配合，也是很危险的。"

我说完这些，就瞄着五魁，想看看他有什么反应。五魁懒洋洋地挑了一下眉毛："好吧，你说得也有道理。不老河出现的时间也越来越近了，今天听完和龚家的渊源，明天我可能要开始教你点简单的防身术了。"

听到五魁替我说话了，我的底气也足了几分。橘鹤暖见五魁都这么说了，也只好点点头："这件事情说来话长，先说好，这里面有一部分是我的亲身经历，有一部分是我和师兄做的考证。我会尽量讲得明白翔实。但是太私人的事情，你就没必要好奇了。"

我托着腮，眼睛发亮地点了点头。其实我也没想到，他们和龚家的故事原来这么曲折。

"其实我和师兄并没有很准确地知道我俩的身世。直到现在，我们也还在想办法解开我们的身世之谜。虽然我们也轮回转世,但我们的记忆和能力都不受轮回的限制,只是受这个皮囊的限制。我们可能不在六道之内。每当皮囊老化,我们只需要将灵体放入另一个皮囊即可重生。我们这样,已经有一千多年了。千余年来,我们一直在寻找跟我们一样的人或者妖或者灵兽或者其他的什么,但是都没有找到。可能只有师父知道真相,可是他还没有来得及告诉我们,就……离开了。"橘鹤暖说到这里,顿了顿,"我们的师父,叫陆凡开。他自幼研究秘术,先后拜了两位当时秘术宗师级的人物为师,后来自成一派,叫济宗秘术。这一派的秘术以驱邪、伏妖、修行灵体为主。而我和师兄原本并没有肉体,只有灵体。也就是说,我们有可能是天然形成的灵体,也可能是师父炼成的灵体。师父本来想给我和师兄炼两尊不老肉身,可惜没有炼成就突遇意外,身负重伤,只能将我们的灵体放入他和师娘一起饲养的一只黑猫和一只橘猫体内。"橘鹤暖看了看五魁,"师父临终之时对我们有所托付,所以千年来,我们一直在为完成这个托付而奔忙。当然,这期间也出现了各种意外,包括一直想捉住我们的那个藏在暗处的人。师父在世的时候,除了我俩没收过别的弟子。但师娘有个贴身婢女,叫双双,师父和师娘都觉得她天资聪颖,也教她一些术。师父和师娘相继去世后她就嫁人了,她的老公就姓龚,也就是龚家术的创始人——龚祈,后改名叫龚己。所以我们的济宗秘术和龚家术,可以说是一脉相承的,只不过后来都各自成了门派。济宗秘术只有我和师兄两个传人了,龚家术却发扬光大。几乎历朝历代,龚家都有传人在辅佐政要,甚至是一朝的天子。"我点了点头,这些我从来没听说过,我努力想从橘鹤暖说的这些话里捋出一个头绪来。"师父临终之前,除了将秘术授予我们,还留下了几本书,也就是济宗秘术的秘籍,这也成了我们后来的隐患。因为很多研习秘术的人为了抢夺这两本秘籍,要对我和师兄不利。于是,我们将这些秘术全部练成记熟之后,就将济宗秘术的秘籍全部烧了。"橘鹤暖说得很缓慢,偶尔会抬头看看五魁。五魁却始终沉着面孔,不说话。

"因为济宗秘术和龚家术是一脉相承的关系,一开始,我们也和龚家人亲近些。可是随着时间的推移,所亲近的龚家人都过世了,龚家的后人们也开始打起了济宗秘术的主意。他们多少清楚一些济宗秘术的长处和短处,又人数众多,所以我和师兄也吃过亏,被龚家后人捉住过,险些遭遇不测。于是,我们也就不再和龚家人有所往来。直到后来,我掉入了龚家人设置的陷阱……"橘鹤暖陷入沉思,从他的面部表情来看,他似乎很痛苦,在回忆一些他很不想记住的事情。

"那一次的结果,我们和龚家都承受了巨大的损失,甚至直接影响到了龚家传人的选拔以及龚家的仕途。那之后,我们和龚家就结下了梁子。"

我知道橘鹤暖故意没有提他和龚家之间到底发生了什么,但我也猜得出那是一段让他刻骨铭心的回忆,我不想追问。于是,我换了个话题:"所以,即使隔了这么久,龚家人依然认识你?"

橘鹤暖看着我,露出一丝不易察觉的苦笑:"我想我的样貌、气息、身形早已被龚家人写进祖训,好提醒后世,永远记得与我的仇怨吧。"

我长长地叹了口气,似乎理解了龚乙那个冷漠的眼神。"你现在已经暴露在龚家人面前,你会不会很危险?"

橘鹤暖摇摇头:"事实上,龚家术早就无法和我们对抗了。况且据我了解,那个幕后的神秘人也在找龚家的麻烦。这么看来,他大概是奔着师父要找的那个东西去的。所以,我们和龚家因为暂时有了一样的敌人,反而不会发生冲突。"

我知道到这里,我已经不能再问更多的信息了。今天知道的这些,已经够我消化好一阵子的了。我看着五魁:"五魁,你不打算说点什么吗?"

五魁瞥了我一眼:"说什么?能说的不能说的,他都说得差不多了,你只能知道这么多了。"

我耸了耸肩:"谁说我想知道更多了?我还要命呢!我就想问问,彭米一家你打算怎么办?"

"哼,"五魁冷笑了一声,"二然,你知道这么多,肯定会给你带来危险。你不好好想想自己怎么办,还有空关心别人啊?"

见我撇着嘴不说话,他懒洋洋地伸了伸胳膊:"橘鹤暖,不老河到来的时候,那种小家伙会出现吧?就是你捡过的那种!"

橘鹤暖笑了一下:"应该会有不少,可以用他们的肉来治疗那一家人!"

"啊?"我听了以后喊道,"就没有不血腥的办法吗?一定要吃肉才可以吗?为了救人就一定要另外造成牺牲吗?"

橘鹤暖忙摆手:"惹不起惹不起,服了你了。我不会害它们性命的,你放心吧。"

听他这么说,我点了点头。

"你是谁?"我对着一个巨大的毛绒的黑色背影发问。对方动了一下,转过头,竟然是五魁,他有一座小楼那么高。他转过头,将脸凑近我,闭上眼睛,用额头蹭蹭我,我伸出手掌,抚摸着他额前的毛。忽然一阵风吹过来,我打了个冷战,他迅速用身体圈住我。我醒过来,那个面无表情的小男孩正把被子拉高,帮我盖好。看我睁眼,他冷冰冰地提醒我:"天气凉了,你该把厚点的被子拿出来了。"我拿过手机,也是时候起来了。想想今天要做的事情和老板时不时给我找的小麻烦,还真是头疼。更让人头疼的是这个在猫和人之间随意转换的孩子,我猜过不了多久,他的各种版本的来历就会成为楼下阿姨们茶余饭后的谈资。

我一边想一边将猫食盆倒满粮食,五魁在身后淡淡地说:"二然,以后你不必帮我铲猫砂了，猫粮也少准备点吧，我大部分时间都会作为人类生活。"

"大部分时间……"我在心里默默算计，我以后到底算是个有猫族还是带着拖油瓶的伪主子？

他打了个哈欠："太好了，终于不用一直吃猫粮了，这单一饮食的生活总算是结束了。"

我白了他一眼："说得好像我虐待了你一样。难道我就没有给你吃罐头吗？还有那几包小鱼干！还有水煮的鸡肝和鸡胸肉也是拿去喂狗了吗？"

他摊了摊手："算了吧，让你天天吃这些，你也肯定不干。再多的种类，难道还能和人类的食物媲美吗？我要列个菜单，今晚你给我做。"

"什么？"我以为我听错了，我的猫在命令我给他煮饭，"我自己都靠外卖维持生命，你居然让我给你煮饭？"

他盘腿往沙发上一坐："少吃点外卖吧，自己做的健康。"

我气不打一处来："同样是动物成了精，你看看人家田螺姑娘，都是主动做家务，还能变大房子什么的。你看看你，不给我变点金子就算了，居然还让我伺候你！"

嘴上这么说，我还是拿过了五魁写在纸上的菜单，想看看这厮到底想吃什么。水晶肘子、酥鱼、桂花糕……菜单没看完我又气不打一处来："喂，我能把东西做熟已经很厉害了，你写的这些都是什么？我只会吃不会做！"

五魁瞥了我一眼："不会做难道还不会学吗？你这么笨，怎么嫁得出去哟？"

我冲过去捏住他的脸："我嫁不嫁得出去，要你管啊？"

他挣扎着拍开我的手："笨女人，放开我。上班去，别把咱俩都饿死。"

一整天，我都处在愤愤不平当中。别人养猫，我也养猫，可为何如今我的猫没了，变成了熊孩子不说，还要伺候他给他做饭？我一边想，一边默默地打开了电脑开始搜索菜谱。"亲妈粉"真是没有底线，不管他变成什么样，他在我心里始终是那个巴掌大的小毛团。

中午，橘鹤暖不知死活地跑来喊我一起吃饭。我瞬间感觉四周尽是要把我生吞活剥的目光。于是我瞪了橘鹤暖一眼，小声说道："我不去！你知不知道你这样会害死我？你赶紧走开！"

他一副死猪不怕开水烫的模样："怕什么？现在是文明社会！"

我狠狠地道："你不要害我在公司混不下去，我和五魁会饿死的。"

他扬了扬手："关于彭米，我找到了一个好办法解决这个问题，刚想到就来跟你分享了！"

他露出一脸可爱样，眨巴着他的大眼睛。我心想完了，随后偷瞄了一下老板的房间，暂时没有什么动静："好好好，你别装可爱了，咱们商务一点吧。一会儿楼下见！"我像赶瘟神一样打发了橘鹤暖。

我和橘鹤暖挑了个最不起眼的地方吃饭,能减少碰到同事的几率。一落座,我就赶紧问他:"什么解决方案?你说吧。"

他不徐不疾地说:"别急呀,咱俩得先点东西吃啊,然后一边等一边说!"

我只好叹了口气,等他点菜。这师兄弟的个性还真是截然不同。五魁是个急性子,做什么都当机立断,而且做事一丝不苟,个性刚强坚韧,充满领导力。橘鹤暖刚好相反,永远是慢悠悠的,性格温和,喜欢撒娇装可爱,看上去全无城府。如果说五魁的性格像个霸道总裁,橘鹤暖绝对就是只"小奶狗"。

想到这,我居然情不自禁地笑了起来。

橘鹤暖贴心地点了些我爱吃的,看我在笑,就问我:"你笑起来真好看,可是你笑什么呢?"

我立刻恢复一张严肃脸,在他面前,我始终不及在五魁面前自在:"现在可以说了吧?"

他点点头:"想必你早就想知道怎样可以解救那一家人了吧?那天我们提到的那个小家伙,叫类①。你可以查查《山海经》,它是种长得有点可爱的小家伙,样子像狸猫,雌雄同体,吃了它的肉,就不再会嫉妒别人。我的理解就是,吃完了就会懂得知足常乐。总之,这个家伙能解讹兽的咒。"

我马上把眉毛皱了起来:"吃了它?你吃了它,它不就死了吗?"

橘鹤暖哈哈一笑:"它是妖兽,又不是小动物,不会死的!而且,吃它也不会对它造成太大的伤害,断它一截尾巴就可以,会很快长好的!"

我点点头,又不放心地问:"会很疼吗?真的不会害它性命?"

橘鹤暖点点头。我这才放下心来,露出了笑容。刚好点的菜也都上齐了,我开始吃边胡思乱想:"那你说,要是多弄点,给每个人吃点,不就实现世界和平了?"

他一边扒拉着饭一边看着我:"你说得也是啊,那估计这个小家伙要倒霉了。"

我想了想:"算了,还是算了!嫉妒让我们进步!"

晚上到家,五魁正坐在沙发上,桌上摆着做好的菜——水晶肘子、酥鱼、桂花糕。我迫不及待地抓了一块,味道居然出奇地好。我盯着五魁,甚觉不可思议地问:"这都是你做的?"

他不屑地撇了撇嘴:"不然呢?"

---

①类:《山海经》曰:"亶爰(音胆爰)之山,有兽焉,其状如狸而有髦(音毛),其名曰类,自为牝牡(音聘母),食者不妒。"狸,山猫、野猫。髦,人的长头发。牝牡,雌雄。

美食已经让我放弃了拌嘴和抵抗，我非常直接地进行了夸赞。我看到他嘴角露出了上扬的弧度，他却故意呛道："谁让你什么也不会？赶紧吃吧，不然要凉了！"

我摆好了两个人的碗筷，一边吃一边夸。我问他："你手艺不错呀，是跟谁学的？"

他夹着肉的筷子突然顿了一下，并没有回答我。

周六一大早，正睡得浑浑噩噩的我接到了"母后"的电话。一向严肃的"母后"在电话那头压低了声音问我："你是不是恶作剧给你表弟发什么照片了？"

我迷迷糊糊没听清，问了一句："什么？"

"母后"又说了一遍："你是不是给你表弟发什么恶作剧的照片了？"

我依旧困意满满，不耐烦地道："什么恶作剧？什么照片？"

电话那头，"母后"一下子就发飙了："你今天给我回家！"

这一句话格外嘹亮且具有穿透力，直接穿透了我的脑神经，把我震得登时就清醒了。我赶紧回答："好的好的！"

我迅速刷完牙洗完脸，穿好衣服喝好水，坐在桌子前思考到底发生了什么，脑子里还回荡着"母后"的呐喊。我跟正睡得开心的五魁打招呼："喂，我得回你姥姥家一趟。你自己在家好好休息，我晚上回来！"

五魁没睁眼，只把爪子露了出来："回家就说回家，什么姥姥家，不要趁机占我便宜。"

我翻了个白眼，心里默念："养大了儿子不认娘！"我穿好鞋拉开门，五魁突然变作少年模样冲到门口大声对我喊："妈妈，要早点回来哟！"

我脊背一阵发凉，赶紧看邻居家有没有动静，幸好没有什么动静。我瞪着五魁，厮一脸邪笑，我只好认了："行吧，你是老大你说了算。"于是，我恭恭敬敬地关好了门。

我这个表弟是我舅舅的孩子，今年只有十一岁，还在上小学。我们平时并不怎么来往。他是个男孩子，还是个十一岁的小朋友，我和他实在没有什么共同语言。所以，除了逢年过节在家庭聚会上见几面外，其余时间我们很少能见面，也不会互相发消息和微信。因此，我真的是想破头也不明白"母后"说的恶作剧照片是什么。

不到一个小时的车程就到了家，母亲正皱着眉毛发愁。我小心翼翼地凑上去问："母后大人，发生什么事情了，一大早把我喊回来。"

她抬头瞥了我一眼，扔过来一个手机："你打开相册看看，是不是你发的？"

我接过手机，问："这是表弟的隐私，我这么看好吗？"

"母后"白了我一眼："十一岁的小孩子能有什么隐私？"

我撇了撇嘴，心想：你们大人都是这样，其实小孩子也有自己的隐私，也要面子的。

想归想，我还是打开了手机，点开相册。

在这些照片里，有一张照片让我瞪大了眼睛。它格外引人注目，因为那是一张黑白照片。而照片上的人不是别人，正是在我儿时就过世了的我的姥爷！而且，还是姥爷年轻的时候。"这个……这个……"

"母后"凑过来："这张照片你见过没有？"

我仔细看了看，摇了摇头。

"母后"又问："这么说，不是你发的？"

我提高声音："当然不是，你闺女怎么会干这么无聊的事情？"

"母后"撇了撇嘴："那你研究研究，这张照片是怎么回事？我总觉得有说不出的诡异。"

于是我坐在沙发上，换了个舒服的姿势，仔细研究起来。

先从来源下手，我点开照片，发现这张照片出现在一组连贯的照片中间，也就是说，除了它，它前后的照片都是同一时刻发的。我又查看了建档日期，建档日期没有问题，和同期的照片时间一样。然后我又查了所有获取照片的渠道：微信、QQ、电子邮件、短信等，统统不是。我仔细端详着这张照片，突然发现了它的诡异之处。它不是翻拍的，也不是扫描的，它没有黑白照片该有的白色边框，也没有其他照片像素差的问题。可以说，它就像直接用手机拍下来的一样。是的，直接用手机拍下了几十年前年轻的姥爷，然后还是黑白的效果。想到这，我的冷汗就出来了。我本能地用右手去找五魁，可是五魁不在这。我看了看手腕，这里似乎也超过了通灵绳通灵的范围。

我脑子飞快地转起来，我得知道接下来该怎么向身为教师的"母后"解释这件事情。解释这件事情比这件事情本身更可怕，一不留神，我可能就会被"母后"抓去看精神科医生。关键是，真相我也不知道，还要编个合情合理的故事。

脑子里正乱成一锅粥，我突然想到一个人——橘鹤暖。五魁无法和我通电话，可是橘鹤暖可以，他是个生存在这个社会里的"人类"啊！

我忙给橘鹤暖打了个电话："喂，你现在说话方便吗？"

电话那头传来橘鹤暖懒洋洋的声音："嘿，你的事情，我随时都方便！"

我在心里默默地翻了个白眼，你个多情滥情的死橘猫，但我嘴上还是格外客气："嗯，有个事情想问问你。"

他故意放慢语速，用甜死人的声音回："好呀！"

我被他的语气麻得一个激灵，赶紧把遇到的情况阐述了一遍。他沉吟了片刻："我猜想，大概是幽浮！"

"幽浮？"我重复着，"那是什么？"

橘鹤暖吸了口气："也算是一种妖吧，像浮游生物一样存在在空气里。我听师兄说，你见过流冥。它们差不多，只不过，流冥是记录声音的，幽浮是记录影像的。"

我点点头:"也就是说,有一个幽浮,在我表弟拍照的时候,刚好落在了他的摄像头上?"

"目前看来,这个可能性最大!"橘鹤暖说道。

我还是不解:"可是这影像不应该是几十年以前的吗?而且,为什么是黑白的?"

橘鹤暖被我问得一愣,想了想说道:"不然你问问你表弟,拍这张照片的那几天,他有没有去过什么特别的地方。"

我点点头,信心满满地道:"这种小妖和小事,我一定能靠自己找到真相的!"

表弟家就住在隔壁小区,我推门进他卧室的时候,他正在看书。他回过头看到我,说:"怎么样,外援?查出真相了吗?手机什么时候给我?"

我听出了一丝不耐烦的味道,于是尽量压住脾气:"还没查清原因,不过就快了!"

他扬起嘴角笑了一下:"在我看来,这不过是你们大人找借口查我手机罢了!"

我没好气地点开照片,问他:"你不怕吗?"

他抬头看着我:"怕什么?"

我又问:"你知道这是谁吗?"

他笑了:"知道啊,是我爷爷!"

我点点头:"可你爷爷在你没出生之前就过世了!"

他继续笑:"那又怎么了?"

我被他问得哑口无言:"难道你不觉得这张照片很诡异吗?"

他从我手里接过手机:"我知道这有点不寻常,可是那又怎么样?"

我面对毫无畏惧的小男孩——我的表弟,突然觉得自己是在小题大做。是啊,一张照片,又能怎么样,毕竟那是一个至亲。

我低头不语,表弟此刻却站了起来,走到我面前:"不过,我还是很想知道真相的。不如我跟你说说这张照片是在哪拍的,那几天我去了哪里。"我看着比实际年龄更成熟的表弟,感觉自己的气场完全被他压住,只能点头。

他重新坐回书桌旁边,拿出张纸在上面边说边记:"拍照片的时候,我和同学去了学校附近的购物街,那里很热闹。拍照片的时候我们一群人嘻嘻哈哈,完全没有留意,我是回来翻看相册的时候才发现的。拍照之前那几天我在准备小测验,每天上学放学,几乎两点一线。其间,我爸妈带我回奶奶家看了一次奶奶。"

我看着他:"你是说,你回老屋看过奶奶?"

他点点头。我想了想橘鹤暖的话,觉得他极有可能是在那里遇到的幽浮,然后幽浮在没知觉的情况下被他带走,直到几天后挡住了他手机的摄像头。可是,为什么是黑白色?

表弟看我还在思索，索性提议："与其站在这里想，不如我们回老屋一趟？"

我应声答应，正好回去看看姥姥。想想我也有两个月没去了。

老屋离小区并不是很远。打了一辆车，我们很快就到了。对于这里，我其实是很有感情的。我是姥姥和奶奶轮流看大的，从两岁到六岁，我每年都有几个月和姥姥、姥爷一起生活在这里。姥爷过世后，姥姥也不肯跟儿女住。于是，"母后"和舅舅们一起给姥姥雇了保姆，他们每周也过来。去年姥姥开始糊涂了，但除了脑子偶尔不清醒，身体还是硬朗的。

我们敲了门。保姆开门的时候嘱咐我们，这两天老太太的脑子又有点糊涂了。我和表弟进屋，看到姥姥正坐在沙发上。她一边看电视一边自言自语。看到我和表弟进来，她嘿嘿地笑开了："小五子（我舅舅，表弟的爸爸）和老大（我'母后'）回来啦，快盛饭，饿了吧？"

我拿起手机，翻到姥爷那张照片，问姥姥："您看看，这是谁？"

姥姥布满皱纹的脸上突然显现出一丝娇羞："这不是你爸前几年的时候吗？"

我看了一眼表弟，又问姥姥："您见过这张照片吗？"

姥姥拿过手机，仔细看："见过……又好像……没见过。这是什么时候拍的？"

然后，她的嘴角又荡漾起笑容。

我问表弟："那天你就来了这里？"

表弟想了想："还去了地下室，帮姥姥找东西。"

我拿起手机，跟姥姥说我们出去一下，然后就朝地下室走去。姥姥家住在第一层，还有个地下室平时都用来储物，有七八平方米。我拿钥匙打开地下室的门，开了灯，巡视起这间屋子。我看得仔细，以至身后的表弟什么时候把门锁上离开的，我竟然都不知道。等我发现的时候，表弟早已不见踪影，门被人从外面上了锁。我的第一反应就是，这是表弟的恶作剧。我赶忙找手机，却发现根本没有带下来。我只好砸门大喊，喊了半天都没有动静，我才意识到，这件事似乎不太对劲。

这个地下室鲜有人来，如果表弟是故意的，我很可能就要被困在这里了。想到这，我心里突然生出恐惧，加上地下室的温度本来就低，我竟然瑟瑟发抖起来。我已经顾不上去想表弟为什么这么做，满脑子都在想怎么出去。我把耳朵贴在门上，希望有路过的人能听到我的动静，可是门外一点声音都没有，安静得可怕。

不知道过了多久，我突然发现天花板那里有一个个半透明的小珠子在蠕动。它们越来越多，大概有上百个，它们从天花板爬到箱子上，再从箱子上爬进箱子里。可能因为它们的样子无害，又或者刚才已经害怕过了，现在我反而没有害怕的感觉了。我看着它们挪来挪去，有一些身体甚至慢慢浮起来，在空气中若隐若现。我突然明白了，它们就是幽浮。反正闲着也是闲着，闲着只会让我更害怕，我索性动手倒腾起地下室里的东西，顺便看看这些幽浮到底在干什么。它们真的是无孔不入，我翻箱倒柜一阵子，竟然让我找到了一本老相册。第一张照片，就是那张年轻时的姥爷，几只幽浮趴在照片上，照片透过它们的身体，显得格外清晰。我苦笑，我弄清了真相，可是恐怕也没机会告诉其他人了。

也不知道过去了多久，因为太冷，我只好蜷缩着蹲在地上。我心里暗暗叫苦，地下室放了这么多东西，怎么就没点衣服被子？我困得要命，尽管使劲掐大腿，还是觉得自己就快睡着了。突然，门被一股强大的力量冲撞开。我吃惊地朝门口望去，一个面目俊俏的少年正皱着眉毛看着我。这张再熟悉不过的脸，让我一瞬间热泪盈眶。"五魁！"我喊他。他冲过来蹲在我身边，皱起眉毛用手试探我的体温。我眼巴巴地看着他，眼泪不争气地掉下来："你怎么来了？"他并不回答，只问我："能站起来吗？"

我点点头。他拉起我的手："赶紧跟我走！"

我站起来，拿着老相册跟五魁离开了地下室。

外面，依然阳光满地，刚才的一切仿佛是一场梦。单元门口，橘鹤暖靠着他的车，见我俩上来，忙迎上来问："卓然，你没事吧？"

我还没来得及回，他的腿上已经挨了五魁结结实实一脚。五魁说："这种事，为什么不第一时间告诉我？你害得她差点没命！"

我赶紧嘻嘻哈哈打圆场："没命？你就说得太严重了，哪里至于？"

我指了指天色："也就被困了一会儿，都是我表弟那个熊孩子，我得找他算账！"

橘鹤暖突然走过来一把抱住我。我挣扎着："你个死橘猫，放开我。这附近都是老邻居，你是不是怕我不出名？"

五魁一脸严肃："你说得挺轻松，你知不知道你刚才被困在结界里？我们再迟来一会儿，你就没力气走出来了。"

我推开橘鹤暖，看着五魁。我没想到自己刚才经历了那么惊心动魄的一幕。

橘鹤暖拉开车门，表弟躺在车里，看样子是睡着了，我走上去想敲醒他。五魁拉住我的手："困住你的不是你表弟，那只是个人皮傀儡。我们也刚把你表弟从另一个结界里带出来。而复制你表弟的，正是那些幽浮。"

我吃惊地看着他："你是说，有人做了个一模一样的表弟引我到这里，还困住我？难道是因为喜欢我？"

五魁白了我一眼："还有空说笑，你差一点就被复制了。我再晚一会儿来，那些幽浮就会爬到你身上把你复制下来！"

我吸了口气："那我就不用上班了！"

五魁没好气地说道："那你就不存在了！"

说完，他看向橘鹤暖："是那个家伙吗？"

橘鹤暖点点头："应该是他，不会错！"

看到他俩这么一本正经地说我听不懂的话，我就来气："你们能不能告诉我，你们在说什么？"

他俩并不理会我。车里的表弟睁开眼，看着我："姐？你怎么在这？"又看看橘鹤暖，"你居然找了个这么帅的男朋友？"然后望向五魁，"这是你的……"

"不是不是！"我赶在他说出来之前堵住他的嘴，然后问他，"你记得你为什么在这吗？"

表弟挠挠头："我和爸妈回来看奶奶，然后我去地下室拿东西，看到了很多会动的小珠子，然后……就不记得了！"

我点点头，拉着他走向姥姥家，他问我："姐，干吗？"

我指了指相册："我找到本相册，我要给姥姥送去！"

送完相册，我把手机还给表弟。表弟翻着手机，突然问："这张照片是爷爷吗？"

我突然想起忘记把那张照片删掉了，说："嗯，是爷爷，不小心翻拍的，你可以删掉。"

他笑着说："为什么删掉？我要留着，保佑我小测验得高分！咦？这些照片是什么时候拍的？哎，我的小测验都出成绩了？"

我忙安慰："你那天跟我说你小测验成绩不错，你都忘了啊？你可能最近学习太累，失忆了！回家别和你爸妈说，别让他们担心啊！"

他看着我，一脸迷茫。

橘鹤暖把表弟送回家，又把我送回"母后"家。"母后"正在家等我，一进门，我就把想好的说辞说给她听："那照片是上周表弟去地下室找到的老相册里的，他后来不小心删了，从云盘下载的时候就存错了！"我用心地解释，结果发现"母后"根本没听。她从厨房窗子踮脚看着外面的橘鹤暖和五魁，问我："送你回来的男生是谁？你俩什么关系？怎么还带了个小男孩？难道是二婚的？二婚还这么年轻啊？跟你说啊，卓然，你要找二婚带孩子的，我不反对，可是你要看看这个孩子好不好相处，卓然！卓然？我话还没说完你怎么跑了？"

回家的路上，我突然想起了什么："五魁，你还记不记得煞符，那个戴着人皮面具的人？你说那人是不是也和这次的人皮傀儡一样？"

五魁并不理我，只是一脸严肃地望着窗外。橘鹤暖对五魁说："看来他是想利用卓然接近我们。他既然已经出手，就不会停手的，接下来可有的忙了。明天开始还是让卓然学些防身术吧！"

五魁叹了口气，默默地点了点头。我不服气地喊道："你们就不能告诉我，那个家伙是谁吗？我要知道，你们马上告诉我！还有，你们怎么找到我的？你们是不是在我身上装了导航仪？马上告诉我！"

经过幽浮的事情之后，五魁和橘鹤暖比以前更谨慎了。他们几乎二十四小时看着我，把我牢牢地盯在他们眼皮子底下。白天是橘鹤暖在公司不准我离开他的视线，晚上是五魁在家贴身盯梢。我感觉我就像是一个犯人。可是几次抗议都无效，我连和朋友出去都要带上他们其中一个。

更可怕的是，"母后"自从上次的事情后，突然开始关心起我的终身大事。一个劲地打听橘鹤暖的事情，搞得我不胜其烦。只要看到她的来电，我的头皮就发麻。周三下班回家，屁股还没有坐稳，我就接到她老人家的电话。我硬着头皮接起来，本以为又是问橘鹤暖的事情，没想到"母后"却给我下了个命令："卓然，你明天下午去一下你表弟的学校，老师说要请家长！"

"什么？"我眼珠子都要瞪出来了，"请家长关我什么事啊，舅舅和舅妈呢？"

电话那头的"母后"难得好脾气地说："我和你舅舅、舅妈、小姨、小姨夫在海边呢，要下周才回去！"

我已无力吐槽："妈，我是不是你亲生的？你和他们去海边度假，吃香的喝辣的，让我给你侄子去开家长会！你见过家长会是表姐去的吗？再说，我明天还要上班啊！"

"母后"一看软的不灵，马上拿出她的威严："表姐怎么了？我像你这么大时，全家上下的事情都是我打理！上班不能请假吗？你这不是有特殊情况吗？将来你自己有了小孩，你不是也要管吗？你就当提前熟悉熟悉流程，不去也得去！"

"母后"说完不等我反驳就挂断了电话。我拿着手机欲哭无泪。突然，微信上闪出老妈的信息，点开一看是"母后"发来的"妈妈爱你"的红包。这估计是"母后"良心发现后给我的请假补偿，我忙不迭地点开，发现是五块二。

我颓坐在沙发上，二然看到我的样子，一副幸灾乐祸的样子："母后让你干吗去啊，二然？"

我没好气地瞪他一眼："你得叫姥姥！"

五魁哼了一声："母后让你干吗去啊，姥姥？"

我抓过靠垫扔向他："真闹心！母后让我去给表弟开家长会！"

"哈哈哈。"五魁居然笑出声，"你自己还没长大呢，还去给别人开家长会？"

我笑着看他："其实仔细看看，你和表弟身形、年纪都相仿，说我有个这么大的儿子也对，是吧？我的五魁儿子！"

说着，我抬起手抚摸他的头发。他瞬间变成一只小黑猫，一爪子拍开我的手，气哼哼地走了。

我得意扬扬地坐在沙发上给橘鹤暖发信息:"橘鹤暖,我明天下午要请假去给表弟开家长会!"

橘鹤暖迅速回道:"好呀,那我也请好假,陪你一起去!"

隔着屏幕我都能感觉到他那张不怀好意的脸。我赶紧制止他:"算了吧,周末看到你就连续盘问了我三天,你还要陪我去学校开家长会?真是不怕给我找事!"

橘鹤暖做出一副为难的样子:"那不行,这段时间我和师兄要看紧你,我们怕有坏人向你下手!你要觉得我化成人形出现不方便,我变成猫总成吧?"

我翻了个白眼:"还有带着宠物去开家长会的表姐吗?你让我表弟以后在学校怎么混啊?"

橘鹤暖显然不吃我这套,他说:"反正你不能离开我的视线,你看着办吧!我睡了,晚安。"

我预料到橘鹤暖会是这个反应,可我真要拖着个"鲜肉暖男"去给我表弟开家长会吗?外人无比羡慕的背后,只有我知道我身边面容姣好的男子是只猫。想到这里,我就无限惆怅。面容姣好的"中央空调"?突然,我心生一计,看明天我怎么甩开这张狗皮膏药!不对,是"猫皮膏药"!

第二天一踏进办公室,我就感受到了橘鹤暖无所不在的目光。我心下后悔,早知道昨天就不告诉他,说不定还能偷偷溜掉。这回倒好,连我去洗手间他都要跟着,还一直在我附近晃悠,生怕我跑掉。

十点半,老板刚踏进办公室,我就一个箭步跟着蹿了进去。老板着实被我吓了一跳,回头就数落我:"卓然,你说你要干吗?尾随我蹿进办公室?怎么,你还想对我实行潜规则?反过来啦!我告诉你,我可不喜欢你这款!"

我赶紧捂住他的嘴,转头看外面,公司里所有人的目光齐刷刷地看向这里,我这回算是没有脸了。我回头瞪着老板,目露凶光。他被我瞪得直往后退,嘴也开始不利索了:"卓……卓……卓然,你……你……你要干吗?"

我喘着粗气低吼:"我要请假!"

他忙不迭地点头:"准!准!"

我继续吼道:"不准批橘鹤暖的假!"

老板忙点头:"嗯……嗯……不批!"

我这才缓了口气。老板也赶忙整理了一下自己,说:"请假就请假,鬼鬼祟祟跟着我干吗?你这样把我吓出毛病来,谁给你们发工资?"

我哼道:"我这不是着急吗?万一橘鹤暖捷足先登,先请假了怎么办?"

老板瞪大眼睛:"什么?我没明白?你的意思是橘鹤暖是因为你请假才请假的?"

我点点头。老板满脸疑问:"为什么啊?"

我故意拖长音调,压低声音,把嘴凑到老板耳边。老板好奇地竖着耳朵听我说:"因为啊……他追我!"

"啊?什么?"老板一脸不可思议地看着我,然后哈哈大笑,"卓然,你是不是犯了失心疯啊?你看咱们公司里的小姑娘,这么多漂亮的;你再看别的公司,每天跑来的赶都赶不走的小姑娘,这么多漂亮的。他为什么看上你啊?"

我把手交叉在胸前,冷冷地看着他:"老板,你笑完了吗?萝卜白菜各有所爱,他就是喜欢我这种……我这种基本……内涵……总之表面上看不出来,但内心非常豪华的款式。"

趁老板被我说得一脸茫然,我赶紧把聊天记录递过去。老板看着屏幕上我动过手脚的聊天记录,上面满满都是橘鹤暖对我的关心和担心。"还有啊,您没发现他有事没事就在我身边转悠吗?"

老板想了想,点了点头:"卓然,他……确实在追你?"

我点点头:"嗯!"

老板沉吟了半晌:"那你……确定不接受?"

我撇撇嘴,摇摇头。老板露出了会心又安详的笑容:"卓然,我果然没有看错你啊!你的眼光非常卓尔不群啊!不会被别人的外表所迷惑!审美非常高级!放心吧,这件事情我帮你搞定!"

我点点头:"那我出去干活啦?"

老板笑着挥手:"去吧去吧,我会帮你搞定!"

我回头嘱咐道:"帮我保密啊,我可不想成为众矢之的!"

老板点点头:"放心吧,保密!"

果然,过了一会儿,橘鹤暖就垂头丧气地过来找我:"老板说下午找我有重要的事情,不批我的请假!你是不是跟他说了什么?"

我瞪着眼睛装无辜:"没有啊,我能说什么?我就请假而已啊!他那么喜欢你,估计是要委以重任吧!"

橘鹤暖想了想:"可我还是觉得你比工作更重要!"

我忙摆手:"话可不能这么说!万一老板急了炒了你的鱿鱼,以后谁在公司盯着我,确保我的安全啊?"

橘鹤暖盯着我皱了皱眉:"可是师兄下午也有很重要的事情要处理,没人陪你去开家长会了!"

我拍了拍他的肩膀:"放轻松,我就去开个家长会,不会有什么情况的,就一下午而已。"

看他一脸犹疑的样子，我赶紧接着说："或者你可以给我个什么符什么咒的防身。我随身带着手机，有什么事我第一时间跟你汇报。"

他目光沉沉地看着我："行，你等着。"他转身回座位，过了一会儿就拿了个荷包一样的袋子塞给我，"驱邪镇妖咒，你带着，有什么不对劲就赶紧拿出来！"

我忙接过来："这么厉害啊，那肯定万无一失啦！放心吧，'大暖男'！"

家长会是三点钟，两点四十五我才急匆匆地赶到学校门口。刚想往里走，突然听到一个老奶奶喊我："小姑娘，你东西掉了！"

我回头望着她问道："我？我的？"

她点点头，往我手里塞了个荷包就走了。我以为是橘鹤暖给的那个荷包，连忙道了谢就往学校走。可我突然发现手感不对，打开荷包一看，这并不是橘鹤暖给的那个。这个荷包里躺着两个黑乎乎的拇指大的小木雕，一个男孩一个女孩，雕工非常精致。我回头去找老奶奶，可是哪里还有老奶奶的踪影？因为着急，我也顾不上那么多，只好先去找老师。

从学校门口走到教学楼要经过操场和一条林荫路，可是短短的距离，我竟然迷了路，总觉得反复经过同一个地方。我低头看表，心里着急，便加快了步伐。可是走来走去，就是走不到教学楼，我停下来，盯着眼前的景色。这里看上去就是那条林荫路，教学楼也就在前面，远处还能听到操场上学生们的吵闹声。可我就是走不到教学楼，总是回到同一个地方。这里种着两棵树，树叶的形状我从未见过，所以我印象深刻。我正踌躇着要不要拿出橘鹤暖给的符咒，忽然有人拉我的衣角，一个漂亮的小姑娘抬头看着我："姐姐，你怎么了？"

我低头看着她，还没说话，另一个小男孩就问："姐姐，你是迷路了吧？"

我迟疑地点点头。小男孩和小姑娘笑着问："姐姐，你是要去那边的教学楼吗？"

我"嗯"了一声。他俩看起来很可爱，就是有种说不出的奇怪。小姑娘拉起我的手："跟着我，我带你去。"

我被她牵着走了几分钟就走到了教学楼门口。我的思绪也缓了过来，忙对他们道谢："谢谢你们，你们是谁？叫什么啊？"

小男孩声音响亮："我叫小正，这是我妹妹，小花。我们的爸爸在这里当老师！"

"这样啊，真的太谢谢了！"怪不得他们比我熟悉路，我也没有多想，赶紧往教学楼里走去。

所谓的家长会，其实不过是表弟惹了祸，要请家长。我被老师教育了一顿，还得点头哈腰。我拉着表弟，没好气地批评他："老师让你干啥，你就干啥！全班同学都交了钱，怎么就你唱反调？舅舅给你的钱，你不是拿去干别的了吧？"

他沉默了一会儿，才气哼哼地说："学校总是交这个钱那个钱！既然是自愿参与的补习班,为什么我就不能不参加?"

我看着他,突然有点同情他,拍拍他的肩膀,说:"好了,钱交了你不乐意去,不去就是了。"他主动拉起我的手捏了捏,没有说话。

晚上到了家,橘鹤暖已经和五魁在沙发上坐着等我。我故意放慢速度,慢慢地换鞋,然后看着他俩一脸严肃的表情,问道:"你俩干吗呢?有重要的事情和我说?"

五魁点点头:"不老河的时间延迟了,大概会往后拖半个月。延迟的原因,我们猜测是有人在改河道。"

橘鹤暖点点头:"我们推测改河道的原因跟这里布下的网界和困咒有关。有人想利用强大的气把不老河的灵力引入网界和困咒的相应位置,借此困住我和师兄。"

前面的话我虽然不是很懂,但我明白这是有人打算对五魁和橘鹤暖不利,忙着急地问:"那怎么办?要不然我们跑吧?"

五魁白了我一眼:"跑有什么用?"

橘鹤暖安慰我:"你不必担心,虽然这次他们的力量比以往更强大,但我们也不是没有胜算。"

说完,他向我伸出手:"荷包呢?驱邪镇妖咒拿出来我看看!"

我一边嘟囔着一边掏出荷包递给橘鹤暖:"都给了还要回去。"

橘鹤暖接过荷包,打开一看,突然惊呼一声:"不好!"

我被他吓了一跳,皱着眉毛看他:"干吗干吗?故意吓唬我?"

他用右手的食指和中指从荷包里夹出一张黄纸,可是已经有一半成了黑乎乎的颜色。

橘鹤暖拿了一个杯子,倒了一杯白酒,再将符咒泡入杯中,然后问道:"你今天去学校碰到什么了?"

我挠了挠头:"嗯,就是在一条林荫小路上迷路了,还跟鬼打墙似的走不出去。幸亏遇到两个小孩把我领出去了!"

橘鹤暖接着问:"还有呢?有没有碰到什么人?有没有捡过什么东西?"

我想到了那个老奶奶给我的荷包:"对了,有个老奶奶,问我是不是掉了东西。我看是个荷包,以为是你给我的那个就放包里了!在这里。"

我伸手向包里摸去,可是摸来摸去都没有摸到荷包,索性把包里的东西全都倒了出来,却根本没有那个荷包的踪影。

"咦?怎么不见了?我明明……"

橘鹤暖看着我:"你明明放在包里,却没有了,对吧?"

我茫然地点了点头。橘鹤暖看着我:"那个学校,可能要出事了!"

我"啊"了一声,赶紧问橘鹤暖:"到底怎么回事?"

橘鹤暖并没有直接回答我，而是转头看了看五魁。五魁将泡着符咒的杯子放到鼻子前面闻了闻，又用食指蘸了杯子里的酒尝了尝。沉吟片刻，他看着橘鹤暖："是魔罗双煞咒。最迟三天，就会有人出事！"

看我一脸迷惑的样子，橘鹤暖示意我坐在他们旁边，然后细细地解释给我听："我听五魁说，之前公司曾经出现过煞符对不对？"我点点头。

"魔罗双煞咒和煞符差不多一个道理，只是比煞符更强劲。它是吸收邪气的符咒，再将邪气储存在符咒中，被施咒人所用。"

我似乎明白了什么："你是说，那两个人偶就是符咒？"

橘鹤暖"嗯"了一声："魔罗双煞咒的符咒很特殊，它是由一种叫魔罗双树的树籽制成的。这种黑色树籽还带有特殊的香气，施咒人将树籽雕琢成男孩女孩的样子，并雕刻上它们的名字，将它们带到要施咒的地方，那树籽便会自己寻找藏身之处。待到七日之后，施咒的人便会前来呼唤它们的名字，届时就可以找到它们的藏身之处，将它们带走。"

我将泡着符咒的杯子端起来看了看："为什么施咒的人不亲自带进去，却让我带它们去学校？"

五魁接过我手里的杯子，说："那是因为这所学校大概被什么结界保护着，施咒人本身不是人类，所以无法接近！"

我被他的话惊得起了一身鸡皮疙瘩："你是说我撞到了鬼？"

橘鹤暖拍了拍我肩："别怕，你遇到的不是鬼，可能是妖，也可能是魔。"

我叹了口气，你这是在安慰我吗？在我看来，妖魔鬼怪似乎也没什么区别。可转念一想，这两个猫变人、人变猫的货不也是妖魔鬼怪吗？这么一想，心下居然有点释然。

橘鹤暖接着说："我猜那个男孩女孩就是魔罗双煞咒了，你遇到的不是鬼打墙，是驱邪镇妖咒形成的结界，想拦住它们。可惜它们魔性更强，把符咒烧成了这个样子。"

我吐了吐舌头："我看那两个男孩女孩还挺可爱的，不像是什么歹人！"

五魁伸手就在我的额头上拍了一下："笨女人，歹人会在脑门上写字吗？别人第一眼能看出你笨吗？"

我气不打一处来，上去扭住他的耳朵："敢这么跟主人说话？"

橘鹤暖在一边哭笑不得："你还听不听重点了？"

听他这么说，我忙停下手中的动作："还有重点？你早说啊，我听！"

橘鹤暖正色道："不出三日，这学校肯定出事！"

我问橘鹤暖："你说公司是是非之地，有人在那收集煞气我能理解。学校这种地方，孩子的心灵是很纯净的，哪来那么多邪气啊？"

我看到橘鹤暖和五魁同时露出个耐人寻味的微笑。

橘鹤暖问道:"你说你表弟被强制上什么补习班,不是吗?现在的学校仗着家长和学生都不敢反抗,变换各种理由胡乱收费,有的甚至可能害了孩子,这就是最邪的邪气了!"

我看着橘鹤暖和五魁,说:"那这个什么魔罗双煞咒,不是成了替天行道吗?那不是很好?"

"当然不是。"五魁斜了我一眼,"现在是法治社会,要依靠法律解决问题,这种手段算什么?再说,他收集邪气,还不是为了一己私欲?这和那些胡乱害人的人有什么区别?"

我翻了个白眼:"唉,什么世道,两个成了精的猫教我该怎么做人!那你们说现在怎么办?"

五魁看了看墙上的表:"等!等它们吸收邪气现形,我们再去找它们的下落。"

05 青尸素练

  为了打听学校的情况，我不得不开始频频和表弟套近乎，问他学校里的各种事宜。隔着手机我都能感觉到他的不耐烦，可是依然没有特别的情况。

  中午，我再次假惺惺地问表弟吃饭没有，表弟说："没有，学校来了救护车，大家都在看热闹！"

  我猜想是那两个小家伙动手了，连忙问他发生了什么。他在那边不咸不淡地描述："我们的一个副主任，好像突发癫痫还是什么的。总之好像挺严重，来了救护车，现在医护人员正往车上抬人呢。学生们都不吃饭了，都在看热闹。唉，这个副主任人缘太差了点，好多学生在欢呼。"我心想这群不知轻重的小孩子，就算是再苛责，那也是条人命，没准等会儿人就要没了。

  于是，我接着打听这个副主任的情况，表弟已经有些不耐烦："姐，你这两天怎么了？管得真宽。你是不是看上我们学校老师了？这个副主任绝对不是你喜欢的类型，他都四十多了！"

  我死皮赖脸地哄他："哎呀，我就是担心他是我熟人，他叫什么？"

  表弟嗤之以鼻："我看你就是好奇而已！他姓王，叫王开福。其他的我可就不知道了！"

  我又嘱咐了他几句，就挂断了电话，然后跟橘鹤暖说了这边打听到的情况。橘鹤暖皱着眉毛："动手还挺快，看来得赶时间了！"

  他看着我说："今晚，我和师兄得去趟学校！"

  我眼巴巴地望着他："怎么？不带上我吗？"

  他摇头："带上你太冒险了，你会……有危险。"

  我冷笑了一下："直白点，说话的方式直白点！你就是怕我拖后腿吧？难道把我一个人扔在家里就好吗？你就不怕这是敌人的调虎离山之计？"

  他点点头："也对，还是带上你稳妥点，把你留在家里，不知道会出现什么状况！"

  下了班，我俩飞也似的赶回家。我一个猛子扎进衣柜就开始翻衣服。橘鹤暖和五魁看着我道："二然，你到底在干吗？"

  我从凌乱的衣服堆里抬起头，看着他们："这深夜潜入学校，难道不是应该穿夜行衣吗？为了不被发现！"

五魁蹲在我面前，抬头看着我："你只要不穿荧光绿的衣服，没人会看到你。大半夜的，学校连个人影都没有。"

我遗憾地点点头，又不甘心地问："你们就没有点任务交给我吗？"

五魁和橘鹤暖对视了一秒，然后橘鹤暖柔声说："我们就是希望你能好好保护自己。"

五魁不屑地瞥了他一眼，冲着我翻了个白眼："只是单纯地希望你别拖后腿！"

我故意气哼哼地坐在沙发上不理会他。他见我这副表情，嘴角噙着一个微笑走过来："怎么？还不乐意了啊，猪队友？"

我伸手掐住他的耳朵："你说谁是猪队友？"

他没有躲，任我掐得他龇牙咧嘴："二然，我发现你可能不是凡人，以你掐耳朵这出手的速度和功力来看，你就是个武学奇才！"

闻言，我松了手。他举起小手揉了揉耳朵，从兜里掏出一张黄色的符纸，上面缠了密密匝匝的红线，还有一根长长的红绳穿着。他将红绳打了结，套在我的脖子上："这个戴好，我费了好几天的工夫做的，一定能保你安全。"我咬着嘴唇拍了拍他的头。

橘鹤暖全程在一边面带温柔地看着，看我拍着五魁的头，他莞尔一笑："我有一种看着媳妇和儿子在打闹的错觉。"

五魁一个飞身跳到他身后，骑在他背上揪住他的耳朵："居然敢对师兄不敬！"

我则跑过去对准他的大长腿就是一脚："你们两只死猫，居然轮流来占我便宜，是不是活腻啦？"

玩闹归玩闹，晚上十点钟，我们还是穿戴好，准备出发去学校。其实我心里还是很忐忑的，这还是第一次有一种如临大敌的感觉。我看着五魁和橘鹤暖的背影，长长地出了一口气。

符咒的结界没有了，我们轻易地进入了教学楼。我有些不解地问他俩："你俩说学校有挡住妖魔鬼怪的结界，可是为什么你俩没事？"

五魁看了看橘鹤暖，又看向我："来之前，我们也觉得可能会被结界挡住，可是现在看来，这个结界不是挡我们的。那只有一个可能……"

橘鹤暖听他这么说，突然皱起眉头："你是说，魔罗双煞的主人是……"

"嗯！"五魁点点头，"我刚刚观察了一下这所学校的位置和地形，这里原来是一片坟场，所以阴气很重。应该是出过一些事情之后，有人在这里布下结界，阻挡阴气侵入。魔罗双煞的主人，应该是鬼气太重，进不来。"

对大多数人来说,"鬼"这个字是集万千恐惧于一体的,加上恐怖片和各类恐怖小说的渲染,每当提到这个字就会非常有画面感。虽然我身边站着两个不人不猫的家伙,也没正常到哪里去,可我还是被这个"鬼"字吓得一激灵,说话都有点结结巴巴:"你们是说……我遇到的那个老太太是鬼?"

五魁冷哼一声:"是鬼倒还好,怕是没这么简单。我们还是抓紧时间,别耽搁。这结界挡不了她多久。"

他看了橘鹤暖一眼,说:"你去查找一下王开福的资料,我去找找那两个家伙。卓然……"他瞟了我一眼,"卓然你跟着我。你去查找资料最好是……"

橘鹤暖不等他说完就变化成了一只大橘猫,向楼道尽头跑去。

五魁从背包里掏出一张黄色的符纸,咬破手指在上面写了什么。他又将写好的符纸捏在手中,猛地将手一扬,一个淡白色的仿佛由气体组成的小小的光球出现在了他身前。光球抖动了两下,飘飘忽忽向前飞去。

五魁拉上我,小心地跟在光球后面。光球走走停停,在楼道尽头的窗口停下。五魁打开窗,光球便飞了出去。五魁回头看了看我,我从窗子往下探了探,这里是二楼,虽然不是很高,但是摔下去也不是好玩的。我示意他我要去走楼梯,他突然转身用中指和拇指在我脑门上弹了一下。我感到疼,双手去揉脑门的一刹那,他已经拎起我从二楼的窗子一跃而下。我还没来得及反应,已经一屁股坐在了地上。

我刚想出声,嘴已经被一只小手捂住。五魁对我做了个不要出声的手势,然后指了指不远处的灌木丛。灌木丛后面的一小块空地上赫然立着两棵树,就是那天我看到的那两棵。我们慢慢地走上前,白色的光球已经落在了地上的某处。我知道,那里大概就埋着那两颗树籽。我俩偷偷地蹲了下来,他挡住我的手,自己则伸手向土里探去。他摸着摸着,猛然抽回手,我看到一只小手从土里伸出来捏住五魁的手腕。接着,土地像开了锅似的翻腾起来,一个小男孩从翻腾的土地里慢慢地坐起身,不就是小正?

只是此刻,小正已经不似昨天的神态。他双目眯成一条缝,里面仿佛隐隐透着血光,嘴唇由红色变成了黑紫色,他张开嘴,一股黑气在嘴里涌动。我被他的样子吓坏了,急急往后退,手边却摸到一只小脚。我回过头,同样神情的小花正在身后眯着眼看我。

小花迅速支起双手向我的脖子掐过来。我正要躲,被五魁拉开。五魁用手挡住了小花的手。此时小正也站了起来,和小花并排站在一起。两个昨日看起来还挺纯真的小孩子,此刻却像恶魔。

五魁低声吼道:"二然,你让开!"接着,他就将双手的食指和中指盘起来,再咬破食指,向小正、小花冲去。就要撞上的那一刻,五魁飞身跳起落到二人身后,用手指在二人脖颈处猛戳了几下，小正和小花便突然不动了。五魁随即在二人天灵盖上又连拍了几下，只见小正和小花幻化作一团黑气散去，地上则躺着两个树籽娃娃。

五魁将娃娃拿给我，我将手机的手电筒功能打开，看了一眼，轻声说："就是它俩。"再仔细一看，我发现它们后脖颈处写着字。男孩刻着"有命挣"，女孩则刻着"没命花"，我登时吓得汗毛倒竖。

我刚要将树籽收起来，忽然听到远处橘鹤暖大喊"小心"。不待我反应，一双枯枝一样的手已经伸到了我的脖子后面，我一闪，脖子被抓破了一大块。五魁正面对着我，他一个箭步冲到我身后，对着枯枝手的主人就是一掌，对方却毫无反应，继续向我冲过来。我回头一看，可不就是那天那个老太太吗？只是此刻她面容已经干枯，两眼无神，眼窝深陷，头发像枯草一样根根直立，对五魁的攻击好像全无反应。

而此刻，橘鹤暖也已经冲到了我的面前。他将我一把拉开，迅速地检查我的伤口，然后掏出一把什么东西抹在我的脖子上。我只觉得颈部一片冰凉。

五魁从包里抽出一张黄色符纸，将它衔在嘴里，然后吹出一口气。符纸化作一团火苗，落在老太太身上迅速地燃烧起来。老太太很快烧成一个浅蓝色火球，之后五魁走上前，从地上捡起一个什么东西。

五魁跑过来问橘鹤暖："二然怎么样？"

橘鹤暖将手搭在我的伤口处探了探："没事，已经给她敷了冰蟾蜍。这个老太太什么来头？"

五魁亮了亮手里的一块白色小东西，看样子是一块瓷片："我猜得没错，是鬼傀儡。这里不宜久留，我们走吧！"

我摸了摸脖子："你们说的是蟾蜍？那就是说，你们在我脖子上放了只凉蛤蟆？啊！"我崩溃大叫，被五魁和橘鹤暖迅速地拖出了学校。

到了家门口，我第一时间冲进了房间，开始照镜子。我原以为我的脖子上趴着一只恶心的、让人毛骨悚然的蛤蟆，却意外地看到一坨白色凝胶一样的东西。我摸着它，想象不出这就是所谓的冰蟾蜍。橘鹤暖在我身后笑意盈盈地说："没吓到你吧？它虽然叫冰蟾蜍，但其实看不出是只蟾蜍，它是用来吸取伤口的阴寒之气的。"

我从镜子里看着橘鹤暖，皱起眉问："那这伤口现在什么样？"

我一边说一边打算把冰蟾蜍揭开一个角，看看伤口。橘鹤暖伸手按住我的手，歪头看着我："别揭开，我想你不会想看到伤口的！"

我哭丧着脸问他："是不是会留下很丑的疤？"

橘鹤暖低头看着我："放心吧，不会的。就算会，我也有一百个办法去掉这个疤！"

我放心了，点点头："那我什么时候才能摘掉这个冰蟾蜍？"

橘鹤暖将我推到客厅："别担心了，最多两天就恢复了！"

五魁正坐在沙发上研究手里的瓷片，我忙走过去，蹲在他面前："这是什么啊？给我瞅瞅！"

他将瓷片攥在手里，冷淡地说："什么都好奇吗？不给！"

他这态度让我极其不爽，我白了他一眼："那么稀罕吗？看看都不行？"

橘鹤暖忙解释："这个东西阴气太重，你又被阴气伤了，还是离远点好！"

我闻言，退后两步，嘴上还不忘埋怨："你看人家橘鹤暖，多会说话！你就不能好好说话吗？"

五魁也不回我的话，我真的有点生气了，冷着脸坐在沙发上。

五魁将瓷片拿给橘鹤暖，问他："你看看这个东西，有什么特别的吗？"

橘鹤暖接过瓷片，在手里摆弄："这瓷片很有趣，看样子是一个碎掉的器皿的碎片。它的周边被打磨抛光，然后镶嵌在一块银子上，下面还坠了穗子，像是个饰品！"

五魁点点头："鬼傀儡之术，就是要以施术人身上常常佩戴的物件吸附在尸体上，再让这个尸体按照他的意志行事。我们要找到这个施术的人，他就是背后的主宰。"

橘鹤暖看着瓷片出神："怎么找？"

五魁想了想："当务之急，是找到王开福，把他中的心煞解了。"

我虽然生气，但出于好奇还是忍不住望向五魁和橘鹤暖。橘鹤暖瞟了我一眼，自顾自地解释："这个心煞通常是用来对付有心魔的人，即心含贪嗔怨痴的人。有心魔的人邪气重，中了心煞，元气就会被抽走，如果三天之内不破解，就会变成一具行尸走肉。"五魁默默地起身："把王开福的地址告诉我，我去把他的心煞解了。"橘鹤暖递给五魁一张纸条，五魁接过纸条，一言不发地出门了。

直到五魁出门，我还是闷闷不乐。这厮是吃了呛人的药了吗？一副凶巴巴的样子。明明受伤的是我，他倒还不开心了。我觉得我这次并没有拖后腿，想着想着又觉得有点委屈。

橘鹤暖低头看我："是不是在琢磨师兄？他就是这个脾气。他不是对你，是在对自己发脾气！"

我抬头不解地问他："他对自己发什么脾气啊？"

橘鹤暖坐在我旁边，用修长的手抚摸了一下我的头发："因为他没有保护好你，让你受了伤！你的伤口时刻提醒着他，他没能好好保护你。所以，他对你不冷不热是因为他内疚。"

我哼了一声："你这是在帮他开脱吧？"橘鹤暖笑了："哎呀，才不是。我才不会平白无故替他说话呢！"我已经困得不行，脑子都不转了，懒得理他，先睡一觉再说吧。

睡到半夜，我突然被一声低吼吵醒。我打开卧室门，见橘鹤暖和五魁分别坐在沙发两头，两个人都冷着脸，似乎在聊很不愉快的事情。我从没有见橘鹤暖露出这么严肃又充满怒气的表情，觉得事情有点不对劲，就坐在了沙发中间，看看他俩到底发生了什么事。

我看了看橘鹤暖，又看了看五魁，低声问："你俩干吗？大半夜的不睡觉，在这里吵架斗气？"

五魁白了我一眼并不作声，橘鹤暖也不吭声。我稍微提高了分贝："现在是非常时期，你们两个难道不是应该团结一致吗？怎么还开始吵架了？"

橘鹤暖面部的阴霾似乎缓和了一些，他扭头略过我看向五魁："既然卓然都醒了，就趁这个机会说清楚，我们不应该瞒着她！"

没待我反应，五魁就冲橘鹤暖低吼："你闭嘴！"

我侧过脸看着五魁："你们到底有什么事情瞒着我？为什么不能告诉我？"

我看五魁没反应，只好又扭过脸盯着橘鹤暖。

他被我盯得不自在，只好回答："以前的事情，现在经历的事情，以及未来要发生的事情！我觉得不应该把你蒙在鼓里。"

我马上应和："当然不应该把我蒙在鼓里！到底发生了什么？"

五魁瞪了一眼橘鹤暖，转而看向我："二然，不是所有的事情你都需要知道！"

听他这么说我就来气："为什么我就不需要知道？难道你们现在经历的一切都与我无关吗？"我指了指脖子上的伤口，"你看，现在咱们是一条绳上的蚂蚱！"

五魁瞥了一眼伤口道："你知道得越多，就越危险。我又不能保证每次都能保护好你！"

橘鹤暖突然站了起来，看着五魁一字一句地说："没错，卓然知道得越多，的确是越危险。但是她现在还有选择吗？如果有人抓住她威胁她，那你怎么办？难道你会什么都不做吗？这不是第一次，以前的教训难道还不够吗？"我看到五魁的眉毛紧紧地皱在一起，眼睛望向别处，眼神凄楚，似乎想起了什么非常痛苦的事情。

我们三个就这么僵持在这里，面对橘鹤暖的话，五魁没有反驳，但也拒绝再发言。我叹了口气："说来说去还不都是因为我？要不你们教我几招？要是不能教我打，还可以教我跑啊！"

他俩同时望向我。橘鹤暖注意到五魁的动作，他的嘴角微微一扬，说："师兄，你想到了什么？"

五魁看着他笑了笑："应该和你一样！"

然后，他们异口同声地说道："青尸素练！"

看看他俩突然眼睛放光的样子，我对这个东西就格外好奇。我知道五魁嘴严，就缠着橘鹤暖问："那是什么啊？"

五魁默默地起身接了一杯水放在橘鹤暖面前，然后若无其事地坐在沙发的一头。另一头的橘鹤暖看着这杯水露出了温暖的笑容，端起来喝了两口。

"一千多年前，师父临终时嘱咐我们要寻找一本秘籍的另外半册。而这本秘籍也是天下所有研习数术之人心中的至宝。因此，我们会留意所有研习数术的人。就在八百多年前，有一个村子突然间吸引了很多术士前往。我和师兄听说后，觉得这里一定有隐情，也赶了过去。可是我们到的时候，村庄已经不复存在，不仅如此，附近百里，人烟稀少，尸横遍野，一看就是被什么东西攻击过。后来经过我们多方打听，得知原来在那个村子的后山有一个墓穴，而这个墓穴的主人曾是一个非常厉害的术士。他因为研习长生之术，失去了心智，变化为僵尸。在即将完全成为僵尸之前，他用残存的理智将自己封在早就准备好的、机关重重的墓穴当中。这件事当时在术士之中口口相传，很多人都知道。也有很多人认为墓穴主人知道那本秘籍的另外半册在哪里，只是很多年过去了，从来没有人找到过那个墓穴。直到那个村庄里有人在后山打井，才发现了它。没想到这个消息不胫而走，引来了大批术士来探墓。可惜这些术士只知其一不知其二，这墓穴里的术士活着的时候便是一个厉害的人物，幻化为僵尸之后更是凶悍至极。再加上墓穴里层层的机关，术士们全军覆没不说，还放出了僵尸，任僵尸横行。附近百里，人们死的死，伤的伤，逃的逃。我和师兄追踪了将近三个月，布下天罗地网，费了九牛二虎之力才收拾了他。

等再探墓穴时，我们发现一个有趣的细节，所有死在墓穴里的术士身上的法器和秘籍，这些术士视为生命的笔记，都不见了。于是我们大胆地推测，有人幸存。后来，我们在墓穴里发现一个空的石匣子，上面的字记载着匣子里曾放着一件衣服，叫青尸素练。青尸素练是墓主人用尽毕生精力采集一百具僵化的尸体之血，用特殊的方法制成。穿上此衣，可以在鬼怪面前隐匿气息。他将衣服留在这里，希望给误闯的人留下一线生机。"

听到这里，我实在忍不住嘟囔道："这墓主人是个好人，你们怎么还收拾了他？"

五魁听我这么说，瞥了我一眼："僵尸是没有心智的，僵化了的人和生前的人除了是同一个躯壳，根本没有任何关系，僵尸就只是具尸体而已。你念及他生前的好而放过他僵化的尸体，只会祸害一方。"

我白了他一眼，不再吭声。

橘鹤暖清了清嗓子，继续道："几年以后，术士界突然有一股力量异军突起，形成了一个门派。而他们的镇派之宝，就是青尸素练。也就是说，他们的掌门人，应该就是那个幸存者。可惜后来青尸素练失窃，这个门派也就不复存在了。这之后，还偶有青尸素练的传说，可是再也没有人见过它。"

我看着橘鹤暖："我明白了，你们想让我穿上那件衣服，就没有鬼怪能发现我了。可是，没人知道这东西在哪，咱们怎么找啊？"

橘鹤暖和五魁相视一笑，前者说："找不到是因为我们两个没有去找，因为这个东西不是我们的目标，对我们来说也没有什么用途。不过我相信，只要我们想找，就一定能找到。"

他故意提高声音："是吧，师兄？"

这时，五魁正好起身走过来，他双手交叉抱着胸："我想陆瓷翁应该能给我们线索。"他掏出那块操控鬼傀儡的白色瓷片，"两事并作一事，看来必须要见见他了！"

我被搅和得只睡了四个小时，无精打采地趴在床上，想着什么时候爬起来上班。五魁走进来，凑近我的鼻子："二然，你加一下我的微信，记一下我的手机号！"

我突然精神了："你哪来的手机？你去偷了？"

五魁向门口努努嘴，我看到了嬉皮笑脸的橘鹤暖。我居然有些怅然，是啊，现在五魁再也不用依赖我来谋求生存了，这个家伙比我更有实力。

我懒洋洋地拿出手机，添加了五魁的手机号和微信，然后背过脸不再看他们，嘴里嘟囔："看来你俩是不需要我了，我除了拖后腿，根本没有存在的意义！"

我说完这话突然感到床上有微微的颤动，一个黑色的毛团钻进了我的怀里，一种幸福感油然而生。我喜极而泣，把头埋在五魁柔软的肚皮里，不自觉地蹭着。大概两分钟，这家伙就受不了了，四肢并用地抵制我的亲昵，尾巴在身后不耐烦地拍打着。

我坐起身，将他强行抱起来，让他和我面对面："听着，每天必须变成猫给我玩十分钟。"他翻了个白眼，眼睛看向别处。床微微一颤，一只大橘猫也跳了上来，蹭蹭我的脚，然后翻过来用肚皮对着我。我刚要伸手去摸，五魁跳过去就是一爪子，然后弓起腰看着大橘猫。瞬间，橘猫便幻化成橘鹤暖坐在床头。

他一把抱起五魁，看着他的脸说："师兄，你干吗？大家都是猫，你还怕我抢了你的地位不成？"

五魁瞥了他一眼，舔了舔前爪，陡然亮出了尖利的、长长的指甲。橘鹤暖放下五魁，嘴里喊着："惹不起！惹不起！"

我被他俩这一幕逗得咯咯直笑，然后拢过被子，将脑袋斜靠在被子上看着他俩。如果日子一直这么平静该有多好，一点也不无聊。

闹钟响了，我起身准备洗漱，橘鹤暖在身后嘱咐我："我们这次要一起出一趟远门，你今天跟老板说你身体不适，医生让你在家调养，假条我会帮你准备好！"

我一边刷牙一边从镜子里看他："咱俩要一起消失那么久，太奇怪了吧？难道不会引起别人的怀疑吗？"

橘鹤暖笑了笑:"放心吧,我有分寸。"

听他这么说,我也懒得多问。我擦好脸,看到五魁摆了一茶几的东西,有花有草有荷包,奇奇怪怪的一大桌。我好奇心大起,跑过去盯着看。五魁也不回头,估计他也猜到了此刻我是什么表情:"二然,你可以看,可不要乱伸手。这里可是有含剧毒的东西!"

我指了指眼前一棵长得像鹿角一样的草问:"这棵是什么啊?"

橘鹤暖跟过来解释:"鹿草,别看它长得人畜无害,这可是妖气的克星。你脖子上那个符咒里就裹着鹿草!"

我下意识地摸了摸脖子上的护身符,又指着一个红色的果子:"这个好漂亮,这又是什么?"

橘鹤暖解释道:"这个叫丹木①,是补充体力的,吃了可以果腹。可是常人没有数术防身是吃不得的,会侵蚀腹脏!"

我又指着近处一种长得像桃子的果实问:"这个呢?这个看起来不错!"

橘鹤暖捡起这颗果实放在嘴里嚼了一会儿,然后突然倒地不起,抽搐起来。我被他突然的举动吓蒙了,一边跳脚一边对着五魁大喊:"五魁,你快看看橘鹤暖怎么了啊?你快看看,我要叫救护车了!"

五魁回头起身抢过我的手机放在桌上,然后踢了一脚橘鹤暖:"你别吓唬她了,真无聊!"

橘鹤暖蜷在地上笑得眼泪都出来了:"哎呀,卓然,你笑死我了,你紧张的时候会原地蹦啊?像只兔子。"

我没好气地白了他一眼,他起身盘坐在地上:"这个桃子一样的果子可厉害了,它叫嘉果②,《山海经》里有记载,吃了可以保持体力,永不疲倦。"

"难怪你俩白天晚上都不睡觉,还这么精力充沛!"我拿起一颗问他们,"我能吃吗?"

五魁一把抢过我手里的果子:"你别瞎吃,这可比咖啡因厉害多了,你身体承受不了!"

---

①丹木:今天陕西商州的崟山上有一种叫丹木的神草,圆叶赤秆,黄花红果,味道甘甜,吃了之后可以饱腹。

②嘉果:不周山往北一眼就能看到诸毗山,再向前就是岳崇山,山下有水,名曰泐(音优)泽。岸上有一种名叫嘉果的野果,长得像桃子,树叶又像枣树,开黄花,花萼色红。吃了这种果子可以消除疲劳,永不知疲倦。

然后,他又背过去整理他的东西。橘鹤暖站起来拍拍我的肩:"行了行了,该走了。"

坐在车上,我问橘鹤暖:"你们每天早出晚归的,是一直在搜集这些吗?"

橘鹤暖看了我一眼,笑道:"当然不是!我俩又不是卖药的,干吗要搜集这些?只不过这些东西日后要用到,所以会有所准备。"

我犹豫了一下,问他:"那你和五魁会不会有危险?"

他突然踩了刹车,我才发现我们差点闯了红灯。他眼睛看向前方,似乎故意不和我对视:"其实这么久以来,我们一直都处在危险当中。只是这一次,把你也扯了进来!"他回头看着我,目光温和,"不过,我们很久都没有过这种家的感觉了!因为并不是每次转世,我们都会有主人。大多数时候,我们要自己挣扎着长大,然后依靠彼此的照应存活下来。"

听他这么说,再想想初到我身边的那个黑色小"猫团",我突然有点心酸。可是随后,我又觉得自己充满了力量,于是拍了拍他的肩:"放心,我会保护你们的!"橘鹤暖给了我一个灿烂的笑容:"卓然,我们也会保护好你的!"

在公司的一整天,我都在老板"关爱傻子"的眼神中度过。我心想,一定是橘鹤暖这个家伙跟老板说了什么!一向以剥削员工为人生目标的老板这次批假才会特别痛快,还带着一副"我什么都知道,你尽管去吧!"的表情。

出了老板的办公室,我就迫不及待地给橘鹤暖发微信:"橘鹤暖,你到底跟老板说了什么?他用一副'关爱傻子'的眼神看了我一天,我请假时他还一副什么都知道了的神情,你到底干吗了?"

橘鹤暖发来一个坏笑的表情:"我跟老板说你怀孕了,需要调养,孩子是我的!"

我怒吼:"你等着,我这就去扒了你的皮!"

橘鹤暖连忙求饶:"哎呀,我逗你的!我怎么可能这么说呢?我只是告诉老板你姑姑过寿,让你去一趟外地。说你姑姑是咱们公司潜在的大客户,所以我也会跟着去,还说搞定你姑姑,基本能提前完成公司第三季度的目标。"

我发过去一张黑脸的表情:"我看你回来怎么自圆其说!"

橘鹤暖回:"哎呀,这你就相信我吧,毕竟混了那么多年,山人自有妙计。"

我懒得再理他,赶紧整理自己的内务。

虽说此次随他俩出门是有要务在身,但毕竟这是我第一次和五魁一起出远门,我还是非常期待的。因此我准备了不少吃的穿的,感觉像要去春游一样,心里还有些小兴奋。下了班,我就赶紧跑去超市,又买了一些路上吃的小零食。虽然我连目的地都不知道,但是我的确把这次出门当成了旅行。

回到家一进门,我把采购的东西放在地上。五魁走过来看着满满的购物袋:"二然,你下半个月不过了吗?我要跟着你喝西北风了吗?"

我指了指身后的橘鹤暖:"反正你有他,喝西北风也是我自己喝,你怕什么?"

五魁蹲下翻着购物袋,不再理我。橘鹤暖过来揽住我的肩膀:"哈哈哈,放心吧,我一直在理财,咱们就算是两百年不工作,也是不愁吃穿的!二然,你放心,有我和师兄一口吃的,就一定有你一口吃的!"

我哼了一声,突然听到五魁叫:"为什么还有猫粮和猫罐头?"

我蹲下一边把猫粮、猫罐头和小鱼干收拾在单独的储物袋,一边说:"咱们自驾,少不了要过服务区、检查站。还有,我们沿途需要住宿。你如果是人类的小男孩,我怕会有麻烦。所以,在有其他人的情况下,你还是当你的猫吧!"

五魁不说话,抬头看着橘鹤暖。橘鹤暖挠挠头:"二然说得对!"

我扭头看向橘鹤暖:"你怎么办?你这个橘猫猫妖,不会到现在还是个盲流吧?"

橘鹤暖忙笑道:"不会不会,怎么会?其实有专门的人给我和师兄办理身份的,只不过师兄现在还太小,办理起来很麻烦。一般要等到我们十五六岁的时候,他们才会把这些准备好。"

我点点头,继续整理东西。橘鹤暖看着我:"你这是当咱们去旅行啊?"

我把一包薯片塞进书包:"是啊,我都很多年没有出去玩了!而且,我也从来没跟五魁一起出过远门呢!对了,咱们这次要去哪啊?"五魁递过来一张地图:"喏!你能看出这是哪里吗?"

我接过地图,这是张已经很老旧的地图,而且还不是纸的,颜色已经泛黄,上面用黑色的墨笔画出山脉、水域和道路。可我完全看不出是哪里:"这……我看不懂,这是哪的地图啊?"

五魁微微一笑:"这是一张记载魔怪位置的羊皮地图,古时候的修订限量款,我可是花了大价钱的!"

五魁难得露出一脸的得意。我托着腮:"所以,我们到底要去?"

五魁把地图铺在茶几上,指着地图右下角的一座山道:"我们要去这里,祖奶奶山!"

"祖奶奶山?"我问,"我怎么从来没有听说过?"

他扬起嘴角一笑:"你怎么好意思说?除了三山五岳,你还能说出几座山啊?再说,这山的名字是当地的俚语,你又怎么会知道?"

我皱了皱眉:"那这祖奶奶山到底在哪啊?"

橘鹤暖插嘴道:"应该就在今天的上东省境内!"

我看了他一眼:"上东省那么大,你们打算怎么找?"

五魁小心翼翼地收起地图:"这你就别操心了,地图会告诉我们怎么走的!"

看我没明白他的话，他微微一笑："到时候你自然会知道的！这可不是一张普通的地图。"

我忍不住追问："那你怎么知道我们要找的人在那里呢？"

他摇了摇手中的地图："地图告诉我的啊！"

我回头看了看带着"关爱没见过世面人群"表情的橘鹤暖，嘟囔道："你这不是地图，你这是卫星定位系统啊！"

五魁一边将地图收进他的书包，一边回答："别以为现代科学才是最先进的！远在千年前，就已经有很多现代人想象不到的东西，只不过你们不知道这些东西的存在而已。"

我听他这么说，顿时感到非常不服气，反驳道："时代是发展的，怎么可能越来越后退呢？你看现在人工智能就要出现了，你们过去都没有吧？再比如，你们出门要坐轿子、骑马，交通工具单一速度还慢，不如今天的飞机、火车吧？"

五魁和橘鹤暖相视一笑，五魁问我："那你总听说过木牛流马①吧？那不是传说！以前也有过很多很先进的交通工具，只不过大多数人不知道罢了！"

我不屑地道："怎么可能不知道？既然有，自然就会有人知道啊！"

五魁笑着摇摇头："就像现在依然有隐藏在深山的原始部落一样，他们被发现时全然不知道外面的世界已经发展到什么程度。那个时候只不过是和现在的情况相反，大部分人对先进的技术一无所知，少数人掌握着先进的技术，却不愿公开！比如，数术就可以算是一种先进的技术。这是一些人发现的另一种与自然相处及同宇宙沟通的方式，才不是你们说的封建迷信。"

"既然掌握了，又可以给大家带来便捷，为什么不能分享给大家呢？这样难道不是很自私吗？"我看着五魁的眼睛问。

五魁叹了口气："世间才没有你想得那么简单，而且技术的力量远比你想象的可怕。我们能控制得了技术，却控制不了人心！"

他说完起身去收拾他的东西。我坐在那里继续琢磨他的话，似懂非懂。

早上六点，我还睡得正香，就被橘鹤暖和五魁从被窝里拎了出来，而后睡眼蒙

---

①木牛流马：木牛流马，为三国时期蜀汉丞相诸葛亮发明的运输工具，分为木牛与流马。史载建兴九年至十二年（231年－234年）诸葛亮在北伐时所使用，其载重量为"一岁粮"，大约四百斤以上，每日行程为"特行者数十里，群行三十里"，为蜀汉十万大军提供粮食。

眬地上了车。我本打算在后座上好好睡觉,却被五魁摇醒:"二然,你别睡了。趁这个时间,你跟我熟悉一下数术的入门,我教你几招防身!"

我懒得听他说,伸出手想去捂住他的嘴。他一口咬在我手腕上,我一疼,顿时清醒了,对他大叫:"五魁,你要干吗?"

他冷着脸看我:"这回清醒了吗?你还真当这是去旅行啊?以后每天早上,你跟我学两小时数术!"

我揉着手腕不服气地看着他:"每天都学?有什么好处吗?"

他冷笑:"还问有没有好处?活着算不算最大的好处啊?"

我顿时让他说得没了脾气。我翻着白眼道:"我学习没有天分啊,上学的时候就是学渣。"

五魁并不理我,只是一直冷着脸看我。他这种严肃的神情,让我感觉自己像个淘气的小学生。我只好应允:"好了好了,我学,保证不拖你俩的后腿。"

五魁递给我一张纸:"先从基本的手诀学起。"

我看着纸上画着一些手的姿势,有单手的、双手的,用手指摆出了不一样的形状。有五个基本手诀,代表着金、木、水、火、土。之后便是依靠这五个基本手诀组成的各种手诀组合,粗算下来,怎么也有三十多种。

我心下叫苦:"这可怎么学啊?竟然有三十多种组合。"

五魁懒洋洋地靠在靠背上:"这还算多?这是我给你挑出来的,其实手诀非常多,但你只要学会这三十六个,最起码能在关键时刻逃过一劫。你好好学,我眯一会儿,醒了我考你!"

说完他就闭上眼睛,睡着了,留下我对着满纸的手诀图形发呆。

我认认真真地摆弄了两个小时,五魁才睡醒。他伸了个懒腰,揉了揉眼睛,然后将手肘抵在腿上,歪着头托着腮看我:"怎么样,二然,学得如何?"

我兴致勃勃地给他比画着基础的手诀,还演练了几个组合。五魁一边纠正我一边笑:"还不错嘛!"

我斜着眼睛看他:"有没有让妖怪现原形的手诀啊?"

五魁机警地问我:"你要干吗?"

我不怀好意地笑道:"你说呢?"

他点头:"有是有,但是我怕你会对我不利,暂时不教给你!"

我扭头:"别吹牛了,怕是没有,或者你也不会吧?"

他嘿嘿一笑:"别对我使用激将法,没有用的。你赶紧记熟别的,等你把这三十六个手诀都学会了,我就教你让妖怪现原形的手诀!"

我一边比画一边问:"那我什么时候才能学符咒?"

五魁摇头："啧，你这个学渣，就别想一口吃成个胖子了。手诀是最简单最基础的，你先学会了再说！"

快到中午，我见五魁和橘鹤暖丝毫没有疲惫的样子，于是嚷嚷着饿了，要去服务区。橘鹤暖看了一下时间说："不知不觉都这个点了啊，赶紧赶紧，吃饭吃饭。"

我看着五魁，不怀好意地笑道："快点，快到服务区了，赶紧变成猫！"

五魁瞪了我一眼，一副"我知道你要干吗"的样子，瞬间化成了一个黑色的小毛球。我欣喜地抱过来，一顿蹂躏，他伸出两个前爪抵着我的脸以示反抗。

进了服务区，我将五魁的猫食盆放在地上，倒了猫粮和水，自己则和橘鹤暖找了张桌子，泡了方便面。五魁吃得心不在焉，一脸防备地环视四周。于是，我把他抱在腿上，帮他按摩。

泡面刚泡好，我拿起叉子正要开动，忽然觉得有一双眼睛盯着我。我扭过头，看到一个十八九岁的小男孩正盯着我看，他发现我也在看他，不好意思地别过头，可还是用眼睛瞄我。我看了看周围，非节假日，服务区本来人就不多，在吃饭的就我和橘鹤暖两个，我迅速判断出，这孩子大概是饿了。

我们的食物很充足，于是我把泡好的面推到他面前，招呼他坐下吃，自己又拿了两桶面泡上。他大概饿得顾不上客气了，连烫嘴都不介意，刺溜刺溜地吃起来。看着他的吃相，我都怀疑他两天没有吃东西了。

吃过饭，我们稍作歇息。男孩看着我腿上的五魁，笑着说："这黑猫可真精神，这要是在我们村，可是要被供起来的！"

我好奇心大起，问道："你们村？你在什么村？为什么要供黑猫啊？"

他腼腆地笑了笑："我们村叫盘树村，就在沂山北边。小时候听我娘讲，很久以前，村里遭灾，是一只黑猫衔着神草解救了村子，所以村里的人都很尊重黑猫。"

说完他又不好意思地笑了笑。我注意到他的两只手都戴着厚厚的黑手套，缠着布条，于是问他："你的手怎么了？是受伤了吗？"

他迟疑了一下，点点头，紧接着问我："您这是要去哪啊，姐？"

我听他叫我姐感觉特别别扭，但也不好意思说什么，硬着头皮应声："我们要去临城。"

休息片刻，我看了看时间，也该上路了，便跟他道别。他吞吞吐吐，涨红了脸，问我："姐，你们能捎我一段吗？"

见我面露难色，他紧接着说："我是从村里出来打工的，结果钱花完了，工作没找到，只能搭车往回走。我是被上一个好心的货车司机搭到这的，可是接下来他就不顺路了，我不搭多远，就到下个服务区。您要是不方便就算了。"

我感觉手背被五魁的指甲抠得生疼，知道他这是要我不要多管闲事的意思。我看了看男孩受伤的手,向橘鹤暖投去了求助的目光。橘鹤暖一脸无奈地看着我,最终在我的注视下点了点头。我冲他感激地笑了笑,跟男孩说:"行,上车吧。"

其实我也有私心,有其他人在车上,五魁就必须一直是小黑猫的状态,他只能任我踩躏。而且,我也不会被他催着练手诀了。我得意扬扬地想着,困意袭来,缓缓地眯上了眼睛。

睡着睡着,我感觉旁边的男孩有异动,我没敢睁眼,把眼睛眯成一条缝看着他。他将手伸到我旁边的书包上,在偷偷摸摸地干些什么。我感觉腿上的五魁似乎也醒了,但是它没有什么动作,只是用后腿悄悄地踩了踩我。

男孩还在摸我的包,突然车子一晃,他被强大的力量甩靠在了门上。之后他坐起来,继续把手伸到包里摸索。我心想:"这小伙子该不是饿了在找吃的吧?"我见他摸索得聚精会神,就抬眼望向前面开车的橘鹤暖,橘鹤暖也正在通过后视镜看我。他用眼神示意我不要打草惊蛇。

一直到了下一个服务区,我假睡了一路,男孩也摸索了一路。可是他始终也没有摸出什么。到了服务区,橘鹤暖叫醒我。我们下车,我看着男孩,礼貌地笑了笑:"那就把你送到这里吧!"

男孩忙不迭地点头:"谢谢姐!谢谢姐!"

然后,他下车向服务区走去,走了几步又折回来。难道他还有什么说辞吗?若是这样那就真的是图谋不轨了。这么想着,表情也就严肃了不少。男孩可能察觉到我的不快,说话有点吞吞吐吐:"对了,姐……那个……你那个大包里,装猫粮的袋子开了。我看……我看车一颠簸,猫粮就往外掉。我本来想帮你弄上,可我这手不大中用。姐,谢谢你。"

我想了很多他动那个包的原因,唯独没想到这点。被他这么一说,我顿时觉得心里不是滋味,脱口而出:"那个,你——"

他转头看着我:"怎么了,姐?"

我问:"你叫什么名字?"

他笑了笑:"我叫林树茂,你喊我小茂就行。"

我点点头:"小茂,你认识回你村的路吗?"

他一脸茫然:"认识,认识啊,咋了姐?"

我紧紧地抱住了五魁,生怕他反抗挠伤我:"我们送你回去!"

五魁并没有在我怀里撒泼,反而安安静静的,我又看了看橘鹤暖,他冲我耸了耸肩。我把五魁的脸贴近自己的脸,小声说:"谢谢你们!"五魁白了我一眼,默默地趴在了我的肩头。

小茂一脸不可思议的样子,然后忙不迭地道谢。我想起刚刚对他的误会,心里还有些过意不去,忙喊他抓紧时间上车。

设定了导航,橘鹤暖转头看向后座:"小茂,不瞒你说,其实我们的时间也挺紧的,不过我们还是想送你回村,所以接下来大家都会辛苦点,我们要尽快赶路了,五百公里,我们争取晚饭前开到。"

小茂赶紧点头:"谢谢,太谢谢你们了!"

我从包里拿了些吃的递给小茂:"别客气,饿了就先吃点填肚子,包里还有水,你自己拿。"

然后我就抱上五魁,踏踏实实地开始睡觉。

再睁眼时,天已经快黑了,车子已经行驶在山路上。身边的小茂直着身子坐着,看着前方,似乎很焦急、很激动。我问他:"小茂,你多久没回来了?"

小茂激动地说:"一年半了。我在外面也没挣到钱,本来是没脸回来,可是我想我妈了!"话说到后面,他似乎有些哽咽,惹得我也有点难过。

又开了半小时,天黑了。漆黑的山路九转十八弯,橘鹤暖开得格外仔细,小茂似乎更焦急了。绕过一个山梁,远处突然出现一小簇灯光,影影绰绰,小茂激动地挥着手:"那里,那里就是我们盘树村。"

我冲他笑道:"知道你激动,你好好坐着,山路很危险的!"

他不好意思地笑笑,身子稍稍向后坐了下来。

车子开进村子,小茂熟练地指路。不久,车子停在一个小院子门口,他兴奋地跳下车,冲屋里喊:"娘,我回来啦!"

一个看上去四五十岁的女人从屋里跑出来,先愣了一下,然后上来捉住小茂的两条胳膊:"小茂?小茂真的是你?你可算回来了!"

说了这两句,眼泪就顺着她的脸颊流下来。她只是拉着小茂,无法再言语。小茂站在那里,扶着女人的胳膊,安慰道:"我回来了,娘,我回来了!"

过了一会儿,小茂擦干眼泪,把女人拉过来,向我们介绍:"姐,哥,这是我娘。"他又拉着女人的手激动地说,"妈,是他们好心把我送回来的!要不然,我还不知道要多久才能回家!"

女人忙过来鞠躬答谢,我赶紧过去扶:"阿姨,我们也是顺路,您千万别客气。"

女人好像一下子反应过来什么,忙往屋里走,边走边嘱咐小茂:"小茂,把好心人领进来,无论如何今晚要留下,我去炒几个菜好好招待你们。"

于是,小茂就拉住我和橘鹤暖一个劲地往院子里走,我摆手:"不了不了,还要赶路呢!"

我说完看向橘鹤暖,希望他帮我解围。没想到橘鹤暖看了看我,笑道:"帮了人家,好歹让人家招待你一下,不然小茂心里会过意不去的。"

我正惊讶于他的反应，就被小茂拉进院子里了。这时，我的耳边传来五魁的声音："你别吭声，这院子有蹊跷，我和橘鹤暖进去看看。"我诧异地看着怀里的五魁，才想起我俩之间还有一根通灵绳，他这是通过通灵绳在跟我说话。

这个院子很特别，整个院子被一棵参天大树笼罩，小茂家的房子就盖在大树下面。进了屋，正厅里站着三个人，小茂指着年纪大的人介绍道："这是我爹！"小茂的爸爸看起来是个憨厚老实的人，也不太爱说话，只是憨笑着冲我们点头。小茂又指着旁边一个年轻的男孩说："这是我哥！"小茂的哥哥看上去很开朗，招呼我们坐下，又自己介绍道："我叫林树林，你们喊我小林就行。这次真的谢谢你们把小茂送回家。"我们坐下来，小茂拉过身后一个七八岁的男孩说："这是我弟弟，林树繁。"他拍了拍男孩的肩膀，"小繁，叫人！"小繁躲在大哥小林的身后，眨巴着眼睛看着我们："哥哥好，姐姐好！"

小林给我们倒了水，他看着我怀里的五魁，说："这黑猫可真精神！怎么称呼你们啊？"

我瞥了一眼橘鹤暖，他自然而然地接话："叫我小鹤吧，她是我女朋友，叫小然！"

我瞪了他一眼。小林拉过小茂："我弟这次给二位添麻烦了，你们还特意把他送回来。"

我赶紧说："只是顺路！"

小林笑道："我们这穷乡僻壤的，你们怎么会顺路呢？肯定是为了送他回来才绕道这里。我这个弟弟，都大半年没有音信了。我们也去村里找人出去寻过，没有找到，还以为他在外面出了什么事，可算回来了。"说着，小林就红了眼眶。

忽听林妈妈吆喝："小林、小繁，过来端菜。"

他们两个人奔到院里的小厨房，不一会儿就端来满满一桌子菜。林妈妈又给我们端上一盆馒头，笑着招呼我们："这都是我们乡下的东西，不知道你们吃不吃得习惯，就图个新鲜吧。"

我和橘鹤暖确实饿了，也就没客气。一家人也跟着动筷子，我一边吃一边不忘夸赞阿姨的手艺。可奇怪的是，我发现小林、小茂和小繁他们哥仨，都戴着厚厚的手套，缠着布条。

正纳闷，林妈妈看出了我的疑惑："我家这三个孩子，手都有毛病，是天生的。唉，可能是我们两口子的命，看了很多医生也治不好。孩子都是好孩子，但因为这个手上的毛病，也没什么好的出路。老大都快二十五了，还一个人呢！"

说完，她又招呼我们吃东西。橘鹤暖眼神微微一动："我是个骨科医生，等下吃完饭，你们让我看看！"

我瞥了一眼橘鹤暖，心想：橘鹤暖，你可真是说谎都不用打草稿的。林家三兄弟你看看我，我看看你。过了会儿，小林应道："行！那就麻烦小鹤哥给瞅瞅吧。"

吃过饭，橘鹤暖拉着小林坐在一边，小林褪下手套，露出他的两只手。这两只手的手掌仿佛断了一样，从中间向后弯曲，除了拇指以外的四根手指都紧紧地贴在手背上。我不禁问："你们兄弟三人都这样？"

小林点点头："嗯，我们三个都是一样的。"

我看了看小茂，心下难过，难怪他在车上连想要把猫粮袋子的袋口捏紧都费了那么久的时间。

橘鹤暖又依次看了小茂和小繁的手，思量了一下，说："我觉得这不是解决不了的问题，但是我需要查查资料。这样吧，今天大家都累了，先休息，明天我们再说具体方案。"

林妈妈激动地拉起橘鹤暖的手："小伙子，你要是真有办法治好他们三兄弟的手，你就是我们全家的恩人，阿姨这辈子给你当牛做马都行。"

橘鹤暖忙摆手："阿姨千万别这么说，我尽力。"

小茂的爸爸难得开口："不早了，人家肯定也累了。小芬，你赶紧带人家去休息，其他的明天再说。"

林妈妈用手拂去脸上的眼泪，点头："看我，都激动得忘了。你们跟我来，我把房子都收拾好了。"

林妈妈把我们带到后面的一间客房，里面床都铺好了，房间虽然布置得简陋，但也十分干净。她又拎来一壶水说道："洗洗刷刷去院子里就可以，这水你们渴了就喝，等会儿我给你们拿个新尿盆来。"

门被关上，我看着橘鹤暖："怎么办？今晚怎么睡？"

橘鹤暖扬起嘴角："当然是同床共枕！"

在我吼出"不要"时，五魁已经跳到他面前伸爪拍向他的脸，喝道："橘鹤暖，把你嘴角不怀好意的笑收起来，不然我废了你！"

橘鹤暖翻了个白眼："你俩还让不让人开玩笑了？再说了，这屋就一张床，难道要我去外面睡啊？"

我想了想，笑笑："同床也可以。"我指了指床尾，"你俩两只猫，一只一个床角！"

橘鹤暖看着我和五魁，一脸不爽。

洗漱完毕关上灯，屋里就黑得什么也看不到了。五魁的声音通过通灵绳传来："二然，我出去查看一下，橘鹤暖留下保护你，别睡太沉。"

说完，他一个闪身就不见了。夜里又黑又冷，我裹紧被子还是睡不着，床角那只肥大的橘猫悄悄地掀开被角，把暖和的身体压在我冰凉的双脚上。我顿时感觉温暖了不少，困意袭来，昏昏欲睡。

天蒙蒙亮，外面传来一声声鸡叫，一个小黑影闪进房屋，刺溜一下钻进被窝。我睡眼蒙眬地问他："怎么样？有什么头绪吗？"

　　五魁把身子往被窝里挪了挪："查到了，跟我和橘鹤暖想得差不多，是那棵树的问题。"

　　我带着疑问"嗯"了一声："啊？这三个孩子的手之所以畸形都是老树搞的鬼？那这家人在这里住岂不是很危险？那是什么？是树妖吗？"

　　我感觉五魁用爪子拍了我的脚背："二然，你能不能动动脑？如果树妖要对他们不利，他们一家为什么还活得好好的？为什么只有孩子的手出了问题？"

　　我淡定下来："也是，那接下来我们怎么办？"

　　五魁翻了个身："让我睡一会儿，天大亮了再说！"

　　我还要继续问，可是他那边已经传来了细微的鼾声。他俩的温度让被窝暖和了很多，我心满意足地闭上眼睛，睡个回笼觉！

06 龚家血阵

日上三竿，我才懒洋洋地睁开眼。看到橘鹤暖坐在床头托着腮看我，我登时清醒了："你……你干吗变回来？"

他笑了笑："我不变回来，等下人家来喊你，我被发现了怎么办？"

我掀开被子，五魁还在睡，我伸脚戳戳他："五魁五魁，该起床吃早饭了！"

他把头歪过来，张大嘴打了个哈欠，翻了个身，双眼迷茫。等了好一会儿，他才回过神："你们先去，我又不能和你们一起吃早饭！"

我看他瞥了我一眼，心知他在为我让他变猫的事情生气。于是，我也没有说多余的话，推着橘鹤暖去吃早饭。

桌上摆着馒头、鸡蛋、小米粥、小咸菜和豆腐乳，看样子林家人已经吃过了。我摸了摸饿得咕咕直叫的肚子，也顾不上等橘鹤暖就开吃了。正吃着，林妈妈从外面走进来："呀！你们醒了啊。怎么样？昨晚睡得还好吗？"

我嘴里塞着抹了豆腐乳的馒头，话也说不清楚，只能连点头带比画地答："嗯，好！"

橘鹤暖优雅地端着盛着小米粥的碗，微笑回答："嗯，小然和我都休息得很好！"

林妈妈笑着点点头。看林妈妈一直等在一边，橘鹤暖忙说："他们哥仨的手我已经查过了，有办法治的，等下咱们一起商定一下接下来该怎么办。"

林妈妈难掩喜悦之情："好！好！太好了！你们慢慢吃，等会儿吃完，我再把他们都叫过来。"

吃过饭，我们围坐一桌。橘鹤暖清了清嗓子："这件事情我查过了，今早也特意找同学安排了一下。您二老和他们哥三个，今天就收拾收拾东西，傍晚会有车来接你们去省里。在那边，我让我同学给你们安排了医院和住宿。动手术大概需要一周的时间，术前检查、术后恢复，大概半个月就差不多了，到时候会有车再送你们回来。"橘鹤暖说完，林妈妈退出了房间。约莫过了十分钟，她回来递给橘鹤暖一个存折："我知道这些钱可能未必够，但我和我老头半辈子的积蓄也就这么多，先给你们，差了多少，我们以后慢慢再还。以后这三个孩子都有劳动能力了，我们一家一定能把这笔钱还上。"

没等橘鹤暖回答，我就把存折推回了林妈妈手里："阿姨，这钱我们不能要！"

说完，我扭头看着橘鹤暖，皱着眉毛暗示他说句话。橘鹤暖气定神闲地看看我，那意思是让我继续。我嘟起嘴努了努，他才笑着说："阿姨，这个钱啊，您收起来。首先呢，我的同学欠了我一个大人情，一直想找机会还给我，我却一直没什么机会让他还，所以这次手术让他来承担费用，也算圆他个心愿，两全其美。其次呢，如果您真的觉得过意不去，也不用给我钱，给我一样东西就可以。"

听他这么说，我赶紧瞪着他，不知道他又要出什么幺蛾子。

橘鹤暖没理会我，不徐不疾地说："阿姨，我看您院子里有些根雕很漂亮，是不是可以送我一两件？"

林妈妈听橘鹤暖想要的是根雕，连忙点头："只要你喜欢，尽管拿去！"

橘鹤暖笑着点头："那我就不跟您客气了！您赶紧去收拾收拾吧！"

橘鹤暖看了一眼时间："晚点车就会来了！"

傍晚，一辆商务车接走了小茂一家。临别时，小茂特意过来和我握手，又给了橘鹤暖一个大大的拥抱。

我们和接小茂的商务车一起离开村子，找了个地方吃了饭。五魁憋了两天，终于不用再做猫，美美地吃了个饱。天一黑，我们开着车又绕回村子里。我看着橘鹤暖和五魁问道："你俩要干吗？"

五魁拍着肚子打了个饱嗝："回去啊！你以为橘鹤暖找的医生真的能治好他们的手？真正的问题，不是还在院子里吗？"

我瞪大眼睛："对呀，你们说是树妖搞的鬼，那去医院动手术只是走个过场了？"

五魁拍拍我的脑门以示鼓励："不错嘛，学会抢答了！所以现在咱们要回去解决真正的问题！"

我顿时紧张起来："那会不会很危险？"

五魁无所谓道："会啊！那怎么办呢？难道不去吗？这个好人不是你要当的吗？"

我心里内疚："唉，我又给你们惹麻烦了，都怪我！"

看我有些自责的样子，五魁突然笑起来："傻瓜！你也太低估我俩的实力了！"

橘鹤暖回头看向我们，给了一个淡定的微笑。

绕到村口，五魁将一道符贴在车上，看我露出不解的样子便解释说："万一被人看到了可不好。这道符，隐形！"

我嬉皮笑脸地道："你有这么好的符啊，给我几张呗？"

五魁扭头看我："你干吗？想去抢银行啊？"

我撇撇嘴："我抢银行干吗啊？我就是好奇，给我两张玩一下！"

五魁并不看我:"把你的手诀学好,隐形也不是难事!"

我赶紧找来那张手诀图:"真的啊?你别骗我!"

五魁扭过脸:"这张没有!等你把这张图上的手诀都运用熟练,我就给你下一张!不过你现在别看了,该用功的时候用功就可以了!"

我乖乖地答应道:"哦。"

回到林家的房子,橘鹤暖从包里拿出一根长长的红绳,红绳上面每隔一米左右就系着一个黄色的符咒。他将红绳绕在小院周围,然后拍拍手:"这个结界,能确保外界听不到也看不到我们的动作,而且脏东西也进不来。"布置完,我们就向院子里走去。

我站在树下,抬头仔细看。这是一棵槐树,粗粗壮壮的树干紧挨着房子。夜晚,风吹得槐树叶子沙沙地响,像一个老者在用大手摩挲粗糙的皮肤。橘鹤暖和五魁不知何时已经手握工兵镐和工兵铲了,我诧异地道:"不是吧,你们要拆人家房啊?"五魁一铲子铲了下去:"等会儿你就明白了。"

不到一小时,房子紧挨着树干的地方已经被挖出一个坑,五魁轻声说:"看到树根了,咱们轻点,别伤了他!"橘鹤暖跳进坑里,用手轻轻地拨开树根旁边的土,他突然小声轻呼:"在这里了!"五魁闻声也跳下坑,我紧随其后。橘鹤暖手指的地方,是大槐树的根部,一根胳膊一样粗的树根被房子的地基顶得折弯了过去,和林家三兄弟的手形一模一样。我吃惊地看着这一切,一时无法言语。

橘鹤暖手里捏了一道符贴在树根上,另一只手扶住树根弯曲的地方,轻轻地挪动,树根随着他的动作慢慢舒展开来。"好了!"他轻声说,又回头看向我,"卓然,去把墙边那个系了红绳的根雕拿来。"

我听他的走到院墙墙根,果然有一个根雕上系了红绳,约莫两个手掌大。我拿过来递给橘鹤暖,橘鹤暖接过根雕,回头看了看我和五魁:"那我现在就放他出来!"

我瞪大眼睛:"放?放谁?妖……妖……妖怪?"

橘鹤暖握着根雕:"这节树根里,藏着这棵树的树灵。如果不是树灵被割离,他应该早就脱身了!"

说着,他将红绳解开,又念了一段符咒,顿时起了一阵风,橘鹤暖和五魁将我拉出刚才挖的坑。风卷起沙石,慢慢将地面填平,一个须发花白的矮个子老者站在刚才挖坑的位置。我心想,这就是树妖?看起来还挺慈祥的啊!

老者看着我们,露出一个慈祥的笑容:"多谢几位小友搭救!"

他看了看五魁:"哎?原来是你?"

五魁笑笑:"正是我!"

老者哈哈大笑:"咱们好有缘分啊!"

五魁笑道："不，这次我们是特意赶来的！"

老者点点头："看来，你们是来找陆瓷翁的？"

五魁点点头，老者也点点头："也罢，你们救了我，我就随你们走一趟吧。跟我来吧。"

老者带我们向后山走去，我拉了拉五魁，低声问："这……这……什么情况？"

五魁边走边解释："这位老者就是刚才那棵槐树的树灵。因为他的树根被折弯，所以他让林家三兄弟手部变畸形，想以此提醒林家人。可惜林家人不解，还不知从哪请来个浑人，砍下了他所栖息的树根，做成根雕，还用红绳压住，让他无法回本体，也逃不出去。再有个把月，他可能就要魂飞魄散了。"

我点点头。五魁接着说："说来凑巧，几百年前我曾经来找过陆瓷翁，当时他正和一位老者下棋，那位老者，正是这位灵槐老人。后来村子里闹瘟疫，陆瓷翁和老者还特意采集草药，让我带给村民，拯救了这个村子。"

我恍然大悟："原来那只救了村子的黑猫真是你啊！"

五魁点点头："那天听到小茂要去的地方，刚好和地图里显示的地方吻合，就带上小茂一起回来。可没想到，阴差阳错，救了灵槐老人。"

我点头："这可能就是你们的缘分吧！"

灵槐老人听到这里哈哈一笑："这也是你和陆瓷翁的缘分！我俩相识多年，他向来居无定所，恰巧这几天途经此地，让你们碰上了。"

老人看起来须发花白，年近古稀，体力却好得很。他上山如履平地，害我在后面苦苦跟随。我喘着粗气，嘟囔道："你们一个个不是妖怪就是神仙，就我一个凡人，也不照顾下我的体力。"

橘鹤暖闻言回头看我："卓然，我背你吧！"

我打开他伸过来的手："不要！"

灵槐老人呵呵笑道："你们也不必太担心这小姑娘。看她的面相，也不是等闲之辈啊！"

听他这么说，我突然兴奋起来，晃着五魁的手说："五魁，你听老神仙说了吗？我可不是一般人！"

五魁白了我一眼："你可能不是等闲之辈，是等忙之辈吧！"

我不屑地翻了个白眼："你等着！说不定哪天我灵体归位什么的，到时候再好好收拾你！"

来到半山腰一棵古柏旁，灵槐老人用手敲了敲树干："陆老头，别睡了，有旧相识来找你！"

我正纳闷，怎么这一个个的都住在树干里？忽听一声哈欠，一个懒洋洋的声音响起："槐老头，你怎么知道我回来了？我找你找了好久，你这些日子去哪了？"

话音一落，树干后闪出一个穿着麻布长衫的矮胖老者，红红的酒糟鼻在胖胖的圆脸上特别显眼，他的头发、胡子、眉毛全部花白了。此时，他正睡眼蒙眬地盯着灵槐老人。

灵槐老人埋怨道："你个死老头，我被人砍了你都不知道，我死了你也不会知道！幸亏几位小友路过搭救，要不我哪还有命来找你？"

陆老头揉揉眼睛，看着五魁："玄天爻，是你？你又要来找我讨什么？走走走！好东西都被你讨走了！"

他又看向橘鹤暖："橘鹤暖？你也来凑热闹？怎么着？这次我要是不给，你俩还要生抢不成？"

他说着往后退了两步，又看到我："哎？这不是那个？不对不对，不是不是。小姑娘你是谁啊？什么来历？"

我指了指自己，不相信他在和我说话，看他点了点头才说："我是……我是……"我也不知道叫五魁他是否听得懂，只好指着五魁："我是这只猫的主人！"

陆瓷翁上下打量我一番，然后笑了："哎呀，有趣有趣！真有趣！"他又看着五魁，"既然我都被你堵在这里了，你有什么事，不妨说说看！"

五魁拱了拱手："前辈，我有两件事……"

陆瓷翁没等他说完就开始跳脚："哎呀！你真是！一件事都很为难我了，你怎么好意思说有两件事？不听不听，你们赶快走吧！"

他一边说，一边伸手做驱赶状。五魁并不着急，慢悠悠地说："前辈，我既然敢来找你，自然是做等价交换。我求了东西，自然有相应的回报！"

陆瓷翁一听，眯着眼看向五魁："好吧，谅你小子也不敢耍我，那你先说来听听！"

五魁点点头："好。前辈，我此次来，第一，是想要青尸素练！"

陆瓷翁又高声打断道："不行不行，青尸素练是宝贝，我花了很大功夫才弄到的。"

他偷瞄五魁，见他也不着急，于是问："想要青尸素练，得有相应的宝贝来换。你说说，你带了什么来？"

五魁将手伸进怀里，陆瓷翁紧紧地盯着他的动作。我偷笑，心想这个老头还真是有意思！五魁从怀里摸出那个瓷片的配饰，我看到陆瓷翁的眼睛一下子就亮了起来，随即又故意掩饰："哎呀，我当是什么好东西，不过是个普通的配饰，我的青尸素练可是宝贝啊！"

五魁作势将瓷片收回怀中："唉，既然前辈看不上就算了，那就当我们白来一趟。"

说完，他上来就要拉我走。陆瓷翁在身后喊道："别急，我还没看仔细！你再给我看看啊，说不定我改变主意了呢？"

五魁转过头，将瓷片掏出来在陆瓷翁眼前晃了晃。陆瓷翁一把抢过去："哎呀，刚才是我老眼昏花！这还真是个好东西，真是漂亮！"

五魁点头："都说前辈嗜瓷如痴，果不其然。"

陆瓷翁拿着瓷片，像得到了糖果的小孩子，将它放在手里来回摆弄。

他抬头看着五魁："说说你的第二件事情！"

五魁嘴角微微扬起，似乎这个结果早在他意料之中："第二件事，请前辈帮我看看这个饰品是谁的。"

"嗯？"陆瓷翁一脸不可思议地看向五魁，"就这点要求？"

五魁点头道："对！"

陆瓷翁露出一个满意的微笑："好说！"

他看着瓷片："瓷片应该出自一种非常少见的瓷器器型，有一定历史了。它虽然不大，却花纹密集，这是个青花丹丸罐。这东西少之又少，没有传下来的了。"

他又把它翻过来看："这镶嵌的工艺却是三百多年之后的了。这东西是皇家的东西，可偏偏一股子符咒的味道。是你的老相识，龚家人的！"

五魁和橘鹤暖听闻都瞪起眼睛："龚家？"

陆瓷翁点点头："对，龚家！"

陆瓷翁将瓷片配饰收入袖中，又从身后拿出一件看似普通的麻衣："青尸素练在此，咱们说好的，这配饰我收下了！"

五魁拱手："前辈，我还有一事相求！"

陆瓷翁忙把青尸素练抓在手中："怎么？你想反悔啊，臭小子？"

五魁忙道："前辈，此事牵扯甚广，可能关乎天下苍生的未来，还请前辈让我将这个物件拿去和龚家人确认一下，之后必定双手奉上！"

陆瓷翁面露难色，五魁继续道："前辈也知道家师的为人，亦明白我师兄弟留在这里的目的，还请前辈帮我们一次。"

陆瓷翁不情愿地点点头："好吧！我也深知你们的不易。这样吧，瓷片你们就先拿去，青尸素练也暂时交由你们保管。"

五魁忙道谢："多谢前辈，待事情确认，我一定将瓷片送还。"

陆瓷翁哈哈一笑："不必！我自会去找你取的！"

拿了青尸素练下山，五魁和橘鹤暖都一脸严肃。我不敢搭话，只想着陆瓷翁和灵槐老人的话。到底我哪里不等闲？我又和谁相像？我觉得这事情，他俩一定知道，就是故意瞒着我。

回去的路上，我们接到了小茂的电话，他和小林、小繁的手，都已经顺利完成手术。我听到林妈妈的千恩万谢，心里跟着感慨了一番。

从上东回来，五魁就让我披上了青尸素练。说来神奇，这东西披在身上就仿佛不存在一般，十分轻盈，有了它的保护，橘鹤暖和五魁便不必再分心保护我。我心里惦记着如何隐身，练习手诀还算勤勉，五魁主子很满意，周末还特意少吃了一顿好吃的。

周一一大早，我刚洗漱完，五魁就蹿到我身边："二然，今天中午，我要去找你吃饭！"

我看着五魁："无事不登三宝殿！说吧，你到底要干吗？"

他狡黠一笑："我是想见见龚乙！"

我深吸一口气："你是想问她那个瓷片的主人是谁？"

五魁点点头。我翻了个白眼："龚乙用脚想也知道橘鹤暖和咱们是一伙的，他们龚家那么恨橘鹤暖，你觉得她会帮你吗？"

五魁耸了耸肩："龚家和橘鹤暖是私人恩怨，我相信这不是龚家的格局！只要你能把她约出来，我自然能说服她帮我！"

我看着他："你需要考虑的是，怎么先说服我帮你！"

他故意拉长声音："唉，我以为咱俩之间不用谈帮不帮的！"

我捏住他的耳朵："为什么不谈？"

他只好皱皱眉："你帮我约龚乙，我晚上变成猫让你玩五分钟！"

我伸出两个手掌："十分钟！"

他将我的指头按回去三根："七分钟！"

我又抽出一根手指："八分钟！"

他瞪圆了眼睛："成交！"

一上午，我都瞄着龚乙，没想好怎么开口。临近中午，她突然走过来问我："卓然，你找我有事？"

我被她问得一慌："没有！啊？这个……你怎么知道？"

她哑然一笑："你都盯了我一上午了。说吧，什么事？"

我点点头："那个，中午，赏脸一起吃个饭呗？"

她看着我："就这事？"

我看着她点点头："啊，就这个事情！"

她笑了："好！"

我诧异地问："你答应了？"

她点头："是啊！怎么了？我不应该答应吗？"

我忙摆手："没有没有！我以为你……"

我回头瞄了一眼橘鹤暖的位置。她一下子明白过来："一码归一码，我知道你开口，就一定是真的有事。"

我报以一个感激的微笑："那太好了！那就十二点半，咱们去吃小李炖锅，我请。"

她做了个"OK"的手势。我赶紧把约好龚乙的消息告诉了五魁和橘鹤暖。

十二点半，我和龚乙走进小李炖锅包间的时候，橘鹤暖和五魁早就等在那里了。龚乙倒也大方，直接走到桌边坐下，看着五魁："看来，是你要见我？"

五魁点点头。龚乙打量了他一番，然后好似想起了什么："难道，你就是那个……玄天爻？"

五魁微微一笑："正是在下！"

我感觉龚乙整个人似乎都僵了一下，她坐直了身体："请问，您找我有事吗？"

五魁貌似很欣赏她直来直去的个性，始终保持微笑："是个痛快人！"

他从怀里掏出瓷片："我听说这是龚家的东西，想打听打听它的主人是谁。"

龚乙接过瓷片，几乎没有分辨就喊道："怎么会在你这里？这……这是我的啊！"

五魁和橘鹤暖也是一惊，同时发问："是你的？"

橘鹤暖接着问道："真的是你的？你再仔细分辨一下！"

龚乙拿着这瓷片自信地说："怎么会错呢？这是我祖上传下来的御赐的东西，跟随我二十多年，我怎么会认错呢？"

五魁又问："那你可是把它弄丢了？"

龚乙点点头："是！但准确地说，我觉得它是被偷走了！因为这东西对我来说很重要，所以我都格外小心。可是几个月以前，它突然就不见了。"

我看着五魁和橘鹤暖慢慢暗下去的眼神，心知这条线索如果断了，他们可能很难再找到控制鬼傀儡的人。我着急地问龚乙："这么重要的东西丢了，你怎么没去找一下啊？"

龚乙看着我："我找了啊！可是没有找到。我总不能报警告诉警察，我丢了一个祖传的瓷片饰品吧？"

我泄了气，坐在一边。龚乙看着五魁和橘鹤暖："你们与其在这里盘问我，不如告诉我你们在哪发现它的，也许能有线索。"

五魁看了看橘鹤暖："有人用它控制鬼傀儡！"

龚乙瞪大眼睛："鬼傀儡？你们是说有人用这个瓷片控制鬼傀儡？"

五魁点点头。

龚乙噌地从座位上站了起来："不行，这件事必须让龚家全族人知道。鬼傀儡是龚家的禁术！"

我赶紧抓住龚乙的手："也不急在这一时半刻。"

然后，我看着同样面色凝重的五魁和橘鹤暖，问："你们是说只有龚家人才会鬼傀儡术？"

橘鹤暖摇摇头："并不是！其实很多人都会施展鬼傀儡术！"

他说完，龚乙跟着解释道："但是，用龚家的东西施展鬼傀儡术的，就只能是龚家人！"

龚乙抬眼看向五魁："他用鬼傀儡术的目的是什么？"

五魁一脸淡漠："他是为了收集煞气！这个人跟这里的网界困咒都有关，他收集煞气是想改变不老河的流向，做一个绝命阵！"

龚乙惨然一笑："那不必说，这阵法是冲着你们来的！我猜你们也想到了，对方有可能是齐仙派的人。龚家，这是出了叛徒了。我要去查查。"

见龚乙站起来要走，我只好一把把她拉住："你别冲动，饭还没吃呢！再说，咱们先仔细了解一下情况再定夺啊！"

她被我按在座位上。看她的样子，她还陷在龚家出了叛徒一事里。橘鹤暖倒了一杯水给她："这种被禁的秘术应该不会有很多人知道吧？"

龚乙皱了皱眉："按理说，应该没有人知道！早就失传了。"

说完，她下意识地抬起头，盯着橘鹤暖，眼睛里满是愤怒："我们龚家很多秘术的失传，还要拜你所赐！"

橘鹤暖一脸惊愕："我？"

龚乙冷笑一声："可不就是你！如果不是那件事，龚家也不会……"她似乎意识到自己说多了，及时收住了下面的话。

橘鹤暖面色严肃："到底发生了什么？当初你们龚家派了很多人追杀我，我就觉得蹊跷。我和小敏已经划清界限，为何你们还要苦苦追着不放？我也是逼不得已才下手废了他们的道行。"

龚乙听罢双目瞪圆："什么？你不知道小敏她……她后来发生了什么？"

橘鹤暖眉毛一皱："我们约好不再见面，不再打听对方的消息，不再打搅对方的生活。"

龚乙一脸不可思议地看着橘鹤暖："那后面的事情，你都不知道了？你们再也没有见过？"

橘鹤暖低吼："是！后来到底发生了什么？"

龚乙沉吟了一下："具体什么事，我也不知道。家里老人代代相传下来的说法是龚敏带着龚家的掌门人秘籍去找你，然后就消失了！"

橘鹤暖一拍桌子站了起来："什么？你说小敏她……她消失了？"

我第一次看到橘鹤暖情绪失控的样子，赶忙给五魁使了个眼色。五魁放下手里的杯子，将橘鹤暖拉回座位："看来这里面是有些什么误会。"

五魁说完看向龚乙："龚乙，龚家现在还有几位长老？可否安排我们见见面？我想很多事情可能要大家坐下来说清楚。这个误会已经延续了这么久，这次既然我们有共同的麻烦，不妨以此为契机，把误会解开。"

龚乙看了看五魁，又看了看橘鹤暖，沉思片刻，点了点头。

不得不说，龚乙的办事效率还是很高的。当天晚上，她就约好了见面的时间地点。我看着她发来的微信，感觉奇怪，于是问五魁："真的要去吗？这个地址感觉很奇怪，这不会是个圈套吧？"

五魁把一大摞黄色的符纸往包里塞，头也不抬地嘲笑我："你这个二愣子居然开始敏感了？有我和橘鹤暖，你怕什么？龚家连掌门人秘籍都丢了，料他们也玩不出什么花样！"

说完，他看了看橘鹤暖。橘鹤暖满腹心事，这一下午跟变了个人一样："小敏居然带着龚家的掌门人秘籍消失了？她会去哪里呢？为什么她没有来找我？"

五魁把背包系好，冷冷地说："既然龚家人喊她龚敏，看来她的掌门职位是被摘了的。"橘鹤暖深吸一口气："无论如何，我要找龚家人问清楚。"

我眼中的橘鹤暖一向是玩世不恭的"中央空调"，从没想过他会如此认真地对待一个女人。我猜想这千百年来，也许只有这个叫作龚敏的女人让他动过心，可是之后发生了什么无从知晓。这样的结果，换作任何人，都难以接受吧？我暗暗打定主意：不管多危险，一定要问明真相。

晚上九点，我们准时出现在龚乙标注的地方。这是一个地处郊区的废弃工厂，附近既没有商业区，也没有住宅区，荒凉而且人迹稀少。车子开进一个大院子里，停在一个荒废的厂房门口。厂房的大门敞开，车灯照进去，里面只有废旧的机器。我声音有些发颤："这……这地方没人啊。我们……我们上当了吧？龚家这是打算把我们全体歼灭吗？"

橘鹤暖打开车门，轻声道："下车！"

我和五魁下了车，橘鹤暖打开手电照向厂房里，里面没人。五魁喊我："二然，你给龚乙打个电话吧！"

我拿出手机，却发现手机完全没信号。我心里又多了一分恐惧："我……手机……没信号！"

五魁掏出一张符纸，捏了个手诀，喊了一声"探"。符纸在空气中燃烧殆尽，五魁沉声道："有结界，看来地方没有错。"

话音刚落，从厂房墙壁上透出一丝光，一个人影从墙壁后面闪现出来，对着我们的方向喊道："卓然，是你们吗？"听到我的回答，她径直走到厂房门口，"是不是吓到你们了？跟我来吧！"我们跟在她后面进了厂房。

厂房正对着大门的墙壁上有一个隐形的砖门，进去后是一间不大的暗房。里面摆了一张床、一个书柜和一张书桌。龚乙拿一把圆形的钥匙对在床头，整张床陷下去变成楼梯。我第一次见到这种情景，整个人呆在原地。直到五魁戳我，我才跟着龚乙下楼。

楼梯只有五六阶，下面的小房子明显和上面的暗房风格不大一样，这里干净了许多，但小了一半。我正好奇接下来往哪走，脚下忽然一动，原来我们已经上了电梯。下行了不到一分钟，房间一侧大开，眼前豁然开朗。这是一处灯火通明的走廊。电梯门口，一个比龚乙年轻一些的小姑娘已经等在那里。小姑娘对龚乙点头道："掌门人，长老们已经到了。"龚乙点点头："带我们过去吧。"小姑娘带着我们走向走廊尽头的一个房间。在房间门口，小姑娘敲敲门，门开了，我们一行人被请了进去。房间里已经坐了几位须发花白的老者，三男两女。见到龚乙，五位长者欠身。龚乙向他们鞠躬，说："五位族长，人带来了。"说完，她一一介绍了我们，然后让我们就座。

一落座，左手边的老爷子就开口了，声如洪钟："各位小友，欢迎！橘鹤暖，很久不见。我是龚甲。这是我族里的几位长老。龚家现在最有资历的几个人都在这里了。我听龚乙说，最近发生了一些和龚家秘术有关的事情，而且之前我们和济宗的两位前辈似乎有些误会。既然如此，我们今天不如一起开诚布公地谈一谈。"龚甲，就是龚乙之前，龚家的掌门人。

五魁将手里的瓷片放在桌子上："前些日子，我们发现学校里有人用双树籽做魔罗双煞咒。我们追查过去，发现那是有人施展鬼傀儡术。被我们破了术之后，就看到了这个。龚乙说，这是龚家的东西。"

龚乙将瓷片递给龚甲，龚甲拿着瓷片，手里捏了个手诀，不一会儿，他皱眉道："这确实是龚家人的鬼傀儡术！"

他看另外几位长老也露出了吃惊之色，摇头道："这鬼傀儡术是禁术，是龚家明令禁止不可以再使用的秘术。"

另一位女长老接过话："就算不是禁术，这个秘术也早已失传。我们这代人已经没人会这种秘术了。龚乙掌门那一代，更不可能有人施展这种秘术。"

坐在最右手边的男长老沉吟道："除非……"见我们看向他，他继续说，"除非曾经丢失的龚家掌门秘籍落在了某个龚家人手里！"闻言，另外几位长老点点头。

橘鹤暖听到他们提及掌门秘籍，于是开口："说到这里，几位长老，橘鹤暖有些疑问。"

龚甲沉声道："请讲！"

橘鹤暖正色道："当初，因为龚家族人的反对，龚敏和我决定分开。我们约定不再有任何形式的往来。那之后，我便再也没有见过小敏。可是，龚家随后却派出不少人追杀我，我今天才从龚乙那里得知，小敏……小敏消失了。"

长老们听了橘鹤暖的话，一时惊愕得面面相觑。

龚甲开口问："橘鹤暖，你是说，你之后再也没有见过龚敏？"

橘鹤暖坚定地点了点头。龚甲望向坐在中间的男性长老，那位长老看向橘鹤暖，缓缓地说道："那是距今四百多年的事情了，我们没有人亲身经历过那个年代。作为龚家还健在的年纪最老的长老，我知道的也都是族人口口相传的事情。"

长老顿了顿，接着说："龚敏是龚家第十代传人，十四岁在龚家掌门选拔中胜出，十五岁数术大成，接任掌门之位。继任后，改名为龚戊，十七岁授掌门秘籍。二十五岁，除去掌门之务。这些都是有记载的。口口相传的是，当年龚敏爱上济宗传人橘鹤暖，因爱成痴，携龚家掌门秘籍与橘鹤暖私逃。后橘鹤暖背信弃义，侵吞秘籍，龚敏下落不明。因此，龚家派出了数十名精英，想夺回秘籍，可惜技不如人，全数殒命。橘鹤暖，也就是龚家的第一仇人。"

我抬眼看橘鹤暖，他此时一脸凝重。他接话道："你们是说，龚敏后来找过我？"

中间的长老点点头："族里的长老是这么说的。"

旁边的五魁冷声道："一派胡言！龚敏二十五岁那年，橘鹤暖已到大限，正值转世轮回之际，他不忍龚敏忍受生死别离，才把龚敏送回龚家，并嘱咐我暗中照拂，之后他便走完那一世。可等我找到橘鹤暖的转世，并抱着他去龚家的时候，龚家已经人去楼空。我多方打听，才得知龚家因龚敏和橘鹤暖的事情而大伤元气。于是，我隐匿了行踪。橘鹤暖那时已经重回襁褓，根本化不成人形，别说背信弃义夺走秘籍了。"

龚家长老听完五魁的话，惊愕得无法言语。龚乙点点头："如此可见，这其中确实有误会。使用鬼傀儡术的人既然是为了布绝命阵，那必然和济宗的秘籍有关。那么这背后，最有可能的就是齐仙派。既然齐仙派现在能利用我龚家人布绝命阵，当初挑起龚家和济宗的矛盾也并非难事。"

龚甲点点头："这么多年过去了，当初的事情我们无法考证，但如果我们能找到施展鬼傀儡术的人，也许能顺着这些线索找到些头绪。"

龚乙抬头看着龚甲："所以还请您帮忙，查查是谁使用了鬼傀儡术。"

龚甲征得了几位长老的同意，然后点点头："好，那就由我们五位用龚家血阵，查一查到底谁是那个用了鬼傀儡术的叛徒。"

龚乙将我们几个人带到另一个房间，只留下几位长老在原来的房间里，对我们说："抱歉，请几位在这里稍等，龚家血阵是不能被外人见到的。"

我点头表示理解。五魁却起身在房间里慢慢踱步："你们这个地方挺有趣的啊，这是你们龚家的基地吗？"

龚乙面色微窘："这是……这是龚家的一个……算是基地吧。"

五魁点点头："龚家果然财大气粗，买了个废厂房却在下面搞出这么大的名堂！"

我发自肺腑地赞叹："是啊，从外面完全看不出这里别有洞天啊。我到现在还觉得自己是在做梦。"

刚刚领我们进来的女孩子送来几瓶果汁，我一边拧开瓶盖一边赞叹："啧，大户人家啊！"又突然想起什么，于是歪头看着龚乙，"龚乙，你家应该很富裕吧？那你干吗还要来公司上班啊？"

一边的五魁被我的话逗乐了，一脸幸灾乐祸地看着龚乙。连一下午没有什么好脸色的橘鹤暖此时也侧过头，饶有兴致地盯着龚乙，好像要看看她怎么回答这个问题。

龚乙显得更加窘迫了，但房间里就我们几个人，她也无处可躲。她硬着头皮撑了半天，才皱眉说道："我是为了查齐仙派的事情！唉……这事估计你们也早就发现了。公司所在的这个地方不对劲。不，应该说有蹊跷。那里是一个大的阵法中的五行位之一。我守在这个位置，是想知道接下来会发生什么！"

五魁也拧开了手里果汁的盖子，看样子，龚乙说的事情他早就心知肚明。我又联想起公司曾经出现过的煞符，心中一凛："难道，我们一直都在齐仙派那伙人的控制下？"

龚乙叹了口气："齐仙派一直神出鬼没，没人知道他们有多少人，也许他们就在我们身边。"

我被她说得心里直哆嗦，但还是忍不住继续问："那之前那张煞符和人皮面具，你……"

听我说到人皮面具，龚乙猛地看向我："你也发现了？"我发觉自己多嘴了，只能悻悻地点点头。龚乙也点点头："之前，我也很疑惑那张煞符是做什么用的。直到今天，联系了前后，我才有点头绪。做鬼傀儡术需要很多煞气，那煞符就是用来收集煞气的。所以，应该是齐仙派的人贴的煞符。至于那个人皮面具，我找龚家人专门查了，那张脸属于一个黑帮老大，他一直参与器官买卖和洗黑钱的生意。后来事情败露想跑路，没想到被杀了。"

我倒吸一口冷气："那算不算黑吃黑？他死了也没人报警。那……我怎么觉得老板好像认识他似的？"

龚乙意味深长地看了我一眼："我们那个老板能在办公室安装两套监控设备，必然也接触了一些不太正经的生意，认识这个人也不奇怪。不过这件事情你就不要好奇了，到时候工作保不住是小事，引火烧身就麻烦了。"

我吞了口唾沫，默默地做好了跳槽的打算。五魁看了我一眼，颇感好笑地道："你看你那副没见过世面的样子，怕什么？不是还有我和橘鹤暖吗？"我瞪了他一眼，没理他。

龚乙试探着说："最初，我探得他们的阵法非常大，可是看不出是什么阵法。最近却有点变化，好像是有人在大的阵法里动了手脚，难道……是你们？"

五魁哼了一声："这么多年来，都是我们在明他们在暗。他们鬼鬼祟祟地布阵就是为了出其不意。如果我们真的动了手脚，连你都能感知到，他们必然也会知道，那动了和没动有什么区别？这种无用功，我和我师弟是不会做的。"

龚乙身为龚家掌门人，在公司，我们平起平坐。在龚家全体乃至五位长老面前，她也有些威信，可在五魁和橘鹤暖面前却显得很谦恭。五魁对她说话也是一副前辈姿态，一点也不客气。

"既然不是二位前辈，那就更奇怪了！这件事，我会和家族里的人密切留意的。"

五魁看了她一眼："小姑娘，你还是量力而行。你们公司那栋大楼我查过，五行金位，凶得很。楼底让人动了手脚，埋了东西，很可能比我们已知的绝命阵还厉害。"

龚乙还要说些什么，隔壁房间的大门突然被打开了，龚甲铁青着脸站在门口，依次走出来的长老也一个个脸上不好看。我心里咯噔一下，难道出了什么糟糕的事情吗？我们不便开口，都看着龚乙。龚乙硬着头皮走过去："怎么了？查到了吗？长老们为何都如此脸色？"

龚甲顿了顿，艰难地说："太不可思议了。我们查到使用鬼傀儡术的人，居然是……龚敏！"

"什么？"我们几个几乎同时喝道。

龚乙面色大变："怎么会？是不是出错了？龚敏四百年前就消失了，就算没有消失，她也绝不可能活到现在！"

龚甲艰难地闭上双眼而后又睁开："我们连摆两次血阵，结果是不会错的，是……龚敏。"

我看到五魁面色凝重，橘鹤暖的脸色更是惊讶中带着愠色。我叹口气，说："各位，这件事非同小可，看来我们需要从长计议了。"五魁听我这么说，转手拉住橘鹤暖，对他说："我理解你现在的心情，但你这样贸然去找也必然不会有结果。不如我们一起坐下来商量一下接下来怎么办。也许，龚敏有迫不得已的苦衷。"五魁鲜少用这样的语气对橘鹤暖说话，橘鹤暖听后微微点了点头。

大家重新回到之前的房间，但气氛比之前更凝重了，每个人面上都带着一丝不安。足足五分钟,没有人开口说一句话。我实在憋不住了,只好率先开口:"既然已经知道是龚敏使用的鬼傀儡术,那就证明她还在世上。我知道有很多地方解释不通,但是你们看五魁和橘鹤暖不也是活了这么多年吗?如果不是我亲眼所见,我也不会相信这些都是真的!所以我们没必要猜测那么多,把龚敏找来当面对质,不就真相大白了吗?"

五魁瞥了我一眼:"你说得倒是轻松容易,你知道那龚敏什么来头?四百多年前她已经不好对付了,更别提如今还不知道在她身上发生了什么!"

我吐了吐舌头,橘鹤暖看了我一眼,缓缓解释道:"龚敏可以说是龚家历代掌门人中最有天赋的一个。当年就已经身手不凡,三年间就破了当时最复杂的五个齐仙派阵法。有一年,妖兽为祸人间,她单枪匹马闯进妖兽巢穴,将十几头妖兽悉数歼灭。她是那时候术士们心中神一样的存在。"

五魁接过橘鹤暖的话:"所以,如果龚敏存心为敌,我们还真是要打一场恶仗了。"

龚甲看看身边几位长老:"龚敏是我们龚家人,如今她成了叛徒,那么捉拿龚敏,我们龚家人责无旁贷。"

橘鹤暖沉声道:"真相还没有查清,不要一口一个叛徒!"

我听出他的恼怒,忙打圆场:"是,毕竟也是你们龚家的前辈,也许是迫不得已。"

五魁淡淡地问了一句:"龚敏的实力,在座的只有我和橘鹤暖见过。你们连她的实力都不清楚,真的有把握赢她?"

龚家长老们沉默不语。五魁又道:"你们龚家的掌门秘籍都丢了,现在的龚家术传人还有几个拿得出手的?难不成要搞人海战术吗?"

龚乙看不过五魁这样质疑龚家几位长老,开口道:"龚家的掌门人秘籍是失传了,但是龚家术还在,龚家历代的典籍和龚家的法器还在。我们集合龚家人的力量一搏,也不是完全没有胜算!"

五魁抬眼望向龚乙,嘴角露出一丝微笑,起身走到龚乙身边:"掌门人,不如你跟我切磋一招,也好摸摸彼此的底细。"

龚乙面色一沉,但旋即又坚定了眼神:"也好,我也想见识见识济宗传承千年的实力。"

五魁点头微笑:"作为前辈,我让你九根手指!"说完,他伸出右手食指,摆好应战的姿态。

这让龚乙恼羞成怒,她觉得五魁不把她放在眼里。她右手捏了个手诀,左手伸进腰里摸出一张黄色的符纸,用食指和中指将符纸夹住,猛地将符纸戳到右手掌心,然后在空中画了一个咒,向五魁指来。

与此同时，龚家几位长老惊呼："不好！""龚乙，不可！"可是符纸已经脱手，在空中加速向五魁而去。五魁将食指放在嘴边，咬破，然后在空中迅速地画了符咒，最后形成一个圆形气流，将龚乙的符纸完全吸了进去，接着便消失不见了。

龚乙和龚家人个个目瞪口呆，五魁将食指放入口中吮吸掉多余的血渍："你刚刚使用的是为数不多的得以流传下来的掌门技，对吧？"

龚乙长长地出了口气，点点头："是的，这是龚家掌门技——临空斩。"

五魁点点头："力道不错。可是这招龚敏用起来，比你的力道至少强二十倍。就算是我，招架起来也是不敢怠慢的。"

龚乙面色沉重："是我学艺不精。"

五魁伸手拍了拍龚乙的手背："已经很不错了。这么多年来，已经很少有人能打出这样的招数了。"

五魁说完回到座位："我想，我们和龚敏的实力差距，大家也都心知肚明了。所以，此次事件，就交由我和橘鹤暖去解决。龚家人再多，也实在没有必要在这件事情上白白牺牲。"

龚甲问道："那你们打算如何找她？毕竟你们只有两个人，找起来恐怕不容易！"

五魁笑笑："等！"

龚乙一脸疑惑地看向五魁："等？"

五魁将手握了个拳放在嘴边："是的，等！我和橘鹤暖发现，有人在推迟不老河出现的时间，以便他们改变不老河的河道。之前，这些人更是猎捕了讹兽，取了它的肉！"

龚甲惊呼："难道他们是要……"

龚乙接话道："要引魔祖兽。"

五魁点头："正是！他们要利用魔祖兽布阵。所以，如果我们对河道稍作手脚，就能够把他们引出来。只要我们动了他们放在不老河河道沿岸的讹兽肉，他们就会出现！"

龚乙看着五魁："那我们龚家此次什么也不需要做？"

五魁抬头看着龚乙："也不是，我要向你们龚家借一个人！"

龚乙纳闷道："借人？谁？"

五魁微笑道："林克！"

听到这个名字，不仅龚家在场的所有人吃了一惊，连我都吃了一惊。我知道林克是龚家人，但他看上去就是个半吊子，借他有什么用意？五魁却成竹在胸："如果我没有看错，林克应该是现在龚家唯一能熟练使用龚隼的人吧？"

龚乙回头看了看各位长老，点头承认："是！所以你是要用龚隼找出术符和阵眼的位置？"

　　五魁笑着起身："正是。今天也不早了，我们就先谈到这里。之后，我和橘鹤暖会尽快引出他们的人，也请各位尽快安排林克和我们见面。"

　　我们一行人在龚乙的护送下原路返回。一路上，龚乙心事重重。到了门口上了车，龚乙突然趴在车窗上说："我会尽快联系林克，但是林克最近一直有点奇怪，可我们又说不出哪里不对劲，你们还是小心为妙。"五魁点头表示知道了。橘鹤暖发动车子，载着心情沉重的我们向家的方向开去。

　　到了家，见我一直坐在沙发上一声不吭，也没有去睡的意思，五魁给我倒了一杯热水，问："怎么了？被今晚龚家的阵仗吓坏了？"

　　我抬头看着五魁："并没有！这场面我在电影里和梦里见过很多次了。只是，今晚你们聊天的内容信息量太大了，我还在消化！"

　　五魁耸了耸肩："你这样强行消化对脾胃不好，要不去睡觉，要不……"

　　我看着他急切地问："要不什么？"

　　他"哼"了一声，嘲讽道："要不，就不睡呗……"

　　我白了他一眼，不再言语。

　　五魁盘腿坐在我旁边，微微眯上眼："好吧，二然，接下来这段时间，我们要一起面对的事情还有很多。为了避免你每次都这样强行消化，我把来龙去脉都给你讲清楚。"

　　闻言，我瞬间清醒了，兴奋地望着他。旁边的橘鹤暖苦笑道："你看卓然的样子，哪里像如临大敌，八卦之火熊熊燃烧，她的双眼都发光了！唉……"

　　我回头看着橘鹤暖，问："你叹什么气？你不是最希望五魁把事情都跟我说明白的吗？"

　　橘鹤暖也倒了一杯水，坐在沙发上，两条修长的腿交叉着搭在一起："如果事情都能像你想得那么简单该多好！"

　　五魁也不理会我俩，就开始讲了："我给你讲过我们的师父，济宗的创始人——陆凡开。他临死的时候，交代我们要找到一部秘籍。这部秘籍分为两部分，下半部在我们这里，上半部却遗失了。它不仅是一本数术秘籍那么简单，它关乎着世间苍生的未来。这部秘籍被叫作'长生诀'，相传可以使人长生。师父说，找到秘籍，我和橘鹤暖也自然会知道我们的身世。那之后，我们就在反反复复的轮回转世中，寻找着秘籍的下落。这期间，也有不少人为了秘籍找上我们。这其中最厉害也是让我吃了不少苦头的，就是齐仙派。虽然我和橘鹤暖多方明察暗访，但是依然不知道这个神出鬼没的门派到底是什么来头、有多少人，只知道他们称齐仙派的创始人为五尊者。"

五魁说到这里自嘲道："可是我们一直不知道这个五尊者的真面目,也不知道齐仙派现在是谁在掌管!"

我想了想："难不成现在是龚敏?"

五魁看了一眼橘鹤暖。橘鹤暖并没有什么表情,只是呷了一口水:"龚敏不会的。她也有苦衷,她是不得已才为齐仙派所用,但她绝不可能接掌齐仙派,她一直以身为龚家后人为荣。"

五魁点头:"的确!在几百年的博弈中,我们发现一件事——齐仙派擅长收买我们身边的人对付我们。"

我"啊"了一声,赶紧澄清:"我可不认识什么齐仙派的人!"

五魁笑了笑:"当然!齐仙派并没有向你下手,大概是因为他们留着你还有用!"

我吃惊地看着他:"留着我有什么用?威胁你们吗?拖你们后腿吗?好恶毒!"

五魁摇摇头:"还有别的用途,不过我现在还不肯定。"

我顿时没了听八卦的心情:"不会吧,这个齐仙派不会要拿我做人体实验吧?上次那个仙风道骨的老先生说啥来着?我不是凡夫俗子!完了,我是不是关系到什么惊天大秘密,能帮他们逆转宇宙?"

五魁适时拍了一下我的脑门,强行叫停我无休止的推测:"你别给自己加戏了,好好练好你的手诀,我明天再给你一张手诀图。"

接着他皱了皱眉:"我说到哪了?唉,你到底听不听,别打岔行不行?"

我不屑地嫌弃道:"你是不是岁数太大了?脑子爱忘事还怪我打岔?"

五魁瞪了我一眼,继续道:"你的底细,我和橘鹤暖不是没有查过,所以,信任你也是有原因的!"

我一听就炸毛了:"什么?你们还查了我的底细?查到什么啦?"

五魁用一个眼神告诉我"闭嘴",我只好乖乖地坐回沙发里,继续听他讲。

"没办法,我们曾经都被最信任的人出卖过,如今必须小心行事。几年前,橘鹤暖选择了这个城市,因为我们查到八百多年前,这里曾经被结界冲开过一条时间的缝隙。"

"时间的缝隙?"我不解。

五魁点头:"是的!千年来,我们可以说找遍了每个角落,都没有那半部秘籍的下落。而其他各个门派包括齐仙派,也都没有找到它。"

我嘟了嘟嘴:"你们怎么知道人家没有找到?说不定人家找到了呢?追杀你们只是为了拿到另外半部而已。"

五魁摇了摇头:"这部秘籍极其特殊,上半部和下半部会互有感应。但上半部最后一次被感应到的时间是八百年前,那之后就再也没有感应到过它的存在。"

我问道:"也就是说,上半部这八百年来都没有被动过?"

五魁叹了口气:"是的!所以我们猜测,在危急之下它可能被扔进了时间的缝隙。所谓时间的缝隙,就是跳出三维世界的空间,它不随时间而流逝。所以那个曾经得到另外半部的人很有可能在被追杀的过程中,用自己强大的力量布下了一个结界,将时空冲破撕裂,然后将另半部扔进了时间的缝隙里!"

我听得一知半解,只知道这个东西应该很难找到了:"那我们怎么找啊?"

五魁笑了笑:"非常难!但也有个好处……"

我翻了个白眼:"还有好处?什么好处?"

五魁斜眼看我:"我们找不到,别人也找不到!"

我一脸郁闷:"这算什么好处?难道钱包找不到的好处就是钱省下来了吗?"

五魁摊了摊手:"并不是!你的钱包找不到的时候,多半是钱让别人花了!"

五魁继续说:"因为这件事只有拿着下半部的我和橘鹤暖能感应到,所以并没有人知道上半部消失在这个城市八百年前的一条时间裂缝里。可是,仍旧无法避免的,齐仙派跟随我们的足迹找到了这里,并利用这里天然的灵气和即将流经的不老河布下了大阵。"

我"嗯"了一声,然后说:"不管上半部在哪,至少先从你们这里抢到下半部再说!找到这半部才有机会找到另外半部!不过,他们为什么总能收买你们周围的人?他们很有钱吗?"

橘鹤暖此刻缓缓地站起,走到窗边。窗外是一片夜色,但远处天边,已经开始泛起鱼肚白。他幽幽地叹道:"这世间最难满足的就是人的欲望。他们起初只想满足温饱,然后就沉迷享受。有了钱的人想要更多的钱,当钱多得花不完时,他们就开始想长生!从古至今,多少帝王迷恋炼丹制药,想要长生不老。"

我吃惊地望向橘鹤暖:"所以,他们是用这个条件诱惑了那些人?难怪,龚敏有四百岁了吧?"

橘鹤暖的身影明显抖动了一下,他说:"但是不可能!没有任何方式能够让一个人真正地长生不老!唯一的可能也是不可能的!"

我没太听懂,于是拍了拍五魁:"喂!可是如果那件事是龚敏做的,她就真的长生不老了呀!"

五魁凄然一笑:"的确有长生不老的方式,可惜能长生不老的,恐怕也不能算是一个真正意义上的人了!"

橘鹤暖听到这里,蓦地转过身,一脸悲戚。五魁大概说中了他心中所想却一直无法面对的点。想想龚敏可能不再是人类,我脊背都凉了起来。五魁看着我的眼睛,问我:"二然,你想长生吗?"

我思考了一下,摇摇头:"我没想过!不过如果周围的人都不在了,爸爸妈妈、兄弟姐妹,以及其他亲人朋友都不在了,我一个人长生有什么意义呢?"

五魁难得一脸温柔地看着我:"长生了,你就可以像这天地一样,是永恒的!"

我抱起膝盖,把下巴放在膝盖上:"五魁,比起永恒,我更相信无常。"

天一亮,我便接到了林克的电话。电话里传来林克一如既往木讷的声音:"卓然,龚乙跟我说你们找我?"

我赶紧回:"是的。你有空吗?今天能不能见一面?"

林克停顿了一会儿,然后回道:"可以,时间地点呢?"

我看着五魁和橘鹤暖,五魁做了个向下的手势,橘鹤暖伸出了三根手指,我便问林克:"下午三点如何?还在上次那个咖啡厅?"

林克痛快地答应道:"行,那就下午三点见!"

挂了电话,我瞪着他俩:"你俩还挺默契的嘛!"五魁和橘鹤暖同时耸了耸肩。我看了看手机:"现在八点,我要抓紧时间去睡会儿,你俩也休息休息吧,攒足精神!既然龚乙说林克有问题,我们下午还得多个心眼!"

五魁瞥了我一眼:"二然,你居然开始长心眼了!"

我得意地说道:"那当然!"说完我觉得不对,"你说谁之前缺心眼呢?"再看他俩,已经倒在沙发上睡得口水横流了。

一点钟,我被闹钟准时叫醒,心情不悦地揉着眼睛。走出卧室,我看到橘鹤暖还在睡,五魁却不知去向。我想了想,没有叫醒他,毕竟认识这么久,这几天恐怕是他最煎熬的日子。看着他在睡梦里还微微皱着眉头的样子,我也只能叹口气。

五魁从厨房出来,手里端着两碗面,用胳膊推了推我,挑了挑眉毛示意我别出声,吃面。我俩轻手轻脚地蹲在茶几前,慢慢吸起面条来。我看了看五魁,瞥了一眼橘鹤暖,又指了指我和五魁,竖起两个手指,意思是"要不然让他睡,就咱俩去"。

五魁翻了个白眼,我耳边传来他的声音:"真是笨,这么久都不习惯用通灵绳。"

我这才想起我们还有另一个交流方式。

五魁一边缓慢地吸着面,一边跟我说:"让他一起去吧,但是等会儿再叫醒他。龚敏的事情他会特别上心,还是让他在场比较好!"我点点头。

林克见过五魁,我也不清楚我们的事情他知道多少,只好让五魁以猫的样子出现。我整理好猫包,又收拾了一下,推醒了橘鹤暖,准备出发。一路上,我对着化妆镜里自己青黑色的眼圈唉声叹气,再看看橘鹤暖,也是如此。只有五魁因为变成了猫,看不出黑眼圈。

见我一直照镜子，橘鹤暖揶揄道："干吗呢？这个林克是你心上人啊？这么在意自己的妆容？"

我瞥了他一眼："咦？你越来越像你师兄了，嘴这么欠！这个林克是个典型的理工男，我不喜欢这个型！再说了，要是在乎妆容我还能是现在这个样子吗？"

躺在猫包里的五魁翻了个身："别以为我变成了猫就可以让我随便躺枪！再说了，你现在这个样子和妆容关系不大，是基础问题！"我气哼哼地翻着白眼不再说话。

到了咖啡厅，我远远就看到林克孤零零地坐在靠窗的位置。我走过去，着实被他吓了一跳。他蓬头垢面，顶着一对比我还明显的黑眼圈。我脱口而出："林克，你这是怎么了？看着跟纵欲过度是的。"

橘鹤暖在旁边瞪了我一眼，跟林克打招呼："你好，我是卓然的朋友，橘鹤暖。二然平时跟我们男生在一起习惯了，说话比较不注意，你别介意。"

林克就跟反应迟钝一样，只扯出一个微笑。我看了看橘鹤暖，就在林克对面的位子坐下来。

橘鹤暖去点了三杯咖啡，我将一杯意式浓缩推到林克面前，他比我更需要提神，真担心他在接下来的谈话中会歪头入睡。我打起精神笑着问："林克，我们要找你帮忙的事情，龚乙都跟你说了吧？"

林克木呆呆地看着我，点点头，又摇了摇头："说……没说，没事，你们就说吧，什么事？"

我看他这个样子一下没了主意，看了看橘鹤暖。他笑了一下接过话："是这样的，我听卓然说，你随身携带龚家的法器龚隼，是个会使用龚隼的高手，所以想让你帮个忙。"

林克喝了一口咖啡："说来惭愧，龚家这一代确实只有我还在用龚隼，但是我的水平也确实有限！不过龚家掌门有令，让我全力配合，我一定尽力！具体的事情是什么？"

橘鹤暖从包里掏出一张纸，展开平铺到桌子上，将它推向林克："这是一张我绘制的地图，这里面有一个阵法，我想让你用龚隼帮我找到这个阵法的阵眼。"

林克接过图，看了一眼，为难地说："这个……只有一张图？那我实在很难操作啊，龚隼是不会对一张图有反应的。"

橘鹤暖礼貌地翘起嘴角："嗯，我明白。那你方不方便跟我们到这个地方去一趟？"

林克皱了皱眉，沉思了好一会儿："今天恐怕不行，要动用龚隼，我还需要回家准备一下。嗯……下周吧，下周三怎么样？"

不知道是咖啡的力量还是我的错觉，我居然感觉到此时的林克眼中闪着某种带着攫取意味的光芒。

约好了时间,大家便各自回家。一进门,我便迫不及待地问:"你们有没有感觉这个人很奇怪?我之前认识他的时候,他可不是这个样子的。"

五魁从猫包里跳出来伸了个懒腰:"怪得不得了,不过也正常!"

我吃惊地看着他:"他都这样了,你还觉得他正常?他这是不是让什么东西缠住了啊?"

见五魁还维持着猫的样子,我本着便宜不占白不占的心态,一把抱住他,使劲地蹭毛。他不耐烦地拿爪子抵住我:"不是被什么缠住了,而是丢了什么!"他大概实在受不了我的黏度,瞬间化成男孩模样,我知趣地坐在了一边。

橘鹤暖踱着他的大长腿走到茶几边:"他应该是用他那为数不多的真元去做抵押了!"

我看着橘鹤暖急切地问:"抵押?什么抵押?"

橘鹤暖打哈哈道:"你这么紧张他干吗?还说对人家没意思?"

我没好气地瞪了他一眼:"我这是好奇好不好!"

橘鹤暖也不争辩:"他想长生,就要取信于答应帮他的人。最好的方式,就是抵押自己。不过他也是半个修炼之人,自然可以抵押已经炼就的真元,也就是真气的聚合体。修习数术之人抵押了真元,就会变成现在这副模样,好似丢了魂魄一样。"

我微微皱了眉头:"真元都抵押了,他还怎么帮咱们找阵眼?"

五魁冷哼道:"真元丢了,他依然可以驱动龚隼,只不过不准罢了!"

我心里一下子没了底:"不准?不准我们还找他做什么?这不等于暴露了我们自己吗?"

看到橘鹤暖和五魁同时看着我笑,我突然明白了:"原来你们一开始找林克就不是为了驱动龚隼找阵眼,而是为了让他把你们带到阵里去!你们根本没打算动讹兽的肉来引起谁的注意。只要将计就计,你们就能找到背后布阵的人。"

五魁点点头:"其实不老河究竟什么时候来,什么时候才可以起阵,都是布阵的人来定,根本无法推算。但是,如果我们自动找上门那就另当别论了。布阵的人会按照我们上门的时间把阵布好,再引来不老河里的魔祖兽,将我和橘鹤暖来个瓮中捉鳖。"

我摇摇头:"可对方如果是龚敏……"我斜眼看了一眼橘鹤暖,"至少也活了四百多年……你们利用林克将计就计,真的不会被她看穿吗?"

五魁苦笑:"她已经布阵布了这么久,就是早有准备。只不过,之前是她来决定什么时候出手。现在我们找上林克,就是由我们来决定她出手的时间了。她对自己的阵法非常有信心,有信心到知道了我们会和龚家联手还敢毫不插手,所以什么时间开始,我们是不是做了准备,对她而言都是一样的。"

我依然很不安,可是也无能为力,我问五魁:"那……那个龚隼是干吗的?"

五魁从口袋里摸出一张符咒:"还记得这个感知妖气的符咒吗?龚隼就是这个符咒的多功能加强版,更灵敏,更准确,还可以当作武器。你别看林克一副笨笨的样子,他的功力绝对不在龚乙之下。你们凡人看不出来,却逃不过我和橘鹤暖的眼睛。"

我夸张地瞪大眼睛:"什么?也就是说从一开始,他就在骗我?他从一开始接近咱们就是有目的的?"五魁抬眼看了看我,却没有回答。

07 魔祖兽

周六一早，我就被五魁叫起来："二然，别睡了，今天有特别重要的事情要做！"

我抓着被子不肯起来，只能耍赖："干吗呀？周三就要上战场了，你就不能让我养精蓄锐？"

五魁完全不吃我这一套，把我的被子一下子拽走。我被他惹得有点恼了："你干吗？！要揩油吗？万一我没穿衣服呢？小小年纪就学人家耍流氓！"

五魁懒得搭理我的起床气，扔了个果子给我。我看着这个果子觉得格外眼熟，才想起来这是之前那种可以让人时刻保持清醒的果子。我拿起来凑到鼻子下闻闻，满腹狐疑地问："我能吃吗？"

五魁声音不大却很坚定："别废话，赶紧吃了。"

吃过果子，我开始变得异常精神，看着早就坐在沙发上的橘鹤暖和一边的五魁都摆着一张严肃脸，我小心地问："你俩干吗？发生什么事情了？是不是势头不对，决定跑路？"

五魁瞪了我一眼："你是不是特别想跑路？"

我没好气地坐了下来："谁想跑路？谁跑路谁是这个！"

我用手比了只乌龟，随即又心虚地道："真的不会死掉吧？我可还有好多好吃的没吃过哪！"

五魁并不理会我，将三张大纸摊在桌子上："从今天开始，我们要开始推阵！"

五魁把纸推到我面前，我看到纸上画着一个五边形，五个角分别写着金、水、木、火、土。五边形中间有个五角星，五角星把五边形分成了十一块，每一块里都有一个字。五角星中间是个"本"字，五个角分别是"立""令""古""矢""司"，其他的五个区分别是"石""禾""玉""主""半"。

五魁指着图说："五行阵是基本阵法，所有数术阵法都是由五行阵演变而来。"他指了指五边形，"这个叫阵边。"又指了指五角星的线，"这个叫阵脊，五条阵脊分别代表金、木、水、火、土。你不要皱眉，不管你用什么手段，这几天必须把这一套背下来！"

我听完反抗道："我不要！这也太复杂了吧？这对于我来说完全是一个陌生的领

域！你们这个太高科技了，我来不了！"

我赌气似的扭过头。五魁也不急，慢条斯理地说："这关系到你，还有我们的性命。你如果不在意，就等于把我们全判了死刑！跑路你就不要想了，绝对不可能的！"

听他这么说，我立马软了下来："真的这么严重？会没命啊？"

五魁没有正面回答我，而是严肃地把图摊在我面前，继续说："这每一块、每一个分布你都要烂熟于心。还有，这些阵脊交叉的点叫作阵点。"

我看着那外星文一样的五行阵，强迫自己头脑清醒。"阵边的作用很简单，就是困住阵里的人。一旦启动阵法，阵里的人是出不了阵边的。但是，这个阵的每一块又可以作为一个小的阵存在。"五魁指着中间的五角星说，"一个五行阵里，除了本位是五边形，其余都是三角形。而五行阵讲究的是五行平衡，所以每个三角形其实都是五行不全的，这个时候，就需要把五行补全！"

我听着有点意思，就开始提出疑问："怎么补？"

五魁笑了一下，表示对我的赞扬："利用人、妖、鬼、神、植物、动物等。比如石位，它的三条阵脊是木、金和土，它就需要补水和火，那么就需要在阵里放这两种属性的东西。如果我们找到了这两个属性的东西，并把它们带到立位，石位和立位就都垮了。"我拍手道："我明白了，就是在每个阵位里找五行属性的东西，找到了就依照它所在的位置的属性，破坏它们的平衡，就把阵破了。"

五魁点点头，翘着嘴角："好玩吗？"

我也用力点点头："好玩，好像玩游戏一样！"

五魁白了我一眼："别光想着好玩，你知道什么东西是什么属性吗？"

我瞪着眼睛摇摇头，这个我还真没有想过。

"让你短期内背下所有可能物品的属性是不太现实了，这个只能靠龚乙他们在外场帮忙了。如果这个阵非常大，那就棘手了，我们只能通过第二个方式破阵了！"

五魁看我直直地看着他，并没有发问，只好继续说道："中间的本位里藏着阵眼，阵眼一般是由一张术符布成的，我们就要在阵眼里找到这个术符。如果找到了，也可以破阵。但是找术符也很难，术符一般会被藏得很好。"

我点头自言自语："所以就需要龚隼！"

五魁点点头。

橘鹤暖把第二张图递给我："这张图是护身的手诀，破阵的时候，会对破阵的人造成一些损伤，所以需要自我保护。"

我接过手诀图，没有再拒绝，我知道，无论如何，我必须把这两张图上的内容烂熟于心。我捏着两张图，又看向桌子上的第三张纸，这张纸和前两张不同，它扣着放在桌子上。我在等他们给我下第三个任务，可是他俩好像很犹豫一样，迟迟没有人开口。

大家呆呆地坐了五分钟,五魁最终还是动手掀开了第三张纸。这张纸上赫然写着两个八字。"二然,这次真的很凶险,所以我们两个极有可能回不来。如果真的是那样,这是我们的八字。我们肩负关乎苍生的秘密,又会无穷无尽地转世,被他们抓到,等待我们的将是炼狱。如果那样,我们不仅无法完成师父的遗愿,更会对这个世界造成威胁。若到了那一步,那就麻烦你,用符咒和八字,毁了我们!"

听到这里,我只觉得全身血液都凝固了,原来他们说的这一切不是假的,也不是吓唬我的。在突然意识到我有可能失去他们的时候,我才相信这一切都不是电影,也不是游戏,是真真切切的。

我突然不受控制地哭起来,伸手把那张写着他们八字的纸撕得粉碎:"我不要这个,我要你们回来!你们要是不回来,我就去救你们,我要把你们救回来。你们不会死的,我死掉你们也不会死的。"

橘鹤暖少见地点了一根烟,五魁看了他一眼,伸出手:"给我一根。"

两个人默默地抽烟,任由我发脾气哭闹。

我闹了一会儿,知道这一切是我无法改变的,于是慢慢收起哭声,惨兮兮地问:"退一万步说,不,退一亿步说,如果你们真的被抓了,我能不马上毁了你们吗?我能努力救救你们吗?就一次,就尝试一次!"

五魁吐了一口烟,语气突然变得很柔和:"你是不是傻啊?你不怕把自己也搭进去吗?"

我强忍着哭出声的冲动,咬着牙语气坚决地说:"不怕!如果我连尝试都不尝试,后半辈子我也不会好过!"

五魁望了望橘鹤暖,两个人笑了:"好,之后怎么安排,我们再想想。"

我见他俩答应,赶紧表示会尽快背熟所有的内容。

看着图,我又问五魁:"你说龚隼能帮我们找到阵眼,可是林克现在这个样子,他是不会帮我们了。"

五魁抬头看了我一眼:"我们知道!其实利用龚隼找到阵眼也是非常吃力的,林克别有用途。"

我"啊"了一声:"难不成你们还想拿他当人质?但是我觉得他没有当人质的资本啊!"

橘鹤暖笑了:"卓然,你真的变聪明了!林克是个难得的天缺体质,尽管龚家为了掩藏这个体质费了不少力气,可惜百密一疏,还是让我们发现了!"

"天缺体质?"我重复着,"这个听起来挺厉害的!什么是天缺体质啊?"

五魁拍了一下我的头："怎么什么都好奇？天缺就是天生的五行缺陷。我们每个人的五行都基本平衡，即便是命里缺一样，也是那一样比较少而已。可是天缺体质就完全没有某个属性。"

我恍然大悟："这样啊！那他缺什么，你们怎么发现他是天缺体质的？"

五魁看着我："你还打不打算背五行阵了？这样吧，如果等会儿你过了我的考试，我就告诉你你想知道的！"

我马上妥协："行行行，我就去背，你可别食言！"

五魁看了看时间："行，给你两个小时，两个小时之后我要你默写五行阵。如果你通过测试。我就回答你一个问题。"

其实背书一直是我擅长的，我懒是懒，智商上还是没什么硬伤的。于是，我轻松通过了测试。五魁看着我："我突然发现，你还是挺厉害的。"

我得意扬扬："当然了！快告诉我，你们怎么发现的？"

五魁用小手托着腮，食指不自觉地敲打着脸颊："你记不记得，咱们遇到宝气的那个时候？"

我回想了一下，点点头。五魁又道："那次我看到他的龚隼，确定了他龚家人的身份。可是龚隼这个东西可以说是龚家很重要的法器，一般人是不能学习的。所以这个林克，绝对不像他说的那样，对于数术只懂皮毛。他的母亲，也绝不是普通的龚家人。所以从那之后，我就开始着手调查他。真是不查不知道，她母亲本身是争夺龚家掌门人的头号种子选手，可惜最后还是与掌门之位失之交臂。龚家人知道他母亲怀了他时，对尚在肚子里的他是寄予厚望的！"

我吃惊地问道："可是他不是龚家人，他姓林啊！"

五魁笑了："改姓就好了，只要他有龚家的血统！龚家历史上不缺这样的先例。"

我撇嘴："改姓？他爸能乐意？"

五魁不屑地摇头："要知道龚家的掌门人能号令万人，是荣耀和权力的象征。改个姓算什么？有多少龚家的后代觊觎着这个位置，有些人为了这个位置别说改姓，就算是换个爸爸都乐意。"

我吐了吐舌头："我以为是个苦差事，没想到是个肥差！这么多人想当龚家掌门，那龚乙挺厉害啊！"

五魁瞪了我一眼："别扯别的了。龚隼应该是林克母亲传给他的，他能熟练掌握这门技能，也是他可以跟齐仙派谈条件的资本！他没有当上龚家掌门人的原因，就是因为他天缺。他天生五行不全，所以不能平衡五行阵，甚至布最基础的五行阵都有难度、有危险。他无法继承掌门之位，这对他和他母亲来说可能是致命的打击。但也正因为天缺，他才能把龚隼用得特别好。"

我似懂非懂地点点头："你是说，正因为他天缺，他才能把龚隼用得好？龚隼是金属，他命里没有东西克制金属，他缺火啊！"

五魁点头表示赞许："二然，其实你很有天分，你的天分说不定就是我们破阵的关键！"

我和五魁正聊得起劲，突然听到电话铃声。我看了看来电显示，是林克。这一下我可被吓了一跳，真是白天不能说人，晚上不能说鬼。还不到约定时间，这时候林克找我干吗？

我接了电话，电话那头传来林克有点兴奋的声音："卓然，你在哪呀？今晚有空吗？一起吃个饭啊？"

我脑海里闪现了林克的样子，又回想起五魁说的关于他的事情，居然有种毛骨悚然的感觉，说话也有点不利索："吃……吃饭？啊？那个……为什么要吃饭？"

说完，连我自己都皱了皱眉。林克显然忽略了我的语气，只顾着自己兴奋："我好帮你们啊，龚隼我准备好啦，咱们什么时候行动啊？"

我心想这就准备好了？我回头看看五魁，他皱着眉，摇摇头。我赶紧说："今晚不行啊，我约了人，而且，上次那位橘鹤暖也不在啊！"

林克那边顿了两三秒："那明天呢？"

我打断他："我们不是约好了周三吗？"

他着急地说："周三太晚了，这件事我觉得还是越快越好！明天我去接你，就这么说定了！"不待我反驳，他就挂断了电话，我一时没回过神。

放下电话，我木呆呆地看着五魁："林克说明天晚上来接我，然后不等我反驳就挂断了电话！"

五魁深吸了一口气："看来情况有变！我听他那么兴奋，应该是不老河这两天就会经过这里，他觉得他就要大功告成了！"

我不解："他到底跟齐仙派谈了什么条件，这么迫不及待？而且他不怕我们察觉他不对劲吗？"

五魁笑了一下："权力和永生。我觉得无论哪一个，对他来说都是致命的诱惑。他不怕我们察觉，齐仙派也不怕，因为他们很自信。他们以为即便我们不出现，他们也能很快找到我们并将我们一网打尽。"

五魁转头看向橘鹤暖："橘鹤暖，收拾东西，我们去找龚乙商量对策，计划看来要提前了。"

橘鹤暖默默地拿出背包，将符纸和一些法器塞进去。我看着五魁："这……这就要开始了？我……我还没有背熟呢！"

五魁突然抱住我，温和地跟我说："二然，你别怕，你要相信自己，我们也相信你。你是有天分的，他们说得没有错，你不是一般人。你别着急，相信自己的感觉和判断，你没问题的。"他虽然个头很小，却让我感觉自己是被一个很高大的人抱住。这大概就是"身高一米二，气场两米"的感觉吧。

　　都准备好了，我拿起电话给龚乙打了过去。可是龚乙并没有接听，一种不祥的预感在我脑海蔓延。看我眉头深锁，五魁探过身问我："怎么了？"

　　我看着手里的手机："龚乙没有接我电话，我有点不祥的预感！"

　　五魁拍拍我的肩："可能她没看到呢？别着急，等会儿再打一个。"我点点头。

　　他走到一边，伸手摸出一张符纸，在上面画了些什么，握在手里化作一缕白烟。他皱了皱眉头，轻声道："糟了！"

　　这声音虽然不大，但我和橘鹤暖却听得真切。橘鹤暖问："怎么了？出什么事了？"

　　五魁深吸了一口气："龚家，龚家可能出事了！"

　　橘鹤暖攥紧拳头，小声吼道："什么？他们这么快就下手了？"

　　我们三个围坐在茶几边，五魁似乎下了很大的决心才开口："卓然，这次我们恐怕要铤而走险了。我们要去趟龚家，但这很有可能是他们提前设好的圈套。"

　　我凄然一笑："我们也没得选择不是吗？该来的总会来，躲也躲不掉！"我深吸了一口气，调整了一下心情，"没关系，我们并肩作战！"

　　橘鹤暖开车，我们决定深夜造访龚家基地。路上，五魁难得说起了他自己的事情："卓然，你知道吗？我曾经遇到过一个喜欢的女孩子。"

　　我其实早就有所感觉，但此时还是故作惊讶地配合道："啊？是吗？是谁？"

　　五魁从背包里小心翼翼地摸出一个锦盒放在我手里："我们也有一个讲出来很好听的故事，如果平安回来我就讲给你听！"

　　说完，他用两只手捂住我的手，让我牢牢地攥着锦盒。他说："如果回不来，帮我把这个锦盒找个山清水秀的地方埋了！"

　　我突然觉得手指间有着千斤的重量，这是我还不算经验丰富的人生里，第一次如此清晰地面对身边人的生死。我喉头发紧，眼泪也在眼眶里打转，我知道这会儿要是不岔开话题，我情绪就会提前崩了。我故意打哈哈："别胡说八道！对了，橘鹤暖，万一见到龚敏，你有什么想跟她说的？"橘鹤暖平淡的语气中带着一丝冷淡："不好笑！"我尴尬地笑了笑，也不再说话。

　　气氛突然冷下来，让本就紧张的三个人心里格外不舒服。静谧的空气中，传来了五魁的声音："卓然，你不想知道锦盒里是什么吗？"

　　我被问得一时没反应过来，呆呆地回应："啊？是什么？"没等我说完，五魁已经打开了锦盒。

昏暗的灯光下，我看到盒子里躺着一枚发光的白色球状宝石，像珍珠却又不是珍珠，它会自己发出光芒。眼前的一切太梦幻了，我问五魁："好漂亮的宝石，这是什么？"

五魁低声温柔地说道："这是凝魂丹。"

我被他的样子惊呆了，缓缓点头："哦！"

五魁将锦盒盖好，对我说："这是用她的魂魄炼成的。"

我知道他指的"她"是那个姑娘，不禁"啊"了一声："什么？你把喜欢的姑娘炼成丹了啊？"

五魁瞥了我一眼："呸！真难听。虽然话是没有错，但我是在她死了之后，用她的魂魄提炼了凝魂丹，这是为了让她被打散的魂魄不至于四处飘荡！"

我听完淡定了不少，连连点头："哦，这样！"我看着五魁，认真地问，"那我死了，也会变成一颗宝石吗？"

五魁拍了我的脑门一下："别瞎说，只有灵魂被打散了的人才需要被炼成凝魂丹。我们不会让你有事的！"

我听完，突然有一种说不出的踏实和感动，又一丝不安。这个被五魁珍藏的姑娘身上，到底发生过怎样的故事？

车子驶入废弃的工厂，我们轻车熟路地走进隐蔽的电梯。电梯带着强大的轰鸣声，载着我们向下。也不知道是不是因为龚乙没在，没有主人带领，我突然觉得电梯发出的噪音明显得不像话。电梯在我的不安和紧张下停了下来。门开了，可是迎接我们的不再是明亮的走廊，而是一片漆黑。一片漆黑中，传来一阵浓烈的血腥味。我听到黑暗中五魁喊道："坏了！"橘鹤暖迅速拿出背包里的手电筒打开。同时，他用另一只手捂住了我的眼睛。

过了一会儿，眼前的手才慢慢放下，手电筒的光束打在前面长长的甬道里，没有想象中的恐怖画面，那里什么也没有。五魁打前锋，橘鹤暖垫后，他俩把我夹在中间，我们一步步向甬道尽头走去。我们都不敢出声，黑暗里的安静让人惶恐。

五魁从背包里掏出一个锦囊，将锦囊打开，一个发光的白色团子飞了出来。我轻声问："这是……凝魂丹？"

五魁回我："不，这是魔枯草，能帮我们引路！"

我看着远处白色的、轻盈发光的小团子，实在想不通它怎么会有一个这么难听的名字！我们跟着魔枯草一路往里走，感觉越往里越冰冷。

白色的发光团子在一个房间的门口停下来，五魁用手抵住我，对橘鹤暖吩咐道："我先进去看看，你们在这里等一下！"我知道他是害怕里面的场面太过血腥，便没有跟着。橘鹤暖在我身边警惕地防备着四周。

不知道是不是时间在黑暗和静谧中走得格外慢,我觉得都过了一个小时了,五魁还没有出来。我有些担心:"橘鹤暖,五魁怎么还不出来?是不是出什么事了?"

橘鹤暖坚定地说:"不会,以龚敏的能力,还伤不了师兄。"

我的不安越发浓烈:"要不,我们进去看看吧?"

橘鹤暖回头看着我:"你确定?"

我咬着牙点头道:"嗯!确定!"

橘鹤暖朝我身后照了照:"好,那你跟着我。等会儿不论看到什么,别慌张,害怕就闭上眼睛!"

说完他推开门,走进房间。

让我们意外的是,房间里空无一物,几百平方米的空房子,一览无余。没有想象中的尸体,没有血渍,可是,也没有五魁。橘鹤暖用手电筒环顾着四周喊道:"师兄!师兄!"可是除了回声,我们什么也听不到。我看着橘鹤暖:"五魁呢?连魔枯草都不见了!"

橘鹤暖突然顿住了:"等一下,这里不对劲!"

他伸手摸出一张术符,捏了手诀,默念什么,然后甩了出去,同时向我喊了一句:"小心了,卓然。"他伸手把我揽在怀里,一个巨大的光波升到房顶,又迅速落下。我感觉整个身子都在下沉,再落地,脚下已经是一片松软,我站在了一片土地上。

这里像是一个岩洞,岩洞顶部有一个黄色的发光体,把岩洞照亮。远处,一个高高的平台上伫立着一个长长的身影。一道尖利刺耳的声音响起:"橘鹤暖,你果然把她带来了!"我惊愕地望向橘鹤暖,他脸上没有任何表情。那道身影缓缓转过身,我看到她穿着一件黑色的长衫,脸上被头巾盖住,看不到容貌。

橘鹤暖默默地拉住我的手,对着人影喊道:"你……你是小敏?"

龚敏冷哼一声:"是我!怎么?你居然敢带着新欢来见我?"

橘鹤暖并没有打算回答她的问题,而是直接问道:"你……你居然还活着?"

龚敏听他这么问,语气变得更加凶狠:"呵呵,你是很希望我死吗?抱歉,让你失望了,我还活着。我活了四百多年,就是为了这一天!橘鹤暖,你当年怎么骗我的?现在我就要让你加倍还回来!"

话音未落,那个身影便已蹿到近前,一伸手向橘鹤暖打来。橘鹤暖一闪身,避过了这一掌。

没料到对方这一掌是虚招,她冲过来反手就扣住我的脖颈,对着橘鹤暖狞笑道:"哈哈!没想到吧。赢你我是一点把握都没有,但是赢这个丫头,我可是不会失手的!"

我愣在原地，呆呆地看着龚敏手里掐住的另一个我，她……看不到我？我下意识地摸了摸身上。对了，我有青尸素练，因为它无形，我差点把它忘了。

我看着龚敏掐住的那个"我"，眼神冷漠狠厉，透出杀气，那应该是五魁了。只见龚敏掐住那个"我"的脖子，手上用力："橘鹤暖，你果然是个负心汉。我为你吃尽苦头，你却随随便便爱上别人。今天我要你们都死在这里！"

橘鹤暖开口道："你还是不是我认识的小敏？这个女孩与我没有任何关系，你不要把无辜的人牵扯进来！"

我听到龚敏发怒的声音："无辜？这世界上，没有人无辜！"

橘鹤暖的声音依旧听不出任何情绪："小敏，我们之间是不是有误会？"

龚敏的声音明显颤抖了一下："误会？误会……不管是不是误会，都来不及了。四百年来，我受尽折磨，今天一切都必须有个了断！"

橘鹤暖听了她的话非常不解："了断？难道你不是为了长生诀？"

我听到龚敏尖厉的声音变得凄凉："长生？长生还有什么意义？"

橘鹤暖微微皱起了眉头："龚敏，你到底想要什么？"

龚敏听到橘鹤暖直呼她的大名，身体明显僵了一下："要什么？呵……"龚敏转过脸看着橘鹤暖，虽然她的脸被面纱遮住了，使人看不清她的表情，但她那一双满含怨愤的眼睛却格外清晰，射出凶狠的光芒："要和你们，同归于尽！"

说完，她手上加力，扣住另一个"我"的脖颈。另一个"我"却在此时伸手扣住她的手，接着用力反向扭过去。龚敏吃了一惊，回头看向另一个"我"，突然惊呼道："是你？"

五魁已经变成本来的模样，脸上带着一丝戏谑地看着龚敏："龚大小姐，好久不见啊！"

龚敏怨愤地看着五魁："玄天爻，你不是被林克拖住了吗？"

五魁微微翘起嘴角："就凭他也能拖住我？"

龚敏愤恨地咒骂道："废物！"

她伸手朝五魁抓去。不知何时，她手上已经多了一柄法器，是一根金属短杖。可是就算有武器在手，她也没有办法占得半点上风。

过了几十招，龚敏就要招架不住，突然，她把短杖插入土地中。我看到五魁和橘鹤暖同时露出紧张的神情："糟了，她要召唤魔祖兽。"

随着金属短杖的拔出，一股猩红的液体从地底冒出，大地也随之剧烈地震动起来。龚敏像疯了一样地大笑。远处的土地开始向下陷落，红色的液体流入陷落的地坑，像是一个血池。血池里缓缓地走出一头巨兽，浑身腐烂，流着脓血。等脓血流尽，巨兽显露出一副骨架，看样子是一只老虎或者豹子的骨架，身子后面拖着一条长长的白骨尾巴。

我听到耳边橘鹤暖的怒吼声："龚敏，你是不是疯了？你知不知道召唤出它意味着什么？你到底用了多少人命才把它供养出来？"

龚敏冷冷地说道："哼，这是龚家人欠我的！他们就要拿命来还！"

五魁又惊又怒："你竟然用龚家人的命来供养它？你真可怕！"

龚敏不怒反笑："呵呵呵，玄天爻大人，我没有听错吧？你应该吃过龚家不少苦头，现在居然替他们说话？"

五魁冷冷地说道："世人常常一叶障目，我不怪他们！"

龚敏突然发狂怒吼："我怪！都是他们害得我如此，他们必须拿命来偿！还有你们，你们也跑不掉。我知道那个叫卓然的也在，你们统统跑不掉！"

龚敏吼完，用短杖刺破她的左手食指，然后飞身将短杖插入巨兽骨架的头骨中。巨兽骨架腾空而起，然后向着橘鹤暖和五魁俯冲下来。五魁冲橘鹤暖喊道："别和它正面硬碰！"

魔祖兽寻声向五魁冲去，橘鹤暖从背包里掏出一条铁鞭，将铁鞭握在手掌中。他猛地抽动铁鞭，掌心的血浸入鞭子，铁鞭变得通体血红。他扬着铁鞭向魔祖兽背后打过去。魔祖兽挨了鞭子感觉到疼，转身开始追逐橘鹤暖。橘鹤暖再次扬起铁鞭，却被魔祖兽叼住，连人带铁鞭地被甩了出去。

五魁抽出一张符纸，飞身将它贴在魔祖兽身上。符纸在魔祖兽身上炸裂出一朵火花，可是魔祖兽似乎并不吃这一套，它向五魁冲过去。五魁似乎是故意引它上钩，待它冲到近前，抽出一根红线在手中捏了个手诀，迅速向魔祖兽抛出。红线在空中闪着诡异的光芒，然后紧紧地勒住了魔祖兽的身体，勒入了骨缝之中。魔祖兽越挣扎，红线勒得越紧。它突然俯身向上一挺，身子一转，口中喷出火，便把红线烧断了。它甩掉了红线，又向五魁冲过来。

另一边，龚敏冲向橘鹤暖，用手上一柄短刀袭向橘鹤暖前胸。距离过近，橘鹤暖施展不出铁鞭，只能用双手招架龚敏。远处忽然传来五魁的一声叫喊，魔祖兽已经咬住了五魁右边的胳膊，鲜血顺着五魁的肩膀流了下来。我着急地冲了过去，却发现根本近不了魔祖兽的身。橘鹤暖听到五魁叫，手上用劲打退了龚敏，飞身冲上巨兽肩膀，用胳膊肘猛力捶向魔祖兽的头部。魔祖兽甩了两下，没甩开肩上的橘鹤暖，只好松口回身向橘鹤暖咬来。五魁落在地上，右边的衣服已经被鲜血浸透。

我知道此刻我什么也做不了，只能努力地让自己淡定下来，反复想着五行阵和各种手诀，以及这几天看过的阵法书，希望能找到破阵的办法。突然，我听到耳边传来五魁的声音："卓然，你不要轻举妄动，不要出声。你听好，这是个绝命阵。这头巨兽叫魔祖兽,属火,所以它不能去五行阵火向阵边和阵脊经过的位置。你想办法判断现在的位置,然后我把它引到有火的位置上去!"

我看了看周围的环境,脑子飞快地转着。这里有岩石和土,却没有和水有关的东西。还有什么线索?我拼命地寻找。这里没有木和水,所以应该不是在本位。我仔细地观察魔祖兽的移动路线,发现它不会接近东边的岩石。我迅速地移动到那里,摸了摸脚下,下面虽然有薄土层,但土层下,却是冰凉的金属,没错了,这里是令位和玉位了。

我集中精力,把消息传给五魁。只听到五魁冲已经被打得很狼狈的橘鹤暖说:"东边的岩石,那里是玉位和令位,这家伙不敢过去!"橘鹤暖带着五魁迅速地冲到东边的岩石下,魔祖兽果然不敢接近那里。

龚敏站在魔祖兽身边发狠道:"橘鹤暖、玄天爻,怎么,你们怕了?不敢跟魔祖兽较量了?"

五魁冷笑一声:"你那头是魔兽,我们疯了才要跟它较量。"

"哈哈哈哈……"龚敏癫狂地笑道,"你们应该看出来了,这是个绝命阵,妙处就是吸取我们身上的气,就算你们躲着不出来也熬不了几天!"

橘鹤暖怒喝:"龚敏,你真的疯了!绝命阵是死阵,如果不是强行破坏五行平衡,根本没办法破解。你是想大家一起死在这里吗?"

我看到龚敏的身躯剧烈地颤动了一下:"呵呵,说得没错,我就是要和你们同归于尽啊!"

橘鹤暖皱紧眉头,愤怒溢于言表:"你是真的疯了!"

龚敏突然朝我们的方向坐了下来,声音缓和了很多:"橘鹤暖,你记得我们曾经发过誓,不求同年同月同日生,但求同年同月同日死吗?"

橘鹤暖没有回答,只是重重地叹了口气。龚敏继续说:"可是,为什么你要丢下我一个人走掉?"

橘鹤暖皱眉:"我告诉过你,我大限到了。你回到龚家,安抚龚家人的情绪,我们暂时不要联络。如果有缘分,过几年我转世后自会去找你!"

龚敏呵呵笑道:"是吗?你不过是为了我龚家的掌门秘籍。你把我送回龚家只是你惯用的伎俩,你根本没有打算回来!龚家人亲眼看到你和别的女人在一起。"

五魁冷声回道:"并没有!橘鹤暖来找我,让我护他转世,然后送他去你那里!"

龚敏凄然一笑:"后来我也想到,我可能被龚家人算计了。可是晚了,那天我带着龚家秘籍投靠了齐仙派,我想长生!我想只要活着,就能等到你来跟我解释,无论五十年还是一百年,我都等你来给我个答案!可是我做梦也没有想到,长生会是这么痛苦。"

龚敏说着，慢慢地揭下面纱。我看到面纱后面是一张狰狞恐怖的脸，一半是肤白胜雪的年轻姑娘，另一半却是腐败结痂的丑陋面容。看到这样一张脸，我们都不由自主地惊呼一声。

龚敏笑了，腐败的那半张脸却没有任何表情，看起来非常诡异："原来，五尊者并没有真的掌握长生的办法。所谓的长生，不过是把我变成半人半僵尸的怪物，还要做他的傀儡，为他所用。我没有味觉没有嗅觉，暗无天日地过了四百多年。我不想再活下去了，所以在他的阵里动了手脚，布下绝命阵。"

五魁冷笑道："你自己不想活了，为何还要拉上我们和龚家人？"

龚敏怒喝："难道我的悲剧不是你们和龚家人造成的吗？再说，就算你们不死在我手里，也逃不过五尊者的手段，他比你们想象的强大太多。等他醒来，你们如果交不出秘籍，他只会加倍地折磨你们，你们逃不出他的手掌心。"

五魁不屑地哼道："那你的意思，是让我们对你感恩戴德？"

龚敏冷笑一声："信不信随你们，反正他很快就要醒来了。改了他的阵法，没能逼问出秘籍的下落，我落在他手里一定会万劫不复，所以我一定要死。橘鹤暖，我知道你对我情重，所以我不忍心看你也万劫不复。"

橘鹤暖皱眉："龚敏，你别再为你的自私找借口了！"

龚敏颓然地倒在魔祖兽身边："这个阵破不了的，我们反正都要一起死在这里了，我也不怕告诉你，这里比你想的更可怕！"

我们不再理会龚敏，都在盘算着怎么破阵。龚敏见我们不再应声，自顾自地说道："这其实不仅仅是绝命阵，绝命阵只是在更大的阵的本位摆出的阵法。这是一个阵中阵，真正的大阵，远比你们想象的恐怖和强大。"

五魁和橘鹤暖闻言都身子一震，我知道这次龚敏应该没有说谎。橘鹤暖厉声质问道："龚敏，你到底想怎么样？"

龚敏凄然地道："我能怎么样？我不过是一颗棋子罢了，一颗丑陋的、任人摆布的棋子。五尊者要的是秘籍，交不出秘籍，他不会放过你们。这次他布下天罗地网，又闭关修行，你们一定不是他的对手，你们跑不掉了！相信我，如果今天你们跑了，到那天你们一定会后悔没有跟我同归于尽！"

事到如今，橘鹤暖对她已经没有任何情分和耐性了，他说："龚敏，你够了！别再说胡话了。龚家的人，你都藏哪了？"

龚敏笑着指了指血池："喏，那几个老家伙都在这里！还有一个小丫头，我把她扔在龚家的祭祀厅了。我把她的血管割开，用她的血给祖先献祭！"我看着橘鹤暖的表情，知道他此刻已经对龚敏厌恶到了极点。

橘鹤暖冷声道："龚敏，你也不用废话了。你还没有出手，我知道你不会比魔祖兽好对付，你出手吧！"

龚敏凝神看着橘鹤暖："如果你是在赌我不会出手杀你，那你赢了。刚才见到你的那一刻，我就知道，我杀不了你！我早就知道和你的分别也许是个误会，可是我既然已经错了，还错了四百年，就只能将错就错。"她将手伸向魔祖兽，那只凶狠庞大的怪兽居然像个宠物，将头伸向她。我看得一脸惊愕。

龚敏轻抚着魔祖兽："我是龚家历代掌门里能力最强的，可我依然克服不了内心的脆弱，更逃不过情关。橘鹤暖，如果不是你，我可能会流芳千古。"我看到橘鹤暖深锁眉头，他有一丝歉疚。龚敏惨然一笑："也罢！橘鹤暖，我给你一次机会，如果你接住我这一招，我就让魔祖兽放过你们！不过，绝命阵怎么破，你们就要自己想办法了。"

橘鹤暖擦掉嘴角的血渍，淡然一笑："好，你来吧！"

我拉住橘鹤暖："不行，你刚刚已经在打斗中伤了元气，这会儿再接她的招数，那不是找死吗？你真觉得她不会杀你吗？"

橘鹤暖拿开我的手，看着龚敏："小敏，我不知道你经历了什么才变成现在的样子，可是我没有负你。如果说我对你有歉疚，那就是我后悔出现在你的生命当中，误了你！"

龚敏踉跄了一下，接着木然地抬起头："我经历了什么？你不知道也罢！你知道了，也许……"

说着，她一扬手一个动作打了过来，却不是向着橘鹤暖，而是冲向他旁边我所在的位置。我蹲下用胳膊挡，心知这下必死无疑。突然，一个身影蹿到我身前，挡下了这一招。我仔细一看，是五魁。

橘鹤暖大喝："你不是说我接了招就放过他们？"

五魁接着问道："龚大小姐，这一招没用全力？"

龚敏骄傲地笑了一下："我说话算话，放她生路。但我见不得她对你这样，所以教训她一下，有何不对？"

橘鹤暖皱眉不再多说："你来吧！"

龚敏再次运用真元，将力道和真元都集中在右手，盯着橘鹤暖。橘鹤暖却一脸淡然地看着她。龚敏提手，可这一招却没有劈向橘鹤暖，而是劈向了魔祖兽。

魔祖兽没有丝毫准备，被狠狠地劈了一下，瞬间倒在了地上。龚敏怜惜地回头看了它一眼，不知是对它还是对橘鹤暖说道："对不起，我还是做不到！这四百年来我天天盼着今天，可我见到橘鹤暖的那一刻，我突然不知道，除了他我还有什么理由生或者死。生和死，一切都不重要了，因为最重要的，我都已经失去了。"

大家正惊讶之际，龚敏忽然尖叫一声，她的身体被举了起来，一个利刃穿过她的身体，是龚隼。她身后，林克阴沉着脸将龚隼刺入她身体："你不是说让我长生，让我得到龚家吗？居然布下绝命阵跟我同归于尽？"

龚敏吃惊地看着被龚隼刺穿的腹腔，回头看向林克，满脸讶异。林克诡异地笑了："没想到，你的半僵之体居然会对自家的法器毫无抵抗力！早知道何必费力布阵，你来找我，我给你一下便是！这龚隼是龚家最厉害的法器，上面还有历代掌门的鲜血，杀你还是易如反掌的！"林克说着抽出了龚隼，在身边的魔祖兽还没有反应过来之时，迅速躲到了另外一侧的司位，和我们保持着距离。

龚敏倒在地上，眼睛看向我们这里，表情突然清朗起来："橘鹤暖，我费尽心机只是想跟你在一起，你现在一定厌恶我了吧？橘鹤暖，是我太贪心了，如果重新来一次，我只要一生一世就够了。"

我扭头看着橘鹤暖，他面色沉沉，注视着龚敏。龚敏突然弓起身子："橘鹤暖，如果你能找到乾坤镜，就可以和他抗衡。如果可以，保住苍生，就算再多的不值得……"她突然将手伸向橘鹤暖的方向，气若游丝地呼出一句话："也值了！"橘鹤暖终于在最后一刻冲过去，抱住龚敏。龚敏就在他怀里，风一样消逝了。

魔祖兽艰难地爬起来，凶相毕露地看着橘鹤暖。我突然想起了什么，问五魁："五魁，猫是不是属木！"

五魁点点头，似乎明白了我的意思。橘鹤暖听到我们的话扭过头来说："师兄，不可以。你元气大伤，如果现在化猫，你就很难成人形了。"

我看着五魁，他给了我和橘鹤暖一个明朗的笑容："没关系，大不了再封印几年！"他又看向一脸焦急的我："做你的猫，挺好的。"

随着一道光划过，我眼前出现一只黑猫，我赶紧抱紧它。此刻，阵位开始迅速崩塌，魔祖兽也在冲向橘鹤暖那一刻消失不见。只剩下林克、橘鹤暖和我，还有我怀里的黑猫五魁。

橘鹤暖看向林克，冷声道："是你自裁，还是让我来？"

林克将龚隼对着橘鹤暖，颤声威胁道："你……你别过来……你！"他一边说，一边将龚隼来回挥舞。

橘鹤暖看向我，我抱着五魁，冷眼看着林克："你不是说他已经没了真元？他应该不会有能力继续害人了！再说,龚家的人就交给龚家处理吧。"我又看向橘鹤暖，"我们去救龚乙！"

我们捉着林克让他带路来到龚家祭祀的大厅。打开灯，我们发现龚乙被捆在大厅的祭祀台上，双手手腕被割开，血流了一地。我和橘鹤暖赶紧上前给她松绑，橘鹤暖点了她身上几处穴位替她止血,又从包里掏出几粒果子喂给她吃。我则忙着替五魁处理伤口。做完这些,我和橘鹤暖颓然地坐在地上。祭祀厅不在地下,几扇明亮的大窗有光透进来,天快亮了。

我看着橘鹤暖:"接下来怎么办?那个什么五尊者的,听起来挺可怕的!"

橘鹤暖看着我,疲惫地笑了一下:"卓然,是你打破了绝命阵。我相信接下来我们也有能力应付,只要我们想!"

我突然有些郁闷地道:"可我这段时间没上班,老板八成要把我炒掉了,我要喝西北风了!"

橘鹤暖将身子往后靠了靠:"没关系,好好学手诀,我们除妖好了!"

怀里的五魁突然趴在我面前,用没受伤的左爪拍了一下我的鼻子。我把他抱在怀里蹭,说:"知道了,还要带上你!"

龚乙醒了过来,我们把林克交给她,又简单地说了一下发生了什么。我们知道龚家受到了重创,但我相信龚乙一定会重振龚家的。我拍拍龚乙的肩膀:"对不起,掌门秘籍没找到,估计在五尊者那里!等下次我们把那个老家伙消灭了,一定帮你找回秘籍。"龚乙脸色苍白地笑了:"我相信你们!"

走出废弃的工厂,我问橘鹤暖:"我们要去哪里找乾坤镜?"

橘鹤暖耸耸肩:"不知道,但总会有线索吧!"

我看了看怀里的五魁,他已经昏昏欲睡了,脑海里突然浮现他那时的样子和那句话:"做你的猫,挺好的。"

老板办公室里,那个经常嬉皮笑脸还很"中二"的老板难得一脸严肃地看着我:"卓然,你真的要辞职吗?我说过我可以给你涨工资!"

我吞了口唾沫,犹豫了一下,但想起那张人皮面具,又马上坚决地道:"是!老板,我决定了,我要辞职,不……不是为了涨工资。"

老板眉头皱了皱,然后眯起眼睛仔细地看着我,那目光好像一条盯着猎物的毒蛇:"我怎么有种感觉,你的这个辞职不寻常啊?你是不是……是不是有什么情况瞒着我?"

我感觉到我的额头上冒出了细密的汗珠,但还是强撑着笑道:"没有啊!怎么会?我一直对您都是知无不言,言无不尽的!"

老板冷笑一声:"是不是有公司挖你?他们出多少工资?没别的意思,我就想知道知道!"

见老板把话说到这个份上,我只能把心一横,道:"老板,您真是慧眼如炬,既然瞒不过您,我就实话实说了吧——我辞职是为了和橘鹤暖结婚!"

闻言，老板太阳穴青筋暴起，瞪大眼睛问我："你说什么？你不是说他不是你的菜吗？"

我的汗顺着脸颊滴了下来，我冲老板大声道："老板，我打脸了，是我当初把话说得太满了。"

老板看着我一副诚惶诚恐的样子，也许是动了恻隐之心，挥挥手："也罢也罢，走吧走吧！橘鹤暖那样的男子，的确很容易让人动心！唉……"

我战战兢兢地出了老板办公室，等在门口的橘鹤暖问我："怎么样？"

我点点头："我妥了，你惨了。我跟老板说我要离职去跟你结婚，你想想要怎么说吧！"

橘鹤暖哈哈大笑道："这个理由好，你这是帮了我！"说完，他兴冲冲地找老板去了。我看着他的背影摇摇头，心里暗想：天真！

不一会儿，老板挽着橘鹤暖从办公室里走出来，大声宣布道："同事们，来来来！我有喜讯宣布。"

看着他俩这个姿势，还说要宣布喜讯，大家表面上无比期待地欢呼，私下却打开手机，打算拍下这具有历史意义的一幕。

没想到老板却说："橘鹤暖，我们的好员工、好同事，就要辞职和我们另外一位好同事卓然同志去结婚啦！"

所有人齐刷刷地看向我，我感觉我整个人都僵硬了。虽然我知道我当时那么说必然会带来一些后果，但没想到后果这么严重。

老板含笑看了我们一眼，不遗余力地继续说："他们离开公司，我深表惋惜。不过，我们还是应该替他们开心。另外，一对新人就这么在我们眼皮子底下勾搭在一起，我们是不是应该让他们请客啊？"

大家听到请客，果然齐刷刷地爆发了掌声和口哨声。我看向橘鹤暖，他也一脸无奈。老板示意大家安静，继续说道："那就定在今晚，我们一起吃他们的离职结婚饭！不过我先表个态，我是不赞成办公室恋情的，更不赞成形式主义，所以份子钱我肯定不给的。你们私下关系好的，红包可以留到喜宴再给！"

我看到大家更加兴奋地鼓掌，掌声中橘鹤暖走到我身边，我俩对了个眼神，一齐小声地道："奸商！"

"五魁！五魁！"又一次从噩梦中惊醒，我看着不远处正朝我张望的黑猫，一把将他抱在怀里，喃喃自语，"五魁，吓死我了，我以为你消失了。"怀里的黑色毛团挣扎了两下想要挣脱，但无果，只好乖乖地躺在我怀里，一脸的心不甘情不愿。

早上九点，我准时起床，步行半小时来到一家叫"约等鱼喵"的卖文玩的小店。这个小店是我和橘鹤暖开的,已经开张半年了,生意一般,人气却是相当高。那个一脸浅笑的橘鹤暖什么都不用干,只往门口一站,就有成群结队的姑娘驻足。我常常撺掇他去做个网红,他则叹气:"要不是还有要务在身,我真的去做网红了!"

还没坐定,橘鹤暖冲我诡异地眨了眨眼,见此,我的眉头皱成一个疙瘩。每次他一这样,就准没有好事!果不其然,这家伙凑过来说:"最近发生了两起失踪案,案发地都有人说曾经听到婴儿啼哭,犯罪现场还有血迹,你怎么看?"

我瞪大眼睛望着他:"还能怎么看?当新闻看呗!"

橘鹤暖眯起眼睛:"你就不会好奇吗?"

我摊手道:"有什么好奇的?这不是老套路了吗?先是放婴儿的录音引诱受害人,再谋财害命,这不是警察叔叔该关心的事情吗?"

橘鹤暖摇摇头:"这次可不大一样!受害人的财物并没有丢失,受害人却彻彻底底不见了!"

我托着腮懒洋洋地看着他:"你有话直说,我不想听你做案情分析!"

橘鹤暖嘴角扬起一个好看的弧度:"我怀疑是妖兽作怪,我要查查!"

我拍手:"哎哟,这真是难得,向来无利不起早的大橘猫竟然想乐于助人了?"

橘鹤暖笑意更深:"还是你了解我!委托人的钱我已经收了,就等你答应……"

我打断他的话:"等会儿,你收了钱?谁的钱?等我?等我干吗?"

橘鹤暖递过一杯水,讨好我:"钱呢,是受害人家属给的,他们希望查清楚,至少活要见人死要见尸;等你呢,当然是需要你配合我的工作!"

我冷笑道:"配合你,你就说是要我当诱饵嘛!"

橘鹤暖嘿嘿一笑:"哎呀,冰雪聪明!没办法,你也看到了,靠这个店根本养活不了咱俩。你要吃,我也要吃,还有五魁,他正在长身体,你说说……"

我及时止住他的啰唆:"行了,你说怎么做吧!"

橘鹤暖大喜:"最近,我总觉得附近有妖兽的气息,估摸着这几天可能就会到这。如果我直接出现,对方可能会迅速逃跑,但如果出现的是你和化成橘猫的我,我就可以趁其不备将其捕获。"

我道:"你这个趁其不备是打算趁它咬我的时候攻击它吗?"

橘鹤暖举起三根手指:"我发誓,保证让你毫发无损!再说,你要有个什么三长两短,有朝一日师兄还不拆了我!"

听他提到五魁,我幽幽地叹了口气。远处的黑猫正认真地舔着毛。我的五魁,那个被封印住的五魁,什么时候能醒来呢?

傍晚时分,我提着装着一只橘猫的猫包吃力地走在街上。橘鹤暖这家伙也不知道减减肥，橘猫肥胖的身体几乎塞满了整个猫包。忽然，我隐约听到附近有婴儿啼哭，我拖着猫包走过去，啼哭声却又远了。

于是，我跟着啼哭声一路走，直到路的尽头出现一堵墙。意识到是死胡同，我转身想往回走，却在回头的一瞬间整个人呆在原地，动弹不得。我身后站着一只长着巨大角的大雕，它看着我的眼睛里闪烁出攫取性的光芒，口水顺着它的喙流下来。我协助橘鹤暖捉妖也有半年之久，这种场面见过不少，可是还是第一次独自面对这么凶残的家伙，我哆哆嗦嗦地打开猫包，然后继续站在原地不动。

这妖兽也是一个爽快家伙，二话没说扑过来就咬。我以为橘鹤暖会第一时间出现救我，却见那个肥胖的橘猫被卡在了猫包开口处。他扭动着毛茸茸的身体，却挣脱不出来。我心下暗暗叫苦，只得依照脑子里依稀的记忆捏了个手诀拍向那家伙的头。那大雕被拍了一下，居然愣住了，然后目露凶光地向我冲来。我正想这下完了，却见橘鹤暖用食指和中指夹起一道符咒，口中念念有词，然后用符咒在天空画了一个好看的弧度，一抹金线从天而降，将妖兽困住。他嘟囔了一句："蛊雕，果然是你！"便抽出腰间荷包，将妖兽收了。

我没好气地上前发难："橘鹤暖，你差点害死我，你知不知道？"

橘鹤暖忙赔笑："怎么会？一切尽在掌握中，尽在掌握中！"

见我仍旧气鼓鼓的，他只好使出撒手锏："关于这次的事情，有个八卦消息，你要不要听？"

一听有八卦消息，我佯装勉强地道："好吧，这次就不跟你计较了，你说吧！"

橘鹤暖笑了笑："你猜这次的委托人为什么要查这件事情？"

我摇头。橘鹤暖扬了扬眉毛："这委托人是个第三者，而这受害人嘛，是正室。这个第三者打败正室后本来都要上位了，没想到正室消失了！如果不能证明她死亡，这个第三者精心布的局就要泡汤了。所以她重金委托我们找到这家伙，要将它开膛破肚，收集证据。"

对此我嗤之以鼻："这种人的活你也接，这种忙你也帮？"橘鹤暖笑道："哎呀，我这不是另有打算吗？首付款我收了，完成了第一步，帮她找到了凶手。接下来，我不帮她找证据，她不也是竹篮打水一场空吗？如果换作别人接了，她说不定就会如愿以偿。我这不也算从中作梗，做了好事吗？再说，也不能纵容蛊雕到处害人啊！"

我勉强点点头："好吧，这个理由我接受。不过你以后离这种人远一点！这些人太可怕，比妖兽还可怕！"

橘鹤暖没有应我的话，只是小声疑惑道："这家伙怎么会出现在这里？"

08 五行阵

早上九点,我准时接到橘鹤暖的电话:"二然,你打算睡到什么时候?快来店里!"我躺在床上翻了个身,还没从刚刚的美梦里出来,耳边就传来一阵叽叽喳喳的女人声音,我暗自觉得好笑,这个倒霉的橘鹤暖一定又被一群女生围攻了。一个黑影适时跳上床对着我的脚就是一爪子,我看着他问:"五魁,你是不是恢复了?"他看了我一眼,开始舔毛。这是我俩最近每天都要上演的戏码,我在等这只黑猫变回那个少年。

我只用了半个小时就收拾好了自己,斜挎着猫包出发了,我要去拯救一下橘鹤暖,我都能想象得到他早晨遭遇了多少骚扰。可等我到了约等鱼喵,店里已经没有了叽叽喳喳的人群,只有橘鹤暖一个人。他系着我给他准备的咖啡色围裙在搞卫生。我放出五魁,开始手脚麻利地擦拭货柜。橘鹤暖擦完地,过来坐在我旁边:"二然,你怎么不问我刚才发生了什么?"

我眼睛都没有抬一下:"还用问,这不是每天都要来一遍吗?又是哪个学校哪个年级的姑娘组团来看你了呗!"

橘鹤暖白了我一眼:"真没意思,你这样不会觉得生活少了很多乐趣吗?"

我放下抹布看着他:"你怎么说话越来越像师兄了?难道我曾经认识的你是个假的吗?还是你们只有对着我时才暴露本性,说话这么犀利尖锐?"

五魁跳到货柜上直接表示抗议,我只能挠着他的下巴哄他:"哎呀,我不是存心说你!"

橘鹤暖拿着手机边翻边轻描淡写地说:"二然,要有烩饭了!"这是属于我俩的黑话。我们把要处理的非常态事件分为几个档次:难度系数大的,被划为大餐,用海鲜自助、波士顿龙虾等菜品作为暗号;中档难度的基本就是用家常菜菜名代替;难度不大的,就用小吃和路边摊代替。

"烩饭?"我一边回味烩饭的味道,一边想象这次事情的难度。橘鹤暖把手机递到我眼前:"院子里的异响,可能是一头小妖兽!"

我看着手机里的照片,没看出什么不对劲,于是无精打采地问:"看清楚了吗?别到最后又是一份烤冷面!"

橘鹤暖翻着白眼给我看了看转账记录，我一下子精神了："天啊，这么多钱！"

他收回手机，嘚瑟道："这还只是定金呢！怎么样？去不去？"

我琢磨着："可是完全看不出妖兽的迹象啊！人家该不是想骗你过去对你使用潜规则吧？"

他瞪了我一眼："什么潜规则？我跟你之间才叫潜规则呢！"

我俩正吵得热闹，谁也没有留意门口进来一个人。她故意咳嗽了一下引起我们的注意。我迅速地调整了一下表情，笑容可掬地看着她："美女，来看手串呀？喜欢什么样的，我给你推荐推荐？"姑娘脸一红，我心里一抽，一抹冷笑已爬上嘴角。我心想，你要敢说是来找橘鹤暖的，老娘就把你轰出去。姑娘舔了舔嘴唇，没敢看我俩的眼睛，只低着头怯生生地说："我……我是朋友推荐来的。听说……听说你们……你们这里能处理特殊……一些特殊的事情。"说完了她也不敢抬头，只是微微欠着身，似乎在等我们回答。

我看了一眼橘鹤暖，这厮正一脸疑惑地盯着姑娘，姑娘让他盯得越发不敢抬头。我脚上发力，直接踹了他一下。他忙把眉头一皱："啊？特殊事情？什么特殊事情？多特殊？"

姑娘支支吾吾起来："就是那个……就是有些不太清楚是怎么回事的，就是……就是……"

我一边听她说话一边替她着急，恨不得替她把下半句说了。她好像鼓起了很大的勇气，跟我们说道："就是一般人所说的灵异现象！"

我和橘鹤暖迅速交换了一个眼神，对于运用打配合来跟别人沟通的技巧我俩已经非常纯熟。我一脸和蔼可亲，说："美女，你看我俩像有这本事的人吗？这是谁忽悠你的啊？"为了防齐仙派和钓鱼执法的，好多送上门的生意，我们是不会做的。"宁可错过，也不鲁莽"是我和橘鹤暖在店里接受特殊事情的基本方针。

姑娘似乎快急哭了，忙拿出手机给我看。我一看截图，是小脏猫的微信号。原来是这厮，她应该不会坑我。我赶忙给姑娘倒了杯水，顺便把她引向柜台后面的小房间。那里本来是仓库，被我们整理出一半，摆上桌椅，做临时的接待场所用。让姑娘坐下，我和橘鹤暖挂上"暂停营业"的牌子，把仓库门关上，坐在姑娘对面。

姑娘明显淡定了一些，喝了口水，问我们："我可以直接说说我的事了吧？"

我俩点点头。姑娘皱着眉毛讲了起来："我叫楚秋夏，今年二十七岁，是个普通的上班族。你们……你们喊我小夏就可以。"

楚秋夏吸了口气："嗯，大概从两个月前开始，我家里就常常发生一些很奇怪的事情。比如东西莫名其妙地不见了，比如明明放好的盘子半夜突然摔了。起初我也没有太在意，可是这种现象越来越频繁，而且近一两周，我突然开始出现幻觉。一开始是两三天出现一次，从这两天开始，每天都会出现幻觉。"

橘鹤暖将仓库门拉开一条缝，我看到五魁走了进来，跳到后面的箱子上趴了下来。

橘鹤暖想了想，问道："小夏，那你会有什么样的幻觉？"

楚秋夏摇摇头："没有什么固定的内容。大多是一些不太认识的人，就像个影子，很虚幻。"

我趴在桌子上，盯着她的眼睛看了看："那你有没有感觉身体有什么异样？"

楚秋夏仔细想了想："一开始完全没有什么不同，除了因为休息不好，第二天会比较困之外，没有什么感觉。但是这两天，我就越来越疲累，不光是困倦那种，好像觉得身体很虚，没有什么力气！"她说着，眼睛微微眯起来，似乎下一秒就要睡过去。

就在我和橘鹤暖犹豫要不要让她先去休息一会儿的时候，五魁动了一下。楚秋夏扭头看到了五魁，露出一个笑容："好可爱！"她伸出手，"你叫什么名字？我可以抱抱你吗？"

五魁站起来，往后退了两步又趴了下来。我瞥了他一眼，叹了口气，摇了摇头，跟楚秋夏介绍："他叫五魁，是我的猫，不好意思，他可能不太亲近人！"

楚秋夏好像并不在意："其实我也很喜欢小动物，一直很想养一只猫。可惜不知道为什么，宠物在我家好像都待不住，养过两只猫都跑丢了！"

我和橘鹤暖对视了一眼，橘鹤暖又问道："那除了这些，你家最近有什么特别不对劲的地方吗？"

楚秋夏已经一脸疲累，她眯着眼睛，似乎在努力地想回想起一些细节，但最终还是没能想起什么："没有了！唉，最近我的记忆力也在直线下降，也不知道这是怎么回事！"

橘鹤暖给楚秋夏递过一张纸和一支笔："小夏，把你的地址写下来吧，我们今晚会过去一趟！"

楚秋夏强打起精神："嗯，好！"

说完她开始在纸上写起来，橘鹤暖还不忘在旁边打听："小夏，你看起来特别累。你是只有在家附近这样，还是不管走多远都这样？"

楚秋夏把写好的纸递给橘鹤暖："都这样吧……在家会更容易睡一些。"

橘鹤暖点点头："好，那今天晚上我们会过去，去之前，我们给你打电话！"

送走了楚秋夏，我和橘鹤暖没有急着开门做生意，而是坐在仓库研究起来。我托着腮，手指头一点一点地敲着面颊。橘鹤暖问我："感知到有什么不对劲吗？"

我盯着橘鹤暖点点头。半年来，我已经累积了一些经验，对气场的敏感度也越来越强。

橘鹤暖的嘴角微微一扬："那你看出什么了？"

我想了一下："她的身上有种说不太清楚的气场，嗯，有妖气！"

橘鹤暖将门后挂着的小包摘下来，从库房一角的柜子里将一些装着符纸和封印的荷包拿出来，而后麻利地装进小包里。做完这些，他将小包递给我："你检查检查，你还需要什么？"

我瞪大眼睛指了指自己："我？"

他点点头："对了，就是你！"

我没有接过小包，反而皱起眉毛看着他："不行不行，我还不行！"

橘鹤暖把包放在小桌上，跟着坐了下来，竖起三根手指："第一，据我观察，这次的任务，对方并不会太强大，你应该对付得了；第二，你也跟着我实习了好几个月，是时候该试试自己解决了；第三，这单生意目测也没什么收入，你就当练练手了！"

我大声抗议："什么？没有钱就交给我？"

橘鹤暖似笑非笑："主要是给你个机会嘛！再说了，这生意也是你发小介绍的啊，你不上谁上？"

我还是犹豫，闷闷不乐地不肯拿小包。橘鹤暖满脸堆笑地安慰我："没事，你也不要有什么心理负担，我会跟在你身边的！"

我白了他一眼，没好气地拿起小包翻看里面的东西。五魁跳上桌子，看我在翻什么。我一把抱住他吐槽："五魁呀，你快醒过来，快变回来吧，你师弟欺负我！"

一下午，我过得心不在焉，连橘鹤暖被姑娘骚扰时我都没有心思去呛他。想起小脏猫介绍的这个费力不讨好的事情，我就气愤。于是，我问橘鹤暖："喂，大橘猫，我们干吗非要接下这个单？又没有钱赚！我也不打算卖小脏猫这个人情！"

橘鹤暖耸肩："站在钱的角度上来看，的确划不来！你要不想接，我同意啊！"

我看着他："你接下来是不是要说'不过'？"

他笑了："是啊！看来你已经非常了解我了嘛！不过呢，一来小脏猫是你发小，你们以后还是要相处的，卖她这个面子比较好；二来我们可以看看是什么妖怪在作祟，搞不好可以查到齐仙派和乾坤镜的线索。"

我冷笑道："三来，楚秋夏这个姑娘还挺可怜的，对吧？"

他摇摇头："这可是你说的，不是我说的。"

我斗嘴斗不过他，想想不如干脆去骚扰小脏猫，顺便问问这个楚秋夏到底是个什么样的人。

小脏猫的公司离约等鱼喵不远，打车一会儿就到了。我在楼下等她下来，这厮还一脸的不耐烦："干吗突然跑来找我，我上班呢！"

　　我白了她一眼："我也上班呢，你干吗打发楚秋夏来找我？"

　　她怔了一下，马上绽放笑颜："哟，她还真去了？我就是随口那么一说，没想到她真去找你了！"

　　我没好气地瞥了她一眼："她的单子我接了，费用算你头上！"

　　她马上急了："什么？算我头上？凭什么啊？"

　　我翻了个白眼："我看她就是个普通上班族，应该也没什么钱！"

　　小脏猫委屈地道："我也是个普通上班族，我也没什么钱啊！"

　　我冲她不满地道："难道我就有钱吗？又让我义务帮忙啊？"

　　她的语气软下来："哎呀，你少收点嘛！大不了完事我请你吃饭！而且楚秋夏也不容易！"

　　见她软下来，我也缓和了语气："下不为例啊！你给我讲讲这个楚秋夏，我可不想帮错人！"

　　她摆手："不会不会！她是个单纯心善的姑娘。我俩是在写字楼下面一起喂流浪猫时认识的，后来慢慢熟悉了。她那个人心很好，经常救助流浪小动物。有时候被公司同事欺负，她就偷偷下楼找我哭诉。不过她挺腼腆的，还有点自卑。有人追她，她还总觉得自己不够好，配不上对方。"

　　我点头："好吧，看在流浪猫的分上。"

　　小脏猫见我答应了，忙道谢："谢谢啊，祖宗，我得上去开会了。回头我请你吃饭，让你宰我一顿！"

　　说完她就急匆匆地走了，我原地翻了个白眼："什么回头，那不就是遥遥无期啦？"

　　回去后，我简单地跟橘鹤暖交代了情况，顺便畅想了一下怎么宰小脏猫。可是聊归聊，笑归笑，想到要自己去解决妖兽什么的我还是紧张得不行。终于挨到傍晚，我心一横，横竖都得有这么一天，豁出去了！橘鹤暖看我一副慷慨赴死的样子，估计是觉得好笑，拿起手机想拍我。我一掌拍在他的手机上，他也不敢再开玩笑，拿起猫包带上五魁，跟着导航出发。

　　楚秋夏住的小区离我们不远，那里都是翻新的老房子，外面看着颜色挺鲜明，里面楼道却狭窄阴暗，该裂缝的裂缝，该掉漆的掉漆，纯粹一个面子工程。光走在楼道里，就让我感觉不自在。因为太黑，我只好掏出手机打开手电筒，照着找门牌号。橘鹤暖跟在我后面，步履沉稳，他是猫，黑暗并不能影响他。忽然，身后的门打开，一道光从门里散开来。我回头，看到楚秋夏露出个小小的头。她小声地问："是卓然和橘鹤暖吗？"我忙应声，被她招呼着进了房间。

房子是那种老式的一室一厅，卧室门关着。客厅大概是因为朝北，尽管开着灯，也有种阴冷幽暗的感觉。客厅比较小，站了我们三个人加一只猫，就已经感觉很满了。楚秋夏看着依旧病恹恹的，她招呼我们在沙发上坐下，自己则坐在一旁的椅子上，因为沙发上只能容下两个人。五魁从猫包里钻出来，到处闻闻、看看。我招呼五魁不要乱走，然后尴尬地跟楚秋夏笑了笑："我到哪里都带着他，他是我们的吉祥物。"

　　楚秋夏倒了两杯热水给我们，我一边喝水一边紧张地想接下来我该怎么做。虽然收妖的过程我已经看橘鹤暖做过很多次了，但现在突然要实际操作，我心里还是没有底。

　　喝完水，楚秋夏开始简单地介绍情况。她指着客厅一角的桌子说："这里，昨天半夜就像有小动物打斗一样，响了半天，把桌子上的花瓶都弄到地上摔碎了。我也没敢起来看。"

　　我起身走向桌子，上上下下看了一遍，没发现什么异样。我回头看向橘鹤暖，他也看着我，看我接下来准备怎么做。我从包里摸出一张符纸，点燃后绕着桌子转了两圈。其实这张符纸只是个障眼法，感觉妖气并不靠它，只是这么做起来比较炫酷，能让客户觉得我们专业。

　　符纸烧完，我随手把它扔进垃圾桶。楚秋夏盯着我，似乎在等我说点什么。我还没来得及说，却发现装着符纸的垃圾桶居然燃了起来。我手忙脚乱地把桌上的一杯水倒进垃圾桶，没想到火苗一下子蹿了起来，同时我听到楚秋夏惊呼："那是酒！"我心下叫苦：你个小妮子还是个酒鬼，没事在桌上还摆一杯白的！关键时刻，橘鹤暖抬手，一杯水正好泼进垃圾桶，让我摆脱了窘境。我一边用胳膊擦额头上细密的汗珠，一边煞有介事地说："这家伙，看来存心捣乱啊！"

　　楚秋夏忙问我："什么？你看到它了？它……它在？"

　　橘鹤暖伸出手按住楚秋瘦弱的肩头："小夏，看来这家伙不太好对付。要不你先回避一下？我怕伤到你！"

　　听橘鹤暖这么说，我向他投去感激的眼神，嘴上也劝着楚秋夏："小夏，你到楼下找个地方坐坐，这里交给我们！"

　　楚秋夏微微犹豫了一下，然后同意了我们的建议。她随手拿了手机和外套就往门口走，临出门时回头看了看我，说："那这里就拜托你们了！"

　　她一出门，我就瘫坐在地，央求橘鹤暖："大橘猫，还是你来吧，刚才我紧张死了！我看你平时做得顺畅，没想到轮到自己时还是手忙脚乱的！"

　　橘鹤暖并不打算答应我的请求，他跷起二郎腿看着我："人我都帮你请出去了，你接下来再出什么乱子都没关系，还不抓紧这个机会！"

　　眼瞅着他是不肯帮我这个忙，我只好硬着头皮继续做。我从包里摸出一把布五行阵的沙土,这是用朱砂和一种沙子混合而成,专门为了布阵特制的。我手里拿着沙土开始布阵。我很熟悉布阵,毕竟在我给橘鹤暖当助手的时候,这都是我的事情。而今天我要画的这个阵是显形阵。

布完阵,我在阵边盘腿而坐,等待着周围的动静。一般布完显形阵,不出两分钟,妖魔鬼怪就会显出真身。然而,真身一般只有坐在阵中主位的人才能看到。当然,如果有开了天眼的高人也是看得到的。通常状态下,雇用我们的客户是看不到这些的,也就避免了他们给接下来的除妖添麻烦。所以这句话的重点其实是,之前主位都是橘鹤暖坐镇,我压根没有亲眼见过我们除的这些妖魔鬼怪。

于是,当一个矮小的、大眼睛的、细手细脚的妖怪出现在我面前的时候,我愣住了。然后,我捂着嘴指着它,叫也叫不出声。这个大眼睛的家伙看我这个反应居然从慌张变成了淡定,嘴角噙着一抹嘲笑对着我说:"哎哟,新来的?没见过妖怪?新鲜吗?信不信我吓死你?"

我见它如此小瞧我,心里一阵气愤,随手捏了手诀,左右手相继向它拍出去。没想到它躲得挺快,居然没有被打到。它又瞪着我,努努嘴:"有两下子,可惜对付不了我!"

我大喊:"橘鹤暖,橘鹤暖,你看到它没有!"

大眼睛妖怪听我这么喊,才意识到我不是一个人,它一回头,正好迎上橘鹤暖的眼神。橘鹤暖一伸手就轻而易举地按住了它。它看了看橘鹤暖,然后以一种不可思议的口吻询问:"你?你是……你是橘鹤暖大人?"

橘鹤暖皱了皱眉头,仔细看了看它,估计在回忆它是谁。妖怪自报家门:"橘鹤暖大人,是我,我是猴吉!"

"猴吉?"橘鹤暖重复着,"原来是你!你……来这干吗?"

猴吉没有立即回答橘鹤暖,反而看了看我,问道:"橘鹤暖大人,这个女娃娃是你带来的?"

橘鹤暖皱了下眉头,随即点点头:"嗯,这是我的搭档!"

猴吉仿佛不太相信橘鹤暖的话,一脸疑惑地看着我,嘴里嘟囔:"搭档?搭档……"

我见它这副明显看不起我的样子,气愤地道:"怎么啦?我就是橘鹤暖的搭档!我刚才就是试试手,信不信我一巴掌拍死你!"

猴吉忙摆手,谄笑道:"算了算了!我相信你有通天的本事。既然都是熟人,我走便是。"

它扭身想走,却被橘鹤暖按在原地:"猴吉,据我了解你向来不会平白无故地现身,你得给我个交代,为什么会出现在这里?这里主人听到的声音是不是你弄出来的?她为什么最近开始出现幻觉?你到底在搞什么鬼?"

猴吉被捏得有点痛，脸上露出了难受的表情："橘……橘大人，你悠着点，小的可经不起你这么捏，你会……你会捏死我的！"

橘鹤暖稍稍松了松手上的力道，继续逼问："你到底在为谁卖命？"

猴吉左右瞄了瞄，估计自己没机会溜掉，只好回答："我承认，那些响动确实是我弄的，可是幻觉可跟我没有关系。我猴吉向来是拿钱办事，可不会故意找人类的麻烦呀！"

橘鹤暖眯起眼睛，故意拉长声音："是啊！那……你这是来办什么事来了？天天弄得鸡犬不宁，你是在……找东西吧？找什么？"

猴吉绷起脸，有点不高兴："橘鹤暖大人，你这么问就不合适了吧？这是我猴吉的工作，我是不能出卖雇主的！"

橘鹤暖冷笑一声："是，这是你的工作，可是你擅自来人类的世界捣乱，那么除掉你也是我的工作。既然你被我捉到，我也要履行我的职责。"

橘鹤暖说着手上又开始用力，猴吉疼得大叫："橘鹤暖大人，今天我被你捉住是我技不如人，但我真的不能告诉你我雇主的事情。不过如果你肯放过我，我会用一个别的秘密来交换！"

橘鹤暖沉吟片刻，低声问："什么秘密？你先说，看值不值你这条命！"

猴吉的眼睛贼溜溜地转，小声说道："橘鹤暖大人，想必你也知道一直以来都有人在追查你们，但这个人最近想安插一条眼线在你身边。我告诉你是谁，你能不能饶我不死？"

橘鹤暖点点头，猴吉趁机谄笑道："那你放开点？太……太憋气了……"

说完它也咳嗽了几声。橘鹤暖微微松手，可他刚一松，猴吉就一缩脖摆脱了橘鹤暖的控制，猛然朝我扑过来，一只如柴的干巴细手向我的脖子掐了过来。

橘鹤暖大呼"不好！"，我错愕的大脑一片空白。忽然一个黑影闪过，猴吉溜号，我便马上往旁边闪身，随手捏了个手诀拍出去，正中猴吉的脑门。它应声落地，被赶来的橘鹤暖重新按住，这次它不再挣扎，只死死地盯着我身后。我回头看去，发现一个瘦小的影子从我身后闪了出来。

这家伙长得像头小象，却是两脚着地，鼻子也比小象短一点。它浑身布满伤口，有的伤口还在流血。它盯着猴吉，眼神里都是愤怒。我不知这家伙是敌是友，又怕猴吉突然发难，只好捏个手诀防着它们。橘鹤暖望了望这个家伙，又看着猴吉微微一笑："你是来捉它的？所以那些打斗的动静是你俩发出的吧？"

猴吉突然翘起嘴角，邪邪地笑了一下："橘鹤暖，你要杀便杀，我是什么都不会说的！"

橘鹤暖冷哼了一声："没想到只为钱办事的猴吉还有这么好的职业操守，想必对方是给了你天大的好处,齐仙派?"

我明显感觉到猴吉的神色变了一下,但它仍旧不肯出声。橘鹤暖点了点头:"也罢,我先收了你再说!"

他冲我喊道:"二然,荷包!"我忙掏出一个荷包递给他,他捏个手诀,念了一段咒,将猴吉收入荷包之中。

解决了猴吉,橘鹤暖看着那个突然冒出来的家伙问:"这屋里的古怪是你搞的吧?"说完他伸手就要治住那家伙。我忙喊道:"先问清楚,刚才多亏它救我一命!"橘鹤暖放下手,看着我叹了口气:"好吧!二然,这家伙叫梦貘,专门吃别人的梦。如果我没有猜错,楚秋夏之所以会出现幻觉,罪魁祸首应该就是它!"

我看着这个浑身是伤的小家伙,感觉不到它的攻击性,反而感受到了温暖的气息。我调整了语气,温和地问:"你是叫梦貘吗?楚秋夏,也就是这个房间的主人,最近经常出现幻觉,还有记忆力下降,是不是和你有关?"

梦貘皱了皱眉头,痛苦地点了点头。我叹了口气,看了看橘鹤暖,猜想他接下来应会动手,像收猴吉一样收了这个家伙。

橘鹤暖没有动,盯着梦貘的眼睛问道:"为什么?"

梦貘似乎不善言辞,它缓缓地吐出几个字:"她……她救过我。"

"那你不是想害她咯?"我走到橘鹤暖身边,望着梦貘的眼睛问道。

梦貘摇摇头:"不是!"我看了看梦貘正在流血的伤口,又看了看橘鹤暖,橘鹤暖点点头。我让梦貘坐在椅子上,从包里拿出药粉:"梦貘,你慢慢说,不要怕,我们也是想帮楚秋夏的。这是专门给妖怪处理伤口的药粉,我帮你敷一下,不然等会儿你会失血过多的!"

梦貘的眼睛里突然闪过一丝亮光,乖乖地伸出胳膊让我处理。它慢慢地讲道:"很小的时候,我被其他的妖怪欺负,受了伤。那时候楚秋夏还是小孩子,看得到我。起初我以为她要对我不利,还凶她,没想到她看到我受伤就替我包扎,我们就成了好朋友。可是后来她年纪慢慢长大,慢慢……慢慢就看不到我了,但我还是跟着她,保护她。楚秋夏是跟着奶奶长大的,她的父母都在外面打工,很少回家。奶奶身体也不是很好,也不能总是照顾着秋夏。秋夏十一岁那年,她被邻居的一个叔叔给……侵犯了。"

我和橘鹤暖听到这里,不由得惊呼一声,联想到楚秋夏那羸弱的样子,不禁心疼她。梦貘叹了口气:"我没能保护好她。那之后,她受了很大的刺激,但也忘了那件事。奶奶走后,她就被接到父母身边。虽然表面上她不记得那件事,但是心里的创伤却从来没有痊愈。直到前一段时间,有个喜欢她的男孩追求她,这让她心里的那段记忆苏醒了。那段时间,每一晚她都从噩梦中哭醒。为了让她不再痛苦,我吃了她的梦。再后来,我偷了别人的美梦给她。这可能就是她慢慢开始出现幻觉的原因,我只是想保护她。"梦貘说完这些,抬头看向我和橘鹤暖,像是在向我们寻求解决的办法。

橘鹤暖俯下身,看着梦貘:"也许你缓解了她的痛苦,但这个方法存在隐患,她会在别人的梦境里迷失自我。而且,我也不认为这样会使她真正痊愈。"

梦貘看着橘鹤暖,急切得不知所措。我嘴巴快,受不了橘鹤暖卖关子,直接问道:"那你有什么办法,赶紧说!"

橘鹤暖瞥了我一眼:"我有个关系很好的心理医生,我把她介绍给楚秋夏。心病还须心药医,只有拔掉她心里这根刺,她将来才能没有痛苦。"

梦貘看了看橘鹤暖:"可是秋夏她只是个普通上班族,她没有什么积蓄!"

我看着橘鹤暖:"既然是朋友,能不能打个折?"

橘鹤暖哭笑不得:"打折是不可以的,不过帮人帮到底,这件事情我来负责就好!"

橘鹤暖又拍了拍梦貘的肩膀:"不过你要暂时跟我走,因为有人要对你不利。而对你不利的人,很有可能要利用你对我们不利!"

梦貘看了看橘鹤暖,又看了看我,点点头:"只要你们能治好秋夏,我跟你们走。"

我把梦貘身上的伤口处理完,看到橘鹤暖拿出一个荷包,捏了个手诀。我看着他喊道:"等会儿!"我把药递给梦貘,"我们解决完事情就会把你放出来的!还有,谢谢你刚刚救了我!"

梦貘笑了一下,学着我的口气,道:"希望你们一切都顺利!还有,刚才挡住你的那个黑影不是我!"

他说完就咻地一下钻进了荷包。我愣在原地,看了看橘鹤暖:"他说,不是他!"

我突然兴奋得热泪盈眶:"那就是五魁,是五魁!"

我冲到五魁面前抱起他,把脸贴在他的胸前蹭:"五魁,刚才是你对不对?刚才救我的是你对不对?"五魁伸出两个前爪把我的脸推开,然后舔了舔爪子,并没有回应我。

回去的路上,橘鹤暖一直唉声叹气:"唉,赔了!白白摆阵除妖不说,还要搭进去一笔心理咨询费!"

我则义愤填膺:"橘鹤暖,我要去把楚秋夏那个邻居抓起来,我要报警!"

橘鹤暖不理我,继续唉声叹气:"唉,这个月店里也没有赢利,我的老婆本都要赔进去了!"

我依旧很激愤:"橘鹤暖,我们去他们村子直接举报他怎么样?或者找个小妖吓唬吓唬他！"

　　橘鹤暖偏头看我："二然，我们都快喝西北风了，你好像一点都不在乎？"

　　我看看他认真地说："我在乎啊！我不会让你和五魁挨饿的！可是，我想把那个坏家伙碎尸万段！"

　　橘鹤暖看着我，温柔地笑了一下，腾出一只手摸了摸我的头："我看你是可以靠行侠仗义来填饱肚子的，只要能捉住坏人，挨饿不重要对不对？"

　　我翘了翘眉毛，心想，离挨饿还远着吧？他看我没反应过来，接着笑道："好，我答应你，给那个坏人应得的惩罚！"

　　后来，不知道橘鹤暖用了什么手段，那家伙居然去警察局自首了，坦白了自己十几年前犯下的罪行。听说，他一边交代还一边求警察救救他。看来，橘鹤暖出手重了点！

　　周六上午难得清净，没有来骚扰橘鹤暖的学生党，熟女和各路阿姨们也还没有起床。我把手支在柜台上玩手机，橘鹤暖也难得百无聊赖地坐在一边的椅子上翻书。我问他："我说，咱们以后周六能不能不开门啊？睡个懒觉呗？你看看，反正都没有什么人！"

　　他没看我，一边翻书一边回答："不开门？你忘了我们为什么要开这个店？本来开店也不是为了赚钱啊，那自然不能因为没盈利、没人气就不开门啊！"

　　我无精打采地回他："可是这都开了这么久了，那个乾坤镜和齐仙派也没什么线索！你要找的秘籍也找不到，而且那个巨大的五行阵也没了动静！我们是不是可以歇一歇啊？"

　　他眯起眼睛，慵懒地伸了个懒腰，眼睛在快眯起来那一刻忽然变成金色，瞳孔变得细长，变成了一双猫的眼睛。他说："你以为我不困？我们猫可比你们两脚兽更喜欢睡觉。但敌人也许正在伺机而动，等咱们一懈怠，他们就会将咱们一网打尽！"

　　他伸手向空中做了个虚抓的动作。我不服气："真有你说的那么夸张吗？"

　　橘鹤暖又将整个身子蜷起："当然，我们可是打了上千年的交道，他们的套路，我和师兄早就摸清了。"

　　我看着在柜台上趴着眯眼的五魁，上前捉着他的两条前腿，道："五魁，你听到没有？我们很危险啊！你快点恢复过来啊！"说完，我将脸放在他的胸口蹭了蹭。他被我蹭得不耐烦，抽出腿跑走了。

　　我托着腮问橘鹤暖："大橘猫，你说那个猴吉到底是干吗的？要不然你把它放出来严刑拷打一番，问问它为什么要抓梦貘？"

橘鹤暖嘴角一扬："猴吉这个家伙虽然见钱眼开，但是它绝对是个硬骨头。对它严刑拷打，它也不会供出幕后指使之人，更不会说出它的目的！"

我哼道："它就这么在乎钱？可以连命都不要？"

橘鹤暖摇头："并不是钱！而是他幕后的人可能比我们想象的更可怕！出卖他可能比丢掉命更让猴吉恐惧，所以它才死也不开口！"

听他这么说，我点头："嗯，那估计就是齐仙派那伙人了。"橘鹤暖不置可否。

中午，我和橘鹤暖点了两份蛋炒饭。我看着没有什么荤腥的蛋炒饭问橘鹤暖："橘老板，你要出家吗？吃得这么素？"

橘鹤暖边往嘴里扒拉着饭边说："呵呵，你不知道最近咱们很穷吗？有蛋炒饭吃就不错啦！"

我皱了皱眉："上次你说那个……那个烩饭怎么样了？"

橘鹤暖一拍腿："哎哟，你不提醒我，我都忘了！"

他一边吃一边腾出一只手开始打字。不一会儿，他的手机就传来了回复消息的声音。我凑到他旁边问道："怎么样？"

他看了我一眼："晚上可以吃顿好的了！首付款到手！"

我却隐隐觉得不安，我俩做过的案子也不少了，这么痛快给钱的还是第一次，而且也不是什么大事，只是院子里有异响就这么大手笔，家里有矿啊？

我把我的想法跟橘鹤暖沟通了一下，他倒是满不在乎："你怕什么？大不了就是多出点力气。连魔祖兽那个级别的怪兽咱们都打过，你还怕什么？他们总不可能再弄出一头魔祖兽来吧？你就放心吧！"

我还是觉得心慌，橘鹤暖看我这副样子，只好岔开我的注意力。他道："这也不是一笔小数目，想想，晚上想吃什么？"我被食物所迷惑，很快就忘了心慌的事情。

我和橘鹤暖吃了盼望已久的海鲜火锅，心满意足地往回走，突然发现路口站着一堆人，好像在看什么热闹。我好奇心大起，也不顾橘鹤暖在身后喊我不要去，就三两下走到了路口。原来是一个二十六七岁的男的正揪着一个大爷闹。听人们说，那男的骑车穿行人行横道，大爷躲闪不及，男的为了躲大爷，两人双双摔倒。男的觉得大爷是故意碰瓷，所以不依不饶。

围观群众纷纷劝说，可是男的还是推搡了大爷几下。我看不过去，想冲上去说说那个男的，突然被后面一双大手抓住了。我想都不用想就知道是橘鹤暖，回头冲他小声吼道："别拦着，你让我过去！"

橘鹤暖俯下身，在我耳边轻轻地说道："别过去，那个男的不对劲！"

我吃了一惊，忙仔细瞧。那男的是有点不对劲，有点别扭，可是又说不上是哪里不对劲。我点点头："仔细看看，是有点不对劲，到底是哪里不对劲呢？"

橘鹤暖翘起嘴角笑了一下："回去告诉你，这里不是说话的地方！"

我指着那男的："那……那咱们就不管了吗？"

橘鹤暖拽着我的胳膊，突然喊了一声："报警了，警察一会儿就到！"

大家正努力搜寻着声音的源头，他已经拉着我走开了。回头再看那个男的，他气愤地松开了大爷的衣领，骑着车一溜烟地不见了。

我翻了个白眼嘟囔道："就知道欺负老人家！什么人啊！"

橘鹤暖拉开车门，把我塞了进去。车启动了，我才问："现在能不能说了？那个男的哪里不对劲？"

橘鹤暖也不卖关子，直截了当地跟我说："你没发现他的影子比别人短很多吗？"

我回想了一下，恍然大悟："对啊，没错。刚才那边站着很多人，还有他拉着的那个大爷，别人的影子都很正常，可是他的影子却短了很多！难道他不是人？"

橘鹤暖摇摇头："不，他是人，只不过他的三魂七魄让人动了手脚！"

我看向橘鹤暖："难道和齐仙派有关？"

橘鹤暖还是摇摇头："不见得！齐仙派做事向来目的性很强，动这种手脚对他们来说毫无意义，我看这男的是被什么家伙报复了。不过，我们也可以关注一下，说不定这其中有什么联系！"

我嘿嘿一笑："就他刚才那个样子，又嚣张又讨厌，别说别人，我都想好好整治他一下。"

橘鹤暖腾出一只手拍了拍我："那好，你的机会来了，这两天你去跟踪他吧！"

我指着自己鼻子问道："我？我去跟踪他？我堂堂一个捉妖的，去跟踪一个品性道德都不好的人，为什么？再说，我们的烩饭呢？不做了？"

橘鹤暖一边将车停进车位，一边解释："烩饭那边虽然打了款，可是那个人说十天之后才能回来，他似乎很忙，总是不在家，满世界跑！所以既然还有十天，不如就去查查看谁对那个男的动了手脚，说不定能查出点齐仙派的新线索呢？再不济，说不定是份烤冷面呢？"

我冷笑："拉倒吧！我才不想帮他，这种人就应该受到惩戒，哼！再说，为什么不是我看店，你去跟踪？"

橘鹤暖帮我拉开车门，露出个迷人的微笑："我这样子怎么跟踪别人？在人群里很显眼的好吗?"

我一脚踢在他小腿上,踢得他"哎哟"一声。我白了他一眼:"你什么意思?你是说我平庸咯?"

橘鹤暖揉着腿求饶:"哎呀,祖宗,我哪敢说你平庸。我是说你耐看,不像我,好看得这么浮夸、不深刻。"

我抬腿下车,虽然对他这个解释并不满意,但也确实无力反驳。

从电影里看过不少跟踪的桥段,可是真的轮到自己去跟踪别人,还真是个费劲的事情。如果当初听五魁的话,好好学习前几篇手诀,我这会儿应该也会隐身了吧?我懊恼着,把头顶的帽子拉低遮住脸,和前面男子保持着一定的距离,心里颇不服气。橘鹤暖能变成猫,还会隐身诀,而且他轻而易举地就查到了这个男子的下落,可偏偏让我来跟踪,根本就是资源的不合理利用。

我只顾着走神,一不留神没保持好距离,撞在了正在系鞋带的男子身上。他回头瞪了我一眼,还是那张让人不爽的脸。他冲我吼道:"你出门不带眼睛的啊?瞎啊!"

我可不想第一步就折了,忙点头哈腰赔不是,绕过他继续走,然后假装买东西继续跟在他身后。好巧不巧,他进了小脏猫工作的那栋写字楼。一看楼层,巧了,这厮是小脏猫的同事,真是天无绝人之路。我马上给小脏猫打电话,免了她欠我的一顿饭,很快就拿到了这个男人的资料。我兴冲冲地回店里找橘鹤暖交差。

店里,橘鹤暖和一群满眼桃心的"花痴"姑娘们相处得一片祥和。见我进来,几个女孩子纷纷作鸟兽散。我看着橘鹤暖,向刚刚散开的女生们努了努嘴,问:"怎么啦?她们跑什么?你又把我妖魔化了?"

橘鹤暖摊开手耸了耸肩:"并没有啊!我只是告诉她们你是准老板娘!"

我冷笑一声,早就知道这厮有天会拿我来挡烂桃花:"你拿我当挡箭牌可能没什么用!这群心高气傲的小丫头们,明天肯定打扮得花枝招展的,力图把我比下去!"

橘鹤暖温柔地笑道:"那也挺好,开发一下她们的潜力!"

我把帽子摘了扔在柜台下,得意扬扬地举着手机:"告诉你,大橘猫,本人就用了一上午,那倒霉孩子的资料就到手了!"

橘鹤暖面上依然挂着微笑:"嗯,干得漂亮!他叫韩丙南,和你发小一个公司,是个软件工程师,还是个宅男。29岁,A型血,金牛座。他刚刚平级调动工作,目前租住在丽景园小区,单身!"

我拿着手机,看着小脏猫发来的资料,除了有几个我还不知道的信息,其他的全中。我气不打一处来,哼道:"你什么意思?明明你已经拿到所有资料,还让我去跟踪!你是不是故意把我支走一上午,留在这里干些什么见不得人的事情?"

橘鹤暖叹了口气："祖宗，你可是想多了，我能干什么？这些莺莺燕燕我躲还来不及呢！我是想让你跟踪他，看看他平常是个什么样的人！"

我一脸警惕地看着他，问："真的？"

他点点头，然后问我："有什么发现？"

我想了想："他这个人实在是没什么素质，随地吐痰、说脏话，对任何人都毫不客气。"

橘鹤暖点点头："那就对了，你是不是也有一种'这样的人怎么会活到现在'的感觉？"

我噘着嘴巴："是啊，一天不揍他都觉得对不起他！"

橘鹤暖低头笑了，看上去成竹在胸。我憋不住了，赶紧追问："喂！你是不是知道些什么？你可不能瞒着我！"

他深吸了一口气，看着我："好吧，祖宗，你的直觉还是很灵敏的！我想我已经大概知道是谁动的手脚了。"

我听他这么说，胃口都被吊了起来，眨着眼睛问："你快说，是谁？齐仙派吗？"

橘鹤暖看我着急了反而开心了起来，故意喝了一口茶，慢慢咂着嘴。直到看到我脸色难看，他才说："你还记得陆瓷翁吗？"

听到这个名字，我下意识地摸了摸身上看不到的青尸素练，点了点头。

"前几天，陆瓷翁给我捎来消息，让我帮他留意一个人！"

我好奇地问："那个老头怎么给你捎来消息的啊？你俩飞鸽传书啊？"

他瞥了我一眼，晃了晃手机。我惊讶地问："那个……那个老古董……不是，那个古代人还用手机？"

橘鹤暖翻了个白眼："我是不是古代人？你还打岔，还听不听了？"

我吐了一下舌头，示意他继续说。

"陆瓷翁本来和一个友人的后代约好近期来这里办点事情。没想到对方先来了，之后还跟他断了联系，他就让我帮忙留意一下。"

我听懂了橘鹤暖的意思："你的意思是，这个动手脚的人就是陆瓷翁要找的那个友人的后代？那……那你怎么确定那个男人的事情是他友人的后代做的？"

橘鹤暖笑了："说出来你不要被吓到。这个友人的后代是一头神兽。她脾气倔强，好打抱不平，操纵起人的三魂七魄易如反掌。你看韩丙南那个样子，明显就不知道自己身上发生了什么。能够在短时间内对他的魂魄动手脚的家伙，除了那个人以外不太别的可能！"

我的嘴巴张成了"O"形："这么厉害啊！"不知道为什么，我突然有点兴奋，"她到底是谁啊？比你厉害？比你师兄厉害？比那个陆老头也厉害？"

我给橘鹤暖提了一大堆问题，他却不回答，脸色略带嘲讽，看向我身后。我不屑地看着他："你少拿背后有人这一套唬我！"

见他迟迟没反应，我才慢慢地转头。门口正站着一个大爷，个头不高，上身穿着一件质地上乘的马褂，下身是一条灯笼裤，脚上蹬着一双懒汉鞋，戴着一副大蛤蟆镜，看起来很有范儿。再仔细一看，墨镜下是颇为标志性的酒糟鼻，我指着他结巴道："你……你……你！陆……陆……陆！"老头摘下眼镜，一双眼睛滴溜溜地盯着我，右手拿着一把折扇，将我指着他的手打掉："叫前辈！你个小丫头！"

橘鹤暖上前将陆瓷翁请进店里，顺手把"暂停营业"的牌子挂上，道："前辈，想不到您这么快就到了！"

听他这么说，陆瓷翁拿出手绢擦了擦鼻头上的细微汗珠："怎么样？查到了吗？是她吗？"

橘鹤暖点点头："以目前的情况判断，八九不离十！"

陆瓷翁"嗯"了一声："那就没错了，看来她是想自己先摸摸底细。"

橘鹤暖倒了一杯茶水递给陆瓷翁："确定在这里就好办了！您住宿安排了吗？要不要我给您安排一下，然后我们再一起慢慢找！"

陆瓷翁挥挥手："安排好了，这些你不用操心，赶快把她找到，我们还有正事要办呢！"

橘鹤暖连声说好。陆瓷翁越过橘鹤暖看向我："小丫头，你过来！"

"啊？我？"我指了指自己，确定他是在喊我之后，走到他身边。

他上下打量了我一遍，然后说："小丫头，我知道你直觉很准，我的事情橘鹤暖也跟你说了，这几天你就帮我个忙，找找我这个老友的孩子！"

我哪敢造次，忙不迭地点头。陆瓷翁喝了口水，就起身打算走，临走前还嘱咐我和橘鹤暖，有什么消息一定要第一时间告诉他。

陆瓷翁前脚刚走，后脚我就跑到橘鹤暖耳边问："这老头到底什么来头啊？我怎么觉得他手眼通天，神神秘秘的？"

橘鹤暖苦笑了一下，也不回答我，拿起手机就开始发信息。我只好追着他问："问你话呢，大橘猫！这个陆瓷翁到底是什么人啊？"

橘鹤暖看了我一眼："怎么说呢？我一时半会儿也给你解释不清楚啊！"

我皱眉："那你就多解释一会儿不就清楚了！"

他叹了口气："这啊，恐怕只有师兄能解释了！"

我不服气地说："你就是不乐意跟我说！那我可不帮他！谁知道他是谁？万一帮了反派不是助纣为虐了吗？"

橘鹤暖认真地看着我："我可以负责任地告诉你，他和齐仙派不是一伙的！另外，帮了他只会对你有很多好处。当然，如果你不肯帮，我也不会勉强你，相信他也不会勉强你！"

说完他就看着我，好像在等我表态。没能威胁他讲出陆瓷翁的身份，我有些不情愿，但也只好服软："好，帮！"

我和橘鹤暖分析，那孩子和韩丙南的相遇绝对不是偶然。那么，她大概是在这附近查什么事情。我和橘鹤暖知道韩丙南所在的写字楼里有些蹊跷，所以她极有可能也是因为这个而来的。只要能查到写字楼的监控，也许就能找出端倪。橘鹤暖倒也不含糊，想到这里就决定夜探写字楼，看能不能调出监控。

月黑风高，我打量着网上买来的夜行衣，脑子里想的都是等下我侧翻、闪身的帅气画面。橘鹤暖从他房间出来，一脸茫然地看着我："你……你要干吗？"

我"嘶"了一声："不是说好夜访大楼，调取监控吗？"

橘鹤暖眯着眼睛："你别告诉我，你就打算穿这身混进去……"

我点点头："不然呢？我还能穿着睡衣混进去吗？"

橘鹤暖笑道："我看你是影视剧看多了把自己看傻了吧？凭你的身手，这样进去，直接就让人抓了。"

我不服气，但也无法反驳，只能冷着脸道："那怎么办？"

橘鹤暖回卧室拿出了一套物业的衣服和一套保洁的衣服，努了努嘴："穿成这样比较容易浑水摸鱼啊！"我打消了穿夜行衣的想法。

西装笔挺的橘鹤暖带着穿着保洁衣服的我跟保安说："听说明天有领导会来，我们临时接到通知来打扫会议室。"保安只核对了一下他的证件就放我们上楼了。

我拍了拍橘鹤暖的肩膀："行啊你，大橘猫，你这套路当个间谍什么的肯定不成问题。"

橘鹤暖得意地笑了一下，说："我查了，监控室在第二十一层。等下我先进去，你等我给你消息再进去！"

我嘟囔着："你说你要是让我学会了隐身诀，咱俩需要费这么大功夫吗？"

橘鹤暖哼道："这大楼被动过手脚，根本无法使用一般的数术。"

我恍然大悟："所以，那个神兽定是不一般，这样她都能对韩丙南动手脚！"

橘鹤暖点点头："对，她真的是非常不一般！"

下了电梯，橘鹤暖朝监控室径直走去，我躲在拐角等他的消息。没五分钟，他便招呼我进去。监控室里两个保安呼呼大睡，我看着橘鹤暖："你下蒙汗药了啊？"橘鹤暖没搭我的话，只是手脚麻利地翻着监控记录。我和他一起盯着屏幕看。根据陆瓷翁提供的时间，我们调取了前两周的监控。

韩丙南是个标准的懒人，全天基本不动地方，就坐在座位上，只有取外卖的时候才会离开办公区。所以我们猜测，他碰到神兽的时候应该是在楼道里，或者电梯里。根据这个推断，我们果然找到了一些线索。录像显示的是一周前，一个晚上，加班的韩丙南在电梯里不爽地按了很多楼层，和身后的一个女孩起了争执。女孩在他下电梯的时候踩了他的影子。

我和橘鹤暖几乎同时道："就是她了！"放大监控的图像，我们拍下了女孩的样子，然后在接下来几天的录像里继续寻找。我们发现她曾经出现过三次，基本都是下午进入楼里，晚上就离开。我俩摸清了一个大概就迅速撤离。我问橘鹤暖："我们这样，不会被警察追捕吧？"

橘鹤暖看了我一眼："你以为警察很闲啊，他们有那么多要案要查，我们又没造成任何损失，大厦管理员就算发现，只要没有意外情况也不会报警的。"

我不安地追问："真……真的吗？"

橘鹤暖安慰道："放心！"

回到家，我盯着手机拍下的照片看，怎么看也不觉得这个普通的小姑娘有什么独特之处。我问橘鹤暖："这真的是神兽大人吗？看着就是个普通的小女孩啊！"

橘鹤暖困得不行，眯着眼睛问我："我说你，还不抓紧时间睡一会儿，怎么这么有精神？她太独特不是很容易被发现吗？"

我点点头："也是，陆瓷翁那个老头为什么自己不去找，这件事也难不倒他吧？"

橘鹤暖翻了个身，声音已经明显接近呓语："他啊……他气场太强了，很容易被发现，要想压制气场，就只能窝在一个地方老实待着！"

我惊讶："啊！那个老头这么厉害？"

橘鹤暖的声音越来越小："嗯……很……厉害，不过神兽大人能将气场收放自如，更厉害……"

我看着照片，越看越兴奋，我居然能有幸遇到这么厉害的人物。我想再问点什么，发现橘鹤暖已经在沙发上呼呼大睡了。

还没两个小时，我就被挂着浓重黑眼圈的橘鹤暖叫醒。我虽迷迷糊糊的，却还惦记着神兽的事情，问橘鹤暖："那你打算怎么办？现在通知陆瓷翁还是我们先找到神兽大人再说？"

橘鹤暖木讷地眨了眨眼睛："今天我去店里，你去蹲点吧！"

我登时就醒了大半："什么？我去盯梢？为什么又是我去干这种事情？"

橘鹤暖困得上眼皮和下眼皮一直在打架："我这么出众，我盯梢会被发现的啊！再说，去店里我现在就得走；蹲点可以再睡几个小时，中午出发！"

我恶狠狠地瞪了他一眼，然后迅速选择了盯梢。于是他迷迷糊糊地去洗漱了，我翻个身，继续睡觉！

橘鹤暖的电话在接近中午的时候准时响起，电话那头是他已经显得有些恍惚的声音："二然，起来准备出门！"

我打了个哈欠："我说大橘猫，你不是有那个什么嘉果吗？吃一个就精神充足，你拿出几个，给我也来俩！"

橘鹤暖道："你以为那是苹果啊，随处可见？那些都是之前我和师兄攒了很久的，不到必要的时刻，不能浪费！"

我坐起来伸了个懒腰，回复他："我起来了！既然你舍不得嘉果，那就困着吧！"我从床上爬起来，简单洗漱完就准备出门。

还好天公作美，气温宜人。我把自己隐藏在一片树荫底下，一边喝汽水一边盯着写字楼入口，心里庆幸这个写字楼只有一个入口。上班时间已经过了，但依然有稀稀拉拉的人进出写字楼。三个小时过去了，神兽大人没有出现。

我正左顾右盼，想找个便利店买点零食果腹，肩膀突然被人拍了一下，一个声音在我耳边响起："你是不是在等我？"

我下意识地捂住半个脸，露出眼睛看着眼前的人，正是那个监控里的女孩。女孩看起来要比监控里更年轻明艳。她身高与我相仿，虽然算不上"盛世美颜"，但也确实生得很好看。她上身穿了一件肥大的粉色卫衣，下身是灰色格子短裙，配着小白鞋，柔顺的头发别在耳后。

见我不搭话，也不肯放下捂住半个脸的手，她眼睛眯起一个好看的弧度："行了，别捂了，我知道你是谁！卓然是吧？走吧，带我去你店里，顺便告诉陆老头你找到我了。"

我捂住嘴的手被她硬生生地拽了下来，她歪过头等我下一步动作。我突然觉得她周身散发着某种让我熟悉的气息，迷惑地皱了皱眉。她见我这样子，嘴角一翘："怎么？是不是觉得我很眼熟？咱们是熟人啊，不过你不记得了！行了，别在这磨蹭了，我们走吧！"

不用我带路，她就径直朝约等鱼喵的方向走去。我在她身后默默地想："神兽大人果然神通广大。"我一边努力跟上她，一边拿出手机通知橘鹤暖。在神兽大人面前，我也不敢造次，一声不吭，生怕被她看穿了想法。等我们走到约等鱼喵，陆瓷翁已经等在里面了。我在门口挂上"暂停营业"的牌子，橘鹤暖把手肘支在柜台上，看着我俩。我撇撇嘴："盯梢不成功，我被发现了。"

　　神兽大人突然"哈哈哈"地笑出声音："哎呀，你还是那么可爱。"

　　陆瓷翁擦了擦额角的汗水："这两天联系不上您，我只好找他们帮忙找找。"

　　神兽大人走到陆瓷翁身边，眯眼笑着说："嗯，没打招呼就跑出来，还屏蔽了通信，抱歉啦！我只是想先懒散两天，到处看看。"

　　我心下默默地想："嗯，是这个路数。电视里都是这么演的，神仙下凡了，对什么都好奇就喜欢自己乱溜达，一溜达就出乱子。"

　　神兽大人找了个她觉得我和橘鹤暖都能看到的地方，简单做起了介绍："你们好，我叫周林，你们直接喊我大名就可以！卓然我已经认识了，你就是橘鹤暖吧？"

　　她转向橘鹤暖伸出手："久闻大名！"

　　橘鹤暖犹豫了一下，伸手跟她握了一下。她又环顾了四周问："那个，玄天爻呢？"

　　我反应了一下，才知道她问的是五魁。这时候，五魁已经跳上柜台，蹲在橘鹤暖前面，有所警觉地看着她。她惊呼一声："天啊，好可爱！玄天爻，我看你还是别变回来，当只猫也不错嘛！"

　　我听她这么说，心下突然被触动，有点难过，于是气呼呼地把五魁抱过来，问她："你是谁？你怎么什么都知道？"

　　她略感好笑地看着我："既然你这么想知道，今晚我就跟你回家，好好给你讲讲，满足你这个好奇宝宝的好奇心！"

　　"好奇宝宝？"我有些无语。陆瓷翁明显没有阻拦她的意思，橘鹤暖赶紧问："你晚上要住我家？"

　　周林双手插进口袋耸了耸肩："有什么不可以吗？"

　　五魁突然挣脱了我，走到周林面前坐下来，抬头望着她。周林伸手将五魁抱起来看向我们："你们看，他都同意了。"

　　我看了一眼从头到尾都很恭敬的陆瓷翁，默默地翻了个白眼，当我们是傻子吗？这哪里是对待晚辈的态度，分明是铲屎官对待主子的态度！谁会信这是你老友的女儿？

　　关了店门，陆瓷翁一步三回头地告辞。看他走远，周林嬉皮笑脸地问我："卓然，咱们去溜达溜达，找点好吃的吧？"

　　想到她是个神兽，我背后一凉："你……你……你想吃什么？"

她哈哈笑道："看你这个样子，你该不会觉得我要吃人吧？"

我虽然很想说"不是"，但还是很诚实地点了点头。她笑得更厉害了："你不要把我妖魔化，我可不吃人。不过我觉得我可能会喜欢你的口味，那两个家伙的品位我不相信。"

她斜了一眼身后的橘鹤暖，话里还带上了猫包里的五魁。我有种五魁背后中了一枪的即视感。橘鹤暖悠悠地说道："她品位再好没有用，钱是归我管的！"

周林哼道："吃霸王餐对于我来说可不是难事哟！"

听她这么说，橘鹤暖的口气软了下来："唉，你还是不要扰乱市场秩序了，我付钱就是了！"

我走过去扒着橘鹤暖的袖子问："喂，大橘猫，她说的是啥意思？怎么吃霸王餐？"

橘鹤暖摇摇头："你还是让她晚上讲给你听吧！"

吃饱喝足，又买了各式各样的零食，周林终于心满意足，拉着我笑得灿烂："咱们回家吧，我们边吃零食边聊天！"

一路充当提款机的橘鹤暖此时已经委屈得快哭出来，默默地盯着自己的手机，看着账上的余额，盘算着下半个月怎么过。我也很无奈，作为一个没有钱没有话语权的人，我猜下半个月我也只能靠吃泡面度日了。

回到家，我简单又尴尬地带周林巡视了一下我和橘鹤暖租住的两居室，然后吞吞吐吐地说："橘鹤暖他……他不是……他是……我俩不是……"

我不知道该如何解释。周林憋着笑一直看着我窘迫的样子，最后终于忍不住笑出声："哈哈哈，卓然，你这样太可爱了，没关系，我都知道！"

我挠挠头，给她找了套睡衣，我俩身材相仿，她穿我的应该没问题。橘鹤暖无精打采地洗漱完就带着五魁去休息了。我等周林洗过澡，帮她打开电视才去洗澡。

洗完出来，周林已经把两把椅子搬到了阳台，将椅子对着窗外，阳台上的小圆桌上摆着零食和饮料。她盘腿坐在椅子上，手托着腮，看向远处，不知道在想什么。我走过去坐在她旁边的位置，她回过头冲我笑了："这里真不错！"我和橘鹤暖租住的是离约等鱼喵不算很远的一个不错的小区。当初看房的时候，我就被阳台的落地窗吸引，因为楼层比较高，站在阳台就可以把景致尽收眼底。此刻窗外夜色正浓，霓虹如繁星一般闪烁，呈现出城市的浮华，让很久没有驻足在这里看夜景的我一时有点恍惚。

周林开了一听啤酒给我，自己也拿起一听送到嘴边，喝了一大口。她眼睛眯起来："卓然，我问你个问题，你想长生吗？"

我愣了一下,没想到她会问出这么个问题,然后下意识地摇摇头:"不想!"

她看着我瞪大眼睛:"虽然我早就知道你的答案了,但是,为什么?"

我笑了笑,不好意思地说:"大概是因为怕孤独吧!如果我熟悉的人,我的亲人、爱人、朋友都离开了这个世界,只剩下我自己,我会觉得很孤独,会不知道为什么要继续活下去!"

周林笑了:"不是啊!你看这世界多美好,这么多漂亮的霓虹灯,这么多好吃的好玩的,难道不足以让你留恋吗?"

我还是摇摇头:"不!我觉得这些都不够真实,或者说都会转瞬即逝,都是海市蜃楼。"

她认真地看着我的眼睛:"那你觉得什么才是真实和长久的呢?"

我想了想:"没有吧!什么都不会长久。再说,多久算长久呢?是一生一世,还是生生世世呢?真要是那么长久,我们就会不再珍惜时间了,那样很多美好也就不存在了。有很多东西因为被时间标记着,所以才显得有价值,不是吗?"

她喝了一口酒,点点头:"可能你是对的。但长生之后,你才能看到更久之后的未来,未来也许更美好呢?"

我也喝了一大口啤酒:"你也说了是也许。人的恐惧都来自未知,未来越长,未知越多,生命本身就是无常的,想想就会觉得不想去感受那么多的无常。"

周林摇头:"不,生命是有规律的,但也是无常的,规律是无常中的规律,无常是规律中的无常。正是这种无常和未知,才能满足人的好奇心,才能使人更有动力地活下去啊!"

我看着她,皱起了眉毛:"规律……无常?我没太懂你的意思!"

她说:"你等会儿!"然后她转身跑到沙发旁从她的包里取来一个东西。

那是一个透明水晶块一样的长方体,她将它拿在手里,把一个侧面给我看:"看这里,你看到了什么?"

我被她说蒙了,仔细看了看回道:"一条线啊!"

她指着线的一端说:"这里是起点。"

她又指着线的另一端说:"这里是终点。如果你身处四维世界,不受时间的限制,这就是你看到的人的一生了。"

我点头,努力消化着她说的。她将水晶块翻过来,在另一个侧面是一个迷宫的图案,从起点到终点,布满了错综复杂的分支。周林将水晶块贴近我:"你以为这只是一条线,其实不是,再上升一个维度,你就可以看到更多更复杂的东西,这就是无常。但越无常才越有趣,是不是像迷宫?"

她将水晶块交到我手里:"你以为这是整个世界,其实不是,还有物外世界,就像现在看着它的我们。"

我想了半天也没能完全消化她的话,她看我不能完全理解,将水晶块拿在手里,挥挥手:"你自己琢磨吧。"

我决定问点正经的问题:"你以前认识我?"

她夸张地点了点头:"嗯,认识,还一起聊过天,还……还把今天讲过的原封不动地讲过一遍。"

我挠挠头:"可我一点印象都没有啊,你别告诉我,你说的是上辈子吧……"

她突然瞪眼睛看着我:"我要说是呢?你信吗?"

我叹了口气:"不信!"

她笑了:"你就是那个什么唯物主义者!你捉了这么久的妖,你是怎么跟自己解释这些的?"

我认真地跟她说:"我觉得妖只是和我们生存在不同维度的生物,鬼神之类的也是。就像是他们在二维、四维,而我们在三维。我们会有偶尔的重叠,比如遇到虫洞什么的!"

她托腮看着我:"这些都是你自己想的?还是有人指点?"

我摇摇头:"看书啊,瞎琢磨的。比如突然消失的古巴比伦文明,是不是集体升维了。"

她看着我笑而不语,我追问:"你是不是知道?你不是我们这个维度的吧?"

她没回答,只是笑,我可着急了:"你这人笑什么笑啊!说好满足我好奇心的!"

她摆手:"不行,我发现你比我想象的更会猜测,我不能什么都跟你说。而且有些事情,要留给应该给你解释的人来解释。"

我瞥了她一眼:"那你能说什么啊?就刚才那些难懂的啊?"

她两手托着腮:"你都想到这么多了,难道就没再想想别的?比如我们的世界是什么?"

见我没好气地盯着她,她只好自问自答:"这个世界,就像……就像充满海洋球的房间,你们在房间里生活。我们周围看不到摸不着的空气,其实都是各种分子,如果把它们放大,就像生活在一堆海洋球里。其实每个人都有每个人的场,称为气场也好,磁场也好,灵魂也好,这个场不会因为肉体的消亡而彻底消亡。我遇到过你的场。"

我似懂非懂:"那上次你遇到我,我也长这样吗?"

她又笑了:"差不多吧。我看你们有个说法,说是肠道系统决定长相。其实场不变,人的样貌、形态都会相似,这就是所谓的基因密码吧。"

我不可思议地摸了摸我的脸:"那我是谁?到底是谁?那个时候是谁?"

她忙制止我："这个我就不能说了！"

我想了想，问："那你是谁？"

她没有看我，眼光落在窗外很远的地方："我啊，我是其他维度的生物，你们喊我神兽。我叫周林，周出自姬姓，是中国最古老的姓氏，是黄帝的姓。我的身份嘛……按你们的说法，是一只麒麟。"

我脑子里迅速出现了麒麟的样子，眼睛瞪得似乒乓球一样大："你……你是……你是麒麟？"

她眨巴着眼睛："是啊，你不信啊？现原形给你看啊？"

我赶紧捂住脸："不要不要，不看不看！"

她笑道："行了，不吓你！不会变的，我这皮囊稳定得很！"

我舒了口气，额头上出现一层细密的汗珠："所以你说吃霸王餐是……吃完就现原形？"

她拍手："哎呀，你这想法真不错，我喜欢！下次可以试试！"

看我近乎崩溃，她正经地道："当然不是，我只是会干扰他们的脑电波，让他们服从，但不是每次都好用，可能我太久没这么干了！"

听她这么说，我突然想起了什么："对了，那个韩丙南，你对他做了什么？"

她看着我，得意地说："我抽走了他的一魂一魄！"

我皱眉："这样不太好吧？"

她叼了一根鸡爪，含混不清地说："有什么不好？他这种人就要惩治一下！"

她转头看着我："那天我去写字楼里办点事，就遇到了这个人渣。他先是在路边踢翻垃圾桶，然后在电梯里把鼻涕抹在女同事的头发上，后来又偷拍女同事，再之后还骚扰女服务员。我一路跟着他直到下班，他坐电梯时把他不去的楼层都按一遍，我就在后面问他按这么多层是想干吗，他居然回头恶语相向，我就踩住他的影子，抽走他的一魂一魄咯！"

我点头："这人是很讨厌，可是就这么抽走他的魂魄，他会变成傻子吧？"

周林撇嘴："不会，只会变成行尸走肉。他现在这样一天天无所事事，游手好闲，到处作恶，和行尸走肉也没什么分别啊！不过，你说得对，这么做是有点滥用职权。好吧，我等下就把他的魂魄放回去还给他。"

我拍了拍她："真乖！那我到底是谁啊？"

她捂住耳朵："天啊，你别再问我啦！我喝多了，我要去睡了！"

说完，她径直走向我的卧室，大喇喇地往床上一趟。我等了一会儿才走过去，发现她已经睡着了，不知是真睡还是假睡，反正推也推不醒。我只好拿着被子窝在沙发上,关了灯,琢磨着她说的那些话。

第二天一早,橘鹤暖推醒沙发上的我:"二然,你怎么睡这里了?"

我揉揉眼睛,看了一眼卧室里还在睡的周林,小声说:"我不习惯跟别人睡一张床,就把床让给她了!"

橘鹤暖比画着:"你去喊醒她,该走了!"

我摇摇头:"要不让她多睡一下吧?"

我突然瞥到茶几上摆着一张纸条,上面画着一只鸡和一颗星星,我拿起问:"这是啥?"

橘鹤暖接过去看了看:"周林画的吧!"

我问他:"什么意思?"

橘鹤暖正在看,五魁突然跑到卧室,对着周林的脸就是一巴掌。我刚想制止他,却听到周林的笑声:"哎呀,玄天爻,还是你聪明。鸡的地支对应酉,一个酉一个星,自然是说我已经醒了啊!"

我和橘鹤暖面面相觑。我默默地想着:"无聊!"再看橘鹤暖,大概和我一个想法。

周林翻身起来到卫生间洗漱换衣服,然后坐在沙发上抱起五魁,看着橘鹤暖和我:"这几天我也玩够了,该和陆老头去干正事了,有几件事要嘱咐你们。五尊者可能就要出现了,他出现就是奔着橘鹤暖和玄天爻手上的东西来的,来者不善。你们早做准备,最好能找到他忌惮的法器,具体是什么,你们就要想想办法了。我转悠了几天发现这里有个阵,橘鹤暖和玄天爻会被这个阵困住,目的是阻挡你们去寻找法器。你们要一边寻找法器的线索,一边想想怎么破阵。有什么疑问可以问我,但我不一定回答。"

见我和橘鹤暖不打算理她,她只好嬉皮笑脸地道:"哎呀,加个微信吧,我看到尽量回答,但有时候会忙得看不到啊!"

她故意凑到我身旁:"卓然,你不是想知道你是谁吗?你加我,我给你个线索!"

听她这么说,我拿出手机加上了她。她将剩下的零食收进包里,转身跟我、五魁和橘鹤暖告别:"那我走啦,不用送啦!常联系呀!"说完,她就一溜小跑地去赶电梯了。

橘鹤暖关上门,问我:"她昨天都跟你说什么了?"

我摇摇头:"没什么啊,虫洞、四维空间什么的!"

橘鹤暖问:"那韩丙南的事情怎么解决?"

我忙说:"搞定了,她把一魂一魄还回去了!"

橘鹤暖还想问什么,我突然收到了周林的信息,是一张小丸子拉着爷爷的图,下面写着"你身份的线索"。我一脸郁闷地拿给橘鹤暖:"这什么意思,说我是个樱桃还是个丸子?"橘鹤暖已经笑成一团了。

被周林蹭饭蹭零食的我和橘鹤暖,在接下来的日子里成了穷光蛋。我们虽然每天吃着泡面加青菜叶,但谈论的都是关乎天下存亡的大事情。橘鹤暖一边嚼着青菜叶一边说:"接下来这段时间,我怕是有的忙了!"

我挑起一根面条,放在嘴里努力想咀嚼出调料包的味道:"你是要查那个大阵的事情?"

橘鹤暖点点头:"总不能坐以待毙啊,看样子用不了多久就要直面五尊者了。师兄还是这样,咱们要是再找不到什么法器,恐怕是要吃亏的!"

他说完凄然一笑:"我吃点亏不打紧,关键是秘籍要是落入他人之手,那我就成了千古罪人了!"

我端起泡面碗喝了一口汤:"别老给自己加戏,不管发生什么,我们尽力就行了!既然已经明白了步骤,那就去做。不过在这之前,我们是不是先把糊口的问题解决一下?"

橘鹤暖眼神灼灼地看着我:"我想到了!"

我眼睛一亮,忙问:"你有办法了?"

橘鹤暖带着笑意坚定地点了点头:"猫粮是你购物节囤的,还有不少!以后我吃饭就随师兄吃猫粮,把方便面都留给你!"

我真想把剩下的面汤扣他头上,没等我行动,五魁已经跳上橘鹤暖的腿,跳起来给了他一巴掌。橘鹤暖双手架开五魁:"师兄,这也是没有办法的办法!你要懂得和我分享!"

五魁别过脸,不理他。我提醒道:"你那个付了预付款的烩饭呢?都走了十天了,还能不能回来了?"

橘鹤暖眼内精光大射:"对,赶紧收尾款去!"

我嘟囔着:"不提醒你你就不想着干活,还是没穷到一定程度!"

临近傍晚,橘鹤暖的烩饭还没回信,我俩为了减少消耗只好懒洋洋地倒在店里晒太阳。店里的姑娘们走了一茬,我不怀好意地盯着橘鹤暖,盘算着实在不行就让他出卖色相好了。门突然被推开,一个人背着阳光站在门口。我眯着眼睛看不清,却听到对方喊我:"卓然,橘鹤暖,好久不见!"

这声音太熟悉了,我揉揉眼睛喊道:"龚乙,你怎么来了?"

门口不是别人,正是和我们并肩作战过的,龚家的第十七代掌门人——龚乙。

龚乙看着我和橘鹤暖无精打采的样子，又看了看同样懒洋洋晒太阳的五魁，问道："你们这是怎么了？一个个的斗志全无啊？"

我抬起手指了指墙角的垃圾桶："我们吃了几顿泡面了，你看我面无血色，可能没什么能量了！"

她过来拽着我："得得得，晚上我请你们吃顿好的。"

听到有好吃的我马上来了精神，双眼放出光芒。橘鹤暖在一边懒懒地提醒我："你就不怕是鸿门宴？"

我警觉提高，看着龚乙道："妞，老实说，是不是鸿门宴？"

龚乙笑了笑："正事是有那么几件，但真的不是鸿门宴！赶紧收拾收拾，都跟我走吧！"

听她这么说，橘鹤暖迅速把自己收拾好，我则把五魁装进猫包，准备跟着土豪去吃大餐。

二十分钟之后，我们一行人已经坐在自助餐店里大快朵颐了。龚乙坐在我俩对面，眼睁睁地看着我俩把小山一样的食物吃完，才开口道："你们……我都怀疑你俩是不是饿了一周了！"

我抹了抹嘴："我俩也不能白吃你的，说吧，找我们有什么正事？"

她深吸了一口气："你们还记得龚隼吗？"

我点头："当然，还有那个林克！"

龚乙回道："是的，当时我把林克做的事情告诉了龚家上下，在和龚家几个辈分大的长辈商量之后，我们废除了林克一身的本事，将他带到上川龚家一个专门惩戒弟子的地方去了。龚隼就一直留在我这里了。"我和橘鹤暖对视了一眼，龚家对林克惩罚还算比较轻了，毕竟他害死了龚家那么多长老。

龚乙忧心忡忡地跟我们说："可是最近，这个龚隼有点不对劲。开始总是偶尔有异动，这几天夜半三更它通体发红冒烟。我问了几个长辈，大家都不知道是什么原因。我觉得可能和上次你们提到的阵有关，所以就来问问你们！"

橘鹤暖皱了皱眉毛："龚隼对阵法比较敏感是没有错，但是这么多年来我从没听说过它会通体发红冒烟的！你能不能把它带来给我们看看？"

龚乙摇摇头："因为怕它伤人，我和几个长辈布了个小阵法，把它困了起来。如果要看，恐怕只能是你们跟我走！"

我看了看橘鹤暖，问龚乙："今天吗？"

龚乙看了看手上的表："最好是今天，但如果今天不方便，咱们也可以再约时间。但是要尽快，因为它的异动一天比一天明显。"

我轻声问橘鹤暖："我们需不需要准备些什么？"

橘鹤暖道："是的，我们还是需要做一些准备的。龚乙，我们约在明晚如何？"

龚乙想了想，点头道："可以，但此事还是不宜声张。我希望这件事只有咱们几个和龚家长辈知道，毕竟知道的人多了会带来麻烦。"我和橘鹤暖点了点头。

告别龚乙回到店里，我和橘鹤暖收拾起第二天要带的东西。我问橘鹤暖："大橘猫，你觉不觉得龚乙有点不对劲啊？"

橘鹤暖笑着看我："咦？不错嘛！居然没有被一顿美食所迷惑，说说看，哪里不对劲？"

我想了想："咱们和她也算并肩作战过，还救过她。按理来说，一同出生入死过，就算不是至交那也算是朋友，可是我从她身上感受到的却是陌生，她不像是之前那个龚乙。"

橘鹤暖点了点头："的确。而且，我发现她随身带了一样东西！"

我好奇地问："什么东西？"

橘鹤暖看着我没有立刻回答，反而问我："你刚刚有没有闻到她身上有种特殊的味道？"

我回忆了一下："你不说我还没想起来，你一说还真的是。她身上有一种……怎么说呢，说香不香的烟火的味道。"

橘鹤暖沉吟道："如果我没猜错，她随身带了显魂香，而且量还不小！"

我诧异地道："那是什么啊？干吗用的？"

橘鹤暖皱了一下眉毛："显魂香是针对有些虚弱得不足以显形的灵魂，用烟气勾勒出灵魂轮廓的一种香。要么就是龚乙被什么东西控制了，而这个东西不是人类；要么就是龚乙已经死了，成了僵尸！我在她身上没察觉到龚乙的味道，倒是有另外一个熟悉的气息。"

我打了个寒战："你……别吓唬我！你说的那个熟悉的气息是什么啊？你是说林克吗？"

橘鹤暖摇摇头，凄然一笑："不，是……龚敏！"

我惊讶得合不拢嘴，下意识地瞄向五魁。五魁还是人身的时候，我们对付龚敏都很困难，更别说他现在还困在猫身里。我吸了口气："你是说……你是说龚敏……龚敏没有死，还控制了龚乙，想要害我们？"

橘鹤暖的眉头皱得很深："我不知道她想干吗，也还不能确定是不是她。不过明天等着我们的肯定是个圈套。"

我叹了口气："那我们怎么办？"

橘鹤暖沉默了一会儿，突然故作轻松地笑了："能怎么办？只能去看看咯！"

我深知，我们跑的机会很渺茫，而且这一切是我们早晚要面对的，可是我还是觉得自己没做好准备："那我们明天去了，不是人为刀俎我为鱼肉吗？"

橘鹤暖转过身，用手扶着我的肩膀："放心吧，卓然，拼出一条命，我也不会让你有事的。这是师兄的意思，也是我的意思。"

他将收拾好的东西放进包里，拉着我走出约等鱼喵，将店门锁好，再把"暂停营业"的牌子挂上，回头跟我说："明天就不营业了，好好在家休息一天，晚上我们去龚家！"真到了这个时候，怕也没有什么意义了，我笑着点了点头。

月色把我俩的身影拉得很长，我背着五魁，橘鹤暖背着包，各自想着心事。突然，我感觉一阵风贴着耳边而过，同时传来"咦"的一声，再四下看去，却是一个人也没有。橘鹤暖连忙问我："你怎么了？"

我问他："你听到一个人的声音没有？"

他提高警觉，看了看四周，摇摇头。我安慰道："没事，可能是我幻听了。"

我看他心事重重的样子，问他："你在想什么？在想龚敏吗？"

橘鹤暖点点头："她……也许你不信，但她真的不是个坏人。我认识她的时候，她很单纯。"

我笑了："我当然相信。也许她有她的难处吧！"

橘鹤暖问我："那你呢？你刚才在想什么？"

我抚摸着五魁的猫包："我不希望再有任何人出意外了，不论是你还是五魁，或者是龚乙。我不希望再有人出意外了。"

橘鹤暖拍了拍我的肩，今天这条路似乎格外长。

第二天，我和橘鹤暖一觉睡到傍晚。离约定的时间还有几个小时，橘鹤暖给我弄了点吃的，虽然还是面条，但他把打算周末吃的鱼丸也煮了进去，还用冰箱里的蔬菜炒了两个小菜。我俩一边吃东西，一边商量着晚上的对策。橘鹤暖难得认真地跟我分析着可能遇到的情况："对方费尽心思不惜以身犯险冒充龚乙，就一定知道我们为了破阵正在绞尽脑汁，一定会冒险前去。如果对方设计好了，那么不管你是不是跟我一起，也一定早就被盯上了。与其让你单独行动，不如跟我一起，还能有随机应变的机会。对方既然辛苦地布下天罗地网，多半也是冲着秘籍来的。不管是不是龚敏，我都会竭尽全力抵抗，如果不行，我会打开一个结界让你带着师兄走。"

我看着橘鹤暖："那你呢？"

橘鹤暖故作轻松地说："我会用秘籍拖住他们，实在不行就毁掉秘籍。"

我知道，如果毁掉秘籍，那橘鹤暖只能和对方同归于尽，但此刻我不能说破，仿佛不说破,我们就还有一丝希望。我抱起五魁,把脸贴在他的脸上,特别希望他现在能在。

傍晚,我们按照约定来到了龚家在旧厂房里建造的基地。这地方我们很熟悉,每次来都是险象环生,想印象不深刻都难。假龚乙像模像样地在门口等我们,等我们到了后又将我们带到龚家祭祖的房间,房间里灯火通明,却见不到其他人。我故意问:"怎么不见你说的那几位长辈?"

假龚乙笑了笑:"不要急嘛,他们在守阵呢!"

我心下叹了口气,暗自想:"龚家神通广大,也不知道龚家的祖先到底有没有预知未来的能力,预知家族里出来个孽障,有一天来了个一锅端,把长老和本宗族的长辈杀了个片甲不留。"可能因为知道自己目前的境况,我反而不怕了。我近距离贴着假龚乙,顺便观察她那个显魂香的味道是从哪里传来的。惹得假龚乙频频尴尬地往旁边躲,我也并不在意。

假龚乙带我们来到房间尽头的一扇门前,她回过头看着我和橘鹤暖,嘴角微微扬起:"我们到了。"推开门,她伸手做了个"请"的动作。房间还是那个宽阔的大厅,因为是五边形,所以并没有死角,一眼望去,一切尽收眼底。五行阵的每个阵脚都坐着一个双目紧闭的长者。阵本位里,有一个高一米左右的五边石台,石台上摆着龚隼。龚隼正微微泛红,冒着烟气。橘鹤暖看着龚隼,回头对我说:"龚隼果然有问题!"

假龚乙在一旁点头道:"是有问题,橘鹤暖,你要不要去看看是什么问题?"

橘鹤暖笑道:"也好!那还是要请各位龚家的长辈把阵撤了!"

假龚乙说道:"好!"

于是,她拍了几下手朗声道:"请各位长辈撤阵吧!"

几个长者随即逐一做了几个手诀,将阵法撤了。橘鹤暖径直走向龚隼所在的石台,在一边观察了一阵:"你们龚家还有谁懂龚隼?"

假龚乙在旁边应声:"我懂一点!"

橘鹤暖偏过头看着假龚乙:"这个反应,应该不仅仅是因为感知到阵法吧?"

假龚乙点头:"是的,根据记载来看,龚隼从来没有出现过这种情况!"

橘鹤暖叹了口气:"龚家可能要出大的变动了!"

假龚乙突然紧张起来:"什么变动?"

橘鹤暖摇摇头:"我不知道,但是这可能会动了龚家的根本!"

假龚乙沉吟了片刻,回头跟几个长者说:"请龚家各位长辈先出去吧,我和这两位有些事情要商议!"

几个长者听到后便从门口依次离开,从头到尾居然未吭过一声。我和橘鹤暖对视一眼,不知道这里面有什么蹊跷。

待长者们悉数离开,假龚乙将门关好。橘鹤暖盯着她的一举一动,准备随时防御突然袭击。假龚乙关好门,扭过头似笑非笑地看着我们:"想必你们也已经猜到我不是龚乙了吧?"

见我和橘鹤暖不搭话,她又自顾自地说:"本来也没想骗过你们,反正知道你们一定会来!"

我好奇地道:"你怎么知道我们一定会来?"

假龚乙笑了:"这个大阵不破,你们就只能坐以待毙,就算你们不来也无处可躲!所以,你们不会放过任何一个能找到线索的机会,更何况龚隼异动,确实是个重要线索。"

我接着问:"你怎么知道我们一定会相信你?"

假龚乙瞥了我一眼:"你也许不会相信,但是他……"

她看向橘鹤暖:"以我们对彼此的了解,他一定知道我说的是真的!"

我"哦"了一声:"所以,你真的是龚敏?"

她没有回答我,只是看着橘鹤暖。橘鹤暖皱了皱眉:"刚才那些龚家的长者是怎么回事?"

龚敏扬了扬手,一股怪异的味道弥漫开来。橘鹤暖冷着脸道:"尸行香?你用这个来控制他们?"

龚敏不置可否,反而问道:"你不好奇,我为什么没有死吗?"

橘鹤暖摇头:"不必好奇!你早将一缕魂魄藏在瓷片当中,然后伺机控制龚乙!"

龚敏点头表示赞赏:"橘鹤暖,你果然没有让我失望!你放心,这次我没有打算伤害龚家人。我的目标很明确,我要杀了五尊者!"

橘鹤暖面色凝重:"你不可能是他的对手!"

龚敏惨然一笑:"我知道,所以我才让你们来。我们做个交易,怎么样?"

我听她这么说大概猜到了几分:"你是想让我们把秘籍给你,然后你趁着把秘籍交给他的时候,找机会杀了他?"

龚敏正色道:"这也许是我们唯一的机会!"

橘鹤暖摇摇头:"我不会把秘籍给你!"

龚敏嘴角扬起一个角度,却是一脸凄苦:"怎么,橘鹤暖,你不信我?"

橘鹤暖点点头:"是的,我不信你!我不信你是五尊者的对手!你一旦失手,他就会拿到秘籍,那后果不堪设想!"

龚敏咬牙道:"哪怕拼尽全力,我也会跟他同归于尽,就算不行,我也一定会毁掉秘籍！"

橘鹤暖还是摇头："太冒险了！你不可以用苍生的存亡去冒险！我不会把秘籍交给你的！"

龚敏深吸一口气，扬起头："既然敬酒不吃，那就只好吃罚酒了！"

她突然冲进五行阵的本位，扬起手捏出一个手诀，飞快地念了一段咒语。橘鹤暖喊道："不好！"我瞬间觉得身上压了千斤的重量，动弹不得。我扭头看向橘鹤暖，发现他也被某种力量压得无法移动，他想抬手阻止龚敏，却挪不了半步。龚敏看着橘鹤暖："五行千斤阵，没想到吧！这个压力之下，你可能还能撑一阵，可她和你师兄，恐怕撑不过半个时辰吧？"

我屏住气，仍觉得不堪重负，大口大口地喘起气来。我不禁想：只是一魂一魄的龚敏尚且如此厉害，那龚敏之前显现出来的肯定不是她的真实实力。原来直到现在，这一切还都在她的计划之中。这盘棋，比我们想的大多了。

脑子转得飞快，可身体却越来越支撑不住。我听到龚敏问橘鹤暖："橘鹤暖，你要不要再考虑一下，你的小朋友快撑不住了！"

橘鹤暖喘着气："你真的不是五尊者的对手，收手吧！"

龚敏厉声道："无论如何我都要试一下！你再不交出来，她就真的没有命了！"

我脑子里瞬间转过无数超级英雄电影里的桥段，挣扎着说："大橘猫，你别管我，不能把秘籍交给她！"

忽然，我耳边有个声音响起："都这样了还说这么多话，你不累啊？"

这是个稍显浑厚的女声不属于龚敏，更不属于橘鹤暖。我努力想四下环顾一下，却累得无法动弹。这时候，那个声音又响起了："我看这哥俩不是没实力破阵啊，他在磨蹭什么呢？"

听她这么说，我心里突然动了一下：难道，橘鹤暖和五魁也一直在隐藏实力吗？

身上的重量越来越让人难以负荷，橘鹤暖向龚敏喊道："我答应把秘籍给你。撤阵吧！"

我知道橘鹤暖可能是故意隐藏实力，但我也知道他们隐藏实力是为了有朝一日对付五尊者。我心一横，努力吼道："橘鹤暖，你别管我，你要给她秘籍，我现在就死在你面前！"

其实，我并没有想好我怎么才能死。耳边传来一声叹气："算了，还是我来吧！"

随着一声"破"，五行阵本位腾起一阵气浪，龚敏被弹了出去。身上的压力消失了，一个一身青绿色衣服的人出现在我面前。她的个头比我高一些，看身形像是个女孩。青衣人蒙着面，看不清样子，橘鹤暖转身一脸疑惑地看着她："你是谁？你想干吗？"

青衣人冷笑一声："肯定不是你们的敌人，不然也不会救你们！先别让我解释那么多，现在这个场面，你们打算怎么处理？"

橘鹤暖一个闪身来到龚敏身边，龚敏刚才被气浪所伤，来不及躲避，被橘鹤暖制住。近身后，龚敏并不是橘鹤暖的对手。

橘鹤暖回头冲我喊道："把包扔给我！"

我看了看他丢在地上的包，想站起来走过去却没有力气。青衣人看了我一眼："她哪还有力气？"

于是，她将包捡起来给橘鹤暖扔了过去。橘鹤暖接到包，冲青衣人点了点头，又说："帮我照顾好她。"

青衣人也点头回应他。橘鹤暖单手打开包，从包里拿出一根银针，冲着龚敏的脖子就是一针，然后拽出龚敏脖子上的瓷片，将瓷片按在龚敏鼻子下方，对着龚敏吹了一口气。龚乙的身体一挺就软了下来。橘鹤暖将瓷片放入一个荷包。

我的体力已经慢慢恢复了不少，被青衣人搀扶着站了起来。我问橘鹤暖："龚乙的身体怎么办？还有外面那些……龚家的长辈怎么办？"

橘鹤暖在龚乙身上摸了一阵，在袖口处掏出一个小瓶子，对我说："尸行香只是一种控制人肢体的迷药，这有解药，他们闻一下就能慢慢恢复。可是龚乙的魂魄被控制得太久，可能需要一阵子才能恢复，把她带走吧！"

我点点头，橘鹤暖背起龚乙，还不忘带上龚隼，青衣人则搀扶着我，拎着猫包，同我们一起向外走去。

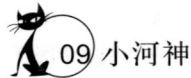 小河神

我和橘鹤暖决定把龚乙先安置在约等鱼喵。于是,我俩就和青衣人一起把龚乙带到店里。仓库有张折叠床,橘鹤暖把它收拾出来,让龚乙躺在上面。我问橘鹤暖:"她大概要这样睡多久?"

橘鹤暖摇头:"我也不知道,要看她自己的恢复情况了!"

安置好龚乙,我和橘鹤暖同时看向青衣人。她露在外面的只有一双美目和两道略显英气的眉毛。青衣人看我俩看着她,问:"你俩要干吗?卸磨杀驴啊?"

橘鹤暖问道:"现在可以说了吧,你到底是谁?为什么会出现在龚家?"

青衣人哀叹一声:"哎呀,这故事说起来好长,你们能不能给我弄口吃的啊,我饿死了!"

我不作声,橘鹤暖转身去冲了碗泡面给她。青衣人也不嫌弃,把面罩推上去露出个嘴,刺溜刺溜三五分钟就搞定了泡面。我和橘鹤暖对视了一下,觉得这家伙的境况看起来比我俩好不到哪里去。

吃完东西,她心满意足地把面罩押下来,看着我俩说:"我叫苏辣,苏州的苏,辣椒的辣,是个小术士。"

我指指她的脸:"我说,你这别扭的面罩还是摘了吧,你就那么怕见人吗?"

她皱了下眉,想了想,干脆解开了面罩,露出一张精致而稍显英气的脸。我用胳膊肘碰了碰橘鹤暖:"你看,我就说她应该长得还不错吧!"

闻言,苏辣的脸突然红了一下,但很快又恢复了一副嬉皮笑脸的神情:"一副皮囊而已,不值得关注,你们还是关注一下我有趣的灵魂吧!"

橘鹤暖冷下脸说道:"你回答我第二个问题,为什么会出现在龚家?"

苏辣抬起右手,食指在鼻子下面蹭了蹭:"我是去找一件法器的!"

橘鹤暖皱了皱眉毛:"法器?你该不会是为了龚隼去的吧?"

苏辣笑了一下,略显不屑:"是,也不是!"

我白了她一眼:"什么是也不是,能不能好好说话?"

苏辣摊了摊手:"我跟你俩非亲非故,为什么要把这事情告诉你们啊?"

我努努嘴:"怎么非亲非故了,你刚吃了我俩的面呢!知不知道这是我们明天的

口粮？"

苏辣"哎哟"一声道："那我刚刚还救了你一命怎么算呀？"

我一拍大腿："那就是没得聊咯，没得聊就大路朝天各走一边好咯！"

苏辣眼睛眨了一下："各走一边是没问题啦，但是你得把我的东西还给我！"

我有点生气："真是胡搅蛮缠！怎么就是你的东西了，龚隼是龚家的！"

苏辣看着我："我可没说我是来找龚隼的，发现它只是个意外，我是来拿……"

看她一双眼睛往我身上瞄，我忙护住胸口："你干吗？都是女生，你没有啊？"

她看着我的眼睛："我是来拿青尸素练的！"

我不高兴地回她："青尸素练是陆老头给我的，怎么成了你的东西？"

苏辣懒洋洋地说："青尸素练是我师父为我所制，后来被贼人偷去，你说它是不是我的东西？"

我和橘鹤暖被她的话惊到了，不约而同地问道："是你师父所制？"

苏辣点点头："对啊！"

我不服气地问她："你这红口白牙的，你说是你师父给你的，就是你师父给你的啦？你怎么证明呀？"

她笑了："还要证明？好呀！青尸素练，其实除了能敛住你周身的气，还有个特别的功能，这个只有我和师父知道。你只要在你领口的位置向前拽一下，再向下一抻就会发现了！"

虽然橘鹤暖有马上发声制止我，但我的手终究还是快了一步。这样一拽一抻下，我感觉身体开始收紧，我正在变成一个团。橘鹤暖厉声喊："快告诉我怎么破解，不然她就要被挤压致死了！"

苏辣在我后背轻轻地一拍，喊了一声"收"，青尸素练就飞向她手中。她手一晃，青尸素练已经化成一只有形的青绿色的手套套在她的右手上了。她摇晃着手跟我说："看，不大不小，刚刚好，这回你相信它是我的了吧？"

我抚着胸口喘气，橘鹤暖则放缓了脸色："这位……小友，刚才是我们多有冒犯，还请你为我们解惑！"

苏辣弹弹手："好说！你问吧！"

橘鹤暖问道："我听说这青尸素练是一位数术高强的术士所制，但这位术士因研习长生之法，幻化成了僵尸，请问你可是他的徒弟？"

苏辣明显面有不悦，但随后叹了口气："这都是谁放出谣言编派他？我是他的徒弟没有错，可是他并非因研习长生之术变成了僵尸，而是因为……"

她犹豫着迟迟不肯说，橘鹤暖只好自报家门："不瞒小友，我是济宗陆凡开门下橘鹤暖，济宗的名字想必你也有所耳闻，我们济宗向来扬善惩恶，绝不是偷盗之辈。"

苏辣面露喜色："你就是传说中的济宗橘鹤暖？哎呀，早有耳闻，难怪我见你数术精深。"

橘鹤暖脸色一僵，大概是没料到苏辣看出他隐藏了实力，随即尴尬地笑笑："大敌当前，迫不得已！"

苏辣笑道："理解，那我们就打开天窗说亮话吧！"

我识趣地给苏辣倒了一杯水，坐在一边，五魁也跳到我腿上，默默地盯着苏辣。苏辣看到五魁，微微皱了下眉毛，然后嘴角噙起一抹微笑："我师父叫秦开人，是我的舅舅，我父母走得早，我一直跟着他。和济宗的创始人有点像，他也算是天赋异禀，师从了很多派别，最后自成一派。但是他闲散惯了，根本带不了徒弟，弟子们就相继离开了。就剩下我一个实在无处可去，年纪又小，就跟着他，伺候他，也学点本事。有的时候，师父自己去云游，我就守着师父的祖宅，靠除妖混混日子。有一次，师父出去得比较久，回来之后整个人几乎癫狂。他说他发现了一个奇迹，堪比洛书和河图，然后就一头钻进房间，好几年没有出来，连饭食都是由我送进屋里。有时候我外出办事，几天不在，回来时看到他依然在聚精会神地研究什么，也不知道他吃没吃东西，怎么活下来的。总之，这样的境况持续了很久。有一天师父走出房间，手里拿着一个器物，告诉我那是他倾尽毕生所学而研究的一件法器，叫乾坤镜。"

"啊？乾坤镜？"我和橘鹤暖的声音几乎同时响起。苏辣被我俩打断后一脸茫然："乾坤镜，是啊，怎么了？这名字不是很俗气吗？随便什么书里都有相似的名字，你俩干吗？"我和橘鹤暖看了彼此一眼，没有吱声。

苏辣白了我俩一眼，继续说："起初师父说这个乾坤镜可以颠倒乾坤，借运借力，结果事情远非我们所想。这个乾坤镜简直是个妖物，它不光能借运、借力，甚至还能借身体、借阳寿，发现这个之后，师父就觉得这件事情失控了，这个法器极有可能带来杀身之祸。于是，我和师父决定毁了这个乾坤镜。可是谈何容易？它是用师父在西域一带云游时带回的奇石制成的。师父还曾经推测，这块石头所在的地方很可能就是古代神山不周山的山脚下。当时师父发现了两块石头，一块扁圆，似太极图分有阴阳两极，且你中有我，我中有你；另一块，形如石笋，立于一边。师父将这两块石头带到中原，但因负担太重，便将石笋藏于某处，阴阳太极石则被带回来做了乾坤镜。因此师父推测，石笋大概可以毁掉乾坤镜。于是我和师父带着乾坤镜出发去找石笋，可到了那里才发现，石笋已经不翼而飞。"

我随口嘟囔了一句："是不是记错地方了？"

苏辣摆摆手："不可能！那方圆几里，我们找了整整三年，刨开土地细细找的，那地方曾经就是荒郊野岭，被我们刨得都能直接种庄稼了！当时我还问我师父，是不是特意把我诓过来开垦耕地的……"她说得充满了画面感，我竟觉得好笑。

"后来，我和师父干脆在那开了一块地方，搭起了草棚，边研究数术边找。这一找又是三年，石笋没找到，靠种地倒还创收了。师父觉得找到石笋的希望渺茫，便跟我说，他想寻一处地方把乾坤镜藏起来，之后他就带着乾坤镜走了。一年之后，师父回来了，说他找到一处地方可以藏乾坤镜，但要我帮他。于是我便随师父来到一处野山，野山上有个山洞，进了山洞，一直往下，在尽头师父挖了个洞。师父这洞挖得好像墓穴，所以我一看就懂了，他想和乾坤镜一起永埋地下。他跟我说，他制造了这个祸害，就不应该让它为祸人间。他将所学内容和一部分阳寿转给我，并给了我这件青尸素练。"

苏辣抬起右手晃了晃："他跟我说，如果我找到石笋，就制成法器去那里找他和乾坤镜。他跟我说了青尸素练的功能，然后告诉我，他用数术在洞里封住了一具老僵尸，待我离开，他会用乾坤镜将自己和僵尸融为一体，借僵尸的力量护住那个地方，只有我穿着青尸素练才能进去。我见他心意已决，而且当时乾坤镜的事情已有人耳闻，就只好按照他的意思做了。"听到这里，我叹了口气，深深地觉得秦开人挺不容易。

"之后的几年，师父带着乾坤镜的事情被越传越厉害，后来更离谱，竟然说师父手里的是长生诀秘籍！"

说到这里她意味深长地看了橘鹤暖一眼："我一直没找到石笋，却被人盯上了。他们企图从我这里问出师父的下落。我一路逃跑，最后被师父之前的一位老友，一个叫蔡堇的术士收留。可是没想到，这个蔡堇竟是个无耻之辈，他制作了一种药，趁我不备让我服下，套走了师父的下落，夺走了青尸素练。而我则作为线索人物，被他冰封在他的山庄。直到半年前，机缘巧合下我才被救醒。救醒我的人告诉我，师父的墓穴早就被盗，师父被封印，乾坤镜和青尸素练流落民间不知所终，让我不要忘记使命。他还给我指明了方向，让我到这里来寻找线索。可是这世界的变化太惊人了，我就躲起来补习了几个月，看些书什么的。还好我天资聪颖底子好，学得快，很快就掌握了现代人的说话方式、思维方式和行为习惯，然后我就碰到了你们。那天半夜我和她擦身而过，一下就发现了她身上的青尸素练！"苏辣指了指我。

橘鹤暖眉头微蹙，我猜到了他的心思，毕竟这都是苏辣自己说的，既没有见证人，又没有证据，谁知道她说的是不是真的！见我俩有所犹豫，苏辣嘿嘿一笑："你们可别为难自己，我也不指望你们相信我，找到青尸素练之后，我要继续去找乾坤镜和石笋。"

我伸手拉住她："别！我们也没说不相信你。那……我们能……测测你吗？"我试探着问，我也觉得这样有点不合适。

苏辣皱起眉头："可以倒是可以，我说的都是实话也不怕你们测。可问题是，我为什么要让你们测？换言之，我为什么要让你们相信我呢？你们相不相信我，对我来说都无所谓啊！"

橘鹤暖接话道："因为我们也要找乾坤镜，而且这乾坤镜能否找到，可能直接关系着苍生的安危。就算你不在乎苍生的安危，你也要相信多两个帮手，总比你自己跟没头苍蝇一样到处乱找强吧？"

见苏辣还是犹豫，橘鹤暖接着说："再说了，你一个古人在如今这个世界上生存能力有限，你跟着我们好歹不会挨饿。"

我心下冷笑，那可未必吧？没想到苏辣居然立刻被打动了："好吧，你说服我了，我答应你，你测吧！"

唉，我心里叹了口气，真是人为财死，鸟为食亡！

我问橘鹤暖："怎么测？你有测谎仪吗？"

橘鹤暖笑了一下："那倒不用！我有一种药，叫真言丹。这是用讹兽的骨髓所制，吃了讹兽的肉让人无法说实话，它的骨髓却可以制作成一种药，让人口吐真言。我想之前蔡堇给你吃的就是这个吧！"

橘鹤暖看了看苏辣，后者则在研究空了的泡面碗，完全没听我们说的话。我翻了个白眼，小声跟橘鹤暖说："看她这个样子，也不像是有能力编出谎话的！"

橘鹤暖耸了耸肩："还是测一测比较保险，其实，我刚才在她的泡面里放过那种药了。"

"啊？"我捂住嘴，"天啊，你个'心机男'啊！你居然就这么神不知鬼不觉地干了这件事，你也太老谋深算了，真可怕！"

橘鹤暖挑了挑眉毛："这叫道行深，你个小屁孩，懂什么？"

我吐了吐舌头："话不能乱讲，东西不能乱吃！以后我还怎么和你一起愉快地吃饭了？"

橘鹤暖翻了个白眼："身正不怕影子斜，没做亏心事，你怕什么？难道你私藏了粮食？"

我别过头不再理他。

既然答应了苏辣管她吃喝，我们索性就让苏辣在店里住下，一来守着龚乙，二来也可以在我俩不在的时候帮我们看店。苏辣连窝棚都住过，自然不介意在仓库打个地铺。倒是我，总觉得对不起这个傻大姐，暗暗打算，攒点钱请她吃点好的。

回家的路上，我问橘鹤暖对那个救了苏辣的神秘人有没有什么猜测。橘鹤暖摇摇头："根据时间推断，应该不是陆瓷翁，也不是五尊者。但不管是谁，这个人一定非常厉害，如果是敌人，恐怕就很难对付了。"

有苏辣看店，我打算催促橘鹤暖多接点外面的活，不然我们真的要饿死了。早上，我一改往日赖床的习惯，第一时间催促橘鹤暖赶紧把"烩饭"拿下，尾款到手就不用天天吃泡面了。橘鹤暖盯着手机，对方却一直没有回复。我于是提议，反正有苏辣复店，我俩可以去踩踩点，看看"烩饭"到底是什么情况，也顺便了解一下这个活会不会很棘手。

橘鹤暖托着腮想了想，点头同意。我俩查了对方之前发过来的地址，去那儿大概需要一小时车程，于是决定午饭前到达那里。车开到目的地后，我才想起这是那个大名鼎鼎的"鬼墅"——千墅别墅区。之所以被称为"鬼墅"，是因为这里是个烂尾的别墅区。一期只开发了二十几栋别墅，后来卖得不错，开发商下血本开发二期又盖了四五十栋别墅。结果因为破坏了生态环境，又赶上经济萧条，全部砸在了手里。三期正在开发，还没有盖完开发商就跑路了，只剩下一片无人的别墅区，让一期的业主们欲哭无泪，配套设施没有如约跟进，周遭又荒凉，于是买了房子的业主也不敢来住，更是转卖不出去，只好自认倒霉。这里就这样荒了两三年，还上过新闻，很多爱探险的年轻人还会来这里探险。

我看着眼前一栋栋精美却破败的房子，有一种恍如隔世的感觉。我好奇地问橘鹤暖："你……你地址没拿错吧？"

橘鹤暖掏出手机又反复查看了一下："没有问题，是这里啊！"

我皱了皱眉："我们被耍了吗？龚家那个破厂房基地都比这有人气吧！"

橘鹤暖白了我一眼："耍咱们不用下这么大本钱吧！"

我有点紧张，只好挠挠头："你是说，真的有人住在这里啊？"

橘鹤暖懒洋洋地说："大概是吧！"

我从身后给了他一脚："我说，大橘猫，你……你就不会害怕吗？"

橘鹤暖摇摇头："怕什么，我和师兄当年在山里的时候，可比这凶险可怕多了，唉……我给你讲讲，有一次……哎，你别走那么快啊，你听我说啊！"

我实在不想让他将气氛渲染得更恐怖，只好快步往小区里走去。

正值中午，恐怖的气息并没有那么浓厚，但太阳光白晃晃地照在空旷破败的路上，还是有点诡异，总觉得下一秒就会从不知名的角落蹿出不知名的鬼怪。我放慢脚步，想等等身后的橘鹤暖。毕竟他是个一米八几的大个头，真有什么事发生，他也能挡一挡。可是我等了一会儿，却迟迟不见橘鹤暖跟上，我心下发毛，回头一看，这厮正在身后一栋别墅的院子外往里张望。我走过去问他："你干吗？为什么不跟上？"

橘鹤暖白了我一眼，指着旁边的三层小楼："地址给的就是这里啊！"

然后他拿手指戳了一下我的额头："你根本不认识路还敢带路呢？你知道在哪吗？"我被他说得悻悻的，不再吭声。

这是一栋三层的小楼，正门前有一个小院子，有十几二十平方米，院子里的绿植和枯草稀稀拉拉地交错长着，显示这里已经很久没有人打理了。几扇窗子都拉着窗帘，完全看不出屋里是否有人。我俩绕到后门，后院要比前院大十几平方米，没有植物，堆了一些装修剩下的油漆桶和木料。依然是紧闭的大门和拉得严丝合缝的窗帘。我往里望了半天，也没有发现什么，于是看着橘鹤暖："有没有搞错啊，这里真的有人住？我看这里不像住人的地方，倒像凶案的案发现场。"橘鹤暖拨通了对方的电话，却始终没有人接。我把手遮在眼睛上，努力往上张望。突然，三层一个房间的窗帘动了动，旁边露出了什么东西。我眯着眼睛看了看，被吓到了。窗帘缝隙里露出一张惨白的小孩的脸，还带着诡异的笑容。我捂住嘴才避免自己喊出声，用力捶打橘鹤暖，让他看上面。他看了看，问我："你在怕什么？什么也没有啊？"我犹豫了一下，鼓起勇气抬眼望去，果然什么都没有。是我的幻觉吗？我长出了一口气，不管是不是幻觉，我都不想在这里待下去了。我跟橘鹤暖说："咱们快走吧！"他点头同意，我俩快步走出了小区。

回去的路上，我想想还是不对劲，便跟橘鹤暖说："我觉得刚才那个地方肯定不对劲！"

橘鹤暖一边开车一边点头："是的，是不对劲！你也闻到了？"

我好奇地道："闻到了？闻到什么了？我什么也没闻到啊！我只看到一个惨白的没有血色的还带着诡异微笑的小孩子的脸。我以为是我的幻觉，现在想想应该不是！你也看到了？"

橘鹤暖摇摇头："没有！我只是……闻到了浓浓的血腥味！"

听他这一说，我突然想起刚才那张脸，身上一阵颤抖："我们找别的活儿吧，这个活儿，我看我们就不要接了吧？"

橘鹤暖不置可否，像是在琢磨什么事情。

回到店里，苏辣嬉皮笑脸地问我们："怎么样，今天可有什么收获？"

我没好气地白了她一眼："没有！收获没有，还被吓个半死！"

苏辣皱了皱眉："什么？还有什么能吓到你？"

我给她简单描述了一下我看到的事情，还顺便添油加醋，想让苏辣也感受一下恐惧。没想到苏辣居然呵呵一笑："这算什么啊？这就把你吓到了啊？真是没用！"

听她这么说，我直接翻个白眼不再说话。苏辣问我，我也假装没听见。她只好拽着我胳膊："卓然，你干吗不吱声？"

我低声道："我已经死了，一半是吓死的，另一半让你气死了！"

苏辣笑了："这个说法有意思，我要记下来。对了，你先别忙着死，我有好事跟你说！"

苏辣能有什么好事说？我面露疑惑地等着下文。苏辣兴奋地打开收款台："今天我卖手串,卖了五百块钱!"

听她这么说,我和橘鹤暖同时呆住了。我忙走到柜台,一边清点手串一边问:"不会吧?你不是把我的手串论斤卖了吧?"

她得意地道:"你当我傻啊!这是两串手串的价格,我有记账哟!"

她把本子拿出来给我看。两串手串成本也就两百多块,她居然卖了五百块,这也是约等鱼喵开店以来,单日营业额最高的一天。我面露喜色:"你厉害啊,苏辣!你怎么卖出去的啊?"

苏辣嘿嘿一笑:"我也不知道啊,客人来了就说喜欢,就买了啊。"

我仔细看了看苏辣的脸:"我看你一定是自带招财猫属性!干得漂亮,今天我请你吃顿好的!"

苏辣两眼放光:"真的呀,太好啦!"

我用胳膊肘捅捅橘鹤暖,又向着苏辣努了努嘴:"你看看人家!你们这俩招财猫怎么当的?"

橘鹤暖一脸谄媚:"有她一个就行了,咱还是说说晚上吃什么吧?"

"就知道吃!"我冲橘鹤暖说道。五魁在旁边"喵喵"了两声表示赞成。

我想起了什么,指着库房的位置问苏辣:"龚乙怎么样了?"

苏辣往库房里看了看:"没动静,我给她喂了几口米汤,还没醒过来。"

我看向橘鹤暖,橘鹤暖拍拍我的肩:"放心吧,龚乙也是术士,根基深厚,不会有事的。"

七点半关了店,我和苏辣还有橘鹤暖,带上五魁来到了五道街。五道街离约等鱼喵仅仅四个街口的距离,氛围却完全不同。这里是小吃的天下,整条街都是各式各样的小吃,不同口味的食物应有尽有。虽然步行过来都不要二十分钟,可是因为囊中羞涩,我们已经很久没有踏足这里。在五道街,有一家我钟爱的小唐烤串。坐在烤串店里,老板娘一边麻利地收拾着桌子,一边问道:"好一阵子没见你啦,去玩啦?"我打着哈哈没答话,橘鹤暖则礼貌地笑笑点头,旁边的苏辣盯着别人桌上的肉,口水流了三尺长。我从桌子下踹了她一脚,小声嘱咐:"别丢人了!这就给你点!"

我点了羊肉串、羊肉筋、牛肉串、牛板筋、鸡脆骨、鸡皮、小羊排、五花肉和馒头片,又点了两个凉菜,生怕等烤串的工夫苏辣又给我丢人。等肉串上来,苏辣就跟饿了半个月一样一顿狂吃。我拿着一串鸡脆骨,用手遮住半张脸,问橘鹤暖:"看这架势,要是咱供不起她吃,她是不是能把咱俩也吃了?"

苏辣往嘴里塞着肉,边嚼边说:"那不能,看你那样就没什么肉,不好吃!"

我一脸郁闷,橘鹤暖在对面笑得像个傻子。我冲他翻了个白眼:"笑啊!你笑吧!看你接不到活还能不能养得起她!"

正说着，橘鹤暖的手机响了，是"烩饭"。我脑子里顿时闪过那张诡异的小孩的脸。橘鹤暖做了个嘘声的手势，接起电话："喂？您好！……是我！"

苏辣只顾着埋头苦吃，我却一边吃一边侧耳听橘鹤暖在和对方说什么，但因为店里太吵，只依稀听到"不行，抱歉，这次不行了！""是这样？""稍等。"

可能因为听不清楚对方的话，橘鹤暖拿着电话走了出去。

此时，苏辣已经把一桌子的东西吃了个七七八八。我看着她一副意犹未尽的样子，对着她严肃地说："苏辣，你太能吃了。你实话实说，你师父是不是因为你太能吃，他养不起你才常常出去云游的？"

苏辣将啃完的鸡皮串签子放在嘴边，伸出舌头边舔边咂摸签子的味道。听到我这么说，她的嘴角歪起来笑了一下："实话跟你说，我从出生到现在就没吃饱过！"

我赶紧说："既然你多吃吃不饱，少吃也吃不饱，反正都是吃不饱，那你以后还是少吃点吧！"

苏辣瞪了我一眼："哎呀，你真是小气，我给你挣了那么多钱，你居然都不让我吃饱？"

我正想呛回去，就看到橘鹤暖从门口走了进来。面对满桌狼藉，他歪头看看我，我耸肩："你别看我，我就吃了几串，我也没吃饱！"

苏辣忙学我耸肩："你别看我，虽然我吃了几十串，但我也没吃饱！"

我此刻恨不得撕了这个吃货。橘鹤暖却绽放了一个温暖的微笑："好了，都没吃饱，再点就是！"

他喊来老板娘，照刚才的菜单又点了一遍。我的眼珠子都快从眼眶里掉出来了："橘鹤暖，你中彩票了吗？这么大手笔？"

他没说话，我反而觉得更加不安："你不是把那单'烩饭'接下来了吧？不是说好不接了吗？"

橘鹤暖一脸无辜："我是不想接啊，可是对方说得又可怜又恳切！"

我抬手指着他："你啊你！你说说，对方是不是个软玉温香的姑娘？"

他摇摇头："不是啊，是个老爷们！"

我直拍桌子："那你图什么啊？"

橘鹤暖狡黠一笑："图他把报酬增加到四倍！"

他话一出口，我就软了下来，四倍报酬可不是个小数目啊。可是我想想还是不放心："报酬是很可观，可是报酬越高风险就越大，这事情不对劲啊！"

橘鹤暖嘿嘿一笑："你怕什么，咱们什么时候失手过？魔祖兽都收拾过！"

我皱眉："万一呢？我们非常时期不是应该稳妥一些吗？"

苏辣突然插过来一句："你们说啥呢？外面有活啦？"

她瞥了我一眼,又看看橘鹤暖:"卓然说得有道理,的确不能贸然出手啊!你不是要隐藏实力吗?"

橘鹤暖的声音变得低沉:"可是做了这件事,这样的饭你可以天天吃,吃半年!"

苏辣听到他这么说,马上转舵:"半年?半年?谁跟钱有仇?卓然不想去没关系,我跟你去!"

我一脚踹在苏辣的凳子腿上,她晃了一下。我看着橘鹤暖,下定决心道:"行,接就接了,不过这次一定要格外小心。"

橘鹤暖抬起手,摸了摸我的头:"放心,我会保护你。"

苏辣在一边吐槽:"你俩恶不恶心?"

我瞪着她凶道:"吃还堵不住你的嘴!"

晚上收拾东西,我边麻利地装包边问橘鹤暖:"大橘猫,你这么坚持,不只是因为钱吧?"

橘鹤暖转过身一脸微笑地看着我:"聪明,我发现你越来越可爱了。的确,我在那里感觉到特别强烈的灵力,应该来自某种法器!本来我是不想带上你的,但是我想你也许能帮上我,而且我一定能保护好你。"

我点头:"好,不过明天咱们还是要万事小心。"

想起窗子里那张惨白诡异的脸,我还是打了个寒战。

第二天上午十点,我们如约来到千墅别墅区门口,按照昨天的路线走到指定的那栋别墅门口。今天这栋房子好像有点不大一样,一层的窗子是开着的,二层虽然没开窗,但是窗帘是拉开的,三楼却依然挂着窗帘,窗子紧闭。我俩走到门口,正要按门铃,门已经被打开了。一个穿着一身藏蓝色休闲装、三十岁左右的、留着胡子的瘦小男子站在我们面前。看到我们,他先是愣了一下,然后才试探着问:"是橘鹤暖?"

橘鹤暖点点头。他又看了看我:"这是你那个搭档?"

橘鹤暖又点点头,笑着说:"是!"

男子露出个微笑:"感谢二位这么准时,请进。"

进了别墅,一楼大厅的布置让我吃了一惊。没想到外表破败不堪的别墅,里面却装修得如此精美。一层大厅是简约风格,但从家具到灯饰都非常考究。我暗自思忖,这主人的财力和品位都不错,怪不得出得起大价钱。沙发和电视机都罩着白布,一看就是平日里没有人在这里住。男子将沙发上的白布揭开,招呼我们坐下,他则走进旁边的厨房给我们拎来两瓶矿泉水。

"抱歉,拖了这么久,主要是我一直不在本地。"男子语含歉意地说,"免贵姓李,木子李,单名一个醒,一个酉一个星,睡醒的醒。这地方我想二位也有耳闻,现在是传说中的鬼区,也没有什么人住。本来我打算把这房子空着不住了,可是却出了点事,让我不得不留下。院子里的响动只是一部分原因,更多的是我儿子出了问题。"

"你儿子?"我脑海里突然闪过三楼窗子里那张惨白诡异的小脸,后背一阵发冷。

男子点点头:"是的,我的儿子,他好像被什么脏东西缠住了。很抱歉这个我之前没有说,是希望二位能先来看一看。当然如果二位现在决定退出,也是没有问题的,定金也不需要退还。"

我扭头看着橘鹤暖,他微笑着点头道:"没关系,您继续说!"

男子舒了一口气:"我已经单身多年,独自抚养儿子长大。他叫李焰,今年七岁。几年前买了这套房子弄好装修后,我带他来玩了一次。没想到,回家以后他就口吐白沫、抽搐不止。我带他去了医院,可是医生检查来检查去,也没查出个所以然。李焰每天晚上八点左右,就会开始口吐白沫、浑身抽搐,然后倒地不起。孩子这样下去身体根本受不了,我就找了一个大师帮忙看看。大师只说让我把孩子带回这房子里他就不会再抽搐,可是他也没有解决办法,让我另请高人。这孩子在这房子里一住就是一年,我也请了不少人来看,都没有办法。而且这孩子还变得嗜血、爱吃生肉,真的像被什么缠住了。后来我是听朋友介绍了二位,才抱着试一试的心态请二位过来。"

橘鹤暖道:"那你不在的时候,谁在这照顾孩子?"

李醒指了指楼上:"我雇了个保镖照顾他。这孩子吓人,保姆也不好找,吓走了好几个。这是亲戚介绍的,原来就是给人看坟的,平时他只负责给孩子做饭喂饭,他住在二楼。"

橘鹤暖站起来环顾了一下,笑着说:"李老板,你这房子挺有意思!"

听他这么说,李醒有点尴尬,他笑着点头:"是,让朋友帮忙布置了一下,主要还是为了孩子。"

我听出他俩这一问一答中的意思,显然是这房子里布下了什么阵法,但我没看出这房子里用的什么阵,心下暗暗佩服橘鹤暖。橘鹤暖又问:"敢问李老板从事什么行业?"

李醒轻微地皱了一下眉,马上又抬头笑着回道:"说收藏家谈不上,就是搞一些古玩字画。"

一丝不易察觉的微笑爬上橘鹤暖的嘴角:"风雅,好行业。那李老板,咱们上楼看看孩子吧!"

李醒领着我们上了三楼。我多少有些紧张,就要和那天那个吓到我的"小白脸"碰面了。整个三楼大概有四间房,楼道里唯一的窗子拉着遮光帘,整个楼道显得阴冷闭塞。李醒径直把我们带到右手边最靠里的一间房。推开房门的一刹那,我看到了那张这几天不断出现在我脑海里、成为我噩梦的"小白脸"。这间卧室两侧都有窗,坦白讲,这应该是这一层最好的位置。可是屋里却很暗,所有能透过光的地方都被遮光帘挡得死死的。房间布置得很华丽,实木地板和欧式的家具,中间是一张欧式的木床,一看就价值不菲。这布置一看就不是一间儿童房,可见李焰是后来才被安排到这间屋子里的。

李焰躺在床中间,好像在睡觉,两只小手被长长的绳子绑在两边的床头立柱上。虽然他诡异的微笑让我万分恐惧,但此时这个熟睡中的小男孩却苍白安静得有点可怜。李醒看着床上的李焰叹了口气,回头凄然一笑:"因为他偶尔会干出出格的事情,甚至会伤害自己,我只能把他绑在床上。而且他精力非常旺盛,基本不休息。所以,我每天都给他吃点安眠药,强迫他睡觉。我怕他一直醒着处于亢奋状态会撑不了多久!"

橘鹤暖点点头。他抬头观察房间,然后问李醒:"你这屋子是什么时候布置的?"

李醒皱了一下眉毛,显然有些没听明白,但随后明白了橘鹤暖是问他房间里布阵的事情,便回答道:"这是三个月前一个高人帮忙布置的,不过这个高人说他只负责布阵控制孩子的情况,却无法清除孩子身上的邪气。"

橘鹤暖又问:"那这个阵布下之后,李焰的情况有什么变化吗?"

李醒想了想:"之前李焰发病的时候是拼命想要挣脱,想要往外跑,现在他好像不太想走出这间屋子。"

橘鹤暖走到李焰身边,伸手扒开他的眼皮,仔细看了一阵,又走到床尾,掀开被子看了看孩子的脚心。李焰睡得很实,一直没有醒来。橘鹤暖也不再多啰唆什么,回头冲我喊道:"卓然,包!"

我把背包扔给他,他从包里掏出三张符纸,再掏出朱砂盒,用手指蘸了朱砂在符纸上写写画画。没等李醒反应,他已经扒开李焰的嘴,把符纸塞到了李焰嘴里。李醒大声喝道:"你干什么?"

李焰在吞了符纸之后,身子突然弹了起来,但因为两只手被捆着,所以只是腰腹部向上弹起。之后他猛然睁开眼,开始剧烈地挣扎和嘶吼,声音仿佛来自地狱。李醒双目血红,揪住橘鹤暖的衣领问道:"你到底对他做了什么?"

橘鹤暖拉开他的手,嘿嘿一笑:"我只是想清一清他体内的邪气。倒是你,紧张什么?你请我们来不就是干这个的吗?"

李醒愣了一下,然后怔怔地望着橘鹤暖:"你……你真的能……你真的能……你真的能治好他?"

橘鹤暖像个无赖一般饶有兴致地看着对方:"怎么?李老板请我的时候,并不相信我的实力吗?"

李醒的额头渗出一滴滴的汗水，他不看橘鹤暖，只是自言自语："不……不是，我只是……只是没想到……"

李焰在床上剧烈地弹起、嘶吼，这样维持了大概三分钟，才渐渐安静下来，目光呆滞地靠坐在床头。橘鹤暖走过去，将他的嘴掰开，一股黑色的刺鼻的黏稠液体从他嘴里流了出来。李醒看到这些，突然上去抱住李焰，然后回头问橘鹤暖："先生，他是好了吗？你真的把他治好了？"他的语气全然不似之前的嚣张生硬。

橘鹤暖此刻却摇头："我只是放掉了他一部分邪气，但要治好他还得看你！"

李醒一脸错愕地指着自己："看我？"

橘鹤暖笑道："对，看你！看你肯不肯配合，愿不愿意说实话！"

李醒低头犹豫了一阵，又回头看了看床上发呆的李焰，仿佛下了很大的决心一般，才点头应到："好，我配合！"

橘鹤暖翘起嘴角笑了一下："那好，我问你，你要如实交代。你要知道，只有你说实话，才能救你儿子。"

李醒摸了摸李焰的头，点点头。五魁在猫包里扭来扭去，我猜到他的意思，于是假装弯腰系鞋带，偷偷把他放了出来。好在李醒只顾着橘鹤暖，根本没注意我。

橘鹤暖突然收起笑容，严肃地问道："是不是有人特意安排，让你把我们引到这里来？"

我听他这么说也吃了一惊，原来我们接的这单生意是个请君入瓮的圈套？李醒凝视着橘鹤暖，过了一会儿才点了点头。

橘鹤暖接着问："你并不知道这个人是谁？"

李醒还是点点头："我只知道他是个男子，但他每次来都戴着面具，我并不知道他是谁。"

橘鹤暖上前一步，紧盯着李醒："他是怎么承诺你的？"

李醒不再打算有任何隐瞒，答道："他说把你们引到这里，再发动阵法，他就帮我清除李焰身上的刀魂。"

橘鹤暖冷笑道："刀魂！看来你知道李焰之所以这样的原因了？"

李醒低下头，叹了口气："没错，我知道，都是我造的孽。起初，我也以为是房子的原因。直到有一位高人来看过房子，然后告诉我，不是房子的原因，而是刀的原因。"

我见橘鹤暖没有继续追问他的意思，赶紧问道："什么刀？"

李醒看了我一眼，面露难色，他咬了咬嘴唇，还是说道："我是个盗墓的。大约六年前，我和同伙盗了一个将军的墓。墓里面有不少好东西，还有铠甲兵刃，这应该是位骁勇善战的将军。在这个墓里，我们看到一把刀，寒光熠熠，没有一丝锈迹。我的同伙上前拿起这把刀,却生了歹心,想独吞墓里的财宝。他拿刀向我砍来,扭打中,却被我砍死了。我拿着财宝和这把刀回到家,卖了一部分东西,买了这套房,本打算金盆洗手,不再干盗墓的勾当,以后踏实过日子。但没想到,有一天李焰突然开始发疯了……"

橘鹤暖接过他的话:"我听说在古代,杀业重的兵刃随主人下葬的时候,人们都要将兵刃封印。想必是你同伙的血把封印冲破了,刀有自己的灵性,便凝成了一丝嗜血的邪气,缠住了李焰。"

李醒点头:"是!那位高人也是这么说的。"

我不解:"既然那个高人都知道,怎么没替李焰想办法?"

李醒拧着眉毛,露出痛苦的神色。橘鹤暖却面露一丝不屑:"不是没有想,只是……只是那个方案你不满意,于是你就将那位高人杀了!"

我"啊"地惊呼了一声。橘鹤暖走到我身边,拍了拍我的肩安慰我,接着跟李醒说道:"他跟你提出的方案就是让你用你的命来换李焰的命。后来,你请来的人但凡跟你这么说,你就把他们杀了,对吧?"

李醒没有说话,我却感到空气中有一种让人瑟瑟发抖的寒意。橘鹤暖接着说道:"直到有一个人出现,他说他能保你也能保住你儿子,但是要你帮他办一件事,就是把我们引到这里,然后发动这个屋子里的捆仙阵把我们困住。可惜我刚才动作太快,你没来得及发动,加上这段时间李焰并没有好转,你已经产生了怀疑。你想看看我能不能帮你。不过,幸亏你没发动屋子里的阵法,因为我在问你李焰情况的时候,这阵已经被我破了,你若发动了,只会反噬你。"

李醒先是惊讶地瞪圆了眼睛,随后点点头,声音阴沉地开口:"你说得都对!可是,你是怎么知道的?"

橘鹤暖笑了笑:"委托你的那个人,道行还不够!"

李醒苦笑:"既然你们都知道了,那现在怎么办?"

橘鹤暖叹了口气,刚要说什么,我突然感到身后一阵风,然后就被什么东西顶住了头。一个苍老的男声从身后传来:"李醒,就知道你不牢靠!"

我虽然没有回头,但也知道指着我的八成是一把枪。我心里暗暗骂道:"二然,让你成天想看电影情节,这回成真了吧?"可更丢人的事情是,被枪指着的时候,我居然一句话也说不出来!我看到李醒和橘鹤暖的脸色都变了。李醒低吼:"何伯,你干吗?你放开她!"

苍老的声音在耳边响起:"可以,这个房间的阵破了,你现在下楼去发动整栋房子的阵法。"

李醒双目瞪圆:"你杀了他们,李焰就没有救了!"

被称作何伯的人哼道："主人不是跟你说过会帮你的吗？"

李醒冷笑："原来，你真的是他派来监视我的！再这样下去李焰的身体就撑不住了，他却一拖再拖，我已经不相信他了。"

何伯哼道："如果今天你不困住他们，那你们只能一起死。"

看到李醒在犹豫，橘鹤暖厉声道："你那个主人根本没想帮你救孩子，他只是想让你用刀布阵来困住我们。如果我没说错，那把刀现在就埋在后院，四周有五具尸体镇着。李焰和你一直在被利用，即使困住了我们，李焰也只有死路一条！"

没待李醒反应过来，何伯已经将枪口对准橘鹤暖，砰的一声枪响，橘鹤暖轻松闪避。众人来不及错愕，何伯又将枪口对准我，橘鹤暖惊呼"不要"。第二声枪响，我以为我死定了，可我仍是好好的。

不远处，五魁按住还在冒烟的枪冷冷地看向我身后。这一切发生得太快，短短几秒，我和李醒都没有反应过来。橘鹤暖冲过来，一把将我身后的何伯顶在墙上，刚要发问，何伯头一歪，已然身亡。

我呆呆地面对着这一切，等缓过神，我飞跑过去将五魁抱在怀里，眼泪控制不住地流，嘴里不断地呢喃："你救了我，是你回来了吗？"

五魁任由我抱着他蹭他，就是不吭声。橘鹤暖转头看着李醒幽幽地说道："这世界上的因果也许并不显而易见，但报应不爽。你放出了刀魂，又为此害了那么多性命，是不可能不受到惩罚的。其实解决办法一直只有一个，用你的命去镇刀魂。你和你儿子只能有一个活下来，你选吧！"

李醒叹了口气，再抬起头时眼睛里噙着眼泪："我知道我这一生干了太多缺德事，遭天谴我也无话可说。可是李焰，他除了我就再也没有亲人了。我就是怕他跟我一样，没人管，独自长大，再步我后尘，误入歧途。可是既然没有别的路可选，我只能选救我儿子。只要你们能救我儿子，我的命你们可以拿走。"

橘鹤暖应道："如此最好。不过你的命，我不要。你自己到警察局自首，等你伏法之后，我自会替你办理后面的事情。不过自首的时候，可别把我们交代进去，我们可没有时间跟警察周旋。"

李醒对橘鹤暖的话深信不疑，知道自己别无选择，当着我们的面拨通了报警电话。在警察来之前，我们离开了那里。

回去的路上，气氛显得很沉重，我问橘鹤暖："接下来怎么办？"

橘鹤暖敲着头："唉，脑袋疼。接下来，李醒被带走后，李焰应该会被相关机构接收。我会去封住他体内的刀魂，希望他以后能被好人家领养。"

我瞪大眼睛："难道不用李醒的魂魄镇住刀吗？"

橘鹤暖耸肩:"别人用不用不知道,反正我不需要。"

我皱眉:"所以,你故意那么说只是为了骗他去自首?"

橘鹤暖点点头:"他做了那么多违法的事情,自然要受到法律的制裁,这就是秩序,难道不对吗?"

我无力反驳,只好叹了口气问:"那个主人会是谁?齐仙派?五尊者?"

橘鹤暖摇头:"不是五尊者,以他的能力,不会被我察觉。我会再去查查。"

他突然哭丧着脸说:"完了,尾款也没有了,这回又要吃方便面了!"

我听他这么说,顿时也有些丧气,不过还是鼓励他:"没关系,你忘啦,咱们现在来了个财神爷,快回去问问,今天又卖了多少!"

约等鱼喵里堆满了人,苏辣忙里忙外,忙得不亦乐乎。更可怕的是,她居然不停地在卖货。我用手肘撞了撞橘鹤暖:"喂,那个号称自己很帅的,你看看人家这实力!同样是漂亮姑娘挤在店里,为什么冲着你来的从来都不消费呢?"橘鹤暖也是一脸错愕地看着苏辣,讶异了半天,然后又思考了一下,回头冲我笑笑:"那个……大概是我太帅了,她们只顾着看我顾不上买东西了!"

我给他一个大白眼,打开猫包放出五魁,然后我就听到了几声尖叫。

"哇!黑猫!好可爱!"

"天啊,这里有一只黑猫!"

"好漂亮的猫啊,我可以抱抱吗?"

五魁毫不迟疑地蹿进我怀里。

我举起五魁,嘴角微微上翘:"五魁,既然小姐姐们这么喜欢你,你就趴在柜台上接一会儿客好不好?"

五魁的眼里闪过一丝慌张。我把他按在柜台上,抚摸着他的下巴,在他耳边咕哝道:"你乖乖趴会儿,明天给你买罐头!"

他瞧了我一眼,翻了个白眼,扭过身子向里趴着,拿屁股对着外面。饶是这样,女孩们依然高兴极了。

闹哄哄的一堆人直到快七点才走,我看着苏辣一脸满足的样子,问她:"可以啊,小妮子!今天卖了多少?"

苏辣翻着账本,跟我说:"嗯,今天卖了三千七百多。"

我瞪大眼睛,开心地喊道:"这么多?"

五魁站在柜台上探身扒着我的手,我抚摸着他的脑袋:"好了好了,知道有你的功劳,明天给你买罐头!"

大家一起动手把店面收拾了一下。苏辣跑过来跟我说:"对了,今天有个女的过来问咱们收不收串。"

我纳闷："收不收？回收啊？"

苏辣点点头："她说她有好东西，问咱们收不收，代卖也行。"

我看了橘鹤暖一眼："不会是贼赃吧？"

橘鹤暖耸耸肩，问苏辣："那你怎么跟她说的？"

苏辣回："我跟她说我就是一个打杂的，我也不知道，我得问问老板，然后她就走了。"

橘鹤暖回头看向我："如果真想卖，这两天她还会来，至于收不收，咱们可以先看看货，万一让咱捡漏了呢？"

我一边逗五魁一边回："好吧！"

我们正说着，忽然听到仓库里隐约有声音传来，我们几个同时道："她醒了！"

我们疾步走进仓库，看到龚乙正茫然地盯着天花板。仓库里只有一扇小窗子，显得有点暗，可我们谁也没有开灯，怕灯光刺激她的眼睛，毕竟她睡了那么久。我走到床边俯下身轻轻地喊她："龚乙！"

龚乙茫然地转过头："你是……？"我心里登时凉了半截，心想，这该不是电视剧里经典的失忆桥段吧？我正想着，龚乙接着说："卓然，你胖得我都认不出来了！"

我一口气没上来，差点让她气晕，身后传来橘鹤暖不厚道的大笑声。我压低声音喊道："你躺了那么久把脑子躺坏了吧？能动了就起来，我要收床了，别占着我的地方！"

龚乙看到我这副样子也笑得不行，可因为身体还没恢复，剧烈的笑让她忍不住咳嗽起来。我一边从旁边的柜子里拿矿泉水给她，一边没好气地说："笑吧，你再这么笑你还得躺几天，不过会是被我打的。"

好半天，这帮人才忍住笑意。橘鹤暖努力摆出严肃的表情问龚乙："龚乙，你还记得发生了什么吗？"

龚乙先看了看苏辣，在我和橘鹤暖表示是自己人之后，她才点点头道："这事说来话长……"

听她这么说，我们搬来凳子，准备往下听。谁知道龚乙却皱眉看着我们："此事说来话长……"我们依旧耐心等着。

她又重复了一遍："此事说来话长……"

我有点不耐烦："长就慢慢说啊，我们这不是在等着吗？你卡壳了啊？"

龚乙只好自己坐了起来："此事说来话长……你们就不打算先给我找点吃的吗？"

龚乙在我们三人一猫的注视下吃了一袋面包、两盒泡面、三个卤蛋和一包花生米，之后才心满意足地抿抿嘴："此事说来话长……"

我冷眼看着她:"你要是再卡在这不往下说,我们就要打你了!"

她喝了口水,收了收不正经的神色,正色道:"两三个月之前,龚隼突然有异动。因为这个异动很不寻常,所以我就找了龚家的长辈。"

橘鹤暖问道:"怎么个不寻常?是不是发红、异动?"

龚乙摇摇头:"要只是那样子还好,龚隼当时是指着一个方向发出刺耳的声音!我当时尝试往它指的方向去找,可是根本不行,它的叫声只会越来越大,直到我受不了才把它带回龚家。长辈们说,这件事情之前从来没有发生过。"

我和橘鹤暖面面相觑:"这和我们看到的不太一样,那天我们只看到龚隼异动,然后通体发红!"

龚乙继续道:"这样的状况持续了三天左右,龚隼才渐渐安静下来。但安静之后,它就会有异动和通体发红的现象。"

橘鹤暖沉思了一会儿说道:"我以前听龚敏提起过龚隼。据说龚隼是龚家特有的法器,一共有三个,但只有掌门手里这个最有威力,它对气场非常敏感,所以适用于探阵。据说如果使用得当,还能和使用者人器合一,有非常强大的能力。"

龚乙点点头:"的确。龚隼有三个,这一个是龚家第一代掌门龚己所制,据说采用了很特殊的金属材质。另外两个都是复制版,已经丢失了。"

橘鹤暖又沉吟了半响,声音略低地说:"我依稀记得龚敏曾经说过,龚隼和龚家的掌门人息息相通。是不是因为龚敏留下的魂魄对你有威胁,才让龚隼有这样的反应呢?"

龚乙苦笑了一下:"说来惭愧,因为龚敏也曾是龚家掌门,所以即便龚敏有攻击性,龚隼对她的反应也会很弱。依我看,龚隼的反应倒是更像见到了宿敌。"

"宿敌?"橘鹤暖皱眉,"难道是五尊者?"

我们面面相觑,都没有答案。龚乙又说:"龚隼的事情先不说,你们可还记得跟我提过的大阵?"

橘鹤暖听她提起大阵,神情一动。龚乙接着说:"前段时间,我们到西郊办事,途经一个地方,那里有点不对劲,我就找人去查了查。结果发现那里被人埋了很多法器,都是刚入土不久的。我怀疑那里也许是某个阵位,我们应该再去探一探,也许能查到些线索。"

听她说完,我们当下就决定第二天去西郊看看。龚乙伸了个懒腰:"既然明天就要一起行动,我今晚就在这继续凑合一宿好了!"

我指着龚乙问橘鹤暖:"她这个情况,我们要不要收点伙食费?"

橘鹤暖捏着他修长的手指开始算账:"泡面十五块,面包十块,花生米……"

龚乙实在受不了了,直接打断橘鹤暖:"我说,你们两个穷鬼是不是想钱想疯了？来来来,大红包收一下。"

说完,她摸了摸身上,吐了个舌头:"完了,手机没了!要不先欠着吧?"

橘鹤暖摇摇头,大手一伸:"不行,概不赊账!"

龚乙没办法,只好摘下左手腕子上的一串手串往橘鹤暖手上一拍,哼道:"得,便宜你了!"

我上前提出异议:"说好的红包呢,拿个手串来抵账?我这里是手串店,这玩意我多得是啊!"

橘鹤暖在身后猛扯我的袖子,我才意识到那手串绝对不是寻常之物,打个哈哈道:"既然大家有过同生共死的经历,手串我们也就勉强收下啦!"

龚乙看了我们一眼,继续说:"我失踪这么久,龚家那边恐怕已经乱套了,你们借我用一下电话,我联系一下他们。"

等龚乙打完电话,橘鹤暖把一个布袋交给龚乙:"这里面是龚隼和一个荷包,荷包里封印着瓷片上残留的龚敏魂魄,你自己看看怎么处理吧!"

龚乙接过布袋,把荷包拿出来递还给橘鹤暖:"这对我来说还真是有点棘手,还是你来处理吧。"

橘鹤暖接过荷包,也没有再推辞。我问苏辣:"明天你要不要跟着来?"

苏辣一脸兴奋:"可以吗?我可以不看店吗?"

我笑了:"你不看店我们确实会少赚不少,但只要你想去看看,我们可以带上你的。"在我心里,吃过真言丹口吐真言的苏辣已然成了自己人。苏辣忙不迭地点点头。于是我们几个约好,第二天早上八点出发。

八点钟,四人一猫挤在一辆车上向西郊出发。一个多小时后,我们到了龚乙说的地方。那是一片荒地,因为很久没有降水,所以车开过就会尘土飞扬。橘鹤暖将车停在龚乙指定的地点。下了车,龚乙指了指远处:"还有一千米左右的路程,我们走过去。"我看了看橘鹤暖,他点头,然后看着我:"这里是不太对劲,为避免地面陷落,我们最好还是步行过去。"我背着猫包,向龚乙说的方向走去。

虽然是西郊,但这里没有一点城市的影子,不仅没有高楼林立,连人都见不到一个。目及之处,除了远处有小片树林和几栋房子之外,其他地方都是荒地。我边走边嘟囔:"这幸亏是白天,要是晚上,我可不敢来!"

苏辣看我背猫包有点吃力,向我伸出一只手:"来,我帮你背五魁。"

我摇摇头:"不了,他在身边我才踏实。"

又向前走了一会儿,龚乙停下来向周围看了看,踩了踩脚下的土地:"应该就是这里了。"

她将手伸进背包里,拿出龚隼,用右手捏了个手诀,拨动龚隼上的滑轮,滑轮转起来，并越转越快。龚乙又用手停住了滑轮，看向身后的橘鹤暖："没错，这里是个阵位。"

橘鹤暖从背包里拿出一个工兵锹，准备开挖。苏辣却往前跑了几步，又退回来仔细观察土地。我凑近她问："喂！你看什么呢？"

苏辣挠挠头："嗯……没什么，这里……没什么！"

我刚要追问，忽听身后传来一声苍老的吼叫声："你们在干吗？都停下来！"

我们都被这声音吓了一跳，回过头，看到几米之外一个挂着拐杖的老婆婆正怒气冲冲地冲着我们，也不知道她是从哪冒出来的。橘鹤暖停下手中的动作，问老婆婆："这位婆婆，您是？"

老婆婆喘着粗气，显然非常不高兴："你们不要在这里停留，都走，都走！"

苏辣指了指老婆婆，又指了指自己的双眼，我们才意识到老婆婆是个盲人。我们几个对了对眼神，刚想有所动作，老婆婆继续喊："你们不要以为我瞎，就不知道你们在干什么！告诉你们，我瞎老婆子比你们看得清楚！"

橘鹤暖叹了口气："老婆婆，我们是有重要的事情要做！"

老婆婆皱着眉毛："我不知道你们想干吗，不过你们想干吗都不行，至少今天不行。"

我们又互相对了眼色，苏辣问老婆婆："婆婆，今天不行，那就是明天可以咯？是不是你要在这里等人，我们碍你的事了？"

老婆婆支支吾吾地说道："不管怎么样今天就是不行，你们赶紧走吧，都走都走，赶紧走！"

苏辣嬉皮笑脸地道："您不说为什么，我们可不能走。我们真的是有事，而且必须今天办。不是我们不尊重您，但我们大老远地跑来，这件事情肯定是非办不可的！"

老婆婆气得拿起拐杖指着我们的方向："你们……你们……算我老太婆求你们，你们走吧！"

听她软下来，我有点于心不忍，刚往前走了两步，却被橘鹤暖拉住。我示意他没事，然后走到距离老婆婆近一点的地方，确保她能更清楚地听到我的声音："婆婆，是这样的，我们不是坏人。我们……我们有个朋友，之前来过这里，并在这里给我们留下了一些东西，今天我们是来找这些东西的。这些东西对我们来说真的非常重要，我们必须拿到，是……是救命的事情。"

老婆婆循着声音向我走了两步："孩子，你过来，让我摸摸你的脸。"

我回头望着橘鹤暖他们，龚乙拿出龚隼对着我和老婆婆的方向捏了个手诀，龚隼没有反应，她看了一眼橘鹤暖，又向我点了点头，我便慢慢走到老婆婆的身边。

老婆婆伸手摸了摸我的脸，让我意外的是，她的手非常润滑。摸完脸她点点头："孩子，我相信你们。不过今天真的不行，你们明天再来吧！"

我犹豫地开口："可是……可是婆婆，我们挺远的。"

老婆婆转过身，径直向树林方向走去，边走边说："今天肯定不行，如果你们非要今天在这里找东西，我就算拼了老命也会阻止你们。不过如果你们觉得回去太折腾……只要你们不嫌弃我老婆子，晚上可以来我家住一宿。地方有，吃的也管够。"

我走过去和大家商量，最终大家决定留下来过夜，并不是怕折腾，而是老婆婆的行为有些异常，我们也想探个究竟。于是，我和苏辣跟着老婆婆，龚乙则和橘鹤暖开车从大路绕到那边的树林。

看着是近在眼前的树林，我们却足足走了半个小时。那片房子原来是个小小的村落，大概有二十几户的样子。老婆婆的家就在村子的最边上，有一个小院子，我给橘鹤暖发了个定位后就进了屋。这是一个三室的房子，中间是客厅，两边各有一间卧室，厨房和厕所则在院子里，都是独立的一间。进了屋，老婆婆就像变了个人一样，热情起来，招呼我们坐下，给我们倒水。她虽然眼睛看不见，但是做起这些事来似乎并不费力。我拿着水犹豫着要不要喝，橘鹤暖他们就到了。我像见到救兵一样把橘鹤暖和龚乙迎进屋里，老婆婆也给他们倒了水，他们倒是坦然地接过来就喝了。我在旁边看了看，也端起水杯喝了一小口。

眼看到中午了，老婆婆招呼我们几个女孩子去厨房给她帮忙，她打算给我们做点好吃的。苏辣对着挂在厨房墙上的腊肉直流口水，我踢了她一脚提醒她不要丢脸。忙活了半个多小时，婆婆就准备好了饭菜。饭菜端上桌，香气四散。我们上午的运动量远远超出了平时，这会儿已经饿得肚子咕咕叫，根本顾不上什么吃相，风卷残云地吃光了所有东西。苏辣拿着馒头，把盘子里最后的汤和渣吃得一点不剩，还不忘赞叹："婆婆，你的厨艺太好了，太好吃了。婆婆，要不我们多住两天吧？"

我哭笑不得，橘鹤暖直接瞪了她几眼，她权当没有看见。婆婆知道我们吃光了所有的东西，也开心得不得了。我和龚乙没有管还在舔盘子的苏辣，把桌子和碗都收拾了。老婆婆拽着橘鹤暖用手量了量，指着屋里的一个柜子说："小伙子，你个子高，你去那个柜子顶上拿茶叶桶，我就不踩凳子去拿了。"

橘鹤暖听话地拿来了茶叶桶，老婆婆抱着茶叶桶走到桌边，熟练地给我们沏茶："这茶是上好的普洱，我平时都舍不得喝，家里也很久不来客人了。"

沏好茶，我们围在桌边，苏辣托着腮问："婆婆，刚才那里原来是河道吧？"

婆婆脸上微微动了一下："呵呵，孩子，你怎么知道的？"

苏辣笑了笑："我原来随着师父东奔西走的，对这些都有点了解。刚才那里的泥沙要比旁边的细腻很多。虽然已经干涸，但看得出来那里原来有条河。"

老婆婆点头："是啊，那里原来有条河。这村里的人啊，还经常去河里钓鱼，赶上运气好,能钓满满一篓。"

橘鹤暖喝了一口茶,然后赞道:"婆婆,这真是好茶。"

老婆婆笑道:"我一大把岁数了,还能骗你们小孩子吗?"

橘鹤暖接着问:"婆婆,你今天为何阻止我们呀?"

老婆婆笑得很和蔼:"我知道你们不是普通人,所以让你们来家里的时候,就没打算再瞒着你们。我先问你们个问题,你们是不是来这里挖法器的?"

我们几个都吃了一惊,面面相觑。橘鹤暖深吸一口气,回答:"是!"

老婆婆点头:"是就对了。我父亲也爱研究数术,所以我略懂一二。"

我们都明白老婆婆这是谦虚了,能看出那里有阵位的,一定不是只懂得皮毛。老婆婆接着说:"那些东西埋下去有一些时日了,埋的时候我不知道,我是后来才发现的。埋东西的人是为了害人,你们来挖,是为了救人对吧?你们说是来找朋友留下的东西,这一点你们是骗我老婆子的。那姑娘的面相我摸过了,不是一般人,但是个百分之百的善人。"

我摸了摸自己的脸,没想到老婆婆刚才竟是在给我"相面"。

老婆婆又喝了一口茶,缓缓道:"埋也好,挖也罢,都不是我老婆子关心的事情,我只是希望那孩子在生日这天不要被打搅。"

我们齐声问:"那孩子?"

显然,刚才我们并没有看到什么孩子。老婆婆也不卖关子:"就是那条河的小河神。"

她的话让我们目瞪口呆。老婆婆仿佛能看到我们惊诧的表情,微笑着说:"我就给你们讲讲这个故事。唉,好久没给人讲故事啦!"

我们几个耐心地听着老婆婆讲述:"我家成分不好,我父亲是个中医,还爱研究数术。在那个年代,他犯了禁忌,和我母亲双双下狱,没有再出来。我二十来岁的时候,被下放到这个村子当卫生员。那个时候村里有条河,就是你们刚才路过的那里。河水不深,清澈见底,村民们常常去河里钓鱼,河边也总聚着一群女人洗衣服,大家说说笑笑,好不热闹。不知从什么时候开始,村里来了个小孩,他喜欢和村里的小孩一起玩。因为他总能钓到大鱼,还把鱼分给其他小朋友,所以小孩子们都爱跟他玩。有时候,我负责给孩子们发糖丸,他也来领,领完就欢天喜地的。可后来,这附近居住的人越来越多,那河水越来越浑浊,那孩子也钓不到鱼了。孩子们开始嫌弃他,生他的气,不愿意跟他玩,说他笨说他蠢,说他以前钓的鱼都是偷的。他被欺负了也不哭,就一个人坐在村里的井边。我见他可怜,有时候就拉他回我家给他上药,给他做吃的。他的眼睛总是那么清澈,让人心疼。后来村里的污水都排到河里,那条河被污染得很严重,又臭又脏。村民们开始嫌弃那条河,再也不去河边。那孩子也开始被小孩们追打,说他身上有异味,只有我知道,他就是那条河的小河神,可是我不能说。我自己成分也不好,常被村民们嫌弃,遭受白眼,尽管我救过很多村民,但他们见了我依然像见了瘟神。有天我去出诊,被一家人羞辱,我又气又恨,想想这辈子无亲无故,还遭人非议,就走到井边,想投井一死了之。我后来一想,死也要拉上村里的人,就回屋子去取了毒鼠药倒在井里。我打算跳井的时候,却被一双小手抓住了。那孩子拉着我,直摇头,不肯让我跳下去。我当时心情崩溃,泪如雨下,我已经往井里倒了毒鼠药,我没有退路了。那孩子突然自己跳下井,等爬出来的时候,他面色青紫,蹲在井边吐了半天。我猜他是下去把毒鼠药的毒气吸走了。他打了井水,硬拉着我回了家。他煮了水给我,让我喝,我喝完就知道那口井没事了。我问他不恨那些欺负他的人吗?他笑得很灿烂,然后摇头。从那以后,我就释然了,不再在乎村里人偶尔的恶语相向。"

老婆婆的面色突然温柔下来,但是眼角隐约有泪水:"有一天下大雨,我出诊回来,走到河边时一不小心被石头绊倒,重重地摔在河里,河虽然浅,但是有很多碎石,我晕了过去。醒来的时候,我躺在家里,听村民说,是那孩子救了我,他喊人把我背回家,又照顾了我一天一夜。那之后我的眼睛就看不到东西了,但如果不是他,我就连命都没有了。那次的大雨下了两天,听说那条河被雨水冲得又变得清澈了。可是雨停之后没几天,那条河就干涸了。那孩子再也没出现过。我曾经问过他的生日,就是今天,所以每年的今天,我都会去那河边走走,去看看他,也不让别人打搅他。"

我听得心里很憋屈,看了看苏辣、龚乙和橘鹤暖,他们也都是一脸肃然。五魁跳到老婆婆腿上趴了下来,老婆婆一边抚摸他一边说:"这猫真通人性啊!"

我问老婆婆:"婆婆,你是不是一开始就非常喜欢那孩子?"

婆婆点点头:"是啊,我俩境遇差不多。而且,别的孩子拿了糖丸要么跑走了,要么对我讥讽做鬼脸。只有他,每次都笑着跟我说谢谢。他不爱说话,可我听他说得最多的就是'谢谢'。他给这个村子带来了很多好处,这村子的人给他的却只有嫌弃和污染,可他跟村民说得最多的也是'谢谢'。"

我正鼻子发酸,突然听到苏辣吸了吸鼻子说:"婆婆,你别难过,那孩子可能很快就能回来了!"

婆婆苍老的脸上突然爬满笑容,激动地问我们:"真的吗?"

苏辣信誓旦旦地说:"真的,真的。"

我虽然也想哄婆婆开心,但不想去骗她,于是狠狠地踢了苏辣一脚,白了她几眼。她捭捭腿,权当没看见。

那一晚,我们睡在婆婆家客房的大炕上,听着虫鸣,看着窗外的月亮。那一晚,我睡得很沉。第二天一早,婆婆给我们准备了早饭。我们一行人吃过早饭,和婆婆道别后就向河道走去。路上我还不忘埋怨苏辣:"你干吗编谎话骗婆婆啊?"

苏辣一脸委屈:"谁编谎话了?你没看到咱们来的时候,路边牌子上写的整治河道的通知吗?"

我知道我冤枉她了,可是嘴上不服气:"哟,你还看到了路边的通知啊?我以为你除了吃的什么也看不见呢!"

橘鹤暖打断我俩:"既然河道就要修好了,那么那个人定是想利用河道来补足水。如果我们挖出法器,基本就能确定这是哪个阵位了。"

忙活了一上午,法器已经被我们找到了五六个,都是属木的法器。橘鹤暖跟龚乙说:"如果再找到些线索就好了。"

龚乙回:"目前我们这些线索大概能推出几个位,如果再找到别的阵位的线索,就能推出整个阵了。"

我突然想起了什么,问橘鹤暖:"你们说如果地下埋了玉石,有没有可能是为了布阵?"

橘鹤暖看着我点点头。我继续说道:"之前我和五魁去处理过一件事情,那个人还是林克的一个朋友。他家的玉镯不知道为什么被埋在了他家的院子里。"

橘鹤暖和龚乙迅速对了个眼神,橘鹤暖看着我说:"你还记得在哪吗?"

我回想了一下:"我应该能找到。"

龚乙兴奋地跳脚:"太好了,我们去那个地方看看。"

橘鹤暖点头:"嗯,不过今天就算了,我还要把这些法器拿回去研究一下。我们约三天之后吧。"

龚乙表示同意:"嗯,我也得回龚家看看,毕竟离开有些日子了。那到时候,我们提前一天联系吧。"

大家便拿着挖出来的法器向停车的方向走去。我回头看了看河道,仿佛看到了那条清澈见底的小河。

10 乾坤镜

接二连三的事情让我疲惫万分，难得睡个懒觉，橘鹤暖居然没有打搅我。睡到十一点才去店里，从门外看到里面人挤人。我吸了口气，不禁感慨，苏辣搭配橘鹤暖还真是天下无敌，不知道能不能赚个盆满钵满。推门进店，看他俩也无暇打招呼，我就直接进了后面的仓库把五魁放出来，叮嘱他不要去外面，然后开始盘点库存，看看需不需要进货。

直到午饭时间过了，人慢慢散去，我才出来。我看到苏辣和橘鹤暖累得瘫在椅子上，笑着问他们："吃点什么？今天卖得这么好，我请客呀！"

橘鹤暖斜了我一眼，估计在想请客还不是花的他的钱。倒是苏辣答应得痛快："算你还有良心啊，让我想想吃什么好！"

他们想的这会儿，我就坐在柜台里，看看他们都卖了什么，还剩下什么。我正看着，门被推开，进来一个戴墨镜的女人。这女人身材姣好，穿着一身套裙，踩着一双不下十厘米的高跟鞋。她摘下墨镜，露出妆容精致却略显风尘的一张脸。

苏辣皱着眉头说："要买东西下午吧，店主和小二们要出去吃饭了！"

那女人看向苏辣。苏辣认出了她："咦？你不是那天过来问我们收不收串的那个人吗？"

女人挑了挑眉毛："你们谁是店主啊？"

说实话，我不喜欢这种气场的女孩子，也懒得应付她，于是走到橘鹤暖身边，用脚踢了踢他，示意让他上。没想到这厮根本不接我的招，仰着脸假装什么都不知道。我又看向苏辣，她赶忙避开我的目光。我正冲苏辣皱眉努嘴，女人走到我面前，在我前面的椅子上坐了下来："你也别挤眉弄眼了，我看就你吧！"

我吸了口气，没好气地问她："凭什么就我？不是我！"

她嘴角一扬，给了我个不屑的微笑："怎么？我看着像能吃人的吗？这么怕我？"

我翻了个白眼，心想妖魔鬼怪我都不怕，还能怕你？于是问她："我能怕你什么？说吧，你想干吗？"

她似乎很满意我的回复，从手包里掏出一个绸缎材质的小包放在柜台上："看看，多少钱收？"

我双手抱肩,没有接过布包:"我又没说我们收!"

她身子向后靠在椅背上,笑着看我:"聪明的老板不会错过任何赚钱的机会,你先看看货再说!"

看样子她对她带来的东西非常有信心。

我带着疑惑拿起布包,隔着布包摸了摸,似乎是一串手串,便从柜台里拿出一副白手套戴上,打开布包取出了手串。这是一串翡翠手串,珠子大小适中,颜色是我喜欢的阳绿,而且水头非常好。为了避免珠子之间的摩擦,珠子和珠子之间用白金的小垫片隔开,一共十八颗,还有一颗粉红透亮的碧玺,上面刻了一朵莲花和一截莲藕。我看珠子成色确实不错,却也不好估价,于是将它递给橘鹤暖:"大师傅,你看看!"手串拿出来后,橘鹤暖就一直盯着看,也早就戴上了白手套。见我开口让他看看,他便接过珠子。我盯着他的表情,观察他的神色,以便等会儿配合他,好拿到最合适的价格。

橘鹤暖看了看,先是不断点头,然后眉头一皱,对我摇摇头。我便接过他手里的珠子,放回袋子里,把袋子推到女人面前:"抱歉了,这东西我们不能收!"

女人吸了口气,看得出来她强压住了惊讶的情绪,故作淡定地说:"相信二位都能看出来这是上乘货色,价格,我这边也好商量。"

我回头看向橘鹤暖,他面色略沉,并没有吱声。女人终于沉不住气了,有点急切地问:"好,就算你们不肯收,能给我说说是为什么吗?"

确实如女人所说,这串珠子是上乘货,所以我也不懂橘鹤暖没有余地的回绝到底是出于什么原因,也等着他给个答复。

橘鹤暖这才走到柜台边,双手交叉垂着,笑着对女人说:"我同意您的说法,这串珠子的种水和颜色都非常好,但我们不能收。因为我们这家店,收了这种贵重的物品也卖不出去,有价无市。我们小本生意,图的就是挣钱,这种级别的手串,我们收不了。"

我在旁边暗暗想,原来橘鹤暖这个家伙早就看出这东西价值不菲,他也不是故意压价,只是怕收回来卖不出去砸在手里。女人将手按在袋子上,皱着眉毛看着橘鹤暖:"可是,我还没有开价呢!"

橘鹤暖微微一笑:"您的价格开高了我们收不起,开低了您也不乐意,何必浪费这个时间呢?"

女人叹了口气:"八千,一口价,一手交钱一手交货。"

这个价格显然戳到了橘鹤暖,他吸了口气,皱着眉毛问:"这位女士,您真的知道这手串的价值吗?"

女人淡淡地笑了一下:"我不能确定它的价值,但我知道我开的这个价格非常低，可能连市价的五分之一都不到。"

橘鹤暖冷下脸："那我们就更不能要了。"

女人点点头，身上的气势似乎一下子垮了下来："我知道你们怀疑它是贼赃，但是它不是。如果不是真的急需用钱，我是不会把它就这样出手的。"

橘鹤暖一言不发，只是抱着肩看着女人，一副送客的表情。女人突然露出恳求的神色："拜托，就算帮个忙，收了它吧，这真的是正规途径得来的。"

见我们依旧不吭声，她似乎还想说什么。苏辣在一边下了逐客令："这东西你也证明不了它不是贼赃，我们也不想惹事，你还是走吧，我们还要出去吃饭。"

女人将袋子放回手包，戴上墨镜，没再说什么，离开了店里。

她一走，我连忙问橘鹤暖："大橘猫，这串手串到底值多少钱？"

橘鹤暖一边扯下手上的手套，一边看了看苏辣和我："这手串成色很好，价格应在五万左右。"

我瞪大眼睛："啊？这么大个漏，我们没有捡？"

橘鹤暖没好气地白了我一眼："不是什么漏都能捡。她就算拿着手串去典当行，也不止这个价格，我怀疑这东西有问题。"

我撇撇嘴："啧，那我们刚才应该报警才对。"

苏辣敲了一下我的头："有什么证据，你就报警？走吧，吃饭去啦，我要吃牛肉面！"

吃完饭回来，我继续盘仓库。忽然，我听到苏辣提高了一个分贝的声音："哎？你怎么又来了？"

我走出去一看，还是上午那个女人，她又来了店里。女人瞥见了我，带着恳求的语气问："能不能……能不能借一步说话？"

我耳根子软，受不了别人求我，便招呼她来仓库，让她坐下慢慢说。橘鹤暖看这情况，一脸恨铁不成钢地跟了进来。

女人坐下后，从包里掏出几个丝绸的小包放在小桌上，抬头看向我们："这些真的不是贼赃，不过来路也不是那么正当。"

她好像下了很大的决心："我就坦白讲了吧！我是一个富商的女朋友，他在云锦公寓给我买了房子。"

我和橘鹤暖对了个眼神，心知所谓女朋友不过是富商的情人。女人接着说："他给我买这套房子，一方面是方便与我幽会，另一方面是方便他放藏品。他热爱收藏，大到文玩字画，小到一些翡翠玉石，他都有收藏。当然，这当中也有一些是他送我的礼物。前段时间，他的公司出了点问题，他就跑路了，我找不到他的人了。我听说他申请破产了，开始清算财产。因为这个公寓在我的名下，所以……开始我的钱还能撑一下,但你们也知道,女人的日常开销还是很大的。"

我看着她那不知道用了多少瓶精华才滋润出来的脸,默默点头,表示赞成。女人继续说:"我没有别的收入,只好变卖些他送的东西。"

橘鹤暖问她:"那你为何不直接拿去典当行?"

女人抿了抿嘴:"文玩字画都是孤品,我是不敢拿去典当行的。这些小物件……这些小物件都是他从他老婆那里拿来的,所以……也不敢拿去典当。"

我好奇地问她:"从他老婆那里拿来的怎么了?怎么还不能拿去典当了呢?"

她尴尬地笑了笑:"他跟他老婆是离了婚的,但是附近几家典当行……都是他老婆的。这些小物件很多都是从典当行里出来的……就是之前人家典当给了典当行的。"

我嘿嘿一笑:"你这么说我就明白了,你这男朋友找你帮他转移财产呢!"

她没有接我的话,只是声音有点嗲地说:"我最近真的着急用钱,你们能不能帮帮忙啊?"

我还在想怎么回绝,忽听橘鹤暖说:"这样啊,既然东西来路都说明了,我们可以收。"

我回头不可思议地看着他,变脸比翻书还快。他也不看我,继续说:"另外,我个人也喜欢收藏,如果可以看看你的藏品,价格好商量。"

女人听他这么说,突然开心地说:"可以的!我可以带您去看看的。"

我看她忙不迭的样子,心想这真是个"傻白甜",怪不得富商利用她转移财产。我又瞥了一眼橘鹤暖,大橘猫这么说,准是又在打什么主意了。

橘鹤暖也没有含糊,当即就转了八千块给女人。女人收到钱,欢喜得不得了,立马要带我们去她家再看看藏品。橘鹤暖收拾好包,拉着我带着猫,还叫上了苏辣,连店都提前关了。我撇撇嘴,心想,大橘猫这是下了血本,大手笔啊!走出约等鱼喵,女人径直走向一辆白色的跑车,然后招呼我们过去。橘鹤暖走过去,跟她说:"你前面带路吧,我们自己开车过去。"

于是女人上了自己的车,我跟苏辣上了橘鹤暖的车。我问橘鹤暖:"那车贵吗?"

橘鹤暖摇摇头:"不算贵!"

我点点头:"那她还挺低调!"

我对她的厌烦突然少了两分。

女人开着车在前面带路,我们的车跟在后面。我问橘鹤暖:"大橘猫,你是不是觉得那珠子有什么不对劲?"

橘鹤暖看了一眼苏辣,又看了我一眼:"那串珠子倒没有什么,就是上面那颗碧玺有点不对劲!"

我好奇地问:"碧玺哪里不对劲?我没看出来啊!"

橘鹤暖沉吟了半晌解释道:"碧玺和翡翠不一样,它能吸收一些周围的磁场。那颗碧玺沾过非常厉害的法器,所以吸收了那个法器的磁场,虽然很弱,但我可以感知到。"

苏辣皱起眉毛:"你是说,你怀疑这个收藏家家里藏了个法器?那你一开始怎么不答应收,要她回来你才肯收?"

橘鹤暖点点头,表示回应了苏辣的第一个问题,然后解释:"我一开始就收,她就不会说出后面那番话,也不会轻易带咱们去看东西了,这叫欲擒故纵!而且,我断定她会回来,她是真的急用钱,附近她也找不到别人能收了。关键是那法器很有可能就是我们想要找的!"

苏辣闻言大惊:"你是说……你是说……乾坤镜?"

她说"乾坤镜"这三个字的时候,声音都在颤抖。橘鹤暖回道:"我还不确定,要去了才知道。"

苏辣还是疑惑:"也许是之前在典当行吸收的呢?"

橘鹤暖摇头:"乾坤镜这种东西是不会出现在典当行的!这么多人在找的东西,又只有一个,怎么可能被拿去典当?它一出现就会引起注意!"

我赞同橘鹤暖的说法,于是问他:"我也觉得大概在那个公寓里,那等下我们怎么办?"

橘鹤暖干脆利落地回答了一句废话:"见机行事!"

我不由得抱紧了五魁的猫包,还是觉得五魁比这两个家伙靠谱。

云锦公寓是一个中高档住宅区,无论是装修还是配套设施都非常上档次。进了小区,干净清爽的路面和大面积的绿化让我感觉这里的物业费应该也挺贵。车停在地面的停车位,女人下车就跟我们抱怨:"说是高档小区,居然连个地下车库都没有,真是的!"

随即,女人一边领路,一边有点自豪地跟我们介绍:"我家在一楼,他认识开发商,特意给我们留的,说是这个小区最好的房,还有个小院子。"

我皱着眉毛,听着她的话感受到了她的优越感,又想到刚才说过她低调,觉得像在打自己的脸。

走到门口,赶上隔壁邻居在开门,对方看到女人打招呼:"呀,曼曼回来了啊!"

她忙回道:"倪姐,我才回来。"

那个被叫作倪姐的似乎还要说什么,女人已经赶紧把我们领进屋,然后跟倪姐说:"倪姐,我今天有点事,先去忙了,您改天来我家做客啊,好久没看到唐哥了,一起过来喝茶。"

说完，她忙不迭地关上了门。

关上门，她慢慢吸了口气："唉，真是不巧，还让她给碰上了。"

我白了这个曼曼一眼，心想，刚才说得那么热闹，你们这邻里情是塑料做的吗？曼曼招呼我们坐下，从冰箱里拿了几瓶饮料过来："你们也可以喊我曼曼，我叫胡曼。你们先坐，我去收拾一下，咱们就去看藏品。"

橘鹤暖在她身后翻了个大大的白眼，开口说："你一个女孩子家，就这么把我们几个拉过来看贵重物品，你胆子可真够大的。"

胡曼笑了："不是我胆子大，是这个小区治安可好了。一键报警，保安立马就能赶过来，贼都不敢来。而且，你们好歹有店，看着也是做正经生意的。"

我看了一眼橘鹤暖，又看了看到处瞧的苏辣，觉得这个姑娘还是不聪明。

过了一会儿，胡曼拿着把小钥匙到一扇关着的门前，捅咕了好一会儿才把门捅开。然后她进去又忙活了一会儿才招呼我们："你们过来吧！"

我们走过去，胡曼把我们领进房间："就这里，看着就是普通的卧室，其实是储藏室。以前他都不让我进来，最近我才被准许偶尔进来看看的。"

她不知道从哪里把一些东西倒腾了出来，就摆在书桌上。她伸手指着书桌："我拿出了一部分，你们看看，看上什么，咱们谈价格。"

我和橘鹤暖像模像样地戴上手套，看起书桌上的东西来。多是些古书字画，我也不懂，还有些玉石珠宝，我就拿出来仔细瞅瞅。苏辣好像对这些都没兴趣，看了两眼就不耐烦起来："这些我可没兴趣，我想去院子里抽根烟。"

胡曼脸上掠过一丝嫌弃，但也没说什么。我和橘鹤暖继续看着这堆东西，我随口喊："那你把五魁也带出去放放风，别把他从猫包里放出来，免得它跑丢了。"

又看了一会儿，橘鹤暖抬头笑着问："胡曼女士，就这些了吗？"

胡曼微微蹙了下眉头："嗯……怎么？没有喜欢的吗？"

橘鹤暖微笑道："有两件还是挺喜欢的，就是贪心，想看看还有没有。"

胡曼有点犹豫，正在这时，门铃响了。

急促的门铃声让胡曼一下子紧张起来，她迅速示意我们去客厅，然后独自去开门。门口传来胡曼和刚才那个倪姐的声音，过了一会儿，忽然听到一个闷闷的声音和关门的声音，我们还没反应过来，那个倪姐已经出现在客厅。她狰狞着一张脸问我们："你们是谁，来这里干什么？"

我偏过头看到胡曼已经倒在门口。我指着胡曼半天没说话，因为在倪姐的身边，我隐约看到一个模糊的男人影子。我忙问："橘……橘鹤暖，你看到了吗？"

橘鹤暖皱着眉盯着倪姐，低声道："看到了。"

然后他问倪姐，"你是谁？你想干吗？你对胡曼做了什么？"

我急忙打断他:"不是……不是她,是……是一个影子。"

橘鹤暖显然没有理解我的意思,大概他没有看到那个影子。他只顾着大声质问倪姐:"你到底是谁,要干什么?"

倪姐嘿嘿一笑:"我是邻居。这小妮子平时没少勾引我家老唐,我今天就是来处理她的。"

橘鹤暖面色一沉:"所以你想栽赃在我们头上?说我们见财起意杀了她吗?"

倪姐又嘿嘿一笑:"聪明,不过晚了。我已经报警了,再过两分钟,这里就会被警察团团围住,这个罪名你们是担定了。"

她的笑有说不出的诡异,因为她只有一半的脸在笑。说完这番话,她回身准备走,却被已经绕到她身后的苏辣敲昏了过去。苏辣走到门口拦腰抱起胡曼,橘鹤暖背上倪姐,苏辣拉起我:"走,去院子,藏起来。"她话音刚落,外面已经响起了警笛声。

我们走到院子里,苏辣把胡曼放在地上,在花坛里不知道鼓捣什么。橘鹤暖放下倪姐,走到胡曼身边伸手探了探她的鼻息,然后催促道:"苏辣,你快点!"随着轰隆一声响,院子中间的地面出现了一个洞,没等我反应过来,橘鹤暖就拽着我抱着猫包跳了下去。接着,苏辣把胡曼和倪姐也推了下来,她下来之后,洞口又合上了。

我还在发蒙,洞里已经亮起了黄色的灯光,应该是橘鹤暖找到了灯。这个洞有台阶,向下走,下面的空间大概有两米高,足够大家挺直身子。这方形的地下室里有道门,门上画着奇怪的图形。我小声问:"这是什么地方?你们怎么发现的?"

橘鹤暖对我做了个"嘘"的手势,我听到外面有说话的声音和脚步的声音。橘鹤暖凑到苏辣身边低声说:"胡曼还有救,是七草毒。"

苏辣瞪大眼睛,不可思议地看着橘鹤暖低声说:"什么?你说这老家伙用的居然是七草毒?"

橘鹤暖点点头。苏辣走到胡曼身边,从身上掏出一个小瓶子。她打开瓶盖将手指放在瓶口,再将瓶子倒过来,然后将手指凑到胡曼人中的位置,搓揉了几下。她看着橘鹤暖:"先抹点神仙油顶一下,回去再想办法配药。"

过了约莫半个小时,外面的声音慢慢减弱,我凑在洞口听,也没有听到什么动静。于是,我回头问橘鹤暖:"这都是怎么回事?"

苏辣接话茬:"我俩看到胡曼拿出的东西明显不是尖货,就猜测她家里肯定还有别的藏东西的地方,我便到院子里来看看。你也知道,我之前就跟着师父挖洞,一看这院子就觉得不对劲,便四处寻找,结果就找到了机关。"

我埋怨道:"这情况太危险了,万一没有及时找到密道,咱们怎么办?"

苏辣笑了:"你担心什么,我和橘鹤暖总有办法的。"

我撇撇嘴不理她。橘鹤暖走到那扇门前,摸索着门口的机关,突然有些激动地说:"这门的机关居然是五行阵法!"

我和苏辣一愣,跑过去看了看。我啧啧称奇:"确实如此,看来这人还懂这些,而且这阵法做得还挺精妙的。"

苏辣嘿嘿一笑:"可惜难不住橘鹤暖。"

橘鹤暖的嘴角露出一个得意的弧度,他上前摸索着按了几下,门居然打开了。

橘鹤暖随手摸出两张符做了个手诀,点燃了符扔进房间,见没什么动静,才招呼我们过去。我走到房间门口,回头盯着倪姐,问橘鹤暖和苏辣:"那个老家伙不会突然醒过来吧?我刚才从她身上看到一个男人的重影,我觉得她很不对劲啊!"

苏辣看着我一脸疑惑地问:"你也看到了?"

我点头:"这么说你也发现了?"

苏辣笑得很开心:"是啊,我怀疑她被乾坤镜照过。若是这样的话,那东西可能就在这。"

看我一直看着倪姐,苏辣拍拍我:"放心,我用数术暂时封了老家伙的眼,她醒了也没什么威胁。"

这个房间并不大,也就几平方米,两边摆了木质的架子后,就只剩下一人的宽度了。我们在货架上仔细查找,我打开猫包把五魁放了出来。坦白讲,这里的东西真的不少,除了字画,还有玉石山子、成色极好的羊脂玉手把件、玻璃种的翡翠镯子,可是这些都不是我们要找的。找了半天,我们还是没有见到乾坤镜,大家正在疑惑是不是判断失误时,五魁突然对着木架一角叫了起来。我走过去,发现那里的货架上有个痕迹,忙喊苏辣:"苏辣,你来看看这里。"苏辣闻声过来看我指的地方,她用手比了比,又摸了摸木架上那个痕迹,然后苦笑:"是乾坤镜没错了,这应该是被带走了。"

我们正失落时,身后突然传来一个阴森森的声音:"哼,居然能找到这里来,你们很厉害啊!"

我们回头看去,倪姐已经站了起来。虽然她的眼睛看不到,但她却准确地走到了门前,表情狰狞恐怖。她的手还没从身后伸出来,苏辣已经跳过去锁住了她的双手。倪姐身材本就瘦小,也不是苏辣的对手,被苏辣将两个膀子一捏,双手便动弹不得。我在旁边直拍手:"苏辣,你这是点穴吗?太厉害了,我也要学。"

苏辣笑道:"什么点穴,我不过是让她两肩脱臼了而已。"

橘鹤暖沉着脸问倪姐:"看来你很熟悉这地方啊?"

倪姐只是诡异地微笑,并不回答他。

橘鹤暖看着她冷哼一声:"你不说也没有用,胡曼死不了,我们自会救活她,你的唐哥还会被蛊惑的。"

闻言,倪姐的眼神一变,怒吼道:"你说什么?你不许救活她!"

她生气的时候,身上的重影又出现了。我也继续挑衅她:"女人看不好自己的男人,还怪别人。就你这样子,你唐哥能老实待在你身边才怪!"

她气愤地喘气,但只一会儿,她就嘿嘿一笑:"可惜,现在就算她是九尾狐狸,也勾引不了唐哥了。"

橘鹤暖冷声道:"因为你把唐哥的魂魄移到你自己身体里了。"

倪姐看着橘鹤暖:"你是谁?你是怎么看出来的?"

橘鹤暖继续冷声低吼:"你不必管我是谁!但我告诉你,你的唐哥并非心甘情愿。只要我使一点小手段,就可以让他主导你的身体,到时候他还是可以勾三搭四,而你就只能眼睁睁地看着,什么也做不了!"

倪姐气得喘粗气,声音嘶哑地叫道:"你敢!你不可以这么做!"

橘鹤暖不再说话,只是扬起嘴角看着这个女人发疯。

倪姐吼完了疯过了,才深吸一口气:"好吧,你们说,你们想干什么?我答应配合你们,你们也得答应我,不要插手我和唐哥的事情。"

橘鹤暖点点头:"成交!那我问你,这个密室是怎么回事?你和你唐哥又是怎么回事?"

女人挑了挑眉毛:"我叫倪锦,唐哥叫唐云,这个小区是我们的,所以叫云锦小区。胡曼的情人是我们的朋友,早年也做过房地产,叫林博。他想跟他老婆离婚,又想把财产转移出来,所以买了这套房子,我们帮他留着一层,并按照他的意思给他做了这个密室,方便他储藏东西。胡曼这个'傻白甜'不过是个幌子。"

我和橘鹤暖相视一笑,果然如此。

倪锦继续说:"这小区最好的两套房子,一套卖给了林博,一套我和唐哥留下了,于是就和林博做了邻居。可是胡曼不老实,居然私下勾引我的唐哥。他俩经常在微信上聊天,哪还把我放在眼里?我几次劝阻都没有用,唐哥就是不承认和她有私情!"

我皱眉:"可能人家真的没什么!"

倪锦"呸"了一声:"不可能,我都看到他俩互相问候了。胡曼还每天浓妆艳抹地在小区里溜达,不是在勾引唐哥是什么?"

我感觉跟她没法说话,只好不再打搅她。她继续说:"后来林博回来了,我让林博把胡曼处理了,他不肯。可他有小辫子在我手里,他转移财产的事情,我给他捅出去他可是会很麻烦的。所以他就告诉我,他有个宝贝,可以让我和我唐哥合二为一,以后我就再不用担心他有别人了!哈哈哈……"

我看她笑得魔怔了一样,倒吸了一口冷气,女人的控制欲可真吓人。倪锦笑了一会儿就叹了口气:"可是这个林博也是个二把刀,我和唐哥虽然合二为一了,但是唐哥却不能完全受控于我。你看我笑的时候,有一半脸都是僵的!"

她指着自己的脸要我们看,可我连看她的勇气都没有。她接着冷笑了一声:"所以我恨啊,我就想弄死胡曼,一切都是因她而起。正好今天我逮到了这个机会!"

苏辣皱眉问:"所以林博也让你弄死了?"

倪锦得意地摇头:"那我可真没有,是他自己说暴露了法宝,有天晚上匆匆忙忙回来取了东西就跑路了。"

橘鹤暖又问:"那七草毒你是怎么弄到的?"

倪锦哼道:"这姓林的不靠谱,说是捂住嘴十秒钟就没有活路了,结果胡曼居然还没死!还是你们在蒙我?"

苏辣笑了:"说得没有错,可惜他给你的这七草毒放太久了,过期药不好使了,药效减半。"

倪锦白了我们一眼,橘鹤暖又问:"林博现在在哪,你知道吗?"

倪锦不屑地瞥了橘鹤暖一眼:"不知道,也不关心。"

苏辣接茬问道:"那怎么从这里出去你总知道吧?"

她点点头:"带你们出去没问题,但是什么不该做你们应该知道吧?"

在得到我们的默许后,她抬头往那货架的方向一努嘴:"那个货架上有个机关,找到后可以从货架后面的通道到小区外面。我就不跟你们走了,我直接回去了。至于胡曼,你们最好把她带走,不要再让我看到。"

苏辣帮倪锦把脱臼的胳膊复位,然后找到机关,试探了一会儿,确认安全之后,我们扛着胡曼向密道的另一头走去。就在我们要走出通道的时候,耳边又传来了警笛声,苏辣骂了一句:"这女人果然阴险。"

通道口,倪锦指着朝我们赶来的几个警察尖声喊道:"就是他们,快把他们抓住!这几个人谋财害命,害死了我的邻居,也是这个房子的房主,还想毁尸灭迹!"

当着警察的面,我们放下肩上的东西,是被布卷着的五魁。橘鹤暖一边展开布一边解释:"警察同志,我们是被房主带过来的,是她想卖些东西给我们。我们担心是贼赃,正犹豫的时候,她被邻居叫走了。我们见她久久不回来,就想出来报警,没想到她邻居恶人先告状。至于我的猫,它有幽闭恐惧症,刚在地下室犯病,乱抓乱挠,我只好把它包起来带出来。"

五魁这时候乱转乱挠起来,橘鹤暖拍着他的背安慰:"好了好了!"

为首的警察同志蹲下身子,摸了摸五魁,一脸疑惑地看着橘鹤暖:"你说……就你这猫,还有幽闭恐惧症?"

橘鹤暖点点头,警察笑着摇了摇头:"你们几个先别走,等我搜完她家,跟我一起去录口供!"

倪锦见状,不可思议地尖声喊:"不可能,我确定就是他们害了曼曼,就是他们,跟我有什么关系？"

　　警察从倪锦家顺利地找到了陷入深度昏迷的胡曼，还有作案工具。在倪锦的嘶吼中，我们跟着警察来到了警局，协助警察录了口供之后，我们就回家了。路上，我问苏辣是怎么回事，苏辣饿了半天，只顾着吃面包。橘鹤暖淡淡地说："我看倪锦的样子就知道她会陷害我们，这样的人，什么干不出来？于是我和苏辣使个障眼法，再让苏辣把胡曼送去她家，稍微布置了一下现场。"

　　我感叹道："倪锦的手段真是不一般，不过我发现你俩更是狡猾，以后我可要小心点咯！"

　　看着窗外渐渐落山的太阳，我突然问："那胡曼怎么办？唐云的事情我们不管了？我看那个男人还挺痛苦的！"

　　橘鹤暖白了我一眼："胡曼的事情，让苏辣回去配点药，我们想办法去趟医院把胡曼救回来就是了。至于唐云，人家两口子过了这么久了，夫妻之间的事情，你最好别插手。"

　　我撇撇嘴，不再说话。

　　虽然没有找到乾坤镜，但好歹有了林博的线索，想找到乾坤镜，跟着林博这个线索查下去应该没有问题。查这些东西，橘鹤暖是行家，我和苏辣只要等他的消息就可以了。至于我的工作，则是把上次和林克去的那个地方找到，找到那个地方也许就可以找到破阵的关键。我对着地图找了一下午，终于圈出了东郊的两个小区。虽然都在东郊，但还是相隔了一些距离，为了万无一失，这两个地方都要查。

　　跟龚乙打电话约好了时间和地点，电话那头她居然难得兴奋地喊："那是我舅姥爷他们住的那个小区，我可以去看看他们，很久没见了！"

　　我被她喊得莫名其妙："你在兴奋什么？难道我们不带你去，你还不能去看你舅姥爷了吗？"

　　龚乙干笑两声，解释道："这里面的事情很复杂，等我们见面再解释给你听吧。"

　　我满腹狐疑地挂了电话，还是觉得龚乙的反应很反常。

　　第二天一早，龚乙带着两个黑眼圈站在约等鱼喵门口，我一脸嫌弃地看着她问："你昨天干什么坏事去了？跟个熊猫似的。"

　　她白了我一眼，没好气地说："龚家的祖庙有异动，我昨晚在和族里的长辈们查这件事情，要不是约了你们，我估计现在还在跟他们一起查呢！"

　　我递了一瓶水给她："好吧，不过咱们可能要去两三天。这两三天也会很忙，你顶得住吗？"

她接过水喝了一口，感激地看了看我："能在路上睡一会儿我已经非常满足了。"

龚乙果然如她所说，上车就睡了。我摇了摇她想问她关于她舅姥爷的事情，她却根本醒不过来。她的昏睡一直持续到我们到了目的地之后。因为实在喊不醒她，所以我们将清凉油涂在了她的太阳穴。

龚乙醒来后的第一反应是喊"舅姥爷"，发现我们都在后，才不好意思地挠挠头："做梦了！我还没说吧，我是我舅姥爷带大的！"

我恍然大悟地点点头："难怪你那天在电话里那么兴奋。"

她不好意思地笑道："能不能先跟我回舅姥爷家看看？"

我摆手："你回去吧，我们等你就好。这么多人，多打扰啊！"

龚乙面露歉疚："我这个人，最不习惯让别人等了。况且，我舅姥姥喜欢热闹，家里很久没有热闹过了。"

看她这样，我们只好同意。不过龚乙跟着又补了一句："家里情况特殊，你们得听我指示。如果看到一个老头，那就是我舅姥爷，你们千万不要理他。如果看到一个老太太，那就是我舅姥姥，你们就跟她多说说话。不过她上岁数了，有点老年痴呆。"

"不理老头子？"我被她说得莫名其妙，但也没有多问。我是知道龚乙的，憋不住的时候她就会主动讲出来。

这是一个事业单位的家属区，所以里面都是些老楼。龚乙的舅姥爷住在一栋老式六层楼的第二层，这在当初算是个黄金楼层，这也显示出舅姥爷当年在单位不一般的地位。龚乙敲门敲了半分钟，里面才传来一个苍老的女声："谁呀？"

龚乙忙大声喊："我啊，姥姥，我是芄芄。"

原来龚乙的小名叫芄芄，这个我们倒是第一次听到。随后屋子里传来一阵细碎的脚步声，门被打开一条缝，一个满头银发的老奶奶眯缝着眼睛看向外面。龚乙忙把脸凑过去："姥姥，我啊，芄芄！"

老奶奶不相信似的伸手摸了摸龚乙的脸："哎呀，真的是芄芄啊！"

说完她又故意皱着眉毛生气："你走吧！你早就把舅姥姥忘了，这么久都不来！你走吧！"

龚乙赔着笑脸："姥姥，我不是忙嘛，没时间啊！我这不是有机会就跑来了吗？"

老奶奶依旧不高兴地撇着嘴，像个没有要到糖吃的小朋友一样，说："你走吧，忙去吧！"

她嘴上这么说，却开门把我们都领进了客厅。老奶奶的个子不高，才到龚乙的下巴，龚乙直接伸手搂着她的肩："哎呀，姥姥，我这不是来了吗？您再赶我，我真走了啊？"

老奶奶连忙摆手："不行，留下吃饭。"

龚乙这才回头冲我们笑笑，跟我们介绍："这是我舅姥姥，从小把我带大，我就喊她姥姥，你们也可以跟着我喊。"

我们忙齐声喊"姥姥"。这让舅姥姥高兴得不得了。龚乙又伏在她耳边，声音很亮但却不刺耳地说："姥姥，这些都是我的同事。"

舅姥姥忙点头："嗯，都是好孩子。"

然后她把挂在胸前的老花镜拿起来戴上仔细看了看我们，用胳膊肘撞了龚乙一下："都是同事？没有男朋友吗？"

龚乙的脸难得地红了起来："哎呀，都是同事，都是同事。姥姥，我们等会儿还有事，不能待很久。这回我来负责做午饭，家里有什么？"

舅姥姥指了指厨房的方向："自己去冰箱里看看。"

龚乙去了厨房，舅姥姥抓着橘鹤暖的手问："孩子，你多大了啊？跟我们芃芃认识多久啦？"

橘鹤暖被问得一脸窘态，我和苏辣在旁边强忍住不笑。

跟橘鹤暖寒暄了一阵子，舅姥姥看着我问："丫头，你多大啦？你这个包包里是什么……"

我忙解释："是我家猫，比较黏人。"

说完这句，我听到猫包里的五魁不满地哼了一声。舅姥姥听说是猫，眼睛都放出光来："哎呀，小猫咪，放出来吧，放出来，别憋坏了呀！"

我赶忙把五魁放了出来，这厮跳到了舅姥姥的身上，呼噜呼噜地蹭了起来。我在心里默默地翻了个白眼。舅姥姥摸着五魁，脸上是明显的喜悦："这猫真黑，真俊！叫什么啊？"

我笑着答："他叫五魁。"

舅姥姥笑着摸他，喊他的名字："五魁！大五魁！哎呀，我家一直养猫，叫大欢，十几岁了，结果前几天跑丢了。唉，等会儿我得让芃芃帮我找找去。"

龚乙在厨房听到后跑过来问："什么？您说大欢跑丢了？这下可坏了！等会儿我们去找它。"

我看了一眼龚乙的神情，不是一般的着急，便推着龚乙到厨房，回头冲舅姥姥喊："姥姥，我去给龚乙打下手。"

进了厨房我愣住了。厨房里站了个比龚乙高半头的老爷爷，我刚想喊人时才想起这是龚乙说过的舅姥爷，便只默默地点头打了个招呼，舅姥爷笑着回应了我。我低声问龚乙："怎么？你家猫很特别吗？是不是跟五魁一样？"

龚乙摇头，然后又点头，我见她不好说，也就没再问。龚乙说她掌勺，却都是舅姥爷在做饭。过了约莫半个小时，几道菜就做好了。

我和龚乙把菜端上桌，舅姥爷只是盛了点菜，打算在厨房里吃。我觉得很不合适，龚乙却把我推出了厨房。在饭桌上落座以后，舅姥姥问龚乙："你舅姥爷吃了吗？"

龚乙忙答："哦！"

她走到客厅电视柜旁边的一个柜子前，将柜门打开，又拿了小盘子盛了点饭菜供在柜子里，柜子里供奉着一张黑白照片，就是我在厨房里看到的舅姥爷。看到照片的那一刻，我的血登时凉了半截。难道给我做饭的是鬼吗？还是这龚家有什么邪术，让这人死而不僵，继续存在人间？我想着这些，头皮一阵发麻。看出我的不对劲，橘鹤暖问我："二然，你怎么了？"

舅姥姥也抬头看我："怎么了？菜不合口味吗？"

我忙摇头，龚乙拍了拍我的肩示意我别怕，可我一顿饭还是吃得味同嚼蜡。吃完饭洗碗，我是死活不再提帮忙，也不肯去厨房。最终橘鹤暖起身解围，说厨房容不下那么多人，他帮龚乙洗碗就好。我坐在客厅里，心里慌得不得了。舅姥姥看我不对劲，问我："孩子，你是不是不舒服啊？"

我尴尬地笑了笑："没事，可能是昨晚没睡好。"

舅姥姥点头笑道："那就好，千万别自己吓唬自己。"

听她这么说，我总觉得她是知道些什么，话里有话。可是想到龚乙说过舅姥姥老年痴呆，我也就没再把她的话放在心上。

我如坐针毡，等龚乙和橘鹤暖从厨房出来，忙起身迎上去，脸上挂着虚汗和假笑："那个……咱们下午不是还有事情要办吗？是不是该走了？"

龚乙嘴角微微上扬露出个值得玩味的微笑："这么着急吗？不坐下喝点水，休息休息再走吗？"

橘鹤暖也在旁边抱着肩膀颇感好笑地看着我。只有苏辣，一脸真诚地看着我："喝口水吧！"

舅姥姥也笑着招呼我坐下："来来来，别急着走，喝口水，休息会儿再走啊！"

我只好又坐回椅子上，五魁懂事地跳到我腿上，我的心里也踏实了一些。

龚乙给大家倒了茶水，又把水递到舅姥姥手里，嘱咐着："有点烫，你慢点喝。"

舅姥姥开心地拍了拍龚乙的手背。龚乙又问："云姨最近来了吗？小满和东东哥多久没来了？"

舅姥姥笑道："哎呀，他们都忙。你云姨两口子不是出国了嘛，他们要在外住上一阵子。小满第二胎怀了五个多月了，身子不方便。你东东哥哥外出公干，他现在大小是个领导，很忙。"

龚乙皱眉叹了口气："那您就……就您一个人啊？"

舅姥姥拉着龚乙的手，道："我们做长辈的，不就是把你们培养出来，我们的任务就算完成了吗？你们年轻人还有工作，还有事业。你们忙你们的，我身体好得很，能照顾自己。"

龚乙瞟着厨房的方向故意大声说："您不打算张罗个后老伴？"

舅姥姥把手抬高拍了一下龚乙的手："淘气！我什么岁数了？眼神不好，精神也越来越不济，还找什么老伴？谁家缺姑奶奶伺候呀？"

龚乙想了想，一脸不放心地说："要不，我给您找个保姆吧？"

舅姥姥意味深长地笑了笑："不用，好孩子，知道你不放心。你就把心搁在肚子里吧，没事的，我现在不是好好的？你要真心疼舅姥姥，就帮我把大欢找回来。哎呀，它在我可踏实了。"

龚乙忙点头："对，我下午就去帮您找找。"

饭吃过水也喝完了，龚乙这才跟舅姥姥告别："姥姥，那我们先走了。我下午去办点事，顺便找大欢。您放心，我肯定能找到大欢的。"

听她说完我如获大赦，赶紧让五魁进猫包，然后跟舅姥姥告别。我们一群人就这样离开了舅姥姥家。临走时，龚乙还悄悄地向厨房招招手，看得我又起了一身鸡皮疙瘩。

到了外面，暖洋洋的阳光洒在身上，我才觉得驱散了周身的阴冷。苏辣这个没心没肺的还在回味刚才那顿饭。我忙不迭地捉住龚乙："怎么回事？难道是我的错觉？厨房那个……那个……那个爷爷是舅姥爷吧？是鬼还是僵尸？"

龚乙没好气地拍了一下我的额头："鬼什么鬼！那就是我舅姥爷，活生生的大活人！"

她我彻底说蒙了："人？大活人？不对吧！你舅姥爷明明……明明死了啊！还在……还在……还在柜子里供着啊！"

想到这里，我又忍不住打了个寒战。龚乙看着我一字一句地说："真的是活人！"

我看了看苏辣，她看着我说："你说厨房里那个老头？是大活人！虽然我没过去，但我能感应到！"

我又看看橘鹤暖，他也点了点头。我捉住龚乙的肩膀："到底怎么回事？"

龚乙笑了："瞧把你吓得！"

我盯着她，她缓缓地收起笑容，只是微微扬着嘴角："我舅姥姥和舅姥爷都快八十了，本来两个人老来是伴，过得挺好。我舅姥姥年纪大了，患了眼疾，眼神特别不好。我舅姥爷就什么也不让她干，一直照顾着她，两个人感情特别好。可是半年前，我舅姥爷被查出了癌症，晚期。他年纪大了，上了手术台也不知道能不能下来，于是大家就接受了保守治疗的方案。我舅姥爷从那天起就开始发愁，他说他一把年纪了，活够本了，走了就走了，他认了。但是他走了，我舅姥姥怎么办？我舅姥姥不喜欢麻烦人，他们唯一的女儿也快六十了，早年丧夫，找了个后老伴，跟着他去了美国，孙子孙女又都忙。所以，我舅姥爷就劝我舅姥姥找个老伴。谁知道舅姥姥一听就急了，说她就要陪着舅姥爷，一直到他生命最后一天。舅姥爷就琢磨着先假死，一方面让我舅姥姥适应没有他的生活，培养自理能力，一方面是希望她能在他走后踏实地找个伴！他说他非要亲眼看看舅姥姥有伴了他才放心。"

我虽然被舅姥爷的真心打动了，但也被他的天真吓到了："假死？这都能想出来？然后你们就真的顺着他了？这不是闹吗？"

龚乙摊手："那能怎么办呢？他都是没多少日子的人了。大家都按照他的意思，商量好了演戏呗。起初，我舅姥姥伤心得不得了，后来她说她总是模模糊糊地看到舅姥爷的魂，而且总感觉有人在家里帮她。再后来她就知道舅姥爷没死了，但是她也理解舅姥爷的想法，干脆开始假装老年痴呆，一会儿清醒一会儿糊涂的，让舅姥爷的'魂'敢偶尔出来陪陪她，反正她装糊涂嘛。"

我看了她一眼："你们家这情况还真是复杂，你们自己演戏演得倒挺开心，差点把我给吓死！"

苏辣和橘鹤暖都不厚道地捂着嘴笑了起来。龚乙拍拍我的肩膀："舅姥爷想要安心，舅姥姥就号召全家哄着他。人活一辈子，老了能有他们这样的情分，全心全意为彼此着想，你应该觉得温暖才对！"

我想了想，觉得她说得也对，然后接着问："那个……大欢是怎么回事？应该不是丢了一只猫那么简单吧？"

龚乙重重地拍了一下手："对！大欢不是猫，而是一只神兽，也叫讙，是我小时候救回来的。如果找到它，也许就能找到阵位。"

我迟疑的点点头："那它到底是个啥？"

橘鹤暖从身后轻轻打了我的后脑勺："让你不读书！《山海经》上有记载'西水行百里，至于翼望之山，无草木，多金玉。有兽焉，其状如狸，一目而三尾，名曰讙，其音如夺百声，可以御凶，服之瘅'。说的是翼望山的山中有一种野兽，形状像野猫，长着一只眼睛却有三条尾巴，叫作讙，发出的声音好像能赛过一百种动物的鸣叫，饲养它可以辟凶邪之气，人吃了它的肉就能治好黄疸病。"

我点头连声回应，心里却在想，一只眼睛三条尾巴？会不会很吓人？这时龚乙从包里掏出龚隼，捏了个手诀，龚隼开始悬空转起来，最后指明了一个方向。龚乙回头跟我们说："我们走！"

离小区北门不远的地方有片空地，空地中间除了堆着一些废旧用品外，没有什么别的东西。龚隼把我们带到这里就没了动静。我们四下看了看，没看到有被困住的小动物，也没看到可以困住小动物的地方。我问龚乙："这地方是不是错了？"

龚乙摇摇头:"不会,对我家大欢,龚隼是不可能感应出错的。"

我又四下看了看:"可你看这里,也就三五百平方米,除了这堆垃圾,什么也没有。你不会告诉我,它困在垃圾堆里了……"

龚乙白了我一眼。橘鹤暖走过来说:"我们分头找吧,一人一个方向。二然,你带上五魁!"

我把五魁从猫包里放出来,四个人朝四个方向找去。五魁带路,我才觉得安全。

五魁在前面带路,我跟着他走到空地的一角,他开始在地上跟狗一样刨土。我忙把他抱起来:"五魁你干吗?别告诉我大欢困在地底!你这样刨,爪子会疼的。"

他挣扎着让我放开他,然后朝橘鹤暖跑去。橘鹤暖随即跟着他向我跑来。我指着五魁刨土的地方:"刚刚五魁在这里刨土,让我制止了。"

橘鹤暖蹲在地上,将手掌贴在五魁刚刚刨土的地方。过了半晌,他把龚乙和苏辣也喊了过来:"这下面应该是空的,我没办法出手,得看你俩的了。"

苏辣蹲下探了探,然后笑道:"乖乖!这是你发现的?"

看她看着我,我忙摆手:"不是我,是五魁。"

苏辣过去想摸摸五魁的头,被五魁避开了。龚乙为难地道:"要不要我去附近找点工具?"

苏辣摇摇头:"不用那么费劲,你们让开点。"

橘鹤暖拉着我往后退了几步。我抬头看着橘鹤暖问:"她这是要施展什么特异功能吗?我能不能……拍个视频?"

我的话还没说完,耳边传来一声"力化千斤",然后紧接着就听到轰一声,地上破了个大洞,尘土飞扬,我听到苏辣在尘土里剧烈地咳嗽,却看不到她的人影。等到尘土散去,才听到苏辣从洞里发出的声音:"你们下来吧!"

五魁一下就跳了下去,橘鹤暖跟着也跳了下去。我往前探了探身,这洞大概有三米深,跳下去还是很有难度的。我正在犹豫,龚乙也跳了下去。橘鹤暖向上伸出手跟我说:"二然,没事的,你跳下来吧。我接着你,不会让你受伤的。"

我一咬牙,闭着眼睛就跳了下去,果然,被一双大手稳稳地接住了。我还在感动,就听到橘鹤暖的声音:"二然,你怎么这么重啊?你午饭吃了秤砣吗?"我白了他一眼,没说话。

这里似乎是一个走廊,走廊两边有门,看样子大概是个废弃的地下室。我看了看一脸凝重的龚乙,问道:"你家大欢是怎么到这里来的?这……也没有入口啊?"橘鹤暖点头:"我猜入口早就给埋了。"

龚乙皱着眉:"大欢不是自己淘气跑来的,它应该是不小心掉进来的。"

橘鹤暖从包里摸出两个手电筒,一个给了苏辣,一个给了龚乙:"我可以夜视,你俩在前面开路,我垫后,二然在中间!"

我们一行人就这样一步步向里面走去,五魁带路,我们跟在后面,里面越来越黑,空气里也渐渐有了潮气。突然五魁停住了,向旁边的一扇门走去,停在门外。我们有点犹豫,就算是苏辣和龚乙这样的姑娘,面对门后的未知,也有点发怵。

身后的橘鹤暖轻吼:"你们闪开!"

然后,他从后面一脚将门踹开,里面似乎是一间破旧的宿舍,有两张破破烂烂的木质单人床。在墙角处,有一团毛茸茸的东西。龚乙急忙跑过去,轻轻地喊道:"大欢!大欢!"

毛茸茸的东西抬起头哼了一声,声音很虚弱,但清脆悦耳。这家伙的脸像极了狐狸和猫的合体,但脸上只有一只眼睛,三条毛茸茸的大尾巴在它身后盘着。在它面前不远的地方,有点食物的残渣,但已经看不出是什么了。龚乙抱起了大欢,拍着它的身体安慰它。我问橘鹤暖:"它怎么没跑?"橘鹤暖打量着整个房间:"这屋子里有困咒,虽然不是很强,但是大欢绝对跑不掉。"

我又问:"它出不去,怎么在这里熬过十多天的?"

橘鹤暖不解地看着门口,又看了看墙角:"我也在想这个问题。"

我们正在想怎么回事,只见五魁对着我们开始叫起来。我上前想摸他让他别怕,他却后退着依然对着我们叫。橘鹤暖沉声道:"不好,这里有危险,赶紧撤,原路撤回!"

我们迅速往外撤,往刚才下来的地方跑去。头顶的阳光一点点消失,刚刚被苏辣砸开的洞像活了一样在一点点"愈合"。如果这个洞合上了,我们恐怕就要被困在这里了。橘鹤暖从包里掏出根绳子,捏了个手诀,一边把绳子扔向洞口一边喊:"苏辣,你先上去,如果洞口合上,你就再打开。"

苏辣轻吼一声,拉着绳子一个纵身跳了上去。她上去之后,洞口就合上了。我们抬头等着苏辣再砸出洞口,可是却始终没有动静。我听到橘鹤暖恨恨地说了一句:"这个洞口就是在一定时间内会自己合上的。大意了,我们被苏辣算计了。"

我焦急地问橘鹤暖:"她不是吃了口吐真话的药丸,怎么还能害我们?"

橘鹤暖叹了口气:"她说的是真的,但她算计我们也是真的。只能说她很厉害,控制自己说了能说的。"

橘鹤暖苦笑了一下:"有些话不说完整,虽然是真的,也是可以迷惑人的。"

我感到说不出的惊愕和难过,毕竟和苏辣相处了一段时间,难道一切都是假的吗?我问橘鹤暖:"苏辣为什么要算计我们?"

橘鹤暖摇头:"我也不知道!但是,她可能担心我们跟她抢乾坤镜,也可能和那个救她出世的神秘人有关。但这都不重要,我们要先想办法出去才行。"

借着手电筒的光,龚乙拿出了龚隼,想探探附近的情况。可此时的龚隼却一点反应都没有。龚乙皱了皱眉："不对啊，按理说这里有困咒，就应该有阵法，就算没有阵法只有困咒，龚隼也应该有反应啊！"

橘鹤暖沉吟了一刻，说道："是被克制了……如果我没猜错，我们已经在阵中了！"

我吃惊地问橘鹤暖："你是说，苏辣引咱们到这里，是因为她提前布置好了这个阵？"

橘鹤暖摇摇头："应该不是。不过继续走，可能就有答案了。如果没有猜错，我们很快就能到达某个阵位的中心了。"

沿着楼道往里走，越往里越潮湿。我们很快就到了一堵墙面前，这是楼道的尽头。我拍打着水泥墙问橘鹤暖："这里就到头了啊，难道这个阵就这个地下室这么大？"

橘鹤暖没答话，从包里抽出两张符纸，一张叼在嘴里，一张蒙在眼睛上，然后捏了手诀，在眼前晃了晃。龚乙则从包里掏出一个指南针一样的东西，然后从墙角开始量步数。我看着两人，不知道他们葫芦里卖的什么药，就低头问怀里的五魁："五魁，这俩人在干吗？怎么神神道道的？"五魁瞥了我一眼，轻轻地叫了一声，仿佛在告诫我别多嘴。

过了七八分钟，橘鹤暖和龚乙一起走到一扇门前，齐声说："这里！"我抱着五魁跑过去，他们推开门，和之前的房间一样，这里看起来像是宿舍，完全看不出有什么不同。橘鹤暖敲了敲正对着门的那道墙，对龚乙点了点头。龚乙把大欢交给橘鹤暖抱着，她从背包里掏出个盒子，然后从盒子里拿出些东西固定在墙壁上。做完这些，我们退出了房间，听到里面轰的一响。我问龚乙："你这是什么啊？别告诉我你们龚家人随身带着炸药！"

龚乙笑了笑："很多阵布在地下，这只是我们探阵的小设备！不过确实是炸药的原理。"

我兴奋地问道："那咱们回去用这个把刚才那个入口炸开不就行了？"

橘鹤暖苦笑了一下："不可能的，这设备的威力还达不到炸开那里的程度。这面墙没有那么厚实，所以才能炸开！"

说完他推门进房间，我们也跟着走了进去。

原本的墙此刻已经被炸得松动，龚乙和橘鹤暖很快就将墙拆了个洞，而墙后面居然是空的。我紧跟橘鹤暖跨过墙，橘鹤暖不忘嘱咐我："从这里开始，我们就要进入阵位了，可能会有机关，二然你要格外小心。"我抱紧五魁，郑重地点了点头。

墙后面是一个五六十平方米的空地，空地的右边有一个小洞，我们一行人就顺着小路走进去。路是一直向下的下坡，但坡度不是很大，走了三五百米，周遭的岩石墙壁上开始出现黏黏糊糊的液体。我问橘鹤暖："大橘猫，这墙壁上黏黏糊糊的是什么啊？"

橘鹤暖忙喊住我："别摸！那是灵渍，是吸取能量和灵气的。在这里无论施什么术，都会被这墙上的灵渍吸去大半。"

龚乙将手电筒的光照在墙上仔细看了看："灵渍？我都只听过没见过。"

橘鹤暖叹了口气："看来这次这个阵，真的有点麻烦。从目前的情况来看，这应该是个存在了很久的阵。"

龚乙从包里拿了个小瓶子，用棉签蘸了点灵渍，放在瓶子里，再将瓶子放回包里说："我要带回去研究一下！如果这是个古阵，那是谁布下的？我从小就翻阅古阵的书籍，从来没有见过有关这个阵的记载。"

橘鹤暖看了她一眼："别说是你，我都没有听说过。那就证明，这是个从来没有被发现过的阵，而且……它应该非常强。"

我突然感觉有一种压抑感，抬头发现头顶上的墙壁正在以非常慢的速度缓缓下落。我指着上面有点语无伦次地说道："掉下来了！落下来了！墙……房顶，掉下来了！落下来了！"

龚乙回头问我："你说什么呢？什么掉下来了？"

橘鹤暖扶住龚乙的肩膀，指着上面："是天花板在下降。可能是五行厚土咒。"

我和龚乙同时问："五行厚土咒？"

橘鹤暖拉起我就往前跑，边跑边说："来不及解释了，龚乙，你跟着我！"

跑了两分钟，我感觉天花板要贴上橘鹤暖的头皮了。橘鹤暖弓着腰又跑了两步，在墙壁上贴了张符纸，然后一推，墙壁居然陷进去了。他再一用力，一条路出现在我们面前，他先把我推了进去，然后自己跟着走了进来，又把龚乙拽了进来。

我跑了一路，只能叉着腰原地喘息。龚乙也明显呼吸急促，问橘鹤暖："这到底是什么？"

橘鹤暖倒是非常淡定，面不改色心不跳地看了我俩一眼："这叫五行厚土咒，是一种比较少见的咒法。它的主要作用是制造机关，就像刚才我们看到的那样，不出两分钟，我们就会被压死了。"

我努力地大口吸气，感觉嗓子里有一股腥甜的味道："大橘猫，你是怎么知道这里有条路的？"

"四千三百零九步，在这个通道的四千三百零九步的位置是支路！这个阵，好熟悉。我也是看到厚土咒的时候才发现这里越来越熟悉。不过五行阵法都相通，咱们还要继续往下走走看。"

我又问："你什么时候开始计步的？而且你的四千多步和我的四千多步肯定不一样，要是我数，是不是根本找不到这条路？"

橘鹤暖叹了口气："所以说你就是个拖油瓶！你问问人家龚乙，我们修习布阵术法的，从会走路起就开始练习固定步幅，而且走到哪里，都会有计步的习惯，这是基础！"

我"啊"了一声，望向龚乙，她没有说话，只是点点头。见我的气已经喘均匀了，橘鹤暖问："好了吗？我们继续走吧，不然我们还没走出去就要饿死在这个阵里了！"

我跟上他问："这个阵这么大吗？"

橘鹤暖没有回答我，只是默默地走在前面，龚乙则自觉地走到了我的身后。

五魁一直被我抱着，这会儿却蹬着腿，想要挣脱我，我轻声责怪他："五魁，你别乱动，这里很危险！"

听我这么说，橘鹤暖回头笑了："我看你还是放他下来吧，在这种地方，他生存能力比你强多了！"

我白了他一眼，但还是听他的话把五魁放了下来。五魁被我放下后没有跑远，始终与我保持着一米的距离。

又走了一会儿，突然有风迎面吹过来，风里除了湿气还带了点腥味。橘鹤暖停住脚步蹲了下来，我也跟着蹲了下来。不知道橘鹤暖在那鼓捣了些什么，过了七八分钟，他突然回头看着龚乙："前面有个镇兽，应该是镇着阵脊的。"

龚乙上前两步压低了声音说："这么说，我们是到了阵脊的位置……镇兽……什么实力？"

橘鹤暖皱眉道："单体战斗力应该不弱于你！"

龚乙尴尬地说："那你自己能搞定吗？"

橘鹤暖只回答："齐心协力能争取更多的时间，毕竟这么耗下去，咱们的体力撑不了几天，后面的阵本位还不知道有什么呢！"

龚乙点头："我听你的！"

我低声问："我……是不是帮不上什么忙？"

橘鹤暖嘴角轻轻一扬："也不是，你可以帮上忙。"

听橘鹤暖这么说，我心下稍微舒服点，就和龚乙一起听他安排。橘鹤暖开门见山地跟我说："二然，你做诱饵！"

我被他的话惊到，怀疑自己听错了："什么玩意？让我做诱饵？"

橘鹤暖点点头："这个阵设了这么多机关，一定是防止外人入内的。既然不让人进去，那这里的镇兽肯定是吃人的。而且这会儿，应该很饿了！"

我听他这么说，倒吸了一口气，咽了口唾沫问他："那个……那什么，我在这就算牺牲了吗？"

橘鹤暖白了我一眼："想什么呢？我们当然会救你啊，别说牺牲，你就是受伤了，我师兄也会跟我没完的!"

听他这么说我扭头看了看五魁,心下涌起一片温暖,可五魁这厮却故意扭过去不看我。

安排完了我,橘鹤暖轻声跟龚乙交代:"等会儿我先用隐身咒进去,然后用术符封住镇兽的眼。但刚才我被灵渍消耗了太多精力,可能撑不了太久。之后,二然进去,镇兽会扑向二然,二然……她肯定也撑不了多久,你就躲在二然身后,找机会用龚隼插进它胸口,只要它的气破了,就好对付了。"

橘鹤暖说完这些又转向我,伸手递过来一颗药丸:"这是短期内可以增加你体力和力量的药丸,你吃一颗吧!"

我接过药丸,问他:"你说……你说这是大力丸?"

橘鹤暖笑了一下:"你啊,都这时候了还有心思开玩笑!"

我也笑了一下,把药丸塞在嘴里。

大家又各自准备了一下,朝着前面腥风阵阵的地方走过去。拐过一个弯道,借着手电筒微弱的光,我们似乎到了一个宽敞的空间。橘鹤暖已经借隐身咒先潜了进来,我们则借着手电筒的光寻找镇兽,没想到四周突然亮了起来。这是一间用石头砌成的房子,房子的四角各有一个火把。此刻,这些火把不知被谁突然点亮,把整个房间照得明晃晃的。房间的正中间,趴着一个长了四个角,身形如牛一样,有着一双人眼的怪物,有一人多长。四周火把的亮光把它从沉睡中惊醒,此刻它正慢慢睁开眼睛。我听龚乙在我身后吃惊地喊:"诸怀①?原来真有这种东西。"

我来不及问她诸怀是什么,这家伙已察觉到我的存在,弓起身子向我冲过来。龚乙躲在我身后,将我往旁边一拽,躲过了这家伙的第一波攻击。见我们躲开,它竟然发出了阵阵号叫。它的声音似乎很有诱惑力,听得我晕乎乎的。龚乙在我脖子后面拍了几下,跟我说:"不要听,听我说的。"

被她拍了一下我忽然清醒了很多,诸怀见我没有被迷惑,于是又准备往我这边扑,可是它好像突然被什么蒙住了眼睛,摇头晃脑的,看不见四周了。龚乙小声说:"就是现在!"

我们从侧面冲到诸怀身边,我扑过去托起它的头,龚乙从后面将龚隼送进了它的胸口。我正要松一口气,却听到当的一声,龚隼被弹了回来。龚乙喊了声:"不好,它身上有金刚咒!"她说完就迅速把我拖向旁边。几乎同时,诸怀一嘴咬了下来,差

---

①诸怀:《山海经》曰:"北岳之山,有兽焉,其状如牛而四角,人目、彘耳,其名曰诸怀,其音如鸣雁,是食人。"

一点咬到我的脖子。

来不及喘息,我脑子里飞快地想着应对的办法。正在这时,五魁冲诸怀跑过去,然后轻轻地跃起,在诸怀的眉心留下个黑色的脚印。我瞬间明白了他的意思,回头跟龚乙说:"再来一次,刺那里!"我指着五魁爪印的位置。

于是我们又冲了过去。我用双手拖住诸怀的下颚,用肩膀抵住它的喉咙,将它的整个头向下压。它因为疼,右前爪猛地拍向我。我的肩头似乎被什么东西挡了一下,我还没来得及多想,龚乙已经到了眼前,她将龚隼插入诸怀眉心。一阵青烟散去,这家伙就像未曾出现一样消失在我们眼前。地上出现了一滴滴的血渍,橘鹤暖慢慢地现身。我见到他左边的小臂被抓出的几个爪印,才知道刚才是他替我挡住了诸怀的那一拍。

龚乙扶住橘鹤暖,从身后迅速拿出一瓶粉末撒在橘鹤暖的伤口上帮他止血。橘鹤暖很淡定,看着我担心的眼神笑了笑,说:"小伤,没事的。倒是你,没吓到吧?"

我摇摇头,五魁也跳过来蹭了蹭我的腿。我把他抱起来,轻声说:"真是多亏了你啊,五魁!"

龚乙用纱布帮橘鹤暖缠住伤口。我问橘鹤暖:"刚才那家伙是什么?就这么消失了?怎么连个渣子都没留下?"

橘鹤暖走到之前诸怀趴着的地方,我们这才留意到地上有两个人头骨和几根大骨头,我顿时吓得往后退了两步。橘鹤暖见我这副胆小样,不禁笑着说:"刚才面对那个活的你挺勇敢啊,这会儿见到死的倒害怕。这家伙叫诸怀,《山海经》记载它是一种长了四个牛角的食人怪兽,还长着猪的耳朵和人的眼睛,没想到还真的存在……不过它连尸身都没有留下,应该是用法术凝成的精气所制,不是实体。这个布阵的人很厉害。等会儿到了阵本位,还不知有什么样的家伙等着咱们。"

龚乙听他这么说,苦笑了一下:"有什么,咱们也要上啊!毕竟留在这里也只有死路一条,我都开始饿了!"

听她这么说,我也觉得肚子饿了。本来午饭就被吓得没有吃好,这么几个小时高强度的运动,着实让人吃不消。我抱怨道:"要是苏辣在就好了,她总揣着吃的,怎么也能拿出来解解燃眉之急。"

提起苏辣,大家突然都沉默了,气氛有些压抑。可我还是忍不住轻声说:"说实话,我依然觉得她不是坏人,也许有什么误会也……也不一定。"

后面这句话声音轻得几乎连我自己都听不到了。

橘鹤暖提了口气:"好了,大家都休整好了吗?不想饿肚子就要抓紧时间!我们继续走吧!"

我看了看整个房间,除了我们的来路,没有其他的路。我正在纳闷接下来怎么走，却见橘鹤暖直接从来路正对面的墙壁穿了过去。我指着他穿过去的墙壁，惊讶地看着龚乙，说不出话来。龚乙笑着说："这面墙只是个障眼法，走过去就是了。"

我走到墙前面，还是不肯相信墙是假的，正在犹豫，橘鹤暖从墙壁里伸出一只手把我拽了过去："二然，你磨蹭什么呢？"

墙后面果然是一条小路，还是橘鹤暖走在前面，龚乙抱起大欢跟在我身后。

这条路明显比刚才来的小路要宽敞一些，头顶上的岩壁也更高一些。我轻轻地舒了口气，跟橘鹤暖说："这路越来越好走，是不是快找到出口了？"

橘鹤暖冷笑一声："在有机关的地方，越好走的路就越危险！"

一直跟我保持着一米左右距离的五魁突然叫了起来，橘鹤暖回头冲我们喊："来了，快趴下。"

我赶紧趴在地上，觉得头顶上一阵风呼啸而过，我问橘鹤暖："发生什么了？"

橘鹤暖喊道："趴着别动，头顶上有机关。"

我迅速地翻了个身，然后看到一个摆动的铁锤从我脸上擦过去。我趁铁锤刚刚摆过去，又迅速地转了过来，汗顺着额角直流，我问橘鹤暖："大橘猫，这玩意什么时候停住啊？我们要爬着走吗？"

橘鹤暖没有立刻回答我。片刻之后，橘鹤暖说："不可能爬过去，如果我没猜错，再往前面一点，地上就会出现金刚刺，我们是爬不过去的。"

我泄了气，趴在地上道："咱们是不是要趴成一列饿死在这里了？"前面传来橘鹤暖呵呵的笑声，我心下顿时怒火，这个家伙，还有心情笑。

约莫过了一刻钟，橘鹤暖说："接下来听我的，但是你们一定要把握好时间，时间计算一定要精准，稍有差池，就有可能折在这里了。"

我和龚乙一起"嗯"了一声。橘鹤暖沉声道："我刚才已经算过这个铁球的频率了，等下我会挨个喊你们，喊到谁，谁就站起来跑五步，一定不要数错。这样三次，我们就会遇到金刚刺。我用静止术拖住铁锤，龚乙你带着二然用龚隼插在墙壁上荡过去。金刚刺大概有五米，你有问题吗？"

龚乙想了想回答："应该可以。"橘鹤暖接着说："还是那句话，我拖住铁锤的时间有限，所以要越接近金刚刺越好。龚乙，等下你踩着我肩膀起跳，我会托你一下。"

龚乙应声道："好！"

我趴在地上静静地等着橘鹤暖的信号，不敢走神，虽然明知道踏错一步就会有危险，但心里却比刚才踏实了点。橘鹤暖突然喊道："二然！"

我赶紧起来跑了五步，然后迅速地趴下，感到一阵风从后脑勺经过。接着橘鹤暖又喊了龚乙。如此往复三次，橘鹤暖喊道："接下来，我要拖住铁锤了。你俩别犹豫，赶紧过去。"

他说完没一分钟，就又喊道："过去。"

我站起来往前跨了一步，后面龚乙赶上来，扶住我往前快跑了几步。龚乙踩上了橘鹤暖的肩膀，橘鹤暖身体向上一顶，龚乙拽着我腾起，随即她右手在墙壁上一个用力，把龚隼插入墙壁，我被她先扔到了对面，她也随后翻身跳了过来，整个动作一气呵成。我还没明白过来发生了什么，就已经到了相对安全的地方。随后，橘鹤暖抱着五魁和大欢也翻了过来，还将墙壁上的龚隼拔了下来。

我们三个人又经过了一个险关，停在原地大口喘着气。我问橘鹤暖："我说，这五行阵既然不想让人进来，把路封死好了，干吗留了路还要把人往死里整？"

橘鹤暖挑眉看了我一眼，嘴角噙起一抹微笑："还问了个挺像样的问题。这五行阵讲究五行流通，如果所有通路都封死了，就成了死阵，也就没有存在的意义了！留着路是为了让五行流通起来，设置机关是不想让人闯进去！"

我好奇："那它现在存在的意义是什么啊？"

橘鹤暖若有所思地回答："就目前来看，这个阵怕是封印阵，应该是用来镇压什么东西的。但具体是什么东西，要到了阵本位才知道。"

短暂的休整之后，我们又沿着小路往前走，大概又走了几十米，在小路的尽头的地上出现了一个洞。橘鹤暖依旧拿了两张符，一张叼在嘴里，一张蒙住眼睛，捏了个手诀。只用了片刻，他叹气道："阵本位就在下面了！可惜，我还探不出下面有什么危险。"

龚乙拍了拍他的肩膀："有什么危险咱们都要下去，一切听天由命吧。"

我声音略微发颤，怯声怯气地问橘鹤暖："大橘猫，下面不会有个大怪物张着大嘴等着咱们下去吧？"

橘鹤暖故意说："不一定，也没准水都烧开了，就等咱们直接掉到锅里了。"

我撇着嘴接着问："那我是不是得交代点后事啊？"

龚乙把我的肩膀搂过去安慰道："交代给谁啊？咱们这是要共进退的，覆巢之下安有完卵乎？"

我心一横："死就死吧，反正留在这也无济于事，下去还有一线生机！"

橘鹤暖看了看我："放心，我和师兄都会尽全力保护你的。"

龚乙也拍拍我的肩："我也会的！"

我强忍眼泪笑着点头，可还是忍不住哭了出来："我怎么这么没用？需要你们来保护，我自己都不能保护我自己，还要连累你们。"

橘鹤暖哈哈笑道："哎呀，二然，原来你心里这么愧疚，早知道我就不总损你了。如果这次咱们顺利离开这里，回去你可要好好练习数术了！"

我点头:"嗯,如果这次能离开,我一定好好学。"

跟我俩讲了安全护卫自己的姿势之后,橘鹤暖第一个跳了下去。他跳下去一会儿,龚乙抱着大欢也跳了下去,然后是我,在我身后是五魁。隧道很长,蜿蜒向下滑了将近十分钟,我才被一双大手稳稳接住。橘鹤暖把我放在地上,我才打量起这个阵本位所在的位置。这是一个很大的岩洞,足足有一个足球场那么大,高度也有三层楼高,虽然在地下,却不会让人感觉到闷。岩洞是个不规则的五边形,五边形的边上各立着三根大柱子,十五根大柱子把这个岩洞撑了起来。每根柱子上都有一盏灯,把整个岩洞照得灯火通明。

岩洞的正中间有个圆形的高高的石台,石台四周是石阶。石台的正中间有一口黑漆漆的悬着的棺木。棺木的四角钉着巨大的铁钉,从房间顶部垂下来的几根铁锁链将棺木紧紧地捆着。我小心翼翼地问橘鹤暖:"这就是那个被封住的东西吗?"

橘鹤暖点点头:"我先去探探路,你们在这等我消息。"

说完他蹿了出去,几步跳上石台。突然,他冲我们喊:"龚乙,你快过来!"

我和龚乙闻言迅速跑了过去,在悬棺的另一面,跪着一个已经风干的人。我吓得吸了口气,但还是佯装淡定地走了过去。

橘鹤暖指着尸体的后颈部,那里贴着一张黄色的符纸。他指着符纸问龚乙:"看看这个,是不是你们龚家的符咒?"

龚乙看了一眼符纸,脸色都白了,惊道:"没错,这是我龚家的符纸。但这个符我从没有见过。它虽然和龚家的符如出一辙,却是我没见过的一种符咒。"

橘鹤暖看着龚乙面色凝重:"你说有没有可能是你们失传的那部分龚家术?"

龚乙沉吟了片刻,回他道:"的确有这个可能性,但我还不能确定。让我看看这个人,也许能从他身上找到线索。"

她一边说,一边伸手想要去碰跪在地上的干尸,却被橘鹤暖拦了下来:"你先别碰,咱们还没弄清他为什么会出现在这里,先别轻易动他,万一惊动了棺材里的东西怎么办?"

龚乙点头,忽然脸色一变,一只手捂着嘴,一只手指着尸体:"啊!他……他……他是……"

我和橘鹤暖看到龚乙这副表情,也不知道她发现了什么。橘鹤暖拍着她的后心:"怎么了?你认得这具尸体?是谁?"

龚乙喘匀了气,问我和橘鹤暖:"难道你们没有认出来吗?"

我和橘鹤暖面面相觑,一脸茫然。我突然想起什么,问道:"难道是苏辣?"

龚乙摇摇头,我拍了她一下:"这时候了你还有心情卖关子,到底是谁啊?"

龚乙皱了皱眉:"是林克。"

我和橘鹤暖闻言也大吃一惊。我急忙问："林克……林克不是让你带走了吗？然后呢？"

龚乙想了想，回答："我把他交给龚家的长辈们处理，但是长辈们的处理结果是把他软禁。他……他怎么会出现在这里，他的尸体，怎么会……怎么会？"

虽然我们差点被林克害死，但知道眼前这具跪着的干尸就是林克，我的心里还是说不出地难受。于是我问道："你确定这是林克吗？"

龚乙点点头："确定，我认得他脖子上的那根链子，那是我龚家的身份牌，绝对错不了！"

说完她伸手挑起那根链子，链子前面有一块白玉镶金的小指大的牌子，上面刻着"林克"。橘鹤暖沉沉地说了一句："看来这里的事情，必然和龚家有关了！"

龚乙看向橘鹤暖："你是说，这个阵是龚家人布下的？"

橘鹤暖摇摇头："不一定！这个阵是一个失传已久的古阵，而且这布阵者的实力，是你们龚家鼎盛时期像龚敏那样的高手也达不到的。我和五魁要布这样的阵法，恐怕也难，没有个百八十年，是不可能做到的。"

我们都陷入沉思。我总觉得有些线索是我没注意到的，但想抓住它的时候，却让它溜走了。

龚乙绕着林克的尸体转了好几圈，不能伸手碰，只能靠观察寻找线索。我突然想起了什么，问龚乙："龚乙，你多久没有林克的消息了？"

龚乙想了想："三四个月。"

我看着橘鹤暖，橘鹤暖点头："是的，林克的尸体放在这里的时间应该不超过三个月！"

我壮着胆子走过去看了看林克的尸体："这是个古阵，但是林克却被带到了这里。带他来的这个人，如果不是布阵的人，就是一个非常厉害的高手。会不会就是你们说的五尊者？"

橘鹤暖蹲了下来，用手指探了探林克喉咙的地方："果然……"

龚乙也伸手去探了探，转头问橘鹤暖："怎么了？"

橘鹤暖从身后的包里拿出手绢擦了擦手："这里是地下，温度稳定，湿度大。才几个月，他的尸体就风干成这样，是因为他的血被吸干了！"

我听得汗毛都立了起来："被吸干了血？那……那……是僵尸还是吸血鬼？"

橘鹤暖摇摇头，又走近悬棺，我跟着走过去。悬棺不知道是用什么金属所制，外表漆黑，棺盖上刻着一圈符文。橘鹤暖眯起眼睛仔细看符文。

我突然听到身后几十米外传来一些声响，可是橘鹤暖和龚乙都没有反应。过了一会儿，那个声音再度传来。我凑近橘鹤暖，低声问："大橘猫，你听到了吗？"

橘鹤暖做了个嘘声的手势，原来他也听到了，却假装没有听到，准备麻痹对方，好伺机而动。我正奇怪声音怎么消失了，橘鹤暖突然回身，手掌向我身后急速挥过去。我还没反应过来，就听到一个熟悉的声音"啊"了一声。再回头，我见台阶下躺着的人用手捂住胸口喘着粗气，正是苏辣。我和龚乙还在惊诧，橘鹤暖已经一个飞身跳到苏辣身边，伸手捏住她的脖子，一脸不悦地冷哼："原来青尸素练还能隐身。"

苏辣喘着粗气回答："它只有穿在本门弟子，也就是我的身上，才可以隐身。"

橘鹤暖眼睛眯起来，瞳孔成了一条细线："林克是不是你带来的？是不是你师父吸干了他的血？"

苏辣一脸茫然地问我们："林克是谁？你们是说那边跪着的那位？我不认识他啊！我也是刚掉下来的！"

听她这么说，我走过去扶住橘鹤暖掐着她脖子的手。苏辣的脸色已经发紫，再这么下去，我怕苏辣被橘鹤暖掐死。我拍了拍橘鹤暖的小臂，示意他稍微松点手，然后问苏辣："苏辣，你为什么要算计我们？还把我们带到这里？"

苏辣看着我，半天没有说话，过了好一会儿，她叹了口气："那个神秘人让我把你们引过来，他说这里有对咱们来说很重要的线索。"

我皱了皱眉："你知不知道你编谎话的能力很差？如果是找线索，你为什么不直接跟我们说？如果是引我们进来，为什么你不是跟我们一起进来的？"

橘鹤暖手上用力，示意她老实回答。苏辣的汗珠从额头上冒出来，她说："因为这个阵设置了隐咒，连龚隼都探不出来。我说了，你们找不到也不会相信我的。我没有跟你们一起进来，是因为这个五行阵有五通路，每个通路一次只能通过五个生命体，不然最弱的那个会被灵渍吞掉！"我看了看橘鹤暖，五行阵的问题我不是很懂，需要他这个行家来定夺。橘鹤暖点点头，淡淡地说了一句："这两句话倒是不假！"

龚乙抱起大欢走过来，问："大欢是不是你抓过来引我们上当的？"

苏辣吃力地摇摇头："不……不是，不是的！大欢应该是上次有人进来的时候，不小心被带进来然后迷路了，接着又被阵边的捆灵咒给捆了，那个……一直找吃的喂它，就是……就是……"

她的手向身后指过去。我们这才发现，苏辣身后跟着一只长毛的大白猫。此刻，它正惊恐地看着我们。它的毛因为长期没清洗有些打结，但蓝色的眼睛和漂亮的五官依然让它显得格外可爱。我走过去，蹲在它面前笑眯眯地跟它打招呼，想伸出手抚摸它一下，它却惊恐地退后了。身后响起橘鹤暖的声音："二然，你别乱动它。"

他喊完，五魁便跳过去闻了闻大白猫，然后跑回橘鹤暖身边。橘鹤暖声音明显温和了些许："没事了，看样子是只普通的猫！"

这时候，龚乙怀里的大欢挣脱了龚乙，跑到大白猫的身边，热情地蹭着它。大白猫也叫了一声回应大欢。此刻，大欢完全就是一只普通奶牛家猫的样子，头顶两块黑色，后背两块黑色，毛很短却柔顺亮泽，超大的尾巴可能是它和普通家猫最大的区别。大欢明显在对大白猫示好，翻过肚皮打滚，嘴里还发出呼噜呼噜的声音。龚乙在一边看得尴尬，忙吼："大欢，快起来！像什么样子！"大欢听到后，不情愿地走到龚乙脚边。

我被大白猫这么一分神，脾气消了不少，可还是对苏辣做的事情耿耿于怀。橘鹤暖控制着她，我走过去继续问："你就不怕我们都死在这里面吗？刚才真的是九死一生！"

苏辣也有点担心，看了看我，又看了看橘鹤暖："你们没事吧？神秘人答应过我，不会让你们有事的！"

我听她这么一说就来了脾气："他说没事就没事？你怎么这么相信他？这个阵这么复杂危险，他能保我们什么？你以为阵是他家，他想怎样就怎样？"

我一连串的质问让苏辣陷入窘境，橘鹤暖却好像抓住了什么线索："二然，你刚才说什么？"

我被橘鹤暖问愣了，傻傻重复着："他想怎样就怎样？"

橘鹤暖摇头："前面那句！"

我想了想，说："你以为阵是他家？"

橘鹤暖点头，问苏辣："那个神秘人到底是谁？"

苏辣急得直冒汗："我骗你们干吗？我真的不知道他是谁！他每次都来无影去无踪的！"

我示意橘鹤暖将手松开点，问苏辣："那你好好想想，关于他，你还有什么线索？"

苏辣想了想，摇头："我没见过他的脸，只知道他是个男人，听声音三十来岁。他应该对你们没有恶意，他虽然把你们引了进来，却也让我来救你们！"

我瞪大眼睛："救我们？你是说，你知道如何出去？"

苏辣艰难地点点头。我跟橘鹤暖说："你快把她松开吧，她说她能带我们出去！"

橘鹤暖将手缓缓放下："苏辣，你说的我不全信，毕竟你算计我们在先。不过你能安然无恙地进来，我暂且相信你也能把我们带出去。毕竟如果不是为了救我们，你根本没有进来的必要！"

被松开的苏辣喘了几口气才把气喘匀，她紧接着问我们："你们找到乾坤镜的线索了吗？"

我看了看橘鹤暖和龚乙，对苏辣摇了摇头。苏辣看着橘鹤暖的小臂，突然喝道："橘鹤暖，你的……你的手怎么了？"

橘鹤暖皱了下眉毛："刚来的路上被伤了，你不用这么大惊小怪的！"

苏辣慌忙摇着头："不是的，不是的，你看！"

我们这才注意到，橘鹤暖的伤口本来已经包扎好，可此刻却有大片的血渍浸出，而浸出的血渍居然凝结成血珠，向悬棺的方向飞去。在血珠打到悬棺之后，悬棺开始剧烈地震动。苏辣喊道："那个悬棺在吸你的血，这样下去会吵醒棺材里的家伙，咱们都出不去了！快走！"

我着急地捂住橘鹤暖的小臂："可是我们还没找到线索，就这么走了不是白受伤了？"

随着血珠不断拍打悬棺，悬棺的盖子开始抖动，发出嗡嗡的声音。苏辣铁青着脸跟我们说："快走，再不走就走不了了！"

我不甘心地看着橘鹤暖，橘鹤暖沉吟了一下说："这个古阵里唯一的外来物品就是那具尸体，带上他一起走。"

他说完脱下外套走到林克尸体身边，把他捆在身上。我抱着五魁，龚乙抱上大欢，我看着蹲在地上一脸无措的大白猫，冲苏辣喊道："苏辣，把它带出去！"

橘鹤暖让苏辣走在中间，龚乙垫后，他则带着我走在前面。我们依着苏辣所说，找到了一处暗道，走了大概十分钟，便在路的尽头看到一根绳索。苏辣让橘鹤暖先爬上去，然后拽我们上去，最后再拉她上去。苏辣出来之后，那个爬上来的暗道便隐匿了。外面天已经大黑，我们几个人带着一具尸体出现在一座不知名的小山坡上，正发愁接下来该怎么办，龚乙拿出手机："有信号了，我确定下位置，让龚家的人来接我们！"

精神的极度紧张和身体的劳累让我们体力透支，加上一直没有吃东西，我们几个七扭八歪地倒着。苏辣从包里翻出一个面包递给我，我一脸嫌弃地瞪了她一眼，没有接，但转过头就觉得肚子饿得心慌，只好没出息地回头接了面包，还补了一句："这面包是你欠我们的，吃了也不代表原谅你！"苏辣笑笑没有吱声。我则把面包分给了龚乙和橘鹤暖。

等了半个小时，一束光照在了我们脚下。一个年轻男子的声音响起："大当家的，是你吗？"

龚乙清了清嗓子，回答："是我，我们在这里。"

话音一落，一个身影从树后面闪了出来。虽然天色黑得看不清来的人是谁，但我能看出对方身材高挑，年纪不大。来人自报家门："大当家的，是我，我是龚小八。"

龚乙回："哦，是小八啊！"

龚小八忙接过龚乙手里的大欢，跟我们做了简单的自我介绍："我叫龚小八，你们喊我小八就行，车上不来，就停在下面了，我带你们下山。"

跟着龚小八，我们一路下山。路上龚小八还不忘跟龚乙汇报："大当家的，您让我们在附近查法器，我们下午有了点发现，回去咱们再研究。今天幸亏我们还未深入探查，不然您还要多等上一会儿。"龚乙似乎是累了，只是"嗯"了两声应付龚小八的汇报。龚小八开来的是一辆商务车，载着我们一行人回到了约等鱼喵。

在库房里安置好了林克的尸体，我们决定先休息，第二天一早再盘问苏辣。我和龚乙回家休息，橘鹤暖就留在店里看着苏辣。

龚乙并没有跟我回家，而是连夜把大欢送回到她舅姥爷那里，两个老人也没睡，一直在等大欢回家。越是上了年纪的人，越怕分离。但生活，就是无数个分离的过程。

11 五尊者

我做了个梦,在梦里,有人把一碗汤灌入我嘴里,然后我的五脏六腑就像被火灼烧一样疼痛。我努力想睁开眼睛看看那个给我灌汤的人是谁,却怎么也睁不开。我喘着粗气,双手按住腹部,蜷起身子,汗珠从额头渗出来。我感觉手背被什么东西抓了一下,睁开眼,发现五魁正蹲在我身边看着我。他见我睁开眼,就过来闻闻我,似乎在询问我怎么了。疼痛感随着我的清醒而逐渐消失,可是刚才那种疼痛为什么那么真实呢?我把五魁抱在怀里,说道:"我没事,就是做了个噩梦,我梦到有人给我下毒。"我感觉五魁毛茸茸的身体在我的怀里抖动了一下,忙探了探他的鼻头,很湿润,还好。

我懒洋洋地躺在床上,昨天经历的那些心惊肉跳的事仿佛就是一场梦,而此刻我醒过来,一切都过去了。我翻身拿过摆在床头柜上的手机,看了看时间,已经十一点了。橘鹤暖今天还挺好心,居然没有来喊醒我。我转念一想,约等鱼喵今天大概无法营业了,毕竟库房里还有林克的尸体……林克的尸体!想到库房里的尸体我就不淡定了,马上起身收拾准备出门。这种东西怎么能一直留在店里?晦气不说,万一被警察发现了也根本说不清楚。难道我要跟警察说这玩意是我在地底找出来,拿回家收藏的?我还是赶快解决完问题把尸体处理掉为好。

收拾停当,我背着五魁出门了。我们到了约等鱼喵,看到门口挂着"暂停营业"的牌子,还有两个踮着脚往里看的姑娘。我走过去眯着眼睛看她俩,一看就是俩学生,于是努了努嘴问:"你们找谁?"

一个梳着马尾辫的姑娘看了看我,又望了望店里:"那个……这家店里是不是有个长腿的好看的小哥哥?"

旁边披散着头发的姑娘补充道:"还有个短发帅气的女孩子和一只猫?"

我耸了一下肩膀,并没有回答她们,只是继续问:"你们是来买东西的吗?"

马尾辫女孩摆手:"不,我们只是来看看小哥哥和猫。请问这个店什么时候开门?"

我笑了一下:"这家店倒闭啦!来的都是你们这种光看不买的,开不了门了!"

披肩发女孩问我:"你说倒闭就倒闭?你是谁啊?"

我转过身没再看她们,嘴里嘟囔着:"我是老板呗!我是谁……"

听我说这话，两个姑娘才悻悻地走了。我敲着门喊："大橘猫，给我开门！"

橘鹤暖给我开了门，我进库房一看，龚乙已经到了。我看着他们一脸的焦虑，就知道肯定还没有什么线索。果然，橘鹤暖主动跟我说道："我们又仔细检查过尸体，还是没有找到线索，乾坤镜肯定不在他身上，也没发现别的线索。"

我托着腮，手指有节奏地敲打在脸上。忽然听到外面两声猫叫，我走出库房，发现大白猫和五魁居然掐了起来。昨天在古阵里没发现，现在这一对比才发现，大白猫体型巨大，比五魁大了整整一个头。我蹲下喊五魁，五魁跳到我身后，不再恋战。我蹲下试探性地摸了摸大白猫的头："哎呀，既然你跟我回来了，我就暂且收留你吧！"

我话音刚落，耳边就传来了五魁的抗议声，我忙拍拍他安抚道："哎呀，不就是多一只猫吗？放心吧，不会饿着你的！再说，它孤家寡人的，出去流浪会有危险的。"

听我这么说，五魁不再抗议。我吃力地抱起大白猫："既然你以后跟我混了，就给你起个名字叫大白吧，好记。你先吃点东西，晚上有空了我就带你去洗澡！"大白似乎听懂了我的话，冲我叫了两声去吃饭了，五魁则跟在我身后进了库房。

被大白和五魁分散了一会儿精力，我的脑子却反而一下子清醒了起来。我故作神秘地拍了拍橘鹤暖："我知道一个人，她可能会有线索。"

橘鹤暖微微蹙眉，问我："谁啊？"

我上前指了指他腰间的荷包："龚敏！"

龚乙听我说完直接拍了个巴掌："对啊！她那么厉害，又在龚家潜伏那么多年，也许能提供点什么线索。"橘鹤暖想了想，也点了点头。

"可是有个问题需要解决！"我看着橘鹤暖，"总要给龚敏找个身体啊。"

没有适合的肉体，这可让大家着实有点为难。龚乙拍了拍胸脯："我来吧，反正我也习惯了。"

橘鹤暖摇头："不行，等会儿也许还要问你关于林克的事情。"

苏辣一直没吭声，这会儿想将功补过，请愿道："要不我来吧？"

橘鹤暖还是摇头："关于神秘人的事情只有你知道，等会儿也需要你！"

我指了指自己："那就是我了呗！"

橘鹤暖哼了一声，笑了出来："你更不行！如果是你这种人，龚敏怕是会直接夺舍！"

听他说"夺舍"我还是吓了一跳，但嘴上还不忘讨便宜："哟，大橘猫，你这么关心我，怕我被你心上人夺舍啊？"

橘鹤暖白了我一眼："我是怕被逼和你这呆子的肉身谈恋爱。"

我上去就是一脚："那你说怎么办？"

突然，我脑子里灵光一闪："大橘猫，你还记不记得，隔壁宠物店里前几天在卖那个……"

橘鹤暖面露尴尬:"这……这样妥吗?"

我笑得得意:"放心吧,肯定妥妥的,你等我。"

说完,我飞似的直奔隔壁宠物店。

不出十分钟,我就拎回了战利品。我举着手上的架子跟橘鹤暖说:"我今天才知道,这个白色的鹦鹉叫葵花凤头鹦鹉。"

龚乙见我拎了只鹦鹉回来,面露难色地问我:"这……这行吗?你要让龚敏借鹦鹉的肉体?你要把龚敏变成鹦鹉?"

我耸耸肩:"难道还有别的办法吗?找个活人怕她夺舍,找个新鲜尸体,这难度太大了。"

龚乙看了看我手里的鹦鹉,又看了看橘鹤暖。橘鹤暖的表情一直很怪异,听我这么说,也只好点头:"暂且这样吧,那个……别让它飞走!"

我笑道:"放心吧,它剪羽了,飞不远的。"

橘鹤暖从腰间扯下一个荷包,稍微犹豫了一下,然后打开荷包,念动口诀,把龚敏的魂魄移到了鹦鹉身上。站在架子上的鹦鹉一头就栽了下去。橘鹤暖把它捡起来放在臂弯里,不到两分钟,鹦鹉眨巴着眼睛醒了。估计以为自己被橘鹤暖抱着,龚敏用鹦鹉温和的声音喊道:"橘鹤暖!"

声音一出口,龚敏大概察觉到了反常,马上跳了起来:"怎么回事?我怎么变成了这个鸟样?谁?你们谁干的?"

眼前的一幕有点滑稽,我不厚道地乐了一下,鹦鹉立即跳到我身上:"你笑什么?是不是你?"

我把她拎起来:"拜托,这个肉身可是我花了上千大洋从隔壁买来的,你居然不感激我。你看,你还有了翅膀!"

鹦鹉的翅膀动了几下,龚敏喊道:"这……我连手诀都用不了。"

可能是之前吃了龚敏的苦头,又记恨五魁因为她到现在都只能是猫的形态,我看到她现在的样子心里居然有点痛快,于是讥讽道:"怎么?你还想出来害人啊?你这个肉体可支持不了你随时随地为非作歹!"

龚敏跳起来扑棱几下翅膀,气愤地喊道:"橘鹤暖,你居然把我变成这个鬼样子来羞辱我,你把我弄回去,我宁可魂飞魄散也不要变成一只鸟。"

橘鹤暖将她捉在臂弯里,温和但又不容商量地说:"你别闹了!给我好好待在这个肉体里,现在我们有事要你帮忙,如果咱们合作愉快,我就把你放回去。"

龚敏气哼哼地跳到橘鹤暖的胳膊上:"没想到你竟然这么对我!"

见我们大家都没有反应,她只好妥协:"行,我帮忙!不过你们要答应我,事成之后帮我找个合适的肉身！"

橘鹤暖皱眉："你没有资格提要求，不过我们会考虑的。"

龚敏回头怨愤地看了一眼橘鹤暖："说吧，请我出来有什么事情？"

龚敏被橘鹤暖托在小臂上靠近林克的尸体，橘鹤暖将她放在尸体旁边，然后问："你看看这具尸体有什么问题吗？"

龚敏迟疑了一下，开始在林克的尸体上上上下下地蹦了起来。过了好一会儿，她"咦"道："这人是谁？他是被献祭的吧！他的喉咙被割开了，血被吸干了。你们在哪里发现他的？"

橘鹤暖蹲下来，让自己的眼睛可以和龚敏平视："我们是在一个古阵里发现他的，他跪在一个悬棺前面。"

龚敏蹦到林克尸体的头上，抓了抓他的头发："你是说五行阵吗？什么来头的五行阵？"

橘鹤暖解释道："那个阵年代非常久远，应该是镇住了什么凶兽。阵是古阵没错，但是这个祭品是几个月前才送进去的。"

龚敏叨一下爪子："所以你们怀疑布阵的人和献祭的人不是同一个人？"

橘鹤暖点点头，回身看了一眼苏辣，苏辣上前一步解释："有人让我把他们引到阵中，说……"她看了一眼橘鹤暖，在橘鹤暖点头之后继续说道，"说在阵里可以找到乾坤镜的线索，并且跟我保证了他们的安全，而且告诉了我出阵的办法。"

龚敏看了看苏辣，问："然后你就按照他说的做了？你可知道对方是谁？是什么来头？"

苏辣摇摇头。龚敏呵呵一笑："那你还真是挺天真的！橘鹤暖，你这是从哪捡来的'猪队友'？不过看来这个神秘人至少掌握了整个阵，不然他可无法保你们全身而退。而他应该也不是献祭的那个人，不然他大可以在献祭的时候自己得到线索。这个神秘人熟悉密道却不能亲自出手，嗯……要么他跟我一样只有灵没有肉身，要么就是他怕被发现。不过不管怎么样，他应该没有害你们的意思，而且极有可能就是布阵的人。"

橘鹤暖点头："你说这些我倒是都想过。那又是什么人拿林克去献祭了呢？"

龚敏听到这句便哈哈大笑："什么……你说这是林克？唉，没想到他竟然落了这么个结局！如今有此下场不知道算不算罪有应得？"

发现我们都盯着她，她跳开了一点儿："嗯……嗯……好吧，这事情我也有份，过去的咱们就不提了。如果是林克，那就不奇怪了，林克是天缺，属于天赋异禀，命中缺火，所以他的血能平衡火旺的东西，比如棺材里那个家伙。"

橘鹤暖沉声道："还有别的什么吗？"

龚敏跳到林克脖子上："这个伤口，这是一种很特殊的切割方式，我只知道有一个人用这个方式。"

我忙问："谁啊？"

龚敏看了我一眼，翻了个白眼，并不理我。橘鹤暖戳了她一下："别卖关子！"

龚敏蹦了一下："五尊者！"

虽然之前有过这种猜想，但是她这句话一出还是让在场的人都吃了一惊，不禁齐声重复道："五尊者？"

龚敏眼含蔑视地瞥了一眼我们："怎么，吃惊吗？你们不可能没想到吧？"

橘鹤暖回头看着我："果然是他，那至少证明了三件事。一、他已经醒过来了；二、他需要悬棺里的东西为他所用；三、他还没有找到乾坤镜。所以，我们必须赶紧找到乾坤镜和对付他的办法。那个悬棺里的家伙绝对不是魔祖兽这种妖怪可以比的！"

想到那个差点把我们都撕碎的魔祖兽，我吞了口唾沫，仍心有余悸。橘鹤暖问龚敏："关于林克和乾坤镜，再找找还有什么线索。"

于是龚敏又在林克身上跳了起来，谁也没有注意大白已经盯上了龚敏化身的鹦鹉。它从远处蹿了过来，想抓住她。龚敏被吓得上下翻飞，我们忙去抓大白。慌乱中，林克的上衣被拉开，露出了胸口的挂饰和文身。我把大白控制住，然后推出库房又关好门，跟龚敏说："这回没事了。"

龚敏看了我一眼，并没有回应，而是专心研究起林克的文身和挂饰。看了一会儿，她突然发话："你们几个把他衣服给我脱了！"

"啊？"我惊叫，"这……这怎么可以？"

龚敏飞到我肩上，拿爪子蹬了蹬我的头："哟！橘鹤暖，原来你这个小姑娘是个没见过男人的未成年！"

我被她说得脸一下子就热了起来。她还在嘲笑我："脸怎么这么红？守着个大帅哥却连恋爱都没谈过？"

我赌气似的走过去，三下五除二地扒光了林克，然后瞪着龚敏："什么没见过？就是不乐意看！你自己看去吧！"

林克的衣服被脱了之后，龚乙和橘鹤暖同时"咦"了一声走过去。原来除了胸口，林克的大腿和脚踝处也有文身。龚敏蹦跳着检查了这些文身，然后肯定地说："你们把他翻过来，他的背上和后腰应该还有两个，这叫五行封印。"

橘鹤暖和龚乙把林克翻了过来，果然如同龚敏所说，林克的后背和后腰还有两个文身。

"五行封印？"橘鹤暖不解，"我怎么没有听过！"

龚敏呵呵一笑："哎呀，你们正派人士，当然不知道这些把戏，只有我们这些邪魔外道才懂得！"

橘鹤暖皱了皱眉："你是说，他这个五行封印是你们龚家术？"

龚敏摇摇头："不能算，只是龚家术一个不入流的旁支。"

橘鹤暖检查了一下林克的文身："那这个五行封印是干什么用的？"

龚敏嘿嘿笑道："这可就厉害了！这个五行封印是封运的。它封住了林克的运数，把他的好运气都渡给了别人！"

龚乙皱眉道："这不可能！林克的母亲不会允许这样的事情发生！"

龚敏笑道："是吗？那要看渡给谁了！林克天缺，就算是运气好，他也承不住。不如把他的运气渡给别人，比如兄弟姐妹啊。这个接受他运气的人年轻的时候一定飞黄腾达，只不过这会儿可能要走霉运了！"

我突然想到了什么，于是问橘鹤暖："你还记得林博吗？"

橘鹤暖看着我，眼里突然精光大放："你是说林克和林博可能是兄弟？"

我点头。龚乙拿起手机跟我们说："我这就去找人查一下！"

我继续跟橘鹤暖分析："林博是商人，从那个倪姐的状态来看，他对数术并不精通。如果他想带着乾坤镜躲起来，那他的藏身之处……"

橘鹤暖接道："应该是林克帮他提前安排好的！这个地方，一定已经布置好，来躲避我们的寻找！"

龚敏在后面赞赏道："小姑娘挺厉害的啊！你们过来，把这个挂饰拿过去好好查查，我觉得藏身之地的线索很有可能在这里。"

我摘下林克脖子上的挂绳，看了看，并没有发现什么特别之处，转头看向龚乙："龚乙，这东西你有没？"

龚乙从脖子上摘下一根挂绳，扔给我："有，给你！"

我接过龚乙的挂饰，仔细研究起来。虽然都是龚家的东西，但两个挂饰有明显的不同。龚乙看我们看不出个所以然，于是解释道："龚家每个孩子挂一个身份识别物的规矩有几百年了。因为龚家除了龚姓的子孙，外姓子孙也可以作为掌门的候选人，所以每个流着龚家血的后代都会有这个东西。一般是一个镂空金牌上镶嵌一块玉石。不过根据各家的条件，玉石的质量有所不同。我们这一代出生的时候，有些家庭困难些，将镂空金牌换成了银的，所以会有所区别。"

我见林克的牌子也是金的，不过从镶嵌的玉石来看，无论是种水还是颜色都比龚乙的要差一些，于是我唏嘘道："啧啧，龚乙，没想到你还是个富二代。你这玉石看着可真不错，林克这一块就差多了。"

龚敏冷不防地跳上我的肩，看了看我手里的两个挂饰，感叹道："哎哟，我那个时候可没有这个，龚乙，我也想要一个。"

龚乙看着她，面色尴尬，也不知道该说什么。

我没看出什么，于是把两个挂饰交给龚乙："我只懂石头，不懂你们龚家的规矩，实在没看出什么来，还是给你看看吧！"

龚乙笑着接过两个挂饰，将她那个挂回脖子上，然后在林克那块镂空的金牌上一抠，居然把金牌和玉石分离开来。我不禁张大嘴："啊？原来还有这个操作，这是什么机关？"

龚乙没回答，只是把玉石拿在手里反复摸，突然她眉头一皱："这块玉石换过！"

我诧异地看着她："这你都能摸出来？怎么摸出来的？"

龚乙将玉石放在手掌上，然后摊开掌心给我们看："既然大家现在同仇敌忾，我就不当你们是外人了。我们龚家在孩子出生时就开始选择石头，孩子满月之后，根据他的生辰在玉石后面刻上一个五行阵，保佑孩子一生平安。可是林克是难得的天缺，他命里镇不住五行阵，所以这块刻着五行阵的玉石一定不是他的。"

我好奇地看着龚乙："不是他的那是谁的？难道是林博的？"

龚乙摇头："应该不会是林博。林博不是龚家的子孙，至少他没有登记在龚家的血脉里。"

听她这么说，我很疑惑："那就很奇怪了，林克的妈妈宁可封了自己儿子的运数帮助别人家的孩子吗？"

龚乙摇摇头："这个我也还不太清楚，我找人去查了，应该就快有结果了。如果石头被换了，那林克身上这块很有可能就是龚焕的。"

"龚焕？龚焕是谁？"我问龚乙。

龚乙翻过石头指着上面的痕迹："龚焕就是林克的妈妈，十年前已经去世了。这块石头看起来年代更久一些，很有可能是龚焕的！"

话音未落，龚乙的手机突然响了，她看了一眼信息，直接跟我们分享出来："林博果然是林克的哥哥，不过不是一母同胞，而是堂兄弟。看来林家还有不少秘密啊！"

久未开口的橘鹤暖突然问龚乙："林克的父亲还在世吗？"

龚乙点点头："在世是在世，不过他在林克小时候就患了失心疯，这些年一直在精神病院。"

橘鹤暖点点头："也许我们该去精神病院拜访一下他。"

说完他看着我笑了一下："二然，有个之前的未解之谜，看来也要有答案了！"

我没明白橘鹤暖的意思，只觉得他又是在卖关子，就没好气地问道："你别总说话说半句行不行？到底什么未解之谜啊，你说啊！"

橘鹤暖想了一下说："我暂时还不能说，要确定了再告诉你！"

我气愤地吐槽他："现在不能说，你放什么烟幕弹啊？你这不是成心吊胃口吗？"

橘鹤暖不再回答，而是问龚乙："林克的父亲在哪家精神病院，我想我们得立刻过去一趟。"

龚乙点头："好，我这就查一下。"

龚乙去打电话了，橘鹤暖转头看着苏辣："我们要出去一趟，这里需要有人看着林克的尸体……"

苏辣没等他说完就利索地答应道："放心吧！我看着，绝对不会有问题的！"

橘鹤暖点点头，又把五魁抱起来塞给苏辣："留你我不放心，我师兄也跟你一起。"

苏辣面色略带尴尬，但还是接过了五魁。五魁闻了闻苏辣，然后乖乖地趴在了苏辣怀里。我略带疑问地看了一眼橘鹤暖，他冲我笑着点了下头，回给我一个坚定的眼神。

龚敏跳着扑腾到橘鹤暖肩上，不客气地问："那我呢？"

橘鹤暖还没来得及说话，就被我抢白道："你不是不满意这个肉身吗？你回荷包里吧！等我们给你找到新的肉身再说！"

龚敏明显不乐意了："那我不是要错过很多？虽然这是个鸟身子，但……考虑到目前情况特殊，我也可以暂且忍忍。"

听她这么说，橘鹤暖露出了一个狡黠的笑容。我也笑了笑，回她："行，你既然都愿意委屈自己了，我们就把你带上。不过你可别乱说话，万一被别人带走解剖了，我们可没工夫去救你！"

龚敏哼了一声，没再搭话。

我们正在准备要带的东西，龚乙进屋跟我们说："查到了，在云和医院！"

这是一个我从来没有听过的名字，于是我重复了一遍："云和医院？"

龚乙点点头，接着解释道："云和是养老院，但收的都是一些比较特殊的老人。有老年痴呆和有精神问题的老人多半都会被送到云和，那里的医疗条件和医疗资源都还挺不错的。"

橘鹤暖将准备好的双肩包背在肩上，龚敏也趁机跳到他肩膀上。橘鹤暖没有拒绝她，转过身问龚乙："多久能到？"

龚乙打开手机查了一下："我们开车过去需要四十分钟左右。"

橘鹤暖做了个出发的手势，我们几个便跟上。

我和龚乙坐在后座，我顺便向她打听了一下林家的情况，准确地说是关于林家和龚焕的情况。龚乙皱着眉头想了想："其实，这些都是我小时候听龚家那些老人家说的。因为我们龚家选择掌门人方式的特殊性，外嫁的女儿、外姓的子孙也有机会继承龚家掌门之位，所以龚家的女儿在选择夫家的时候也是有一定的要求的，比如说……"

龚乙说到这里，下意识地看了一眼副驾驶座位上的龚敏，龚敏察觉后反而坦然地说："比如我！我当时已经被许给了户部左侍郎的儿子，虽然我都不知道到底是许给了谁！但是……作为龚家最年轻有为的掌门，我毫无例外地没有婚嫁的自由。"我看到橘鹤暖眼神复杂地看了龚敏一眼，龚敏却故意没有回应他。

龚乙清了清嗓子继续说道："林家是书香门第，和龚家有一些交情，所以林克的爸爸就是两家选出来的人。那个时候，龚焕也算是龚家的风云人物，能力出众，将龚隼操作得出神入化。林克的爸爸叫林进，是北大中文系的高才生，两个人也算是门当户对。可是，龚焕却在第一次见面的时候，对林进的亲哥哥林彦一见钟情。可是林彦当时已经结婚了，虽然说他夫人在国外学习，两个人聚少离多，婚姻名存实亡，但是他毕竟是已婚人士，龚家说什么都不可能成全他俩这种关系。于是，龚焕负气接受了一个危险任务，一走就是两年，九死一生，听说人都差点回不来。两年以后，她回来了，可能因为经历了生死，看问题的角度发生了变化，她回来以后没有再对这门婚事提出任何异议，两个月后就火速结婚了。后来不到半年，就有了林克。那时候，龚家上下都对龚焕肚子里的孩子充满期待，希望他能是个出色的孩子，成为家族的重点培养对象。可是没想到的是，林克居然是天缺的体质。我们都以为龚焕会想尽办法弥补林克的天缺，但是龚焕好像换了个人一样，对掌门之位不再有那么大的兴趣。再后来，林克不到二十岁，她就过世了。"

我好奇地问："那就是说，林博是林彦的孩子？难道龚焕因为深爱林彦才爱屋及乌，宁可牺牲亲生儿子也要成全林博一生富贵？"

龚乙摇摇头："我不知道，关于林家其他的人，我们就不太清楚是什么状况了。但龚焕对林克确实不上心，也许是因为她从来没有爱过林进。我没有孩子也没有谈过恋爱，我不清楚。二然，难道说女人的心一旦给了别人，真的会连丈夫和儿子也形同虚设吗？"

听她这么问，我愣了一下，反应过来就马上翻了个白眼："我哪知道啊？我既没有谈过恋爱也没生过孩子好吗？"

龚乙撇撇嘴。龚敏却在一边惊讶地看了我一眼，然后淡淡地说道："是啊！女人的心一旦交了出去，她的生命就重设了，就从交出真心那一刻起，重设了！"

橘鹤暖默默地偏了一下头，但是没有吱声。

为了打破尴尬，我扒着副驾驶的座位问龚敏："大鹦鹉，你见过五尊者吗？"

龚敏跳到椅背上居高临下地给了我一爪子："叫谁大鹦鹉呢？如果不叫前辈就叫龚敏！"

我撇撇嘴："好吧！前……龚敏，你见过五尊者吗？"

龚敏站在椅背上，从我的角度往上看，她就像个高高在上的女王。她摇摇头："我没有见过他的脸，并不知道他长什么样子，当年他一直以一张面具示人，我都不知道到底有没有人见过他真实的样子！"

我挠挠头："那就比较危险了，我总觉得五尊者就在我们周围，总觉得他其实早就醒来了，只是在等待时机好把我们一网打尽。没见过，那他就有可能是任何人啊。"

沉默了半天的橘鹤暖也终于搭话了："我觉得二然说得有道理，很明显他已经插手了很多的事情。如果我的猜测没有错的话，他派猴吉来找梦貘的目的应是和我们一样，他想通过林克的回忆找到乾坤镜的下落。"

龚乙一拍大腿："那我们可要抓紧了，如果让他先我们一步，我们可就有大麻烦了。"

我问橘鹤暖："可是如果是这样，他为什么要杀了林克呢？"

橘鹤暖想了想："有两种可能，一个是他已经知道了林博的下落，所以就把林克杀了；另一个是比起寻找乾坤镜，用林克的体质献祭悬棺里的东西可能更重要。我猜，应该是第二个。"

龚乙叹了口气："橘鹤暖，这次你恐怕只说对了一半！"

我和橘鹤暖同时"哦"了一声，龚乙继续说道："龚家有一门秘术，是防别人窥探内心的。那些读心术对于会这门秘术的人来说根本没有用。这门秘术……"

橘鹤暖接话道："这门秘术是和济宗一脉相承的，我刚才居然都没有想到！这样看来，林克早就打算牺牲自己了。"

谈话间，车已经到了一个大门前，即便龚乙跟我说过云和医院是个很不错的医院，我仍然被它宏伟的大门震撼了。这哪里是个医院，简直就是个皇家园林。车开进去后是一条很宽的林荫路，我趴在车窗上往外看，有些不敢相信地问龚乙："我们是不是找错地方了？这里哪里像个关病人的养老院，这根本是个庄园啊！"

龚乙笑着摇摇头："你坐好吧，等会儿进去了，别让医生笑话你没见过世面！"

绕过一个花坛，车停在一栋五层的大楼前。橘鹤暖让我们下车，他则去旁边的停车场停车。我们刚下车，就有一个穿着工作服的美女迎上来，她笑着问我们："请问是来探望的吗？"

我忙回应："是的，我们还有一个同伴，稍等一下。"

我们等橘鹤暖的工夫，美女已经把我们迎进大厅，并给每个人准备了茶和水果。我暗暗觉得不可思议，这个规格的养老院，到底得花多少钱啊？

橘鹤暖进来的时候也是一脸惊讶。见人到齐了，龚乙跟美女说："我们是来看望林进的，还麻烦您给我们安排一间接待室。"

随后龚乙递给那个美女一张卡，美女接过卡笑吟吟地走了。龚乙见我们盯着她看，解释道："我之前跟林克来过一两次，所以清楚这个流程。那张卡是我让龚家人搞到的……你们干吗还看着我？"

橘鹤暖问："这养老院是谁给林进安排的？我刚才去停车场一看，都是豪车。"

我听得咂舌："我看这一个月没有个七八万下不来吧？"

龚乙看着我神秘地笑了一下，轻声说了句："说少了！"

我摇头："啧，有钱人的世界我不懂。我就想知道这钱是谁掏的？"

龚乙努了努嘴："并不是谁掏的，这本来就是林家的产业！"

我瞪着眼睛问："什么？你说这是林家的产业？真看不出来，林克居然是个富二代啊！"

龚乙忙摆手："他不算，准确地说，这是林家上一代的产业，老爷子过世后一直是林彦掌管的。也许是林彦对林进有所愧疚，所以把他接过来享受最高规格的照顾。"

谈话间，刚才那个美女走了过来，把我们领到一个房间外，然后刷卡打开了房门。这个房间足有一个教室那么大，房间里有一面落地窗，窗外是花坛和绿植。房间左边是会客区，有一个壁炉，壁炉前摆着沙发、茶几。右边则是小型吧台，各种饮料酒水应有尽有。房间的中间还摆着一架黑色三角钢琴。我们坐在沙发上，美女让我们等一等，她去把林进带来。吧台的服务人员按照我们的需求备好了茶点和饮料。我也不在乎会不会被嘲笑没见过世面了，在房间里四处逛了起来。

橘鹤暖他们还没喝完一杯茶，美女就用轮椅推过来一个头发花白的老人。老人目光呆滞地瘫坐在轮椅上，见到我们也没有什么反应。老人旁边跟着一个护士，看样子三十岁左右，一脸的殷勤。龚乙看了看林进，蹲下来扶住他的手轻声问："姨夫，你还记得我吗？我是芃芃。"

林进的目光缓缓地挪到龚乙的脸上，他看了半天，点头痴痴地重复着："芃芃！芃芃！"

龚乙叹了口气，起身跟那位美女说："我们有点事情要说，还请您和这两位出去一下。"

她指了指看护的护士和吧台的小哥。美女忙摇头："不可以，龚女士，我们这里有规定，我们是必须要在这里的。"

龚乙客气地笑了一下："可是我们有很重要的事情要谈，你们在我们不太方便！"

美女还是摇头："我们这里有规定，而且林总也特意交代过，林进先生不能离开看护。"

龚乙回头和橘鹤暖对了个眼神，于是回道："那好，看护留下，您和这位小哥可以出去一下吗？"

美女看了看护一眼，又看了吧台的小哥一眼，然后点点头，退了出去。

门关好后，橘鹤暖掏出几张符纸扔给龚乙："五行结界！"

龚乙点了下头。看护看着我们，茫然又紧张地问："你……你们要干吗？"

她话音还没落，龚敏跳过来在她后脖子上踢了一脚又咕哝了一句什么，看护便晕了过去。我看着龚敏，露出一脸吃惊的表情："你都变成鸟了还能这样？"

龚敏哼了一声："怎么样？是不是觉得自己还不如鸟？"

等到结界布好，我们把林进推到沙发旁。橘鹤暖刚想拿出荷包放出梦貘，没想到林进先开口了："不用麻烦了，想知道什么尽管问吧！"

我们几人被他吓了一跳，连龚乙都吃了一惊："姨夫，原来你没有疯！"

林进抬起头，叹了口气："我如果不这样，恐怕早就受尽折磨而死了！这段时间我思来想去，也许现在能救我的只有你们龚家，我等你很久了。"

我们恍然大悟，原来林进没有疯，但他知道的事情也许会让他送命，所以他只能装疯卖傻。龚乙点头："姨夫，你放心，我会想办法把你弄出去的。"

林进点点头，没有犹豫地说道："林博，是龚焕和林彦的孩子。"

一句话就让我们瞠目结舌，这个可能我们不是没有设想过，但是就这么听林进亲口说出来，我们几个还是吃了一惊。

林进没有理会我们，反而像一个憋了很久的人一样，把知道的一口气说了出来："林彦本来打算离婚娶龚焕的。可是受到了他媳妇家族的阻挠，再加上龚家也不允许龚焕做出这样的事情，所以他俩打算私奔。龚焕接到了任务，两个人一起去了云城。在那里，他们生下了林博。可是后来在执行任务的途中，龚焕出事了，具体出了什么事情我不清楚，只知道因为这件事情，她决定不和林彦私奔了，而是回到了龚家，并且嫁给了我。而经过那次，林彦也带走了林博。也许考虑到家族因素，林彦的妻子接受了这个孩子。后来我们生了克儿，可是龚焕对克儿非常不好，逼迫克儿学习龚家术，严厉得根本不近人情。她对我和克儿都没有什么感情，克儿只不过是她的工具罢了。克儿体质特殊，小的时候经常生病，你们龚家有位老先生甚至说过克儿活不过十八岁。我不知道龚焕做了什么，克儿跟被洗了脑一样，一心一意地听从她的话。我一直怀疑克儿的体质和龚焕那次在云城出的事故有关。可是龚焕三缄其口，对谁都不曾提起。只是有一次她喝多了，把我当成了林彦，抱着我哭着说了一些话，我只记得她提到她身上有咒，一定要保护好林博。呵呵，她对她和林彦的儿子却是在乎得很啊！"

"咒？"我看向龚乙，"当初龚焕到底去执行什么任务了？"

龚乙皱起眉毛："那时我还没出生，所以不知道。不过这件事在龚家是禁忌，长老们明令禁止提起这件事情，现在所有知情的人也都不在了。"

龚敏跳到沙发背上，重复了一句："云城……"

我和龚乙忙问："怎么？你想起什么了吗？"

龚敏摇摇头："不太可能，那只是个谣传！"

龚乙忙问："什么谣传？"

龚敏看了看我俩："传说龚家在云城有个分支，这个分支出了一个天缺的魔物，不长大，但也不老不死，被龚家的人封印了，从此云城那支也就断了。但这件事情并没有任何记载，也无从考证，大家都说是谣传。"

龚乙和橘鹤暖听了龚敏的话若有所思。我则催促林进："林伯伯，您继续讲！"

林进点点头："龚焕后来认识了一个人，那个人偶尔会来家里找她，我撞见过三四次。他俩好像达成了某种协议，但是龚焕没有按照约定去做。我最后一次见那个人，他给龚焕留下一句'你以为你可以算计到我头上来吗？'，然后就走了，留下一脸慌乱的龚焕。那之后没多久，龚焕就死了，我怀疑龚焕的死和那个人有关。"

龚乙和橘鹤暖几乎同时开口问："那个人长什么样子？"

林进摇摇头："他每次都穿着风衣，戴着很大的帽子，把自己完全遮住，根本看不到样子。从身材和声音上判断，他是个三十来岁的男子。"

我们一起看向龚敏，等着她的判断。龚敏眼珠动了动："看我干吗？我也没有见过五尊者啊！"

见我们还是盯着她，她叹口气："我只能说，五尊者的声音听起来确实就三十来岁的样子。"

我又问林进："林伯伯，龚焕到底想让林克干吗？"

林进凄然地笑了一下："她想把克儿训练成武器，辅佐林博夺得龚家的大权！"

我们被他这句话惊到了："什么？原来龚焕的目标是龚家掌门人的位置？"

林进点头："一方面是为了权力和地位，一方面也是为了报复龚家！"

林进说完，龚敏在旁边冷哼道："龚家有些事情做得确实太不近人情了！"

我看着龚乙，问："那接下来怎么办？"

龚乙问林进："姨夫，那林克之前有没有跟你提过他在帮林博做什么？怎么才能找到林博？"

林进长叹一声，眼泪从布满皱纹的脸上缓缓地流了下来："唉！克儿跟我说，如果有一天你来找我，那就证明他已经死了。他留了线索给你，如果你找到我，就让我把一切都告诉你，你会带我离开。说实话，我这个年纪，这个状况，生死已经无所谓了，但我想看到你们替我的克儿报仇。他这一生，都是悲剧啊！"

回想我遇到林克的时候，以及后面发生的事情，我突然同情起林克来。林进抬手擦了擦眼睛，从脖子上摘下一个龚家的挂饰递给龚乙："克儿说，你发现他换了这个，就会来找我的。他嘱咐我告诉你们一句话，迷途的答案，是龚乙喜欢的那部动画片!"

听完林进这句没头没脑的话,我们齐刷刷地看着龚乙。龚乙挠着头:"这是什么谜面?我真的完全没听懂!"

橘鹤暖看了看表:"时间差不多了。既然林克留下这么一句话,就一定是线索,我们先走吧!"

龚乙看着林进:"姨夫,我们先走,然后再想办法把你接出去。林博找人看着你是怕你坏他大事,但他现在也藏匿起来了,短期内应该不会有什么动作,你等着我。"

林进拍了拍龚乙的肩膀:"行,放心吧!克儿交代我的事情我办到了,就算有什么危险,我也没有遗憾了。"

撤了五行结界,我们告别了林进,一行人踏上返程的路。回来的路上,大家似乎都在想着各自的事情,都没有说什么话。橘鹤暖偏着头问我:"二然,你想什么呢?"

我把车窗摇下来,深吸一口气:"我在想,人性真是复杂又神奇!没有绝对的善恶,不到最后,永远都不知道他们为什么选择这么做。是吧,龚敏?"

龚敏突然被我点名,愣了一下,然后炸毛了一样喊道:"你有什么感慨随便你,不要搭上我,跟我有什么关系?!"

车停在约等鱼喵门口,我去开门,谁知一开门就被眼前的景象惊呆了。一个小小的身影蹲在猫砂盆前,鼻子里塞着纸巾,皱着眉头正在铲猫砂。我捂住嘴,眼泪不争气地流了下来,这少年不是五魁是谁?他也没回头,只是嘴里嘟囔着:"弄回个屄屄精,成天就知道吃了睡、睡了拉,也不知道把大便铲干净再出门,还得我铲!"

旁边,大白惬意地舔着爪子看着他铲屎。五魁把铲完的猫砂盆利索地扣好,起身递给我一个塑料袋:"去,扔掉!"

我赶忙接过来,迅速地扔进门口的垃圾桶,然后飞似的跑回来,生怕晚回来一秒五魁又会变回猫。我跑过去微微欠身,抓住他的双肩:"你回来了?你没事了?"

五魁原本冷着的脸上慢慢挂满温情:"我不是一直都在吗?"

我一把抱住他,他伸出手拍拍我的背:"二然,你怎么一点长进都没有,还哭鼻子!"

我用力抹了抹眼睛,笑着说:"我这不是高兴吗?"

橘鹤暖和龚乙倒好像不觉得惊讶。橘鹤暖环顾了房间问:"师兄,苏辣呢?"

五魁指了指门口:"出去买吃的了!"

橘鹤暖微微皱了皱眉毛:"你就这么放心她一个人去啊?"

五魁嘴角微微上扬:"别紧张,我的直觉告诉我,她不是敌人,而且……你不觉得她身上总有一丝熟悉的气息吗?"

橘鹤暖皱着眉毛想了一下,点点头:"确实,总是有一些熟悉的感觉,你查到什么了?"

五魁坦然笑道:"并没有查到什么。不过没关系,只要不是敌人就好。眼下,先找到林博要紧。你们去见林进有什么进展吗?"

橘鹤暖简单地跟五魁说了一下情况。五魁问我们:"那关于林博的下落,你们有头绪了吗?"

我摇摇头,说:"暂时还没有,但这件事情的关键在龚乙,毕竟他提到的是龚乙喜欢的动画片。"

我回头问龚乙:"龚乙,你喜欢什么动画片?"

龚乙愣了一下:"动画片?我十二岁之后就每天接受高强度训练,哪有什么时间看动画片?"

我想了想说:"既然林克这么说,这部动画片你一定有印象。林克留下这句话的目的是希望帮我们找到林博,但是又不能直说,因为别人也在找林博,所以他留下个只有你和他能懂的暗语。龚乙,你可以想想,你俩一起看过的,或者你跟他提起过你喜欢的动画片。"

龚乙似乎陷入了沉思,想了半天还是甩甩头:"我一时真想不起来,我俩小时候是有段时间常常一起玩,但也太久远了。"

她话音未落,突然一个电话打了进来。龚乙接了电话以后脸色变得异常难看,她挂了电话沉声道:"坏了,出事了!悬棺里的家伙要出来了,我们得赶过去!"

这句话听得我们几个一激灵。我回头看橘鹤暖和五魁,问道:"如果那家伙出来,会怎么样?"

橘鹤暖皱着眉毛还没来得及回答,一旁的五魁面无表情地说道:"很难说,但以那个家伙的实力,轻则祸害一方,重……重则生灵涂炭。"

正说着,苏辣提着水果走进来,一脸不可思议地看着我们:"你们……你们是说……那家伙……出来了?"

我点点头,问:"苏辣,神秘人有没有告诉你那家伙出来会怎么样?"

苏辣木讷地喘着粗气,过了好半天才反应过来我在问她话,眼神呆滞地说:"他说,千万不能让那家伙出来,没人能镇得住它。"

五魁收拾了一些东西,冲我们说道:"事不宜迟,赶紧出发吧,到了再说!"

橘鹤暖为难地看了看我,然后问五魁:"师兄,要带着二然吗?她……那里太危险了!"

五魁皱着眉毛看了看我:"必须带上,万一五尊者声东击西怎么办?再说,如果真的是我们想的那样,二然留在这里和跟咱们走也没有区别。一旦咱们失败了,你觉得这城市里还能有活口？"

我被五魁的话惊出一身冷汗，一边跟着他们往外走，一边给妈妈拨了一个电话，虽然没有什么可说的，但我就是想听听她和爸爸的声音。

西郊上空，黑云密布，像所有灾难片里演的一样。不同的是，此时此刻我就在出演灾难片。我从来没想过有一天我会和拯救这个世界扯上什么关系，但真到了这一天，心底却是一片平静。因为除了做到最好，我别无选择。没有选择，就简单了。

我们不知道别的入口，只好又将车开到堆放垃圾的空地。到了那里，已经有几个人在。见到龚乙，那几个人走过来，为首的正是那天来接我们的龚小八。龚小八见到龚乙，忙不迭地汇报情况："当家的，法器查着查着，就发现了这里，这里有个古阵。我们有一队人已经炸开了通道，可没想到这里面还有东西。我们到了之后就发现这个悬棺里的家伙要出来！"

龚乙看了看垃圾场周围围起来的施工墙，又看了看地上被炸开的坑，问龚小八："下面那一队人怎么说？还有多久？"

龚小八看到龚乙这副表情，意识到事情远比他想象的严重，于是吞了口唾沫，说道："说……说是在牵制那家伙，但也只能再坚持一小时！"

龚乙看了一眼表，问龚小八："下去那队人，有伤亡吗？"

龚小八沉吟了片刻，回道："有……伤了三个，重伤了一个，已经送医院救治了。"

龚乙拍了拍他的肩："让下面那队人先撤出来，动用龚家全部的关系，就说排查到了危险物品，组织群众撤离。等会儿我们会下去！"

龚小八点头，拿着对讲机对着话筒喊道："你们撤出来，再说一遍，所有人现在都撤出来。"

我们一行人在龚家临时驻扎地准备一些可能会用到的物品，苏辣将腕子上的青尸素练脱下来，套在我身上。她咬了咬牙，似乎想说什么，但终究是一句话都没有说。

我们几个沿着之前已经炸开的一条路往里走。铁球的关卡已经被机械手臂卡住，我们不用过关，轻轻松松地就到达了悬棺所在的主厅。主厅里，龚家几个人正在往外撤，主厅中间悬棺上原本黑漆漆的符文此刻已经显出火焰般的金红色。龚家的法器在悬棺周围布置了一圈圈的结界。龚乙走过去，捏了个手诀按在法器上，整个人却被弹出了一米远。她回头冲我们喊："这家伙马上就要出来了！"说完她掏出龚隼捏了个手诀，将龚隼挡在自己面前。

苏辣从腰间解下一根绳索，她用左手食指在右手手掌上划一道痕，血从手掌处流了出来。她用手掌握紧绳索，一抻，血便涂抹在整根绳索上，顿时整根绳索显现出金色。橘鹤暖和五魁则把我拉到一处靠着柱子的地方，然后拦住我。橘鹤暖从背包里拿出一个袋子系在腰间，又从袋子里拿出一些金色的钢珠夹在指间；五魁则从袖子里抽出两把短刀握在手中。龚乙看了他俩一眼，没有说话。苏辣却笑了一下，说道："这次要全力以赴了？"五魁白了她一眼，没有说话。龚敏不知什么时候落在身边，眼睛死死地盯着悬棺。

五魁从身后的包里抽出一节香点燃，放在悬棺的正对面。我们几个人便盯着香燃烧出的缕缕白烟，每一秒都像从心头割过去一样，在场的每一个人都备受煎熬。突然，白烟急速四散，橘鹤暖吼了一声："来了！"只见龚家的法器全部飞起甩向四周的墙壁，悬棺上的符文越来越红，一阵金属碎裂的声音传来，悬棺上的符文一下子全部暗了下去。捆住悬棺的锁链被一股强大的力量撕扯开，断成了一节一节，悬棺哐的一声砸进地里。棺盖被反弹到半空中，发出嗡嗡嗡的声响。一声好似野兽怒吼的声音从悬棺里传了出来。

我吞了口口水，感觉心脏都要从嗓子眼里蹦出来了，紧张地盯住那口盖子已经被顶开的悬棺，不知道从里面会蹦出什么东西来。正在想着，一声沉闷的低吼声传来，同时，一个长着翅膀的巨大家伙从悬棺里飞了出来。这是一头黑色的老虎，身上带着黄色的斑纹，但与一般的老虎不同的是，它长着一对巨大的翅膀，头上的鬃毛，根根直立。如果不是亲眼见到，我绝对不会相信这家伙是真实存在的，这个世界上居然还有这个物种。

我还在好奇，就听到五魁对不远处的苏辣喊道："苏辣，你过来！帮我照料一下二然！"

当苏辣跳到我身边时，五魁低声说："等会儿找机会带二然走！"

苏辣点着头，退到我身前。我扒着苏辣的肩膀冲五魁喊道："五魁，我不走，我要和你们一起！"

五魁回头看了我一眼，沉声道："这是穷奇！十头魔祖兽也不是它的对手。如果你不走，咱们很有可能会全军覆没！"

容不得我再反对，穷奇浑身一抖，地里突然冒出一群一群的、身上长着烂肉的僵尸。随着穷奇的吼声，它们向我们几个人发起攻击。苏辣低声吼道："不好,恶鬼咒！"

龚乙手持龚隼，在僵尸中间穿梭，手里的龚隼上下翻飞。被龚隼刺中脖子的僵尸应声倒下。苏辣则挥舞着手中的绳索，将一群群僵尸拉扯撕裂。五魁和橘鹤暖被围在一群僵尸中间，我看不到他们出手，着急地跟苏辣说："他俩好像被包围了，你先不用管我，你去帮他们！"

苏辣笑着哼了一声："你就别担心他俩了，这对他们来说都是小场面。"

我不太相信地催促苏辣："上次我们对付魔祖兽，他俩受伤严重，这次我怕他俩应付不来！"

苏辣一边挥舞着手上的绳索对付僵尸，一边偏过头对我笑道："魔祖兽？受伤？那时他俩在隐藏实力吧？我知道的玄天爻和橘鹤暖可比魔祖兽可怕多了！"

苏辣话音刚落，五魁和橘鹤暖所在的位置忽地冒出一个黄色的火球，直冲向上，被火球笼罩的僵尸瞬间化为灰烬。火球一跃而起，橘鹤暖和五魁从火球里一跃而出。橘鹤暖将手上弹珠弹出，弹珠落到僵尸群里后瞬间炸裂。五魁则用手上的短刀砍瓜切菜一样把一群群的僵尸切得七零八落。只一会儿工夫，僵尸就被消灭干净了。

一旁冷眼观战的穷奇见僵尸被悉数消灭也不急，一声闷吼，更多的僵尸从地里冒了出来。我着急地喊道："这还有完没完？"

五魁和橘鹤暖一边对付着僵尸，一边寻找接近穷奇的机会。眼见又一波僵尸被剿灭，地上又冒出了新的僵尸，五魁回头看看橘鹤暖，说道："穷奇是想用恶鬼咒拖死咱们吗？"

橘鹤暖不知什么时候已将一袋子弹珠用完，他从腰间摸出一把甩棍，对付着僵尸。他看了看地上源源不断冒出的僵尸，正要发话，就听到一个声音喊道："你们想办法去对付穷奇，这些小喽啰交给我们。"龚敏不知何时落在了龚乙肩膀上。她拍打翅膀，竟化出一道道气，不停地向成群的僵尸打去。

橘鹤暖单膝跪地，让五魁跳到他的肩膀上，五魁再向远处的穷奇飞身一跃，便落在了穷奇的身上。五魁挥动短刀，穷奇则上下蹿动，想把背上的五魁甩下来。五魁紧紧抓住穷奇倒立的如刺一样的鬃毛，将短刀向穷奇背部刺去，可是似乎无法伤到穷奇。地上的僵尸越冒越多，苏辣、龚敏和龚乙的速度都慢了下来。橘鹤暖怒吼着咬破手指，迅速地掏出一张符纸，在上面画了个符，再将符纸打散成五块，喊道："师兄，不能耗了，速战速决。"

五魁从穷奇身上跃下，跳到橘鹤暖身边，两人背靠背催动五张符纸，将符纸像五个方向打去。五魁捏了个手诀，橘鹤暖喊道："五行分封咒！"

喊罢，五张符纸之间连起无数条线，将所有僵尸瞬间撕裂。我看得目瞪口呆，问苏辣："他们有这个办法，干吗还打那么半天？"

苏辣抻开绳子，仍挡在我身前保持着战斗的姿势说道："五行分封咒是需要积蓄元气的，不是随时都能用出来的。"

其实我也猜到了，以五魁的个性，如果能一次肃清，他绝不会浪费时间选择其他方式。

绞杀了所有僵尸，五魁偏过头看了一眼我和苏辣，迅速跃向穷奇。龚乙和龚敏也已经奔到穷奇周围，龚敏扑动翅膀，其余几人一起捏动手诀，几道气汇成一道向穷奇冲了过去。然而，穷奇似乎并不将这道气放在眼里，振翅而起，两掌便将这气拍散了。然后它向龚乙俯冲而去。龚乙急向旁边一跃，还是被穷奇巨大的冲击力所伤，捂住胸口不断喘息。苏辣低声道："糟了，他们不够五个人，无法组阵！"

我推了苏辣一下:"那你快去,现在没有僵尸了,你不用管我!"

苏辣回头看了我一眼,问道:"那你在这里行吗?"

我安慰她:"有什么不行的?现在就只剩下这个大家伙需要对付了,你们别分心,快去吧!"

苏辣又看了我一眼,才点了头,奔穷奇而去。

五魁和橘鹤暖见到苏辣不喜反怒,吼道:"不是让你护着她吗?"

苏辣回道:"是二然让我来的,再说不够五个人,你们的阵根本组不起来。这家伙不死,我带二然跑了也没有用。"

正说着,穷奇一掌拍下来,苏辣迅速跳开,回身用手里的绳索抽向穷奇的爪子。穷奇的爪子被她的绳索碰到,冒出一阵白烟,穷奇大怒,大吼一声,再次向苏辣扑过来。五魁一边提醒苏辣小心一边问:"苏辣,你那绳子是什么东西?它好像很怕!"

苏辣再次将绳子向穷奇爪子抽过去,穷奇的爪子碰到绳子,发出嗞的一声。苏辣回答五魁:"我也不知道,这是神秘人给的。虽然好用,但要喂术士的血才能发挥作用。"

五魁、橘鹤暖、苏辣、龚乙和龚敏在一番应付躲避后,在穷奇周围分散站开,站成一个五边形。五魁吼了一声,大家一起发力,五道气汇成一道气向穷奇的脖颈冲去,穷奇虽然躲闪及时,但脖颈处还是被割出一道深深的伤口。穷奇定住,环顾着五个人,突然回身向龚敏冲去。离龚敏最近的龚乙冲上去,想一起抵挡,不料穷奇突然变换方向,一掌拍向龚乙。大家同时发出一声"糟糕",龚乙被穷奇拍出几米远,撞在石柱上后摔了下来,不省人事。原来穷奇攻击龚敏只是虚招,它真正想攻击的是龚乙。刚刚组好的五行阵因为少了一个人,又被打破了。

穷奇敏捷地挪动身体,向五魁、橘鹤暖、苏辣和龚敏发起攻击。五魁被它抓破了衣服,又被它一掌拍在后心,一丝鲜血顺着嘴角流了下来。只有四个人,组不成阵,我跑过去对五魁喊道:"我来!"五魁吼道:"二然,你别过来,你被它拍一下,必死无疑。快退回去!"我伸手捏了个手诀向背对我的穷奇拍了过去。穷奇好似被挠了一下痒一般,没有任何损伤,转过头看向我,然后伸爪向我拍了过来。我以为这次我必死无疑,突然一道白光挡在我身前。穷奇被白光弹开,面露不可思议的神色。我定睛一看,一把折扇在我面前打开,弹开了穷奇。一群人正在纳闷,一个声音从上而下飘了过来:"穷奇,住手!"这声音的主人不是别人,正是周林。

周林自上而下落在我身边,挡在我身前。她对着眼前凶神恶煞的穷奇有些愠怒地吼道:"穷奇,还不收手?"穷奇冲着她龇牙咧嘴,虽然凶狠,却不敢上前。周林伸出右手手掌停在半空,声音中没有了刚才的凶狠,反而带出一丝温柔地说道:"穷奇,你不记得我了吗?我是周林啊!"穷奇看着周林好似在想什么,它将头凑近周林的手掌。可是不知从哪里响起一阵口诀，穷奇又露出凶相，上前张嘴就要咬周林的手。周林撤回手掌，并迅速地在穷奇额头上一拍，穷奇当即退后一步，冲着周林龇牙咧嘴，一时间却也不敢上前。

周林皱着眉回头看了我一眼，又看向五魁和橘鹤暖，解释道："这穷奇本是我的坐骑，也是我的伙伴。如今它受恶人控制，我唤不醒它，只能对它出手了！"五魁看了一眼穷奇，又看了一眼周林，而后点了下头。显然，他和周林并不是第一次见面。周林将手上的折扇打开，冲几个人喊道："我坐镇阵主位，我们再布一次五行聚元阵。"说完，她回头轻声对我说："二然，你退到后面去！"声音虽然轻柔却带着一丝不容置疑，于是我乖乖退到后面。

周林、五魁、橘鹤暖、苏辣和龚敏重新布阵。穷奇对周林有所惧怕，但还是奋力搏斗。几个回合下来，连周林都挂彩了，她左肩被抓出四道伤，血从伤口汩汩流出，染红了她身上白色的长衫。五魁和橘鹤暖都被抓伤，苏辣右腿小腿被抓出了四个血窟窿，龚敏左边的翅膀几乎被撕裂。周林退到我身边，轻声说："让玄天爻把穷奇逼到我旁边的死角去。"我正奇怪周林为什么对我说这些，突然反应过来我和五魁有通灵绳，于是催动心念，让五魁把穷奇逼到死角。五魁不动声色地递了个眼神给橘鹤暖，橘鹤暖看了一眼苏辣，三个人一起发动攻击，将穷奇逼向周林旁边的死角。周林从脖子上解下一根金色的挂绳咬在嘴里，用两手和嘴撑起一个五边形，中间还有一个五角星的形状。待穷奇进入死角，她便转身将金色挂绳五行阵向穷奇扔过去。一声大吼后，穷奇消失不见，金色挂绳飞回周林手中，挂绳上多了个黑色的球形挂坠。

周林长舒一口气。我刚想冲过去，却被身后一个手臂夹住脖颈，一个沙哑的声音响起："橘鹤暖，交出秘籍！不然，这个女人的命就是我的了！"

我的脑袋动弹不得，喉咙也被他卡得生疼。我也想像电视里那样大喊："别管我！"可是除了剧烈地咳嗽，我竟然半个字也说不出来！周林一张脸急速冷下来，对着我身后怒吼："你是谁？你敢伤她一下，我定让你死得难看！"

我身后的人也不吱声，五魁则狠狠地道："你就是五尊者？你兜这么大的一个圈子，就是为了吸引我们的火力，趁我们对付穷奇的时候抓住二然，然后要挟我们交出秘籍？"

我身后的人冷哼一声："废话少说，把秘籍的另一半交出来！"

我拼命地想扭过头看一眼，但是脖子被死死地压住。看着他们一个个心急如焚的样子，我脑子在飞快地转着，怎么样才能摆脱目前的状况。我听到身后传来一声冷笑："周林，你不要做小动作了，你奈何不了我的。以你的能力，能全力压制住穷奇已经不错了。"

听他这么说，周林默默地放开捏了一半的手诀。五尊者又嘲笑道："我和穷奇已经血脉相通。接下来的日子,如果你不全力压制它,它随时都会反噬你!你就不要过于分心管我和玄天爻他们之间的事情了!"

说完他又冷冷地威胁道:"玄天爻,橘鹤暖,我再说一遍,把另外一半秘籍交给我!不然我让这个小丫头魂飞魄散!"

我用力扒住他的手臂,给自己留出了喘息的机会,冲对面大喊:"你们不要给他,他得不到那一半秘籍就不会杀我!"

身后传来一声狞笑:"你还挺天真!如果他们不妥协,我一定会把你折磨得生不如死!"

听他这么说,我怒从心头起,也不知道哪里来的力气,对准他的小臂一口咬下去。他疼得吸了口冷气,之后用力勒住我。可我就是铁了心不松口,直到他小臂的衣服被咬破露出皮肉,我才觉得呼吸越来越困难,五魁他们的声音也渐渐缥缈起来。

就在我迷迷糊糊的时候,我突然听到五魁说:"你停手!你放开她,你要的东西,我给你!"

五尊者得意地晃了晃手臂:"这死丫头还不知道她对你们来说有多重要吧?哈哈哈!"

我感到因窒息而憋闷的胸腔突然涌入了新鲜空气,整个人也清醒起来。我知道对于现在发生的事情我无能为力,只好偏过头恨恨地看着五尊者。可能因为秘籍即将到手,我能感觉到他现在心情大好。我看着五魁和橘鹤暖,心里拿定主意,如果真让秘籍落在这种人手里,那我就成了千古罪人,这样的事情,绝对不能让它发生。

我深吸一口气,将手偷偷地摸向袖口,那里有我藏的一把小刀。我心里盘算着,如果想一招致命,我应该怎么刺。我苦笑一下,既然不能了结了五尊者,那我只好了结我自己了。五尊者等得不耐烦,催促着五魁:"玄天爻,你不要拖延时间了,赶紧交出来吧!"趁他说话时,我迅速抬手,一柄短刀直直对准太阳穴。就在这一瞬间,一个白影从眼前闪过,用力撞掉了我手中的刀,随后又冲五尊者发难。我听到五尊者轻呼一声:"你怎么会……"随后就遁去了。我看到五魁和橘鹤暖要追上去,却被周林拉住:"别追了,追不到的!"

我反应过来时,眼前正蹲着一只大白猫,它正懒洋洋地舔着爪子。我好奇地问大家:"大……大白怎么会在这里?它……它打败了五尊者?到底发生了什么?"

五魁他们也是一脸茫然,于是我吃力地把大白从地上抱起来端详:"这不会又是什么高人变的吧?五魁,你不是说它只是一只猫吗?"

五魁走过来,冷峻地看着我:"你刚才到底在做什么傻事?如果不是这家伙,你这会儿就剩下魂了吧?"

我被他一说,便想起刚才那一瞬间的不舍和绝望,眼泪不听话地流了下来:"我不能拖累你们，真要是因为我坏了大事，我不就成了祸害全人类的罪人吗？我没遇到过这种场面，除了这样，我也想不出别的办法……"

说到后面，我越说越委屈，抑制不住地哇哇哭了出来。五魁拽住我的手，努力控制着情绪，尽量温和地跟我说："二然，你记住，不管发生什么，你的生命都是排在第一位的。"

我擦了擦眼睛，问："难道我比秘籍还重要吗？"

五魁点点头，嘴角微微翘起一个弧度："秘籍落在他手里，我还能再想办法。你要是没命了，我真的不知道怎么办好了！"

我蹲下来抱住他，哽咽道："我……我记住了。"

龚敏扑腾过来不耐烦地说："阵快塌了，你们别在这叽叽歪歪了好不好？真受不了你们！"

苏辣忙喊大家："没错，阵快要塌了，你们赶紧跟我走！"

苏辣说完，橘鹤暖就背起地上的龚乙，我抱着大白，一行人跟着苏辣向阵外走去。

电视里播放着本市西郊因废旧工厂设备爆炸引发地面大面积坍塌的新闻。我们一群人聚在约等鱼喵惊魂未定地分析着刚才发生的事情。我抱住大白左看右看，怎么也看不出有什么不对："五魁，你说它就是一只普通的猫？我觉得不会，它救了我，打跑了五尊者，而且五尊者跑之前好像还说了句'你怎么会'……"

五魁凑到大白旁边闻了闻，大白不耐烦地推开他，一爪子拍在他脸上。五魁不能靠近，翻了个白眼说："闻不出有什么特殊。要么它就是只猫，凑巧破了刚才的局面；要么是它能力太过强大，隐藏得滴水不漏。"

我忙表态："我相信后者！"

五魁耸耸鼻子："我也相信后者！不过如果是后者，我们就算逼迫它，它也不会现形的。"

我挑了挑眉毛："不急，我慢慢对付它！"

说完我把它搂进怀里，忍不住地笑了起来。在我怀里大白"喵喵"抗议了两声，知道反抗无效，也就一脸生无可恋的任我蹂躏。

橘鹤暖皱眉问五魁："师兄，五尊者直接跟我们要另一半秘籍，你说丢的那一半是不是在他那里？"

五魁点点头："目前看来，这是极有可能的！"

我赶紧拿了张纸，又拿了支笔，在纸上画了个图案递给五魁："这是我咬破他衣服的时候看到的他小臂上的刺青。你们看看，有没有什么线索！"

五魁接过纸和橘鹤暖一起研究着："看起来有点像济宗的符文，可又不是！但可以肯定的是，这是某种符文！"

龚乙凑过来看了看："和龚家的符文也有相似之处，可是也只是相似。我肯定，我们龚家没有这样的符文！"

龚敏飞到橘鹤暖的肩膀上看了看，突然大声喊道："橘鹤暖，你拿着笔，在这里画一下！"

于是橘鹤暖拿起笔，按照龚敏的指挥开始画起来。龚敏干脆跳到纸上，用小爪子指挥着橘鹤暖。画了有一刻钟，一张稍显完整的符文出现在大家眼前。大家面面相觑的时候，龚敏愣了一会儿，道："这个符文……我见过！"

我们齐刷刷地看向她，毕竟找到符文的出处，我们就有可能得知五尊者的身份。龚敏停顿了一下，说："这符文我在龚家的一本书里见过，但那个时候它就已经失传了，只有云城那个龚家的分支还有人知道怎么用。这个符文是用来封印邪恶的！"

她说到这里，我马上就联想起之前她说过那个不老不死的天缺的怪胎，于是问道："五尊者会不会和那个不老不死的天缺怪胎有关系？"

龚敏吸了一口冷气："不会吧？我一直以为那只是个传说。"

五魁抬眼看了一眼大家："看来，我们需要去一趟云城了。"

我点点头，又摇摇头："不行啊，迷途阵没破，我们出不去的啊！"

五魁笑了一下："迷途阵的矢位，就建在刚才那个古阵上。古阵塌了，矢位失衡，迷途阵现在已经困不住咱们了。"

五魁说完抬头看看周林："小麒麟，你有什么打算？要不要跟我们去云城？"

周林白了他一眼："没大没小！我就不跟你们去了。五尊者说的你们也都听到了，我不可能一直困住穷奇。如果如他所说，穷奇跟他血脉相通，那过段时间，穷奇必然会再发难，并且很有可能被他控制。在那之前，我得想个对付他们的办法。"

橘鹤暖又问道："陆前辈呢，这次怎么没看到他？"

周林回道："说来话长，我们在找一个人，最近发现的线索一周前突然断了，我让他继续去跟那件事。我也是突然感应到穷奇才赶过来的！"

五魁又看向龚敏："那个鸟人，我看你闲着也是闲着，正好符文的事情和你们龚家云城的分支有关，你也略知一二，就跟我们走吧！"

龚敏不满地扑腾过来，但又不敢真的动手，只能口头上表示抗议："谁是鸟人？求人帮忙你就不能客气点吗？"

五魁并没有继续搭话，而是对苏辣和龚乙客气地说道："龚乙，你需要好好休息，这次你就留下和苏辣一起研究林博的事情，找到乾坤镜对我们来说也至关重要。"

我接过话："尤其是苏辣，还要帮我看着约等鱼喵。我们去云城来回的路费就都指着你了！"

苏辣冲着我撇了撇嘴。五魁像想起了什么,又嘱咐龚乙:"林克这边,你打算怎么办?"

龚乙深吸了口气:"我让龚家给他准备好了墓地,过几天就让他入土为安。"

空气中弥漫着湿气,好像马上就要下雨了。我坐在窗前望着外面发了会儿呆,想到即将到来的云城之行,心里五味杂陈,曾经很想去的地方,如今却笼罩着一丝未知的恐惧。我回头看着蜷在椅子上依偎着睡得正酣的黑猫和橘猫,心里就踏实了很多。

只要有五魁和橘鹤暖在,我不怕。

坐在开往云城的火车上,我托着腮看着窗外不断向后倒退的景致。身边的五魁靠在橘鹤暖身上,两个人睡得昏天黑地。龚敏站在桌子上,一动不动地盯着我:"二然,你喜欢橘鹤暖吗?"

我上去捂住她的嘴,毕竟她现在的形象是一只鹦鹉。我压低声音教训她:"不想被抓去演马戏就给我闭嘴!别给我找事!要不是为了你,我们可以直接飞去云城,至于要在火车上挨这么久吗?所以你给我老实点!"

隔壁走过一个大哥,看我捂着鹦鹉的嘴自言自语,笑着努了努嘴:"干吗呢?跟谁聊呢?"

我没回答,只能抬头看着他尴尬地笑了一下。大哥也笑了一下,指着龚敏说:"鸟不错!"

我赶紧笑着点头,紧紧地捏住龚敏的嘴,但还是听到了她的咕哝:"说谁是鸟?有没有礼貌?"

我眯着眼睛盯着她:"说你怎么了?你就是鸟啊!"

龚敏又嘟囔了一句什么,我也没听清,看她一脸不忿,我只好喊醒呼呼大睡的橘鹤暖:"喂!大橘猫,你醒醒!"

橘鹤暖被我喊得迷迷糊糊地睁开双眼,伸手揉了揉眼睛:"怎么了?到哪了?开饭了?"

我踢了他一脚,不满地说:"你家女人太麻烦了,你管管!"

橘鹤暖明显没有睡醒,伸手让龚敏跳到他肩膀上,语气温和却态度坚定地说:"你乖点,别总念叨,小心让人抓走!"

听他这么说,龚敏乖乖地闭上嘴,像个温顺的小媳妇,老老实实地待在橘鹤暖肩膀上。一边的五魁也被吵醒了,揉着眼睛表示不爽:"你们怎么这么有精神头?"我和龚敏互相瞪了一眼,都闭上了嘴巴。

过了六点钟,天边渐渐映出火红色,我靠近窗,看着外面地平线处的晚霞。车厢里弥漫着一阵阵泡面的味道,我忍不住吞了一口口水。泡面是个神奇的东西,明明吃起来并不美味，可是在某些特定的时候闻到，就会抑制不住地想来上一碗，比如在火车上。我起身从中铺的包里摸出一碗泡面，看了看对面还在睡的橘鹤暖和五魁，于是又摸出两碗。打了水，泡了七八分钟，我掀开盒盖吹了吹，故意将味道吹向橘鹤暖，睡梦中的橘鹤暖动了动鼻子，悠悠醒转。看着我正准备吃，他推醒身边的五魁："师兄，吃饭了！"

五魁睁了眼，看到我正在往嘴里塞卤蛋，冷着脸说："吃独食！"

我将卤蛋塞进嘴里故意嚼得很夸张。五魁拿着泡面，用胳膊推了推橘鹤暖："你去泡。"

橘鹤暖顺从地接过泡面，去接水。我问龚敏："你吃什么？"

龚敏翻了个白眼，并不理我。

吃完面收拾完，天已经黑了下来。我掏出手机百无聊赖地打着游戏，装作心不在焉地提醒五魁："我说，五魁同学，你记不记得，你还欠我个故事？"

如我所料，五魁想抵赖，反问我："什么故事？"

我急了，皱着眉毛提醒他："就上次……上次去打她的时候。"我指了指龚敏，"你说等我们都平安无事了，你就给我讲你的感情故事！"

五魁挑着眉毛装傻："有这事？我怎么不记得？"

我看他要抵赖，气哼哼地问："你该不是为了逃避讲故事，才故意迟迟不肯变回来的吧？"

五魁白了我一眼，不回答。我气愤地冲向橘鹤暖，道："我知道你俩是一伙的，但你摸着良心说，他是不是说过这话？"

橘鹤暖看了一眼五魁，又看了一眼我，没有吱声。见我气得胸口起伏起来，五魁只好放软了语气："哎呀，好了，不逗你了，我说过。不过现在我们要先理清一些事情，有机会我一定给你讲，我绝对不会说话不算数！"

见我还是气鼓鼓的，他从包里拿出个苹果，像逗弄小孩子一样哄我："给你吃个好吃的苹果，不生气了，行不行？"

我接过苹果，赌气似的狠狠咬了一口，刚想说什么，余光瞥见窗外掠过一个黑影。我愣住了，这可是疾驰的火车啊，这个掠过的黑影根本无法解释。我看着五魁，小声问道："你看到了吗？"

五魁不动声色地点了一下头。我凑到窗边向外看，回头跟五魁和橘鹤暖说："你们都看到了对不对？我以为我看错了！"

五魁和橘鹤暖对视了一眼，橘鹤暖小声说："晚上睡觉别睡得太死，应该会有事情发生！"

十点钟后，我洗漱完毕躺在铺位上，想起刚刚那个黑影，心下忐忑。我翻身面向五魁，担心道："等会儿会有什么事情发生啊？刚才到底是什么啊？"

五魁伸手拍了拍我的手背："我们现在也不确定，但肯定不是好事。你安心睡吧，今晚我和橘鹤暖轮流盯梢，放心吧！"

听他这么说，我心里稍微觉得宽慰了些，困意袭来，就迷迷糊糊地闭上了眼睛。

不知道睡了多久，列车广播里传来一个急切的声音："很抱歉打扰大家休息，现在是紧急情况！哪位旅客是医生，请速到十二号车厢，这里有一名孕妇需要救治！这里有一名孕妇需要救治！"

我被吵醒，睁开眼发现车厢已经熄灯，黑漆漆的一片，只有对面铺位上五魁的一双眼睛幽幽地闪着黄绿色的光。我问五魁："怎么了？什么情况？"

五魁淡定地说："看样子是有一位孕妇的身体出现了状况，正在征集医生去救治。"

我迷迷糊糊地问："那我们要不要去看看？"

五魁淡定地问我："你是医生吗？过去看看？看什么？看热闹啊？"

这时，橘鹤暖翻身从床上下来，跟五魁说："师兄，我们可能真的要过去看看！"

说完，他将手机屏幕递到五魁面前，五魁的声音提高了："什么？我们过去。"

他又转向我："二然，披好衣服，我们去十二号车厢！"

我撇嘴："你不是说我只会看热闹，去了也没有用吗？"

虽然嘴上这么说，但我还是看出事态严重，披上衣服跟着橘鹤暖他们去了十二号车厢。

十二号车厢已经围了不少人，乘务员正在劝说大家："请不是医生的旅客回到自己的铺位上休息。"

橘鹤暖拨开人群往前挤，我们跟在他身后。他大声说道："让一下，让一下，我是医生。"

一群人迅速让出一条路，一个圆脸的列车员妹子跑过来问："您是医生？"

橘鹤暖点头："现在什么情况？"

列车员迅速将我们引向车厢中部："孕妇可能难产。"

中间车厢被紧急隔出来，一个戴着眼镜的白胖男人跑出来跟列车员说："孩子卡住了，出不来！再这样下去，大人和孩子都会有危险！"

列车员带着哭腔道："怎么办？距离下一站还有半小时的车程，人还撑得住吗？"

白胖男人皱着眉头不作声。橘鹤暖走过去跟列车员说："我是妇产科医生，带我进去看看！"

听说橘鹤暖是妇产科医生，男人和列车员脸上都露出一丝喜色。男人跟橘鹤暖说："孕妇现在血压偏高，刚刚出现了一次昏厥，孩子卡在产道里，孕妇已经没有力气了……"

看着男人和橘鹤暖的背影，我急得直跺脚，回头小声问五魁："橘鹤暖……橘鹤暖说他是妇产科医生，他能行吗？"

五魁抬头看着我，笑道："他是！至少曾经是！活了这么久，什么紧急情况他没见过？你放心吧。"

旁边的龚敏倒是悠闲得很，跳来跳去，最后跳到我肩膀上耳语："橘鹤暖没问题的，你放心吧！再说了，这也不是难产这么简单的事情。"

我猛地回头问她："那是什么事情？"

龚敏在我耳边嘟囔道："这个点，至阴之际，如果此刻卡死那个未出生的孩子，那么这个孩子就会变成阴灵婴，修习邪道的人收了他，大有用途。"

我惊讶地问："你是说，有人故意让这个孕妇难产？"

龚敏阴冷的话语透过我的耳膜直达大脑："是！对方特意选择在火车上是因为火车上是无界之地，这样的阴灵婴是彻底的孤魂野鬼，气场强大。哼，这人心坏透了！"

龚敏话音刚落，身边一个黑脸的白胡子老头拈着胡子自言自语道："这个点，在火车上难产？怕不是简简单单的难产啊！"

听他这么说，我扭过头看着他。发现我看他，老头笑了："小姑娘不要好奇，知道得越多越危险。"

五魁通过通灵绳警告我："二然，下绊子的人就在车上，不知道是谁，你不要随意跟别人搭话，小心引火烧身！"

橘鹤暖急匆匆地走过来，小声跟五魁说道："没错，是让人……"

他说完，抬头对上了白胡子老头的眼神，就没再说了。我回头急切地问五魁："不管吗？"

五魁叹了口气："遇到我们这位多管闲事的主子算他倒霉，谁让他不长眼非要在这趟车上做这种事？"

说完，他不动声色地从包里掏出了一个什么东西捏在手里，又塞给了橘鹤暖。橘鹤暖点了点头，回身向里走去。这时，一个身材不高的黑脸男孩扒开我挤了过来，跟乘务员说："孕妇是我们一个村的，让我进去！"他语气坚定，我却产生了警觉，紧紧地盯着他，刚想开口拦他，五魁却捏住了我的手，对我摇摇头。

男孩跟着乘务员往里走，回头看向我们，又看了一下我们身边的老头，欲言又止。

半刻之后，乘务员脸上挂着眼泪跑过来对围着的人喊道："孕妇已顺利产下男婴，母子平安，大家都回去休息息吧！都回去吧！"

人群中爆发出一阵唏嘘和欢呼，随后各自散去。我和五魁在原地等着橘鹤暖，白胡子老头走过来，看着我似笑非笑地问："小姑娘，你们不简单啊，什么人？"

听他语气不善，我没好气地看了他一眼，并没有回话。橘鹤暖走了过来，温柔地笑道："一切顺利，我们回去吧！"

这时，刚刚那个黑脸男孩追了过来，拍了拍橘鹤暖的肩膀："谢谢，谢谢啊！"

是非之地，我们没有多停留，回到了自己的车厢。

看了一眼表，已经是凌晨四点钟，这么折腾了一通，我已经睡意全无。五魁和橘鹤暖的表情一个比一个严肃，我问他们："事情过去了，你们怎么还这个表情？"

五魁没吱声，橘鹤暖叹了口气："二然，你有所不知，这件事情没有这么简单，现在我们不方便说，等下车再说吧，这趟车……太不简单了！"

12 陆辰

我和五魁并排坐在下铺的铺位上,对面是橘鹤暖和龚敏。刚刚经历的事情让我心有余悸,我转头看五魁,他正用右手食指和拇指捏着眉头,显得有些疲倦。反正也睡不着了,索性盘算下接下来该怎么做,我轻声问五魁:"我们接下来怎么做呢?"

五魁歪着头看了我一眼:"龚乙给我们安排了接应的人,据说不是龚家的人。她怀疑龚家有五尊者的人,所以暂时不想惊动龚家的人。这个接应的人会带我们去找一个知道龚家底细的人,我们可以问问关于那个封印的事情。五尊者肯定和龚家有关系,只有查到他的底细,我们才好对付他。"

我点点头,又向橘鹤暖发问:"你真的当过医生?刚才那个产妇……你是怎么搞定的?"

橘鹤暖哭笑不得地回我:"什么搞定不搞定的,你这么说话很容易让人误会。"

他说完,龚敏在一旁搭腔:"我可没有误会什么!"

橘鹤暖扭脸笑道:"又没说你!"

我故意沉下脸:"你俩别打情骂俏了,回答我问题!"

橘鹤暖压低声音:"我用师兄塞给我的五行符破了那个绊子,就这么简单啊!"

我"哦"了一声,这过程远没有我想象中那么精彩。五魁大概闭着眼睛也猜到了我此时的心情,笑了一声:"怎么?失望了?这事情可远没有你想的这么简单。刚才救孕妇的时候,暗流涌动,就那一节车厢,少说有七八个学五行数术之人的气场。"

"啊?"我惊讶地问,"怎么会有这么多五行术士在这个车上?"

五魁托着腮皱眉道:"我也不知道!这帮人聚在一起到底干吗?"

橘鹤暖插话:"对了,刚才那个自称是同村的男孩,他应该也不简单!他进去之后,就做了结界护住了孕妇。可是他是敌是友,目前还不好说!"

我脑海里闪过那个男孩的样貌,不知为什么,我对他的印象还挺深刻。

车窗外一丝丝金光蔓延开来,天就要亮了。五魁盘着腿,思量再三:"这次的云城之行,从一开始就不简单,为了保留实力,我还是以猫的形态出现比较好。"

我点头:"嗯,这样大家也不会太注意到你,你做什么也方便些。"这时,列车员的声音传来,还有半小时就要到站了。

火车进站的前两分钟，五魁化作一只黑猫钻进了橘鹤暖的怀里，被橘鹤暖松松垮垮的衣服一遮，就完全看不到他了。我和橘鹤暖拉着行李箱往外走，五魁突然用通灵绳跟我说："二然，你右边有几个人，他们应该都是五行术士。"我快走几步超过橘鹤暖，然后在他左前方故意回头喊他快点，顺便瞄了瞄旁边，那个白胡子老头和那个黑黑的男孩也在。但很快，他们就消失在人群里。

我出了站就看到正前方的人堆里，一个黝黑的胖子高举着写着"卓然"的牌子。他个头不高，三十左右的年纪，脸和身体都圆圆的，穿着宽松的棉布衣裤，显得朴实而单纯。我们冲他走过去，我跟他打招呼："你好，我就是卓然。"

他笑得露出洁白的牙齿，伸手握住我的手："你好你好，我是洪旭斌。"

橘鹤暖在我身边礼貌地点了点头："我是橘鹤暖！"

洪旭斌也热情地握住他的手大力地摇了摇。之后他往我们身后看了看，问道："就……就你们二位？"

橘鹤暖笑道："不是，还有他俩！"

他指了指我肩膀上的龚敏和他怀里的五魁。洪旭斌明显愣了一下，但也没有说什么。他伸手过来帮我拎箱子，笑着把我们往停车场方向领去。

他停在一辆小面包车旁边，一边招呼我们上车，一边有点不好意思地道歉："抱歉，村里条件有限，只能开它来接贵宾了。"

我赶紧笑道："没关系，很好了！"

橘鹤暖坐在副驾驶的位置上，我和五魁、龚敏则坐在后面。洪旭斌启动车，转过头跟我说："等会儿有的路不太好走，你在后面系好安全带，扶稳了。我们大概要开五个小时，饿了的话，车上有面包。"

洪旭斌看起来是一个朴实圆润的胖子，开车却很猛。我在后面东摇西晃的，有点晕，又睡不着，就找话跟他说："洪大哥，您和龚乙是朋友吗？"

洪旭斌语气里透着恭敬："不是！龚乙是我们的恩人！我们全村的恩人，我们都喊她恩公！"

我想到龚乙那副样子，实在想不到竟然有人喊她"恩公"，就问洪旭斌："她对你们有过什么恩情啊？"

洪旭斌似乎来了精神："这说起来话可长了！"

橘鹤暖在一边帮腔："不怕长，我们有五个小时呢！"

洪旭斌清了清嗓子，郑重其事地开始讲："我们村子在泸湖附近的山里。泸湖你们知道吧？"

我赶紧附和："当然知道，我一直想去，特别美！"

洪旭斌回："对，就是特别美！我们村就在泸湖附近的山里，叫洪村，村里的人都姓洪。村里原先大概有不到二十户人家，后来剩下十来户。因为山里交通不便利，很多人家就迁走了。大约四年前，我们村洪毛毛家的鸡和鸭突然一夜之间全死了，有的还被啃成了骨头架子。这可是了不得的事情，因为住在山里，很可能是些毒虫猛兽或者什么说不上来的东西做的。这事情一出，村主任就慌了，在隔壁村子找了个长老来看，长老看完就走了，什么也没有说，一时之间，村子里人心惶惶。村主任正在积极想办法的时候，洪毛毛刚刚娶的老婆也死了。我们就报了警，可是警察来看了看，就说是急病，也没说出个所以然。洪毛毛觉得不吉利，就把他老婆草草地埋了。可没两天，他老婆的尸首又出现在他家院子里，还少了五脏六腑。这下村子里可炸锅了。村主任没办法，就托人找到了龚乙。龚乙连夜飞到云城，那个时候也是我接的机。之后她就在洪毛毛家住下了。那个时候，全村人躲洪毛毛家就像躲瘟疫，没人敢靠近，可龚乙偏偏住了进去。后来又过了几天，龚乙就走了。之后，村里就再也没发生过什么事。龚乙做了什么，除了村主任和洪毛毛之外，没人知道。但听村主任说，如果不是龚乙，我们村的人可能就会死光。龚乙救了我们全村的人，我们都把她视为恩公。所以这次你们放心，恩公托付的事情，我一定百分百完成。"

我若有所思地点头，用通灵绳问五魁："洪村发生了什么事情？该不会被什么山精水怪攻击了吧？"

五魁懒洋洋地回："我怎么知道？你回去问龚乙好了！"

我扒着后座继续问："你们都不好奇吗？到底发生了什么？"

洪旭斌赶忙摇头："小姑娘，你是没经历过那场面，吓都吓死了，还有工夫好奇？"

我撇撇嘴："这次我们来，龚乙是不是安排了我们见什么人？"

洪旭斌应道："是！她要我带你们去见见药儿先生！"

"药儿先生？"我好奇地重复，"这是真名吗？这名字太有趣了吧！"

洪旭斌耐心地给我解释："这不是真名，但他的真名是什么我也不清楚。从我记事起就知道他，他是附近十里八村出了名的郎中，专门给人看疑难杂症的，不是疑难杂症他还不看呢。我爷爷那个年代，他就出名了。"

我道："那不就是赤脚医生？没有行医执照的那种？"

橘鹤暖回头白了我一眼，洪旭斌倒没介意，继续说道："对，就是那个意思吧。不过说来也神奇，他治不了发烧感冒闹肚子这类病，但是那些看起来没什么希望的绝症，他倒是医好了不少。不然他怎么会出名呢？"

我皱眉道："我们又不是得了什么不治之症，为什么要去见他呢？"

洪旭斌摇头："那我就不知道了，总之恩公让我安排你们去见他。"

我沿途醒一会儿睡一会儿，如洪旭斌所说，这一路很多都是土路，颠簸得我胃里一阵阵恶心。难受得不行的时候，五魁不知给我塞了个什么东西吃，我瞬间好了很多,于是质问他为何不早点给我吃。

又颠簸了两个小时,车子终于停了下来。洪旭斌不好意思地说:"车子就只能开到这里了,还有一里山路,咱们得走上去!"

说完他下了车,替我扛上行李。此时正是正午,头顶的太阳晒着颠簸了一路还晕乎乎的我,我别无选择,只能走。我们应该是在一个山坳里,四周都是山,大片的绿植覆盖在山上,空气干净清新。洪旭斌指了指前面略显陡峭的小路跟我们说:"沿着这条路走上一里地就到了!"

说完,他率先走在前面带路。这看着就是个荒山,完全不像有村子的地方。我努力张望,还是没看到房屋或人影,只能硬着头皮往前走。洪旭斌虽然胖,但体力极好,他应该经常走这样的山路。他虽然尽量放慢了速度,但还是快了我们一大截,只能频频回头鼓励我们:"快到了,快到了!就在前面了!"

走了有十分钟,转过一个弯,前面突然豁然开朗,不远处显出房子的轮廓。洪旭斌擦了擦额角的汗,咧嘴笑着说:"没骗你们吧?很快就到了!你们饿了吧?阿妈已经把饭准备好了!"

洪村就建在半山腰的一块平地上,地方不大,建着十几个小院。院子和院子之间有两三分钟的路程,洪旭斌家就在中间位置。不知是不是大家都在午休,整个村子显得格外安静,让我完全忘记了炎热,鸡皮疙瘩爬上了我的胳膊。我吞了口唾沫问:"这村里的人都去哪了?"

洪旭斌叹口气:"唉!年轻人留不住,都出去了。留下的都是老弱病残,成天也不出门!"

说完他指着不远处的一个房子,跟我们说:"那就是村主任家,咱们去招呼一声。"

我们走到村主任家门口,洪旭斌冲里喊:"村主任,恩公的客人到了!"

一个高高瘦瘦的老人从屋里走出来,看到我们连忙伸手作揖:"一路辛苦!一路辛苦!我们这交通不是很方便,条件也比较艰苦,这几天就委屈你们了!"

我忙笑着摆手:"不委屈,挺好的!这儿空气真好!"

村主任点点头,跟洪旭斌说道:"房间都收拾出来了吗?饭准备得怎么样了!"

洪旭斌仰着一张脸笑得灿烂:"您放心吧,都准备好了!这就带他们去吃饭!"

村主任点点头又嘱咐道:"要是缺什么就跟我说!恩公的客人万不可怠慢!"

洪旭斌答应了一声,然后领着我们往外走:"村主任,那我先带他们回家吃饭,饿了一路了!"

村主任挥手示意让他去。

进了洪旭斌家的院子,就闻到了阵阵饭香,我的肚子不争气地咕咕叫起来。一个六十岁上下的阿婆迎了出来。洪旭斌忙走过去介绍:"阿妈,这是恩公的客人,我接回来了!"

我和橘鹤暖齐声招呼道:"阿姨好!"

阿姨伸手在围裙上抹了两下才过来握住我们的手:"看到你们就像看到恩公一样,太好了!太好了!这么远的路,饿了吧?饭都准备好了。快,进屋吃饭。"

正房的正中间摆着一张小方桌,我们围着方桌坐下,阿姨从厨房里端出几盘菜,洪旭斌帮忙盛饭。阿姨一边给我们摆筷子,一边说:"也不知道你们爱吃什么,这都是咱当地的菜,给你们尝尝。这是腌肉,是自家腌的,还有腌鱼,还有这都是山上的菌子,很新鲜……"

洪旭斌笑着把阿姨按在座位上:"阿妈,你就别介绍了,他们饿了,赶紧让他们吃东西吧!"

洪村虽然地处偏僻之处,但这食物的味道还真是没的说。我和橘鹤暖两个饿狼把几盘菜吃了个干干净净,又给五魁和龚敏盛了一点。吃饱之后,我站起来要帮忙,阿姨忙让我坐下:"快别忙,就这几个碗,好刷,你们休息!"

我起身在房间里溜达,这房子还是二十世纪八十年代的摆设。墙上钉着相框,相框里贴着照片。我瞥了一眼,顿时愣住了,照片里有个人格外眼熟,我喊来橘鹤暖,指着照片说不出话来。橘鹤暖定睛一看,问我:"这不是……"

我点头。洪旭斌凑过来看着墙上的照片问:"怎么了?"

我指着其中一个面色黝黑的男孩问他:"这……这是谁?"

洪旭斌叹口气:"这是我弟弟,叫洪旭洋。我家三个孩子,还有个大姐远嫁了。"

他指着照片里一个浓眉大眼的女人跟我们说:"这就是我大姐。"

我听他提起洪旭洋时语气似乎不好,只好小心翼翼地问:"那……你弟弟不在村里吗?"

洪旭斌摇摇头:"人早没了!"

我惊得目瞪口呆:"没……没了?没了的意思是……是……"

我磕磕巴巴地接不下去,洪旭斌倒也干脆:"就是人没了,死了!"

我错愕地用手捂住嘴:"怎么会?"

洪旭斌似乎没听出我的意思,苦笑了一声:"我这个弟弟啊,从小就叛逆,和其他人都不大一样。他二十几岁就想学数术,家里不让,想让他找个正经事情做,他不听,连夜离家出走,之后就再也没有回来。后来听说他在外面出事了,连人带车掉进了山涧里。"

我皱着眉头,觉得难以置信:"可是……可是……"

洪旭斌问我:"怎么了?"

我犹豫了一下还是说了出来:"可是我见过他!"

洪旭斌瞪大眼睛："什么？你见过他？什么时候？在哪里见的？"

我努力平复心情，不是很确定地回答："昨天晚上，在我们来的火车上！"

洪旭斌眼里的光跳了一下，随即暗淡下去："不可能的，应该只是长得像而已。"

我又仔细端详了照片，确定就是同一个人，可是橘鹤暖却冲我摇摇头，示意我别再说了。

吃完饭阿姨给我们准备了茶，我喝了口茶，故作轻松地问洪旭斌："我们什么时候去见药儿先生？"

洪旭斌一拍大腿："你看，我把这事给忘了。我们这信号不好，药儿先生也不用手机，所以村主任的小儿子特意去跑了一趟，刚才忘问了。"

说完他起身往外头小跑着走了。洪旭斌一走，他的阿妈就显得格外紧张，她四处看看，然后问我："姑娘，你是不是见到我家旭洋了？"

我纳闷地看着她："阿姨，我是觉得我见到了，可是洪大哥说他已经不在了！"

阿姨有些激动地握住我的手："不是的，不是的……"

她的话还没说完，洪旭斌就从外面小跑着回来跟我们说："小丰说了，药儿先生这几天去山里了，可能要等三五日才回。唉，真是不巧。我看要不这样，你们趁这两天去附近走走？"

我和橘鹤暖对视了一眼，橘鹤暖说："洪大哥，有件事情，我们还是想拜托你！"

洪旭斌爽快地回他："你说，别客气，能帮的我一定帮。"

橘鹤暖点点头："那先谢谢了。我们来的时候遇到了不少术士，看样子也是来这边的。我想请你打听打听，这附近最近是不是有什么活动？"

洪旭斌笑了一下："你问别的我不知道，这件事情我还真有所耳闻。这几年，离这里三十里外的米田村经常有什么集会，总有些奇怪的人过去，可是也不知道他们去干什么。我等会儿就打电话给你们问问，你们打听这个是……"

橘鹤暖笑了一下："不瞒你说，我本身对数术也很感兴趣，想去看看。"

洪旭斌应道："行，我给你问问。"说完他就拿着电话出去了。

见他出去，阿姨又抓紧我的手，却不肯说话，只是盯着墙上的相框。我以为她是思念儿子心切，于是拍了拍她的手，以示安慰。不一会儿，洪旭斌就从外面回来了，他擦了擦汗说道："问清楚了，说是一群人搞了个交流会，不过……"

我问道："不过什么？"

洪旭斌支支吾吾了一会儿，最后还是说道："不过听说他们研究的是……是长生之术！"

我心里一震，回头看橘鹤暖，他也有些惊讶。洪旭斌尴尬地笑了笑："听起来是挺荒唐的！"

我假装好奇地道:"虽然荒唐,但听着还挺有意思,我想去看看!怎么样,橘鹤暖?要不要去看看?"

橘鹤暖忙附和着我说:"好好好!你想去看看,咱们就去看看!洪大哥,你能问清楚具体地址吗?"

洪旭斌点头:"我问了,他说一会儿给我发过来。反正闲来无事,你们去溜达溜达也行。不过千万要注意安全,这附近一带民风彪悍,更何况……一群术士也不知道凑在一起搞什么,你们还是万事小心。他们明天大概会在米田村集合,我明天一早开车送你们过去。"

吃过晚饭,我和橘鹤暖出去溜达了一圈,就准备回屋休息。洪旭斌把我和橘鹤暖安排在了一间房子,还好有两张床。收拾好躺在床上,我把五魁搂在怀里,问橘鹤暖:"你说,阿姨……"

我话还没问出来,就听到五魁用通灵绳跟我说:"别聊了,这里不对劲,小心隔墙有耳!"

我听他这么一说,顿时汗毛倒立,声音有点抖:"那会不会……"

五魁接住我的话:"放心吧,不会,这点道行还动不了咱们。更何况,还有人在暗中帮忙。这些先不说,你先踏实休息,等明天到了米田村,我再给你细讲。"

听他这么说,我稍稍安稳下来,可能是连着几天没有休息好,我很快进入了梦乡。

不知道我这心大是好事还是坏事,在这摸不清情况的夜晚,我居然一夜无梦,一直睡到第二天中午。阿姨早就把饭菜备好,洪旭斌喊我们起来吃了东西,就开车带我们去了米田村。他一路上还不忘嘱咐我们:"什么也别信,什么也别买。这帮人凑在一起八成是干些坑蒙拐骗的勾当。"说完他报了个电话号码,"这是我电话,你们要是溜达完了,想回来就给我打电话,我来接你们。遇到什么麻烦也给我打电话,毕竟你们初来乍到,人生地不熟的也不好处理。"我心中感激,看了他一眼,点点头。

不到一个小时,我们就到了米田村。车停在一个小卖部边上,洪旭斌让我们在车上等会儿,他进去找个人。没两分钟,一个黑黑瘦瘦的大眼睛青年人从小卖部走了出来。洪旭斌喊他上车,并给我们介绍:"这是我朋友,叫杨木水,等会儿他会给你们带路。"

杨木水打量了我们几个好一会儿,然后瞪着他的大眼睛问:"就是你们要去见乌兮吗?"

我们没听明白他问的是什么,正愣着不知道如何回答,前面的洪旭斌转过头说:"他们聚会的人都是去见一个叫乌兮的号称会长生术的人!"

听他这么说,我们冲着杨木水点点头。杨木水愣愣地瞪大眼睛问:"真要见?"

我看了一眼橘鹤暖,不明白眼前这个大眼睛的有点愣的男人到底是怎么回事,只是点点头。杨木水皱了皱眉,沉闷地哼了一声。我察觉出他似乎有一层别的意思,于是追问:"怎么了?有什么不妥吗?"

杨木水依旧瞪着大眼睛,言简意赅地说:"很多人,有去无回!"

洪旭斌回过头笑着说:"木水大兄弟,你可别吓唬他们。他们就是游客,想去看看。再说了,什么有去无回,那天我还听你妈说,看到有人走了呢!咱可不瞎说啊,让你爹知道又要骂你了!"

说完,他笑着给我们解释:"我这兄弟有点愣,你们别在意他的话。他爹很厉害,是米田村的村主任。"

车子开入了一片荒地,在一片平地上停了下来。杨木水下车,拉开车门喊我们:"下车。"

我和橘鹤暖下了车,洪旭斌发动车子,还不忘回头嘱咐:"晚上别乱走,这地方乱。有事打我电话!"

说完他就原路返回了。杨木水也不说话,直接走到前面带路,我们跟在后面。我看他只顾着低头走路,便找话问他:"你知道他们这帮人都去干吗了吗?"

杨木水摇摇头,随手捡了根棍子在地上瞎扒拉:"很多人去,很少人回。"

我和橘鹤暖对视一眼:"你见过乌兮吗?"

他突然停住,转身看着我们,郑重地点点头:"见过!"

我好奇地探过半个身子问:"乌兮长什么样子?"

杨木水脸上突然有了一丝羞涩,小声道:"女的,好看!比你好看很多!"

我翻了个白眼,要不是看他傻,我一定会问他"让你比了吗?"。我回头看橘鹤暖,这厮憋着笑,脸都涨红了。我瞥了他一眼,小声道:"傻子说的话你也信。"

杨木水听到了,回头大声道:"乌兮聪明,比你聪明!"

我心里一万头"草泥马"呼啸而过,橘鹤暖已经憋不住笑出了声音,我不想再说话。

又走了十分钟,杨木水停下,指着远方一栋房子说:"那里就是,你们去吧!乌兮说,不让我去!"

说完他看了我们一眼,扭头走了。杨木水一走,我马上问道:"长生术!难道那个叫乌兮的拿到了半部秘籍吗?"

橘鹤暖摇头:"不可能,我们那半部秘籍毫无反应,那就证明,另外半部还在结界里,没有被动过!"

我点头:"那……难道还有别的长生之法?"

橘鹤暖摇头。我攥紧拳头:"那她用这个谎言骗大家来,肯定是有什么不可告人的目的。说不定火车上孕妇那件事情就是她干的!"

乌兮的房子周围是一片花田，粉色和紫色的花朵随风轻轻晃动。花田在两山之间，风景美得好像一幅画。我回头跟橘鹤暖说："这地方可真美！这个叫乌兮的聪明美女还挺会挑地方的。"

橘鹤暖突然严肃地望着乌兮房子的方向，皱着眉头说："地方是挺美，但怨气好重。"

我没懂，问了句："你说什么呢？"

刚问完，我突然感到强烈的困意来袭，眼睛有点睁不开。迷糊之间，我看到一双无比明艳的眼睛，深灰色的头发在我眼前飘摆，突然一双手掐住了我的脖子，我一下子惊醒过来。醒来后我发现自己正坐在地上，上半身靠在橘鹤暖怀里。他一脸关切地看着我，见我醒了便问我："二然，你怎么了？"

我揉揉太阳穴："不知道，突然特别困就睡过去了，还做了个梦。我睡了多久？"

橘鹤暖说："三四分钟的样子，你怎么一头的汗？"

我伸手擦了擦汗，答道："做了个噩梦。"

五魁跳到我身边，用前爪碰了碰我的额头，又凑过来闻了闻我，问道："二然，你这样有多久了？"

我没明白："这样多久？什么这样多久？你是说突然犯困做梦？"

五魁点点头。我努力回忆了一下："之前有过一次，但梦到什么却记不清楚了，就在去地下找悬棺之前。"

五魁没再理我，而是转向橘鹤暖，说："你带着二然先找个隐蔽点的地方休息，我过去探探路。"

橘鹤暖点点头，五魁跳到不远处，又回头望了望我，向乌兮的房子跑去。

橘鹤暖扶着我在附近找了个有树荫的地方，让我坐下休息。他则在不远处来回溜达，似乎在查看地形。两三个小时过去了，天渐渐黑了，我没有接到五魁的消息，有点着急地问橘鹤暖："五魁怎么还没给我消息，这里会不会超出了通灵绳的范围？"

橘鹤暖摇头："不会，通灵绳用得越久，能感知的距离就越远。你和我师兄现在就算其中一个回家了，也能接到彼此的消息。"

我抬起手腕，虽然看不到通灵绳的样子，却能感觉到它的神奇。耳边突然传来五魁的声音，细碎而小声："二然，这边情况复杂，我还要再挣一挣，你们今晚先不要过来。明天一早，等我消息。"

我把五魁的话跟橘鹤暖说了，橘鹤暖皱着眉毛："那晚上要去哪住啊？"

我提议道："要不然回村子住吧？"

我们正要往回走，身后草丛中突然传来窸窣的声音。橘鹤暖把我挡在身后，捏了个手诀，准备随时应付突发情况，却见草丛里走出一条狗。这条狗看到我们居然兴奋得跳起来。它身后跟着一个人，天太黑，看不清样貌，他的声音听着挺年轻，是个男孩。男孩低吼："大雪，趴下！你吓到人家了。"说完，男孩拧开了手里的灯，看向橘鹤暖，随后又看向橘鹤暖身后的我，表情有点尴尬："二位，不好意思，打扰了。"

我脸一红，连忙摆手："你别误会，我们什么也没干！"

橘鹤暖叹口气："你这解释的，还不如不说呢！"

然后他跟男孩说道："我们是来办事的，走到这里天黑了，人生地不熟，正犹豫要不要去那边的村子里住上一宿。"

男孩往远处照了照："我就是附近的人。那边是米田村，没有客栈，而且民风彪悍，你们不是当地人，会受欺负的。"

听他这么说，我俩犹豫起来。他把身上的大包放在地上，熟练地捡着枯树枝："人生地不熟的，你们还是不要随便借宿。这里借宿借出麻烦的事情屡见不鲜。"

说完他抬眼看了看花田的方向。我和橘鹤暖一筹莫展时，他已经支好了火堆，喊我们："过来取取暖吧！你们要是不嫌弃，我这有个备用帐篷可以借给你们用。"

我忙问他："那你呢？"

他笑了："我当然睡自己的帐篷啊！我是出来采菌子的，经常在外面扎营，所以随身都背着两个帐篷。"

我们接受了他的好意，向他道了谢。他坐在火堆旁，火光映着他的脸。他看起来也就二十出头，身材适中，身上的线条显示出他的健硕。他浓眉大眼，嘴唇稍厚且微微翘起，样貌也算是英俊。他从包里掏出备用帐篷递给我们，橘鹤暖谢过他就去扎帐篷了，他也过去扎帐篷，将我和大雪留在火堆边。大雪吐着舌头看着我，一脸兴奋。我伸手摸摸它的头，问道："这是你的狗，叫大雪？"

男孩笑了："对，是我的狗，它是个女孩。别看它见到你们一副乖巧的样子，在山上和野兽打起架来，可凶了！"

我觉得不可思议，感叹道："啊？大雪还会跟野兽打架，真看不出来！"

男孩哈哈笑道："大雪特别亲人，在我不命令它攻击的情况下，它都会对人很友好的！"

大雪似乎在印证他的话，凑到我身边蹭了蹭我。我突然觉得和它有种亲近感，就捧着它的头挠它的脸，它也开心得直摇尾巴。扎完帐篷，橘鹤暖和男孩坐回了火堆边。男孩问我们："你们晚上吃饭了吗？"

我摸着肚子，摇摇头。男孩从包里掏出两个面包、一瓶水，扔给我们："我这有些吃的，一起吃吧。"

接过吃的，我突然觉得不好意思："那个……我们又住你帐篷，又吃你东西，不太合适吧！"

男孩摆手："我经常在外面走，有时候也碰到一些来这里探险的'驴友'，我也会帮助他们。当然，有时候他们也会帮助我。出门在外嘛，就是互相帮助。"

我表示感激地笑了笑，打开面包，看了一眼橘鹤暖。他吸了吸鼻子，点点头，示意我可以吃。男孩也拿了一个面包，咬了一口："对了，还没问你们叫什么名字。我叫陆辰，你们呢？"

橘鹤暖笑了笑，介绍道："我叫鞠伟，这是罗然！"

我吃惊地看着橘鹤暖说起谎连草稿都不打的样子。他肩膀上的龚敏也蹦了蹦表示不屑。大雪看到橘鹤暖肩膀上的鹦鹉动了，兴奋得就要冲过来，被陆辰拽住："大雪，不许动！"

大雪听话地趴下，眼睛还不时望向这边。陆辰笑着说："也不怪大雪，它一动不动，我一直以为它是个标本呢。"

龚敏此时不方便说话，只能以蹦跳表达自己的不满，听陆辰这么说，她蹦得更欢了。

在火堆边坐了一会儿，夜渐渐凉了。我们和陆辰打了招呼，就回帐篷休息了。陆辰告诉我们，大雪在外面守着，让我们尽管放心。睡到半夜，一个身影撩开帐篷走了进来，我想喊，却怎么也喊不出声音。我看向身边，橘鹤暖也不知去向。那个身影向我凑过来，一张姣好的面容正是白天我昏睡时梦中见过的那双眼睛。她是一个美貌的女子。女子看着我，突然张嘴露出满口獠牙，我情急之下猛地踢腿，却踢到了一个毛茸茸的肉团。一声闷响，变成大橘猫缩在一边的橘鹤暖喊道："二然，你要踹死我啊？"我一脑门汗地醒了过来，大口地喘着气。橘鹤暖此时已经恢复人形，凑过来问我："又做噩梦了？"我点点头。他从兜里掏出一张符纸放在我手心，念了些什么，然后拍了一下我的头："这下应该可以睡安稳了，放心吧，有我在呢！"

这一觉果然睡得好，直到第二天天大亮我才起来。陆辰已经起来了，见我从帐篷出来，就扔给我两个果子："睡得如何？这是山上的野果，你尝尝。"

我接过果子，却没有看到橘鹤暖，于是问："你看到橘……鞠伟了吗？"

陆辰将手里的果子擦了擦，指着村子的方向："他去村里买早饭了！"

我用衣襟把果子擦了擦，咬了一口，无比甘甜。我嚼着果子问陆辰："你今天有什么安排吗？"

陆辰指了指远处："我要翻过那座山去找一种菌子，你们有兴趣吗？"

我用力点头："有！我最爱吃蘑菇了，可惜我今天有事情，不能去采蘑菇了。"

陆辰饶有兴趣地重复我的话："采蘑菇……呵呵！"

这时，橘鹤暖拎着煮鸡蛋和面包回来了。他递给陆辰一袋，又递给我一袋，自己也拿着一袋，说："不好意思，只有这些了，也没有别的。"

吃过早饭，橘鹤暖问我："五魁有消息了吗？"

我摇摇头，心里腾起一股不安。见我们这样，陆辰问道："怎么了？你们是在等朋友？"

我点头。陆辰忙说："没关系，那就这样，帐篷你们先不用还给我，我白天去那边山上，晚上还回来这里。到时候咱们还在这里见，你们再还我帐篷也不迟。"

我十分感激，说："那太谢谢了。要不你留我个电话吧？"

他笑笑："不用，山上没信号。没关系，我们约好就行！"

说完，他背起早就收拾好的背包跟我们道别，带着大雪走向远处的山。

我托着腮跟橘鹤暖说出我的不安："五魁一直都没有消息，我们今天要不要过去看看到底是什么情况，他们不会把五魁怎么样吧？"

橘鹤暖吸了口气："就凭他们这些人，加在一起也不是师兄的对手。只是不知道到底发生了什么，竟拖住了师兄。"

我看了看表，已经快十点了："如果还没有消息，我们是不是要过去看看？"

橘鹤暖摇头："还是再等等吧！"

快到正午，一个黑影从花田方向向我们跑过来。起初我们以为是五魁，离近了却发现不对。正在琢磨那是谁时，黑影已经跑到跟前，上来就对我们说："乌兮要见你们！"

听到这话我俩一愣，再一仔细端详来人，我们更是都愣住了，来人正是洪旭洋。洪旭洋看到我们也呆住了，我们几乎同时问对方："怎么是你？"

洪旭洋皱眉问我："是我哥送你来的？"

我忙摆手："不，是我们跟他说想来看看！这么说来……你真的是洪旭洋？"

洪旭洋没有回答我的话，眉头拧成一个疙瘩："我说他怎么没动手！"

我好奇地问："你说什么？"

洪旭洋没回答我，而是严肃地跟我们说："还来得及，你们快走吧！这不是你们该来的地方！"

我看了一眼气定神闲的橘鹤暖，微笑着回他："没关系！他心里有数，你带着我们复命就是了！"

洪旭洋激动得头上冒出了细密的汗珠："不用管我，你们真的对付不了乌兮，你们都不知道她是个什么！快走吧！"

说完他扭身要走，被我伸手拦住，我也严肃地告诉他："我不能走！我的猫还在那里！你带我们去！"

洪旭洋听我这么说，转过来疑惑道："猫？你说的该不会是一只黑猫吧？"

我点点头："就是一只黑猫！"

洪旭洋苦笑："它现在是乌兮的宠物了，乌兮非常喜欢它！"

我心下说不上来是嫉妒还是担心，高声问："什么？你说他成了乌兮的宠物？"

洪旭洋点点头。我急得就要往花田的方向冲，被橘鹤暖拉住："二然，你淡定点！"

我急了，语无伦次地冲橘鹤暖吼："你听到他说什么了吗？五魁已经成了乌兮的宠物了，五魁怎么能成了别人的？五魁是我的啊！"

橘鹤暖努力安抚我："不会的！一定有内情，你别激动，咱们跟过去就知道了！"

我脑子里嗡嗡声不断。五魁昨天还好好的，今天就成了别人的，这结果我真的接受不了。橘鹤暖掰过我的脸，看着我的眼睛："二然，你得淡定。"

我闭上眼睛，深呼吸了几下，然后努力平复情绪。橘鹤暖对洪旭洋说道："既然乌兮要见我们，你就带我们去吧！"

洪旭洋再次和我们确定："你们真的要去？"

我斩钉截铁地回答："当然！"

洪旭洋没再说什么，走在前面带路，向着那片花田里的房子走去。

远看并不大的房子实际上要比想象中大很多，一进门就是一道屏风，绕过屏风，一个四四方方的院子出现在眼前。两边种了竹子，中间有个方方的水池，空地的布垫子上跪着或倒着目光呆滞的人。我吞了口口水问洪旭洋："这些人怎么了？"洪旭洋苦笑一下摇摇头："神仙水喝多了。"

穿过正房还有个小院，和前院不同，这里的人生龙活虎地比画着，见我们来了，也好似没看到一般，完全沉浸在自己的世界里。我皱了下眉毛，没再多嘴问什么。后院有一扇小门，把后院一分为二。直到洪旭洋推开门，那些人才有了反应，纷纷挤过来，嚷着"乌兮"。洪旭洋不客气地推开他们，嘴里说："自己去练功，乌兮现在要接见客人。"说完就把我和橘鹤暖领进了院子。院子修得很漂亮，竹林中铺了石板路，中间堆砌起来的小坡上有个木质的亭子，一个姑娘背对着我们，臂弯处有一只黑猫。

我上去喊道："五魁！"黑猫没理会我。我刚想冲过去，被洪旭洋和橘鹤暖拦了下来，橘鹤暖冲我摇摇头。听到我喊五魁，那个身影慢慢转过来，正是我两次梦里都见过的那张脸。白皙的面颊上有着精致又稍显深邃的五官，一双眼睛顾盼生辉，深灰色的头发绾成一个髻，却又有一缕缕的发丝拂在面庞，她仿佛是一个下凡的仙子，的确是非常美。姑娘冲我一笑，抚摸着怀里的黑猫，轻轻挑眉问我："你刚刚叫它五魁？"

我没说话。这个比我好看比我聪明的女人此刻正抱着我的猫，而我的猫不仅不认亲妈，还不争气地蜷缩在美人怀里。这场面看得我一口老血只能往心里吐，我不想说话。女人也没有生气，自顾自地说道："我叫乌兮！二位既然都不远万里地来了，为何等在院子外不肯进来？"

橘鹤暖毕竟更沉得住气，微笑着回答乌兮："我们慕名而来，又怕突然出现打扰到姑娘，正在想如何找人引荐！"

乌兮发出一阵清脆的笑声："你们也不必找理由。我看得出，你也是高手，而且你们不是为了长生术而来！说吧，你们想要什么？"

我沉下脸，既然她想把话挑明，我也不想绕弯子，简单直接地问："我想知道，外面这些人怎么了？你是不是在害人？火车上那个孕妇的事情，是不是和你有关？"

乌兮饶有兴致地看着我："如果我说有，你这副模样是想吃了我吗？"

我还没来得及说话，一道光从她身后飞出，两根银色的绳索直接捆住了橘鹤暖和龚敏。洪旭洋想说些什么，但终究还是没有说。我不高兴地问："怎么？你这是看出我对付不了你，连给我的绳子都省了？"

乌兮用脸蹭了蹭五魁的额头，这厮一脸享受地瞥了我一眼。我觉我在受侮辱，两只手紧紧攥成拳头。乌兮将五魁放下，径直走向我。我只感觉一只冰冷柔软的手轻轻掰开我攥紧的拳头，抚摸我的手掌。乌兮身高跟我差不多，此刻正笑盈盈地看着我，轻声细语地说："当然不是，我是有事情要求你。"

我翻了个白眼："求我？你这是在威胁我吧？"

乌兮耸耸肩："也算吧！我要你帮我把陆辰带来！"

我皱眉问她："我跟陆辰萍水相逢，人家还帮了我，你让我去害他？"

乌兮摆摆手："不，我绝不会伤他性命，只是解释一些误会。你把他带来，我就放了他们，而且你想知道的我都告诉你。"

我看着乌兮的眼睛："你觉得我能信你吗？"

乌兮拍了拍我身边被困住的橘鹤暖，笑着问我："你有选择吗？"

我怨愤地看了她一眼，又看向橘鹤暖，你个大橘猫不是本领很大吗？怎么连根绳子都应付不来，是不是看到美女浑身酥软？乌兮像是猜到了我的心思，笑道："你别怪他，这绳子叫捆仙锁，是专门对付高人的。况且我这院子里点了蛊鬼香，他肯定应付不了的。"

听她这么说，我只好认了。看我沉默不语，洪旭洋过来拍拍我的肩："放心吧，乌兮说到做到。"

想到是他一步步带我们到这里来的，我就没好气地瞥了他一眼，没再说话。乌兮仍旧笑着跟洪旭洋吩咐："本来想留她吃个便饭，但看来她也信不过我。你带她去村子里吃点东西，再去等陆辰吧。"

洪旭洋点点头，带着我往外走，我回头看了一眼被困住的橘鹤暖和龚敏，又看了看在乌兮面前撒娇打滚的五魁，叹了口气。

出了花田，见我还不说话，洪旭洋凑过来问："中午想吃什么？"

我回头瞪了他一眼，凶道："你还好意思问我吃什么？为什么要害我们？"

洪旭洋一脸无辜："我可是提前和你们说过让你们离开的！"

我不服："那你就不能提醒我们注意捆仙锁？"

洪旭洋苦笑："你讲讲道理，我哪知道啊？况且，乌兮真的不会害你们，也不会害陆辰。"

我反驳她："那她为什么要用这种手段？那你又为什么一开始就劝我们离开？"

洪旭洋叹了口气："对付女人我真是不擅长！她用这种方式大概是因为这样比较直接，虽然不礼貌了一点，但过程解释起来可能很麻烦……至于我为什么劝你们，是因为乌兮虽然不会伤害你们，但是不代表别人不会！"

我吃惊地看着他："别人？你是说还有别人？不行，我要回去救人！"

洪旭洋拦住我："你回去也没有用，还不到时候。我在那里也是在等这家伙出现！所以为了大家的安全，我们还是尽快办完事情尽快回去，一切都来得及。"

我站在和陆辰相遇的花田外等着，洪旭洋不知从哪里买来两份饭，递给我一份，有些不好意思地说："这里也实在没什么好吃的东西，你凑合着吃一口吧。"

我接过饭，有一口没一口地扒拉着，心里感慨万千，五魁"投敌"了，橘鹤暖让人捆了，此刻就是给我山珍海味我也吃不下。洪旭洋坐在我身边，侧脸看着我，见我没有理他的意思，只好主动和我说话："你们，是不是见到我阿妈了？"

听他这么说，我想起给我们做饭的阿妈，点点头："是的！可是你哥哥……你哥哥说你死了啊？你……你该不会……"

洪旭洋惨淡地笑了一下："不是你想的那样！我是人，活生生的人。只不过是我哥哥不想让我活了！看来阿妈还是没有相信他的话！"

我长长出了口气，心里涌起一丝悲凉，亲哥哥想害死亲弟弟，这个洪旭洋也真的很悲催了。为了打发时间和好奇心，我就有一句没一句地跟他聊了起来："你哥哥说你是沉迷数术不可自拔，你是不是做了什么伤天害理的事情，让你哥哥想大义灭亲？"

洪旭洋嘴巴抽动着："你怎么会这么想？你以为昨晚是谁保护了你们？"

我瞪大眼睛不可思议地看着他："啊？难道是你？可是你哥哥不是一口一个恩公地喊龚乙吗？我们是他恩公的客人，他怎么会害我们？"

洪旭洋望向远处，一只胳膊撑着腮笑了一下："这事说来话长。反正现在也没什么事情，我就说给你听听，信不信随你！"

洪旭洋拿出一瓶矿泉水递给我，自己也拧开一瓶水，喝了一口，开始说道："我哥有一句话没说错，我是沉迷数术，从小就是，但不是为了别的，是为了拯救我们村子。洪村现在的样子你也看到了，人都快没了。我小时候的洪村可不是这样子的。也不知道哪天来了个邪神,说要教大家长生术,但要求大家供奉他。大家一听都很开心,我和几个年轻人却觉得不对劲。怎么会有长生术这种东西?如果真的有,这世界不就乱了吗?我不信!可是村里很多人都信,这里最虔诚的就是我哥。那个人在村里挑了个地方,让大家挖了个地窖,并在地窖里的某个方位上供奉上他的牌位。可自从这牌位供上,村里就不一样了,三天两头的不是天灾就是人祸。那些人还没有学会长生术,就先把自己折腾得半死。大家都在疑惑的时候,那人突然出现,并且救了病入膏肓的村主任,让他神采焕发。这样,大家就更相信他了。后来,他知道村里的洪毛毛对他牌位不敬,不知道用了什么手段,搞得洪毛毛一家鸡犬不宁。还是洪毛毛托朋友找到了龚乙,才使这件事渐渐平息下来。可这件事之后,村里的一些人更加虔诚了,连过去那几个反抗的都因为害怕报复而不敢吭声了。我顶撞过那人两次,阿妈就生了一场大病。我被我哥赶了出来。我发誓要搞清楚怎么回事,要把我们村从他手里拯救出来,于是在外面各种求学。也许我哥是怕被报复,谎称我死了。"

我被他说得十分好奇:"那个人……长什么样?"

洪旭洋努力回忆着:"他应该挺年轻的,总用大斗篷把自己遮得严严实实,具体什么样,我真说不上来。"

大斗篷……我从兜里摸出五尊者身上的符文问他:"那你见过这个没有?"

洪旭洋接过符文看了半天,摇摇头。我将符文收好,还是不死心地问:"那你们那有没有发生别的诡异的事情?"

洪旭洋苦笑一下:"这还不够诡异的吗?"

我凑近洪旭洋继续问:"那……那个火车上孕妇的事情你知道是怎么回事吗?"

洪旭洋摇摇头:"我只知道她让人下了绊子,应该是冲着她肚子里的孩子去的。究竟是谁做的我不知道,我道行浅。"

我点头:"所以你到乌兮那里是去学习的?我看得出你在那是个人物啊!"

洪旭洋叹了口气:"什么人物?只不过是给我这个当地人几分面子。我去乌兮那里,是因为她号称知晓长生之术,我想知道她和那个邪神是不是有什么关系。"

看他眼神里满是苦楚和严肃,我赶紧岔开话题:"对了,我们这次是来找人的,你听说过药儿先生吗?"

洪旭洋点头:"听说过,挺有名的,一直帮大家治疗疑难杂症,听说很厉害。"

我好奇地问:"那你见过他吗?"

洪旭洋嘿嘿一笑:"你还真是问对人了,别人可能没见过,我还真是有缘见过他一面。"

我惊讶得"啊"了一声,洪旭洋继续说道:"我小的时候生过一场非常严重的病。半边身体先是麻木而后溃烂，阿妈跑了很多地方求医问诊，都没有结果。后来邻村的一个奶奶就带我上山去找了这个药儿先生。药儿先生把我留在山上，每天给我上药喂药，过了一周，我居然神奇地恢复了。"

我目露精光："那药儿先生长什么样子？"

洪旭洋摇头："不记得了。说来你可能不信，我和药儿先生相处了一周，可我居然对他的样貌没有留下一点印象！后来听他们说，药儿先生会在给病人的最后一服药里下个符咒，让大家忘记他的样子。也不知道是真是假，反正我是真的不记得。"

我在土地里随便扒拉着，嘴里嘟囔："这药儿先生是活雷锋吗，办好事都不留名的？"

我正嘟囔，洪旭洋突然起身，嘴里发出低吼："不好，有什么野兽接近了！"

我还没反应过来，就见远处冲过来一条白色的大狗，正是大雪。大雪冲着我飞一样跑过来，跑近了才发现我旁边还站了一个人，于是停下脚步，浑身充满警觉地望着洪旭洋。我伸手摸了摸大雪的头："大雪，你主人呢？"

它似乎听懂了我的话，跳着往身后蹦了一圈。果然远处出现了一个人影，正是陆辰。

陆辰走近，先是笑着跟我打了声招呼，然后又望向洪旭洋，问了句："你是洪村的吧？"

洪旭洋尴尬地点点头："你认识我？"

陆辰也没回答，直接问我："你那个同伴呢？"

我有些委屈地撇嘴："被一个叫乌兮的抓了，她还让我……让我……"

我看着陆辰，实在不知道怎么开口。陆辰笑了："她还让你把我带去，去交换你的朋友和你的鸟对不对？"

我不好意思地点点头。陆辰伸出手轻轻拍了拍我肩膀："没事的，我跟你去就是了。反正该来的早晚要来！"

我忙说："乌兮说她绝对不会害你性命的，你们之间可能有什么误会，她只想当面跟你说清楚。"

陆辰哈哈大笑："她还动不了我。"

说完，他意味深长地看了一眼洪旭洋，问道："是吧？"

洪旭洋打了个哈哈。陆辰继续说道："那就带路吧！"

洪旭洋在前面带路，他的气场完全被陆辰压了下去，显得有一丝不安。陆辰倒是跟在我身边，泰然自若，完全不像即将面临危险的样子。他大概成竹在胸吧，我暗自想。大雪可能是第一次走进花田，高兴得来回跑。我被它的样子逗得忘了紧张，果然雌性动物都爱花。陆辰看大雪过于兴奋，偶尔会喊上一句。

我们三人很快来到了乌兮的院门外，洪旭洋引我们进门。这次还是直接去了上次那个小院。推开院门，我们便看到乌兮妆容精致地坐在假山上的小亭子里。她面前摆着一张小茶几，小茶几上摆满了水果和茶点，似是在等候贵客。见到我身后的陆辰，乌兮一双美眸中竟腾起一丝水雾，一直优雅的她居然有些激动起来。我扭脸看着陆辰，他却始终嘴角微微上扬，和我最开始见到他时一样，并没有什么特别的表情。

乌兮美目流转，朱唇轻启，略带颤抖地问："是你吗？"

身后传来陆辰温厚而坚定的声音："好久不见！"

乌兮再也坐不住了，起身朝我们走过来。此刻此时，她眼里似乎一切都不存在了，只有陆辰。我知趣地往旁边闪了闪。乌兮径直走到陆辰面前，痴痴地望着他，许久没有说话。

陆辰打量了一下眼前的乌兮，依旧用温厚的声音淡淡地说道："你瘦了！"

只这一句，乌兮的眼泪便夺眶而出。可能觉得丢脸，她忙侧过脸，一边用袖口抹掉眼泪一边笑着说："是啊，太久……太久不见了！"

不知道为什么，我竟然觉得此刻的乌兮可怜得有些让人心疼。

可能意识到我和洪旭洋还站在这里，乌兮收了收情绪，笑着跟我说："谢谢你，我这就让人放了你的朋友。"

说完她拍了拍手，对来人吩咐了几句，然后又看向我："你有什么问题想问我，我尽量回答你！"

我皱着眉头问道："火车上那个孕妇的事情是不是和你有关？"

她答得倒也坦然："是和我有关！"

看到她那副轻描淡写的样子，我顿时来了脾气，要知道那可是一条人命，于是冲她吼道："你连婴儿都不放过！"

乌兮又笑了笑："虽然和我有关，但不是我做的。有些术士想用他炼制法器，再送给我，我不知情，也没有让他们这么做。"

我继续问："他们为什么要做这些讨好你？"

乌兮看了一眼陆辰，还是说道："因为他们想了解长生之术！"

我有点激动，觉得有什么东西越来越近："你是说你了解长生之术？"

乌兮摇摇头："只是略知一二。"

她看我一时没有再问问题，于是接着说："想问的如果问完了，你就可以带上你的朋友走了！"

我站着没有动，迟疑了几秒后，我尽量把声音放到最大，想让自己显得有气势一些，喊道："那你把我的猫还给我？"

乌兮先是一愣，然后嘴角微微一翘，看了看不远处趴着的五魁，说道："这是你的猫？可惜它现在已经属于我了。不如你试试看，它肯不肯跟你走？"

我白了她一眼，冲五魁喊道："五魁，我们走！"

五魁没有反应。于是我走过去抚摸了他两下，低声问道："你这是怎么了？你是让人下了什么降头吗？"

五魁耳朵动了动，然后爬起来伸了个懒腰，接着径直走到乌兮身边，闻了闻陆辰，就蹲在了他们中间。一直安静的大雪见到五魁过去，就起身浑身充满警觉地看着他，发现他没有攻击性，又继续蹲了回去。

乌兮得意地瞥了一眼五魁，然后看向我："怎么样？它不肯跟你走！你还是赶快离开吧！"

我盯着五魁，他却并不看我。橘鹤暖过来拽了一下我的袖子，轻声道："走吧！"

我的眼泪不争气地流了下来，嘴上却发狠地吼道："行，五魁，算我这么多年白养你了！咱们算是缘分尽了！后会无期！"

说完，我和橘鹤暖、龚敏打算往外走，经过陆辰身边，我小声跟他说了一句"谢谢你"。

我们还没走到门口，只见一个人急匆匆地进去和乌兮说了句什么。我突然觉得身后一阵力道把我往后拖了两步，眼前的门突然被关上。我诧异地回过头，只见乌兮伸手捏了个手诀，面色也冷了下来，对我喊道："刚才让你走你不走，如今你怕是走不成了！"

眼见她就要冲过来，我也捏起了手诀，橘鹤暖和龚敏迅速挡在我前面。旁边的陆辰迈了一步，伸手挡开了乌兮，沉声问："你要干吗？"

乌兮被陆辰挡开，一时错愕地看着他，然后看向我，回答道："我刚收到消息，抓住她，兴许就能完成我的长生大计！"

肯定又是五尊者，我自嘲似的笑了一下，问乌兮："你电视剧看多了吧，你以为吃了我就可以长生吗？"

乌兮冷笑了一下也不理我，扭头看向陆辰，眼里竟是激动的喜色："陆辰哥哥，只要抓住这个人，就能找到秘籍了！那就能解开百灵台的封印！我们就可以永远在一起了！"

我看向橘鹤暖，一脸不解地问："什么百灵台？"

橘鹤暖摇摇头。陆辰捉住乌兮的手腕，重重叹了口气："乌兮，这么多年你还是没明白，看来我是错放了你！"

陆辰扭头看向我们，低声道："这里我来应付，你们快走吧！"

乌兮被陆辰控制住，使不出一点儿力气，她笑道："出了这个门，你们以为外面那些为了长生已经穷凶极恶的人是吃素的吗？更何况，再过一个时辰，这里镇压的朱厌[①]就要醒了，大家都逃不掉！"

听她这么说，陆辰瞪圆了眼睛，头上青筋乍起，大吼道："乌兮！你疯了吗？你唤醒了那个家伙？"

乌兮恶狠狠地看了我们一眼，又看向陆辰："我是想让它帮我闯百灵台。陆辰哥哥，我做这一切都是为了咱们啊！"

陆辰冷冷地看着乌兮："你根本不了解朱厌是什么，你也不知道你这行为将会害死多少人！乌兮，你太让我失望了！"

刚刚还气焰嚣张的乌兮在听了陆辰的话之后突然悲伤起来，一双美目噙满泪水，她看着陆辰，嘴唇微微抖动："这些人，他们自相残杀，毫无信仰，根本不值得同情。"

陆辰打断她的话，大声说道："可你的一切都是他们给的！你感恩吗？"

乌兮苦笑道："既然你不愿意永远跟我在一起，那你杀了我吧，像很多年前你差点杀了我一样！"

听她这么说，陆辰语气缓和下来："你都知道了！乌兮，我有我的使命。我现在要去重新封印朱厌，你好自为之吧。"

说完，陆辰捏了个手决定住了乌兮，朝门外走去，五魁也迅速跟着陆辰跑了出去。我一脸不解地望向橘鹤暖："这是什么情况？我们现在怎么办？"

橘鹤暖看了一眼乌兮，对我和龚敏说："走，我们跟着他！"

我指着乌兮问他："那这个女人怎么办？"

橘鹤暖冷笑着走到乌兮身旁，从她身上搜到了捆仙锁，又将她捆了两圈，点头道："这下放心了！"

乌兮怨愤地看着我们，但当我们转身准备走时，却听到她咬牙说道："无论如何，帮帮他，他一个人不是朱厌的对手！"

我回头看向乌兮，她大大的眼睛里充满了祈求和绝望。我心想，这家伙还不是你放出来的？真是自作孽不可活。

[①]朱厌：《山海经》曰："又西四百里，曰小次之山，其上多白玉，其下多赤铜。有兽焉，其状如猿，而白首赤足，名曰朱厌，见则大兵。"

13 狐母

　　我和橘鹤暖跟着陆辰跑出来，却完全看不到他的踪影。我看着橘鹤暖，问："怎么办？"

　　橘鹤暖还没回答，身后一个声音道："我知道他们去哪了！"回头一看，是洪旭洋。他是本地人，又研习数术，也许的确知道朱厌被封印在哪里。橘鹤暖犹豫了片刻，点点头："好，你带路！"

　　洪旭洋在前面带路，我和橘鹤暖紧随其后。我低声问橘鹤暖："这个陆辰是什么人？怎么这么厉害？也不知道是敌是友！"

　　橘鹤暖眉毛轻轻皱了一下："他是什么人我也不知道，但据我判断，应该不是敌人！"

　　洪旭洋是本地人，橘鹤暖是个运动健将，两个人翻山越岭如履平地，我跟在后面渐渐吃不消。突然一阵困意袭来，我轻声喊道："不好！"身子便倒了下去。

　　我清楚地知道我又做梦了，我看到一群人对着一座山朝拜。我看到山顶上站着一个人，却看不清楚对方的样貌。等我慢慢睁开眼，发现自己正趴在橘鹤暖背上。意识到这一点，我忙跟橘鹤暖说："我又做梦了！不过现在没事了，你放我下来吧，我自己走！"

　　橘鹤暖背上我依然能够健步如飞，不是因为我轻，而是因为他真的不是人。橘鹤暖没有理会我的话，依然背着我，嘴上却呛道："算了吧，让你自己走反而拖我们后腿。"

　　我捶了他一下，回呛他："那我以后不走了，都让你背着好了。"

　　在一旁扑腾的龚敏突然给了我一下，我白了她一眼，没说话，因为我实在没有力气了。不知道为什么，每次做完梦，我总是很累。

　　又走了二十几分钟山路，我们来到一个小山丘前面。洪旭洋停下来，指着山丘旁边的一条小路说："应该就是这里了，不过我不能跟你们进去，这里面是我们祖先的禁地。"

　　橘鹤暖放下我，我们看了一眼洪旭洋，跟他点头示意，便向山丘的小路走去。相比刚才的山路，这里要好走很多。沿着路一直走，我们来到了一个平坦的石台上，平台正前方是一块几十米高的巨石。陆辰站在平台侧面，不时向平台后面的巨大石头张望,而大雪就趴在他和巨石中间的位置。

见我们跟了过来,他皱起眉毛:"你们怎么跟过来了?"

橘鹤暖脸色微沉,低声问:"你到底是谁?跟刚才那个女人是什么关系?"

我则焦急地寻找五魁,却没看到五魁的影子,慌忙地问:"五魁呢?那只黑猫呢?"

陆辰望向巨石,又掐指算了一下,长长叹了口气,反问道:"你们是谁?"

橘鹤暖将双手在胸前抱了个拳:"济宗,橘鹤暖!"

我看到陆辰眼里闪过一丝亮光:"济宗?哈哈哈!没想到最后关头还能碰上济宗的传人,这是天命吧!"

他盘腿坐在地上,我们也跟着坐了下来。他看我一脸焦急,先安慰道:"别急了,你的猫没事,它跟我到了这里,然后就往石头那边去了,估计一会儿就会回来。这家伙还有半个时辰就出来了,等会儿我要重新封印它。正好你们是济宗的传人,可以帮上忙。"

我看他一直瞄着那块巨石,便问道:"你是说那个叫朱厌的家伙在那块石头里?它到底是什么东西?"

陆辰还没有回答,橘鹤暖就接过了我的话:"上古时期,人类和各种妖魔鬼怪共处在一个世界,妖魔时常作祟,人类苦不堪言。于是,会数术的先祖们就捉了为首的五头凶兽,并将它们压在五个地方,镇守玄黄五行阵,以确保各种山精水怪不为祸人间。这里就压着其中一头,叫作朱厌。据说它身形像猿猴,白头红脚,它的出现被视为战争的先兆。"

我吞了口口水,接着问:"那这家伙出来了会怎么样?"

橘鹤暖摇摇头,陆辰苦笑了一下,说道:"我也不知道,毕竟没有人经历过。很久以前,有一个家族曾经驻守在这里,就是为了看守被封印的朱厌。后来发生了一些事情,致使这个家族渐渐没了后人,我的家族便接手了看守它的任务,世世代代。"

我有点急了:"那可糟糕了。也就是说,你其实也没有封印过它,封印术灵不灵你也不知道。万一封印不了怎么办,要不咱们快跑吧?"

说完我决定起身先去找五魁,然后一起离开这里。陆辰摇摇头,笑了起来:"你说的也不无道理。不过如果按照我祖先的说法,这家伙出来了,恐怕谁也跑不了。你就是现在离开这里,也无法安全抽身。"

听他这么说,我更心急:"那怎么办?"

他反而轻松了不少,耸了耸肩:"没别的办法,只能按照祖先说的试试咯!"

我蔫了下来,托着腮问他:"那你祖先是怎么说的?"

陆辰看了我和橘鹤暖一眼,解释道:"我们这个家族有一样法器,叫作镇魂丹,相传是上古流传下来的。这法器可以让我们每一代比常人多活上一些时日,以确保找到下一任接班人，继续完成家族使命。所以，其实我已经一百多岁了。"

我看着他，惊得嘴巴都合不拢，磕磕巴巴地说："一百岁？你胡说的吧？你看上去也就是二十几岁，你该不会是瞎编乱造来唬我的吧？"

陆辰不气反笑："我就那么不像个正经人吗？再说，你身边这位仁兄恐怕活了都不止三五百年吧？"

我看了一眼橘鹤暖，心想连猫的话我都信了，难道还不信一个人说的吗？

橘鹤暖开口问道："难道你的意思是镇魂丹可以封印朱厌？"

陆辰点点头："正是！镇魂丹就在我体内，它既能延长我的生命，也可以重新封印朱厌！"

橘鹤暖看了看巨石，它依然没有动静，于是又问："如果失去镇魂丹，那你……"

陆辰还是点点头："如果失去镇魂丹，我就会迅速地老去，很快就会死亡。"

听他这么说，我和橘鹤暖都沉默了。

见我们不说话，陆辰自顾自地开始说起来："乌兮把朱厌放出来，就是想让它破解百灵台的封印。她放出长生之术的传言，让天下想长生的术士都来到这里，她再吸取他们的气来喂养朱厌。"

我撇嘴："怪不得那些人看上去都不正常，一个个像丢了魂似的！可是百灵台又是什么？"

陆辰回答道："百灵台只是个传说，真实性无从考证。相传，在我出生之前，这里来了一个高人，此人通晓长生之术。他手里有一件可以长生的法器，但催动这件法器需要万物灵气，于是他就建造了一座百灵台，又亲自捉了一百只妖魔灵兽封印在百灵台里。等这些灵兽的灵气积蓄到一定程度，就可以催动法器修炼长生之术。不过这只是传闻，百灵台的具体位置没人能说得清楚。"

我点头："原来乌兮就是想长生不老！"

陆辰嘴角突然微微上扬了一下："也不完全是，她是希望和我一起长生不老！"

我瞪了他一眼，心里抱怨道，好好地讲故事怎么就开始说起他俩的事了。陆辰没发现我的异样，继续讲："乌兮是希望的化身。以前这里的人过得很苦，但大家心里都充满希望，他们相信只要努力付出就会有回报。加上这里本身就人杰地灵，渐渐这股气有了人形，就是乌兮。因为她是希望之气所化，没有根基，因此亦正亦邪。我怕她误入歧途，便将她留在身边净化，没想到时日久了，竟让她对我生出些不一样的情愫。可人类的生命是短暂的，尽管我有镇魂丹，但终归是肉身凡胎，所以为了让我活得更久，可以和她长相厮守，她开始研究长生之术。为此她也动过一些歪心思，有一次我发现她在夺取别人阳气，我重伤了她。也许是我心里对她也有情感，我放走了她。我不再见她，但是又担心她做出什么不好的事情，所以常常守在她附近，却从不出现。她招的那些术士都是心术不正之辈，都干过伤天害理的事情，但我也没去管。可最近她越来越过分。她执念太重，都快成为邪念的化身了。"

听他这么说，我反倒有点同情乌兮，如果是一个平常的女人，想和自己心爱的人长相厮守没有什么错。只是她将这份爱建立在了侵害别人的基础上。

陆辰又看了一眼巨石，一丝哀伤出现在他的脸上："跟你们说了这么多，也许是因为我这么多年憋坏了吧。今天如果不说，以后怕是没有机会了。其实重伤她之后，我也很后悔，为了弥补，我开始常年替别人医治疑难杂症。希望能靠他们的希望之气，给乌兮补充一些力量。"

我听出了端倪，于是马上打断他："等等，你说你常年替别人医治疑难杂症？你该不会是药儿先生吧？"

橘鹤暖也望向陆辰，陆辰看着我俩一脸惊讶的神色，有点摸不着头脑地点了点头。

我大呼："天啊，可算找到你了！"

我心里又倒抽一口冷气，倘若不是他提及这一段经历，等会儿他封印朱厌后，我们恐怕就再也找不到他了。我赶紧摸出那张画着符文的图，问他："快帮我看看，这个你认识吗？"

陆辰接过图看了看，又想了想，才说道："不确定，但大概是龚家的封印。但这个封印比较独特，是专门封印龚家血脉的！"

我诧异地看着他，不敢相信地问道："你说什么？这是专门封印龚家血脉的？"

陆辰点头："一般五行数术的家族符文都差不多，但龚家不太一样。因为他们自成立后一直人丁兴旺，所以也容易出现叛徒。为了对付叛徒，龚家专门研制了一个封印龚家自己人血脉的符文。"

我面色沉重地看了一眼橘鹤暖："这么说来，五尊者是龚家人！"

龚敏突然在一边搭腔："果然如我所料！"

我又看向龚敏："那他到底是谁呢？"

龚敏两只眼睛像要喷出火一般，狠狠地说道："就是他害我的，我一定要把他揪出来。"

我又问陆辰："那你有没有听说过这里曾经降生过一个不老不死的怪胎？"

陆辰皱着眉头想了想，然后摇摇头，随即从身后掏出一个铁片递给我："我曾经救过一只狐狸，它称自己是狐母，应该年纪很大了，你想问的事情，也许它知道。乌兮房子后面有座山，你凌晨在那座山上点三支香，呼喊狐母的名字，它就会来见你。你把这个铁片给它，它会回答你它知道的。"

我接过铁片，一时不知该说什么话答谢他。忽然，我们听到远处有动静。

我第一反应是向巨石方向望去，但是巨石却一动不动。再看石台另一边，却是乌兮和洪旭斌。橘鹤暖厉声道:"果然是你!"

洪旭斌并没有理会我们,只是呆呆地望向巨石,眼神里充满痴迷。他走向巨石,嘴里还低声念道:"啊!这就是禁地,这就是封印上古凶兽的地方。这就是祖先留给我们打开长生之门的钥匙!"

陆辰突然冲他吼道:"你别往前走了,那里很危险。"

可是洪旭斌像被摄去了魂魄,根本听不到陆辰在吼什么。陆辰只好对不远处蹲守的大雪喊道:"大雪,快阻止他!"

大雪得到命令,像一阵风一样飞奔到洪旭斌身旁张嘴扯住他的裤管,用力拖住他,想阻止他。洪旭斌却拼命地想甩开大雪,他怒极,竟从身后抽出一把短刀向大雪刺去,我们齐声大叫:"不好!"

大雪灵敏地躲开洪旭斌的攻击,腾空一跃,巨大的爪子拍向洪旭斌的后颈,直接将他拍晕,而后咬着他的衣角将他拖到了一边。我和橘鹤暖虚惊一场,陆辰却好似早就料到了结果一样,只在一边观望。我这才反应过来,毕竟大雪是在山里斗过猛兽的狗,洪旭斌对它来说根本算不上威胁。

乌兮径直走向陆辰,哀怨地望着他,声音颤抖着问道:"陆辰哥哥,你真的不打算跟我一起吗?"

陆辰看着她摇摇头:"我祖祖辈辈的使命就是守住这里,守住这一方百姓,这是我的责任!如今你唤醒了它,我就必须不惜代价封印它。我不能和你在一起了!"

乌兮垂下头,再抬头时眼里尽是愤怒,她冲陆辰吼道:"原来都是我自作多情!原来你从来都没有想要跟我在一起!我为你做了那么多,你却如此绝情!"

陆辰只是看着她,眼神里有怜悯还有一丝不舍。我实在看不下去,便替陆辰抱不平:"你根本不了解他为你做了什么!他为了延续你的生命,几十年都躲在山里替别人治病。如今因为你唤醒了这家伙,他可能连命都要搭进去,到底是谁绝情啊?"

乌兮听了我的话一蒙,双手扶住陆辰的手臂:"你说什么?封印它你会没命?不可以!不可以!我们现在就走,我们离开这里!"

陆辰轻轻将她的手握住,微微翘起嘴角:"我早就告诉过你,这是我的宿命!乌兮,我不能走,我必须封印它。你走吧,别再想长生的事情,找个地方快乐地生活!"

乌兮摇摇头:"没有你,我做的一切也就没什么意义了!长生?如果是一个人,即便再让我活上万年,我也不愿意。是我……被迷惑了心智,听信了别人的话,才到了今天这个地步。我不会走,不管发生什么,我都要跟你在一起。"

说完这些,乌兮转过头看向我和橘鹤暖:"是洪旭斌告诉我抓住你能换取长生之术,还能打开百灵台的。至于百灵台里有什么,我只知道和长生有关,别的不知道,只能靠你们自己去查了。洪旭斌因为被他弟弟阻止,担心不是你们的对手,才将你们带到我这里，后来又让我对你们下手。但我清楚，他没有知道这些的能力，所以你们要小心他身后的那个人了。对不起，这次把你们也牵扯进来，但也很谢谢你。"

她望向我的眼神中突然显出一抹娇羞："谢谢你让我明白陆辰哥哥的心。你们快走吧，这里我俩来应付！"

说完，她又把捆仙锁递给我："这宝贝是狐母的，如果见了它，帮我还给它。"

我接过捆仙锁，正要说什么，突然巨石嗡嗡作响。陆辰低吼一声："它要出来了。"

他从身后掏出一支毛笔一样的东西插在地里，那露出地面的一端是一朵莲花的花蕾，花蕾正含苞待放。随着地面的震动，花蕾慢慢张开。当花蕾张开成一朵莲花的时候，陆辰喊了一声："就是现在！"

只见他腾空跃起，右手捏了个手诀从胸口推至喉咙处，吐出一颗红色的发光的珠子，将它握在两掌之间。巨石剧烈地摇晃，四周开始狂风大作，拳头大的石块被掀起，胡乱飞舞。乌兮将双手推向空中，支起一个屏障，帮我们挡开飞沙走石。

陆辰合十的手掌渐渐呈现出红色的血脉，他念着一串咒语，莲花笔拔地而起，飞旋在陆辰面前。巨石裂出一道道巨大的裂缝，有岩浆颜色的光亮从里面透出来。陆辰低呼："不好！它比预想中要快，如果在我没完成封印前它就出来了，那就完了！济宗的两位，麻烦帮我拖延一下时间！"

我和橘鹤暖还有龚敏冲出屏障，来到巨石下方，捏着手诀汇成气流，阻挡着巨石的开裂。可是朱厌的力量太大，尽管我们竭尽全力，能拖延的时间也很有限。

突然前方一道光芒，一个黑衣少年从天而降。他飞身跃到巨石顶端，伸手发出强大的气流按住巨石，被他这么一按，巨石开裂的速度明显慢了下来。我激动得双眼含泪，冲着橘鹤暖喊道："五魁！是五魁！我就知道他不会丢下咱们不管的。"

橘鹤暖点头："他大概勘测到了，知道阻挡巨石开裂的发力点在顶部！"

远处陆辰大声喊道："封印成了！"

镇魂丹在他手中已经化成一抹朱砂，他将朱砂撒向莲花笔，然后握住莲花笔冲向巨石，可是由于刚才的消耗，他的体力明显不支。巨石上的五魁一个翻身，飞跃到他身边接过莲花笔，轻声喊道："让我来！"

五魁提着莲花笔一跃而上，在巨石上挥舞着写下符咒。他最后一笔落下时，巨石停止了震动和开裂，一切归于平静。

五魁轻轻落在地上，看了一眼我和橘鹤暖，问道："你们没事吧？"

我顾不上因为他这两天的行为而跟他生气，只是赶紧摇头示意没事。不远处，乌兮虚弱地趴在陆辰身边，没有了镇魂丹，陆辰已经变成一个须发全白的老人，脸上手上都布满了皱纹。

我们跑过去，看到陆辰的样子不免有些唏嘘，一边的乌兮早已泣不成声。陆辰却强笑着抚摸她的头发,声音沙哑:"没事!我很开心,好歹不辱使命,完成了封印。"

我看着他们的样子,心里也很难过,问道:"那接下来呢?"

陆辰慢慢看了看我们,微微笑道:"还好刚才有你们帮忙,我这把老骨头才留了下来。接下来就等待天命到来吧!"

乌兮擦了擦眼泪,向我们行了一个叩拜礼,嘴里说道:"谢谢几位不计前嫌地出手相助。我会带陆辰走,陪他走完剩下的日子。"

我想起了什么,便问道:"那……你那里的那些术士呢?"

乌兮扶起陆辰,回道:"我已经恢复了他们的神志,又废了他们的道行。他们今后只是普通人,就让他们从哪里来,回哪里去吧!"

我点头:"那样最好!"

再次向我们道谢之后,乌兮搀扶着陆辰向山里走去,大雪跟在他们身后,时不时地回头看看我们。远处天边的晚霞映出两个人的身影,我看着他们互相搀扶着,恍惚间竟觉得他们似乎就这样走过了一生。

目送陆辰和乌兮离开后,我们才过去查看洪旭斌。我正想着等这家伙醒了该如何严刑逼供,五魁却说:"不用问了,他的品级太低了,知道得并不多,而且我已经确定他就是五尊者的人。"

我这才拿出手机,想给龚乙打个电话,告诉她五尊者是龚家人。可是龚乙的电话却迟迟没有接通,我想她可能正忙于各种事物,就留了简讯,让她看到后回拨。

解决完一件事,我才想起要跟五魁秋后算账。五魁见我一脸不爽,就知道我可能要发难。他刚要溜,被我一把拽住:"如果你不给我个解释,咱俩从今天开始就算缘分尽了!"

五魁见躲不过,又看向橘鹤暖,橘鹤暖忙看向一旁,也不打算插手,五魁只好说:"好吧,反正要走回去,我太了解你了,不给你说清楚,你是不会甘心的。"

于是,五魁走在前面,我跟在他身后,橘鹤暖和龚敏断后。五魁讲起了他为什么那么做:"起初,我的想法就是去探探路,没想到乌兮很喜欢猫,见到我就把我抱进怀里。"

我不爽道:"哦!所以你见色忘义,看到乌兮年轻漂亮就留下了。"

五魁回头白了我一眼,继续说:"她跟我这么亲近,我就有机会探听到一些内幕,说不定能把幕后黑手找出来。所以,我就顺水推舟留在了乌兮身边。可是乌兮在那个后院里布了结界,通灵绳的消息传不出去。"

五魁回头看了看我,继续说:"我发现她完全是被利用才想放出朱厌,想借由朱厌闯进百灵台,拿出传说中百灵台里那件和长生之术有关的法器。而她完全不知道放出朱厌会造成什么后果,或者说为了和爱人一起长生,她也顾不上其他的人了。"

说完这些，我和五魁不约而同地向身后瞥了一眼，龚敏蹦了两下，表示不满。倒是橘鹤暖，面色尴尬地笑了一下。

我问五魁："你那个时候不认我就算了，为什么后来又跟着陆辰跑了？"

五魁继续回答我："因为如果朱厌出来了，将没有一个人能够独善其身。刚才的情况千钧一发，其实我们已经想到最坏的情况，却还是低估了当时的危险。所以当听闻他们唤醒了朱厌，别的事情就已经不重要了。"

我点点头："所以你那个时候就已经决定帮忙了？"

五魁也点点头："当然！这是我们的职责。"

我走过去拍了拍五魁的肩膀："好吧，这次算你以大局为重，我就不计较了！"

五魁甩开我的手："什么叫算？我本来就是以大局为重的好不好！不过……不过不得不说，我也有私心！"

我好奇地看着他："什么私心？"

五魁转头看向我，一双眼睛直直盯着我："我发现，乌夯身上有她的味道！"

我一时没有反应过来，追问道："谁？谁的味道？"

橘鹤暖在身后惊讶道："她的味道？你是说司芫？"

我赶紧回头问："司芫是谁啊？"

橘鹤暖看了我一眼，没说话。五魁接话道："司芫是那颗凝魂丹的主人！"

我这才想起五魁说过的那个关于她的感情故事，惊呼："什么？不可能啊！陆辰说，乌夯是人们的希望所化，她怎么会是……会是你曾经的爱人？"

五魁低下头，沉思了一下，继续说道："我起初不知道乌夯的身份，所以想仔细观察一下。直到陆辰出现，我发现陆辰身上也有司芫的味道。如果是这样的话，乌夯身上的味道也许是因为长期跟在陆辰身边才沾染到的。而陆辰之所以会和司芫有一样的味道，只能说明一件事，他们的血脉是相通的。司芫应该姓陆，她应该叫陆司芫。"

我的脑子在飞快地转着，看样子陆家也应该是研习五行数术的世家。这么推断，五魁的爱人应该也是个会数术的人。五魁似乎看穿了我的想法，直接说道："我遇到司芫的时候，她已经沦落风尘。她父亲本是中书省右司，朝廷命官，后来得罪了人，被人陷害，判了流放，家里女眷都沦为官妓。有一次我受伤逃到……逃到妓院，被她所救。伤好之后，我化作人形，替她赎了身。起初她并不知道我的身份，后来我与她生活了一段时间，我便坦诚相告，她也欣然接受。我俩那个时候每天一起烹茶煮酒，她教我烹饪，教我弹琴，教我下棋。"

五魁的声音随着他的回忆柔和起来："我们度过了很美好的一段时光。可惜后来，五尊者的人追了过来，甚至用她要挟我交出秘籍。她用性命相逼让我离开，自己却被重伤。等我击退那群人，她已经奄奄一息，我用尽全力，也只能用凝魂丹留住她的一缕魂魄。因为她被五尊者手下所伤，所以连尸身都会迅速腐化。我无能为力，唯一能做的就是如她所愿，找个山清水秀的地方让她的这缕魂魄入土为安。但如果找到她的家族，我想她就可以认祖归宗了。我一直觉得我亏欠她太多了，所以只要能找到一丝可以偿还她的可能，我都愿意去做。"

看着前面略显落寞的五魁的背影，我没有说话。这一天发生的事情，让我思考起了一个问题——爱情是什么？是乌兮那样的执念？是陆司芜那样的付出？不管是什么，爱情都会左右着人的行动。

天色不早了，我们决定先在附近找个地方休息一下，凌晨再出发去找狐母。于是我们去了米田村。村里唯一能招待外人住宿的地方是村委会附近的一个简易招待所，虽然环境不太好，但对于此刻的我们来说，已经是最好的选择。

晚饭我们就在招待所随便吃了一些。吃过晚饭，我们在招待所门口坐了坐。村里的人依旧按部就班地过日子，刚才那场一触即发的灾难他们丝毫不知情。这让我想起那句"这世界上哪有什么岁月静好，不过是有人在为你负重前行"。我们享受的安稳生活，其实来得并不容易。

休整到两点，我们摸黑爬起来，往陆辰说的方向而去。好在乌兮的住处附近只有一座山，我们没有费太多的力气就找到了正确的地方。爬上半山腰，已经是凌晨四点钟。橘鹤暖从包里摸出三根香点燃，我壮着胆子喊道："狐母！狐母！"山里面除了呼呼的风声，没有其他声音了。我吞了口口水望着橘鹤暖和五魁，在这夜半三更的荒山上，我还是有点害怕的。

五魁冷着脸捅了我一下："你就不能大点声！"

于是我放开了嗓子喊道："狐母！狐母！"

突然狂风大作，一股气流从远处冲了过来，周围的草木都发出窸窸窣窣的声音。我低头一看，三根香一根一根地熄灭了。我心里的恐惧达到极点，生怕突然从哪里冒出个毛脸怪物吓到我。

我正想着，眼前突然出现了一盏灯笼，一个看上去三十来岁的妩媚女子出现在我面前。她生得艳若桃李，自带一种妖娆的气质，正符合了人们口中的"狐狸精"的形象，好看得让人忍不住多瞧上几眼。女子挑起眉毛看了看我们一行人，然后问道："是谁找我？"

虽然她不是毛脸的怪物，但深更半夜用这种方式召唤出的人，还是让我有点害怕。我颤颤巍巍地点点头，将手里的铁片哆哆嗦嗦地递过去，说道："是……是陆辰让我来找你的！"

狐母接过铁片看了看，将它揣在怀里，问我："陆辰呢，他怎么不自己来？"

我只好将这两天的事简单地讲给了狐母听。狐母听完我说的，若有所思地点点头，然后问我："照你这么说，你此次来是有求于我咯？"

我点头："正是，听说您资历深厚，我们想向您打听点事情。"

狐母嘿嘿一笑："我的确有些年岁，可能知道得比别人多些。但是你有求于我，是要满足我的要求的。"

我指着她怀里的铁片，说："可是陆辰说……"

狐母摆了摆手："陆辰的确救过我，可是他是他，你是你。今天若是陆辰来找我，我铁定会帮他。但是我跟你没有任何交情，我出来见你已经是看在陆辰的面子上了。"

我无力反驳她的话，又觉得有点丧气。五魁在一边说道："不如你先说说看你有什么要求？"

狐母狡黠一笑："我的要求也不复杂，只要你们帮我去找个人。"

我听她这么说又燃起了一点希望："找人？找什么人？怎么找。"

狐母从怀里掏出一样东西递给我，这是一小截绳子，绳子的一边系着一颗珠子。我看着觉得很眼熟，却想不起这是什么。我捏着这根绳子仔细看，狐母说道："其实也不难，我找的这个人是个小孩子，他就在米田村。你们拿着这样东西，到了米田村自然会听到鼓点声，只要顺着鼓点声找，就能找到这个小孩子。你们把他带过来，我就满足你们的要求。"

我满腹狐疑地看着她，她似乎察觉到我的疑问，补充道："这里距离米田村确实不远，可是我被封印困住，不能离开这座山，所以才拜托你们。"

我将那半截绳子揣在兜里，皱着眉问狐母："你该不会把我们带来的这个孩子当夜宵吃了吧？"

狐母听我这么说先是吃了一惊，然后嫌弃般瞥了我一眼："我们狐女本就是勇敢善良的，只因为生得貌美才多被世人诟病。男人犯了错，就把帽子扣在我们头上，说被我们魅惑了心智。其实酒不醉人人自醉，色不迷人人自迷，坏事都是他们干的，结果却是我们背了锅。这让世间人对我们狐女多有误会，还越传越邪乎，其实我们不吃人！"

我讨了个没趣，只好问正经的："那我们见了他怎么带他过来，捆过来吗？"

狐母急忙道："万万不可！你把这半截绳子给他，还有这个。"她在身上摸索了一下，从腰上解下一个荷包递给我，"他见了这两样东西自然会跟你们回来。记住千万不要伤他，不然我定饶不了你们。"

说完，她抬眼看看远处的天空说："天也快亮了，我这就走了，你们尽快去办吧，我们狐女是绝对不会食言的。你们若办成了这件事，我自然会告诉你们你们想知道的！"

原本以为可以速战速决然后回去，没想到中间又来了个插曲。看我闷头不语，五魁道："人家说得也没有错，二然，你不用不开心。"

我摇头："龚乙到现在都没回电话，我们又查出来五尊者是龚家人。我只是觉得不安，想速战速决然后回去解决那边的事情。"

龚敏飞过来落在我肩头，说道："你现在着急也没有用，龚家的事情你也帮不上忙。如今唯一的希望就是看看能不能找到克制五尊者的方法，这样我们才能救龚家、救龚乙，防止这个五尊者再为祸人间。"

我们回到米田村时天已经亮了。果然，我一进村就听到了鼓点声，很微弱。我问五魁、橘鹤暖和龚敏："你们听到了吗？你们听到鼓点声了吗？"

他们几个面面相觑，然后摇摇头。我想了想，大概只有揣着绳子的人才能听到。于是我将兜里的绳子拿出来，交给橘鹤暖："你们猫的听觉比较灵敏，五魁现在是猫，只有你拿着最合适了。"

橘鹤暖接过绳子放在兜里，小声提醒道："这么早从外面回来，我觉得这里的人看咱们的眼神不大对劲，还是先别贸然行动，先去吃个早饭，溜达溜达，想想对策。"

我一想也对，于是我和橘鹤暖在附近的早点摊上坐下来，像游客一样边聊边吃起来。

吃过饭，我们回到招待所，商量接下来要怎么做。橘鹤暖拿着半截绳子，端详了半天，说道："既然是个男孩子，那也不可能一直在村里流浪，多半是在哪个村民家里。等下我们难免要去村民家里寻访，得找个好借口啊！这里民风彪悍，如果被拆穿了，事情办不成不说，还会惹来麻烦。"

我想了想说："你还记得杨木水吗？就那个傻乎乎的小子！"

提到杨木水，橘鹤暖明显地憋住了笑意，我知道他又想起我被那个傻子呛的事情。我白了他一眼继续说："杨木水的爸爸是村主任，我们找到杨木水，然后让他带咱们去见他爸爸。这样我们就可以说我们是省里派来的记者，想采访村民，再准备点慰问金，肯定不会有人把咱们拒之门外的。"

橘鹤暖一听说慰问金，连忙护住自己胸前的小包："记者采访就采访，为什么还要给钱，你这不是破坏人家淳朴的民风吗？"

我一掌拍开他护住小包的手："大橘猫，你太抠门了！你以为所有人都乐意被采访吗？拿点慰问金才好让人家配合我们！礼多好办事！"

橘鹤暖不爽地翻了翻白眼："要多少？"

我犹豫了一下，伸出了一根手指头。他了看点点头："一百还可以。"

我伸手又拍了他一巴掌："什么一百啊！一千块啊！一百块你怎么拿得出手啊？"

橘鹤暖气鼓鼓地反驳："你倒是大方，一千块！咱们好几天的伙食费！你以为我是大款啊？"

我只好将胳膊架在他脖子上连哄带骗:"哎呀,你放心,你忘啦,苏辣在给咱们看店。你这次回去,说不定店里那些货都被一抢而空了,这一千块也就是小钱。再说,舍不得孩子怎么套得到狼呢?舍不得媳妇,怎么抓得住流氓呢,是吧?"

龚敏在旁边啐了我一口。我扭头呛道:"你别自作多情了,傻鸟,我又没说你!"

我刚要和龚敏拉开新一轮嘴仗,橘鹤暖大喊一声:"行了,别吵!我给!"

说完,他从小包里掏出一沓现金,反反复复数了几遍才递给我。我接过了他又不肯松手,最后还是我努力拽过来的。橘鹤暖有些委屈地说:"二然,这次是劳民伤财了,咱们必须问出点有用的消息,要不我这钱花得就太不值了。"

我拍拍他肩膀,安慰他:"那你放心!必须的!"

杨木水是个社会闲散人员,我猜他只要有时间就会在村里或那个小卖部附近溜达。果不其然,我们在小卖部附近找到了无所事事的杨木水。见我走过去,他眨巴着眼睛好像在看陌生人。我说:"杨木水,你不认识我了?"

杨木水挠挠后脑勺,摇摇头:"你是谁啊?"

我努力提示他:"我就是前两天洪旭斌带来的那个人!"

杨木水还是摇摇头,我继续启发他:"你还带我们去找乌兮!"

杨木水眨着眼睛,没反应。我接着说:"你还说我没有乌兮漂亮也没有乌兮聪明!"

杨木水一拍手:"是你啊!"

他这反应又让我在心里吐了一口老血。我扭头看橘鹤暖,这厮笑得腰都直不起来了,看样子我这是承包了他这半年的笑点了。

但是甭管怎么说,好歹杨木水想起来了。我又跟他说:"杨木水,其实我是记者!"

杨木水看着我:"啥鸡?"

我伸手捏了捏眉头,想着和傻子沟通真是太费劲了,但又不能放弃,只好继续耐心地解释道:"记者!就是采访啊,上报纸新闻啊!"

杨木水嘿嘿一笑:"我知道什么是记者,我逗你的!"

我瞬间觉得他不是傻子,我才是。我长长出了口气:"杨木水,我们想采访你们这里的村民,想让你爸爸帮忙介绍,你能带我去见你爸爸吗?"

杨木水点头:"行,我带你去!上报纸上电视好,上电视有糖吃!"

我不知道这是谁教他的,但明白他的大概意思就是出名能带来好处。在他的带领下,我们顺利来到了村委会见到了杨木水的爸爸——杨根生。

听说了我们的来意,杨根生上下打量了我们一番,好像不太相信。橘鹤暖不知道从哪里弄来一张介绍信,又给杨根生看了身份证,最后表明受访者会有慰问金,杨根生才笑着点头答应。他跟我们说:"我们村位置偏僻,附近山多田少,不富裕啊!不过如果你们多报道报道,我们就有那个曝光度了,这样会让更多人关注我们,村民们的生活条件也许就能有所改善啊！"他笑呵呵地给我们倒了水，"之前那个什么节目来着，到我们云城拍摄。那之后，据说那里就成了旅游景点啦！你们这次想采访什么呀？"

我看了一眼橘鹤暖，他没有接话的意思，我忙接过话头："哦，我们这次主要是想了解一下米田村的风土人情，主要是人情。这样我们回去汇报给上级，说不定之后拍摄节目什么的，你们会作为候选地。"

村主任呵呵笑着："那自然好！那你们想去谁家采访？"

我笑着说："这就是我们来找您的目的，想让您简单给我们介绍一下，然后带我们转转，我们好选一选。"

村主任若有所思地点点头。

村主任拿过一个大本子，给我们介绍起来："米田村现在有二十一户，总共有一百二十九人，男性七十二人，女性五十七人。"

我插嘴问道："有多少个小孩子？"

村主任看了我一眼："多大算小孩子？"

我想了想："大概十二岁以下，就是初中之前！"

村主任翻了翻本子说："这个统计是去年的了，有二十六个！"

我点点头："好，那您带我们去转转吧！"

我们跟着村主任出了村委会，五魁尾随着我们。村主任指着五魁问杨木水："这猫哪来的？"

杨木水挠着头也没回答。我赶紧说："这是我们路上捡的，就跟来这里了！"

村主任哼了一声，似乎很不喜欢五魁，我和橘鹤暖权当没看到。我和橘鹤暖保持着距离，村主任则一边走一边给我们介绍村里的各门各户。我应付着村主任，时而提一两个问题，我都开始佩服自己的演技了。

约莫过了半小时，我们也兜兜转转绕了半个村子。走到一户门前，橘鹤暖突然停了下来，我迅速地看了他一眼，他点了点头。我忙跟村主任说："杨主任，走了这么半天，咱们也累了，我看就这一户吧！"

村主任皱了皱眉毛："这一户？你们要去这一户？咱们还是再转转吧！"

见他不肯，我反倒觉得这里有问题，坚持道："转了这么久，我看这一户正符合我们的标准，我们想采访这一户。"

村主任摇摇头："你说说你们，挑来挑去，选中了全村最穷的一家。这整个村子，就数他家条件不好，你们非要看他家？"

我赶紧赔笑脸道："哎呀，既然是了解风土民情，穷不穷的也没关系。再说，这样的条件我们报道了，也许会让他家得到帮助呢？"

村主任叹口气："你们说是他那就是他吧！"

这一户确实与村里其他人家不同。其他人家都有或用砖瓦或用木篱笆圈出的院子，还能见到院子里种的蔬菜瓜果、花花草草，还有些鸡鸭鹅等家禽在院子里溜达。他家却没有院子，更看不到动植物的影子，低矮的房屋已经有段时日没有修葺，房檐上的草无精打采地垂着。村主任上去敲门，边敲边不客气地喊着："杨新农，你在不在家？快开门。"

敲了一会儿，门开了，走出一个四十多岁的男人。他个子不高，中等身材，微微驼着背，穿着一件格子褂子，趿拉着拖鞋，头发凌乱，一脸无精打采的样子。见是村主任，才精神了几分："主任，怎么了？出什么事了？"

村主任嫌弃般冲他摆摆手，指着身后的我们："市里来记者采访了，点名要采访你家！"

听村主任这么说，杨新农的眼睛一下子亮了起来，过来就抓着我的手问："市里来的记者？是为了我家大妞来的吗？"

我被问得不知所措，村主任不耐烦地说道："人家是来了解风土人情的，你赶紧说说。"

杨新农的眼神暗淡几分，伸手把我们让进屋子，嘴里嘀咕着："那也报道报道我家妞妞吧，毕竟我们也是困难户，需要大家多帮助。"

村主任回头瞪了他一眼，他赶紧闭上了嘴。

杨新农家里不大，很暗，进门的位置就是客厅，摆着一张破木桌，几张长凳。杨新农向屋里一脸错愕的女人吩咐着："阿五，你愣着干吗？快沏茶。这是记者，市里来的记者！"

女人连忙答应，转身去忙活了，杨新农笑着给我们介绍："这是我老婆，叫刘阿五！"

我点点头，环顾着他家的房子。客厅的一角就是灶台，左右各一间房，屋后有个小院子。五魁趁人不注意，已经钻进左边的房子了，突然听到有个男孩喊道："大黑猫，去！别吵我姐姐！"

我和橘鹤暖对了个眼神，橘鹤暖问道："家里几个小孩？"

杨新农指着传来声音的房间说道："就俩，大的是女孩，快十五了，小的才五岁，是男孩。"

我和橘鹤暖还来不及点头夸上一句"儿女双全，幸福美满"，杨新农就哭了起来："大妞上个月不知得了什么怪病，高烧不退，卧床不起，请了大夫来看也治不好。你们给我们帮帮忙，报道报道，想想法子吧！"

我吞了口口水，还没说话，杨主任先急得拍了桌子："都说了人家是来了解风土人情的，你别添乱，该说啥说啥。你再这样我们就不采访你家了，慰问金也就没你的份了!"

听到村主任这么说,杨新农忙收住眼泪,刘阿五也端来了茶水。我长出了口气,想着接下来的戏要怎么演。

我拿着纸笔,象征性地问了几个问题,有的杨新农答,有的村主任帮着答。问完问题,我收起本子问杨新农:"你家大妞怎么回事,能给我们说说吗?"

杨新农听我这么问,一改刚才垂头丧气的样貌,打足精神跟我们说道:"大妞上个月上山,可能是遇到了什么野兽,被咬了一口。本来在我们这,让野兽咬一口是再常见不过的事情,上点药过几天就能好。特别是小孩子,很快就能恢复。可是大妞的伤口一直不痊愈,找了不少大夫来看,还是好不了,而且她还经常发烧说胡话。"

我小心翼翼地问:"那你介不介意让我们看看?"

杨新农忙说:"看,当然给看!最好报道报道!实在没办法了!"

村主任也在一边说道:"要能帮个忙就帮个忙,他家也确实不容易。"

听村主任这么说,杨新农拼命点头,撩开门帘领着我们进了右边的房间。房间不大,摆着两张床,一张床上躺着一个黑瘦的女孩,女孩床头坐着一个男孩。男孩见我们进来也不说话,可表情里都是抗拒。

杨新农指了指床上的女孩:"这是我女儿杨大妞!"

说完他又揽过小男孩:"这是我儿子,杨大业!"

介绍完,他拍了拍杨大业的头,说:"乖乖,叫人!"

那个叫杨大业的男孩眼睛清澈又有灵性,看了看我们,礼貌地笑着喊:"叔叔阿姨好,主任好,木水哥哥好!"

杨新农笑着拍了拍他,我们也笑着点头,村主任更是过去捏了捏男孩的脸,笑得一脸褶子:"这娃现在出息的!"

听主任夸奖儿子,杨新农更开心了。小男孩却有些担心地瞟了一眼床上的姐姐。

我跟杨新农说:"你给我们看看孩子的伤口吧,我们拍下来也好想想办法。"

杨新农忙掀开女孩身上的被子,露出女孩的左脚腕,上面有两个牙齿的痕迹。橘鹤暖"咦"了一声,我忙看向他问:"怎么了?这伤口有什么问题吗?"

杨新农也焦急地问:"您是懂医吗?"

我刚想开口介绍橘鹤暖略通医术,却听橘鹤暖说道:"不不不,完全不懂,只是感觉这样的伤痕没有见到过。"

我正诧异,突然瞥见杨新农的表情,他好似松了一口气,我的心却跟着提了上来。为了给橘鹤暖和男孩留出单独相处的时间,我借口要问几个关于杨大妞的问题,把大家引到客厅坐下。几个问题问完了,橘鹤暖也刚好出来,我们留下慰问金就打算离开。临走时,我跟杨新农说:"大妞的情况我先去反映一下,这几天有什么消息我们会再过来。"

杨新农点头哈腰地把我们送到门口。我出了门回头再看,发现刘阿五站在房子的一边,面容悲戚地看着我们。

拒绝了村主任留下吃饭的好意,我们借口整理稿件,第一时间回到了招待所。我知道,这个杨新农不简单。

坐在招待所的床上,我反复回想着杨新农的一举一动,这个人的问题太大了。我问橘鹤暖:"那个女孩的伤口是怎么回事?"

橘鹤暖皱着眉毛:"那是有灵性的野兽咬的,而且……伤口是新的!"

我吃惊地看着他:"不是说上个月咬的吗?"

橘鹤暖摇摇头:"那个杨新农在说谎。"

我点头:"我也觉得是,他明显对咱们隐瞒了实情。他那么想咱们把这件事报道出去,就是想借机筹到钱吧!"

橘鹤暖也肯定了我的想法。

我接着问:"那个女孩的伤势怎么样啊?"

橘鹤暖叹了口气:"那个女孩应该是被多次咬伤,现在情况很严重,随时有可能丢了性命。"

我着急地问:"那怎么办啊?唉,要是陆辰在就好了!"

说到陆辰,我马上想到了狐母,就问:"你和那个小男孩说什么了?他要跟咱们走吗?"

橘鹤暖摊了摊手:"那个男孩并不是咱们要找的目标,我拿出绳头和荷包暗示他,他没有任何反应!"

"不是?"我觉得有些诧异,"可是你应该不会听错吧?"

橘鹤暖摇头:"没有听错,但要找的另有他人。不过,那个男孩在你们出去之后,非常焦急地求我救救他的姐姐,好像知道什么内情。"

我们正在盘算怎么神不知鬼不觉地再去杨新农家探一探,没有及时跟在我们身后一起回来的五魁回来了。一进门他就恢复了男孩模样,同样眉头紧锁:"在后院里!"

他的话说得我和橘鹤暖一愣,我一脸茫然地问:"什么在后院?"

五魁示意我递给他一瓶水,他接过水,然后喝了一口:"他家后院里关着东西!"

我沉不住气了:"你能一次性把话说清楚吗?别卖关子了!"

五魁见我着急,不怀好意地笑了一下:"我刚刚趁你们都没有注意时潜进了后院,你猜怎么着?"

他故意拖长声音瞄着我,见我没好气的样子才接着说:"那院子里布了小阵,镇着一只小狐狸！那小家伙也有百年以上的道行，已经能变成小男孩了，只是因为被阵压着才现出原形！"

我恍然大悟："原来狐母找的是他！他应该是狐母的儿子吧！"

五魁点点头："正是，他们镇着他，是为了……"

见五魁一时语塞，我顿时感到一阵寒意，一下子明白了是怎么回事。镇着的那只狐狸，正是大妞伤口的制造者，而元凶就是杨新农。

我气愤地一掌拍在床板上："虎毒还不食子，这当爹的良心都给狗吃了。"

五魁接着说："你们走了以后，刘阿五哭哭啼啼地让杨新农放了大妞，可是杨新农不肯，他还等着咱们的报道能给他们带来好处，改善他们的生活。"

我气得直跺脚，可转念一想，似乎还有个疑问，忙问五魁："那个杨新农怎么镇住小狐狸的？难道他会五行阵法？"

五魁翘起嘴角一笑："说到这个阵可就有意思了，这个绝对不是杨新农能做到的。这个阵像是龚家的布阵方法，如果我没猜错，应该是洪旭斌布的！"

我脑子里浮现出洪旭斌那张脸，心底马上腾出一股厌恶感。

我问："那现在怎么办？大妞危在旦夕，总不能见死不救！"

五魁和橘鹤暖对视了一眼，橘鹤暖马上开口："我觉得当务之急是先带着小狐狸去见狐母，毕竟……"

没等他说完，我就打断了他："什么意思？那大妞不救了？那可是一条命！"

五魁忙大声道："二然，你让我们把话说完！"

我喘着粗气没再打断他们，橘鹤暖接着说："知道是小狐狸咬的，接下来就好办了，我们可以问问狐母有什么治愈办法。毕竟就凭我们，没把握解了这伤口的毒。"

听他这么说，我才平静下来："那我们怎么带走小狐狸？"

五魁微微笑道："这个你放心，晚上我和橘鹤暖去救小狐狸，你和龚敏等我们消息，我们在村头集合！"

有他这句话，我怎么还会不放心？当下一放松，我就觉得肚子饿了，赶紧去吃了午饭。

连着几天的奔波，让我下午在招待所补觉时都睡得格外香甜，直到天色近黑，我才醒来。村主任派杨木水送来了吃的，我们欣然接受，边吃边和杨木水聊起来："杨木水，你跟杨新农熟吗？"

杨木水似乎跟我没有前几天那么生分了，话也说得多了些："不……不熟！我爹说杨新农是懒汉，娶不到媳妇！"

我给杨木水倒了一杯饮料，他开心地喝起来，我接着问："那杨新农是杨大妞的亲爹吗？"

我心里还是无法相信亲生父亲会害女儿这件事情。杨木水瞪大眼睛点头:"当然,当……然!这事可不能瞎说!杨新农是杨大妞的亲爹,刘阿五还是我娘介绍的……介绍给杨新农的!"

杨木水手脚并用地给我解释:"刘阿五的家在山那边,一个可穷可穷的村子。家里没有钱,嫁给杨新农,有饭吃,有地方住。"

我叹了口气,难怪那个比杨新农还小几岁的女子早早白了鬓角,一脸凄苦。她不忍亲生女儿受这样的苦,但又管不了丈夫。

夜晚降临后,村里就很少有人在外走动了。过了十点,橘鹤暖和五魁起身,我们约定十二点在村头集合。临行时我特意嘱咐他们,帮我看看杨大妞。

十二点整,我和龚敏摸黑到村头,五魁和橘鹤暖已经在那里等了。他们身边多了一个看上去六七岁的男娃娃,就着月光,我看清了这个男孩。男孩面容清秀,一双大眼睛圆溜溜的,神色中颇有几分狐母的姿态。见我看他,男孩直往橘鹤暖身后躲。橘鹤暖拍了拍我:"你干吗?母爱泛滥啊!别看了,怪阿姨,赶紧走吧!"我瞪了他一眼,一行人朝着后山走去。

这次没有点香,狐母已经在等我们了。见我们带来了男孩,她满眼全是温暖的笑意,男孩也冲过去扑在她怀里喊着"阿妈",那画面看得我们甚是动容。狐母检查着男孩身上的伤口,不时皱眉,她看了一圈才问道:"这都是怎么回事?"

男孩小声道:"我在修行的途中遇到一个女孩,她踩了我,我下意识地咬了她一下。可我咬得不重,她应该很快就能好。可是之后就有人来捉我,把我困在阵里,百般折磨逼我现出原形,然后把那个女孩推过来,让我再咬。"

狐母听闻大惊:"那你咬过她几口?"

小男孩摇摇头:"记得不是很清楚,咬了有四五次!"

狐母摇摇头,我忙问:"怎么?被咬那个女孩是不是没救了?"

狐母叹口气,把男孩拉到身边:"这是我最小的儿子,叫胡寿,才修成的人形,本性纯良,胆子也不大,如果不是万不得已,绝对不会做出害人的事情。可是他毕竟是狐族,这普通人被咬上一口,尚且能保住性命,可若连着被咬了这么多次,命就很难保住了!"

接着狐母又问胡寿:"是谁让你咬的那个女孩子?为什么要咬她?"

胡寿摇头:"我不知道为什么要咬她,但我知道那个让我咬她的人是她的亲爹。"

我看到狐母的身子一震,随后苦笑:"人心哪!"

毕竟活了千年,她一眼就看穿了整件事情。

我着急地问:"狐母,你还能不能想想办法?那个女孩是不是真的没救了?"

狐母闭上眼睛想了一会儿才睁眼,道:"也不是没可能,但挺难的!"

我恳切地望着她："没关系，您说，我们愿意试试！"

狐母看了看我，又看了看橘鹤暖和五魁，点了点头。

"要救这孩子，不亚于起死回生。你们要先找到这座山上的法器，有了这件法器，再加上……"她低头看了看胡寿，"再加上我这小儿子的百年道行，才能把那孩子救回来！"

我看了看狐母，又看了看胡寿："您……您是说要用胡寿的道行，一命抵一命？"

说实话，看着杨大姐殒命我于心不忍，可是让胡寿去填这条命，我也着实下不去这个狠心。狐母似乎看懂了我心思，笑了笑，摸着胡寿的头说："也不是要他的命，就是要他这一百年的修行，散了道行，他就又要变回狐狸重新修炼，我们母子俩就又要有一百年见不到面了。"

见我没有明白，胡寿站起来走到我身边解释："姐姐，我们狐族的小狐狸在没有修成人形的时候，需要离开母亲独自在外面修炼。我就是刚修炼成人形，结果不小心被人捉了去。"

说完他又跑回狐母身边乖乖地说："娘，我愿意散了道行救那个小姐姐，毕竟她一开始是被我所伤，一切也是因我而起，只要能找到法器，我愿意重新修炼！"

狐母满眼赞许地看着自己的小儿子，伸手抚摸着他的头："我儿说得好，有这样的担当，再修一百年又何妨？"

看着这对母子，想想杨新农这做父亲的，我真替人类感到羞愧。

狐母招呼我们坐在她身边，她随手拿起小树枝，跟我们说道："要想找到山上的法器可不容易，我先给你们说说它的情况。"我们几个不约而同地点点头。

狐母看了看我们，轻声叹口气："一百多年前，有个人拿着一件法器来到这里，这件法器应该和长生术有着千丝万缕的联系。可是这个人并不是法器认定的主人，想驱动法器，他就必须搜罗足够的灵力。因此他布了一个阵，捉了五百三十一只妖怪和灵兽，吸收它们的灵力，并将法器镇在中央，这个法器封住灵兽的地方，就是传说中的百灵台。而我，也是被他捉住的灵兽之一。这也就是我离不开这座山的原因，因为百灵台就在这座山里！"

我们几个被狐母的话惊得一时无语了。

狐母接着说："我年岁高，灵力也就格外强一些，因此十年前我就破了封印，可以在这山上来回走动，也有其他破了封印的大灵兽在跟我一起寻找百灵台阵的法器。可这么多年了，我们都没有找到阵法的入口，我们只知道百灵台在这座山里，却没有找到它。所以我才说，那个姑娘生还希望渺茫。"

听她这么说，我刚刚燃起的希望之火又随之覆灭了。见我蔫了下去，狐母拍拍我的肩："但毕竟我们都身在此山中，也许你们作为局外人，思路反而可以清晰些，而且我看出几位都不是常人。我相信，你们还是有机会做到的！我会把这些年我们收集到的一些消息都告诉你们！"

我突然想起什么，拿出五尊者身上的符文问狐母："狐母，你认识这个吗？"

狐母拿过符文看了看，接着冷笑道："可不就是他吗？"

我问："他？"狐母指了指山上的方向："他就是布这百灵台的人！"

我点头，这就对得上了，出现在洪村的人和布这百灵台的原本就是同一个人，他就是五尊者。

我接着问："听说这个人是龚家人，他千年前曾经出生在这里！"

狐母拿着符文仔细查看，片刻后恍然大悟："难道是他？怪不得！"

橘鹤暖、五魁，还有龚敏和我皆是大气都不敢喘地盯着狐母，等着她说出五尊者的身世，生怕出点声音就打断了她的思路。

狐母道："你们别嫌弃我老婆子啰唆，讲这件事情之前，我先给你们讲讲我们妖怪和术士的关系。这里面很多都是传说，都是我的族人一辈辈传下来的。知道了这些，可能对你们帮助更大一点。"

我们忙不迭地点头，等着狐母讲。我感觉那将是我完全不知道的另一个世界。

狐母略微停顿后就讲道："上古时代，人类和妖怪一起共存在这个世界上，为了抢夺资源，他们之间时常爆发战争，但有时候大家也会和平共处。那个时候，人类的寿命很长，和妖怪差不多，这样的关系维持了很久。直到有一天，人类当中最早通晓数术并且号称自己和神共通的术士们，带来了神的旨意，让妖怪们臣服于人类。为了防止妖怪们反抗，他们用人类的寿命换取了制服妖怪的数术。妖怪们自然不肯臣服，于是术士们对妖怪进行了大规模的诛杀、封印。最后，存活下来的妖怪用土地和资源换取了自由，它们从此隐居到人迹罕至的山河湖海，再也不踏足人类的领地。"说到这里，狐母双眼望向远方，幽幽地叹了口气，"可是即便如此，人类也不放心，为了他们子孙后代的安全，术士们将制服妖怪的数术流传了下来。这其中就有两个最庞大、数术最精进的家族，一个姓陆，一个姓龙。听说他们的神除了给了他们数术，还给了他们非常厉害的法器。这两个家族，是为了保护人类不被妖怪报复而存在的，也负责向人类传达神的旨意。"

我不禁问道："这个世界上，真的有神存在吗？"

狐母看了我一眼，摇摇头："这个我并不知道。"

狐母继续说道："随着时间的推移，妖怪越来越稀少，两个家族的势力也越来越单薄。在我出生的时候，龙姓一族就已经落寞了。而陆姓一族，也人丁稀少。那时候，云城一带常有妖怪作祟，所以陆家的一脉就来到了这里，而且守在了这里。虽然龙家和陆家没落了，但是有一个姓龚的人，创建了龚家一派，并且迅速扩张，龚家人丁兴旺，声名远扬。我出生没多久，龚家的一支分支也来到了云城，可能也想在这里开枝散叶吧。可有意思的是，十几年之后，云城这一支龚家血脉里诞下了一个天缺的孩子。我跟陆家祖先没有交情，所以曾听他们说过一些关于这个孩子的事情。天缺的孩子，在龚家等同于废人，因为他们不能修习五行术，所以天缺的孩子都只能练法器。但这个孩子不同，据说他一岁能言，三岁便可指导别人布阵，举止很是怪异。而且这孩子长到十几岁就不再长大，龚家视他为邪童。后来听说发生了一件事，但龚家人对此事讳莫如深，谁也不敢提，外人就更不得而知了。不过在那件事情之后，龚家来了很多德高望重的长老，一起将那个孩子封印在一个山洞里。听说龚家为了封印这个邪童，特意研制了某种符咒。我曾偷偷跑去山洞门口看过，那符咒和这个一模一样。"

我吃惊地捂住嘴巴，五魁和橘鹤暖也惊讶得说不出话来。

狐母看了看我们，继续讲道："我推测，这个孩子应该是掌握了某种可以长生的邪术，所以到现在还活着。但这种邪术，也许操控难度大，也许存在某些问题，所以他才不断追寻其他的长生之术。真有意思啊，当初为了赶走妖怪，人类牺牲了生命的长度。可千百年来，人类又在不断地寻找长生的途径。人性真是贪婪啊！"

我叹了口气，是啊，人性真的贪婪，作为目前这个群体里唯一的人类，我非常惭愧。

我接过狐母递回来的画着符咒的纸，又将它叠好放起来，回头对五魁和橘鹤暖说道："知道了这些，我们就可以回去根据这些线索一起商量对策了。"

五魁和橘鹤暖点点头。我接着问："狐母，那你再给我讲讲，我们怎么样才能找到那件法器？"

狐母点点头："说起那件法器，应该很久以前就出现过。我听陆家的祖先说起过，那件法器应该是上古之物。不知道这个邪童从何得来，又是如何使用的。不过百年以前，他为了吸收灵气将法器镇在了这里。我们研究过整座山，是个生脉，就是灵气流动最好的脉象，所以法器绝对在这座山里。这座山下面有个水潭，但是深不见底，我们曾经几次派水性好的妖怪去水下探索，但也没有任何发现。对了，这座山的山顶上有一棵巨大的树，可是这棵树已经枯死了。山上有十一处山洞，三处是活洞，里面可以直接通向山下的水潭；七处是死洞，长则十数里，短则三五里。唯有一处洞穴比较复杂，里面岔路繁多，又有残余的符咒和阵法，多年来，我们一直无法探明其中的秘密。这就是目前我知道的所有线索，如果你们还需要其他线索，我们可以随时帮你们去找！"

远处天空泛起了鱼肚白，天就要亮了。我想了想，跟狐母说道："我们还要先回米田村一趟。我们带走胡寿，今天杨新农醒了一定会有所察觉。若是我们行踪不明，他一定会找我们麻烦。我们回去编个理由拖住他们，之后准备一些干粮再来这里找百灵台!"

　　狐母点点头,又向我们行了个礼:"虽说你们找法器是为了救人,但如果破了百灵台,这里的五百三十一只妖怪灵兽也不必继续受苦了。我先代大家谢过,再向你们保证,它们得到自由之后,一定会速速去往深山,不会给人类带来任何麻烦!"

　　下山的路上,看着天边慢慢被染红的朝霞,我的心里五味杂陈。人类将妖怪赶入深山,现在又一步步侵占它们的土地;人类用寿命换取了更多的土地和资源,现在转过头又追求长生不老。是不是我们永远不会满足呢?

14 移魂锥

我边走边走神，不知不觉已经快到山底。因为心里装着事情，我渐渐落在了后面。突然，我不知道被什么绊了一下，回头看，却见身后出现了一个人影，周身散发着白色的光。我着实被这景象吓了一跳，喊了一声，五魁和橘鹤暖忙回头看我。可是身后那个人却已伸出手将我死死缠住，五魁和橘鹤暖冲了过来，我却听到耳边传来一个极其温柔的声音："你们别过来，再往前我就勒死她！"我惊愕这么温柔的声音居然说出如此狠厉的话，抬头却见到一个整张脸都嵌在树干里的女子，而缠住我的哪里是手，分明是两根树枝。我就这样被捆在了树上。

五魁冷着脸厉声问："你到底想干吗？"

女子轻声一笑："我不想干吗，想求你们办件事情！"

我心想，怎么又是这样？这山里求人办事的风俗很盛行啊！

五魁也不爽，皱起了眉毛："你觉得你这样是求人办事的态度吗？"

我感觉身子一松，就从树干上掉了下来，身后女子温和的声音再度响起："抱歉，我也是逼不得已。"

我赶紧跑回我方阵营，站在五魁和橘鹤暖身边，瞬间感觉踏实了不少。我刚要回头训斥刚刚绑住我的树精，却在看到她的那一瞬间彻底呆住。这女子生得太好看了，她不似乌兮那样明艳，也不似狐母那样妖媚，而有一种清新脱俗的美。一张洁净的脸上有着精致动人的五官，微微蹙着的眉头和眼神中带着淡淡的哀伤，气质沉静优雅，又透着些许单纯。

我吞了口唾沫，回头跟五魁和橘鹤暖说："我看是这位美女让树精困住了，想让咱们帮忙的，你俩别傻站着，快想想办法！"

五魁冲我翻了个白眼鄙视道："你说你一个姑娘家，怎么见到美女也是语无伦次？她不是被树精困住，她就是那棵树，她叫灵枫，我说得没错吧？"

女子点点头："正是！"

我抬眼看着五魁："你说什么？灵枫？言情小说里的人物吗？"

五魁并没有理会我，而是走近灵枫，问道："你想让我们帮什么忙？你说说看！"

灵枫那张美丽的脸上显出感激的神情："我想让你们帮我归还一样东西。"

说着,灵枫试图掏出些什么,却失败了。她苦笑着叹了口气:"我本已化为人形,可惜被这百灵台吸取了太多灵力,如今又要变回一棵树了。"

见状,我走到她身边,抬头望着她美丽的脸,尽量温和地问道:"他们两个大男人不方便,你要拿什么,我帮你!"

灵枫对我笑了笑,那笑容让人如沐春风:"多谢这位姑娘。麻烦你从我身下的土里挖一个木盒子出来好不好?还有,刚才真的很抱歉!"

有美女如此待我,我哪里还会计较刚刚的事情?我赶紧依她的话在树根处挖了起来,不一会儿就挖到了一个木盒子。

我将木盒子拿给她看,她点点头:"麻烦你帮我把这个盒子带到米田村。这盒子封口处有个生辰,你们按照生辰找到一个男子,让他打开盒子即可!"

我拿着盒子听她说完,疑惑道:"那……那他打开了,然后呢?"

灵枫浅浅一笑:"很多年前,有个少年曾经误入这里,见我这副模样,以为我被树困住,想救我出去。我给他讲了我的故事,他在这里陪了我三天三夜。后来我让他离开,他舍不得我,想与我再次相见。于是我便告诉他,如果想再见,需要给我留下一缕精魂。他只需将一缕头发放在木盒里并留下生辰,便可与我再度相见。他当即便用刀割下来一缕头发给我!"

五魁听了叹口气:"但这样,他轻则失智,重则折寿!"

灵枫点点头:"当时是我太自私了。我想靠着他这一缕精魂的灵气帮我摆脱束缚。可后来便后悔了,我不想害他。可我没办法亲自将这缕精魂还给他。"

五魁听了点点头:"可是,你怎么知道这人是否还健在?"

一缕忧伤爬上了灵枫的脸:"我不知道,所以我感觉很不安,也很后悔做了这样的事情。但我还是抱着一线希望,希望你们能帮忙。"

我忙拍着胸脯说:"行,放心吧,美人!我去找村主任直接问,这件事包在我身上了!"

五魁没好气地瞪了我一眼。

灵枫听完也尴尬地笑笑:"如此,便谢谢了!"

我拿着盒子准备走,忽然又听到灵枫开口:"等一下!"

我们回过头,灵枫看着我们怯生生地说:"你们……你们是不是在找百灵台?"

我点点头。灵枫继续说:"我有点线索,但不知道能不能帮上忙。这镇法器的地方虽然叫作百灵台,但是却关了五百三十一只妖怪灵兽。所以百灵台这名字,一定另有所指,希望你们能一切顺利。"

天色已经微亮,我琢磨着灵枫的话,想着可以回去上网搜索一下,说不定有什么线索。路上我问起五魁灵枫的来历,五魁说道:"南中有枫子鬼,枫木之老者为人形,亦呼灵枫焉。它是一棵幻化为人形的树,幻化之后,便一直痴心寻找着当初种树的人。"

我好奇地问:"那种树的人是不是转世了?盒子里这缕精魂的主人会不会就是当初那个人的转世?"

五魁瞥了我一眼:"你没事能不能少看些没营养的剧,每天都在想些什么?当然不是。"

看我一脸不甘心,五魁又耐心地解释道:"二然,不是所有人都有机会转世,即便有机会,也完全不是当初那个人了。"

我知道再问也问不出所以然,于是似懂非懂地点点头。

我们偷偷溜回招待所,外面天已经大亮。我们吃着早饭,杨新农一脸怒气地找上门了:"你们!你们是不是把他带走了?"

我只好发挥我的演技,打着哈哈:"杨同志,你来了,吃早饭了吗?要不要一起吃?你说什么他?谁啊?"

杨新农狐疑地看着我们,也不好说破,继续暗示:"你们有没有在我家看到一个男孩?"

我忙点头:"有啊!你儿子杨大业啊!很懂事的男孩,怎么了?他出什么事了?"

杨新农啐了一口,念叨着:"百无禁忌,百无禁忌!"

然后他又满腹狐疑地看了看我和橘鹤暖,叹了口气:"那我先回去了,大妞的事情,你们要说到做到!"

望着杨新农远去的背影,我嗤之以鼻:"求人帮忙还这么颐指气使,好像我们欠了他的,真的是……"

橘鹤暖摇摇头,依然吃着碗里的鸡汤米线。五魁找了个舒服的姿势蜷在床上,问我:"灵枫的事情,你打算怎么办?"

我也吃了一口米线:"找村主任啊!"

五魁垂着眼睛伸直前爪,抻了抻筋:"好,上午你自己去办这件事情,我要去补个觉!"

橘鹤暖忙跟着说:"嗯,我也要!"

我放下筷子不爽地道:"什么意思?你们打算让我一个人去办这件事情?"

五魁转过头舔了舔毛,翻了个身看我:"你自己答应的,不是说'这件事包在我身上'的吗?"

五魁学着我说话的语气,我皱了皱眉毛:"什么?我有这么油腻吗?"然后又讨好道,"你们都不在我身边,我觉得好不踏实。这里穷山恶水的,还有那个杨新农也不知还会闹出什么幺蛾子。你们怎么忍心,怎么放心让我单独行动?"

说完，我还可怜巴巴地撇撇嘴。五魁冷眼看着我："谁让你逞能的？"

我忙服软："我下次不敢了还不行吗？"

五魁也不理我，开始舔爪子，但我心里清楚，他这是答应陪我了。

吃完早饭，我拉着橘鹤暖出门，橘鹤暖看了看五魁，五魁跳下床走在前面，他才无可奈何地跟在了后面。出了门，我就要往隔壁村委会去，五魁却用通灵绳喊住了我："我有个更省时间的办法，赶快办完事，咱们还能回去睡一觉，你觉得如何？"

我瞪了他一眼，有好办法为什么不早说？他抻了抻身体，慵懒地说："不用去找村主任了，你去找杨木水吧，问问他生辰八字，看是不是吻合。如果不是他，那这个人应该已经不在了。"

我一拍腿，对啊，那个傻乎乎的杨木水，说不定就是灵枫要找的人。

正说着，杨木水从我面前晃荡过来，瞪着两个大眼睛问我："你今天要干吗？"

我狡黠一笑："今天要玩个好玩的游戏！"

杨木水果然上当了，着急地问："玩什么？你要玩什么啊？能不能告诉我，或者带我玩？"

我挑了挑眉毛："那要看你听不听话了！"

杨木水忙不迭地点头："都听你的！你最聪明，你最好看！"

我撇了撇嘴，扭头看向五魁和橘鹤暖："你们考虑一下，要不还是去找村主任吧，我觉得他可能不是真傻！"

橘鹤暖憋住笑问杨木水："玩游戏可以，但是你得告诉我你的生辰，只有说出生辰的小伙伴才能参加游戏！"

杨木水一撇嘴："阿爹说不能随便把生辰告诉别人！"

我假装要走："那就算了，今天就不能带你玩了！"

杨木水赶紧说："不过玩游戏可以说的，我是庚午年四月初一生的。"我拿着盒子一看，顿时愣住，果然是他。原来他不是天生如此，而是将一缕精魂给了灵枫。

杨木水看我呆住，伸手在我眼前晃了晃："你干吗？还玩不玩了？"

我赶忙反应过来："玩啊，这个游戏就叫作，谁先跑回招待所！"

我话音刚落，杨木水已经飞奔向招待所。我们自然都"输"给了他。我把战利品木盒子交给他，嘱咐他亲手打开，然后我们躲在远处看他的反应。

杨木水愣愣地打开盒子，嘴里还嘀咕着什么。突然他像看到强光一样愣了一下，但随即眼里的光芒又暗了下去。他噘着嘴巴找到我们："什么破玩意，一点都不好玩，我要回家了。"

他说完就快步走了。我看着他的背影没有反应过来，问五魁和橘鹤暖："咱们……咱们不会找错人了吧？"

五魁不知什么时候已经变成了小男孩，他站在我身边，脸上带着微笑："没错！只是有些事情，知道还不如不知道，记得还不如不记得。"

我问道："难道他也是在气灵枫那么对他，所以不想承认这段过去，继续装傻吗？"

五魁摇摇头，没有说话。

我知道我又做梦了。在梦境中，我手里握着一柄不知是什么的东西，它散发出强光，我害怕，便把它扔在了地上。远处，一个模糊修长的身影走过来，捡起我扔在地上的东西，自言自语道："终于拿到了！"

男子背对着我，将那东西藏在一处，然后走向一条山间小路。之后，他靠在一棵树上，看着远处升起的太阳，笑着嘀咕："真美！这地方……就叫它百灵台，对，百灵台！哈哈哈……哈哈哈……"

在男人的笑声中，我抬起沉重的眼皮，五魁正望着我："二然，二然，你怎么啦？睡死过去了？该醒了！"

我看着五魁有点发愣，好一会儿才回过神，然后赶紧拿起手机搜索"百灵台"。看着一条条的搜索结果，我心里似乎有了答案。我问五魁："如果我说，我刚刚梦到了百灵台在哪里，你们会相信我吗？"

五魁挑挑眉毛："信，当然信！"

我严肃地道："我说认真的呢！"

五魁也回道："我知道啊，我也说认真的，我真的信。"

我点点头："嗯，我看到了！它不是在水里，也没在山洞里。在山里，在山里的某个地方。我们要去找找。"

我激动地笑道："五尊者当初给百灵台命名的时候，一定不会想到他身后的树是灵枫，更不会想到一百年后居然有搜索引擎这种东西，而且就这样帮我们找到了答案！"

五魁看我一脸癫狂的喜色托着腮道："你别卖关子了，倒是说说看你得到什么灵感了？"

我故意不说："那不成，你们有那么多秘密我都不知道，我要保持一下神秘，等答案揭晓的时候再告诉你们！"

五魁并没有像我想象中一样好奇，而是耸耸肩说："那就先吃午饭，然后你说说百灵台在哪，我们怎么找！"

他不好奇，我反倒好奇起来，追在他后面问："五魁，你就不好奇我梦到什么了吗？你就不打算问问我怎么找到百灵台吗？你不想拿个秘密交换吗？"

五魁回头冲我不怀好意地一笑："不想！我才不像你那么没有耐心，我会静静地等你自己揭晓答案的！"

我被他的话噎得哑口无言，只好气愤地走在他身后去吃午饭。

吃过饭，我去小卖部买了一些笔和纸，认真地在纸上画了一幅图。虽然我画工不是很好，但大体形态没有错。一个像铁塔一样的东西，上面顶着一个圆圆的台子。五魁看着我的画皱起了眉毛："这是你的画工太差吗？我怎么看不出这是什么？"

我白了他一眼，抢过他手里的画，给他们解释道："我搜索了一下'百灵台'这三个字，发现它是明式家具中的一种桌子，这个桌子大概是这个样子。结合我昨天的梦，我猜想五尊者应该是觉得这个镇法器的地方看起来很像百灵台的样子，所以才自言自语说了这个名字。"

我把图递给五魁和橘鹤暖："你们照这个图画一些出来，让狐母分给大家，让大家一起找找有没有这种形状的石头、树木什么的，这样应该就能找到法器了！"

橘鹤暖拿出手机，自己搜索了一张百灵台的图开始画。看那画风和笔触，确实比我强太多，可我却立刻制止了他："不行，你不要画这么写实，毕竟只是形态像。画得越抽象越容易找到！"

橘鹤暖又拿起我的画，一脸狐疑地问我："你确定？"

五魁瞥了我一眼，然后跟橘鹤暖说道："二然说得也有道理。毕竟那些妖怪灵兽的想象力好不好咱们也不知道，还是别画得太写实的好！"

三个人一只鸟，足足在房间里忙活到傍晚，才准备好一百来张画。我们刚准备出门，却听见有人敲门，打开门，门外站着阴沉着一张脸的杨新农。本来招待所简陋的楼里就很阴暗，再配上他的表情，顿时让我倒吸一口冷气。

对方也不客气，直接进了房间就坐在了床上。他掏出一根烟点着后抽了两口，就斜着眼睛看着我们问道："那篇报道怎么样了？你们递交上去了吗？"

那神情倒像是领导在督促我们工作。我努力平复了一下心情，尽量不带情绪地解释："文章已经发电子邮件了，但是还要等待审核。"

杨新农明显不耐烦，猛吸了一口烟继续问："你们那个什么邮件，到底要多久才能到？"

我被他问得一愣，过了一会儿才反应过来他把电子邮件当成了邮寄，于是又耐着性子解释道："是网络邮件，很快，当天就能收到。"

杨新农点了下头，特意提高了嗓门："那就是说这两天会有消息了？"

我点点头。杨新农将烟头扔在地上踩灭："行，那我就等你们消息了。大妞能不能活下去，就看你们了！"

说完他抬起腿向门外走，走到门口又转过身："我家婆娘说，看到你这黑猫进过我家院子。我家院子里丢了东西，我要把它带走。"

我挡在五魁前面,声音也提高了两个分贝,态度强硬:"天那么黑,你确定就是他吗?你家丢了什么东西?凭什么就说是他干的?我不准你带走他,你若不服,可以去村主任那里说理去!或者直接报警也行!"

我拿出手机作势要报警,杨新农没再说话,只是回头狠狠地瞪了五魁一眼。

被他这么一折腾,我感觉很不爽,抱起五魁抱怨道:"这个世界上怎么会有这么无耻的人?"

五魁从我身上跳下去,直接变回男孩的样子,冷冷地道:"这个世界上就是什么样的人都有。永远不要以为别人跟你一样,以己度人,你会吃亏的。"

见我撇着嘴没说话,他走过来拍拍我的手背:"好了,你也别郁闷了,找到百灵台拿到法器,我们就可以救大妞了。到时候,我们也就不用再忌惮他。现在先休息一下,夜里上山!"

十二点整,我们正打算偷偷溜出招待所上山,却见杨木水等在门外。看我们出来,他已完全不似平日里的痴傻,绷起脸问我们:"你们干吗去?"

我本来就被他的突然出现吓得一哆嗦,见他这副模样更是暗叫不好,皱着眉毛问:"你……你要干吗?"

杨木水进了房间,随后关上身后的门,叹了口气:"杨新农说你们每天鬼鬼祟祟地出村,半夜上山,不知道是干吗。这件事情已经传到了村委会,今天我爸带着一群人守在了村子口,你们走不了!"

我没说话,心想,以五魁和橘鹤暖的本事,要走也不难。只是惊动了这么多人,万一他们把事情闹大,进了山我们就什么也办不成了。

见我没说话,杨木水把身后的背包往桌子上一放:"你们这几天最好不要再乱走,如果非要走,就不要再回来。我给你们准备了干粮、水和帐篷,我可以带你们从小路出村子。"

我满腹狐疑地看着杨木水,又看了看橘鹤暖。还没等我俩开口,杨木水又说道:"我看出你们不是一般人,也知道那个盒子从何而来,你们定是见过她了。我猜想你们有事情要做,但也相信你们都是善良的人。"

橘鹤暖站起身拍了拍杨木水的肩膀:"如此说来,那就先谢过了,还麻烦你带我们出村子。"

两人一猫一鸟,就这样三更半夜跟着村里知名的傻子开始了惊险的出逃计划。杨木水走在前面,我们几个跟着他。小路坑坑洼洼、凹凸不平,深更半夜只有月光,又不能打开手电筒,那一猫一鸟一人还好,我却只能一脚深一脚浅地跟在后面。走了约莫半小时,前面的路终于稍显平坦。杨木水扭身跟我们说:"已经出村了,再往前走，右转就能看到那座山。"

我走过去跟他握了握手："这次真的谢谢你。"

杨木水笑了笑："我猜，你们是想救大姐，我也希望你们能成功。"

我惊讶于他居然猜到了我们的想法，点点头，又想起了什么，于是说："希望你不要怪她，她有她的不得已！"

他愣了两秒，随即苦笑了一下："我从来没有怪她，只是不想解释，不想自己刻骨铭心的经历让别人当了笑话。"

月光下，他眼里一片晶莹。

告别了杨木水，我们进了山，轻车熟路地召唤了狐母。见我们再次到来，狐母有些激动："怎么样？有什么新的线索吗？"

我点头，把一沓图纸交到她手里："召集所有能自由行动的小伙伴，照这个图纸找！无论是石头还是树木，或者洞穴里的图形，只要是这个形状的都不要放过。"

狐母愣了一下，然后笑着重复了一句："小……小伙伴？哈哈哈！"

我一脸茫然地看了看她："你们不这么叫吗？"

她笑得更开心了，摇了摇头："不这么叫，不过挺有意思的，小伙伴！"

说完伸手朝身后招呼了一下，胡寿走了过来。狐母将那一沓图纸分了他一半，然后说："听见姐姐说什么了吗？等会儿去给后山的……后山的小伙伴们发一下。"

说完，她又转过头伸出手，手掌向上翻着："我儿的东西，还请还给我呗？"

我被她说得蒙住，以为她怀疑我们拿了胡寿的东西，忙说："什么东西？我们没有拿过，是不是掉在哪里了？"

狐母笑了："别紧张，我说的是我给你们的那半截绳子！"

橘鹤暖点头，从裤兜里掏出那半截绳子递给狐母。狐母笑着接过来，然后从腰间抽出一只拨浪鼓，这拨浪鼓只有半边悬着敲鼓的绳头。我这才反应过来，原来这半截绳子正是这拨浪鼓上的，难怪让我们带着它顺着鼓声找胡寿。

狐母蹲下身子，将重新修好的拨浪鼓交给胡寿："阿妈给你修好了，去吧。"

她摸了摸胡寿的头，胡寿拿着拨浪鼓欢天喜地地奔后山去了。狐母看着我们说："找百灵台的事情就交给我们，你们可以下山。有了消息，我会想办法通知你们的。"

我尴尬地耸耸肩："不用下山了，米田村我们回不去了。我们也跟着一起找吧。"

狐母想了一下就明白了我们的意思："既然如此，那我给你们找个地方休息吧。毕竟你们不熟悉这里，晚上也不大方便。等天亮了，你们再跟着一起找。"

我点头。

狐母带着我们来到一处山洞，洞里宽敞平坦，中间还铺了一些干草。她又抱来一些果子跟我们说："你们在这里休息，有什么需要可以随时找我。夜里这山上的妖怪灵兽都比较活跃，你们最好不要乱走。我会放出话让大家不要靠近这里，所以你们可以在这里放心休息。天亮了我再过来。"说完她就带着剩下的图离开了。

这是我第一次在云城的山里，在这样的夜晚，抬起头安安静静地看星星。虽然不知道明天会是什么样的结果，但是头顶上的星空依然不会变。我躺在山洞口一片小小的空地上，伸出一只手轻轻拍着五魁的背问他："五魁，你活了这么久，有没有过就这样躺在一个地方看着星星感受着温和的风，然后就想如果变成一块大石头也很好，就这样一直躺在这里？"

五魁舔了舔爪子："我心里有执念，很难这样纯粹地想问题。除了完成师父给的使命，我也一直在追寻一个答案：我到底是谁。"

我叹了口气："到底是谁有那么重要吗？"

五魁没有回答，反而反问我："那么在你眼里，我又是谁呢？"

我扑哧一下笑了出来："当然是我的猫！"

感觉到他的严肃，我只好认真地回答："一开始，我当然觉得你就是我的猫，像孩子吧。后来有段时间，我觉得你很厉害，毕竟你活了那么久，我有点怕你，怕你批评我，怕你觉得我笨。那个时候觉得你像个长辈还有点……有点想讨好你。后来一起经历了生死，就觉得你像伙伴也像亲人。"

五魁没有出声，只是默默地蜷缩到我身边，挑了个舒服的姿势贴着我。

等日上三竿时，我才醒过来，发现自己躺在山洞的草垫上。我迷迷糊糊地问旁边的橘鹤暖："是你把我抱进来的？"

橘鹤暖啃了一口面包，递给我一瓶矿泉水："不然呢？你那样睡在外面会着凉的。我真服了你了，心真是大，在野外也能睡得这么沉。幸好是我，要不来个大狗熊把你拖走你也不会醒！"

我笑着不好意思地挠挠头："我就这么一个优点了，你也不用太佩服。"

话音刚落，狐母从外面匆匆地走过来。我赶紧爬起来迎上去："怎么样？是有线索了吗？"

狐母微微蹙眉："线索倒是找了不少，就是我觉得都不太靠谱。不过我又害怕错过了什么，所以还是想喊你们一起去看看。"

于是我们跟着狐母来到一处平地，这里有百十来个形态各异的身影，有的高大得像一棵大树，有的只有猫一般大小，中间不乏样貌怪异的。见我们过来，它们都齐刷刷地看过来。我尽量不露出什么表情，告诉自己不要怕，强撑着和大家点头微笑。走到平地中央，狐母跟大家介绍道："小伙伴们，这就是来帮我们的朋友。等会儿大家把线索都交到这里来。"

不一会儿，我们旁边就排起了队，有十几个妖怪灵兽表示它们"有所发现"。为首的是个大块头，长得像个猿猴却没有毛，身上是豆青色的硬硬的皮肤。它虽然块头大，声音却很可爱："我发现的这个东西在山背面，那里有很多蘑菇，和你画的一模一样！"

我吞了口唾沫，艰难地忍住想笑的冲动，问它："蘑……蘑菇？"

我扭头看看在旁边努力憋笑的橘鹤暖和五魁，又看了看在一边直抖翅膀的龚敏，只好说："蘑菇太小了，应该不太可能。"

大块头失望地点点头，向一边走去。我问狐母："这山里的妖怪都这么可爱吗？"

狐母忙摇头："有的可凶残了，你别掉以轻心。"

听她这么说，我紧了紧神经，继续询问下一位。

一个红毛的小小的像一只博美狗一样的妖怪走过来，凶巴巴地看着我们，然后说："我在半山腰的石头堆里发现了一块搭建成这样形状的东西。"

我点头问："那你能具体说说吗？"

它马上暴跳如雷，两个眼睛突出来，问我："还要我怎么说？我说得还不清楚吗？"

我连忙安抚："好的，我们会亲自去看看。那你先站在这边，等我们筛选完统一去看！"

红毛博美斜了我一眼，并不是很满意地站到一边。

红毛博美身后是一头白色的牛，可是却长着露在嘴巴外面的獠牙，样子看着就十分瘆人。我小心翼翼地问："那个……您发现了什么？"

白色獠牙牛哼了一声却没有说话，于是我又问了一句，对方还是只哼了一下。我只好回过头求助狐母，狐母笑着说："它是在一个山洞里发现了这样形状的东西！"

我赶紧点头："好的，那您也在这边稍等一下，我们等会儿跟您去看看！"

白色獠牙牛又哼了一声，站在了红毛博美的旁边。

一上午的时间，我像银行里办业务的业务员，挨个接待，逐一筛选，终于选出了四个有可能的答案，分别是石堆、山洞、已经干涸的河道和一处峭壁。解散了其他的妖怪，我们和四个妖怪开始奔向目的地。

红毛博美说的石堆在半山腰，这里有一片石头林，远远看去就像一个废旧的城池。在石头林的中央，一块柱状的石头上放着一个石盘。的确很符合百灵台的样子。我上前敲石柱，没有动静。五魁也随后敲了敲，肯定了我的想法。龚敏飞到石盘上头看了看，依然什么也没有。我看着大家，摇了摇头。红色博美显得有些失望，我忙安慰："虽然不是，但是个挺好玩的地方，而且和画上的很像。"博美只瞥了我一眼，但我能感觉到它的释怀。

白色獠牙牛找到的山洞，其实离我们住的山洞不远，这里曾经被狐母他们排查过，只是当时并没有按照百灵台的形状找，于是我们又来到了这里。山洞本身没什么特别，但是在一面墙壁上却涂着一个类似蘑菇的图形，大概有巴掌那么大。我上前摸了摸，发现土和周围的感觉不大一样，于是回头跟大家说："这面墙有问题。"

听我说完，五魁和橘鹤暖马上上来让我退后，然后狐母让一个长得像穿山甲的妖怪将墙壁挖开。

不出所料，墙壁后面另有一间不到十平方米的密室，可是这间密室里除了一张席子以外什么也没有。我对着密室墙壁发呆的工夫，五魁他们已经将密室彻彻底底地检查了一遍。我问五魁："有什么发现吗？"

五魁摇摇头："这里应该不是镇法器的地方，既没有法器的场，也不是什么入口。目前看来，应该就是一个临时居所。"

我好奇地问："你是说，五尊者曾经住在这里吗？"

五魁摇头："不确定是谁。"

我不甘心："那门口那个标志性的图样怎么说？"

五魁白了我一眼："还不是你画得太抽象，这种蘑菇一样的图样不是很普遍吗？"

我还是不肯放弃："好好的一个住的地方为什么要封起来呢？"

五魁摇摇头："大概只是不想让人发现，但这里真的什么也没有。"

我亲自走进密室检查了一下，真的什么也没有。我还在琢磨为什么这里要封起来的事情，狐母又到密室里转了一圈，然后轻轻说道："绝对不是这里，我们走吧！"

接连受了两次打击，我们把希望放在河道和峭壁上，可惜也没有什么发现。眼看天色暗下来，我一筹莫展。狐母过来安慰我："没关系，这才是第一天，说不定明天会有新的线索呢？"

虽然狐母这么说，但我知道他们昨晚已经对整座山进行了地毯式搜索。最像样的线索都没有结果，那是不是证明我给的方向不对？五魁看出我的心思，安慰道："好了，明早我们把所有线索再重新筛选一遍，没关系的。"

天黑了，我坐在山洞外面反复想着我的梦和那个百灵台的线索，依然觉得方向没有错。月亮升上来，我突然想去见见灵枫，于是跟五魁商量："五魁，我想去见见灵枫，一方面，给她个交代，另一方面……我想跟她再聊聊。"

五魁点点头，但也叮嘱我："二然，我们能在这里停留的时间有限，如果真的找不到法器，救不了大妞，我们也不能永远在这里耽搁下去……"

我点点头："我知道，龚乙一直没有消息，我也很担心。再给我两天时间，解决不了法器的问题，我们就回去。"

五魁过来拍了拍我的手背："可能你觉得我活了太久，对生死看得太淡，但我也理解你，并且感激你让我体会到了我很久都没再体会过的热忱。"

幽暗的山路上，一棵树独自发着微微的光，它的树干里有一个绝美的女子，她叫灵枫。我走到灵枫身边，她正仰着头望着天。我在她身边坐下，顺着她的眼神望过去，却什么也没有看到。她对于我的到来并不觉得意外，只是淡淡地说："有时候我会想，如果我没有幻化成人形，就在这天地间永远做一棵树，感受四季，感受白天和黑夜，感受雨露和清风，是不是会比现在更幸福？那就不用心心念念惦记着一件事情。"

我长长地舒了口气："我有时候也会这样想，其实只是安安静静地感受这世界，也很好。"

我们都沉默了一会儿，我才开口："我找到他了！他还活着，现在也……也很好。"

灵枫温柔的声音回荡在耳边："我就知道你可以的。我也知道，他……他会很好的。"

我回头注视着灵枫，她总有一种让人沉静的力量。我开口说："灵枫，我现在想救一个女孩。不仅这样，我还希望这里五百三十一只妖怪灵兽都不再被束缚。所以，想请你帮帮我。那天，我做了个梦，梦到那个抓你们的人曾经在这里停留。"

灵枫点点头："是的，那天那个人的确在这里。不过，他没有抓我，我是自愿的。因为他很像那个我一直在找的人。"

我有点吃惊，正在想接下来怎么说，灵枫却接着说："不过他不是，那个亲手栽种我的人既温柔又善良，怎么会是他呢？"

我说："那可不可以告诉我，他都说了些什么？"

灵枫用树枝在唇边做了个"嘘"的手势："先别说话。"

又坐了不知道多久，月亮升到了正空，灵枫突然开口："那天也是这个时候，他来到这里靠着我坐下。他仰着头望着远处，望了一会儿后，他说'真的很好，真美！这地方……就叫它百灵台，对，百灵台！哈哈哈……哈哈哈……'，说完这些，他回头看着我，说'你也很美'，然后就起身下山去了。"

我起身坐到刚刚灵枫指的位置，问道："是这里吗？是这样仰着头吗？"

灵枫点点头。我努力想体会当时五尊者在这里感受到了什么，于是仰着头望向远处，到底什么美呢？到底他看到了什么呢？我闭上眼睛，依然觉得无所适从。再睁开眼睛的时候，天空竟然呈现出一抹很好看的蓝，那静谧又深邃的颜色让人觉得一切都格外沉静和美好。我恍然大悟地跳起来："我知道了，我知道了，我知道了！"

我回头拥抱了一下还蒙着的灵枫，忍不住在她脸上亲了一下："你真的太美了！"

说完我扭身朝山上跑去，五魁变成男孩追了过来，伸手拉住我："二然，你要干吗？"

我兴奋地告诉他："我知道了，我知道它在哪里了，这一次我绝对不会有错。"

五魁拉住我："现在是深夜，我们还是凌晨再上山吧！"

考虑到山路难行，天又黑，我点了点头。

天蒙蒙亮我就推醒了五魁，五魁揉了揉惺忪的睡眼，问我："你这是一宿没睡？"

我点点头。他摇了摇脑袋，努力让自己迅速清醒，还不忘埋怨我："二然，这几天大家都很辛苦，你睡得尤其少。你不能这样熬着，对身体不好。"

对于他的关心，我还挺受用。我拿着他递给我的矿泉水，微笑着看他："其实，我也说不上来为什么，虽然我这几天睡得少，但是精神特别好。"

五魁看着我挠了挠头，反手推了推在一边睡得流口水的橘鹤暖："醒醒，快醒醒！"

橘鹤暖从昨天回到山洞起就开始睡，已经睡了将近十二个小时了。

橘鹤暖被五魁推了半天才慢慢地睁开眼："怎么了？这不是还没天亮吗？"

五魁拍了拍他的脸："二然有新的发现，咱们赶紧去找法器，速战速决，别在这耽误太多时间！"

橘鹤暖翻了个身，还是舍不得起来，嘴里嘟囔着："不差这一时半会儿，让我再睡会儿。"

于是五魁拧开一瓶矿泉水，想用冷水给橘鹤暖提神。可是旁边的龚敏不乐意了，冲上来拍打着翅膀赶他。我在一边笑着看热闹，嘲笑龚敏："哎呀，关键时候见真情。"

这么一闹腾，橘鹤暖也清醒了不少，翻身坐了起来，问我："昨天晚上你们又去找线索了？"

我点点头："嗯，去见了灵枫！"

橘鹤暖伸手用力地拍了拍头："我就知道。"

一行人简单收拾了一下就准备出发，狐母却已经等在山洞口了。我惊奇地问道："狐母，这么早？是不是大家又忙了一夜？"

狐母歉疚地笑了笑："还是没有什么新的线索。"

我上前拍了拍她："没关系，我有线索了，我们上山顶。"

狐母诧异地问我："山顶？"我点头。狐母喊来胡寿，并嘱咐道："去吧，通知大家到山顶集合。"

在狐母的带领下，我们很快来到了山顶，正如她所说，这里有一棵巨大的树，已经枯死了。巨树的树干非常粗，大概要五六个成年人才能环抱住。但是树冠已经不见踪影，只有几根枯枝斜斜地扎进天空。我绕着树干走了两圈，回头跟大家说："我昨天想到，其实这百灵台的台面不是真的存在，而是以天空为台面，整个山体作为柱子。而这棵树就是入口，它应该可以通向镇法器的地方！"

五魁走过来，伸出手按在树干上，片刻后抬头看向我，嘴角扬起一个弧度："这次应该没有错了，这里被布下了结界。"

我激动地瞪大眼睛，跟五魁说道："太好了！那就破了它，我们进去拿法器！"

五魁点点头，和橘鹤暖站到树的一旁。他们叼着符纸，捏了个手诀，默默念了几句咒语，大喊一声"破"。随后一阵风吹过，大树却没有任何反应。

眼看到最后一步了，却似乎遇到了阻碍，我焦急地问五魁："怎么了？出什么问题了吗？"

五魁皱眉拍着大树的树干："好奇怪，这个结界我们居然破除不了！我也不知道是为什么！"

他围着树又观察了一圈，又写了一张符咒，并将符咒递给橘鹤暖："我们再来一次！"橘鹤暖接过符纸，点了点头。二人又念了咒语，大喊一声"破"。这次山顶突然飞沙走石，在场的妖怪灵兽都被风吹得睁不开眼，一股强大的力道不知从哪里反弹回来，将两人掀翻在地。五魁还好，橘鹤暖却被力道正中胸口，来不及躲闪的他喷出一口鲜血。龚敏见状马上飞了过去。我也跑过去问："大橘猫，你怎么样？"

橘鹤暖揉了揉胸口摇摇头："我没事，可是这个阵太奇怪了！"

我心下着急，近在眼前的胜利却在最后一步停了下来。我绕着树干转着圈，看着橘鹤暖的样子，气得一巴掌拍在树干上。谁知这一巴掌却拍空了，我整个人跌入树干中。等我明白过来的时候，我已经坐在地上。这里是个不大的房间，也就十平方米左右，墙壁上有一盏长明灯。我抬头往上看，我应该是不小心冲开了结界，通过中空的树干掉了下来。毫无疑问，我面前的墙壁上那个被五行阵的五根铁链锁住的漆黑的东西，就是法器了。我拿出手机看了看，如我所料，原本在山上就很弱的信号，此时已经完全无法连接。我望向头顶我掉下来的方向，等着能有个小伙伴紧随其后掉下来帮把手。可是等了半天也没人，我明白这次只能靠自己了。

我捏了个护身诀，慢慢靠近那个漆黑的东西。没想到随着我的靠近，它居然开始剧烈地震动起来。我紧张地吞了吞口水，上前握住它，一种熟悉的感觉瞬间传遍全身。可是锁住它的铁链也迅速发热，我不得不把手缩了回来。我很好奇这个熟悉的感觉从何而来，可是我的能力对付不了铁链。

可能是因为感应到了援军，那个乌黑的法器开始慢慢发红，困住它的铁链很快发出咔嚓咔嚓的声音，随着声音响起，有些铁链开始碎裂。可是这铁链好像有生命一样，被击碎后又迅速长出新的铁链。我忽然想起，既然这法器需要吸灵力，那我不如助它一臂之力。我将左手食指放在嘴里，想咬破食指，滴两滴血给法器加点油。可我发现电视里都是骗人的，把手指头咬破那种疼痛感我根本忍受不了。

正发愁之际，我突然发现这法器有一头尖尖的。我冲过去，将手指在上面一扎，手被戳出一个小孔，一丝鲜血溢出。我不想浪费，赶紧将血滴在法器上。法器得了这血如有神助，一阵红光闪过，铁链碎裂的声音不绝于耳。法器迅速挣开了铁链，之后它就如同有了生命一般，落入了我的手里。在微弱的光下，我看着手里的这样东西。它不大，比龚隼还小上一圈，一边是手柄，另一边却如同被拉长的金字塔，是一个锥子的形状。它已经褪去乌黑，变成了我最喜欢的仿旧的古铜色。不知为何，我脑海里突然闪过"移魂锥"这个名字。我端详着它："看来你想告诉我，你叫移魂锥。"

法器虽然拿到了，可是我却不知如何出去。望着头顶上的树，看了看手里的法器，我总不能靠着这东西扎墙爬出去吧？法器好似通了灵性般猜到了我的心思。它自己调转方向，将尖的部分对准一面墙壁。我自言自语道："难道你想给我指路？"我走上前，将手按在墙壁上，想看会不会发生奇迹。没想到手却按空了，那里什么也没有，墙壁只是障眼法。

穿过墙壁，有一条小路，没有任何岔路口，我就沿着路一直走。直到眼前出现了些许微光，我才发现自己已经到了另一个房间，房间依然不大，地上还铺着一张草席，正是我们昨天来过的密室。我赶紧拿出手机，借着微弱的信号拨通了橘鹤暖的电话："大橘猫，快来，我在昨天那个密室里。"

不到十分钟，五魁就一马当先地冲了下来，随后便是橘鹤暖、龚敏和狐母。五魁先是上前检查了一遍，确定我完好无损才松了一口气。橘鹤暖见我没事，也长长地出了口气。我举着手里的法器开心地说道："我拿到了，移魂锥！"

五魁接过移魂锥看了看，点点头："果然灵力逼人。你起的名字？"

我摇摇头："不知道，我握着它的那一刻就知道它是移魂锥。说来奇怪，我对它有一种熟悉的感觉。"

五魁皱着眉毛想了半天，也没有想出什么。

我环顾着密室："原来这里是出口！"

五魁点头："难怪这里被封住了，而且还布了我们都打不开的结界，所以那天我们完全没有察觉到！"

随后，山上一些妖怪灵兽也陆陆续续地赶来，狐母招呼大家安静，然后激动地说："小伙伴们，我们自由了。这几位贵人已经帮我们解开束缚。也请大家像咱们约定好的，迅速离开这里，不再和人类世界有瓜葛。"

妖怪灵兽们有的鞠躬、有的作揖、有的跪拜，我都看蒙了。旁边的狐母不好意思地解释："这礼数都学杂了。"

随后，她招手喊来胡寿，不舍地摸了摸儿子的脸庞，然后把胡寿推到我们面前："说到做到，就让这孩子跟你们下山去救人吧。"

我看着胡寿，问他："你真的决定跟我们去救人吗？"

胡寿点点头，他的目光沉稳坚定，随后扭身走到母亲身边，跪下磕了个头。狐母的眼泪唰地一下就流了下来，她将胡寿手里的拨浪鼓拿过来摇了摇，又交回到孩子手里:"寿儿,阿妈等你!"

我的眼泪也不争气地流下来,若不是为了另一条生命,我绝对不会让这一幕发生。我们正要走,五魁却回头:"狐母,我还有个不情之请,想麻烦你帮忙!"

狐母坦然地点头:"请说!"

五魁叹了口气,幽幽地说道:"很多年前,我有位相知相惜的故人,可惜她为了救我牺牲了自己。我将她的一丝魂魄制成凝魂丹,就是希望带她到一个适合她安息的地方。后来我了解到她是陆家的后代,还希望你能告诉我陆家的墓在哪里,我想把她埋在那里!"

狐母沉吟了一下,点点头,在五魁手掌上画了什么。五魁将手掌握住捏实,对狐母行了谢礼。

告别了狐母,我们向山下走去。下山路上,橘鹤暖问我:"你打算怎么处理大妞的事情?"

我没明白她的意思,直接说:"怎么处理?救人啊!"

五魁接过话:"他是问你你准备怎么解释,村主任他们可能不会放你进村子!"

我还真没有考虑过这些,一时愣住想不出对策。橘鹤暖摇了摇手机:"唉,还好我心细如发,早就有了办法,等会儿你就听我的吧!"

走到村口,我们果然被村主任和一群村民拦下了,为首的杨新农指着我们叫嚣:"就是他们,就是他们偷走我的东西还不承认。"

村主任皱起眉毛,上下打量我们,然后沉声问:"你们是不是真的偷了他家东西?"

杨新农在旁边跳着脚喊:"主任,你还问他们!你问他们,他们肯定不承认!"

村主任正要继续发问,橘鹤暖却挡在了前面,坦然回答:"是,我们是偷了他家的东西!"

他拍了拍手里已经变成小狐狸的胡寿:"我们带走了这只狐狸。不瞒大家说,我学过医术,杨大妞就是被这狐狸咬伤的。因此,为了能救治杨大妞,为了保住她的命,我们这几天都在山上寻找草药。但这草药需要这狐狸的唾液做药引子,所以我们才带走了狐狸。"

村主任表示狐疑地"哦"了一声:"你们的意思是说,你们能治好杨大妞的病?"

橘鹤暖点点头,杨新农却依然不依不饶地叫嚣:"主任,你不要相信他们的胡言乱语,我大妞得的是疑难杂症,任何人都看不好。"

橘鹤暖上前一步,逼近杨新农,面上和颜悦色,语气却已经加重了几分:"那你肯不肯让我们去救杨大妞呢?还是你根本就心里有鬼,不想治好杨大妞?"

杨新农胸口剧烈地起伏,声音大却也心虚:"你……你说……你说你懂医术你就懂医术?你凭什么证明你懂?我家大妞交给你,万一你给治死了,你负责吗?你赔钱吗?"

橘鹤暖从手机上翻出一张图拿给村主任看:"你看,我是有行医执照的人。"

村主任接过手机看,杨新农却依然不服:"有执照?我们大妞看过的有执照的多了,不也还是没好吗?"

村主任将手机还给橘鹤暖,转头劝杨新农:"要不你就让他试试,你不是也希望尽快治好孩子吗?这么拖下去太受罪了。"

杨新农的头摇得像拨浪鼓:"不行,这个不行,绝对不行。谁知道他们都是什么人,会不会来害我家大妞?"

我气不过,反击道:"我们跟你无冤无仇,为什么要害你家孩子?还不是看到孩子生病实在可怜才想帮忙!"

杨新农还是不肯:"你说你懂医术,谁能证明?你医好过疑难杂症吗?废话少说,快把狐狸还给我!"

说完他就要上手抢橘鹤暖手里的小狐狸。正在此时,人群后面传来一个声音:"我!我能证明他医术高超!"

说话的人正是杨木水。村主任诧异地回头,望着走到他身边的目光炯炯的杨木水,激动得结结巴巴说不出完整话:"孩子!孩子!孩子啊……你没事了?爹不是在做梦吧?"

村主任伸手抚摸着杨木水的脸,杨木水伸手搭在老父亲的手上:"阿爹,我没事了!我好了,全好了!"

村主任布满皱纹的脸上爬满泪痕:"太好了!太好了!老天有眼,老天爷有眼啊!快,快回去告诉你阿妈,快去,你阿妈会很开心的,快!"

杨木水伸手擦了擦老父亲的眼泪,温和地说道:"先处理完这里的事情!"

他转头看向杨新农:"阿伯,就是这位橘鹤暖先生救了我,我来证明他的医术高明,我相信他也能救大妞!"

村民们听后一片骚动,大家纷纷同意让橘鹤暖治疗大妞的病。杨新农拗不过,只好冷声冷气地哼道:"试试可以,大妞若出了什么事,你们,你们等着给我赔钱!赔死你们!"

杨新农的家里依然是破破烂烂一片狼藉。村主任带领村民等在门外,我们则走进了屋里。病床上的大妞已经奄奄一息,大妞的妈妈只能坐在床头抹泪。她见我们进来,刚想招呼,却被杨新农吼了一句:"哭什么哭,等下他们害死我大妞你再哭也不迟!"

一边的杨大业马上站起来拦在床前:"你们不许害我姐姐,你们谁也不准动我姐姐!"

橘鹤暖蹲下身子，温和地说："大业，我们是来救你姐姐的。我是医生，我答应你一定把你姐姐救回来好不好？"

杨大业毕竟是孩子，没有杨新农那么固执，听我们这么说，他泪眼蒙眬地问："真的吗？你们真的能救姐姐吗？"

橘鹤暖伸出右手小指，弯起来跟他说："咱俩打钩钩，我绝对不食言。"杨大业也伸出右手小指头，钩住了橘鹤暖的小手指。

橘鹤暖让杨新农的老婆打来一盆热水，然后就让他们离开房间。杨新农不肯："我走了，不知道你们要对我们大姐做什么！我就要在这里看着！"

橘鹤暖耸肩："你在这里会影响我们工作，你若不走，我就喊主任来把你带走！"

杨新农不服，但也没有办法，骂骂咧咧地出了房间。橘鹤暖将房门关好，自己靠在房门上，拍了拍怀里变成了小狐狸的胡寿："看你的了！"

狐狸顿时化为了小男孩。他走到杨大姐身旁，掀开被子看看她腿上的伤口，又望了望我："姐姐，你知道要怎么做吗？"

我举了举手中的移魂锥："我知道，它已经告诉我了！"

胡寿点点头，走到我面前，我捏了个手诀，抬手用移魂锥在胡寿的眉心戳了一下。胡寿从嘴里吐出一颗珠子，将珠子放入杨大姐嘴里，然后盘坐在一边，掏出拨浪鼓摇了起来。

大概过了半小时，杨大姐吐出珠子，她腿上的伤口正在以肉眼可见的速度恢复。胡寿上前拿起已经暗淡无光的珠子吞回体内，在地上一蜷，变成了狐狸的模样。我用温水将杨大姐的伤口清洗了一遍，橘鹤暖又喂了她一些草药。杨大姐慢慢地醒了过来。她睁眼看到我们时一愣："你们是谁？"

见她醒了过来，我们也很高兴。我忙说："我们是来帮你治病的。"

杨大姐虽然醒了，但身体还是有点虚弱。我喂了她一些水，她才稍稍缓过来，努力挤出个笑容："谢谢你们！是你们救了我吧？"

我笑着拍了拍她肩膀："不用客气。"我让橘鹤暖打开门，把杨新农的老婆和杨大业放进来，我们还要和杨新农聊一聊。

杨新农的老婆和杨大业见到醒过来的杨大姐都喜极而泣，杨大业还一个劲地跟我们道谢，我们忙点头说不用，然后走出房间，轻轻掩上门。橘鹤暖拿着手机低声跟杨新农说道："我查到了你的众筹账户，你是想利用杨大姐的病赚一笔，所以才不让她好起来，故意留着狐狸继续咬她的吧？"

杨新农虽然心虚，嘴上却不肯承认："没……根本没有的事情，你们瞎说！"

橘鹤暖冷下脸来："是不是瞎说你自己心里有数！你知不知道，你这样做是犯法的？"

杨新农一听犯法,马上弹了起来:"你……你们有什么证据?"

橘鹤暖冷笑:"证据?你儿子杨大业和你老婆应该都见过你放狐狸咬杨大妞吧!你这样的父亲,真是禽兽不如!你知不知道,你这是用孩子的命来换钱,你还有没有良心?"

杨新农被我们说得不再吭声。橘鹤暖继续说道:"我看在孩子需要父亲的分上,暂且放过你。你最好好好对待他们,别再想邪门歪道,不然我一定让你为你的行为付出代价!"

看杨新农不再吭声,我们才走出房子。村主任听说杨大妞好了,对我们又是赞扬又是感谢,本来还要款待我们,可是我们有重要的事情,就以时间紧为由推托了。临走的时候,我把杨木水喊到一边,让他帮我特别留意杨新农,必要的时候就给我打电话。留了微信和电话后,我们匆匆离开了米田村。因为我们收到苏辣的消息,龚乙失踪了。

陪同五魁安葬了陆司芜,我们便打算返程。从泸湖回去,如果不坐飞机,我们就要先从紫城或者丽城中转至昆淋,再从昆淋坐火车返回。在选择中转站的时候,我选择了紫城,那是我一直想去看看的地方。

虽然忙里偷闲的我们只有半天的时间,但这难得的半天,我决定去紫城古城逛逛。紫城古城的南门下,永远聚集着拍照的游客和扮成孙悟空、猪八戒和唐僧的民间艺术家。进了南门,沿着主路往里走,两边都是些特色小店。这里有紫城著名的小吃炸饵块和鲜花饼。除了贯通南北的主路,东西向的街也各有特色。有酒吧一条街,还有据说是文艺青年聚集的人民路。

在古城逛了两个小时,大家的肚子开始唱起了歌。于是,我决定带大家去人民路上吃凉鸡米线,这可是我来之前就已经查过的口碑好店。凉鸡米线店门口,三三两两地聚集着人。我们走过去点了三份,就坐下来大快朵颐。橘鹤暖可能是这几天一直没有吃好,早就顾不得吃相,三下五除二就吃了一碗。我问他好不好吃,他想了半天来了一句:"忘了,没吃出来。"这不就是猪八戒吃人参果,全不知滋味吗?我只好又给他点了一份,不然我这份就要遭殃。

吃完饭,距离离开的时间还有一会儿,我们决定抓紧最后的机会去西洱边上溜达溜达。沿着人民路一直往东就可以走到西洱门,出了西洱门租了一辆车,橘鹤暖带着猫带着鸟带着我,一路朝西洱开去。一路上风景如画,白云之上的天空,清爽而碧蓝。太阳穿透白云,投下一束束的光芒。

我拿着手机拍美景,却突然听到身后响起一个女子的声音:"别跑!"我以为是游客遭遇了小偷,忙让橘鹤暖停下。只见不远的地方,一个身穿户外服、戴着太阳镜的女孩在找什么。见我们停下来,她往后退了退,一脸警觉地看着我们。我看了看,附近并没有小偷的踪影,确切地说,连人影都没有。于是我客气地开口:"姑娘,你需要帮忙吗?"

女孩打量了我们一下,连话都没有回,只是摇了摇头。橘鹤暖从身后走过来,将手自然地搭上我的肩膀,笑嘻嘻地说:"亲爱的,没事的话我们赶紧走吧,没多少时间啦!"

我本能地瞟了一眼龚敏,还好她没什么反应。我又看了女孩一眼,就和橘鹤暖离开了。五魁用通灵绳告诉我:"不太对劲,但咱们没有时间了,别管闲事!"

从紫城转车到昆淋,又从昆淋搭上了返程的车,坐在卧铺车厢靠窗的座位上,我突然感觉到了一丝沉重,回去要面对的事情还有很多。龚乙失踪,林博没有找到,乾坤镜没有任何线索,这些就足以让我心烦意乱。看着车窗外的风景,我长长地出了一口气。一个好听的女声在耳边响起:"姐姐,这是不是你的包?掉地上了。"

我回过头,一个梳着娃娃头的姑娘坐在我对面的下铺,指着掉在地上的书包问我。我忙走过去把书包捡起来,还不忘道谢:"谢谢啊!"

女孩笑着问我:"姐姐,你一个人啊?"

我摇摇头:"不是不是,中铺的是我朋友。"

女孩点着头,始终保持着微笑。

火车即将开动的时候,橘鹤暖才来到车厢,我问:"你干吗去了?"

橘鹤暖做了个抽烟的手势,引起我一脸不屑。女孩看到橘鹤暖,客气地点头打招呼,然后笑着问:"姐姐,这是你男朋友吗?"

我冷哼了一声:"不是,是普通朋友!"

橘鹤暖看我这么说,翻了个白眼。女孩听到这个答案后明显有点开心,伸出手自报家门:"我叫崔梓萧。"

我笑笑,礼貌地回应:"卓然!"

女孩又看向橘鹤暖。橘鹤暖发现女孩一直在盯着他,才反应过来:"橘贺林!"

女孩听到这个名字马上"哇"一声道:"橘贺林,这名字太特别了,真好听!"

我低着头,心想这姑娘八成是看上大橘猫了。我抬头看了看龚敏,她果然也感觉到了这一点,直接蹦到橘鹤暖肩膀上想宣示主权。

车开了一会儿,五魁才走过来:"等会儿去餐车吃还是吃泡面?"

崔梓萧看到一个男孩过来跟我们说话,又热情地打听:"卓然,这位是?"

我还没开口,橘鹤暖抢先说:"我儿子!"

五魁憋着一股气还没来得及发作,橘鹤暖就揽着他的肩问道:"你想吃什么?都听你的!"

崔梓萧的脸色略微沉了一下，但还是尴尬地笑着问："你……结婚了啊？真……看不出来，儿子都这么大了！"

　　五魁马上明白了眼前的情形，坏笑爬上嘴边，抢着说："嗯，我爸生我的时候比较年轻，这些年他一个人带着我比较辛苦，还好我懂事，所以他也不显老！"

　　听五魁这么说，崔梓萧明显又开心起来。她讨好道："我是一个人，自己吃饭没什么意思，要不等会儿咱们一起去餐车吃吧，我最喜欢小孩子了！"

　　说完她还对着五魁做了个可爱的表情。五魁扭身看向橘鹤暖和我，冷笑了一下，然后故意说："爸爸，我觉得这个小姐姐好可爱，我想和她一起吃饭，你请客好不好？"

　　橘鹤暖一脸有苦难言的样子，我心里暗笑。崔梓萧忙摆摆手："不用不用，平摊就好！"

　　五魁扭身拉着崔梓萧的手："姐姐，没关系，我爸爸很大方的，特别是对美女！"

　　崔梓萧听五魁这么说，马上害羞地低下头。看着橘鹤暖一脸生无可恋的样子，我居然有了一丝复仇的快感，让你平时抠门！

　　餐车里人不多，我们几个报复性地点了一桌菜，惹得旁人频频侧目。崔梓萧起身举起手中的饮料："嗯……那个……和大家遇到很开心，也感谢橘贺林请我吃饭。还有，感谢这位小朋友，还感谢卓然，认识你们很开心。"

　　我们也只好学着她将手中的饮料举起来，碰了一下。喝了一口饮料，崔梓萧给五魁夹了一口菜，问道："小朋友，我还不知道你的名字，你叫什么啊？"

　　五魁笑着回答："我叫橘舒，舒服的舒，我爸大概是希望我能开心快乐地长大。"

　　崔梓萧笑着客气："橘舒，橘舒，好名字，你爸爸一定特别爱你！"

　　说着，她含羞地瞥了一眼橘鹤暖。

　　橘鹤暖也不含糊，既然已经被五魁占了便宜，那就开始反击。一顿饭的时间，他不停地支使五魁干活，一会儿是"儿子，给你卓然阿姨倒饮料"，一会儿是"儿子，再去买一瓶饮料"。

　　两个人明争暗斗，我就吃着好吃的，坐享渔翁之利。能有这样的待遇还真得谢谢崔梓萧，要不这会儿我应该是坐在卧铺上吃泡面，还可能要为了一根火腿肠和一个卤蛋跟旁边这俩人打得不可开交。

　　吃完饭，一行人起身回车厢，崔梓萧从身后拽住我："卓然姐，我能不能跟你说两句？"

　　我放慢了脚步，特意停在她身边，眼神里都是询问。崔梓萧欲言又止，磨蹭了两分钟，然后小声地问："你和橘贺林真的不是男女朋友？"

　　我摇摇头。她接着问："那……那也不是有好感的关系？"

　　我拍了拍她的肩膀，表现得很爽快："我俩认识很多年了，要有什么早就有了。我们就是哥们,你别想歪了。"

我感觉崔梓萧的眼睛亮了一下。我在心里叹了口气:唉,橘鹤暖这个蓝颜祸水啊!

回到卧铺车厢,大家有一嘴没一嘴地聊着天。我看得出橘鹤暖的不耐烦,但也没有什么办法,只能有一搭没一搭地回着话。趁着崔梓萧去洗漱,橘鹤暖爆发了:"你们行不行?坑我一顿饭也就算了,再这样下去,万一甩不掉耽误了正事怎么办?"

我连忙撇清自己:"可没有我的事,从头到尾我只是实话实说而已,什么也没有做哟!"

五魁只是瞥了他一眼:"是你先拉我做挡箭牌,还占了我的便宜,现在得了便宜还想卖乖吗?"

橘鹤暖正要反驳,却见崔梓萧脸色煞白地走了回来。虽然我对她并没有太多好感,但看她这副模样,我还是本着人性本善的原则关心她:"怎么了?怎么这副样子?遇到坏人了?"

崔梓萧哇地哭了出来:"我看到,一个……一个……不知道是什么的东西,好可怕!"

我一开始以为她只是想借机博得橘鹤暖的安慰,但看她的反应是真被吓到了。我也不知道她看到了什么,只能安慰道:"好了好了,别怕,也许是看错了呢?"

她摇头哭道:"不会,不会看错,我知道!"

我赶紧把橘鹤暖拉到一边:"没关系,就算没看错,咱们这么多人在一起也不怕,橘贺林人高马大的,他会保护你的!"

橘鹤暖不情愿地开口:"行了,别怕了,赶紧休息,睡一觉就好了。女孩子睡太晚对皮肤不好。"

听橘鹤暖这么说,崔梓萧忙躺下来,我给她倒了杯热水,又安抚了一下,才回到自己的床上。五魁用通灵绳告诉我:"别睡太沉,小心点。"

虽然有五魁的叮嘱,但我还是沉沉地睡了过去。正睡得沉,我被五魁通过通灵绳喊醒:"二然,二然,小心点,有东西接近了。"

我不敢有大动作,只轻轻地将眼睛眯出一条缝,想从缝隙中窥探到底会发生什么。我虽然做好了心理准备,但还是在那个家伙出现的时候惊到了。那是一只通体雪白的像蛇一样的怪物,浑身却长满了毛发,头上还长着两只像牛耳一样的耳朵,扁扁的脑袋上有一双血红色的眼睛。它缓缓地爬到崔梓萧的床边,静静地盯着她。

我赶紧用通灵绳问五魁:"你看见了吗?这是个什么东西啊?"

五魁叮嘱我:"我看到了,你别出声!我会盯着它,放心吧,它要是想害人,我会出手的。"

雪白的家伙看了看崔梓萧,又回过头仔细检查了一下我们其他人,然后爬上了崔梓萧的铺位。它可能没有什么重量，崔梓萧居然没有醒来。它将崔梓萧缠好，头则落在崔梓萧的头的上方。我心里打鼓，不知道它接下来要干什么，也不敢轻举妄动。在它正要有所动作的时候，一道光打在它身上。它猛地一惊，迅速离开崔梓萧。只见一道白影急速地离开了车厢，而一个小小的黑影也紧随其后，我知道那是五魁。

我赶紧起床探了探崔梓萧的鼻息，一切如常。我坐在卧铺上不安地等待着五魁的消息，生怕这厮吃了亏。过了一会儿，五魁回来了，他拍了拍橘鹤暖的床，原来橘鹤暖也没有睡着，五魁做了个"跟我来"的手势。

于是我们蹑手蹑脚地跟着他离开了卧铺车厢。我们所在车厢的后面两节就是软卧车厢。五魁把我们带到软卧车厢，指着其中一个关着的门说："那家伙就是在这里消失的，应该进了这个房间。"

橘鹤暖试探着问："那我们接下来怎么做？"

我嫌他啰唆："怎么做？冲进去啊！看看里面的人搞什么名堂！"

五魁白了我一眼："你太冲动了。"

说完他捏了个手诀，闭上眼睛，小声说道："那家伙确实在里面，而且这里面只有一个人，咦？走吧，我们进去看看！"

拉开门的一瞬间，我就看到左边下铺上躺着那个通体雪白的妖怪，而另一边，一个面目凶神恶煞的女孩正恶狠狠地盯着我们。这个女孩见到我们也是"咦"了一声，她正是我们在西洱边遇到的那个女孩子。

女孩将一把短刀提在手中，厉声问："你们是谁？你们要干吗？"

五魁冷着脸道："这不应该是我们问你的问题吗？你带这么个家伙是要做什么？为什么还让它去害人？"

女孩疑惑道："害人？"随即她好像想起了什么，"没办法，幻实被看到了，我必须消除她的记忆。现在又被你们看到了，看来今天幻实要多受累了！"

五魁一笑："幻实？没听说过，看来是个吞噬记忆的妖怪。"

女孩收起短刀，用手捏了个手诀，嘴里念叨了几句，就朝着五魁走来，却被五魁轻而易举地躲开了。女孩沉下脸重新打量我们，低声道："你们……你们也是学数术的人？"

女孩一脸不屑地捏了个手诀又拍了过来，却被五魁一抬手就挡了回去。女孩露出惊骇的神色。没给她机会反应，五魁就捏了个手诀控制住了她，一边的橘鹤暖也早已把那个叫幻实的家伙捆了起来。

女孩挣扎了半天发现无效，索性闭起眼睛一副顽抗到底的态度。我走过去看着她，摆出一副不怀好意的嘴脸："小姑娘，我看你还是老实交代一下这家伙你是从哪里弄来的，不然就让你尝尝我们的手段。"

女孩睁眼狠狠地瞪了我们一眼，然后别过头去。她这么一扭头，却让我有了重大发现，这女孩脖子上有一根特别眼熟的链子。我伸手将链子挑起，果然在链子另一头出现一块金镶玉的小牌子。尽管女孩大骂我无耻，我还是拿起牌子看了一眼，然后对身后的五魁和橘鹤暖说道："这又是个龚家人，叫……龚素！"

龚素冷声道："哼，知道我是龚家人还胆敢如此对我？我龚家必定会为我报今天这个仇。"

我起身严肃地看着她："我们没有想针对龚家，相反我们和龚乙还有很深的交情。我们如此行事，只是担心这幻实害人。"

龚素显然并不相信我的话，只是哼道："幻实很温顺，才不会害人。我看是你们没事找事，居心叵测。"

五魁一直没有说话，此刻缓缓道："我从没见过这家伙，还希望姑娘告知我这家伙的来历。它吞噬记忆，这能力虽然看似不致命，但如果让这等本领落入心术不正的人手里，必将后患无穷。姑娘是龚家人，想必也有兼济天下苍生的觉悟，还希望你能好好考虑。"

女孩还是不开口，我只好抱着一试的想法跟橘鹤暖说道："大橘猫，去把你家那只鸟捉来，也许能劝她开口。"

橘鹤暖白了我一眼，开门往外走，却见龚敏早就等在门外，此刻她正抬眼看着橘鹤暖。橘鹤暖拍了拍肩，她便乖巧地蹦到了橘鹤暖的肩膀上。关上门，我指着龚敏对女孩说："这是你家前辈，我们真的跟你们龚家有交情。"

姑娘狠狠地瞪我一眼："你家前辈才是鸟呢！"

我看着龚敏："这位前辈，麻烦你说句话。"

龚敏清了清嗓子："她说得没错，我是龚家人，因为躯体被损害，只能屈尊在这鹦鹉身上。"

女孩又哼了一声："你们这鸟训得挺好啊！"

龚敏喝道："不得无礼！你若是龚家子孙，应该知道我，我是龚敏！"

女孩的眼睛里明显闪过一丝惊讶，但她还是不相信，依旧不肯张口。

龚敏只好开口念了一串长长的咒语，我本来以为她失去耐心，要给女孩下咒，没想到女孩听完她念的咒语，突然看向她："你真的是龚敏？"

龚敏没有吱声。我好奇地问："你叽叽咕咕说了什么？为什么她听完就信你了？"

龚敏依旧没吱声。女孩随即也叽叽咕咕说了一串咒语。龚敏跟我们翻译道："她是龚家这一代最杰出的育妖师。真没想到龚家居然掌握了育妖的能力。"

我心下明白，原来这叽叽咕咕的是龚家的暗语。龚家真是不简单，居然还有了自己的语言体系。

五魁听完龚敏的话，轻轻皱了皱眉头："育妖师！这么说，这只幻实是她自己培育的了？"

这次没等龚敏翻译，龚素回答道："正是！作为龚家第三代育妖师，这就是我最杰出的作品。"

看着一脸得意的龚素，五魁吼道："简直胡闹！育妖……育妖是数术界明令禁止的事情，你们怎么可以这么做？简直是胡闹，这样下去将后患无穷！"

一向咋咋呼呼的龚敏难得严肃地道："我也认为这件事情太冒险了。培育妖兽是邪魔外道，龚家作为正派的数术家族，怎么可以做这样的事情？"

我想起魔祖兽的事情，忍不住斜了她一眼。

龚素却很不服气："人类可以开放人工智能，我们为什么不能培育妖兽？再说了，这些妖兽并不是培育出来为非作歹的，它们各有自己的本领，不仅不害人，还能够帮人！"

五魁冷冷地看着龚素："它们的所作所为，你真的能控制吗？"

龚素一脸骄傲："当然！"

五魁看向橘鹤暖："橘鹤暖，你放了幻实！"

橘鹤暖皱眉道："师兄！"五魁转脸看向他："我说让你放了它！"

橘鹤暖还要说什么，龚敏却难得没跟他统一战线："橘鹤暖，你放了它吧，听你师兄的！"

五魁也将龚素放开，然后在软卧间布了个结界。布完结界，他伸手拍了一下幻实，幻实眼睛里瞬间露出一抹凶光。

原本看似还算温和的幻实，此刻却张开了一张血盆大口，露出了白森森的牙齿，向着龚素扑了过去。龚素忙躲闪开来，然后迅速呼唤着幻实的名字："幻实！幻实！我是龚素！幻实，你怎么了？"

幻实却好像根本听不到一样，凶猛地追赶着龚素，因为结界空间有限，龚素只好不停地上蹿下跳来躲避幻实的攻击。躲避了一阵之后，龚素发现躲避没有用，于是低声喝道："幻实，对不住了！"

说完龚素就一掌朝幻实劈下去，然而这一掌似乎对幻实没有作用，反而更加激怒了它，它扭头朝龚素咬过来。龚素忙抽出短刀，可还来不及劈，就被幻实一尾巴打了过去，短刀脱了手。更让龚素诧异的是，为了让龚素无处可逃，幻实居然越长越大，马上就要占满狭小的结界。幻实的大尾巴向龚素扫过去，龚素向右边跳开，却中了幻实的圈套。幻实用身体迅速将龚素捆起来，已经长到很大的头颅，顶着一双猩红的眼睛向龚素贴了过来。龚素无法挣脱幻实的缠绕，呼吸急促起来。千钧一发之际，五魁冲进结界对着幻实头部就是一拍，幻实顿时浑身瘫软地躺在了地上。

看着惊魂未定的龚素,五魁说:"我只不过给它施了个失心咒,你就已经无法应付它了,你还敢说你能控制好它吗?"

龚素喘着气看着地上渐渐恢复了身形和神态的幻实,半天说不出话。五魁接着问:"你们育妖的事情,你们当家的知道吗?"

龚素疑惑道:"当家的?"

五魁点头:"龚乙知道吗?"

龚素低下头,苦笑:"我们育妖师一脉不受制于掌门。我们是由几位龚家族老直接掌管的。"

五魁叹了口气:"如此便是了。你们龚家内部关系复杂,说不定这培育出的妖怪,将来会被拿来对付你们龚家自己人。"

龚素沉默了。五魁接着问:"所以你这次是带幻实去复命?"

听五魁这么问,龚素像被霜打了的茄子一样。她默默地坐回软卧的床位上,抬头看着我们摇摇头:"我和幻实犯了错,我是带它回去受罚的,可能……可能……"

她哽咽得说不下去话,看她这样,我的心又软了下来。

我坐在龚素旁边,拍了拍她的背:"别着急,喝口水,有话慢慢说,说出来看看我们能不能帮上忙。"

听我这么说,五魁皱着眉白了我一眼,我回敬他个鬼脸。我继续安慰龚素。紫城西洱边那个冷酷的女孩,刚刚那个盛气凌人的女战士,现在却把脸埋在膝盖里泣不成声,哭得像个小孩子。我拍着她的背,轻声安抚她。

过了好一会儿,稍稍平复的龚素才断断续续说出了在紫城发生的事情:"幻实是我……是我去年才培育成功的妖怪。龚家的族老们都对它大加赞赏,觉得我前途无量。为了给幻实提升能力,他们特意批准我到云城的山里陪幻实训练。其实所谓的训练,就是吸食灵气,让幻实更加强大。云城的山里有很多野生妖怪灵兽,幻实可以在那里好好地成长。我带幻实去了紫城,在苍山里住了几个月。一切都挺顺利的,幻实从没有发生过失控的情况。我觉得它的个性非常稳定,不会伤害人类。"

说到这里,龚素刚刚平复的情绪又激动起来,她趴在腿上又哭了一会儿,然后仰起脸继续说:"因为需要在紫城长期居住,我就在苍山脚下租了一个老奶奶的房子。老奶奶八十多岁了,人非常好,看我一个姑娘不容易,房租给了我非常优惠的价格,还常常亲自给我做饭。家里有什么好吃的,她也都会想着我,我们相处得就像亲人一样。可是住了那么久,我从没有看到过老奶奶的孩子,也没有看到别人来看望她。后来我慢慢了解到老奶奶一直是一个人。她年轻的时候有个很相爱的爱人,在他们订婚后远赴外地讨生活,再也没有回来。很多人都说那个男人其实是背叛了她,在外面有了别人;也有人说男人是在外面出了事情,人已经没了。大家劝老奶奶再找一个，可是老奶奶不信，就一直等。这一等就等了一辈子。所以老奶奶常常一个人含着眼泪发呆，有时候也会彻夜不眠。那个时候……那个时候幻实的能力正好越来越强，我就让幻实吃掉老奶奶的痛苦记忆，一方面想让老奶奶活得开心点，另一方面也可以验证一下幻实的实力！"

听她这么说，五魁连连摇头，连龚敏都难得严肃地呵斥："蠢，真是太蠢了，怎么可以这么做？"

橘鹤暖不得不伸出手轻轻抚摸着龚敏的翅膀，安抚她，这才让龚敏的情绪得以平复。

听到龚敏的呵斥，龚素的情绪再次崩了，她趴在腿上大哭。我给她倒了一杯水，拍着她的背，示意她别着急，慢慢说。龚素又哭了一会儿，伸手努力抹掉眼泪，继续说道："我真的是好意，真的，你们相信我。可我没想到，被吃掉记忆的老奶奶更加不开心了。她得知事情的真相之后，求我把记忆还给她。她说也许有记忆的时候，她很痛苦、很难受，但她至少知道她这一生为谁蹉跎，为了什么而活。然而现在，她觉得她活了八十多岁，却好像没有活过一样。可是……可是……可是被幻实吃掉的记忆是不可逆的。后来老奶奶再也不肯说话了，她把自己关在房间里好几天，最后……最后……最后她选择了结束生命！"

说完这些，龚素再也忍不住，号啕大哭起来。

我们都沉默了，我不知道被别人抹掉记忆是什么感觉，但我能想象到那种痛苦。就好像患有阿尔兹海默症的病人，丧失记忆的同时，大概也会丧失活着的意义。如果可以选择，谁愿意失去记忆呢？不管好的、坏的、痛苦的、快乐的，那都是我们所经历的，没有了这些经历，生命只剩下一片苍白。相伴了一生的记忆被抹掉，活着就只剩下痛苦和茫然。

龚素继续说着："我只想着做好事，却从没想过这么做其实是等于杀了她！是我的错，都是我的错！我害死了一个那么善良的人，我害死了对我那么好的奶奶。我的心里也特别痛苦，甚至也想过偿命，可是我死了，幻实怎么办呢？所以我才带着它回去接受应该接受的惩罚。其实幻实是无辜的，都是我的错，都是我让它这么做的。"她走到幻实身边跪下，抱起它的脑袋说，"我们……这可能是我们最后的相处时间了，都是我的错！"

五魁蹲下来，拍了拍龚素的肩："我知道幻实是你一手培育又辛苦带大的，但是你也看到了它的能力。如果控制不好后果将是多么严重，如果落到别有用心的人手里，就太危险了。摧毁一个人的意志，摧毁一个人的心，比摧毁他的身体更可怕。所以我希望你，无论如何也要说服你们的族老，消灭或者封印它。我也希望龚家族老们能重新考虑培育妖兽的事情。"龚素抱着幻实，缓缓地点了点头。

回我们自己车厢的路上,我开玩笑地问橘鹤暖:"大橘猫,有没有那么一刻,你希望幻实吃掉崔梓萧的记忆,让她不再缠着你?"

橘鹤暖还没来得及回答,龚敏却说:"我宁可他被那个女人惦记,也不希望他用那种手段去抹除那姑娘的记忆。操控记忆就是操控人生,没人有资格去操控别人的人生。"

15 秘籍

坐在铺位上,对面的崔梓萧睡得正香,我问五魁:"那龚素和幻实的事情,我们是不是就不插手了?"

五魁叹了口气:"这毕竟是龚家的事情,咱们也不好插手,而且现在是非常时期,我们就算想插手恐怕也是分身乏术。"

车窗外的天空已渐渐翻起了鱼肚白,我们已经睡意全无,于是我用通灵绳和五魁聊了起来:"五魁,你说为什么移魂锥选择了我?"

五魁摇摇头:"我也不知道,这件事情,我到现在也没明白。"

我又问道:"那你说,会不会跟你们知道的我的那个身份有关系?"

五魁看了我一眼:"也许吧!不过这件事我还需要去求证一下。"

我看他仍旧没有将我另外那个身份告诉我的意思,只好叹了口气:"五魁,以前你说你除了师父授予的使命,还希望追寻一个真相——你是谁。我以前不理解,之前我的生活就是浑浑噩噩,过好今天再想明天。可是发生了这么多事,我才明白知道自己是谁有多重要,我现在终于理解你了!"

五魁望向窗外:"二然,有一天你会知道自己是谁,可是我,也许永远都不会知道自己是谁了!"

我伸手抚摸了他的头:"不会,你一定会找到答案的!"

火车进站,崔梓萧还想跟我们说些什么,却让橘鹤暖以"有急事要办得先走"为由给拒绝了。出站后,我们叫车直奔约等鱼喵。见我们回来,苏辣喜出望外,先是给了我一个大大的拥抱,然后又和五魁他们热情地打了招呼。回家后的舒适感让我的身心一下子都放松了不少。可是稍作休息,我们就不得不面对目前最严峻的问题——龚乙去哪了?

我们几个坐在房间里,听苏辣讲述我们离开的日子里发生的事情。苏辣一边吃着我们带回来的鲜花饼,一边说道:"你们走了以后,龚乙就回了龚家,她的任务是找出林博,拿到乾坤镜。我们每隔两三天就会互相通话,看看事态发展的情况。几天前,她本应该联系我,可是她没有。而且我给她发信息她也没有回复,电话也关机了,她……失联了。我偷偷潜入过龚家,可是没有什么发现,我觉得她一定是出事了。"

五魁想了想，问道："龚乙最后一次跟你联系，有没有给你透露什么线索？"

苏辣挠了挠头，突然说道："她说她想到了，想到了。然后我问她想到了什么，她说不方便在电话里说！然后她就给我发了条信息，可是我没看懂。"

五魁点点头："她应该意识到她被人监听了。信息里写了什么？"

苏辣拿过手机递给五魁，信息上只有三个字——夏吾冬。

我们几个面面相觑，却没明白什么意思。我迅速拿出手机搜索了一下："我懂了，夏吾冬是一部动画片的主角。你们还记得林克跟龚乙提起的那部动画片吗？就是这一部《善良的夏吾冬》，我看过，可是没有印象了，我们应该拿出来再看一遍。"

于是，我们一起看了一遍这部动画片。主角是一个叫夏吾冬的男孩，他乐于助人，先后救了鱼、老鹰和狐狸。国王有个残暴的公主，想娶她的人一定要跟她玩捉迷藏。公主有一面魔镜，能照到天上地下，所以她每次都能顺利找到藏起来的人，被找到的人就只能被处死。看着无辜的人们被处死，夏吾冬很气愤，于是就去找国王提亲。第一次，夏吾冬藏到了鱼嘴里，被找到了；第二次，夏吾冬藏到鹰巢里，也被找到了；最后，夏吾冬让狐狸妈妈挖了洞，藏在了皇宫地下，这一次，公主没有找到他。夏吾冬赢了，却没有娶公主，他以此来羞辱公主，为无辜的人们报仇。

看完动画，我挠了挠头："林克到底……到底想传达什么？"

五魁想了想："我觉得林克是在暗示我们林博的藏身地点，最危险的地方其实最安全！"

我恍然大悟："对啊，对啊！他一定是这个意思。可是，到底哪里才是最危险的地方呢？"

橘鹤暖和五魁不约而同地说道："龚家！"

五魁给我解释："从云城回来的龚焕可能已经猜到了五尊者的身份，是龚家人，但又不知道是谁。她让林克给林博建造藏身之处不是为了防别人，恰恰是为了防五尊者。既然五尊者隐匿在龚家，那龚家就是最危险和最安全的地方。"

我还是有所不解："可是这句话还有上半段，迷途阵的答案，迷途阵的答案是指什么？"

五魁想了想："迷途阵已经破了，但是它是五尊者布下的，这么看来，迷途阵的答案很可能指的是它的本位就在龚家的大本营。"

五魁马上回头对龚敏说道："龚敏，你对龚家大本营比较熟悉，你去打探一下，也许有些线索。"

龚敏扑腾了几下翅膀，喊了句："好的。"说完，她就向外面飞去。过了这些时日，她已长出了新的飞羽。五魁对我们吩咐道："我们一起做一些准备，我猜我们距离与五尊者正式交锋的时间不远了。"

看着我发愣，五魁问道："卓然，你怎么啦？"

我沉吟了片刻："我总觉得哪里不对劲！"

听我这么说，五魁侧过脸："不对劲？你说说看！"

我整理了一下思绪，说："龚焕在云城遭遇的事情是不是和五尊者有关？当年邪童降生后，发生了什么事情？龚家人为什么封锁所有消息不再提及？龚焕也三缄其口，再也没有人知道发生了什么。我总觉得这些事情都和五尊者有关。你想想，一个女人，一开始能为了自己的爱人不惜和整个家族对立，可当她和至爱有了骨肉后却放弃了，非要回来和自己不爱的人结婚生子，这是为什么？"

五魁看着我，并没有出言打断我的思绪。我突然想到什么："除非……除非她和至爱所生的骨肉受到了威胁！"

五魁点点头："可惜，龚焕早就不在了，林克和林彦也不在了，林进应该不会知道云城发生了什么。那么线索，唯一可能有用的线索，就是林博！"

我叹口气："可是现在龚乙都消失了，林博的线索更是一点头绪都没有！"

看我一脸沉重，五魁拍拍我的肩："趁着今天有空，你不如回家看看父母吧。让苏辣陪你回去，这里有我和橘鹤暖就可以了。"

我明白五魁的意思，即使他并没有明说。即将到来的一切是难以预测的，在那之前，我确实应该和父母好好团聚一下。我给爸爸打了电话，告诉他我要回去。他照例问了我爱吃什么，准备让我美餐一顿。看我一脸凝重，橘鹤暖摸了摸我的头："别垂头丧气的，回家吃饭要开开心心的，别让咱爸咱妈担心！"

我打开他的手："别废话，你要叫姥姥姥爷！"

橘鹤暖翻了个白眼："师兄，我看卓然没问题，元气满满的！"

在我描述了我爸爸的厨艺之后，苏辣一路都心驰神往。我看着她的样子，好奇地问："你都不担心吗？"

苏辣一愣，看着我问："担心什么啊？"

我皱眉："当然是担心和五尊者的正面交锋啊！"

苏辣呵呵一笑："怎么可能不担心呢！但是担心有什么用？"她转向我，深深地看了我一眼，"二然，不能做到尽情享受眼前的时光，对于生命而言也是一种浪费吧！"

我没想到她会说这些，一下子没反应过来，心里一直重复着这句话。是啊，如果不能珍惜眼前，那也是浪费生命的表现。

到了门口，饭香已经飘了出来，苏辣吞了口口水，看着我："二然，你老爸做的饭闻着都这么香，你还能保持这个中等偏胖的身材，真是不容易。"

我瞪了她一眼："谁中等偏胖了，我这是中等！中等好吗？"

苏辣笑嘻嘻地说:"不,你最瘦最苗条。你赶紧带我进去吃饭吧,我饿死了!"

进了屋,我和家人亲昵了一会儿就坐下来吃饭。因为我经常带不同的朋友回家,所以父母对于苏辣的到来没有感到奇怪。但是对于苏辣的食量,他们却是有些意外。所有的菜都被吃了个精光。最后我爸看她似乎意犹未尽,又给她煮了碗面才算完事。苏辣吃完拉着我的手说:"二然,我以后都听你的,你可得常带我来啊!"但声音却越来越小,我突然陷入梦中。

我梦到一个还在母亲肚子里的胚胎。我靠近她,她突然睁开眼盯着我,伸出小手推了我一下,我便陷落到一个房子当中。很多人在周围喧哗,却有一个声音低声说:"跟我走!"这个声音有点熟悉,我却一时想不起来是谁。我跟着她穿过走廊,右转到一个大门前,她把我引入门中,而后关上门,里面是一个很大的书房。我听到她说:"密室在那边,你快走!"然后她推了我一下,我又来到一片森林中的一个山洞里,里面坐着一位须发全白的老者,他衣衫褴褛,捂着腹部的伤口瑟瑟发抖。突然背后传来一阵刺痛,我醒了,满头都是汗。

我父母和苏辣都在旁边,老妈急切地问我:"你怎么啦?是不是哪里不舒服?"

我擦了擦额头上的汗,佯装镇定:"不是,就是梦到了工作上的事情,最近压力大,这两天一直加班!"

老爸捏了一下我的脸:"有压力才有动力,但也别太为难自己。工作没做完就赶紧回去吧,下周再回来。"

我调整了一下呼吸,尽量放轻松地说道:"好,那我就回去工作啦,你俩注意身体呀!"

出了门,苏辣忙问我:"你这是怎么了?没待多久就要走!"

我摇摇头:"待不住了。最近我常常突然陷入睡眠状态,在梦里还能找到很多事情的线索,而且每次都很准,你说是不是很神奇?"

苏辣看着我,若有所思:"你是说,你能在梦里预测未来?"

我回答她:"也不是,就是一直想不通或者一直在想的事情,在梦里总会找到相应的线索。"

看着苏辣一脸不可思议的样子,我问:"怎么?你也有这种情况?"

苏辣摇头:"我倒是想,可惜没有,我连梦都很少做。不过我听师父说过,有些人灵性强,总能捕捉到自己需要的信息。也许这些信息就在你脑海深处的潜意识里,可以借助梦来知晓。"

我长长出了口气:"我也不知道,有时候甚至是一些很奇怪的场景。所以我要赶紧回去把这个梦告诉他们,也许能找到点线索。"

回到约等鱼喵,我把梦境中的事情讲了一下,大家便一起研究这个梦到底说明了什么。正研究时,龚敏回来了。刚进门,龚敏就喘着粗气喊道:"累死了!出大事了!"

我们忙围过来,龚敏吸了口气,调整了一下呼吸道:"龚家有人夺权,龚乙应该是被软禁了,可是我还没有找到她。现在龚家大本营已经乱成了一锅粥。"

我诧异:"那……是谁想夺权啊?"

龚敏摇摇头:"不知道!"

我忙问:"难道是林博?"

龚敏斩钉截铁地回道:"不会!林博在龚家没有威望,不可能贸然夺权。"

我看向五魁和橘鹤暖:"难道还有别人?"

五魁沉下声音:"不管是谁夺权,龚乙都是凶多吉少,当务之急是把她救回来。"

龚敏跳到橘鹤暖的肩头,说:"龚家大本营施了结界,是针对灵体的,我进去都费了一番周折。橘鹤暖和五魁恐怕是进不去的。"

我马上表示:"我可以去!"

看五魁和橘鹤暖默不作声,我掏出别在大腿边的移魂锥:"别担心我,我现在有这个东西,我相信关键时候它会告诉我要怎么做!"

五魁犹豫了半晌,说道:"苏辣和龚敏,你们和卓然一起去。我和橘鹤暖在外面接应,有什么突发情况,马上撤离!"

一行人来到龚家大本营——那个废旧的厂房。我望着厂房不禁感叹:"为什么和这个地方这么有缘?每次有什么事情都是发生在这里。"

苏辣把准备好的包背在肩上,龚敏带路,我们又一次踏入了龚家的地盘。走廊里到处是行色匆匆、面目不善的人,地上有的地方还残留着没有擦干的血迹,一看就知道这里不久之前发生了大规模的打斗。我和苏辣埋着头往前走,也不敢轻易打听,只好在路过每个房间时查看一下。突然,我听到梦里那个熟悉的声音,一个女声诧异地道:"是你?"

我抬头看去,原来是龚素。龚素靠近我,低声询问:"你们……你们是来救掌门的吗?"

我迟疑着没有说话,龚素小心地说:"跟我来!"

见我有点犹豫,她很着急:"快跟我走吧,不然就来不及了。你们相信我,龚乙一直是我的偶像,我不想她出事!"

我想了想,还是决定相信直觉,跟着她。

这果然是梦里的场景。龚素带我们来到一个书房,她掀开地上的地毯,将露出的拉环猛地一拉,对着下面喊道:"当家的,快上来,我们来救你了!"

龚素的话音刚落,龚乙便从地下室里爬了上来,还拽上来一个奄奄一息的女孩。女孩已经双瞳涣散,还不忘叮嘱龚乙:"当家的,快走!快走!"

说完她就没有了气息。龚乙在旁边面露悲痛之色,我冲上去扶住她的肩:"你没事吧?发生了什么?"

龚素在一边叮嘱:"出去再说吧,我怕被人发现。"

听着外面的喧哗,龚素又犯难了:"可是怎么出去呢?外面人太多,掌门受伤,我的能力又有限。"

我突然感应到什么,抓住龚敏放到女孩身边,捏了个手诀催动移魂锥,用力将移魂锥戳下去。大家都不解地看着我,也看着我手中的移魂锥。突然鹦鹉扑棱着翅膀飞了起来,而女孩也悠悠醒转。女孩起身,看着自己的手和脚,面露惊讶,龚乙和龚素也是一脸的疑惑。女孩点点头:"怪不得五尊者将它当作至宝!"

我只好跟大家解释:"我把龚敏的魂魄放在这个身体里了。"

龚素一脸难以置信的样子,我也没时间解释,回头问龚敏:"可是这女孩的身体上有伤,怎么办?"

龚敏捏了个手诀,调整气息:"放心吧,我魂魄的力量比这小姑娘的强大,即便躯体不行了,我用灵气治愈一下也能坚持下去,这还难不倒我。"

不到十分钟,龚敏就恢复了元气。我们看着她,等着她给我们一个出去的方案。龚敏嘴角一翘,一脸自信:"既然我有了肉身,他们就奈何不了咱们。我们五个布一个五行结界,撞出去!"

在龚敏的指挥下,我们布了一个五行结界。龚敏撑着这个结界,直接从一众人中间撞了出去。出了大本营,龚素向我们告辞:"各位,掌门人就拜托你们了。"

我抓住龚素的胳膊:"你不跟我们走?这种情势,你回去恐怕……"

龚素拍着我,笑了笑:"没关系,我回去善后。"

随后她召唤出幻实:"只要清除了他们的记忆,你们逃跑的事情就暂时不会被发觉。你们快走吧,下次再见恐怕……"

龚素最终没有说出后面的话,她带着幻实冲回了大本营。

在外面接应的五魁和橘鹤暖带上我们迅速离开,甚至没有来得及问我们带来的姑娘是谁。可是从橘鹤暖看姑娘的眼神里,我感觉他似乎猜到了什么。我问龚乙:"到底发生了什么?是谁要夺取掌门之位?"

龚乙叹了口气:"龚家有人煽动叛变,有人自称找到了遗失的掌门秘籍,拉拢了一部分人要夺权,并把我软禁。夺权的人你们见过,就是龚小八,我怀疑他是五尊者的人!"

听龚乙这么说,一车人都诧异不已。我忙告诉龚乙:"我们查过了,五尊者是龚家人!"

龚乙愣了一下，然后惨淡一笑："难怪，难怪他对龚家的事如此熟悉。"

回到约等鱼喵，五魁让我们尽快收拾东西："救了龚乙，龚家人迟早要发现。这个地方我们待不下去了，我们要另找一个地方栖身。你们尽快收拾东西，我们走！"

我们开车到了郊区，又弃车走了一段路，来到一处破旧的院落，五魁和橘鹤暖忙着布结界，龚敏、龚乙、苏辣和我则将房间简单地收拾了一下。

收拾好房间，我们终于有时间坐下来交换彼此的信息，只有共享我们知道的信息，才能从中抽丝剥茧找到我们需要的线索。我先站起来说："今天我做了一个梦，我指的是那种带有寓意的、比较特殊的梦。最近我常常会做这样的梦，而且从没有失误过。我不知道为什么会做这样的梦，但是它已经应验了那么多次，我有理由相信它能继续带给我们一些启发。我先说是想为大家接下来整理线索时提供一些提示。第一个梦境是胚胎，我梦到了一个还没有出生的孩子，她给我的感觉很熟悉；第二个梦境已经应验了，是我刚才救出龚乙时的情形；第三个梦境，是在一个山洞里，我梦到一个受了伤的衣衫褴褛的老者，我自己也被人从背后捅了一刀。"

梦境讲完了，五魁看着我："既然今天你先提出了线索，那就先让你发问吧！"

于是我先问龚敏："龚敏……你变成这个样子我还有点不习惯。你和林克是怎么认识的？"

龚敏抬头看了一眼橘鹤暖，橘鹤暖也正在看她。一瞬间，她居然显得有些羞涩："我们两个曾经都是五尊者的手下。当年我因为想长生而甘愿屈从于五尊者，可后来我发现他根本帮不了我。他无法让我长生，反而把我变成了一个彻头彻尾的怪物，所以我就想报复他。那个时候，我认识了同样找机会想报复他的林克。其实林克是个很简单的人，他只想当个普通人，简简单单地活下去。但是他生来就是天缺，千年难见，五尊者醒了也不会放过他。而且，他受命于他的母亲，要帮助林博得到龚家掌门的位置，并和齐仙派的人做了交易。所以他不得不替五尊者办事。我们像两个傀儡，被五尊者操控。后来，林克跟我说，他从林博那里听说了一个消灭五尊者的办法，但是需要龚隼和乾坤镜。当时林博动用了所有的人脉寻找乾坤镜，而我们就决定趁机演一场戏。趁着五尊者没有醒来，让五尊者以为我们死了，好借此摆脱他的控制。可我没想到，五尊者其实早就苏醒了，而且就躲在龚家。"

我点点头："所以，我猜的可能是对的。龚焕去云城，很可能揭开了尘封已久的秘密，她很可能发现了对付五尊者的办法。这个秘密目前应该掌握在林博手里。"

五魁沉吟片刻："如果五尊者已经醒来了一百多年，一直潜伏在龚家，那他应该布了个很大的局。"

我盯着龚敏的眼睛继续问："你说你找到五尊者是因为想长生，长生是为了橘鹤暖，可到头来，这些都是你演的。跟你接触下来，我不认为你会为了报复橘鹤暖而做出这样的事情，动因不足，所以你接近五尊者到底是为了什么呢？"

龚敏的瞳孔突然收紧，表情不自然，眼神也开始飘起来。我继续说："龚敏，都到今天了，你还有什么事情就说出来，不要瞒着大家了！"

龚敏再抬起头时，眼睛里已经弥漫了一层水雾。她看向橘鹤暖，幽幽地说："因为五尊者……他害死了我……我和橘鹤暖的孩子。"

一桌人都震惊了，我看到橘鹤暖太阳穴上的青筋明显凸起："龚敏，你说什么？你再说一遍！"

龚敏的眼泪像断了线的珠子一样在脸上肆意流淌："那个时候，我已经有了身孕。龚家族老让我打掉这个孩子，让我和你一刀两断，我不肯，他们就逼我吃堕胎的药。一个齐仙派的人救了我，并声称如果我交出龚家掌门秘籍，就帮我保住孩子，还能让我和你找个安静的地方白头偕老。我信了她的话，把掌门秘籍交给了她，她也找了个龚家人找不到的地方尽心照顾我。直到有一天，我发现她给我吃的保胎药里有符咒……她想将我的孩子变成一个天缺的怪物。我杀了她，逃出了那里。我本想带走掌门秘籍，却发现掌门秘籍已然不见。外面龚家也在到处搜寻我，我走投无路时遇到了五尊者。那个时候我并不知道，之前救我的齐仙派的人是他的手下，还以为幕后主使另有其人，一心只想找幕后主使寻仇。他误导了我，让我以为是龚家的一拨人见我堕胎不成，就想让我肚子里的孩子成为邪童，然后他们好出面名正言顺地讨伐我们母子。现在想来是他太熟悉龚家的事情，所以谎言编得有理有据，我没有怀疑就跟在了他的身边。后来我生产时遭遇难产，九死一生。他告诉我，孩子出生便是死胎，我伤心欲绝，却无能为力，只能听他的话，好好调养，期待着调养好还能见到你。直到我偶然间发现，掌门秘籍居然在他手里，而他无意中暴露的左手笔迹，居然和符咒上的笔迹一模一样。我没有轻举妄动，因为我跟了他几个月，知道他的能力深不可测，不仅我不是他的对手，就算橘鹤暖也不是他的对手！"说完她抬头歉疚地看了一眼橘鹤暖。

五魁替她说道："所以你不把实情告诉橘鹤暖，是怕橘鹤暖知道了会去寻仇，但又不是他的对手？"

龚敏点点头，泣不成声。

橘鹤暖坐到龚敏身边，将身体尽量贴近她一些："所以你放弃了找我的念头，默默地跟着他就是为了有朝一日可以为孩子……为我们的孩子报仇？"

龚敏没有作声，橘鹤暖却揽住了她的肩："真傻！小敏，你真傻。这么多年，你是吃了多少苦？你这个傻子。"

听完龚敏说的这些，之前我对她的不解突然变成了理解，甚至还多了一丝敬佩。我递给她一包纸巾，又拿了一瓶水给她，我实在不知道该如何表达我对她的歉疚之情。

稍稍安抚了龚敏，我又问龚乙："龚乙，跟我们说说你所知道的林克吧！"

龚乙用一只手托着腮，仔细回忆起来："林克比我大，我应该叫他表哥，他的母亲和我的父亲是堂兄妹，所以我们两个从小一起长大，走得还比较近。当然，那是在他十三岁之前，因为他母亲也就是我的姑姑，在他十三岁的时候去世了，那之后我们就鲜少走动了。我记忆里的林克是个很温暖的人，虽然温暖，却寡言。有时候，他只是一个人默默地坐在一边，不说话。他很喜欢看一些怀旧的东西，比如那部我们都很喜欢的动画片《善良的夏吾冬》。大家成年之后，我接任了掌门的位置，变得很忙，他也有他的事情，总之除非是需要他配合用龚隼处理事情，我们也是难得见上一次。但是偶尔我会跟他去看看他爸爸，也就是我的姑父林进。"

"后来你们接触时，他有跟你说过什么吗？或者你觉得奇怪的一些地方？"我问龚乙。

她努力回忆着："姑姑的葬礼我去了。葬礼上我见到了林博和林彦。那个时候，林克表现得很冷漠，很难想象那个去世的人是他的母亲，反而是一边的林博一直在抹眼泪。后来因为出了一些事，我们需要他和龚隼，也会在龚家大本营碰面。对了，后期我总觉得他对我欲言又止，可始终没有机会再和他聊什么。"

我看向五魁，五魁闭着眼用右手食指敲击着太阳穴，偶尔抬眼看看我们。见我看他，他才说道："其实在龚敏假死之前，五尊者一直没有向林克发难。而且，林克是怎么在五尊者的眼皮子底下给林博建造庇护的地方的？"

龚乙苦笑了一下："这就不得不说说我那个聪慧过人又心思缜密的姑姑了。我这个姑姑，真的是名震龚家上下。她从小就聪慧，又争强好胜，可惜错过了龚家掌门的位置。但她不服输，硬是努力学习驾驭法器，将龚隼的能力发挥到了极致。若不是因为婚嫁的问题，她无论如何也会让她的子女名正言顺地继承龚家掌门之位。可惜后来天不遂人愿，她也应该早就和齐仙派暗通款曲，想帮林博登上掌门的位置，一偿她的夙愿。可没想到，她触犯了齐仙派的利益，被齐仙派直接取了性命。现在你们告诉我五尊者早就苏醒，我真的怀疑一直与她接洽的就是五尊者本人。可惜，她带着巨大的秘密离世，我们可能再也无法知晓这些事情的真相了。"

五魁摇头："我们还有机会，目前看来，她把她知道的事情都告诉了林博。如果能顺利找到林博，我们就还有机会。龚乙，林博是不是被藏在了龚家？"

龚乙叹了口气："我没有找到！但是结合林克给的线索，我认为林博就在龚家。"

谈话陷入僵局，我们所有的点都集中在林博身上，可是如何找到他却让我们一筹莫展。大家都愁眉苦脸的，苏辣却依然淡定自若，她说："你们别愁云惨淡的，天无绝人之路，办法总会有。对了，为什么不找今天那个姑娘帮忙？"

五魁和橘鹤暖看了看苏辣，又看向我："什么姑娘？"

我才想起我还没有告诉他们:"对了,今天帮我们的是龚素。"

"龚素?"五魁看着我,我点了点头。

他想了想说道:"如果确定她是站在掌门这一边的,那目前她确实对我们大有帮助。可是如何找到她?"

龚敏擦了擦眼泪,嘴角抿紧,倔强地说:"我来,以我现在的外貌和对龚家的熟悉程度,我去找龚素。"

第二天一早龚敏就出发了,其他人按部就班地准备着。我私下拽了拽五魁:"有没有时间?我想跟你聊聊!"

五魁放下手中正摆弄的符纸,抬头看我:"你什么时候这么一本正经了?有什么事,说吧。"

我将移魂锥捏在手里:"五魁,自从我找到移魂锥以后,我就觉得我和它有着某种不解之缘。我总觉得这个东西,我很熟悉。我不知道人到底有没有转世这么一说,可是你看龚敏,我可以帮她的灵魂找到新的躯体,那是不是所有的灵魂都可以如此?那我是不是上辈子就用过这个移魂锥?"

五魁伸手,示意我把移魂锥交给他,可是移魂锥到了他的手里,却开始不安地抖动起来。他将移魂锥交还到我手里,又看了我半响,突然低头笑了:"有些事情……可能也到了该告诉你的时候了。从哪说起呢?你说得没错,灵魂是可以找到新的躯体,但是有两种情况,一种就是这个躯体是活体而且力量足够弱小,能够被灵魂控制,就像那只鹦鹉;另一种情况,就是用移魂锥。我想这就是五尊者为什么要使用移魂锥的原因,他想利用移魂锥替换老化的躯体。"

我看着手中的移魂锥,虽然我知道它是个很了不起的法器,但从没想过它居然这么强大。

五魁继续说道:"但我之前真的没见过移魂锥,第二种可能也是根据目前的线索推测的。如果灵魂随随便便就能占用躯体,这个世界不就乱了?转世也一样!如果每个人死去都可以重新再来,那为什么还有那么多人追求长生呢?就是因为不是每个人都可以转世再度为人,而且就算真的可以,也会记忆全无,至于今生无缘来世再见这种可能,太渺茫。所以不要把希望寄托在来世,人就要努力把眼前的事情做到最好,才不枉这一世为人!"

我点点头:"所以,我从前真的……真的没有见过移魂锥对吗?它也许只是认定了我?"

五魁摇摇头:"不,你是特例。虽然我不知道你之前有没有见过移魂锥,但是卓然,你不是普通人。"

我看着五魁一脸正经地说这些，我有些蒙："你说的这些，我不是很明白。"

五魁拍了拍我的肩："之前周林不是提示过你吗？"

我应道："她给我发了张樱桃小丸子的图，我到现在都没明白她想说什么！"

五魁哈哈笑道："也是，这个提示太另类。不过那张图的意思，其实是一个老头和一个女孩，一个'叟'加一个'女'，你是她嫂子，也就是我们的师娘！"

我瞪大眼睛，无法相信自己的耳朵："什么？你说我是你们的师娘？不可能啊，我怎么可能会是你们的师娘，而且周林是你们师父的妹妹？你们的师父不是姓陆吗？"

五魁等我激动的情绪平复了一些才继续解释道："是的，我们的师父叫陆凡开，但是为什么他妹妹姓周，我们也不知道。毕竟，我和周林相处的时间不长，对他们的关系我也了解得不多。在我们诞生之后没多久，师父就出事了。那个时候，师娘你已经不久于人世，师父想用长生诀救你性命，你却不肯。后来师父无奈，在你死后将你的骨血炼成了一枚胚胎，放入他为你修建的灵器中。经过千年孕育，我和橘鹤暖才得以将胚胎投入你母亲腹中，才有了你！"

我的大脑飞速地运转着，可仍旧有点难以接受五魁所说的这些："你的意思是，我不是我父母的孩子了？"

五魁回道："你当然是，你也是你母亲怀胎十月所生，并且是由他们含辛茹苦养大的。"

我尽量让自己不被情绪干扰，找到问题的关键："可是为什么是现在？为什么我现在才出生？而不是生在几百年前或者其他什么时候？"

五魁叹了口气："这个我也不懂，毕竟这是师父的意思。"

看我一直发愣不再言语，五魁有点担心："卓然……师娘，你没事吧？有些东西可能不太好消化和接受，不过你不要着急，可以慢慢来！"

我缓过神看了他一眼："五魁，你和你师娘，我是说之前，你们相处了多久？"

五魁愣了一下才反应过来："有记忆的相处大概是几个月。"

我笑了一下："你看，我只做过你几个月的师娘，你却当了我两年多的猫，所以你还是喊我二然吧，我听着习惯些。"

也许是因为不知道怎么安慰我，五魁突然化身成黑猫蹦到了我怀里，趴在我腿上，就这样静静地陪我坐了很久。

傍晚，天开始慢慢黑下来，龚乙和苏辣张罗起晚饭，我才慢慢缓过神去帮忙。煮了简单的吃食，刚摆在桌子上，龚敏就回来了。苏辣打趣她："哎呀，回来得真是时候。"

龚敏也不客气，坐下就吃，嘴里喊着："哎呀，饿死我了。"

她吃了一些食物缓过神，才在众人期待的目光中缓缓说道："我找到龚素了，她愿意帮忙。原来这个龚素是当年云城分支的后人，据说还是我的粉丝哟。她很佩服我和龚乙，当然主要是佩服我。她跟我透露了一个很重要的线索，你们知道吗？"

我们集体盯着她等她说下文，可她却故意慢吞吞地拉长音。我从后面戳了她一下："行了，快说，我们都急死了！"

她"哎哟"叫着，揉着被我戳了的地方："你们知道吗？原来龚家一直有一个派系是不受掌门人所支配的，他们听从谁的龚素也不知道，但这个派系的族老和里面的成员是不会听从掌门命令的，他们是独立出来的。"

龚乙深吸了口气："怪不得，怪不得龚家总有些我动用不了的力量。"

龚敏点点头："我了解到，他们居然也有五六十人，光族老就有三位，而且里面不乏龚素这样的青年一代。育妖师就是他们一手培养出来的，而且他们已经成功孕育了不少妖兽，只是这些妖兽的去向暂时还不清楚。"

橘鹤暖看了一眼五魁，沉声道："如果他们是中立的还好，如果他们是站在五尊者一边的，那我们就无端多出了几十个对手，还有数量不明的妖兽。"

五魁点点头："这个龚素靠谱吗？她为什么愿意站在我们这边？"

龚敏答道："龚素和其他自愿加入这个派系的人不同，她是因为能力出众被一位族老吸纳到派系中的。但是她一直不满派系的作风，主要是不满他们为了研习数术和培育妖兽而不择手段，甚至不惜牺牲无辜百姓。这次她觉得她和幻实害了人，回去自领惩罚。可是没想到她不仅没有被惩罚，还被批评过于心软。她不愿意做一个无视别人生命的人，不愿意做一个为了数术而不择手段的人。她想脱离这个派系，可惜赶上夺权之争。"

我紧接着问："那现在龚家情势如何？林博的事情有进展了吗？"

龚敏叹了口气："龚家现在乱成一团，目前大家想推龚小八上位，因为他扬言可以找回龚家掌门秘籍。"

五魁眯了一下眼睛："你说什么？他说他能找回龚家掌门秘籍？"

我跟着发出疑问："难道他就是五尊者？"

龚敏狡黠地看了我俩一眼："不错嘛，反应很快。我也是这么想的，所以我画了那个符咒给龚素，让她帮我留意那个叫龚小八的人身上是不是有一样的文身。至于林博的下落，龚家大本营所有的房间和密室我都已经确认过了，都没有。不过有件事说来挺奇怪，我发现他们要给林克迁墓，我怀疑这件事情和五尊者即将启动的阵法有关。所以我给迁墓的人下了咒，最晚明天我们就会知道林克的墓迁去了哪里，从而推演出五尊者的阵。"

听到龚敏这么说，我由衷地敬佩她这缜密的心思，不由得叹道："真不愧是龚家第一高手。"

晚上睡觉前，苏辣突然跑来说："二然，这两天大白有点不对劲，不怎么吃喝，精神看起来也不太好啊！"

因为我们去云城了，所以大白一直由苏辣带着。我们回来就一直忙着各种事情，忽略了这个小家伙。现在听苏辣这么说，我突然感到愧疚，毕竟大白救过我，我却没能尽责地照顾它。我赶紧跟苏辣去看了看大白，可这家伙除了无精打采之外，看不出有什么问题。我只好嘱咐苏辣，晚上给它开个罐头。

我又做梦了，梦里一对慈眉善目、面带笑意的夫妻正抱着一个襁褓中的婴儿。他们将婴儿摆放在一个祭坛上，一个祭司模样的人手拿移魂锥，将移魂锥高高举起，向婴儿戳下去。我刚想喊不要，却见移魂锥只是轻轻落在婴儿的眉心，一抹血迹从眉心渗出，被移魂锥吸入。我醒了过来，眉心传来隐隐的灼热感，我伸手摸了摸，并没有出血。

外面的天已经大亮，苏辣跑进来告诉我："二然，大白不见了！"

我一个激灵滚下床，跟她去了房间，开了的罐头被大白吃了一点，一切都没有异样，可是大白却不见了。我也很焦急，可目前我们也没有心力去找它，只要它不是被人掳走，应该就不会受到伤害。我安慰苏辣："没关系，也许是跑出去玩了，说不定等几天它就回来了。"我虽然这么说，但还是有些不安，于是发了微信告诉小脏猫，叮嘱她有空去约等鱼喵看看，如果发现大白就告诉我。

中午时分，龚敏突然告诉我们林克的墓有消息了。她捏了个手诀沉吟了半晌，惊讶地道："你们猜他的墓迁到哪了？"

我们摇头，她紧接着说："居然迁到了约等鱼喵附近！"

五魁皱眉："难道是……"

我诧异地道："是小脏猫她们办公楼下面！"

五魁拿出一张纸，在上面写写画画，然后抬头看向我们："没想到他居然会这个阵法，这不是龚家术，这是……济宗的禁阵！"

我再次诧异地道："什么意思，这个五尊者难不成还是济宗的人？"

五魁摇头："不会！但我有一个猜测，等我证实了再告诉你们。橘鹤暖，如果最终交锋的地点在那里，我们还需要疏散那里的人。"

橘鹤暖点点头："这件事我来搞定！"

五魁一闪身化作一团黑毛球："我去确定点事情，晚上应该就有结论。"

我蹲下身抚摸了五魁的头，小声叮嘱道："一切小心！"

傍晚，小脏猫突然发来微信："二然，我在约等鱼喵，大白猫我没看到，倒是看到一个男人。他鬼鬼祟祟的，不知是不是小偷，我要不要报警？"

随后她发来一段视频，看到视频我惊出一身冷汗，赶紧找到橘鹤暖："橘鹤暖，我有林博的下落了！这家伙居然作死地出现在约等鱼喵附近。"

橘鹤暖听完皱紧眉头："赶紧让他找个安全的地方躲起来！"

我赶紧给小脏猫打电话，让她先把林博带回家。小脏猫在电话那头不可思议地说："卓然，你是疯了吧？你让我把一个三十多岁的男人带回家？"

我忙解释："我现在没办法讲清楚，但你相信我，这件事情事关重大，你务必把他带走。你只需要跟他说林克、五魁、橘鹤暖，他就会跟你走。一定要快，迟了真的会出事！"

小脏猫叹了口气："二然，你到底在搞什么啊？好吧，我信你。我现在就把他带走，等我们安顿下来我再告诉你！"

挂了电话，我问橘鹤暖："现在怎么办，如果龚家发现了林博的下落，小脏猫肯定是扛不住的。"

橘鹤暖抬起手腕："通知师兄，他应该在那附近，让他去接应。"

我赶紧用通灵绳把这件事告诉了五魁。半小时后，我按照小脏猫发来的消息，把具体的位置给了五魁。虽然如此，但我依旧很担心，只能祈祷五魁能够尽快在龚家人还没发现之前接到林博。

直到夜里，五魁才带着一个男人回到我们暂住的地方。这个男人正是林博。和我们预想的不同，林博并没有想象中的慌张与狼狈，反而显得格外坚毅和淡定。这个表情冷漠的高个子男人似乎并不想多说话，看到这么多人在，他单刀直入地问我们："你们都是要找五尊者的吗？"

看大家并没有回应，林博继续说："我希望你们能帮我，帮我复仇！"

橘鹤暖问道："复仇？你是说替龚焕报仇吗？"

林博皱了一下眉毛，显然对这个看似比他还年轻却直呼他母亲名讳的人感到不满，但还是回答道："是的！但不仅仅是母亲，还有……还有林克！"

我们并不知道他和林克关系如何，但他没有称呼林克为弟弟，而是喊林克，这从侧面印证了他们之间略显生疏的亲情。

我们搬了张椅子招呼他坐下，见他不打算主动沟通，我只好先开口："我们之前已经见过林进了。但是对林克和他母亲的情况，我们依旧有很多疑问。目前我们掌握的线索还不足，特别是……我们虽然知道乾坤镜和龚隼可以帮我们增加胜算，但是依然不知道怎么才能消灭五尊者。为此我们还去了云城，可惜也仅是知悉了他的身份，还没有找到应对的策略。"

听到这里，林博嘴角突然翘起一个值得玩味的弧度："怎么？你们还为此去了云城？"

我没太看懂他的笑容，谨慎地点了点头。没想到他紧接着苦笑道："可惜你们去晚了，所有的线索都已经被他毁了。"

我叹了口气："所以我们现在更需要你，需要你把知道的告诉我们。只有这样，我们才能齐心协力地消灭他。"

林博摇摇头："很难！不过再难我也要尝试！"

他抬头看向我们，说道："有个很长的故事要说，给我一杯水吧！"

苏辣倒了一杯水递给林博，林博喝了一口，脸上的神色轻松了一些："我不知道林克和林进都跟你们说了什么，不过请你们都先放下成见，听我说完。"

我们点头回应了他，他才继续说道："我的父亲叫林彦，是林进的哥哥。当初，他为了家族的生意娶了一个叫孙伊怡的女孩，也就是我的继母。但其实，那并不是他愿意的，因为他当时早就有了心上人，就是我的母亲——龚焕！"

所有听过林进版本的人此刻都吃了一惊，难道说是林彦先与龚焕相识的吗？见我们面露惊讶，林博解释道："我的父亲虽然是理工科出身，但是他酷爱研习数术。在和志同道合的'术友'交流的过程中，他对母亲的大名早有耳闻，所以早就登门拜访请教过，两人也因此暗生情愫。不料家中突生变故，他不得已娶了我的继母。父亲结婚之后，母亲被迫与二叔相亲，其实她并不情愿。后来我继母因为工作的原因前往国外，我父亲就决定带我母亲私奔。恰逢龚家有一件要事要查，要去云城。于是二人便结伴去了云城。在云城，父亲辅助母亲查询当年云城分支发生的事情，没想到却查出一个骇人的真相。原来当年那不老不死的邪童正是龚家第一代掌门人龚己利用某种法器转世而生，他长到十几岁就杀了当时云城那一支里血缘关系跟他最近的长老。"

在座的人都因他的话惊呆了，原来我们苦苦追寻的五尊者，那个在背后一直觊觎秘籍的人，居然是龚家第一代创始人龚己。那也就不难解释为什么龚家有着完全不受掌门人管辖的派别。现在看来，这一个隐形的龚家派别，必然是为五尊者也就是龚己所用，所谓的齐仙派一直就是龚家的一个隐形分支。

可是龚敏还是有所不解："那为什么他还要从我手里骗走掌门秘籍，他要掌门秘籍根本没有用啊！"龚乙在一边接道："他要掌门秘籍不是为了学习上面的龚家术，而是为了有朝一日拿出秘籍得到龚家人的拥戴，进而拿回掌门之位。他的野心应该还不止于此！"

我好奇地问："那掌门秘籍不能伪造吗？"

龚敏摇摇头："不能，每一代掌门拿到龚家术秘籍的第一件事就是在上面盖上属于自己的私印并按下手印，那象征着一种契约，伪造不得。所有人都知道是我丢了掌门秘籍，如果他再找回来……呵呵，果然是高！"

林博继续讲："当初具体怎么转世和怎么杀死族老的已经无从知晓，但是我往下查，却发现这龚己藏有大量上古秘书。这些书都是和一个已经不复存在的数术家族有关，一个龙姓家族。说来也巧，我父亲曾经意外得到过一些龙家的数术书籍，我借此发现，这个龚己中了龙家一种最难剔除的符咒——骨血杀。他翻阅大量资料为的就是破除这个咒，却始终没有破除。所谓骨血杀，就是只要用血缘关系在五服之内的亲人的骨头或者血就能将其杀死。所以龚己转世后，就杀了所有跟他关系在五服之内的族老。我母亲和父亲一直好奇，如果这么算，龚己至少活了两三百年才转世。后来他们又有个重大发现，他也许就是龙家后裔，而龙家作为上古时期就存在的数术家族，寿命本就长于旁人。我父母本打算带着这个消息回到龚家将功赎罪，换取两人名正言顺地在一起，却不料被龚己发现了。龚己本可以杀了他们，但他想借由我母亲得到龚家掌门人的位置，进而重新执掌整个龚家。于是就用我和父亲的命相要挟，和母亲做了交易。他让母亲生下他的骨肉作为器皿，将他的魂魄用法器转移到这个器皿当中。据说因为血缘相近，他的躯体能存活得更长久。母亲被他玷污后，还要马不停蹄地回到龚家，依照龚家的安排嫁给林进。"

我恍然大悟："这么说林克就是五尊者的儿子！"

林博顿了一下，继续说："我母亲肚子里的孩子一度被认为是掌门人的最佳候选人，可是人算不如天算，林克生下来居然和曾经的邪童一个命运，是个天缺，根本坐不了掌门的位置。龚己本想杀了林克和我们，可是母亲以帮助五尊者育妖为条件，保住了我们的性命。后来的事情你们都知道了，林克的血要定期拿来献祭穷奇。为了不让母亲有异心，龚己一直捏着我和父亲的性命，即使我们当时远在国外。后来，母亲感觉情势不妙，让她信任的人连夜找到我，跟我说了这些。之后不久，她就遇害了。她走后不久，父亲也走了。龚己却像消失了一样，从此销声匿迹。我回国之前就已经在为复仇做准备，为此我还重金寻得了乾坤镜。回国之后，我以寻常商人的身份生活了一段时间，也是在悄悄进行复仇计划，甚至还学了一些数术皮毛。母亲为了保住我的性命，生前就告诉林克要帮我打造藏身之所，情况紧急的时候，就让我躲进去。可没想到，母亲这个藏身之所不仅是要把我藏起来，也是要禁锢我，让我不要去复仇。我被困了很久，直到今日，不知为何藏身之所的困局被破，我才得以逃出来。然而逃出来我才发现，原来困局之所以被破，是因为林克的棺木被迁到了困局之内。我本想借机盗取林克的骨血，因为那是杀掉五尊者唯一的机会，却没想到那居然是一具化骨棺，而且上面的封印我根本打不开。"

五魁"哦"了一声，笑道："真是巧！那棺木所选的位置正是五尊者布下的凶阵的阵本位。不过那棺木若是没人看守，定然是因为一般人打不开。看来，只有我们去试试看了！"

橘鹤暖皱眉："可是师兄，这么看，也像是五尊者特意为了引诱咱们设下的陷阱，把唯一的机会呈现在我们面前，引诱我们犯险。"

五魁点点头："这是个陷阱。可是除了以身犯险，我们恐怕没有其他机会。你说呢，二然？"

我看了看五魁，又看了看橘鹤暖，伸手捏了捏移魂锥，点点头："怎么也要搏一下。"

说完我又环顾一圈，龚乙、龚敏和苏辣都点了点头，而坐在对面的林博也攥紧了拳头。

大家正打算商量对策，龚乙却惊呼："奇怪，龚隼……龚隼有异动。"

说完她从随身的小背包中拿出龚隼。龚隼已经通体发红，随着震动发出一阵阵嗡嗡的声音。林博见状，连忙从兜里摸出一把长约三寸，长得像圆规一样的东西。此时这东西也正震动着发出嗡嗡的声音，我好奇地问："这……这是什么？"

苏辣神情激动地在旁边接话："这……这是……乾坤镜！"

我诧异地道："原来乾坤镜不是个圆圆的小镜子。"

林博将两样东西摆在一起，它们竟然像磁铁一样，互相吸引。林博赞叹："一直有传闻，乾坤镜和龚隼出自同一块材料，如此看来可能是真的。"

苏辣也跟着点头："原来另一块铁石头被拿去做了龚隼！"

等大家都入睡了，五魁用通灵绳喊我，我随手披了件衣服来到门口。这厮正靠着门等我，月光下，这个男孩的剪影居然好看得有些不真实。见我来了，他拉起我就走。他带我来到离住地不远的地方，这里有片空地，大家管这里叫作大场，是秋天晒谷子的地方。听妈妈讲，她小的时候家附近就有个大场，到了收割的季节，大场上会有高高的谷堆。不知道为什么我总对她描述的这个场景很是向往。

现在这里没有人种粮食了，大场上只有几个石墩子，附近的老人们偶尔来这里闲坐晒太阳。五魁拉着我坐在石墩上，起手封了个结界。圆月当空，被撕开的棉花一般的薄薄的云遮不住月光。月光洒在大场上，把大场照得很亮。尽管是在夜里，我们也可以看清彼此的表情。

五魁安静地坐在石墩上，默默地看着我。我不知道他找我出来干什么，但哪怕如此相顾无言，我也觉得是种享受。如果世间能像今晚的夜色这么平静，如果每个人都能拥有这样平静的生活，那该多好。五魁将一块巴掌大的石板交到我手上："二然，这是半部秘籍，现在交给你保管。"

我拿着秘籍，好奇地瞪大眼睛："原来……原来秘籍是这样的？难道不是一本书或者……或者一个卷轴？"

五魁笑了笑："听说过河图和洛书吗？是什么形态并不重要，重要的是我接下来说的话，你要记住。"

我看着五魁一副认真的样子，坚定地点点头。

五魁缓缓地说道："这半部秘籍是五尊者最终的目标，我们不知道另外半部是否已经在他那里，如果让他拿到完整的一部秘籍，他必然会扰乱乾坤，后果……不堪设想。但师父曾经叮嘱我们，不到万不得已，万万不可毁掉秘籍，因为毁掉秘籍也会带来巨大的灾祸。我如今把它托付给你，如果我们除不了五尊者，如果我和橘鹤暖……一个都回不来，你要亲手用移魂锥毁了它。"

五魁看着我，等着我答应。我的眼泪止不住地流下来，一句话也说不出来，我知道他是在做最后的安排。

五魁浅笑着伸手帮我擦眼泪："卓然，你怎么这么爱哭？我以前可没发现！秘籍交给你，我就放心了。如果不交给你，我们保护你的同时还要分神顾着它，现在交给你，我们只要全心全意保住你就可以了。如果除不掉五尊者，我们也会拼尽全力护你周全。我和橘鹤暖绝对不会让你有事的。"

我终于忍不住小声抽泣起来。五魁见擦不干我的眼泪，索性也就不再擦。他拉着我的手，静静地看我哭，偶尔伸手拍拍我的背。我知道他说这些是什么意思，这一战必将充满艰难和险阻，他这是打算拼了。

我努力克制眼泪，可是根本办不到，只能上气不接下气地呜咽："你们……你们……不……"

五魁笑着打断我："看看你哭的，说不出来就别说了，听我说吧。二然，如果不是因为肩负重任，我真的想……是真的想就这样一直陪在你身边做你的猫。看你结婚生子，看你幸福地过日子。哪怕寿命再短，把毕生的时间都拿来陪你也好。我背负着任务活了一千多年，真的累了。"

我一把将他搂在怀里，泣不成声地说："我……我当初留下你……留下你的时候……我……我就想好，要……要永远对你不离不弃，五魁，我……连你……连你变成老猫的样子……我都想过了……五魁……"

五魁推开我，扭过脸去，擦了擦脸颊："好……说好，不管怎么样，我一定回来，继续做你的猫！"

说完他化成一只黑猫蹦到我怀里。空旷的大场上，明亮的月光下，我抱着他号啕大哭。过了今晚，我们可能就要面临生离死别了。

我不知道哭了多久，也许是哭累了就睡着了，我被五魁抱回了住处。等我再睁眼时，已经早上了。大家默默地忙着各自的事情，看到我顶着两个肿得像桃子一样的眼睛，橘鹤暖过来打趣我："你这是怎么了？过敏了还是昨晚偷看我洗澡了，眼睛肿成这样？"

我没好气地白了他一眼，道："你这个没良心的大橘猫！"

橘鹤暖打哈哈："哎呀，居然还说我没良心？你这个小没良心的！"

说完他走到我身边，伸手递给我一张卡："拿着吧！毕生的财产可都给你了！我那么抠门，你可别瞎挥霍，密码是你的生日。"

我接过卡，眼泪又不争气地掉下来，嘴上却埋怨他："你给我干吗？你自己有老婆！"

说完我看向龚敏，龚敏却走过来和橘鹤暖十指紧扣，对我笑道："你拿着吧！他去哪我肯定去哪！"

苏辣也跑过来，将一小包东西递给我："我的，那个……你帮我保管！"

我带着哭腔说道："干吗呀？你们……你们干吗呀？都给我拿走！我谁也不管，都自己照顾好！都……都给我完好无损地回来！"

大家似乎没有听到我的话，又各自忙开了。五魁在身后拽了拽我的衣服："准备一下，二十分钟以后出发！"

我看着手里大家最重要的东西，就知道他们私下商量过了，决定要保住我，我也不知道自己何德何能，竟能得大家生死相护。我正看着东西发呆，突然听到门口响起一声猫叫。我出门看到了大白，跑过去想抱住它却一个趔趄跌进了一个结界。我意识到不妙，慌张得想逃出去，却看到外面一切都静止了，没有人能听到我的声音。

"别喊了，他们都听不到的，而且你也不必担心，这里是时间静止空间。我们在这里耽误得再久，外面也不过一秒。"这声音好耳熟，我回头看到周林穿着一身素白的褂子站在身后。她旁边站着一个高她一头半同样穿着素白褂子的男人。两人长相相似，周林本就生得很好看，所以那男子也格外英俊。我指着他俩诧异地道："你……你们……"

周林走过来抓住我的肩，说："他是我哥哥，你的夫君，陆凡开，原名周奇！你知道我们是谁了吗？"

我的嘴巴张了老半天，最终总算吐出一句："陆凡开！你……你不是……你不是已经……"

周奇走过来看着我，眼里的内容很复杂："我……我就是大白，我就是神秘人……我还在！"

周林看我的眼神有些焦急，说："卓然，我们需要你帮忙！"

我瞪大眼睛看着他们，没明白她的意思。她把手伸到我面前，那里有一个石头打造的盒子，也就三分之一手掌大。周林用带着命令的口气说道："你把它吃了！吃了就明白了！"

今天这个周林和我之前遇到的那个女孩判若两人。之前的周林活泼可爱中带着一种充满智慧的豁达，而眼前的周林却充满急躁，早已不见豁达。见我没有接过盒子，她急切地想拉我的手去拿，却被一边的周奇拦住。他拿过盒子，吩咐周林："小林，你去看看穷奇的封印，再过半个时辰，差不多就撑不住了！"

周林焦急地说："哥，可是她再想不起来就……"

周奇厉声道："小林！"

周林眼里噙满委屈，周奇的口气稍微软了一些："给我们一点单独相处的时间！"

周林没再说话，只是看了我一眼，那眼神里有担心也有埋怨。

周林走后，周奇有些局促地笑了一下："太久不见，可能……可能你对我还很陌生。你……你要不要坐下？"

于是我和周奇席地而坐。面对这个曾经是我夫君的男人，我除了一点点感激，其余的都是陌生。一时间，我不知道该说些什么。他有点紧张地看着我，眼神里却是关切。

坐了好一会儿，他才尴尬地开口："我知道，你可能有很多疑惑。你可以问我，我会尽量回答你！"

我看了他一眼，想了想，忍不住问道："你们为什么都选择变成猫啊？"

周奇大概没有想到我会这么问，愣了两秒，然后笑了起来："嗯……我还真没想到你第一个问题会是这个！其实猫是最具灵性的动物，对于我们来说，和猫的身体融合更容易。当然，在我眼里，猫的神秘和骄傲的个性，也和我们更契合。最后，我个人非常喜欢猫！"

喜欢猫的周奇让我对他好感倍增，于是我接着问："那我是谁？五魁和橘鹤暖又是谁？"

周奇又笑了一下，好似知道我会问这个问题，跟我说："这个可是说来话长，你坐稳了，别被吓到。"我知道他在跟我开玩笑，有意拉近我们之间的距离，可我却笑不出来，只能尴尬地点了点头。

"卓然，你的名字应该是龙净，是上古流传下来的数术家族的最后一位传人，也是移魂锥承认的最后一个继承者。"

虽然我知道我和移魂锥应该有着某种不解之缘，但听他说我是龙家人，我还是不由得震了一下。

周奇继续说："龙家是一个非常古老的家族，自从有了人类就存在于这个世界。可是到后来，因为一些外界因素，龙家变得人丁稀少，到你这一代，连接任的候选人都只剩下两个。你是天选，资质和灵性都是一等一的，所以就接任了龙家。我认识你的时候，你刚刚接任龙家不久。你非常睿智，能力非凡，做了很多对百姓有利的事情。因为龙家特殊的使命，所以你心系天下，大半的时间都用来对抗那些危害一方的妖兽。"

听他这么说，我苦笑："看来这一世我真是没继承到一点好基因，跟之前相比太弱了！那……五魁和橘鹤暖是什么人？"

周奇的表情一下子凝重起来，他说："我想，周林也应该跟你说过，我们不是凡人。我俩不属于这个世界，是四维生物，属于麒麟一族。我们也就是你们所说的造物主，也就是所谓的神族，我们更喜欢说自己是造物者。造物者创造人类，布局世间万物。我们麒麟一族是东方土地上的监管者，而协助我们监管的伙伴就是白泽和穷奇。按理来说，我们不应该和人类产生感情，可是成千上万年来，我只钟情过一个人，就是你。还好造物者界没有反对这段感情，我就娶了你，和你一起护佑一方百姓。可是你的堂兄是个野心勃勃的人。他知道我的身份后，为了谋取长生法门，得到起死回生的办法，他给你下了剧毒。我……为了救你，违反了规定，让我的伙伴协助我到造物者界盗取了秘籍。在一个陆姓随从身上试验成功后，我就想救你。"

我惊讶道："你是说陆瓷翁？"

周奇笑着点了点头："是！陆家虽然是人类，却一直是辅佐造物者的存在。"

见我没说话，周奇继续说道："可是，你一直是个有原则的人。当你听说了秘籍的由来和长生的原理之后，就无论如何不肯接受我用秘籍来救治你。"

我好奇地问道："原理？长生是什么原理？"

周奇看着我的眼神突然变得慈祥："你知道，其实时间是恒定的，它从来不是流淌的，只有生命才是流淌的。如果时间是一把尺子，那人类的生命就好比一滴在尺子上流淌的水，随着擦过时间而消耗殆尽。而长生不老就是要摆脱时间轴，将生命和时间割裂开。用你们的话讲，就是建造一个虫洞，或者一个类似相对静止但又能和外界随时联系的结界。"

我用我仅有的知识尽力去理解他的话，然后问："那……那如果……如果很多人都长生不老会怎样？"

他笑了："这个问题你问过我！如果虫洞多了，会吞噬这个世界！"

我点头："是的！所以，这个先例不能开！一旦开了，世界就有可能随之毁灭！"

周奇看着我，点头："你还说你没有继承什么，你这想法和当初如出一辙！"

我看着他，突然觉得有些熟悉，但是又不知道哪里熟悉，依然自顾自地说着："况且，一旦生命永无休止，时间变得不再珍贵，一切都无限延长，人们就不会再珍惜任何东西了。他们会肆无忌惮地掠夺，不再觉得亲情、爱情和友情珍贵，甚至会为了夺取资源而不停地斗争下去。如果不是因为生命更迭，人们也许早就开始掠夺彼此的生命了。"

周奇点点头，表示赞许："所以对于你的拒绝，我真的理解。人类的寿命很短，我只希望你能充实快乐地度过你的一生，享受这段时间里经历的一切。"

我看向周奇，回应他一个微笑。他开始让我觉得有些温暖了。周奇继续说道："我虽然没能救治你，但是我盗取秘籍的事情还是被造物者界发现了。他们追到了人类世界，白泽为了保护我，牺牲了自己的生命。我来不及救它，只能提取它的牙齿和眼泪里的精魂，准备为它们炼制两个肉体。毕竟白泽在造物者界里是受尊重的神兽。可惜，你堂兄带着大批追求长生的人找上门，我只得将两缕精魂放在了两只猫身上。"

我追问："你是说，五魁和橘鹤暖合体，就是白泽？"

周奇摇摇头："不完全是。因为白泽除了精魂还有骨肉。它的骨被我带到西域掩埋了，没想到被世人发现，炼成了两样法器，就是乾坤镜和龚隼。"

我恍然大悟："原来龚隼和乾坤镜真的是出于同一块材料，原来它们就是白泽的骨。"

周奇叹了口气："我知道你不想长生，但又想保住龙家最后的骨血，所以帮你炼了骨血凡胎。只是这骨血凡胎非常费力气，竟然让我炼了一千多年。因为要炼骨血凡胎必须隐匿，所以我只好把任务交给五魁和橘鹤暖。你那个堂兄，自己创办了门派，但他不敢再用龙姓，在他的姓氏下面加了个共，以示和龙姓一族同血脉。"

我惊道："堂兄？龚……龚己！"

周奇点点头："是的，他的本名叫龙祈！"

我苦笑："原来我上一世就是被他害死的啊！"

周奇点头："正是！其实你们龙姓一族寿命都比常人更长一些，有两百岁以上的寿命，可是龙祈并不知足。他曾经质问我，造物者一族创造人类的时候，龙姓一族就存在了，那为何造物者们可以不老不死，龙姓一族却要生死更迭。这问题，你能回答吗？"

我摇摇头。周奇继续道："万物皆有规律，皆有平衡。造物者世界，生命不受时间限制，但为了平衡，我们的繁衍能力很弱，生命的数量也是基本恒定的。但如果人类长生，那生命的数量就不可控了。其实最初，人类的寿命也是很长的，但是为了繁衍生息，他们牺牲了自己的一部分寿命。"

我突然想起狐母的话："人类不是用寿命换取了对付妖兽的数术吗？"

周奇笑着挑了挑眉毛："这你是听谁说的？是不是听妖兽说的？"

我点点头。周奇则摇摇头，不置可否。

我想了想还是问出了那个问题："那……你不打算让五魁和橘鹤暖知道你还活着吗？他们……他们一直在努力完成你交给他们的任务，他们也一直想知道自己是谁！我想……我想如果他们知道你还活着，应该会很开心吧？"

周奇看了看远方："其实,我算不上还活着！我的肉体已经没了，只剩下灵体了。况且大战在即，我不想让他们在此刻分心。必要的时候，我会出现，告诉他们如何合体对付穷奇。"

我拿过他手里的石头盒子，轻轻打开，盒子中间躺着一粒丹丸，半透明的蓝色，里面似有蓝色的细沙流淌。我摇动盒子，丹丸滚动，里面的细沙也跟着呈现出不同的变化。我撇了撇嘴："你是说，我只要吃下这东西就会想起之前的一切？"

周奇点了一下头，然后注视着我，再没有一句话。

我将盒盖盖好，有些不好意思地说："可我比较胆小，我有点害怕，我……我还没做好准备接受我之前的一切。你也知道，我只是个普通人，如果我承载着两个人的记忆，我怕我会发疯。"

周奇没有像我想象中那样对我横眉冷对，反而非常温和地说："没关系，等你想好了再做决定，就算你决定不要之前的记忆也没什么。"

我小心翼翼地拿着盒子问："你说的是真的吗？"

周奇又笑了，他笑起来真的很好看："真的。不管你是龙净还是卓然，我都不会对你有一句谎言，更不会强迫你做你不想做的事情。"

我舒了一口气，把盒子收好："那我就把它收起来，等我想好了再吃。"

看我一脸忧虑，周奇问："怎么了？还是不开心吗？"

我摇头："不是，我在想如果时间可以一直静止，然后我和五魁、橘鹤暖，还有外面那些人，不用面对五尊者就好了！"

周奇皱了皱眉："是啊！如果这世界上的人都如你这般想就好了！"

我仰头问周奇："你既然是神界的人，难道也没有办法对付五尊者吗？"

周奇叹了口气："早前，他夺取移魂锥，靠移魂锥续命，没想到却因此跳过六道轮回。后来他又和穷奇血脉相通，如今他已经不是人类，不在造物者的管辖范围内，他已经是个怪物了。"

我忙问："那……你是说……穷奇会听从他的命令？"

周奇苦笑："是啊，周林虽然已用尽全力，但仍无法彻底封住穷奇。再有半个时辰，穷奇就要破开封印了，只怕到时候你们会更麻烦！"

我倒吸一口冷气："那……那要如何是好？"

周奇拿出一根红色的绳子，绳子上挂着一个羊脂玉的麒麟兽。他把它挂在我的脖子上："你戴着它，我们这个结界就在这个玉麒麟里。我不确定我和周林是不是能帮上忙，但是我们会尽力！"

我摸了摸胸前的玉麒麟，对他点点头。

我指了指外面："那我……那我现在是不是可以出去了？"

他伸手在结界上划出一道缝隙，缝隙透出一道强光。光越来越强烈，缝隙大到足以容下一个人时，我抬脚欲走，却被他从身后猛地抱住。我愣在原地，身体像被什么击中，然后一阵触电一般的感觉弥漫全身。这感觉如此熟悉，可是却又不知何时何地有过相似的经历。我不敢动，身后的周奇将脸埋在我的头发里蹭了又蹭。然后他双手扶住我的肩膀,将我推离。他叮嘱道:"一直走,别回头。"

眼前一片光亮刺得我眼睛睁不开,再睁眼时,五魁从房间里往外探身看我:"二然,你干吗?"

我看了看身后,那里已经空无一物。我只好回答五魁:"我刚才好像看到大白了,我出来追它!"

五魁皱眉:"大白!对啊,那个神出鬼没的家伙,这两天去哪了?"

我摇摇头:"我也不知道,刚刚以为是它,原来不是!"

我进了屋,五魁却还在门口张望,然后嘀咕道:"也不知是敌是友!"

五魁问橘鹤暖:"写字楼附近的撤离情况怎么样了?"

橘鹤暖打了一个电话,过了一会儿回复道:"已经全部撤离了!"

苏辣在一边咋舌:"啧,到底是千年的道行,这人脉得多广,还能控制紧急疏散撤离!"

橘鹤暖扬了扬嘴角:"虽然你们觉得我不靠谱,但我在外面的声望也是很高的。我向来说一不二,我说出来的话他们还是当真的。"

苏辣好奇地问:"那你跟他们怎么说的?"

橘鹤暖瞥了她一眼:"我就说……那里的地基出现了不稳固的迹象,有可能造成大面积地面塌陷。如果不想出大事,他们最好赶紧组织人员疏散撤离。其他的事情我来想办法!"

路上,五魁交给我一个锦囊:"二然,这是师父当初留给我们的结界。这个结界非常强悍,没有人能破。除非内外合力,不然就得等它四个时辰之后自己破解。你收好,等会儿到了,你就躲在里面。"

五魁扭头看了看林博:"林博,你需不需要我们也给你弄个结界?"林博冷笑一下,没有回答。

五魁拿出一张图,跟大家解释:"这是那天我去推的阵。之前没有给你们看,是因为我发现这是个没有破绽的阵。这个阵的每个阵位都和五尊者自身联结。如果他已经把自己调整到五行均衡,那么这个阵就没得破。所以我们能做的就是拿到林克的骨头,除掉五尊者。等会儿到了那里,我和橘鹤暖牵制住五尊者,龚敏和龚乙去化骨棺里拿林克的骨头,苏辣负责应付其他的人。"

大家点头。我跟着嘱咐:"但你们速度一定要快,因为周林就要压不住穷奇了,穷奇出来,我们就更麻烦更被动了!"

五魁好奇地看向我:"穷奇要出来了?你怎么知道的?"

我忙答:"我……梦到的。"

五魁满腹狐疑地看了我一眼,但并没有揭穿我。

车开到写字楼附近，我抬头看了看，楼顶"金凯大厦"的招牌在一片浓雾中若隐若现。我重复着"金凯大厦"这个名字，这还是我第一次如此仔细地想这四个字。大厦方圆五千米都已经被清场，蓝色的围栏之内呈现出一片末日景象。天空中盘旋着似漩涡的乌云，风吹着地上的垃圾。我吸了一口冷气，这似乎是电影里见过的场景。走近大楼，我看到地面深深下陷，露出一个巨大的坑洞，原来的地下停车场已不复存在，取而代之的是一片焦土，像被什么炸过一样。往下望，这个坑洞至少有四五十米的深度。

我仰头看看大楼，问橘鹤暖："这楼……会不会塌？"

橘鹤暖也抬头看了看："看样子坚持不了多久了。"

我又指了指下面："那我们会不会被砸死在下面，被活埋？"

五魁走到我身边，低声道："不会的，放心吧，下面有结界撑着，楼塌了也砸不到咱们。"

我们几个相继从深坑走下来，大约下行了三十米，一股气扑面而来。五魁小声道："到了！"

坑洞的下方已是一块平地，大概有两个足球场大小。四周都是焦土，这个地方仿佛是人为轰炸出来的。几盏大灯立在四周，把平地照得灯火通明。我指着灯问五魁："这是干吗？"

五魁冷笑："这是有人怕咱们看不清楚这末日大秀！"

平地上已经伫立了一群人，看着有五六十人，还有几头没见过的凶兽。一个戴着斗篷的瘦高男人站在人群中央，正仰着脸看看我们下来的方向。

待我们下去站定，瘦高男人摘下斗篷的帽子，正是龚小八，或者说是五尊者。他嘿嘿笑道："比我预料的早到了一点，怎么样，各位准备把秘籍交出来吗？如果交出秘籍，我保证在场的所有人都可以毫发无损，而且我所得的富贵荣华都可以和你们共享。我们也可以共同在这世界上一直生存下去，享受这世界上的一切。"

五魁冷声问道："看样子另外半部秘籍是在你那里了？"

五尊者并没有正面回答，而是表情渐渐阴沉下来："如果你们是来拼命的，那我奉劝你们不要徒劳！如今我已经跳出轮回，若不是为了图谋一具肉体，想通过五感享受人生，我哪里还用得着什么秘籍？卓然，你就算得到了移魂锥也奈何不了我。"

五魁在我耳边轻轻地说道："打开结界！"

我还未回答，就听到龚敏大喝一声："别跟他废话，今日我就要为我儿报仇！"

说完她就冲向众人身后的化骨棺，龚乙紧随其后冲了过去。五尊者抖落斗篷，露出全身黑紫色的皮肤，上面布满符文。他狞笑着喊道："那就让你们见识见识！"其他人也应声而动，朝我们厮杀而来。

我躲到身后的角落，依照五魁的嘱咐打开结界，静静地看着眼前的一切。苏辣划破手指将血涂在长绳之上，上下挥舞着长绳打开向她扑来的人群。龚乙则和龚敏一路左右开弓向化骨棺奔去。五魁和橘鹤暖一起牵制五尊者。林博虽然弱，但他手拿圆规一样的乾坤镜来回挥舞，其他人也无法近身。只是无论五魁和橘鹤暖用什么方法，都无法对五尊者造成伤害。五尊者早就察觉到了龚敏和龚乙的用意，他一边应付五魁和橘鹤暖，一边向化骨棺挪去。我在结界里大喊："龚敏、龚乙，你们小心，五尊者过来了！"五尊者的追随者也迅速朝棺木的方向移动。龚敏和龚乙的对手渐渐增多，苏辣也只好飞身过去帮忙。

就在龚敏伸手要够棺木的时刻，五尊者一个箭步上前挡开龚敏，狞笑着说："想拿林克的骨头，没那么容易！"

五尊者的追随者虽然能力都一般，但胜在人数多。半小时的车轮战下来，苏辣、龚敏和龚乙的体力已经渐渐不支。可同时应对五魁和橘鹤暖的五尊者却看起来依然动作灵活，他还不忘嘲笑道："看，这就是你们人类躯体的局限性。交出秘籍，不仅能长生，还能让你们最大限度地改良肉身！"

五魁狠狠地喊道："你休想！"

随后他抽出两柄短刀，冲上去上下翻飞，刺向五尊者。可短刀只能碰触到五尊者的皮肤，却不能伤他分毫。短刀和五尊者的皮肤相碰，居然发出了金属的铿锵声。

见情势逼人，龚乙突然手拿龚隼凌空跃起，喊道："煞神杀！"

随后，她催动龚隼发出嗡嗡声。随着声音响起，一众人倒地呻吟。可她自己也因为用力过猛而颓然地倒在化骨棺旁，身上力气去了一大半，只能捂着胸口努力喘息。五尊者一边应付五魁和橘鹤暖，一边分神看向龚乙，赞叹道："厉害！想不到遗失了掌门秘籍，我龚家还有人能将煞神杀练到这个程度！后生可畏！"

龚敏见敌人退去了大半，趁机来到化骨棺旁捏了个手诀，拍开了化骨棺的封印。刚想开棺，整个地突然剧烈摇晃起来，一头凶兽从天而降，是穷奇来了。

本来目前的情况就已经让大家有些吃力了，如今穷奇来了，胜算更加渺茫。可是仔细看这穷奇却不似上次见到的那样生龙活虎，它耷拉着巨大的头，喘着粗气，眼神向上翻着看向我们。它的嘴角流出一串口水。五尊者喊道："穷奇，来得正好！你饿了吧？这里的美味随你享用！"

听到五尊者这么说，穷奇叼起刚刚被煞神杀震晕的几个人，嚼了几口就吞了。这可吓坏了其他人，大家顾不上打了，迅速向坑洞上方撤离。可是穷奇哪里让他们逃跑？它仿佛越吃胃口越好，扑上去把那些人撕咬住，吞下了肚。

龚敏本想趁机取林克的骨头，却被五尊者的一条手臂挡了回去，没想到五魁、橘鹤暖和龚敏三人加起来，也就和五尊者打个平手。穷奇吃饱喝足，抖了抖身子。我有种不祥的预感,这个动作我曾经见过。果然,随着穷奇的抖动,地上冒出无数僵尸,是恶鬼咒。

已经经历过几番车轮战的众人体力严重不足,但此刻又不得不对付地上冒出来的僵尸。龚乙强撑起身子,提着龚隼冲上去,煞神杀是使不出来了,她只能勉强应付近身的僵尸,而林博显然已经快不行了。五魁捏了一个手诀,用尽力气拍向五尊者左边的手臂,一边喊道:"龚敏,快去拿林克的骨头!"

五尊者的左臂在五魁的一拍之下竟然僵住了,可五魁显然也费了很大的灵力,此刻他的动作已缓慢了许多。

龚敏应声去取林克的骨头,我却忽然听到耳边有人喊道:"不要,小心化尸蛊!"

喊的人正是周奇,可哪里还来得及?龚敏将手臂探入棺中,一声尖叫传来。她的右手臂已经被一股青绿之气包裹。随后她的手臂迅速地显出白骨,旁边传来五尊者的笑声:"哈哈哈,想拿骨头,用你的命换!"

眼看绿雾升腾,龚敏咬牙用左臂将右边已经化成白骨的手臂扯了下来!

随后周林的声音响起:"来不及了!"

我拍着结界壁:"让我去!让我去!我有移魂锥,我去帮他们!"

可是我根本冲不开结界。龚敏拖着失去了右臂的身体,挣扎着走到五尊者身边,朝着五尊者扑去。此时那团绿雾已经快移到她的头部,橘鹤暖大喊:"龚敏!"

龚敏轻声回应:"橘鹤暖,别看我!丑!"

她说完就用身体撞向五尊者,五尊者伸手发力击向龚敏头部。伴随着橘鹤暖划破空气的一声"不",龚敏被五尊者击碎,一丝化尸蛊的绿雾灼到了五尊者手背,他缩了一下手,化尸蛊没能对他造成致命伤害。

橘鹤暖疯了一样加快了手上的速度,可是依然无法击破五尊者的防御。我急得泪流满面,却什么也做不了。橘鹤暖虽然表面多情,但其实他的内心痴情又柔软。即便他有克制,我依然能感受到他对龚敏的感情。此刻,我几乎不敢想象他的痛苦。我回头看向周奇:"快告诉我如何合体,我要让五魁和橘鹤暖杀了穷奇。"

周奇小声念了一段咒语。我忙喊道:"龚乙,林博,你们把武器给五魁和橘鹤暖。五魁,大橘猫,你们快合体杀了穷奇,不然这么拖下去,你们都会死的!"

听我这么喊,龚乙摆脱眼前的僵尸,林博在苏辣的帮助下向五魁和橘鹤暖靠近。当五魁和橘鹤暖拿到龚隼和乾坤镜时,两样法器发出巨大的嗡鸣声。五魁一脸坚定地握着龚隼,橘鹤暖则是悲愤中带着一丝决绝地举起乾坤镜。我大声喊出咒语,一道光一闪,五魁和橘鹤凭空消失了。几秒钟之后,一头周身雪白的,长得像狮子一样的独角兽从上方落下,连一直淡定的五尊者也惊呼道:"白……白泽?你……你还活着!"

白泽目露凶光，朝穷奇咬下去。穷奇一个闪身避开了。苏辣和龚乙则奔向化骨棺，想拿出林克的骨头，只有得到林克的骨头，我们才能利用骨血杀杀了五尊者。

五尊者见她们奔向化骨棺，立刻一掌拍在苏辣后背。苏辣一口鲜血喷了出来，她回身与五尊者周旋，可她哪里是五尊者的对手？被对方接连拍了几掌，她便半卧在了地上。龚乙前去支援，奈何她也已经体力不支，和五尊者过了两三个来回就被掀翻在地。五尊者左右手同时捏了手诀，向二人头部拍去。我着急地捶打结界壁，却冲不出去。这时一道白光划过，一个女孩随白光稳稳落地，手持一根铁杖挡在龚乙和苏辣身前，竟是龚素。那道白光腾空而起，自上而下冲向五尊者，被五尊者挡开才落到地上，正是幻实。

龚素冲幻实使了个眼色，后者就直奔化骨棺，从里面取出了一节指骨。龚素则挡住五尊者，虽然实力悬殊，但也虚晃了两招牵制了五尊者片刻。龚隼已经被白泽吸收，那么想用骨血杀就只能用移魂锥了。我不顾周奇和周林的阻拦，用尽全力把移魂锥戳入结界壁，结界破了。

苏辣已经将指骨拍碎，我飞奔过去，本想将拍碎的粉末涂在移魂锥上，却被五尊者钳住手，动弹不得。五尊者看着我嘿嘿笑道："上一世你不自量力，没想到这一世还是没有长进！"

说罢，他提起右掌就要拍下。也许是生命的最后几秒了，我努力望向和穷奇斗得正激烈的五魁和橘鹤暖。他们化身的白泽此刻也正看向我，眼里是愤怒和不甘。白泽朝天怒吼一声，试图向我奔来，却被穷奇从身后死死压住，被压住的白泽发出了绝望的号叫。

我只能勉强挤出笑脸，看着白泽的眼睛轻声念道："不用管我，没关系的。"

我闭上眼做好必死的准备，却听周奇喊道："龙祈，你看这是什么？"

五尊者闻言抬头，却见周奇手里举着秘籍。我心下一惊，这东西什么时候被他摸了去？白泽听到声音也是一惊，回头望向周奇，却被穷奇一爪子拍中左肩，一道鲜血喷涌而出。

周奇将手中的秘籍放在两个手掌中间，威胁道："你若再碰龙净一下，我就毁了这半部秘籍！"

五尊者轻蔑一笑："毁了秘籍？你敢吗？你若毁了它，造物者界的惩罚者马上就能找到你！"

周奇没有说话，只是双掌用力，秘籍的周边掉下一些碎屑。五尊者把我扔在地上，但扭扯着我的一条胳膊："看来龙净对你还挺重要啊！好，拿你的秘籍来换龙净！"

我冲周奇大声喊道："周奇，你不能答应他，你快把秘籍毁了！"

五尊者看着我，蔑视道："闭上你这张嘴，拿到秘籍我会放了你的，堂妹！"

我恶狠狠地看着他,心里已将他碎尸万段。

五尊者拎着我走到周奇面前,周奇伸手将秘籍抛向空中,顺手将我拉到他身后。我大喊一句:"不可以!"

秘籍已经落入五尊者手中,他眼神发亮地看着这半部秘籍,可还没看清,秘籍却已在他手中碎成粉末。他头上青筋凸起,暴怒地冲向周奇,抬手落下,却被一人挡了下来,是周林用右肩接了五尊者这一掌。五尊者盛怒之下的这一掌用了全部力道,周林一口鲜血喷出。我和周奇同时喊道:"周林!"

可周林已经动弹不得,只得向我们喊:"龙净,原来是你对他下了骨血杀咒,快!杀了他!杀了这个怪物!"

也许是顾念和周林之间的情谊让穷奇分了神,白泽抓住机会一口咬向它的喉管,一代凶兽穷奇,脖子被白泽咬了两个血洞,躺在地上动弹不得。

制服了穷奇,白泽扭身向五尊者冲过来。几个回合后,白泽趁五尊者不注意,从背后将他顶起,而周林也在此时叼着一纸符咒冲过去用左手封住了五尊者,回头冲我喊道:"我坚持不了多久!快杀了他!"

我飞奔过去将骨头的粉末涂在移魂锥上。五尊者却冲我大喊:"龙净,你别傻了,这两兄妹接近你不过是为了拿《盘古志》,好回去邀功!你还替他们杀我?"

我回头看向周奇,他没有说话。周林却狠狠地道:"我哥肯为了她毁了秘籍,你还看不出她在我哥心里的地位吗?"

我右手将移魂锥戳入五尊者胸口,可后者一点反应也没有。五尊者看着我狞笑道:"龙净,他们没告诉你吧,《盘古志》是造物者们做梦都想得到并且毁掉的东西,因为它揭露了他们的丑陋和这个世界的真相!还有,我并不会死,因为我早就知道林克不是我的骨肉。这个布局,你们还满意吗?哈哈哈!"

所有人都惊住了,拼尽全力换来的结果却是早已设下的陷阱。

狂笑过后,五尊者的身体却开始渐渐瓦解,他吃惊地看着我:"为什么?为什么会这样?林克明明不是我的孩子!"

我抬起左手,掌中央的一个血窟窿正在汩汩冒着鲜血:"林克不是你的骨肉,我却是你的亲堂妹。怎么样?我的血能让你灰飞烟灭吗?"

五尊者瞪大眼睛诧异地吼道:"原来你不是转世,周奇竟然牺牲了自己的肉身给你做了骨血凡胎!龙净,我害了你一命,你给我下了骨血杀咒,没想到,我最终还是死在你手上!你……"

五尊者没说完,身体已经化作一团尘土。我回头望向周奇,他竟用自己的肉身换来了我的再生。

随着五尊者的消失,结界也撑不住了,地面发生剧烈震动,白泽弓下身子,让众人爬上去。在白泽跃出深坑的瞬间,大楼轰然倒塌。"金凯大厦"几个字随着楼的倒塌而落在地上,摔得七零八落。

惊魂未定,周林强撑着身体走到我身边,忍着疼说道:"龙净,不,卓然,你快吃了那丹丸!"

见我皱着眉毛没有说话,周奇挡在我身前:"你别逼她了,我毁了秘籍,左右是逃不过惩罚了。我希望她……开心就好!"

周林不甘心地喊道:"可是哥……"

天空中突然传来巨大的雷声,一团乌云从空中落下。乌云聚散流动,其中包裹着什么我们看不清楚,却能听到里面传来洪钟一般的声音:"周奇,周林,白泽,跟我们走吧!"

我提着移魂锥,想上前看看对方是何方神圣,却被周奇拦了下来:"别去!没用的,你毕竟只是人类!"

说完,他扭头向乌云喊话:"偷盗和毁坏秘籍是我所为,与周林和白泽无关!"

白泽冲着乌云龇牙咧嘴,乌云中又传来声音:"有无关系,不能凭你一面之词,待审查后才能有结果!跟我走!"

我挡在他们前面冲那一团黑乎乎的东西喊道:"你不能带走他们!"

一个声音在我耳边炸裂开来:"你又是谁?闻起来不像凡人!"

周奇将我推向一边:"惩罚者们,她就是个凡人,你们不要耽误了正事,快带我走吧!"

随着一道耀眼的光闪过,天空上的乌云也渐渐散开,露出一抹湛蓝。

我伸手想摸摸胸口的玉麒麟,却摸了个空,那里只有一根空空的绳子。我又用通灵绳一遍遍地喊着五魁,却也没有回应。

龚素扶起龚乙,苏辣也跟跟跄跄地走到我身边。我抚摸着五魁留给我的锦囊和橘鹤暖留下的卡,除了哭,不知道还能怎么办……

三个月以后。

随着时间的推移,金凯大厦发生大规模坍塌的事件已经失去了热度,重建工作按部就班地进行。到底是豆腐渣工程还是另有隐情,各种说法都有,也没有定论,但有人说看到那天天空出现了异象,还有人说看到了一头白色的神兽。

我坐在约等鱼喵的窗前发呆,苏辣依旧忙得不可开交。我望向柜台,总觉得那个黑色的毛团和那个高大帅气的男孩正在那里嬉闹。

下雪了,龚乙特意给我们送来了一盒点心。她进门就问我:"二然,你又养猫了?我看到门口雪地里有一行猫爪印!"

我赶忙冲出去看,地上有一排猫爪印,可是连半个猫影也没有。我正对着猫爪印暗自伤心时,忽然听到身后一声猫叫,我回头,见一只黝黑的猫正蹲在那里看我。我忙上去抱住他,用通灵绳问道:"五魁?是你吗?"

我却听到两个声音,一个冷酷却稚气未脱,一个显得油腔滑调:"二然,我们回来了!"

五魁和橘鹤暖虽然偶尔能和我用通灵绳交流,却再也没有化作人形。为了回到我身边,他们似乎接受了降维的惩罚⋯⋯

桌上的石头盒子半开着,我坐在沙发上,握着拳头。五魁在我对面蹲坐着通过通灵绳问我:"你⋯⋯都想起来了?"

我点头。

是的,我都想起来了⋯⋯

End